Windrich

TECHNOTHEATER

Johannes Windrich

TECHNOTHEATER

Dramaturgie und Philosophie bei
Rainald Goetz und Thomas Bernhard

Wilhelm Fink

Bibliografische Information der Deutschen Nationalbibliothek

Die Deutsche Nationalbibliothek verzeichnet diese Publikation in der Deutschen Nationalbibliografie;
detaillierte bibliografische Daten sind im Internet über
http://dnb.d-nb.de abrufbar.

Alle Rechte, auch die des auszugsweisen Nachdrucks, der fotomechanischen Wiedergabe und der Übersetzung, vorbehalten. Dies betrifft auch die Vervielfältigung und Übertragung einzelner Textabschnitte, Zeichnungen oder Bilder durch alle Verfahren wie Speicherung und Übertragung auf Papier, Transparente, Filme, Bänder, Platten und andere Medien, soweit es nicht §§ 53 und 54 URG ausdrücklich gestatten.

© 2007 Wilhelm Fink Verlag, München
(Wilhelm Fink GmbH & Co. Verlags-KG, Jühenplatz 1, D-33098 Paderborn)

Internet: www.fink.de

Einbandgestaltung: Evelyn Ziegler, München
Herstellung: Ferdinand Schöningh GmbH & Co. KG, Paderborn

ISBN 978-3-7705-4469-1

INHALTSVERZEICHNIS

EINLEITUNG   9

1   INHALTLICHE ANALYSE

    1.1 .... Thomas Bernhard: Auslöschung   19
        1.1.1 .... Wahrheit und Rhetorik: das „Kälte-Schema"   19
        1.1.2 ....Künstlichkeit: Foto I   28
        1.1.3 .... Theater-Metaphorik   34
        1.1.4 ....Auslöschen: Foto II   41

    1.2 ....Rainald Goetz: Abfall für alle   53
        1.2.1 .... Entwicklung   53
        1.2.2 .... Medien   69
        1.2.3 .... Kommunikation   79
        1.2.4 .... Schrift und Denken   87

    1.3 ....Exkurs: Techno   103
        1.3.1 ....Pop: Theorie und Literatur   103
        1.3.2 .... Techno   119
            1.3.2.1 ....Geschichte und Kultur   120
            1.3.2.2 ....DJ Culture   132
            1.3.2.3 .... Basic Channel, Jeff Mills, Central   144

2 Philosophie

2.1 Ludwig Wittgenstein 165
2.1.1 Sprachphilosophie 165
2.1.2 Meinen und Vorstellen 173
2.1.3 Anti-Metaphysik 180
2.1.4 Bernhard und Wittgenstein 187
2.1.4.1 Sekundärliteratur 189
2.1.4.2 Arbeitsthese 202

2.2 Niklas Luhmann 207
2.2.1 Systemtheorie 207
2.2.2 Kommunikation 222
2.2.3 Kunst 238
2.2.4 Goetz und Luhmann 255

2.3 Technoide Darstellung 266
2.3.1 Bernhard und Goetz 266
2.3.2 Abgrenzungen 280

3 Theater

3.1 Thomas Bernhard 295
3.1.1 Blindheit 296
3.1.2 Theater-Verhältnisse 304
3.1.3 Dramaturgie 315
3.1.3.1 Intelligente Schauspieler 315
3.1.3.2 Modellinterpretation: Ritter, Dene, Voss 327

3.2	Rainald Goetz	341
3.2.1	Katarakt	345
3.2.2	Kritik in Festung	352
3.2.3	Festung	370
3.2.3.1	Grundlinien: Konzentration vs. Kommunikation	370
3.2.3.2	Formale Anlage	380
3.2.3.3	Rollenkonzept	391
3.2.4	Jeff Koons	397
3.3	Fazit – TechnoTheater	418

LITERATURVERZEICHNIS	435
Quellenliteratur	435
Forschungsliteratur	444
zu Thomas Bernhard	444
zu Rainald Goetz, Pop, Techno	453
zu Niklas Luhmann	461
zu Ludwig Wittgenstein	466
Sonstige, Theater	470
Diskographie	473

ABKÜRZUNGEN	475

EINLEITUNG

Techno und Theater – paßt das zusammen? Wenn man die beiden Wörter bei Google eingibt, erhält man zwar eine Unmenge Material, aber keine Belege für Ensembles oder Spielstätten dieses Namens, geschweige denn für programmatische Schriften, die mit einem solchen Begriff arbeiteten. „Techno" und „Theater" sind, soweit ich sehe, bislang nur zögerlich zum Kompositum zusammengeführt worden – in Kritiken,[1] Off-Projekten[2] sowie in einigen Fällen, in denen mit „Techno" nicht wie hier die Musikrichtung, sondern allgemein „Technik" gemeint ist.[3] Wer seine Dissertation mit „TechnoTheater" betitelt, muß daher mit irritierten bis kritischen Nachfragen rechnen.

Als Literatur- oder Kulturwissenschaftler hat man bei einem solchen Thema ohnedies reichlich Anlaß zu Skepsis. Nachdem das Präfix „Pop" Ende der Neunziger Jahre allem angeheftet wurde, was irgendwie telegen daherkam und eine Aura von „Spaß" verbreitete, nachdem die „Popliteratur" die Verlage und das Feuilleton eroberte und auch in der Wissenschaft immer mehr Publikationen zur „Popkultur" erschienen, zeichnet sich nun (nicht erst seit dem 11. September 2001) ein Gegentrend ab: Die Verfechter eines traditionell-engagierten Kunstverständnisses, seit jeher dem Pop nur wenig zugetan,[4] erhalten unverhoffte Unterstützung von namhaften Vertretern der Poptheo-

---

[1] Die Inszenierung von Jürgen Laarmanns Stück *Canossa Club* am Staatstheater Kassel (uraufgeführt Ende März 2000) wurde im Internet als „Techno-Theater-Event" bezeichnet (www.technoguide.de). Susann Oberacker gebraucht den Ausdruck eher in einem pejorativen Sinne: In ihrem Bericht über das Hamburger Festival „Politik im Freien Theater" schreibt sie, die Sieger des Wettbewerbs – darunter René Pollesch und Gesine Danckwart – hätten einen „ästhetischen Gegenentwurf zum hippen Techno-Theater" geliefert (in: *Kieler Nachrichten* vom 05.11.02).

[2] Im „Theater im Depot" Dortmund befand sich in der Spielzeit 2001/02 ein Projekt mit dem Titel „*E-Vibes*. Techno-Theater" im Repertoire (Konzeption: Ulrich Bräkelmann).

[3] Im Rahmen des New Yorker „First Light Festivals" präsentierte der „Carnegie Mellon's Entertainment Technology Center" vom 27-29.03.2003 ein Projekt namens „The Techno Theatre Experiment", bei dem zwei Stücke von Sarah Ruhl und Susan Kim aufgeführt wurden; dabei ging es primär um zukunftsweisende Licht- und Tontechnik.

[4] Stellvertretend für viele andere sei hier genannt: Zima 2001, der schon Fiedlers Pop-Programmatik aus den Sechziger Jahren wenig abgewinnen kann und der diesen Theoretikern eine Blindheit gegenüber der „kulturindustriell organisierte[n] Scheinpluralität" bescheinigt (283).

rie, die den inflationären Gebrauch des Pop-Begriffs und den damit einhergehenden Substanzverlust beklagen.[5] Und nun soll auch noch „Techno" als Etikett für Literatur herhalten? Noch unersprießlicher, möchte man sagen. Steht der Name doch für einen Musikstil, der in den Augen vieler bereits ausgespielt hat. Der Techno-Boom zu Beginn der Neunziger ist abgeflaut, die Zahl der abgesetzten Tonträger sinkt, viele Clubs schließen, da der Zuspruch deutlich zurückgegangen ist. Die Love Parade, bekanntestes Symbol der Bewegung, wurde im Sommer 2004 nach 15 Jahren erstmals abgesagt. Sogar einstige Szene-Größen kehren Techno den Rücken und sprechen von einer stilistischen Sackgasse.

Von seiten des Theaters sind ähnliche Vorbehalte zu erwarten. Der Erfolg der Popliteratur machte sich auf den Bühnen höchstens insofern bemerkbar, als in den Projekten junger Autoren und Regisseure vermehrt auf entsprechende Inhalte gesetzt wurde. Viele Stücke und Inszenierungen jüngeren Datums wurden mit DJ-Musik, Drogen- und Clubszenen „aufgepeppt",[6] doch der Einfluß beschränkte sich weitgehend auf singuläre äußerliche Anleihen. Es ist wohl kein Zufall, daß sich nur die Bezeichnung „Pop-Roman", nicht aber ein Wort wie „Pop-Stück" eingebürgert hat. Was für einen Sinn kann es also haben, die Begriffe „Techno" und „Theater" zusammenzubringen?

Zunächst zum Urteil, Techno habe sich überlebt und sei nichts als eine belanglose Mode unter anderen gewesen. Die elektronische Tanzmusik i.a. ist aus der Subkultur nicht mehr wegzudenken, v.a. Stilrichtungen wie House, Drum'n'Bass oder Trance, die sich parallel zu Techno entwickelten bzw. daraus hervorgingen.[7] Diese sind auch in Film, Fernsehen oder Werbung präsent – selbst die ARD-Sportschau verwendete zeitweise einen Drum'n'Bass-Jingle als Logo. Techno im besonderen durchschreitet gerade tatsächlich eine Talsohle. Aber erstens ist es nur eine Frage der Zeit, bis sich das Blatt wieder wendet (warum sollten die Revival-Mechanismen unserer

---

[5] Ernst 2001, 76ff., Diederichsen 1999, 9ff.
[6] Das Panorama reicht dabei von der Stuttgarter „Andorra"-Inszenierung durch Crescentia Dünßer und Otto Kukla (Premiere am 28.02.1997), zu der DJ Cosmic Baby die Musik beisteuerte und in der die Rave-Szenen eher äußerlich hinzugefügt wurden, bis hin zu Arbeiten wie Christina Paulhofers „Macbeth"-Inszenierung an der Berliner Schaubühne (Premiere am 05.02.2002), worin der gesamte Text von der Grundsituation einer fortwährenden Party her interpretiert wird.
[7] Genauere Ausführungen zu dieser Thematik folgen im Exkurs am Ende von Abschnitt 1.

Tage ausgerechnet bei Techno eine Ausnahme machen?),[8] und zweitens bestehen zwischen den einzelnen Stilen ohnedies fließende Übergänge. Was ich an Techno herausarbeiten möchte, gilt auch für einige Spielarten von House. Auf jeden Fall gibt es nach wie vor eine lebendige Elektronik-Szene, von der viele Impulse ausgehen. M.E. ist das innovative Potential dieser Musik ohnedies erst nach den sogenannten großen Jahren 1991 und 1992 im vollen Umfang sichtbar geworden, als sich die Stilvarianten stärker auszudifferenzieren begannen.[9] In meiner Studie stehen die formal-technischen Errungenschaften aus der Phase der Spezialisierung im Zentrum. An ihnen soll sich zeigen, daß durch Techno ein innovatives Funktionsmodell in die Kunst eingedrungen ist, ein neues Paradigma, das mit Tendenzen aus außermusikalischen Kontexten in enger Verbindung steht und darin neue Perspektiven eröffnet.[10]

Worin liegt dieses Neue? Am leichtesten kann man sich dem Problem über ein Phänomen annähern, das sich nicht nur auf Techno beschränkt – die veränderte Rolle des DJs. Längst dem Zeitalter entwachsen, als man einfach noch Platte an Platte reihte, besteht dessen Aufgabe heute darin, die Tracks zu manipulieren, miteinander zu mischen und in einen Gesamtzusammenhang zu integrieren, dessen Motorik nicht vom Anfang und Ende der einzelnen Nummern diktiert wird. Vorreiter dieser Entwicklung waren einige amerikanische HipHop-DJs, die neue Verfahren des Umgangs mit dem Vinyl erprobten und damit zugleich den Fortschritt bei den technischen Geräten vorantrieben.[11]

Mit Techno gewann diese Tendenz eine weitere Qualität. Hier wurden die Platten in bis dato ungekannter Konsequenz auf die Kombination mit ande-

---

[8] Auch Hitzler/Pfadenhauer 2003 bewerten Techno als „revivalreif" (213).
[9] Diederichsen 2000 (und mit ihm viele andere) hält hingegen gerade die unübersichtlichen Strukturen und Übergänge der Anfangszeit für den wichtigsten Aspekt der Techno-Welle (S. IX-XI). Er macht keinen Hehl daraus, daß ihn Techno „als Kultur und Bewegung [...] nie erreicht" hat (IX); in Anbetracht der anfänglichen Vermischung zwischen den Genres spricht er aber von „Effekten der Öffnung zu Geschichte und Wirklichkeit" (XI), die vor seinem politisch-soziologisch geführten Blick Gnade finden. – Daß sich Techno und die übrigen Stilrichtungen auseinanderentwickelt haben, wird übrigens auch von Goetz immer wieder mit gewissem Spott bedacht: „Unter wechselnden Titeln (Intelligent, House, Electro, Jungle, Drum and Bass, Neotechno) kehrte man zurück zu ordentlichen, übersichtlich kleinen, alten Werten" heißt es etwa im Essay zur Love Parade 1997 (Ce 223).
[10] Diese Themenstellung impliziert die Auffassung, daß die alte Unterscheidung zwischen Hoch- und Subkultur obsolet geworden ist – eine Position, die zum Credo der Poptheorie gehört (vgl. z.B. Ernst 2001, 6f. et passim, Schumacher 2001, 194f.).
[11] Vgl. die ausführliche Darstellung bei Poschardt 1997, 164-179.

ren hin produziert; es entstanden sogenannte „DJ Tools", extrem reduzierte Stücke, die sich dafür umso leichter mit anderen verbinden lassen. Bahnbrechend war dieses Konzept insofern, als es mit einer neuartigen Form der musikalischen Interaktion ko-evoluierte. Durch die minimalistische Anlage der Tracks ergab sich die Möglichkeit, den musikalischen Ablauf schnell und flexibel zu lenken und mit dem Geschehen auf der Tanzfläche abzustimmen. Die Könner unter den DJs eigneten sich die Fähigkeit an, genau auf die Impulse der Tänzer zu achten, sich von ihnen leiten zu lassen und doch nicht einfach nur ihre Bedürfnisse zu erfüllen.[12] Gefragt waren nicht mehr Ideen und ihre rigide Umsetzung, sondern vielmehr Irritabilität und Offenheit, ein Sensorium für die Energie zwischen DJ und Publikum.

Damit bin ich schon bei der Hauptunterscheidung meiner Arbeit, die ich hier nur kurz andeuten will: Das innovative Potential der Techno-Musik besteht darin, daß sie Bedeutungstransport durch Kommunikation ersetzt. Konventionelle lineare Musik, mit oder ohne melodisch-harmonisches Grundgerüst, präsentiert bestimmte Strukturen, die vom Hörer in verschiedenen Graden der Identifikation wahrgenommen werden. Während hier die besondere Form der Musik den Rezipienten dazu animiert, die individuelle Grenzziehung zu kopieren oder gar zu potenzieren, steht in Techno hingegen eben diese Grenze auf dem Spiel – es geht nicht um ihre Tilgung, wohl aber um eine größere Durchlässigkeit. Ein Symptom dieser Verschiebung ist die besagte dialogische Dynamik zwischen DJ und Dancefloor, ein anderes manifestiert sich, wie im Exkurs eingehend erläutert wird, in der technischen Beschaffenheit des Klangmaterials: Durch den gezielten Einsatz von Hall, Delay oder Obertonregulation lenkt die Musik das Gehör immer wieder von allen linearen Parametern ab, die einem reflektierenden Nachvollzug und somit der individuellen Distanznahme Halt bieten könnten. Das evoziert ein dezentriertes, räumliches Hören, das Äquivalent zur kommunikativen Offenheit des DJs.

Was bedeutet dieser Paradigmenwechsel nun für die übrigen Künste, namentlich für Literatur und Theater? Mit solchen Fragen befindet man sich automatisch im Umkreis der Texte von Rainald Goetz. In seinen Anfängen eher dem Punk nahestehend, mutierte der einstige „Haßliterat" ab 1988 zum Herold der Techno-Bewegung. Er verfaßte zahlreiche Artikel für Szeneblätter, darunter Berichte von Erlebnissen mit DJ-Stars wie Westbam oder Sven

---

[12] Zu diesem Kontext unübertrefflich: das von DJ Westbam und Goetz zusammengestellte „Westbam-Alphabet" (MCS, v.a. 70-72).

Väth. Zur Love Parade 1997 erschien sein Essay „Hard Times, Big Fun. Das Kapital des Glücks und seine Politik" im Magazin der *ZEIT*, ähnlich heiß diskutiert wie die Schilderungen aus dem Nachtleben in der Erzählung *Rave* (1998). In der zuletzt erschienenen fünften Werkgruppe verstärkte sich sein Bemühen, die neue Ästhetik theoretisch zu untermauern. Insbesondere das Internet-Tagebuch *Abfall für alle* enthält eine Reihe von Reflexionen aus dem Grenzbereich von Kunst und Philosophie, wobei allerorten Bezüge zur Techno-Kultur durchschimmern. Eine Abhandlung über Techno als ästhetischer Herausforderung für Literatur und Theater muß m.E. in erster Linie am Werk von Rainald Goetz ansetzen.[13]

Dadurch ist das Verfahren in gewissem Sinne bereits vorgezeichnet: Goetz' Denken über Kunst speist sich u.a. aus einer intensiven Auseinandersetzung mit der Systemtheorie Niklas Luhmanns. Damit bewegt er sich auf Bahnen, die von den üblichen Diskussionen innerhalb der Popliteratur und -theorie weit wegführen. Mit Blick auf das genannte Ziel wäre es wenig sinnvoll, seine Texte mit denen von Thomas Meinecke, Christian Kracht oder Benjamin v. Stuckrad-Barre zu vergleichen. Was diesen Kontext angeht, beschränke ich mich auf punktuelle Hinweise. Um der in Frage stehenden Techno-Ästhetik und ihrer Relevanz für die Literatur näher zu kommen, soll stattdessen die Luhmann-Rezeption des Autors untersucht werden.

Aus dem Lager der Literatur nehme ich noch einen Namen hinzu, den man bei einer Arbeit dieses Titels wohl nicht unbedingt erwartet hätte: Thomas Bernhard. Der österreichische Schriftsteller starb im Februar 1989, also bevor er jemals etwas von Techno hätte hören können. Das spricht allerdings nicht zwangsläufig dagegen, ihn hier einzubinden. Rainald Goetz singt bei jeder passenden Gelegenheit sein Lob[14] und bringt sein Schreiben, wie noch darzulegen sein wird (Abschnitt 2.3.1), in die Nähe des Techno-Paradigmas. Bernhards Texte sind hier auch unabhängig von den Erwähnungen durch Goetz von Interesse: An ihnen soll sich zeigen, daß es schon vor dem Aufkommen von Techno in der Kunst darauf hinführende Bestrebungen, affine ästhetische Programme gab.

---

[13] Das gilt natürlich nicht für Arbeiten, deren Themenstellung nicht auf Techno eingegrenzt (Poschardt 1997) oder eher empirisch, weniger theorielastig ausgerichtet ist (Anz/Walder 1995, Böpple/Knüfer 1998, Feige 2000 etc.).

[14] Entsprechende Stellen finden sich v.a. in *Abfall für alle* (vgl. die Darstellung in Kap. 2.3 dieser Arbeit).

Bernhards Œuvre untersuche ich ebenfalls im Rückgriff auf diejenige Theorie, die den Autor am nachhaltigsten beeinflußt hat. In seinem Fall handelt es sich nach der Meinung der meisten Forscher um die Sprachphilosophie Ludwig Wittgensteins.[15] Bei diesen Betrachtungen spielen Dichotomien wie Wort und Welt, Sprache und Wirklichkeit bzw. Denken und Sehen „naturgemäß" eine tragende Rolle. Was an Bernhards Literatur als „technoid" herausgearbeitet wird, hat mit der spezifischen Handhabe dieser Gegensätze zu tun – eben darin manifestiert sich die Verwandtschaft mit Goetz. Die Relevanz dieser Oppositionen ist zugleich der Grund, weshalb der Fokus in dieser Arbeit primär auf die Theaterstücke und nur sekundär auf die Prosa fällt: Als „Ort des Sehens" vermag das Theater in privilegierter Weise den Konflikt zwischen den genannten Polen zu entbinden und die „kommunikative" Vermittlung zu realisieren, die meiner Deutung zufolge für Techno konstitutiv ist.

Natürlich ließe sich zu „TechnoTheater" auch eine ganz andere Abhandlung verfassen. Man könnte etwa empirisch vorgehen, d.h. eine Vielzahl von Stücken und Inszenierungen sichten und deren Umgang mit Elementen aus der Technokultur studieren. Da ich denke, daß sich das Spezifische an Techno erst auf einem höheren Abstraktionsniveau erschließt, konzentriere ich mich hingegen auf das Quartett Goetz-Luhmann-Bernhard-Wittgenstein (zuzüglich einiger musikwissenschaftlicher Analysen) und expliziere die „Techno-Dramaturgie" v.a. an den Bühnenwerken der beiden Theaterautoren. Das bedeutet keineswegs, daß es nicht noch andere Texte gäbe, an die sich diese Tangenten anlegen ließen. Hier geht es indes darum, eine genaue Begrifflichkeit zu etablieren und an zwei Dramatikern zu demonstrieren, wie ein solches Crossover überhaupt aussehen kann – aus demselben Grunde verzichte ich auch auf detailliertere Vergleiche zu „nicht-technoiden" Stücken.[16]

Zur Gliederung: im ersten Kapitel wird erläutert, wo die wichtigsten Themenfelder der beiden Literaten liegen. Hier beziehe ich mich v.a. auf Bern-

---

[15] Vgl. u.a. Petrasch 1987, Jahraus 1992, Gargani 1997, Steutzger 2001. Daß darüber ein gewisser Konsens besteht, bestätigen indirekt auch diejenigen, die ihn zu brechen versuchen: Martin Huber und Christian Klug halten Schopenhauer bzw. Kierkegaard für den wichtigsten Gewährsmann Bernhards, sehen sich aber zu Erklärungen genötigt, warum sie Wittgenstein für weniger relevant erachten (Huber 1992, 19, Klug 1991, S. XII).

[16] Ebenso muß die Arbeit auch diejenigen enttäuschen, die sich i.e.S. theaterwissenschaftliche Bestimmungen von ihr versprechen, also etwa Anweisungen für mögliche Umsetzungen in puncto Spiel oder Regie.

hards Roman *Auslöschung* und Goetz' Internet-Tagebuch *Abfall für alle*, da diese eine Vielzahl von erhellenden poetologischen Bemerkungen enthalten. Im Anschluß daran folgt ein längerer Exkurs zur Geschichte der Techno-Bewegung und zur Machart einzelner stilbildender Tracks. Gegenstand von Teil 2 ist das Verhältnis der Schriftsteller zu ihren philosophischen Quellen, also Wittgenstein und Luhmann. Dabei ziele ich auf einen Begriff von ästhetischer Darstellung, der mit den Ergebnissen des Techno-Exkurses kompatibel ist und sich auch gegen andere Repräsentationskonzepte profilieren läßt (2.3). In Abschnitt 3 werden diese Bestimmungen schließlich an den einzelnen Theaterstücken erprobt. Auch hier nehme ich zunächst die konkreten Besonderheiten der Texte ins Visier, ehe ich die Resultate auf eine allgemeinere Ebene bringe und sie anderen theatertheoretischen Ansätzen gegenüberstelle (3.3). Auf diese Weise soll die Dramaturgie des „TechnoTheaters" innerhalb der zeitgenössischen Diskussion verortet werden.

Wie bereits anklang, ist die Systemtheorie eine der tragenden Säulen meiner Arbeit, auch in Fragen der Methodik. Das heißt aber nicht, daß Probleme wie Subjektivität, Sprache oder Gesellschaft von vornherein in Luhmannscher Terminologie – mit all ihren Implikationen – verhandelt werden. Wittgensteins Texte sollen ebenso wie die der beiden Literaten in ihrem eigenen Vokabular zu Wort kommen, ohne gleich ins Korsett einer voraussetzungsreichen Perspektive gezwängt zu werden. Wenn sich die Abhandlung dennoch methodisch an Luhmanns Theorie orientiert, so betrifft das im wesentlichen drei Punkte:

1. die Konzentration auf textuelle Belange: Die vorliegende Studie begreift die zu untersuchenden Werke primär – um gleich in Luhmanns Sprache einzutauchen – als Kommunikationen, die sich in ihrem eigenen Netzwerk rekursiv fortzeugen, anstatt von den daran beteiligten Bewußtseinssystemen determiniert zu sein. Die Kategorie des Autorbewußtseins ist daher bloß von untergeordneter Bedeutung. Autobiographische Bezüge kommen i.d.R. nicht als Selbstzweck, sondern allenfalls im Zusammenwirken mit textimmanenten Faktoren in Betracht.[17]

---

[17] Aus demselben Grunde habe ich darauf verzichtet, Rainald Goetz zu interviewen oder von anderen übermittelte Informationen in die Diskussion aufzunehmen.

2. die Wahl der Leitunterscheidung: Meine Untersuchung verfolgt weder ein literatursoziologisches Interesse,[18] noch betrachtet sie Literatur und Kunst primär als Reflex gesellschaftlicher Entwicklungen (etwa der Evolution sozialer Differenzierung).[19] Nach der mittlerweile üblichen Einteilung literaturwissenschaftlicher Adaptationen der Systemtheorie gehört sie am ehesten dem Typus zu, der an Luhmanns Bestimmungen zum Verhältnis von Bewußtsein und Kommunikation anknüpft, eingeschränkt auch demjenigen, der anhand seiner differenzlogischen Überlegungen Modelle von Textverstehen entwickelt.[20] Das zentrale Begriffspaar Kommunikation/Bedeutungstransport wird in Anlehnung an Luhmann definiert und vermittels des differenztheoretischen Instrumentariums auf Musik und Literatur appliziert.
3. das Verhältnis zwischen Dichtung und Theorie: Im Unterschied etwa zur poststrukturalistischen Theorie ziele ich nicht darauf ab, die Trennlinie zwischen fiktionalen und diskursiven Texten zu dekonstruieren.[21] Vielmehr folge ich Luhmanns These, wonach die Kunst die Differenz zwischen Wahrnehmung und Kommunikation zum Austrag bringt und sich dadurch von allen anderen Funktions-

---

[18] Zu einem systemtheoretischen Ansatz dieser Ausrichtung vgl. Barsch 1996, der die Unterscheidung zwischen „literarischem" und „metaliterarischem" Handeln einführt (143).

[19] Als Paradebeispiele für derartige Fragestellungen gelten Disselbeck 1987 (zu Schillers Briefen *Über die ästhetische Erziehung des Menschen*) und Plumpe 1997 (zu Goethes *Werther*). Vgl. De Berg 2000, 182ff.

[20] Vgl. De Berg 2000, 180ff. Dabei handelt es sich um den vierten und den zweiten Typus seiner Einteilung. Die beiden übrigen Varianten sind der Typus der genetisch-soziologischen Hermeneutik (d.h. Arbeiten, die Literatur im Rahmen des systemtheoretischen Gesellschaftsmodells interpretieren) sowie diejenigen Fälle, in denen eine Verbindung zwischen Luhmanns Theorie und der Empirischen Literaturwissenschaft angestrebt wird (ebd.). – Siehe auch die ähnlich strukturierte, etwas weiter aufgefächerte Differenzierung bei Jahraus 2001, 171ff.

[21] Vgl. etwa Derrida, der in *Glas* Hegel und Genet (auch in graphischer Hinsicht) einander gegenüberstellt und über die „Untersuchung der Beziehungen und Verbindungen […] zu Umkehrungen, zu einem Austausch von Eigenschaften gelangt" , was als „dekonstruktiver Effekt" bezeichnet werden kann (Culler 1988, 152). Wie Culler weiter betont, wäre es eine falsche Vereinfachung, zu sagen, die Dekonstruktion erkenne die Unterscheidung zwischen Philosophie und Literatur nicht an; trotzdem entwerfe sie in ihren Operationen gleichzeitig die „Möglichkeit, Philosophie als spezifische Form eines allgemeinen poetischen Diskurses zu behandeln" (163). Damit befindet man sich auf einem gänzlich anderen Weg als in Luhmanns Theorie.

systemen bzw. den damit assoziierten Textsorten unterscheidet.[22] Diese Sonderstellung besagt nicht, daß literarische Kunstwerke nicht auch Bedeutungskomplexe aus anderen Teilsystemen wie der Wissenschaft bzw. der Philosophie integrieren könnten. Die Aneignungen erfolgen allerdings auf der Ebene der Programme, nicht der des Codes.[23] Interpretiert man Literatur mit Hilfe von philosophischen Texten, ist dem insofern Rechnung zu tragen, als alle Operationen in die Perspektive der das Funktionssystem Kunst konstituierenden Leitdifferenz gerückt werden müssen. Konkret: wenn ich mich im dritten Kapitel der Dramaturgie zuwende, dann geht es nicht mehr um theoretische Positionen, sondern um die Theatralität der Stücke – für deren Darstellung sollen die Unterscheidungen aus Teil 1 und 2 „wiedereintretend" fruchtbar gemacht werden.

---

[22] Siehe u.a. Luhmann, *Die Kunst der Gesellschaft* (näher erläutert in Abschnitt 2.2 der vorliegenden Studie).

[23] Luhmann, *Die Gesellschaft der Gesellschaft*, Abschnitt 3, XI, v.a. 564f. Entscheidend ist hier, daß die Funktionssysteme im Hinblick auf ihren Code „durch Eigenwerte bestimmt" sind, während die Programme Anleihen aus der Umwelt, d.h. in diesem Fall aus anderen Teilsystemen erlauben (564). In die Problemlage meiner Untersuchung übersetzt bedeutet das: Das Funktionssystem Kunst / Literatur kann sich von Innovationen aus dem Bereich der Musik oder der Philosophie affizieren lassen und dieselben in Form von neuen Programmen aufgreifen; dies geschieht aber unter dem Banner der binären Codierung Literatur / nicht Literatur, die die Autonomie des Teilsystems gewährleistet.

1 INHALTLICHE ANALYSE

1.1 Thomas Bernhard: Auslöschung

1.1.1 Wahrheit und Rhetorik: das „Kälte-Schema"

Beim Versuch, die wesentlichen Themen in Bernhards Werk vorzustellen und seine jeweilige Position zu ermitteln, stößt man auf eine grundlegende Schwierigkeit. Bernhard ist für nichts so berühmt wie für seine Schimpf- und Scheltreden, endlose Monologe und Tiraden; gerade in den früheren Texten scheint sich eine düstere Weltsicht zu artikulieren.[24] Dennoch macht er es der Forschung nicht leicht, seine Schriften auf den Nenner einer u.U. sogar politisch motivierten Anklage zu bringen. „Wie kritisch ist ein literarisches Werk", fragt Andreas Herzog, „dessen Erzähler [...] nicht nur gegen die ‚nationalsozialistisch-katholischen Österreicher', sondern beispielsweise auch gegen die Ärzte, die Frauen, die Sechzigjährigen oder die deutsche Literatur zu Felde zieht?"[25] Ulrich Dronske zeigt an *Heldenplatz,* daß die Beschimpfungen teilweise auch einander entgegengesetzte Ziele treffen – einerseits die Natur und v.a. die Blumen, andererseits die Stadt, das Land und die jeweilige Bevölkerung.[26] Sie gehen nicht zu Gunsten einer anderen Seite, die dadurch als Gegenentwurf stabilisiert würde.[27] In Anbetracht dessen fordert Dronske einen „Schlußstrich unter jene Debatten [...], die die [...] politischen oder kulturpolitischen Aussagen für das [...] eigentlich Relevante halten bzw. die

---

[24] Das Feuilleton hat entsprechend lange das Bild des „finsteren Misanthropen" Bernhard kultiviert. Den Wettstreit um den originellsten Namen dürften Schuh 1975 („Untergang-hofer") und Rumler 1972 („Alpen-Beckett und Menschenfeind") gewonnen haben.
[25] Herzog 1999, 123f. Herzog bezieht sich dabei speziell auf den Roman *Auslöschung.*
[26] Dronske 1999, 120.
[27] Selbstverständlich kommen in Bernhards Texten Gegenstände, Figuren oder Länder vor, die von den Invektiven verschont bleiben bzw. tatsächlich als Gegenwelt präsentiert werden (z.B. in *Auslöschung* Rom mit Maria, Gambetti usw.); das ändert allerdings nichts daran, daß die pejorativen Urteile kein konsistentes Bild ergeben.

die [...] Texte gerne mit der außerliterarischen Realität kurzschließen möchten".[28]

Es ist also äußerst problematisch, aus Bernhards Texten eine konkrete Stellungnahme zu davon isolierbaren Themen herauszulesen.[29] Die Literaturwissenschaft sah sich daher zu alternativen Deutungswegen veranlaßt. Eine Fraktion bemühte das Wort vom „Übertreibungskünstler", mit dem der Erzähler in *Auslöschung* seine Denk- und Redeweise charakterisiert; demnach habe die Maßlosigkeit der Invektiven die Funktion, die realen Mißstände kenntlich zu machen.[30] Eine sich damit teilweise überlappende[31] zweite hob eher auf die Komik der Texte ab.[32] Das geschah v.a. ab Mitte der Siebziger Jahre, als sich der Stil des Autors erkennbar in diese Richtung zu verändern begann.[33] Seit

---

[28] Dronske 1999, 116. Dronske redet hier zwar vom dramatischen Werk, man kann diese Äußerung aber getrost auf Bernhards Prosatexte übertragen. – Zu einer ähnlich akzentuierten Kritik vgl. Jahraus 1992, der der Sekundärliteratur attestiert, häufig „die notwendige Trennung von Figur, Erzähler und Autor" zu verwischen und die provozierenden Attacken auf der Ebene des Autors zu lokalisieren (19). Eva Marquardt meint allerdings, das Niveau habe sich mittlerweile gebessert: „Die anfangs eher übliche Verwechslung von Figurenmeinung und Autorenrede ist nur noch selten anzutreffen" (Marquardt 2002, 83).

[29] Einige Exegeten ließen sich trotzdem nicht davon abhalten, das zu tun, sei es im Hinblick auf den politischen Gehalt (Jürgens 1999, Gößling 1988) oder aus der Perspektive feministischer Kritik (Endres 1980, Tabah 1999).

[30] Schmidt-Dengler 1989 (das fragliche Wort dient zugleich als Titel seiner Aufsatzsammlung), Damerau 1996, 13, 96, Korte 1991, 91, exemplarisch Pfabigan 1999, 255-57, der hinter den Übertreibungen die Strategie vermutet, das Publikum zu provozieren und der Kritik die nötige Plastizität zu verleihen (256); er rekurriert dabei auch auf Bernhards komplementäre Redeweise (etwa aus *Heldenplatz*), die Wirklichkeit sei noch viel schlimmer als in seinen Texten (13).

[31] Autoren wie Huntemann 1990, 208 oder Nickel 1997, 150-154 sehen gerade in den Übertreibungen die Quelle der Bernhardschen Komik.

[32] Die Ehre des Pioniers gebührt Eckhard Henscheid, der Bernhard 1973 in einer Glosse als „Krypto-Komiker" bezeichnete und auf den spielerischen Charakter seines Schreibens hinwies. Ihm folgten wissenschaftliche Arbeiten wie Barthofer 1982, König 1983, Huber 1992, Walitsch 1992, neuerdings Baumgärtel 2003, in bezug auf die Stücke Klingmann 1984, z.T. Klug 1991, Schmidt-Dengler 1995. Vgl. auch der Forschungsbericht von Sonnleitner 2001.

[33] Schmidt-Dengler 1993 siedelt die Grenze bei der Kurzprosa-Sammlung *Der Stimmenimitator* (1978) an (75f.). – Was die zeitliche Gliederung von Bernhards Schaffen angeht, folge ich im wesentlichen der üblichen Ansicht, wonach die Phase der autobiographischen Schriften (1975-1982) eine zentrale Zäsur bildet (Gößling 1988, 8f., Sorg 1992, 7f., Hoell 1995, 13). Zu ergänzen wäre allerdings der Einschnitt Ende der Sechziger Jahre, als Bernhard erstmals ein abendfüllendes Drama schrieb: Ebenso wie Christian Klug bin ich der Mei-

den Neunzigern geht man vermehrt dazu über, den Wirklichkeitsbezug der in den Texten enthaltenen Behauptungen generell als unentscheidbar zu klassifizieren. Bernhards Werk sei von einer tiefen Sprach- und Erkenntnisskepsis geprägt – wenn es überhaupt etwas darstelle, dann die Lügenhaftigkeit jeden Wortgebrauchs.[34]

Für diese Sichtweise gibt es in der Tat einige Anhaltspunkte. „Die Wörter infizieren und ignorieren, verwischen und verschlimmern, beschämen und verfälschen und verkrüppeln und verdüstern und verfinstern nur", erklärte Bernhard schon in der Büchnerpreis-Rede von 1970.[35] Auch danach ließ er kaum eine Gelegenheit aus, auf den defizitären Charakter der Sprache hinzuweisen. Einige dieser Stellen sind bei der Forschung überaus beliebt und werden ständig zitiert, am häufigsten wohl der folgende Passus aus der Erzählung *Die Kälte*:

> „Die Sprache ist unbrauchbar, wenn es darum geht, die Wahrheit zu sagen, Mitteilung zu machen, sie läßt dem Schreibenden nur die Annäherung, immer nur die verzweifelte und dadurch auch nur zweifelhafte Annäherung an den Gegenstand, die Sprache gibt nur ein gefälschtes Authentisches wider [sic], das erschreckend Verzerrte, sosehr sich der Schreibende auch bemüht, die Wörter drücken alles zu Boden und verrücken alles und machen die totale Wahrheit auf dem Papier zur Lüge" (Kä 89).

Bei solchen Sätzen scheint allerdings Vorsicht geboten. Sagt hier nicht ein Kreter: „alle Kreter lügen"? Um solche Bemerkungen als Argument für die Skepsis-These zu verwenden, muß man sie selbst vom Generalverdacht der Lüge ausnehmen. Diese Aporie ist bei den entsprechenden Studien tendenziell ungelöst. Manche Sätze gelten, andere wiederum nicht, und das Kriterium, wonach die Grenze gezogen wird, bleibt im Dunkeln.

Soll man die Texte nun als reale Kritik auffassen und alles Unintegrierbare unter der Rubrik „Übertreibung" entsorgen, soll man den Schwerpunkt auf ihre komischen Aspekte legen,[36] oder soll man eine unablässige Anklage gegen

---

nung, daß die Rückbesinnung auf das Theater Zeichen einer ästhetischen Neuorientierung ist (Klug 1991, 10 bzw. S. IX der Einleitung).

[34] Weiß 1993, Eyckeler 1995, Kahrs 2000, Marquardt 2002. Eine besonders radikale Variante bildet Aspetsberger 2001, 241 et passim.

[35] Bernhard, „Nie und mit nichts fertig werden", zitiert nach Fellinger 1993, 31.

[36] Natürlich führt die Akzentuierung des Komischen keineswegs automatisch zu einer Verharmlosung von Bernhards Werk – umso weniger, als bei Bernhard Komik und (tragischer) Ernst in einer engen Wechselbeziehung stehen (vgl. die Ausführungen am Ende von Kap. 3.1.3.2 dieser Arbeit). Trotzdem kommt es nicht von ungefähr, wenn Pfabigan 1999 fest-

die Sprache diagnostizieren? Alle drei Varianten sind nicht sonderlich attraktiv. Vereinzelt kündigt sich aber noch eine vierte an, u.a. in den Studien von Oliver Jahraus und Christian Klug. Beide unternehmen den Versuch, sich dem Sinngehalt von Bernhards Werken über deren rhetorische Besonderheiten anzunähern. Während sich Jahraus mit der Figur der Wiederholung[37] befaßt und darin den Reflex verschiedener Formen des Weltbezugs beobachtet, analysiert Klug die ganze Bandbreite der in den Dramen verwendeten Stilmittel, um die Heteronomie der sprechenden Subjekte zu demonstrieren.[38] Auf ihre Ergebnisse hinsichtlich der Verknüpfung von Rhetorik und Wahrheit werde ich im Laufe der Ausführungen mehrfach zurückkommen.

Einstweilen geht es primär darum, die eigene Optik präziser einzustellen: Anstatt Bernhards Position zu einzelnen Fragekomplexen zu lokalisieren, will ich erläutern, durch welche sprachliche Bewegungen das jeweils Ausgesagte kontaminiert wird. Es gilt zu prüfen, ob die Texte in ihren rhetorischen Eigenheiten nicht mehr über ihren Wahrheitsgehalt und den von Sprache im allgemeinen verraten als in den vielzitierten skeptizistischen Äußerungen. Die inhaltliche Betrachtung des Romans *Auslöschung* gestaltet sich zunächst als Suche nach stilistischen Merkmalen, die mit der Bildung und Entwicklung der darin vorgetragenen Urteile zu tun haben. Die Auswahl der relevanten Themen erfolgt erst im darauffolgenden Schritt auf der Basis der ermittelten Strukturen.

Was die stilistisch-argumentativen Prozesse an sich (d.h. unabhängig von der Beziehung zum Wahrheitsproblem) betrifft, hat die Forschung schon

---

stellt: „Heute sind wir Zeugen eines Paradigmenwechsels und einer immer stärker werdenden Konzentration auf den ‚Humoristen' Bernhard" (12) – teilweise wird auch behauptet, Bernhard selbst neige bei aller Ununterscheidbarkeit der Gegensätze doch eher dem Pol der Komödie als dem der Tragödie zu (z.B. Link 2000, 131, für das Spätwerk Schmidt-Dengler 1995, 28). Da Komik bei Bernhard, wie in Abschnitt 3.1.3.2 dargestellt wird, mit der Diskrepanz von Wort und Wirklichkeit korrespondiert, begibt man sich mit der Privilegierung des Komischen leicht auf den Pfad der Sprachskepsis-These.

[37] Jahraus 1992, 20ff., 34ff.
[38] Klug 1991. Klug expliziert die in der rhetorischen Analyse gewonnenen Erkenntnisse v.a. an den Dramen *Die Jagdgesellschaft* sowie *Der Ignorant und der Wahnsinnige*. In anderen Fällen führt diese Strategie (die stilistischen Präferenzen als Indikatoren eines „entfremdeten" Bewußtseins zu interpretieren) allerdings dazu, daß die Frage nach dem Sinngehalt der Rhetorik gänzlich vom Wirklichkeitsbezug ab- und auf das Problem der Subjektivität hingebogen wird (z. B. Höller 1981).

umfangreiche Vorarbeit geleistet.[39] Franz Eyckeler hält das Wechselspiel von Wiederholung und Variation für das konstitutive Prinzip,[40] das sich öfters auch mit dem Moment der Steigerung verbinden könne.[41] Andere Arbeiten setzen eher an der antithetischen Denkform innerhalb der Tiraden an.[42] Wie Wendelin Schmidt-Dengler ausführt, sehen sich zahlreiche Figuren bei Bernhard mit Entscheidungen zwischen zwei Möglichkeiten konfrontiert und reflektieren dies in ihren Reden – und zwar mit folgendem Effekt: „Je genauer sie sich die möglichen Alternativen, die einander im landläufigen Sinne ausschließen, ansehen, umso unsicherer werden sie und umso ähnlicher werden einander die Oppositionspaare".[43]

Mir scheinen beide Muster, Wiederholung und ggfs. antithetische Steigerung, Komponenten einer grundlegenden Dynamik zu sein, die in Bernhards Texten ständig begegnet. Wo immer in größerem Stil Urteile gefällt werden, beginnen sie als einfache Aussagesätze, dehnen sich dann aber weiter aus und beanspruchen immer weitergehende Gültigkeit, bis sie zuletzt bei absoluter Allgemeinheit ankommen.[44] Man kann die Bücher fast beliebig aufschlagen und Beispiele finden. In *Heldenplatz* redet der alte Professor Robert zunächst nur von *einer* Straße in Neuhaus, die die Landschaft verunstalte, doch flugs ergeht die Kritik an *alle* Architekten, an den „Stumpfsinn" des Volks, die Parteien und die Kirche, und schon brechen alle Dämme:

Österreich selbst ist nichts als eine Bühne
Auf der alles verlottert und vermodert und verkommen ist

---

[39] Eine gute Übersicht über die bisherigen Arbeiten liefern Betten 2002 sowie – zum verbreiteten Verfahren, Bernhards Rhetorik mit Hilfe von musikwissenschaftlichen Begriffen zu beschreiben – Kuhn 2002.

[40] Eyckeler 1995, 93, unter Verweis auf Reiter, die verschiedene literarische Verfahren mit musikalischen Wiederholungstechniken parallelisiert (Reiter 1989, 155ff., vgl. auch Kuhn 2002, 152). Zur Wiederholung auch Jahraus 1992, Görner 1997 (mit thematischer Rückführung auf Kierkegaard).

[41] Eyckeler 1995, 99, auch 111. Eyckeler betont dabei v.a. die wirkungsästhetischen Aspekte dieser Struktur, die den Leser in einen monoton-musikalischen Duktus einweige und trotzdem durch die Variationen sein Interesse wachhalte (93).

[42] Marquardt 1990; 2002.

[43] Schmidt-Dengler 1995, 15; vgl auch Schmidt-Dengler 1989, 108f.

[44] Schmidt-Dengler 1989 beschreibt das in Anlehnung an Carnap als Tendenz zu „All- und Existenzsätzen" (7ff., 107f.). – Interessanterweise ist diese Geste *als ganze gesehen* von der Forschung nur sporadisch thematisiert worden (diese Ausnahmen bilden v.a. Damerau 1996, 94, Marquardt 2002, 90); der Blick richtete sich zumeist lediglich auf einzelne Elemente.

> Eine in sich selber verhaßte Statisterie
> Von sechseinhalb Millionen Alleingelassenen
> Sechseinhalb Millionen Debile und Tobsüchtige
> Die ununterbrochen aus vollem Hals nach einem Regisseur schreien
> Der Regisseur wird kommen
> Und sie endgültig in den Abgrund hinunterstoßen (HP 89).

In vielen Fällen ist zudem zu beobachten, daß sich die Urteile am Schluß umkehren oder auf den Sprecher zurückfallen.[45] In *Holzfällen* macht der Erzähler praktisch nichts anderes, als Wien und die darin lebenden Künstler herabzusetzen, doch auf den letzten Metern gesteht er ihnen plötzlich seine Liebe und meint, diese Menschen seien für ihn zwar einerseits die schlimmsten und abscheulichsten, andererseits aber auch die liebsten und besten (Hf 321). Regelrechten Kultcharakter hat die Scheltrede aus *Alte Meister*: Nachdem Reger ausführlich darlegt, wie unerträglich und abstoßend Stifter, Bruckner und Heidegger für ihn seien, bekennt er am Ende, mit allen dreien verwandt zu sein (AM 95). Franz-Josef Murau beschimpft in *Auslöschung* unentwegt seine Mutter und bezeichnet sie als Quelle allen Unheils, zwischendurch kommt er aber auf den Gedanken, daß es unsinnig sei, sie für böse zu erklären und schuldig zu sprechen; es verhalte sich mit alledem viel komplizierter (Aus 297f.).[46] Die Widersprüche werden freilich nicht miteinander vermittelt, sondern bleiben als solche stehen.

Die Struktur läßt sich auch in über die einzelnen Monologe hinausgehenden Zusammenhängen erkennen. Das Paradebeispiel liefert die zitierte autobiographische Schrift *Die Kälte*.[47] Bernhard schildert darin, wie er als junger Mann an Tuberkulose erkrankte, in die Lungenheilstätte Grafenhof eingewiesen wurde und dort lernen mußte, der Krankheit mit Willensstärke zu begeg-

---

[45] Zu dieser Bewegung auch Herzog 1999, 126 (in bezug auf *Auslöschung*) oder Eyckeler 1995, 134. Bernhard hat diese Struktur – d.h. die Sequenz von Steigerung und Umkehrung – in *Drei Tage* selbst als Charakteristikum seines Schreibens bezeichnet: „[…] das immer größere Vergnügen […] ist dann die Arbeit. Das sind die Sätze, Wörter, die man aufbaut. Im Grunde ist es wie ein Spielzeug, man setzt es übereinander, es ist ein musikalischer Vorgang. Ist eine bestimmte Stufe erreicht nach vier, fünf Stockwerken – man baut das auf – durchschaut man das Ganze und haut alles wie ein Kind wieder zusammen" (It 147f.).

[46] Mittermayer sieht in dieser Volte eine Veränderung gegenüber der sonstigen Darstellung von Weiblichkeit bei Bernhard (Mittermayer 1995a, 122).

[47] Zum Zyklus der Jugenderinnerungen u.a. Piechotta 1982, Strutz 1983, Tschapke 1984, Parth 1995.

nen und sich nicht wie viele andere in sein Schicksal zu fügen.[48] Die ersten Seiten berichten von seiner Anfangszeit in der Anstalt. Bernhard konzentriert sich dabei auf einen besonderen Vorgang, der damals eine große Rolle spielte:

> „Alle Patienten produzierten ununterbrochen Sputum, die meisten in großen Mengen, viele von ihnen hatten nicht nur eine, sondern mehrere Spuckflaschen bei sich, als hätten sie keine vordringlichere Aufgabe, als Sputum zu produzieren, als feuerten sie sich gegenseitig zu immer größerer Sputumproduktion an, ein Wettbewerb fand hier jeden Tag statt, so schien es, in welchem am Abend derjenige den Sieg davongetragen hatte, welcher am konzentriertesten und die größte Menge in seine Spuckflasche ausgespuckt hatte" (Kä 10).

Vom neuen Insassen wird, darf man der Beschreibung glauben, ebenfalls verlangt, Sputum zu produzieren. Entsprechend viel Mühe gibt er sich, doch allen Anstrengungen zum Trotz kommt nichts dabei heraus. „In Anbetracht meiner leeren Spuckflasche hatte ich das bedrückende Gefühl, *versagen zu müssen*", erzählt Bernhard, „und ich steigerte mich mehr und mehr in einen absoluten Auswurfswillen, in eine Auswurfshysterie hinein" (Kä 11). Im Gefühl, nicht zur Gemeinschaft zu gehören, quält er seine Lunge so lange, bis die ersehnte Flüssigkeit kommt und den Ärzten zur Untersuchung vorgelegt werden kann. Als das Labor eine spätere Probe für positiv und seine Krankheit – wenngleich, wie sich später herausstellt, irrtümlich – für erwiesen erklärt, steigt er endlich zum „Vollmitglied der Gemeinschaft" auf (Kä 13). Von diesem Zeitpunkt an verhält er sich genau wie die übrigen Insassen: Er beobachtet die Neuen mit Argwohn, haßt allmählich alles Gesunde, überhaupt alles, was außerhalb der Anstalt liegt, wenngleich dieser Haß bald abebbt, weil das Gegenüber zu weit entfernt ist (Kä 16f.). Doch am Ende erfährt seine Einstellung eine überraschende Wendung:

> „Nicht das *Hier* haßte ich jetzt, ich haßte das *Dort*, das *Drüben* und das *Draußen, alles andere!* Aber dieser Haß mußte sich bald erschöpfen, denn er rentierte sich nicht. Der *absurde Haß* war aufeinmal [sic] unmöglich geworden. Es war zu eindeutig, zu gerecht, was mir bevorstand nach den Gesetzen, die sich die Gesellschaft im Einvernehmen mit der Natur selbst geschaffen hatte. Warum sollte gerade ich, der Unsinnigste, der Überflüssigste, der Wertloseste in der Geschichte, glauben oder auch nur einen Augenblick lang in Anspruch nehmen dürfen, die Ausnahme von der Regel zu sein, davonzukommen, wo Millionen

---

[48] Einen vertiefenden Einblick in die Zeit in Grafenhof vermittelt das Buch *Zeugenfreundschaft* von Rudolf Brändle, den Bernhard damals in der Anstalt kennenlernte und mit dem er auch später freundschaftlich verbunden blieb (Brändle 1999).

ganz einfach nicht davongekommen waren? Ich hatte jetzt, so mein Gedanke, den direkten Weg durch die Hölle und in den Tod zu gehen. Ich hatte mich damit abgefunden. Ich hatte mich die längste Zeit aufgelehnt dagegen, jetzt lehnte ich mich nicht mehr auf, ich fügte mich. Was war mit mir geschehen? Ich war einer Logik verfallen, die ich als die für mich richtige und einzige betrachten und jetzt existieren mußte. Aber diese Logik hatte ich gleich wieder gegen die ihr entgegengesetzte eingetauscht, ich betrachtete aufeinmal alles wieder hundertprozentig verkehrt. Mein Standpunkt war *um alles* geändert. Ich lehnte mich heftiger denn je auf gegen Grafenhof und seine Gesetze, gegen die Unausweichlichkeit! Ich hatte meinen Standpunkt wieder am radikalsten geändert, jetzt *lebte* ich wieder hundertprozentig, jetzt *wollte* ich wieder hundertprozentig leben, meine Existenz haben, koste es, was es wolle" (Kä 25f.).

Von einem Moment auf den anderen schlägt die Stimmung um – man merkt es kaum, da Bernhard in seiner Prosa bekanntlich auf Absätze verzichtet. Was hat das nun mit der rhetorischen Struktur der Monologe zu tun? Die Parallele zeigt sich, wenn man konzediert, daß dieser Text vom Erlernen einer Sprache handelt. Die Erzählung beschreibt, wie ein Fremder in eine Gemeinschaft eintritt, ihre Zeichen – in diesem Fall das Spucken – zunächst nicht beherrscht und voller Angst darum kämpft, sie sich anzueignen. Sobald er soweit ist, beginnt er mit den neuen Machtmitteln seinerseits repressiv umzugehen, das Außerhalb der Sprache zunächst abzulehnen und allmählich aus dem Auge zu verlieren. Die Kraft der Abgrenzung bzw. Verweisung läßt nach.[49] Das ist wiederum der Moment, wo der Umschlag erfolgt, wo die Revolte gegen die Zeichen und die damit einhergehende Sinngebung beginnt.

Der Mechanismus entspricht genau der Dynamik der obigen Reden. Auch dort versuchen die Sprecher, mit Hilfe von Worten immer größere Inhalte zu erfassen, in die Beschimpfungen immer mehr ein- und die Welt damit immer mehr auszuschließen. Indem sie den Bezug der Äußerungen bis ins letzte ausdehnen, verabsolutieren sie die eigenen Zeichen. Auch hier tritt die Realität sukzessive hinter den Aufwallungen der Sprache zurück. Ebenso wie in *Die Kälte* hat das zur Folge, daß die Sprache ihrer Leere inne wird und die Sinnstiftungen zurücknimmt oder sogar umkehrt. Die Erzählung beschreibt am

---

[49] Ein anderes klassisches Beispiel für diese Dynamik und ihre Relevanz für das Verhältnis zur Umwelt findet sich in der Erzählung *Verstörung*, die Reden des Protagonisten. In den Worten von Burghart Damerau: Die „exaltierten, verabsolutierenden Sätze [des Fürsten Saurau, J.W.] verlieren die Fühlung mit dem, worüber er spricht, laufen leer und verhindern so eine Vermittlung zwischen ihm und seiner Umwelt, die ihn reden läßt, während er sich zunehmend aus ihr verliert und auf sich zurückgeworfen wird" (Damerau 1996, 148).

Verhältnis eines Einzelnen zu einer Gemeinschaft, was die Monologe in ihrer internen Struktur praktizieren.

Bei der Analyse von *Auslöschung* interessieren also v.a. diejenigen Elemente, die sich auf das erläuterte Grundmuster – ich bezeichne es im folgenden als „*Kälte*-Schema" – beziehen lassen und den Zusammenhang von Wahrheit und Rhetorik bei Bernhard erhellen. Besonders wichtig erscheint in dieser Sache ein bestimmtes Motiv – die Fotografie. Das mag aus dem nachstehenden Passus ersichtlich werden. Der fiktive Erzähler Franz-Josef Murau sinnt dort darüber nach, warum er jedes Mal einen Wutanfall bekommt, wenn er Fotos von seiner Familie betrachtet:

> „Die auf den Fotografien Abgebildeten sind höchstens zehn Zentimeter groß und sie widersprechen uns nicht einmal. Wir sagen ihnen die allergrößten Ungeheuerlichkeiten ins Gesicht und sie widersprechen nicht einmal, wir gehen auf sie los und sie wehren sich nicht, wir können ihnen ins Gesicht sagen, was wir wollen, sie rühren sich nicht. Aber genau das bringt uns dann auch in Raserei und wir sind noch wütender. Wir verfluchen die auf den Fotografien, weil sie uns nicht antworten, weil sie uns nicht das geringste entgegnen, wo wir doch auf nichts so warten und angewiesen sind, als auf ihre Entgegnung. Wir schlagen uns sozusagen mit mikroskopisch verkleinerten Zwergen und werden wahnsinnig, hatte ich einmal zu Gambetti gesagt. Wir ohrfeigen mikroskopisch verkleinerte Zwerge und machen alles in uns verrückt dadurch. [...] Ich betrachte meine Eltern auf dem Foto, wie sie, keine zehn Zentimeter groß, den Zug nach Dover besteigen auf dem Victoriabahnhof und beschimpfe sie, ich sage, was für lächerliche Kreaturen seid ihr doch immer gewesen, und merke im Augenblick gar nicht, wie lächerlich ich selbst mich dabei gemacht habe, viel, viel lächerlicher, als meine Eltern jemals sein konnten, wie sie nie waren" (Aus 251f.).

Die Bilder bieten Murau die Möglichkeit, seine verhaßten Angehörigen ungestört zu verhöhnen und zu beschimpfen, doch die Genugtuung ist nicht von Dauer, weil er es eben nur mit Darstellungen statt mit den wirklichen Menschen zu tun hat.[50] Daß ihre Antwort ausbleibt, steigert seine Aggressivität, mit ihr aber wiederum das Gefühl der Vergeblichkeit; daher ist es nur eine

---

[50] Zum Aspekt der Verkleinerung im Kontext der Fotos in *Auslöschung* vgl. Thorpe 1988, 39, 47 (die auf Walter Benjamins Begriffspaar Aura/Reproduktion rekurriert und behauptet, der durch Muraus Eltern repräsentierte Mythos Österreich werde vermittels der visuellen Reproduktion seiner Unangreifbarkeit beraubt, u.a. 42), Marquardt 1990, 60, Langendorf 2001, 180. Weitere Literatur zum Motiv des Fotos in *Auslöschung* vgl. die Auflistung in Kap. 1.1.2.

Frage der Zeit, bis sich die Attacke gegen ihn selbst wendet. Dem Vorgang liegt quasi dasselbe Prinzip zugrunde wie der Sequenz aus *Die Kälte:* Wiederum dienen Zeichen bzw. Repräsentationen als Mittel, sich gegen eine widrige Umwelt zur Wehr zu setzen, wiederum entwickelt sich eine Spirale aus nachlassender Verweisungsmacht und exponentiell zunehmendem Verweisungswillen, die auf dem Höhepunkt abbricht. Um Bernhards Denk- und Schreibstil inklusive seines spezifischen Weltbezugs auf die Spur zu kommen, empfiehlt sich also ein gründlicher Blick auf die Rolle der Fotografie in *Auslöschung.*

1.1.2 Künstlichkeit: Foto I

Zunächst ein paar allgemeine Bemerkungen zu *Auslöschung.* Bernhards umfangreichster Roman, schon einige Jahre vor seiner Veröffentlichung (1986) entstanden,[51] handelt von der Aufarbeitung eines „Herkunftskomplexes". Der Erzähler Franz-Josef Murau stammt aus einer begüterten Familie, die auf Wolfsegg im Salzburger Land über ein herrschaftliches Anwesen verfügt. Schon früh in der Rolle des Außenseiters, wendet er sich von der Heimat ab und lebt in Rom als Privatgelehrter. Die eigentliche Erzählung setzt ein, als er ein Telegramm erhält und erfährt, daß seine Eltern und sein Bruder Johannes bei einem Verkehrsunfall ums Leben gekommen sind. Da seine beiden Schwestern im Testament nicht berücksichtigt worden sind, ist er der alleinige Erbe. Trotzdem verspürt er nur wenig Lust zu einer Fahrt nach Österreich.

---

[51] In die Forschung eingebracht wurde die Information von Ulrich Weinzierl, der sich dabei auf Aussagen von Bernhards Halbbruder Peter Fabijan beruft (Weinzierl 1990; 1991). Dazu auch Hoell 1995, 11, Pfabigan 1999, 203, Honegger 2003, 341. Demnach wurde der Roman bereits im Mai 1982 abgeschlossen. Bernhard wollte ihn offenbar als Altersvorsorge unter Verschluß halten, um bei verschlechtertem Gesundheitszustand darauf zurückgreifen zu können; tatsächlich entschloß er sich erst zur Publikation, als er im Februar 1986 sein Romanprojekt *Neufundland* – physisch entkräftet – abbrechen mußte (Hoell 2000b, 143). Einige Autoren betrachten daher anstelle von *Auslöschung* die Erzählung *Alte Meister* als letztes Glied des Prosawerks; dafür lassen sich auch inhaltlich-gedankliche Gründe anführen (z.B. Huber 1992, 176: in *Auslöschung* finde sich „noch nicht jenes radikale Nichtig-Werden der Philosophie (oder nur Schritte dahin), das *Alte Meister* kennzeichnet"). Ich halte es trotzdem eher mit Eckhart Nickel, dem für eine „teleologisch vorgehende Interpretation der späten Prosa Bernhards [...] nicht das Entstehungsdatum des Werks relevant [erscheint], sondern dessen vom Autor bestimmtes Erscheinungsdatum", und sehe in *Auslöschung* ebenfalls die „abschließende Krönung des Werkes im Bewußtsein des nahenden Todes" (Nickel 1997, 9).

In langen Denk- und Wortkaskaden räsoniert er über die Verstorbenen und kommt dabei auch auf ihren Opportunismus im Dritten Reich zu sprechen. Der zweite Teil des Romans schildert, wie Murau in Wolfsegg eintrifft, am Begräbnis teilnimmt und sich dazu entschließt, den Besitz der jüdischen Gemeinde in Wien zu übereignen. Gegen Ende wird lapidar vermerkt, daß er kurz nach dieser Verfügung verstorben sei.

Das Motiv der Fotografie nimmt insofern eine zentrale Stellung ein, als es mit der Erzählsituation des Romans korrespondiert.[52] Nachdem Murau die Todesnachricht bekommen hat, betrachtet er die besagten Bilder von seiner Familie; dabei geistern ihm die verschiedensten Erinnerungen und Gedanken durch den Kopf, zum Teil auch solche, die er zuvor seinem Schüler Gambetti mitgeteilt hat. Der Inhalt des ersten Teils von *Auslöschung* setzt sich aus diesen Assoziationen sowie dem Bericht vom Gespräch mit dem jungen Römer zusammen. Der Erzähler ergeht sich gleich zu Beginn des Romans in allgemeinen Betrachtungen zur Fotografie;[53] sie lassen an Deutlichkeit nichts zu wünschen übrig: „Die Fotografie ist das größte Unglück des zwanzigsten Jahrhunderts", behauptet Murau, „[i]ch habe noch auf keiner Fotografie einen natürlichen und das heißt, einen wahren und wirklichen Menschen gese-

---

[52] Zur Komplexion der Erzählstruktur i.a.: Weiß 1993, 144, Schlichtmann 1996, 31, Jahraus 1999, 31f.

[53] Zur Rolle der Fotografie in *Auslöschung* gibt es bereits eine Vielzahl von Vorarbeiten. Die Mehrheit der Autoren interpretiert die Bilder als Hinweis auf die Verzerrtheit von Muraus Wahrnehmung: Gößling 1988, 17-22, Eyckeler 1995, 245-47, für den die Fotos generell die Schwierigkeit illustrieren, die Wahrheit hinter den Erscheinungen zu erkennen, Schlichtmann 1996, 62f., Helms-Derfert 1997, 163-173, Herzog 1999, 125, dem zufolge sie die Reflexionen des Erzählers nicht nur anregen, sondern zugleich vorstrukturieren (in der grotesken Verzerrung seiner Familie), Langendorf 2001, 176-182 sowie Marquardt 2002, die darin v.a. die Erkenntnismöglichkeit von Kunst als solcher in Frage gestellt sieht („Die Reflexionen anläßlich der Betrachtung der Fotografien verweisen auf die Fragwürdigkeit künstlerischer Darstellung, wenn nicht gar auf die Einsicht in die Unmöglichkeit, Wirklichkeit überhaupt adäquat zu erfassen" (89, vgl. bereits Marquardt 1990, 60f.). Eine kleinere Fraktion betont hingegen eher den konstruktiven, d.h. wirklichkeits*erzeugenden* Aspekt bzw. die Analogie zum Medium der Schrift: Thorpe 1988, Weiß 1993, 136 sowie Kremer 2002. Wie Kremer meint, sind Muraus Schnappschüsse als Technobilder im Sinne Flussers zu verstehen – d.h. als Produkte einer begrifflichen Praxis statt als realistische Simulation: „Sie bedeuten nicht Welt, sondern Texte und Begriffe" (197). Das zeige sich v.a. an der Art und Weise, wie der fiktive Erzähler mit ihnen verfährt: „Murau behandelt sie [die Fotos, J.W.] explizit nicht als Effekte und Medien einer Mimesis von Welt; er jongliert mit ihnen vielmehr als Karten in einem Spiel, die den Bedeutungshorizont aufspannen, der seiner Vorstellung von seiner Familie entspricht" (198). Auf diese Überlegungen werde ich in Abschnitt 1.1.4 zurückkommen.

hen, wie ich noch auf keiner Fotografie eine wahre und wirkliche Natur gesehen habe" (Aus 30). Anders als bei seinen sonstigen Philippika liefert Bernhard hierzu durchaus so etwas wie eine Begründung:

> „Jeder will als ein glücklicher Mensch abgebildet sein, niemals als ein unglücklicher, immer als ein total verfälschter, niemals als der, der er in Wirklichkeit ist, nämlich immer der unglücklichste von allen. Alle wollen sie fortwährend als schön und als glücklich abgebildet sein, während sie doch alle häßlich sind und unglücklich. Sie flüchten hinein in die Fotografie, schrumpfen mutwillig auf die Fotografie zusammen, die sie in totaler Verfälschung als glücklich und schön oder mindestens als weniger häßlich und weniger unglücklich zeigt, als sie sind. Sie fordern von der Fotografie ihr Wunsch- und Idealbild, und es ist ihnen jedes Mittel, und sei es die grauenhafteste Verzerrung, recht, dieses Wunschbild und dieses Idealbild auf einem Foto herzustellen. [...] Wir leben in zwei Welten, sagte ich zu Gambetti, in der wirklichen, die traurig und gemein ist und letzten Endes tödlich und in der fotografierten, die durch und durch verlogen, aber für den Großteil der Menschheit, die gewünschte und die ideale ist" (Aus 126-128).

Murau betrachtet zum einen ein Foto mit seinem Bruder als verzerrt grinsenden, scheinbar glücklichen Urlauber, zum anderen einen (in einem unbemerkten Moment aufgenommenen) Schnappschuß von seinen Eltern, auf dem ihr gewöhnlicher Ausdruck zu erkennen ist.[54] Die Diskrepanz zwischen den beiden Bildern veranlaßt ihn zur These von den „zwei Welten", der traurigen wirklichen und der durch die Reproduktionstechnik hervorgebrachten idealen. In einer späteren Passage fügt er hinzu, es gebe „heute schon hundertmal mehr Fotografierte als Wirkliche, was nichts anderes heißt als Natürliche" (Aus 252f.). Was er als zweite Welt bezeichnet, ist offenbar übermächtig geworden. Die Fotografie erscheint in diesen Äußerungen als Mittel, Flüchtiges festzubannen und der Selbstbespiegelung der Abgebildeten zugänglich zu machen; auf diese Weise entsteht eine Form der Selbstsicht, die sich nicht mehr primär an der Wirklichkeit, sondern an der Reproduktion orientiert.[55]

Im letzten Zitat klingt schon eine Verbindung zu einem Standardthema in Bernhards Schriften an: zur Unterscheidung von Natürlichkeit und Künstlichkeit.[56] Murau erzählt Gambetti andernorts, daß seine herrschsüchtige

---

[54] Hinzu kommt noch eine Abbildung seiner beiden Schwestern.
[55] Vgl. Schlichtmann 1996, 63, Helms-Derfert 1997, 170.
[56] Auf dieses Problem hat die Sekundärliteratur schon früh Bezug genommen. Hans Höller verwendet den Begriff der Künstlichkeit, um Bernhards Poetik zu charakterisieren (Höller

Mutter die Geschwister und den Vater wie Puppen bzw. Hampelmänner behandelt habe (Aus 122f.). Nachdem er zuerst nur sie als „Puppenmutter" bezeichnet, dehnt er den Befund in typischer Manier auf alle Mütter in Österreich, Deutschland usw. aus:

> „In Mitteleuropa gibt es keine natürliche Mutter mehr, nur noch die Kunstmütter, sozusagen künstliche Mütter, sagte ich, Puppenmütter, die von vornherein Kunstkinder, das heißt, mehr oder weniger künstliche Kinder, Kunstkinder auf die Welt bringen. Auch in den entlegensten Gebirgstälern finden Sie keine natürliche Mutter mehr, nur noch die Kunstmutter. Und diese Kunstmutter bringt selbstverständlich nur immer ein Kunstkind auf die Welt und dieses Kunstkind schließlich auch wieder nur ein Kunstkind, auf diese Weise gibt es ja heute schon nurmehr noch Kunstmenschen, künstliche Menschen, keine natürlichen […], […] weil wir ja schon so lange Zeit nur noch mit dem Kunstmenschen, mit dem künstlichen Menschen konfrontiert sind, der schon so lange Zeit die Welt beherrscht, die ja auch längst keine natürliche, sondern durch und durch nurmehr noch eine künstliche ist, Gambetti, eine Kunstwelt. Die Kunstwelt hat den Kunstmenschen hervorgebracht, umgekehrt der Kunstmensch die Kunstwelt, der künstliche Mensch die künstliche Welt und umgekehrt. Es ist gar nichts mehr natürlich, hatte ich zu Gambetti gesagt, nichts, überhaupt nichts mehr" (Aus 125).

Hieß es im obigen Zitat, es gebe heute „mehr Fotografierte als Wirkliche", soll nun der „künstliche" den „natürlichen" Menschen verdrängt haben. Die beiden Behauptungen lassen sich zweifellos miteinander korrelieren; schließlich wird der Siegeszug der Künstlichkeit aus der Wechselwirkung zwischen „Kunstmensch" und „Kunstwelt" abgeleitet, und eine solche besteht auch im Falle der Fotografie und der darauf ausgerichteten Einstellungen und Verhaltensweisen.[57] Der Begriff der Künstlichkeit bezeichnet ebenfalls die Dominanz eines starren, von den Vorgaben der (Reproduktions-)Technik geprägten Ideals. Durch die Engführung der Wörter „Kunstmutter" und „Puppenmutter" kommt zudem der Aspekt der Herrschaft ins Spiel. Der Erzähler behauptet, die Mutter habe aus Wolfsegg „eine perfekt funktionierende Puppenwelt gemacht, in welcher alles auf das präziseste ihren Befehlen gehorchte" (Aus 123). Die künstlichen Ideale erweisen sich als Nährboden für Diszipli-

---

1979, 67), Schmidt-Dengler würdigt Bernhards Auffassung von Natur einer eingehenderen Untersuchung und vergleicht sie mit derjenigen bei Jandl und Handke (Schmidt-Dengler 1989, 64-86).

[57] Den Zusammenhang zwischen „Puppenwelt" und Fotografie betont auch Weiß 1993, 139.

narregimes,[58] deutlich auch bei der Beschreibung von Muraus Bruder Johannes und seiner Erziehung durch die Eltern:

> „Sie [die Eltern, J.W.] kneteten den Johannes so, wie sie es haben wollten und erfreuten sich daran, weil sie gar nicht merkten, daß sie ihn mit ihrer Knet- und Formkunst zerstört und vernichtet haben, endgültig. Sie hatten aus seinem *natürlichen Kopf* einen *Idealkopf* gemacht und diesen Kopf damit vernichtet für meine Begriffe, auf die unverschämteste und gemeinste Weise, rücksichtslos, was sie mit mir nicht hatten machen können, aus ihm gemacht, *einen ihnen idealen Dummkopf*, der mit der Zeit das geworden ist, was sie haben wollten, einen ihren Intentionen bis in die kleinsten Einzelheiten hinein entsprechenden, ihnen hörigen Menschen" (Aus 355).

Der Bruder ist gleichsam eine reine Verkörperung der elterlichen Intentionen, er geht völlig in ihrem Einfluß auf – eine weitere Variante des Puppenspiels, zumal die Entwicklung als von der Natürlichkeit wegführende beschrieben wird. Das Ideal erscheint auch und gerade in seinem Fall als Ensemble fixer Wunschvorstellungen, die mit direkter oder indirekter Hilfe von Fotos konstruiert, reproduziert und an die Angehörigen herangetragen werden. Freilich griffe es zu kurz, wenn man behauptete, Bernhard führe alle Übel dieser Welt monokausal auf die visuelle Reproduktion zurück.[59] Das Problem der Künst-

---

[58] Atzert 1999 bringt bei diesen kultur- und medienkritischen Erwägungen mit Recht den Namen Adorno ins Spiel (88).

[59] Gleichwohl ist evident, daß sich Bernhards Rundumschläge gegen den allgemeinen Verfall immer wieder gegen Entwicklungen richten, deren Zeitspanne sich recht genau mit der Erfindung und Ausbreitung von Fotografie, Film und Television deckt. Schon in „Mit der Klarheit nimmt die Kälte zu", der sogenannten *Bremer Ansprache* von 1965 behauptet Bernhard: „Europa, das schönste, ist tot, das ist die Wahrheit und die Wirklichkeit" – fünf Jahrzehnte zuvor sei es noch am Leben gewesen (zitiert nach Emmerich 1999, 123; dazu Herzog 1995, 136f., s. auch Höller 1979, 140). In *Auslöschung* spricht Murau explizit von einem „Verdummungsprozeß, der durch die Fotografie in Gang gebracht und durch die beweglichen Bilder zu weltweiter Gewohnheit geworden ist" (Aus 646). Diese Bemerkungen gehören zu den konservativen Tendenzen in Bernhards Werk, die sich u.a. in einem erheblichen Respekt vor den Traditionen der habsburgischen Vergangenheit artikulieren. In *Auslöschung* wird wiederholt betont, daß das Schloß Wolfsegg in früheren Jahrhunderten ein Hort der Kultur gewesen sei; davon zeugten u.a. große alte Bibliotheken (z.B. Aus 401, 541). Herzog zufolge dient es als Chiffre für den „Mythos Habsburg" und repräsentiert „eine ‚natürliche' Wert- und Sinnordnung, die für Murau im Prinzip jedoch schon ‚zerfallen' war, bevor die ‚von unten' aufgestiegene Mutter auf dem Besitztum das Szepter übernommen und es mit Hilfe der Nationalsozialisten endgültig zugrunde gerichtet habe" (Herzog 1999, 130). Dazu auch Schlichtmann 1996, 39ff. – Der „Mythos Habsburg", so Schmidt-Dengler in seinem jüngsten Überblick über die einschlägige Forschung, spielt im allgemei-

lichkeit wird auch mit einem wesentlich älteren Phänomen – dem Katholizismus – verquickt:

> „Der katholische Glaube ist, wie jeder Glaube, eine Naturverfälschung, eine Krankheit, von welcher sich Millionen ganz bewußt befallen lassen, weil sie für sie die einzige Rettung ist, für den schwachen Menschen, den durch und durch unselbständigen, der keinen eigenen Kopf hat, der einen anderen, sozusagen höheren Kopf für sich denken lassen muß; die Katholiken lassen die katholische Kirche für sich denken und dadurch auch für sich handeln, weil es ihnen bequemer ist, weil es ihnen anders, wie sie glauben, nicht möglich ist. Und der katholische Kopf der katholischen Kirche denkt fürchterlich, hatte ich zu Gambetti gesagt. [...] Überall in Österreich treffen wir auf den katholischen Geist, der uns zwar Hunderte und Tausende von katholischen Kunstwerken beschert hat, aber den eigenen Geist vernichtet, den selbständigen, unabhängigen, welcher allein der natürliche ist" (Aus 142f.).

Murau erblickt auch im Katholizismus eine Form von „Naturverfälschung", von rigidem Zugriff auf das Leben. Nimmt man die Stelle mit den obigen zusammen, so haben sich die Religion und die technifizierte Weltsicht in unheilvoller Weise miteinander ergänzt; der „katholische Kopf" denkt also in ähnlicher Weise für die Menschen, wie die Fotos für sie sehen. Besonders pikant ist dabei die Formulierung, die Gläubigen ließen sich „ganz bewußt" von der Krankheit des Katholizismus befallen. Die hier gemeinte „Bewußtheit" steht quer zum „selbständigen, unabhängigen [Geist], welcher allein der natürliche ist"; dessen Gegenbegriff kann daher nicht einfach in purer Stupidität liegen. Eine vorläufige Erklärung: was oben als Künstlichkeit beschrieben wurde, resultierte aus der Starrheit fixierter Intentionen, nicht aus ihrem Fehlen. Das Problem beruht offenbar weniger auf dem mangelnden Einfluß des „Kopfes" als vielmehr auf dem vergegenständlichenden Zug seines Denkens. Ob hier Aufklärung im klassischen Sinne Abhilfe schafft, scheint mehr als ungewiß.[60]

---

nen Denken über Bernhard eine sehr wichtige Rolle – im Gefolge von Claudio Magris' Studie *Der Habsburgische Mythos in der österreichischen Literatur* (1963) habe sich die Auffassung durchgesetzt, wonach „sich das in diesem Spannungsfeld feststellbare Pathos der Immobilität niederschlage und seine [Bernhards] Texte diesen Mythos zum letzten Mal repräsentieren und zugleich liquidieren würden" (Schmidt-Dengler 2002, 15).

[60] Diese Überlegung geschieht vor dem Hintergrund von Bernhards problematischem Verhältnis zu Utopien bzw. zur Idee des gesellschaftlichen Fortschritts. Illustrieren läßt sich dies anhand der beinahe schon obligaten Sozialismus-Schelte in vielen Werken (auch *Auslöschung*), aber auch anhand von Werken wie *Immanuel Kant*, das Schößler/Villinger 2002 überzeugend als Persiflage auf Kants Schrift *Zum ewigen Frieden* interpretieren: Bernhard

Um in diesen Fragen weiterzukommen, gilt es nun ein anderes Grundmotiv des Romans unter die Lupe zu nehmen – das der Bühne. Wie eng es mit dem Thema Künstlichkeit zusammenhängt, zeigt sich allein an folgendem Punkt: Murau gebraucht immer wieder Erklärungsmuster aus der Sphäre des Theaters, um die Verhältnisse im Puppen*spiel* der Familie zu beschreiben – von seinem Ideal-Bruder sagt er beispielsweise, er kopiere den Vater in Gang, Stimme und Körperhaltung (Aus 353). Trotzdem sollen die Aspekte der Theatermetaphorik zunächst unabhängig von den Ergebnissen zur Fotografie dargelegt werden.

1.1.3 Theater-Metaphorik

Der Motivkomplex des Theaters[61] bildet in *Auslöschung* ein weitverzweigtes Feld, dessen Grenzen schwer zu bestimmen sind.[62] Bei einer Reihe von Textbelegen kann man lückenlos an die Ergebnisse des zweiten Teils anschließen. Was dort als Hörigkeit gegenüber der Reproduktion beschrieben wurde, gibt sich hier als Hang zur Selbstinszenierung zu erkennen. Wie fast überall im Roman drehen sich die Reflexionen v.a. um Muraus Familie, hier um den Bruder:

> „Er [der Bruder, J.W.] war, wie sein und mein Vater, sehr bald *ein bequemlicher Mensch* geworden, der nur immer vormachte, er sei tätig, während er in Wirklichkeit die Untätigkeit selbst gewesen ist, er stellte einen Menschen zur Schau, von welchem gesagt werden mußte, daß er ununterbrochen tätig sei, rastlos arbeite, niemals sich einen Augenblick der Ruhe gönne und alles das natürlich für nichts anderes, als für die Familie, die ihn immer so, wie er sich darstellte, zu sehen wünschte, aber die Familie nahm, was er darstellte, ernst und erkannte nicht, daß sie nur einem Schauspieler zuschaute, keinen Augenblick dem, welcher sich hinter dem Schauspieler in seiner angeborenen Bequemlichkeit ver-

---

„nimmt geradezu Kants Philosophie als Dreh- und Angelpunkt, um ‚Fortschritt' grundsätzlich in Frage zu stellen und ihn als lediglich paradoxales Unternehmen vorzuführen" (119).

[61] Die Dominanz der Theatermetapher ist kein Spezifikum von *Auslöschung,* sondern zieht sich durch praktisch alle Werke bzw. alle Phasen von Bernhards Schaffen. Nicht wenige Autoren verweisen dabei auf die traditionelle Vorstellung des theatrum mundi; diese kehre bei Bernhard wieder, freilich ohne das Bild von Gott als Lenker, sondern mit dem Akzent auf der Rollenhaftigkeit des Daseins und der gesellschaftlich vermittelten Überinszenierung der Wirklichkeit (u.a. Jang 1993, 27-35, Damerau 1996, 284-93, Link 2000, 128-30).

[62] Zur Theatermetapher in *Auslöschung* auch Helms-Derfert 1997, 235f., Atzert 1999, 101f., Link 2000, 114ff.

schanzte; in Wirklichkeit arbeitete mein Bruder genauso wenig wie mein Vater, er stellte nur immer diese von allen bewunderte ununterbrochene Arbeit und diesen ununterbrochenen Arbeitseifer dar, der sie zufriedenstellte und der schließlich auch ihn selbst zufriedenstellte, weil er selbst auf einmal nicht mehr in der Lage gewesen war, einzusehen, daß er seinen Arbeitseifer für die Familie nur schauspielerte, aber gar nicht wirklich hatte" (Aus 92f.).

Es dauert nicht lange, und die Behauptungen werden verallgemeinert und auf größere Zusammenhänge übertragen – auf ganz ähnliche übrigens wie bei den „Kunstmüttern":

„Der Großteil der Menschheit, vor allem in Mitteleuropa, heuchelt Arbeit, schauspielert ununterbrochen Arbeit vor und perfektioniert bis ins hohe Alter diese geschauspielerte Arbeit, die mit wirklicher Arbeit genauso wenig zu tun hat, wie das wirkliche und tatsächliche Schauspiel mit dem wirklichen und tatsächlichen Leben. Da die Menschen aber immer lieber das Leben als Schauspiel sehen als das Leben selbst, das ihnen letzten Endes viel zu mühsam und trocken vorkommt, als eine unverschämte Demütigung, schauspielern sie lieber, als daß sie leben, schauspielern sie lieber, als daß sie arbeiten" (Aus 94).

Die Parallelen zu den Äußerungen über die Fotografie liegen auf der Hand. Die geschauspielerte Arbeit entspricht der Künstlichkeit, das „Leben als Schauspiel" der fotografierten idealen und das „Leben selbst" der traurigen wirklichen Welt aus den obigen Zitaten. Gegenstand ist erneut die Strategie, die Realität des Lebens mit Hilfe von präfabrizierten Bildern zu überspielen, ob nun für sich oder für andere. Wenn Murau wenig später hinzufügt, die Intellektuellen seien „die nichtssagenden, völlig einflußlosen Episodisten auf dieser skrupellosen, alles krank machenden Arbeitsbühne, auf welcher schon über ein halbes Jahrhundert […] Arbeit […] gespielt wird" (Aus 96f.), liefert er zwei weitere Argumente für die Verbindung mit dem Problem der Künstlichkeit: die Datierung des Phänomens und den Hinweis auf die Hilflosigkeit von herkömmlichen intellektuellen Gegenbewegungen.

Auch das, was zum totalitären Charakter der fotografischen Selbst- und Fremdwahrnehmung gesagt wurde, läßt sich auf die Theatermetaphorik übertragen. Besonders deutlich wird dies in einer Passage, wo Murau von den auf Wolfsegg angestellten Jägern spricht: „Diese Leute sind zeitlebens Theaterfiguren […], mit ihnen kann der, der sie in der Hand hat, tun, was er will, sie führen letzten Endes jeden, auch den unsinnigsten, den absurdesten Befehl aus" (Aus 590). Er verwendet also das Bild des Schauspielers, um ihr Dasein als „willige Vollstrecker" zu beschreiben.[63] Theater in diesem Sinne erschöpft sich in der Wiederholung fixierter Momente, in der repressiven Formung bzw. im willenlosen Formenlassen, und stellt somit einen Gegenbegriff zum „natürlichen Leben" dar.

Daneben gibt es eine andere Gruppe von Textbelegen, in denen die Spielmetaphorik positiv oder wenigstens nicht eindeutig negativ konnotiert ist. Zu den ambivalenten Fällen zählen etwa einige Äußerungen zur katholischen Kirche. Die „Kirchenfürsten [...] betrachten die Kirche nur als ungeheuerliches Weltschauspiel, in welchem sie die Hauptrollen spielen", behauptet Murau, „Sie mögen sagen, was sie wollen, sie erkennen natürlich, daß es sich um das größte, gleichzeitig verlogenste Schauspiel handelt, das jemals gespielt worden ist" (Aus 545). Später denkt er über das Ritual des Begräbnisses nach und bezeichnet es als ein „großartiges Drama", wie es nicht einmal Shakespeare hätte schreiben können – freilich sei jedes Drama verlogen und diese Art von Drama die verlogenste (Aus 634). Hier schwingen ganz andere Töne mit als bei den Kommentaren zur Mutter oder zu den Jägern.

Die Rede von den Kirchenfürsten bezieht sich v.a. auf den Erzbischof Spadolini, eine der wichtigsten Figuren des Romans.[64] Der Erzähler führt ihn als brillanten, polyglotten und kultivierten Weltmann ein und kann umso weniger verstehen, weshalb er der Geliebte seiner Mutter gewesen ist. Zum Zusammentreffen der beiden kommt es erst im zweiten Teil des Romans. Spadolini ist ebenfalls nach Wolfsegg gefahren, um am Begräbnis teilzunehmen. Noch bevor er dort eintrifft, kreisen Muraus Gedanken permanent um seine Person. All seine Beschreibungen sind von Begriffen aus der Sphäre des Theaters geprägt. Ständig geht es um das Auftreten, die Ausstrahlung und die Rednergabe des Erzbischofs. Gegen Ende des Texts, die Trauerfeier befindet sich schon in vollem Gange, vergleicht er ihn mit den übrigen Würdenträgern und gelangt zur Einsicht, daß er „in jedem Wort, das er sagt, mit jeder Geste, die er von sich gibt, sozusagen ein alle diese Provinzschauspieler überragendes schauspielerisches Genie ist, sozusagen absolutes katholisches Welttheater" (Aus 635).

---

[63] Weitere Belege für diese Komponente des Theater bzw. des Spielmotivs finden sich in den Bemerkungen zum „Puppenspiel" der Mutter, die die Töchter „als Puppen für ihre Spielleidenschaft" mißbraucht hat (Aus 122).

[64] Dazu auch Eyckeler 1995, 157ff., Schlichtmann 1996, 79ff., Helms-Derfert 1997, 204ff., 236ff.

Was die Kirche und v.a. Spadolini betrifft, verweist die Theatermetaphorik weder auf narzißtische Weltflucht noch auf rigide Lebensmodelle. Hier geht es um ältere Phänomene als oben, quasi um die Möglichkeit, die Welt in schöne Bilder zu fassen, ob in kirchlichen Zeremonien oder in ausgefeilter Rhetorik, mit einem Wort: um Kultur. Das so verstandene Schauspiel beschränkt sich nicht auf die Wiederholung des Immergleichen, sondern erfüllt zudem eine erschließende Funktion. Es nimmt nicht wunder, wenn Murau mit großem Respekt, teilweise sogar mit Dankbarkeit vom Erzbischof spricht. In einer schwierigen Phase habe er lange Spaziergänge mit ihm gemacht und ihm geholfen, zu seinen „geistigen Leidenschaften" zurückzufinden (Aus 500). Er sei es auch gewesen, der ihm die Bekanntschaft mit Gambetti vermittelt habe (Aus 509). Im ersten Teil stellt er einen langen Vergleich zwischen Spadolini und seiner (immer wieder als Bachmann-Double[65] interpretierten) Lieblingsdichterin und Herzensfreundin Maria[66] an:

> „[...] Spadolini ist der Gesellschaftsdiplomat, der alle Raffinessen beherrscht, Maria beherrscht sie nicht und zeigt das offen, weil es ihr nicht anders möglich ist. Jeder von beiden, Spadolini wie Maria, habe ich zu Gambetti gesagt, ist der Mittelpunkt, *es gibt nicht zwei Mittelpunkte*, Spadolini ist es aus Raffinement, Maria ist es von Natur aus, habe ich zu Gambetti gesagt. Das Österreichische an Maria ist das Natürliche, das Vatikanische das Künstliche an Spadolini, habe ich zu Gambetti gesagt. Beide sind gleich groß und hassen sich gleich, habe ich zu Gambetti gesagt, und sind sich ihrer Größe und ihres Hasses bewußt, Spadolini aber ist der Stärkere, deshalb hat er sich auch nicht immer zurückzuziehen wie Maria, deren einzige Waffe schließlich immer das Zurückziehen gewesen ist" (Aus 229f.).

Die Künstlichkeit, so wie sie der Kirchenmann verkörpert, scheint einen legitimen Platz neben der Poesie beanspruchen zu können. Muraus Verhältnis zu Spadolini ändert sich im Laufe des Romans – er nähert sich allmählich Marias Position an, die ihn von vornherein als Opportunist und Scharlatan angesehen hat (vgl. Aus 228). Die Reflexionen nehmen im zweiten Teil den Charakter eines Kampfes an; Murau schildert in allen Einzelheiten, wie Spadolini beim Abendessen in Wolfsegg von den Verstorbenen gesprochen und ein

---

[65] Höller 1993, 93, Mittermayer 1995b, 116, Gehle 1995. – Weiter zum Verhältnis von Bachmann und Bernhard: Beicken 2001, Ertuğrul 2001, Steutzger 2001.

[66] Wie Damerau notiert, fügt sich der Name Maria in eine Konstellation, mit der auf die Heilige Familie angespielt werde (das römische Trio mit Franz-*Josef* Murau und dem „jungen Umweltverzauberer" Gambetti (Aus 513)) und die als Gegenentwurf zum Dreieck in Wolfsegg (Eltern/*Johannes*) konzipiert sei (Damerau 1996, 134f.).

geradezu unverschämt beschönigendes Bild von ihnen gezeichnet habe. Aufgrund seiner brillanten Rhetorik sei aber niemand die Verzerrung aufgefallen. „Wie er etwas sagt und sich dabei zur Schau stellt, nicht das, *was* er sagt, ist das, das meine Bewunderung herausfordert" (Aus 555), bemerkt Murau und unterstellt ihm, ein „berechnendes Trauertheater" aufzuführen (Aus 578f.). Sein Fazit lautet, Spadolini sei ein „Beispiel für einen abstoßenden *und* faszinierenden Menschen" (Aus 582). Damit bewegt sich seine Einschätzung aber trotzdem auf einem ganz anderen Niveau als bei dem „Arbeitstheater", der fotografischen Künstlichkeit und ihren Folgen.

Die Theatermetaphorik kommt auch im Kontext der Erzählgegenwart zur Anwendung. Als Murau am Anfang die Todesnachricht erhält, überlegt er mit gewissem Widerwillen, ob, wann und wie er nach Wolfsegg reisen soll. Dabei huscht ihm ein Satz über die Lippen, den er einmal Gambetti gegenüber geäußert hat: „Aber ich kann die Meinigen ja nicht, weil ich es will, abschaffen" (Aus 17f.). Er bemerkt, wie furchtbar die Worte durch den Unfall geworden sind, und probiert sie nochmals aus:

> „Da ich den damals Gambetti gegenüber mit der größten Abneigung gegen die Betroffenen ausgesprochenen Satz *Aber ich kann die Meinigen ja nicht, weil ich es will, abschaffen*, jetzt ziemlich laut und geradezu mit einem theatralischen Effekt wiederholte, so, als sei ich ein Schauspieler, der den Satz zu proben hat, weil er ihn vor einem größeren öffentlichen Auditorium vorzutragen hat, entschärfte ich ihn augenblicklich. Er war auf einmal nicht mehr vernichtend. Dieser Satz *Aber ich kann die Meinigen ja nicht, weil ich es will, abschaffen*, hatte sich jedoch bald wieder in den Vordergrund gedrängt und beherrschte mich. Ich bemühte mich, ihn zum Verstummen zu bringen, aber er ließ sich nicht abwürgen. Ich sagte ihn nicht nur, ich plapperte ihn mehrere Male vor mich hin, um ihn lächerlich zu machen, aber er war nach meinen Versuchen, ihn abzuwürgen und lächerlich zu machen, nur noch bedrohlicher. Er hatte auf einmal das Gewicht, das noch kein Satz von mir gehabt hat. Mit diesem Satz kannst du es nicht aufnehmen, sagte ich mir, mit diesem Satz wirst du leben müssen. Diese Feststellung führte urplötzlich zu einer Beruhigung meiner Situation. Ich sprach den Satz *Aber ich kann die Meinigen ja nicht, weil ich es will, abschaffen*, jetzt noch einmal so aus, wie ich ihn Gambetti gegenüber ausgesprochen hatte. Jetzt hatte er dieselbe Bedeutung wie damals Gambetti gegenüber" (Aus 18f.).[67]

Beim Umgang mit dem Zitat macht Murau eine merkwürdige Entdeckung: Es kommt immer anders, als er denkt. Die theatralische Attitüde führt zur

---

[67] Zu dieser Passage u.a. Thorpe 1988, 43, Weiß 1993, 17-21, Atzert 1999, 97f.

Entschärfung des Satzes, die lächerliche umgekehrt zu einer *Ver*schärfung, und das Eingeständnis der Ohnmacht bringt eine Beruhigung bzw. die Wiederholung des ursprünglichen Ausdrucks mit sich.[68] Was Murau auch intendiert, es bewirkt das Gegenteil. Wenn er sich selbst als „Schauspieler" begreift, so gewiß nicht in dem Sinne, daß er über die Materie souverän verfügte. Daraus ergeben sich zwei Schlußfolgerungen: Erstens handelt es sich beim Erzähler selbst um eine rollenhafte Figur, deren Sprache zwischen der Wiedergabe vorgängiger Inhalte und der Eigengesetzlichkeit der Darstellung oszilliert.[69] Zweitens hat man es hier mit einer ganz anderen Form von Theater zu tun als in den eingangs erläuterten Beispielen. Diente das Vorgegebene dort der reinen Reproduktion, der starren Wiederholung, so ergeben sich hier völlig unvorhersehbare Effekte. Der Satz wird zu einer Black Box, an der sich alle Intentionen brechen – das unterscheidet Muraus Erzähl-Spiel nicht nur von der Mutter und den Jägern, sondern auch von Spadolini.

Das Theater des Erzählers weist noch eine weitere Dimension auf. Als Murau zu Beginn des zweiten Teils in Wolfsegg eintrifft, gibt er sich nicht sofort zu erkennen. Er drückt sich an eine Mauer und beobachtet, wie die Gärtner auf dem Hof arbeiten und das Anwesen mit Blumen schmücken. Das löst in ihm folgende Überlegungen aus:

> „Das Theatralische des Vorgangs an der Orangerie war mir auf einmal deutlich geworden, daß ich einem Theater zuschaue, in welchem Gärtner mit Kränzen und Buketten agieren. Die Hauptfigur in diesem Theater aber fehlt, habe ich gleichzeitig gedacht, und ebenso, das eigentliche Schauspiel kann erst anfangen, wenn ich auftrete, sozusagen der Hauptdarsteller, welcher aus Rom herbeigeeilt kommt für dieses Trauerspiel. Was ich vom Mauertor aus sehe, habe ich gedacht, sind nur die Vorbereitungen auf jenes Schauspiel, das ich, und niemand sonst, eröffne. Die ganze Szene und die dahinter, die von mir noch nicht eingesehene, die im Haupthaus also, kam mir dann vor, wie die Garderobe, in welcher sich die Darsteller herrichten, sich schminken, auf ihre Dialoge vorbereiten wie ich selbst, denn ich selbst kam mir vor, wie der Hauptdarsteller, der sich auf seinen Auftritt vorbereitet, mit allen denkbaren Möglichkeiten, um nicht sagen zu müssen, Raffinessen, der alles, das er darzustellen und aufzusagen hat, noch einmal rekapituliert, der seinen Text noch einmal überprüft, der seine Schritte noch einmal in seinem Kopf ausprobiert, während er die andern bei ihren Vor-

---

[68] Weiß 1993 zufolge geht es in dieser Passage vorrangig um das Problem des Zitats (17-21).
[69] Vgl. Herzog 1999, 124f., mit dem wichtigen Zusatz, daß auch die Wechsel zwischen den inquit-Formeln „denke ich jetzt" und „dachte ich jetzt" von fluktuierenden Bewegungen auf der Ebene der Erzählgegenwart zeugen.

bereitungen, die alle geheime Vorbereitungen sein sollen, ruhig beobachtet. Die Ruhe überraschte mich, mit welcher ich am Torbogen gestanden bin und meine Rolle rekapituliert habe für ein Schauspiel, welches mir auf einmal gar nicht neu vorgekommen ist, sondern schon hunderte Male, wenn nicht tausende Male erprobt" (Aus 318f.).

Murau hat also das Gefühl, einem Schauspiel bzw. den Vorbereitungen zu demselben zuzuschauen. Alles was er wahrnimmt, sein eigenes Tun eingeschlossen, ist nur die Folie für den unterstellten untergründigen Vorgang, die Arbeit am Bühnenbild und an der Inszenierung.[70] Man kann sagen, daß er die Erfahrung eines doppelten Sehens macht. Der Blick geht durch die Äußerlichkeiten hindurch auf etwas anderes. Die Metapher des Theaters ist hier quasi eine Beobachtungstechnik, mit der sich der Erzähler das Gesehene erschließt.[71] Im zweiten Teil von *Auslöschung* entspringen seine Redeergüsse über weite Strecken derartigen Szenen-Imaginationen, sei es an der Mauer, im Haus oder gegen Ende beim Begräbnis.[72] Auch dieses Theater gehört zur dritten Kategorie, denn es geht nicht um ein Reproduzieren, sondern um ein Sehen im Gesehenen, um das Vergleichen von Verschiedenem.

Der Unterschied zum Spiel der Mutter wird klarer, wenn man die textkonstitutive Funktion der Theatermetapher bedenkt. Wie u.a. die ständigen Verweise auf das Gespräch mit Gambetti zeigen, operiert der Erzähler allerorten mit mehrschichtigen Formen. Bisweilen überlagern sich im Redestrom mehrere Schauplätze, so etwa bei der Erzählung eines Traumes, in dem er mit seinen Freunden Maria und Eisenberg aus dem Fenster eines Gasthauses schaut – dabei flicht er immer wieder ein, wie er gerade aus seinem Fenster in Rom auf die Piazza Minerva herunterblickt (Aus 221).[73] Hier liegt ebenfalls ein Fall von potenziertem Sehen vor; anders als beim „Puppenspiel" werden die beiden Ebenen aber nicht miteinander identifiziert. Freilich gibt es dabei eine gewisse Grauzone. Murau erklärt mehrfach, seine Angehörigen nicht

---

[70] Vgl. Link 2000, 114f.

[71] Auf diesen Aspekt zielt Johann Sonnleitners Bemerkung, die Theatermetapher diene bei Bernhard generell als „Reizschutz" – dabei bezieht er sich auf ein Interview, in dem der Autor behauptet, er habe „schon als Kind immer den Umweg über das Theatralische gesehen", um sich „diese furchtbaren Dinge überhaupt erträglich zu machen" (Dreissinger 1992, 62, vgl. Sonnleitner 2001, 391).

[72] Herzog 1999 ist der Meinung, aufgrund dieser Struktur könne man die einzelnen Sequenzen des zweiten Teils als Theater-Szenen begreifen (127).

[73] Zu Muraus Traum (in Verbindung mit seiner Signifikanz für Bernhards Verhältnis zu Schopenhauer): Huber 1992, 15f. et passim, Atzert 1999, 117-121.

unvoreingenommen betrachten zu können. Beim Anblick seiner Schwestern denke er immer an ihr „hysterisches Hüpfen" aus ihrer Kindheit (Aus 97), den Vater sehe er immer wie auf einem Foto in einer „Habigpumphose", auch wenn er etwas ganz anderes trage (Aus 246). Gerade das zweite Beispiel liegt sicher nicht weit entfernt von der vielbeschworenen fotografischen Erstarrung, insgesamt zeichnet sich sein doppeltes Betrachten aber gerade dadurch aus, daß vorgängige Form und aktueller Sinneseindruck voneinander geschieden bleiben.

An den einzelnen Verwendungen der Theatermetapher treten also zwei gegensätzliche Tendenzen hervor. Zum einen steht sie für den Hang einzelner Menschen, sich und anderen fixe Muster zu oktroyieren und alles Widerstrebende auszuschalten; Schauspiel in diesem Sinne bleibt auf die pure Reproduktion des Vorgegebenen beschränkt. Zum anderen dient sie dazu, Muraus Technik des Schreibens und Beobachtens zu verdeutlichen. Hier bewirkt der Gebrauch der Formen weder eine Erfüllung der Intentionen noch die Identifikation des Vorigen mit dem Gegenwärtigen; stattdessen kommt es in der Konfrontation zu überraschenden Effekten. Die Übergänge zwischen beiden Varianten sind freilich fließend – das zeigt sich insbesondere an Spadolini, teilweise auch an Murau selbst. Im vierten Abschnitt geht es nun um die poetologische Dimension dieser Zusammenhänge.

1.1.4 Auslöschen: Foto II

Die Betrachtungen zur Rolle der Fotografie in *Auslöschung* haben bislang nur die Bestimmungen zur „Künstlichkeit" zutage gefördert; über den damit korrespondierenden Bildkomplex des Theaters ließ sich zudem die Unterscheidung von statischer und dynamischer Repräsentation ermitteln. Die eigentliche Frage an das Motiv, seine Relevanz für das Problem von Wahrheit und Rhetorik, ist indes noch ungeklärt. Daher nun ein Blick auf diejenigen Passagen, in denen weniger der existentielle Aspekt des Foto-Problems (die Verfallenheit an das künstlichen Ideal) als vielmehr die wahr/falsch-Dichotomie im Vordergrund steht. Im folgenden Beispiel stellt Murau fest, daß ihm immer zuerst die besagten Abbildungen in den Sinn kommen, wenn er an seine Schwestern denkt:

> „Die spöttischen Gesichter meiner Schwestern auf dem Foto, das sie in Cannes zeigt, *sind* meine Schwestern, ich sehe sie immer nur als diese spöttischen Gesichter, die sie haben, gleich wann und wo und in welchem Verhältnis zu ihnen

ich sie sehe, ich sehe immer nur ihre spöttischen Gesichter, *sie* habe ich im Kopf, wenn ich gleich wann an meine Schwestern denke, *diese spöttischen Gesichter* habe ich mir in meiner römischen Schreibtischlade aufgehoben, nicht die anderen, die sie ja *auch* immer gehabt haben, die *traurigen, die stolzen, die hochmütigen, die durch und durch arroganten,* nein diese spöttischen und ich spreche, wenn ich von meinen Schwestern spreche, nicht über meine tatsächlichen Schwestern *in Wirklichkeit*, hatte ich zu Gambetti einmal gesagt, sondern über diese spöttischen Gesichter meiner Schwestern, wie sie, wie gesagt wird, der Zufall auf diesen Fotografien festgehalten hat. [...] Ich habe, sagte ich mir, gar keine Schwestern, ich habe nur ihre spöttischen Gesichter, ich habe weder Caecilia, noch Amalia, ich habe nur zwei spöttische Gesichter in ihrer entsetzlichen fotografischen Erstarrung" (Aus 240f.).

Der Erzähler bleibt noch länger bei dem Thema und fragt sich, ob die Schwestern den Gesichtsausdruck vielleicht nur einmal, nur im Moment der Aufnahme gezeigt haben (Aus 243) – umso schwerer wiege die Verfälschung. Mit Bildern von Prominenten verhalte es sich ähnlich: An Einstein zum Beispiel könne er nicht denken, ohne das Foto mit der herausgestreckten Zunge zu sehen, ebensowenig an Churchill ohne seine „argwöhnisch vorgezogenen Unterlippe" (Aus 244f.). Während hier das Moment der Verzerrung dominiert, fällt die Bewertung an einer späteren Stelle ganz anders aus. Murau betrachtet wiederum das Bild mit seinen Eltern auf dem Londoner Victoriabahnhof und meint, man sehe darauf die Langeweile der Mutter, die sich damals viel lieber mit Spadolini getroffen hätte (Aus 284). Hier bringt das Foto ein sorgsam gehütetes Geheimnis zum Vorschein.[74] Das bisherige Urteil des Erzählers kehrt sich vollständig um: „Tatsächlich verschleiern die Fotografien nichts, decken nichts zu, machen das, das die darauf Abgebildeten lebenslänglich verschleiern und verdecken wollen, offensichtlich, rücksichtslos" (Aus 288f.). Offenbar ist ihm der Widerspruch selber bewußt – jedenfalls nimmt er in einem Oxymoron Zuflucht: „Das Verzerrte, das Verlogene auf ihnen ist die Wahrheit, dachte ich. Die absolute Verleumdung darauf ist die Wahrheit" (Aus 289).

Wie kommt es zu diesem Sprung? Die Ambivalenz zwischen Verfälschung und Wahrheit läßt sich schon in der vorigen Passage erkennen. Der Erzähler fragt sich im Anschluß an den oben zitierten Abschnitt, weshalb er die Aufnahmen überhaupt aufbewahrt hat, wenn sie solche Übel erzeugen, und fin-

---

[74] Pfabigan 1999 weist darauf hin, daß den Fotos im Rückblick geradezu prophetische Macht eignet: Auf dem Bild vom Victoriabahnhof sieht man die Angewohnheit der Mutter, ihren Hals vorzustrecken – darin kündige sich bereits ihr grausamer Unfalltod an (214f.).

det die Antwort: „Ich *wollte* wahrscheinlich lächerliche und komische Eltern auf dem Foto haben, das ich mir behalte [...] Ich wollte auch von meinem Bruder ein Foto haben, auf welchem er nicht *so* abgebildet ist, wie er tatsächlich ist, sondern ein solches, das ihn lächerlich zeigt, *wie ich ihn sehen will*" (Aus 248). Spätestens hier kippt der Monolog. Er habe die Bilder nur gesammelt, geißelt sich Murau, weil er viel schwächer sei als die, die er schwach sehen wolle: „*Wir* sind die Charakterlosen, die Lächerlichen, die Komischen, die Perversen, Gambetti, in erster Linie, nicht umgekehrt" (Aus 248f.). In diesem Kontext fallen auch die eingangs angeführten Sätze, in denen er erklärt, er beschimpfe die Fotos mit immer größerer Wut, weil die darauf Abgebildeten nicht antworteten (Aus 251f., vgl. 1.1.1).

Murau faszinieren die Bilder insofern, als er mit den Fotografierten nach Belieben verfahren kann; sie geben ihm die Möglichkeit, seine besondere Sicht auf die Betreffenden – wie etwa auf die Mutter und ihr Verhältnis zu Spadolini – zu schärfen. Wenn unter diesen Voraussetzungen das Verzerrte die Wahrheit sein soll, kann diese nur in der Energie bestehen, die der Sprecher aufwendet, um sich von seiner Umwelt abzugrenzen. Der Erzähler *will* die Angehörigen so sehen, wie es die Verzerrung erlaubt, und wenn sich das bei näherer Prüfung als unhaltbar erweist, *will* er – abermals mit Hilfe der Fotos – noch einen Schritt weitergehen und sich ihnen gegenüber desto radikaler behaupten. Die Verfälschung erlaubt eine vorübergehende Sinnstiftung, die allerdings kollabiert, sobald sie ihres imaginären Charakters innewird.[75] Hier liegt also – in nietzscheanischer Tradition – ein volitiver Begriff von Wahrheit zugrunde.[76]

Diese Struktur entspricht genau derjenigen, die oben am Aufbau der Monologe im allgemeinen und am Beginn von *Die Kälte* im besonderen festgestellt wurde (1.1.1): Je größer der Anspruch der Zeichen, desto geringer ihr Realitätsbezug. Einzelne Behauptungen werden immer weiter ausgedehnt, und da der Gegenhalt in der Wirklichkeit parallel dazu abnimmt, beschleunigt sich die Bewegung bis zu ihrem Abbrechen. Die Szene des wütenden Schreibers vor den leblosen Fotos veranschaulicht dieses Modell sehr pla-

---

[75] Aus diesem Grunde erscheint Kremers zitierte These, wonach Murau die Fotos „explizit nicht als Effekte einer Mimesis von Welt" betrachtet (Kremer 2002, 198, s.o.), zumindest ergänzungsbedürftig: Die Phasen, in denen er sich der Künstlichkeit der Bilder bewußt ist, wechseln zyklisch mit anderen, in denen er die Darstellung offenkundig mit den wirklichen Dargestellten verwechselt.

[76] Zu einem solchen Ergebnis gelangt auch Eyckeler 1995, der dies anhand einer Passage aus *Der Keller* zeigt (51). Zu Bernhards Nietzsche-Rezeption: Stevens 1997.

stisch. Man sieht daran: Was zu den ständigen Aufwallungen führt, ist die Verzweiflung am eigenen Medium, der Sprache, die zwar eine opponierende Haltung erlaubt, aber eben nur im Modus der Repräsentation. Mit der Fotografie verfügt man also wie eingangs vermutet über ein Motiv, das mit der rhetorischen Grundstruktur von Bernhards Werk korrespondiert – diesen Schluß legen die Betrachtungen zur Relation von Verzerrung und Wahrheit nahe. Man kann es nicht nur im Horizont einer Kritik an der medienvermittelten Weltsicht, sondern zugleich als Allegorie der Sprache im allgemeinen bzw. von Bernhards Schreiben im besonderen deuten.[77]

Was heißt das nun für die immanente Poetik dieser Texte? Ist der Stil der Monologe daran ausgerichtet, sich dem vergegenständlichenden Denken der „Künstlichkeit" platterdings zu assimilieren? Was den Erzähler von *Auslöschung* angeht, so zeigt sich an seinem Umgang mit den Familienfotos, daß er sich den neuen Repräsentationsmöglichkeiten ebensowenig verweigert wie die verhaßten Angehörigen. Dennoch gibt es einen klaren Unterschied zum Narzißmus der „Puppenmütter" und „Arbeitsschauspieler": Indem seine verbalen Setzungen ständig ihre Differenz zur Wirklichkeit reflektieren und in die bewußte Spirale eintreten, etablieren sie eine Alternative zur Identifikation von Sprache und Welt, von Ideal und Natur.[78] Ist es also – analog zur Thea-

---

[77] Wie in Teil 1.1.2 erläutert, ist die enge Verbindung von Foto und Schrift in *Auslöschung* bereits von einigen Autoren vermerkt worden (Weiß 1993, 136, Kremer 2002, 195ff.). Als selbstreflexive Darstellung und Begründung von Bernhards *Rhetorik* wurde der besagte Motivkomplex seltsamerweise aber noch nie gedeutet. Selbst so vorzügliche Studien wie die angeführten Aufsätze von Eva Marquardt und Andreas Herzog verweigern diesen Schritt, obwohl sie beide sowohl das rhetorische Grundmuster als auch die Rolle der Fotografie in *Auslöschung* thematisieren (Herzog 1999, 126, Marquardt 2002, 87-90). Herzog meint zwar, der Erzähler verfahre „sprachlich fotografierend bzw. etikettierend mit der Wirklichkeit" (126), doch er unterschlägt, daß Foto und Schrift für Murau (und Bernhard) ein Mittel sind, die Realität herbeizuzitieren und sich mit ihr zu messen, sein Verhältnis zu ihr immer wieder (bzw. zyklisch) zu verändern, um sich die entsprechende Wahrheits- und Lebensenergie zu verschaffen.

[78] In diesem Sinne interpretiere ich auch das erwähnte Wort vom „Übertreibungskünstler", mit dem sich Murau selbst charakterisiert und das mehrfach auf Bernhards Schreiben übertragen wurde. Murau hypostasiert die Übertreibung an einer Stelle als „Geistesgeheimnis", als generelles Verfahren von Kunst und Philosophie (Aus 612); er behauptet schon zuvor, nur die Übertreibung sei in der Lage, etwas anschaulich zu machen (Aus 128). Damit gelangt man wieder zu den Überlegungen zum volitiven Wahrheitsbegriff – erst wenn jemand einen Widerspruch zum herrschenden Deutungsgefüge erzeugt und sich dadurch als schreibendes Subjekt von der Umwelt abgrenzt, wird die konstitutive Energie freigesetzt. Bei Bernhard steht diese Methode im Kontext einer zyklischen Struktur, in der sich die Über-

termetaphorik – eher eine Form von dynamischer Darstellung, worauf Bernhards Wortkaskaden abzielen? Dazu nun ein Auszug aus dem Interview *Drei Tage*,[79] der wohl am häufigsten zitierte poetologische Selbstkommentar des Autors:

> „In meinen Büchern ist alles *künstlich*, das heißt, alle Figuren, Ereignisse, Vorkommnisse spielen sich auf einer Bühne ab, und der *Bühnen*raum ist total finster. Auftretende Figuren auf einem *Bühnen*raum, in einem *Bühnen*viereck, sind durch ihre Konturen deutlicher zu erkennen, als wenn sie *in der natürlichen* Beleuchtung erscheinen wie in der üblichen uns bekannten Prosa. In der Finsternis wird alles deutlich. Und so ist es nicht nur mit den Erscheinungen, mit dem Bildhaften – es ist auch mit der Sprache *so*. Man muß sich die Seiten in den Büchern *vollkommen finster* vorstellen: Das Wort leuchtet auf, dadurch bekommt es seine *Deutlichkeit* oder *Überdeutlichkeit*. Es ist ein Kunst*mittel*, das ich von Anfang an angewendet habe. Und wenn man meine Arbeiten aufmacht, ist es so: Man soll sich vorstellen, man ist *im Theater*, man macht mit der ersten Seite *einen Vorhang* auf, der Titel erscheint, totale Finsternis – langsam kommen aus dem Hintergrund, aus der Finsternis heraus, Wörter, die langsam zu *Vorgängen äußerer und innerer Natur*, gerade wegen ihrer Künstlichkeit besonders deutlich zu einer solchen werden" (It 150f.).

Der Passus stützt die in Frage stehende These. Wenn Bernhard die Wörter in seiner Prosa mit Schauspielern auf einer Bühne vergleicht, dann bedeutet das, daß es ihm stark auf ihre phonetische und graphische Qualität ankommt, daß er diese als eine eigenständige Bedeutungsebene begreift, die nicht einfach der Sinnvermittlung untergeordnet ist. Zwischen Signifikant und Signifikat ergeben sich variable Spannungen – eben der Effekt, der als dynamische Repräsentation beschrieben wurde. Damit ist allerdings noch nicht beantwortet, ob und ggfs. inwiefern sich Bernhards Rhetorik im Sinne einer Potenzierung des vergegenständlichenden Weltbezugs beschreiben läßt. Zu diesem Zweck nehme ich nun abschließend den Titel *Auslöschung* ins Visier, genauer gesagt

---

bietungen immer wieder selbst überbieten; damit wird auf die Medialität des Geschriebenen verwiesen. Andere Deutungen nehmen hingegen die Aussage von S. 128 für bare Münze und führen Bernhards Tendenz zu Übertreibungen auf die Intention zurück, reale Mißstände kenntlich zu machen (vgl. die Anmerkung zu Beginn von Kap. 1.1.1).

[79] Bei *Drei Tage* handelt es sich um das Transkript eines Fernsehinterviews aus dem Jahre 1970, bei dem der Regisseur Ferry Radax Bernhard frei in die Kamera sprechen ließ, was ihm gerade einfiel. Die Reden wurden in den Band *Der Italiener* aufgenommen, der auch den für Radax verfaßten Filmskript und das frühe Prosafragment gleichen Namens enthält.

die Bedeutungen, die diesem Begriff sowie dem dazugehörigen Verb im Roman zugeordnet werden.

Dabei zeigt sich wiederum eine Zweiteilung, die mit dem Unterschied zwischen den beiden Seiten der Theatermetaphorik sowie der Fotografie zusammenhängt.[80] Die erste Gruppe von Belegen bezieht sich auf die Vernichtung von Natur und Kultur:

> „Alles, das auch nur im geringsten mit Kultur zu tun hat, wird beargwöhnt und so lange in Frage gestellt, bis es ausgelöscht ist. Die Auslöscher sind am Werk, die Umbringer. Wir haben es mit Auslöschern und Umbringern zu tun, an allen Ecken und Enden verrichten sie ihre mörderische Arbeit. Die Auslöscher und die Umbringer bringen die Städte um und löschen sie aus und bringen die Landschaft um und löschen sie aus. Sie sitzen auf ihren dicken Ärschen in den Tausenden und Hunderttausenden von Ämtern in allen Winkeln des Staates und haben nichts als die Auslöschung und das Umbringen im Kopf, sie denken nichts anderes, als wie sie alles zwischen dem Neusiedlersee und dem Bodensee gründlich auslöschen und umbringen können" (Aus 113).

Murau richtet seine Beschimpfungen insbesondere gegen die modernen Architekten und sagt zu Gambetti, er müsse die schönen alten Häuser „in den alten Büchern, auf den alten Stichen suchen, um sie zu finden, die Wirklichkeit ha[be] sie längst ausgelöscht" (Aus 115).[81] Während das Wort hier ausschließlich den zerstörerischen Geist anderer bezeichnet, geht es in der zweiten Klasse von Verwendungen um den Erzähler selbst, um sein Denken und Schreiben. Im Text ist von einem Dossier die Rede, das Murau von Wolfsegg erstellt – er verleiht ihm eben den Namen „Auslöschung" (Aus 199). Im folgenden Zitat erscheint dieser Bericht noch als ein zukünftiges Projekt, denn die Sätze stammen aus einer erinnerten Unterhaltung mit seinem Schüler, die vor dem Beginn seiner Abfassung stattgefunden hat:[82]

---

[80] Schlichtmann kommt im Prinzip zu demselben Ergebnis, fügt aber noch eine dritte Rubrik hinzu, nämlich die Stellen, worin Murau von seinen eigenen Bericht redet und ihm diesen Titel gibt (Schlichtmann 1996, 23-27). Zum Begriff „Auslöschung" auch Weiß 1993, 134, Helms-Derfert 1997, 173-178, Langendorf 2001, 163-172.

[81] In dieser Bemerkung spiegelt sich Bernhards große Leidenschaft für alte Häuser. Zwischen 1965 und 1972 erwarb der Autor drei Bauernhöfe bei Ohlsdorf, bei Reindlmühl und in Ottnang, jeweils auf Vermittlung des „Realitätenhändlers" Karl Ignaz Hennetmair, und richtete sie wieder her. Dazu Höller 1993, 81ff.

[82] Eine genauere Beschreibung der komplizierten Beziehungen zwischen der erzählten Zeit und der Gegenwart des Erzählers führte zu weit vom Thema weg. Aus demselben Grunde klammere ich auch die Frage aus, wie sich der von Murau apostrophierte „Bericht" und der fertige Roman zueinander verhalten. Die meisten Autoren meinen, abgesehen von den in-

„Es genügt nicht, nur eine Skizze zu machen, hatte ich zu Gambetti gesagt. Das einzige, das ich schon endgültig im Kopf habe, hatte ich zu Gambetti gesagt, ist der Titel *Auslöschung*, denn mein Bericht ist nur dazu da, das in ihm Beschriebene auszulöschen, alles auszulöschen, das ich unter Wolfsegg verstehe, und alles, das Wolfsegg ist, alles, Gambetti, verstehen Sie mich, wirklich und tatsächlich alles. Nach diesem Bericht muß alles, das Wolfsegg ist, ausgelöscht sein. […] Wir tragen alle ein Wolfsegg mit uns herum und haben den Willen, es auszulöschen zu unserer Errettung, es, indem wir es aufschreiben wollen, vernichten wollen, auslöschen. Aber wir haben die meiste Zeit nicht die Kraft für eine solche Auslöschung. Aber möglicherweise ist jetzt der Zeitpunkt da.[…] *Auslöschung* werde ich diesen Bericht nennen, hatte ich zu Gambetti gesagt, denn ich lösche in diesem Bericht tatsächlich alles aus, alles, das ich in diesem Bericht aufschreibe, wird ausgelöscht, meine ganze Familie wird in ihm ausgelöscht, ihre Zeit wird darin ausgelöscht, Wolfsegg wird ausgelöscht in meinem Bericht auf meine Weise, Gambetti" (Aus 199, 201).

„Auslöschung" steht hier für den Umgang mit der Vergangenheit, für die Revolte gegen die Fesseln der eigenen Herkunft. Muraus gedanklicher Habitus muß schon länger von diesem Grundantrieb geprägt gewesen sein; wie man im zweiten Teil erfährt, hat ihn Maria einmal „ihren Auslöscher" genannt – so ist er auch auf den Titel für das Dossier gekommen (Aus 542).[83] Im Hinblick auf die hier zu erörternde Frage ist es besonders interessant, daß die erste und die zweite Bedeutung, d.h. der „auslöschende" Weltbezug der anderen und der des Erzählers keineswegs säuberlich voneinander getrennt sind[84] – immerhin handelt es sich in beiden Fällen um die Zerstörung von Bestehendem. Murau ist sich selbst darüber im klaren: „Und ich dachte, daß ich, obwohl ich anders denke, mich selbst in der Zwischenzeit zu ihrem Abschaffer und Auslöscher gemacht habe und also so denke, wie zu denken ich den andern als inkompetent und unzulässig vorwerfe" (Aus 368).[85] Wie ver-

---

quit-Formeln des Herausgebers am Anfang und am Ende des Romans seien beide miteinander identisch, z.B. Hoell 1995, 9, Mittermayer 1995b, 111, Jahraus 2002, 76f.
[83] Der Erzähler ist sich auch darüber im klaren, durch die Zersetzung der eigenen Vergangenheit nicht nur Wolfsegg, sondern auch sich selbst auszulöschen; den Gedanken an eine „Selbstauslöschung" empfindet er dabei als „angenehm" (Aus 296). Diese Bemerkung gewinnt durch die Nachricht von seinem Tod am Ende des Romans nachträglich bittern Ernst. Pfabigan meint allerdings, daß hier kein zwingender Zusammenhang zur Niederschrift des Dossiers bestehe – immerhin behaupte Murau an einer anderen Stelle, Wolfsegg werde ihn nicht umbringen, dafür sorge er schon (Aus 483, vgl. Pfabigan 1999, 211).
[84] Dazu auch Helms-Derfert 1997, 178.
[85] Dazu auch Gleber 1991, 87.

halten sich die beiden Varianten nun genau zueinander? Hier liefern zwei andere Passagen den Schlüssel:

> „Gambettis Aufmerksamkeit, ja Faszination ist die größere, wenn ich ihm sage, wie die Welt in meinem Sinne zu verändern wäre, indem wir sie ganz und gar radikal zuerst *zerstören*, beinahe bis auf nichts *vernichten*, um sie dann auf die mir erträglich erscheinende Weise wieder herzustellen mit einem Wort, als eine vollkommen neue, wenngleich ich nicht sagen kann, wie das vor sich zu gehen hat, ich weiß nur, sie muß zuerst völlig vernichtet werden, um wieder hergestellt zu werden, denn ohne ihre totale Vernichtung kann sie nicht erneuert sein, als wenn ich Gambetti den *Siebenkäs* in die Hand drücke […]" (Aus 209).

> „Nach und nach müssen wir alles ablehnen, habe ich zu Gambetti auf dem Pincio gesagt, nach und nach gegen alles sein, um ganz einfach an der allgemeinen Vernichtung, die wir im Auge haben, mitzuwirken, das Alte auflösen, um es am Ende ganz und gar auslöschen zu können für das Neue. Das Alte muß aufgegeben werden, vernichtet werden, so schmerzhaft dieser Prozeß auch ist, um das Neue zu ermöglichen, wenn wir auch nicht wissen können, *was* denn das Neue sei, aber daß es sein muß, wissen wir, Gambetti, habe ich zu diesem gesagt, es gibt kein Zurück. Natürlich haben wir, wenn wir so denken, alles Alte gegen uns und also haben wir Alles gegen uns, Gambetti, habe ich zu diesem gesagt. Das darf uns aber nicht hindern, unsere Idee, das Alte gegen das von uns gewünschte Neue einzutauschen, zunichte zu machen. Alles aufgeben, habe ich zu Gambetti gesagt, alles abstoßen, alles auslöschen letzten Endes, Gambetti" (Aus 211f.).

In der Rede gegen die Architekten schien es noch, als nehme Murau eine konservative Haltung ein; nun propagiert er die Vernichtung des Alten, allerdings nicht aus purer Lust an der Zerstörung, sondern in der Absicht, für eine „vollkommen neue Welt" Platz zu machen. Wie diese aussehen soll, scheint er selbst nicht genau zu wissen – das einzige, was darüber zu erfahren ist, steckt in der Formulierung, die Welt solle „mit einem Wort" wiederhergestellt werden. Anke Gleber schließt daraus, daß dieses Neue in der Sprache statt in der Wirklichkeit anzusiedeln sei.[86] Dafür spricht noch eine weitere Bemerkung. Unmittelbar vor dem Satz, worin sich Murau eingesteht, ebenso als „Auslö-

---

[86] Gleber erkennt bei Bernhard generell eine Dynamik von Destruktion und Reiteration vorangehender Elemente. „Auslöschung" bestehe darin, so ihre Deutung der bewußten Stelle, das Objekt in negativer Emphase auseinanderzunehmen, doch in der sprachlichen Bewegung den „Charakter ihres [Bezug: Auslöschung, J.W.] stilistischen, ja grammatischen Konstruiertseins" zu reflektieren (Gleber 1991, 89). Gößling 1988 denkt bei Bernhards Formulierung an die „biblische" Kraft des Wortes (27), mit ihm auch Schlichtmann 1996, 88f.

scher" zu denken, wie er es den anderen vorwerfe, stellt er klar: „Ich habe mit diesen Menschen nichts zu tun, heißt ja nicht, daß sie abgeschafft gehörten, wie oft gedacht wird, wie fast immer gedacht wird, wie fast immer gedacht und in der Folge gehandelt wird" (Aus 368).

Genau darauf beruht der Unterschied zur ersten Kategorie. Während die übrigen „Auslöscher" ihrem negativen Denken und Sprechen Taten folgen lassen – hier sei noch einmal an die Allianz zwischen Wolfsegg und den Nazis erinnert, beschränkt sich das bei Murau hingegen auf seine verbale Praxis. Seine Form der Auslöschung hat nichts mit realer Vernichtung zu tun. Sofern sie gerade dadurch Profil gewinnt, daß sie in der Sphäre der Worte verbleibt, ist auch das „Neue" aus dem obigen Zitat in diesem Sinne aufzufassen. Es besteht, so meine Lesart, in der Lockerung des Verhältnisses von Sprache und Wirklichkeit.[87] Was ausgelöscht wird, ist die Identifikation von Wort und Objekt. Daher auch die fehlende Gewißheit über die Gestalt dieser neuen Welt: Muraus Eingeständnis, nicht sagen zu können, wie sie aussehen soll, läßt sich so verstehen, daß er jede fixe Bestimmung vermeidet, um nicht wieder in das alte Denken zurückzufallen. Der Zielhorizont liegt in einem immer wieder neu in Angriff zu nehmenden sprachlichem Vollzug, nicht aber in einzelnen Aussagen darüber, denn die implizierten wieder einen Sprung in das Reich der festen Signifikate.[88]

Von hier aus zeigt sich, weshalb die Rolle des Wortes „Auslöschung" als Argument für die Deutung der immanenten Poetik angeführt werden kann. Die These, der Autor setze am vergegenständlichenden Weltbezug an, um ihn zu potenzieren bzw. zu dynamisieren, erfährt dadurch insofern Bestätigung, als Muraus „Auslöschung" ebenfalls das Verfahren seiner Umwelt adaptiert und in andere Bahnen lenkt. Ebenso wie sich die Beschimpfungen vor den Fotos ständig übertrumpfen und dann in sich zusammenfallen, richtet sich

---

[87] Joachim Hoell faßt Muraus Position wie folgt zusammen: „Das Reale muß ausgelöscht werden, das Kunstwerk bleibt bestehen" (Hoell 2000a, 18). Seiner Deutung zufolge propagiere der Erzähler die Anarchie, um über die Kunst – als „Universalpoesie" im Sinne der Romantik – einer menschlicheren Gesellschaft den Weg zu ebnen (20f.). Während der zweite Aspekt durchaus mit dem hier hervorgearbeiteten Postulat übereinstimmt, läßt sich der erste m.E. anhand des Romantextes nur schwer belegen – wie gezeigt ist der Bezug zum Realen vielfach vermittelt.

[88] Bernhards Versuch, das faschistische oder zumindest ideologische Denken auf den Nenner einer Wort-Welt-Identifikation zu bringen und ihm gerade auf dieser Ebene sein eigenes Konzept entgegenzusetzen, trifft sich mit einem zentralen Anliegen des Poststrukturalismus. Siehe z.B. Paul de Mans Kritik an Schillers „ästhetischer Formalisierung" im gleichnamigen Aufsatz (De Man 1988, 205-233).

auch das „Auslöschen" immer wieder neu auf wechselnde Ziele, u.a. auf den Sprecher selbst, es bleibt vollzugshaft – damit entkommt der Erzähler einem verfestigten Zeichengebrauch, der der Identifikation mit der Wirklichkeit, u.U. gar der realen Vernichtung Vorschub leistete. Der Dreiklang von verlorener Natürlichkeit, technifizierter Künstlichkeit und deren angleichender Überbietung durch die Literatur begegnet in *Auslöschung* immer wieder, etwa beim Thema Erinnerung.[89]

Das poetologische Programm des Romans läßt sich also mit dem Begriff der dynamischen Darstellung erläutern. Muraus Gebrauch der Sprache öffnet den Weltbezug, anstatt bestimmte Elemente in der Wirklichkeit zu identifizieren, er erzeugt keine kontrollierende Einordnung, sondern überraschende Differenzen – ganz ähnlich, wie es am „Spiel" des Erzählers, an seiner theatralen Schreib- und Beobachtungssituation deutlich wurde. Dieses Konzept liegt nicht nur *Auslöschung,* sondern auch weiteren Werken von Bernhard zugrunde, insbesondere denen, die seit seiner Hinwendung zum Theater entstanden sind.[90] Eines der wichtigsten Indizien ist die erläuterte Verbindung zum rhetorischen Grundmuster seiner Texte.

---

[89] Murau muß bei seiner Rückkehr nach Wolfsegg erkennen, daß die alten Orte – Hauptbeispiel ist die „Kindervilla" – sein Gedächtnis nicht stimulieren (Aus 597-600, dazu auch Schlichtmann 1996, 108ff.); die Erinnerung scheint von den Reproduktionsmitteln kontaminiert. Später erläutert er aber seine eigene „Kunst" des Erinnerns, die ihn in die Lage versetze, lange zurückliegende Vorgänge oder Bilder präzise zu vergegenwärtigen; man müsse sich dazu für „Nebensächlichkeiten und Einzelheiten zur Verfügung stellen, sie zuerst *an*schauen, dann *durch*schauen" (Aus 618). Wie die Gegenüberstellung von An- und Durchschauen zeigt, geht es weniger um eine zuverlässige Speicherung als vielmehr um eine Form der poetischen Erschließung, um die Möglichkeit, das Gesehene in späteren Situationen in völlig offener Weise – Bernhard schreibt: „auf Befehl unseres Gehirns" (Aus 618) – zu aktualisieren. – Zu dieser Thematik auch Bennholdt-Thomsen 1999.

[90] Z.B. gibt es zum Roman *Korrektur* (1975) eine Studie, deren Ergebnisse sich bestens in das dargestellte Erklärungsmodell einordnen lassen – die erhellende Interpretation von Michael Richter. Der Verfasser setzt daran an, daß in *Korrektur* insbesondere der Protagonist Roithamer zwanghaft nach definitiven Ursachen für sein Unglück sucht. Da er mit den Erklärungen nie ganz zufrieden sei, gehe er zeitlich immer weiter zurück und konstruiere immer absurdere Kausalketten (Richter 1999, 108). Der fiktive Erzähler, der Verwalter von Roithamers Nachlaß, lasse sich von diesem Drang ebenfalls anstecken (106). Die folgende Stelle bezieht sich gleichwohl speziell auf Roithamer: „Wenn seine Denkbewegungen sich verzetteln oder in Unendlichkeiten verlieren, sagt das vor allem etwas über dieses Denken selbst aus. Die eigene Entwicklung soll aus postulierten Gesetzmäßigkeiten abgeleitet werden, die aber jederzeit durch Gegenbeispiele widerlegt werden können, so daß sich die Argumentation nur auf immer höherer Abstraktionsstufe fortsetzen läßt, indem versucht wird, die Widersprüche des Konkreten in Setzungen universeller Allgemeingültigkeit untergehen

Zurück zur Ausgangsfrage. Wie wollen Bernhards Texte nun gelesen werden, geht es um Kritik oder um die Darstellung von Undarstellbarkeit? Weder noch. Im Gang der Analyse hat sich erwiesen, daß gerade *Auslöschung* mit einem wesentlich differenzierteren Konzept von Sprache arbeitet, als es die skeptizistischen Äußerungen aus der Büchnerpreisrede oder aus *Die Kälte* erahnen lassen. Bernhards Schriften leugnen keineswegs, wie immer wieder behauptet wird, jeglichen Zugang zur „Wahrheit". Sie binden das, was als wahr erkannt werden kann, an das Medium. Dem Autor ist es nicht einfach um gegenstandsbezogene Kritik zu tun, aber auch nicht darum, die Mittel der Erkenntnis kurzerhand für unzulänglich zu erklären und in ständiger Verzweiflung zu verharren – damit etablierte er einen Begriff von Falschheit, der von der Skepsis ausgenommen wäre.[91] Seine Sätze vermitteln durchaus „Wahrheit", aber in einem temporalisierten Sinne,[92] als ein momentanes,

---

zu lassen" (109). – Richter legt den Finger auf genau die Struktur, die hier als rhetorisch-inhaltliches Grundmuster von Bernhards Werk dargestellt wurde. War es an den Beispielen aus *Auslöschung* oder *Die Kälte* der mangelnde Gegenhalt der Außenwelt, was die Verallgemeinerungen provozierte, so ist es hier die Unmöglichkeit, die Kontingenz des Lebens in kausale Muster aufzulösen.

[91] Dies halte ich insbesondere denjenigen Studien entgegen, die die humoristische Attitüde Bernhards gleichsam als Dauerantwort auf die Einsicht in die Unmöglichkeit letztgültiger Erkenntnis verstehen. Josef König zitiert zum Beispiel das aus den „Monologen auf Mallorca" stammende Wort vom „philosophischen Lachprogramm" und meint, Bernhards Schreiben wolle den Ernst des Lebens decouvrieren und damit das Scheitern aller Wahrheitssuche unterstreichen (König 1983, 198f.). Nach meiner Lesart ist der Weg eher ein doppelter: vom Skeptizismus hin zur Wahrheitsenergie und wieder zurück, in ständigem Wechsel. Beide Momente sind dabei gültig, keines verdrängt das andere. Bernhard sucht sozusagen ständig die Wahrheit und will sie auch vermitteln, praktiziert das aber unter ständigem Reflex der Bedingungen, denen alle Erkenntnis unterworfen ist.

[92] Diese Formulierung ist nicht zuletzt als Alternativangebot an Marquardt 2002 gedacht. Prinzipiell steht ihre Deutung der hier unterbreiteten alles andere als fern: „Wiederholungen und Übertreibungen, Widersprüche und Paradoxa und schließlich die Rücknahme des zuvor Erzählten in der Prosa zielen darauf ab, jede Aussage als richtig und falsch zugleich erscheinen zu lassen" (90). Gleichwohl schlägt das Pendel in den meisten Formulierungen Marquardts deutlich in Richtung Falschheit aus – deswegen habe ich ihren Text oben der Skepsis-These zugerechnet (1.1.1): „Ergebnis jeder Suche nach Wahrheit kann [Bernhard zufolge, J.W.] nur die Unwahrheit sein. [...] Die Idee, sein Gegenüber wirklich verstehen zu können oder seinerseits verstanden zu werden, hat Bernhard aufgegeben" (84). Läßt sich dann aber noch erklären, weshalb der Autor trotzdem immer wieder derart leidenschaftlich versucht, zur Wahrheit zu gelangen, wie Marquardt selbst notiert (84)? Hätte er sich – burschikos formuliert – nicht irgendwann einen anderen Job suchen müssen? Meiner Ansicht nach sollte man nicht die Maßstäbe eines repräsentationalen, sondern die eines prozessual-volitiven Wahrheitsbegriffs an sein Werk anlegen.

zyklisch strukturiertes Geschehen. Die Energie ist die eigentliche Wahrheit, der Wirklichkeitsbezug definiert sich aus der jeweiligen Zeitstelle bzw. aus dem Verhältnis zur Umwelt.

Wie insbesondere die Überlegungen zur Fotografie zeigen, gibt es bei Bernhard keine indifferente Koexistenz von Wahr und Falsch, sondern einen Wechsel zwischen dem Glücken und dem Scheitern der Sinnstiftungen. Die beiden Möglichkeiten gehen auseinander hervor, doch sie können nie *zugleich* bestehen, da es sich um komplementäre Phasen eines energetischen Prozesses handelt. Betrachtet man sie vom Ende her, abstrahiert man von ihrer jeweiligen Position im Textablauf, so kürzt man die sprachlichen Manöver um ihre eigentliche Pointe. Man kann den Gehalt der Werke sehr wohl „ernst nehmen",[93] nur muß man ihn mit allen Bestimmungen zum Medium zusammendenken, v.a. mit korrespondierenden Motiven wie der Fotografie oder dem Theater. Wie etwa die Verflechtung von Wahrheit und Willen zeigt, ist es dabei wichtig, die Balance von Sprecher und Umwelt zu studieren. Diese Beobachtungen sollen in Kapitel 2.1 im Rückgriff auf Wittgensteins Sprachphilosophie präzisiert werden. Die Berührpunkte zur Techno-Ästhetik kommen erst in der dramaturgischen Analyse zur Sprache (3.1, 3.3).

---

[93] Was diese Frage als solche angeht, füge ich mich also in die Phalanx derjenigen Studien, die Bernhards Werk – im Bewußtsein der rhetorischen Widerhaken – trotzdem nicht den Anspruch auf Bedeutungsstiftung entziehen wollen: Klug 1991, 203f. und Damerau 1996, 167 sehen den Wirklichkeitsbezug seiner Sprache durch deren artifiziell-musikalischen Charakter nicht gekappt, auch Oberreiter 1999 meint, den Texten eigne insofern eine (Kunst)-Wahrheit, als sie eine Vielfalt von Einstellungen und Sichtweisen eröffneten (368).

1.2 Rainald Goetz: Abfall für alle

1.2.1 Entwicklung

Bei Rainald Goetz befindet sich die Sekundärliteratur in einem ganz anderen Stadium als bei Thomas Bernhard. Obwohl seit gut zwanzig Jahren literarisch tätig, ist der Autor von der Wissenschaft nur am Rande wahrgenommen worden; es gibt zwar eine Reihe von Aufsätzen zu bestimmten Werken,[94] teils auch Kapitel in Monographien,[95] aber noch immer keine Einzelstudie, die sich mit seiner lebens- und werkgeschichtlichen Entwicklung beschäftigte. Ohne diese Lücke mehr als bloß prophylaktisch schließen zu können, beginne ich mit einem kurzen Überblick über Goetz' Werdegang als Schriftsteller und skizziere einige Unterschiede zwischen seinen Büchern aus den Achtziger und den Neunziger Jahren.

Rainald Goetz, am 24. Mai 1954 in München geboren, gelang in seinem Studium etwas, worum ihn nicht nur Langzeitstudenten beneiden können. Er hatte mit nicht einmal 28 Jahren bereits zwei Doktortitel – in Geschichte (1978) sowie in Medizin (1982); während seiner AiP-Zeit arbeitete er in der Psychiatrie. Sein Weg hin zur medialen Bekanntheit verlief noch rasanter. Als er im Juni 1983 am Klagenfurter Bachmann-Wettbewerb teilnahm und seinen Text *Subito* vortrug,[96] schnitt er sich mitten im Lesen die Stirn auf; Kameras hielten fest, wie er in seiner Deklamation fortfuhr, während das Blut auf das Papier herunter tropfte. Noch im selben Jahr[97] erschien *Irre*, Goetz'

---

[94] Hervorzuheben sind dabei: Richard Weber, „‚…noch KV (kv)': Rainald Goetz" (=Weber 1992, zu *Krieg*), Niels Werber, „Intensitäten des Politischen" (=Werber 2000a, zu *Kontrolliert*) sowie Eckhard Schumacher, „Mix, Cuts & Scratches: die Autorität der Unterhaltung" (=Schumacher 1998, zu *Mix, Cuts & Scratches*).

[95] Insbesondere in: Hubert Winkels, *Einschnitte. Zur Literatur der 80er Jahre* (=Winkels 1988, u.a. zu *Irre*), Thomas Doktor/Carla Spies, *Gottfried Benn – Rainald Goetz. Medium Literatur zwischen Pathologie und Poetologie* (=Doktor/Spies 1997, v.a. zu den Texten der 80er Jahre), Gerda Poschmann, *Der nicht mehr dramatische Theatertext* (=Poschmann 1997, zu *Festung*), Stefan Krankenhagen, *Auschwitz darstellen* (=Krankenhagen 2001, zu *Festung* inkl. *1989*), Anna Opel, *Sprachkörper* (=Opel 2002, zu *Krieg und Jeff Koons*) sowie Eckhard Schumacher, *Gerade Eben Jetzt* (=Schumacher 2003, zu *Heute morgen*, v.a. *Abfall für alle*).

[96] *Subito* wurde später in den Band *Hirn* aufgenommen (Hi 9-21).

[97] Zwischen der Veröffentlichung bei Suhrkamp und dem Spektakel von Klagenfurt bestand kein Zusammenhang, auch wenn das immer wieder behauptet wurde. Goetz hatte den Vertrag mit dem Verlagshaus schon zuvor abgeschlossen. Dazu Doktor/Spies 1997, 89.

Debütroman, in den seine Erfahrungen als Psychiater einflossen. 1986 folgte die Theater-Trilogie *Krieg*, parallel dazu der Band *Hirn*, eine Sammlung kleinerer Texte, die z.T. schon in der Zeitschrift *Spex* abgedruckt worden waren.

Das Jahr 1988 brachte für Goetz eine Wende, deren Tragweite erst in den Neunzigern sichtbar wurde. Festmachen läßt sich das an zwei (nur vordergründig) sehr verschiedenen Faktoren. Zum einen enthält die damals entstandene Erzählung *Kontrolliert* den ersten Hinweis auf die Rezeption der Systemtheorie;[98] später gehören Verbeugungen vor Luhmann zum Standardrepertoire von Goetz' Prosa. Zum anderen war 1988 das Jahr des Acid House-Hypes, der schnell auf München übergriff und den eigentlich nicht mehr ganz jungen Autor in seinen Bann schlug.[99] Für Goetz muß es geradezu eine Erweckung gewesen sein, erst recht natürlich, als die Welle in die Techno-Bewegung mündete. Er verkehrte im Kreis von DJ-Größen wie Hell, Westbam oder Sven Väth, begleitete sie auf Reisen und schrieb geradezu dithyrambische Artikel für Szene-Magazine. In dieser Zeit entstanden die Texte, die ich aufgrund ihres Einbandes als blaue Werkgruppe[100] bezeichnen werde: erstens die Dramentrilogie *Festung*, eine theatrale Auseinandersetzung mit Luhmann,[101] zweitens die Medientext-Kompilation *1989* (3 Teile)[102] und drittens der Prosaband *Kronos*, in dem sich einige der Techno-Essays aus *Spex* wiederfinden – diese insgesamt fünf Bände erschienen 1993. Darüber hinaus produzierte Goetz das CD-Album *Word* (1994), eine Aufnahme von *Soziale Praxis* und *Ästhetisches System* aus *Kronos* sowie von *Katarakt* aus *Festung*, von ihm selbst gesprochen und mit sphärischer Musik unterlegt.[103]

---

[98] „Der Soziologe Luhmann wird genannt als einzig maßgeblicher Philosoph. Bielefeld lockt, Bonn drängt, Berlin zögert" (Kn 71). Vgl. Schumacher 1994, 303.

[99] Goetz bestätigt das u.a. im Faxinterview mit Daniel Lenz, das in *Jahrzehnt der schönen Frauen* abgedruckt wurde – die Frage, ob die Entdeckung von Acid House für ihn „der Gang in eine glücklichere, freiere Zeit" gewesen sei, beantwortet er mit einem klaren Ja (JZ 175).

[100] Goetz selbst betitelt diese Werkfamilie mit *Festung*; da er aber der Dramentrilogie sowie deren Mittelteil denselben Namen gibt, verwende ich für den Gesamtkomplex die vorgeschlagene Bezeichnung.

[101] Siehe die Ausführungen im dritten Kapitel dieser Arbeit.

[102] Zu *1989* insbesondere Winkels 1997, Schulze 2000, 323-327, Krankenhagen 2001, 128-141.

[103] Bei der Musik handelt es sich um Trance-Tracks von Oliver Lieb bzw. um Ambient-Klänge von Stevie Be Zet (*Word* erschien auf dem Sven Väth-Label *Eye Q*, Offenbach). Zu *Word* auch Schumacher 2000, 246f.

In den späten Neunziger Jahren verdichtete sich die Arbeit auf den genannten Feldern. Nach *Mix, Cuts & Scratches*, einem Buch zur DJ Culture, das aus einem Interview mit Westbam hervorging (1997), kam zwischen 1998 und 2000 die rote Werkgruppe heraus.[104] Sie besteht aus dem Erzählband *Rave*, dem Künstlerdrama *Jeff Koons*, dem Internet-Tagebuch[105] *Abfall für alle*, der Essay-, Foto- und Interview-Sammlung *Celebration* und der Erzählung *Dekonspiratione*. In all diesen Texten prangt auf der Umschlagsseite das Motto: „Heute morgen, um 4 Uhr 11, als ich von den Wiesen zurückkam, wo ich den Tau aufgelesen habe".[106] Man soll sie also als Teile eines übergreifenden Projekts verstehen. Wie der Autor immer wieder betont, liegt das Verbindende im Versuch, das „Ganze der Gegenwart" zum Sprechen zu bringen (u.a. Afa 114). Auf diese Thematik werde ich mehrfach zurückkommen. Ebenso wie *Mix, Cuts & Scratches* gehört auch der später erschienene Band *Jahrzehnt der schönen Frauen* in den Umkreis von *Heute morgen* – sie bilden nach Goetz' eigener Aussage den Rahmen (JZ 153).

---

[104] Goetz gebraucht bei der Einteilung seines Werks eine numerische Gliederung. Die rote Gruppe erhält dabei die Ordnungsziffer 5, *Rave* ist 5.1., *Jeff Koons* 5.2., *Dekonspiratione* 5.3. usw. Die Zählung setzt allerdings erst bei diesen Texten ein; in den früheren ist nichts Vergleichbares zu finden.

[105] Goetz reflektiert die Gattungsbezeichnung insofern, als er in *Abfall für alle* die Lektüre anderer Tagebücher erwähnt: „Ich las die Tagebücher von Jünger, Krausser und Rühmkorf, und dachte immer: wenn man nur wüsste, wie es JETZT steht, was er JETZT macht, JETZT denkt" (Afa 357). Somit kann man in *Abfall* u.U. das Projekt eines speziell auf die Gegenwart bezogenen Tagebuchs sehen. Vgl. die Besprechungen von Lutz Hagestedt („Mann ohne Bauplan", in: Literaturbeilage der *Frankfurter Rundschau* vom 13.10.1998), Hanns-Josef Ortheil („Auf Sendung", in: *Neue Zürcher Zeitung* vom 15.12.1999) oder Peter Michalzik („Wie es ist", in: *Süddeutsche Zeitung* vom 15.9.1999). – Die Ausrichtung auf das Jetzt korrespondiert nicht zuletzt mit dem ursprünglichen Publikationsmedium, dem Internet: Goetz stellte für den Zeitraum von siebenmal sieben Wochen Tag für Tag neue Texte auf seine Website (aus dem zeitlichen Umfang des vom 4.2.1998 bis zum 10.1.1999 durchgeführten Projekts ergibt sich die dreistufige numerische Ordnung der einzelnen Textteile; eine Datierung wie z.B. IV.5.2 steht für die vierte Einheit von jeweils sieben Wochen, darin die fünfte Woche bzw. deren zweiter Tag. Nicht zu verwechseln sind diese Zahlen mit den drei- oder vierstelligen Ziffernfolgen, die die einzelnen Einträge einleiten; diese beziehen sich auf die jeweilige Uhrzeit). Gerrit Bartels meint dementsprechend, der spezifische Tagebuch-Charakter sei durch die Publikation als Buch eliminiert worden („Es lebt der Text und es textet das Leben", in: *taz* vom 13.11.1999). Die Eintragungen waren übrigens für gewöhnlich nicht unmittelbar nach ihrer Abfassung, sondern erst am nächsten Tag abrufbar. Zu *Abfall für alle* und dem Programm der Text-Gegenwart: Schumacher 2003.

[106] Ein Zitat aus der Harald-Schmidt-Show. – Goetz verwendet *Heute morgen* auch als Titel für die gesamte Pentalogie.

Goetz' Entwicklung wird von vielen Lesern mit Skepsis betrachtet. In *Irre* spreche noch eine authentische, politisch korrekte Stimme, später sei der Schriftsteller durch Techno zu einem gefährlichen Pathos verführt worden, er habe frühere Überzeugungen aufgegeben und den Texten einen affirmativ-gefälligen Zuschnitt verliehen, möglicherweise sogar aus kommerziellen Gründen.[107] In *Rave* und *Celebration* sorgten v.a. die ekstatischen Schilderungen von Drogenexzessen für Irritationen. Nicht nur konservative, auch subkulturelle Rezensenten monierten den Mangel an Distanz. Das Credo des Nachtlebens und des Rausches schien zum Medium Literatur und zu Goetz' Dasein als Suhrkamp-Autor in einem ungelösten Widerspruch zu stehen.[108] Ein Beispiel für diese Kritik hat der Gescholtene selbst in *Celebration* integriert: ein Streitgespräch mit den *Texte zur Kunst*-Redakteurinnen Isabelle Graw und Astrid Wege.[109] Diese tadeln die Herablassung, mit der der Autor etwa im Essay zur Love Parade 1997 (vgl. Einl.) den Intellektuellen entgegentrete. Seine Argumentation ähnele einem „letztlich ausgrenzenden und Differenzen niedermähenden Populismus von konservativer Seite", er nähere sich dadurch „dem klassisch konservativen bis rechtspopulistischen Lager" (Ce

---

[107] Hat „Goetz einst dem Betrieb die Stirn rasiert, so hängt er heute an seinem Rockzipfel", schrieb Andrea Köhler („Bis es knallt", in: *Neue Zürcher Zeitung* vom 23./24.5.1998). Die Affirmation der Dance-Szene und die Invektiven gegen die kritische Intelligenz tadelten außerdem Patrick Walder („Ganz realbrutale Echtrealität'", in: *Der Spiegel* 1998, 14 vom 30.3.1998), Andreas Schäfer („Das Totale Diskurs-Verschling-Ding", in: *Berliner Zeitung* vom 18./19.4.1998) oder Holger Kreitling („Es gibt kein falsches Leben im richtigen Club", in: *Die Welt* vom 11.4.1998), der immerhin noch anmerkte: „Rainald Goetz [...] Der ewig Wütende, Doktor Radikal. Einer, von dem alle sagen, er könnte viel bessere Bücher schreiben, wenn er nicht so viel Unsinn machen würde, im Leben und so, speziell im Nachtleben".

[108] Stellvertretend für andere sei hier Maida 1999 zitiert, auch wenn dessen Pop-Jargon etwas anstrengend ist: „Drogen, die langweilige Art, sich interessant zu machen, haben in *Rave* eine übliche festgelegte Funktion: sie geben den Protagonisten den Anschein, als lebten sie wild+gefährlich+verboten+exzessiv+ausserhalb der Norm+sw+sw+sw, dabei ist das nur die weltweite allerortsübliche Hedo-Platte [...] Goetz' Gesülze nervt, es wird tatsächlich immer schlimmer gegen Ende [von *Rave*, J.W.], & man wird immer aggressiver. Dieser dummbeutelige deutsche Vitalismus saugt so ab. Dieses Instantpathos. Je mehr der Schrftsteller weniger Schriftsteller sein will, desto schlimmer ist es. & wenn Goetz mal ernst wird, ist es nur deppert & scheppert leis wie ein angesprungener Kinderteller in einem leeren Bauernhaus [...]. Es bleibt: deutscher Populismus. Say it again: Deutsch Deutsch Deutsch. Dabeisein ist alles" (210, 212f.). – Ähnlich Kleiner 2003, 166.

[109] Das mit dem Titel „Praktische Politik" überschriebene Interview erschien zunächst in *Texte zur Kunst*, November 1997.

247).¹¹⁰ Weitere Vorwürfe richten sich auf das apodiktische Pathos (Ce 248), die mythische Dimension (Ce 264) und die angeblichen sexistischen Tendenzen (Ce 265) seines Schreibens. Die frühen Werke werden davon nicht ausgenommen; das eigentliche Ziel sind aber die späteren.

Ich versuche im folgenden, die Unterschiede zwischen Goetz' Denken in den Achtziger und Neunziger Jahren auf einen allgemeineren Nenner zu bringen. M.E. lassen sich die Verschiebungen auf drei Schauplätzen besonders klar beobachten.

Erstens vermitteln die jüngeren Texte eine neue Beziehung zum Körper, sowohl zum eigenen als auch zum fremden. In Irre oder Kontrolliert spielen erfüllte Liebe oder Sexualität keine bzw. allenfalls eine negative Rolle. Ganz anders in der roten Werkgruppe: der Ich-Erzähler von Rave entdeckt plötzlich das „Frauen-Ding" und staunt darüber, „was das überhaupt für ein tolles Ding" sei (Rv 156), Jeff Koons enthält Bettszenen mit seitenlangen Lustschreien (JK 37) und Dekonspiratione die erste eigentliche Liebesgeschichte in Goetz' Œuvre (dazu auch JZ 133). Man kann die Entwicklung auch an den Bildern ablesen, die in die Bücher eingefügt sind: Irre und Hirn zeigen Fotos von körperlichen Mißbildungen (z.B. Ir 251f., Hi 29f., 168), Celebration dagegen lauter glückliche Menschen auf Partys oder im Bett (man schlage nur einmal Ce 272f. auf). Der Wandel wirkt sich zudem auf die Beschreibungen von Frauen aus – eines der Themen in der Debatte mit den Texte zur Kunst-Redakteurinnen. Graw und Wege bringen es klar auf den Punkt:

> „Was die Bemerkungen über Frauen in deinen Büchern betrifft, so frage ich mich nach der Funktion von Sätzen wie dem in ‚Krieg', wo behauptet wird, daß die Frau in den letzten tausend Jahren nur Genieverletzungen geleistet habe. In ‚Hirn' heißt es dann, sie sei das Geschmier, der Ruin der Schrift, und in ‚Irre' liest man von Frauen, die begannen mich einzuspeicheln mit freundlichen Reden, die aus unverhohlen lauernden Mienen kamen. Das hat zwar alles den Status von Literatur, ist also nicht wörtlich zu nehmen, spiegelt aber doch eine Einstellung zu Frauen wider. Seither hat sich deine Wahrnehmung anscheinend geändert: In unverhohlener Begeisterung sprichst du von Frauen als süßen Mäusen" (Ce 264f.).

Der Kritisierte verteidigt das Wort „süße Maus" anschließend als „Ehrentitel für alle tollen Frauen" – überflüssig zu sagen, daß sich das Entzücken in Grenzen hält.¹¹¹ Nichtsdestoweniger bestätigt der Wortwechsel die neue

---
¹¹⁰ Vgl. Kleiner 2003, der dabei für Graw und Wege Partei ergreift (162).
¹¹¹ Gleiches gilt für Klein 2004, 119.

Sichtweise.[112] Die Veränderung erscheint geradezu fundamental, wenn man noch einen weiteren Aspekt bedenkt: In den früheren Werken ist die Vorstellung des Körpers primär mit der Möglichkeit der Verletzung assoziiert. Die Hauptfigur in *Irre*, der Psychiatrie-Assistenzarzt Raspe, leidet an einem Drang zur Selbstverstümmlung. Auf einer Party erscheint er mit frischen Schnittwunden, wundert sich, weshalb die anderen sie nicht als „Ornamente" betrachten, und findet nur eine einzige verständnisvolle Seele, mit der er gleich eine „Theorie der Selbstverletzung" entwirft (Ir 19f.). Die leibliche Zerstörung ist sozusagen der schwarze Schatten des Romans, nur sporadisch wird Distanz dazu aufgebaut.[113] Wenn Raspe bzw. der gelegentlich hervortretende Ich-Erzähler durchblicken lassen, worauf der Schreibakt abzielt, nämlich auf die Bewältigung der Erfahrungen mit den psychisch Kranken, so schwebt diese Drohung immer im Hintergrund (vgl. u.a. Ir 284). Der Rückschluß auf Goetz' eigenes Schicksal als Psychiater liegt nahe – schon deshalb wäre es gelinde gesagt sehr blauäugig, den Auftritt von Klagenfurt als PR-Gag abzutun.

Das Motiv des Schnittes ins Fleisch hat darüber hinaus eine poetologische Dimension; das arbeitet Hubert Winkels in seiner Auslegung von Goetz' Blutperformance heraus: „‚Sinn' beginnt dieser Praxis zufolge da, wo das Zeichen auf den Körper trifft, wo Schmerz entsteht, wo Blut fließt [...] als Garant einer nicht mehr phantasmatischen, sondern ‚wirklichen' Gewalt des Symbolischen".[114] Die Bedeutung des Signifikanten sei somit daran zu messen, wie er sich in der körperlichen Realität geltend mache.[115] Diese Auffassung vermag sich auch darauf zu stützen, daß dem Autor in bezug auf das Verhältnis zwischen Theateraufführung und Publikum ein ähnliches Verhältnis vorschwebte: Im Prosatext *Fleisch* entwirft er das Bild einer bedrohlichen Bühne, auf die die Zuschauer in ekstatischer Aufwallung zudrängen, obwohl gerade jemand von einem Metallrohr am Kopf getroffen und verletzt worden

---

[112] Bonz 2002 belegt an *Dekonspirationen,* daß das Frauenbild der roten Werkgruppe auch ganz andere Facetten aufweist als die inkriminierten (101f.).
[113] Winkels 1988, 251.
[114] Ebd., 239, ähnlich Gendolla 1990, Steinfeld 2003, 254.
[115] Winkels 1988 wirft die Frage auf, ob in diesem Körperereignis „das Überangebot an Weltdeutungen und Daseinsinterpretationen stillgestellt [...] [werde], wo sie ans Absolute rührten" (258). Anna Opel weist indes darauf hin, daß „diese Bewegung des Autors zum Realen hin auch in seinem Text *Subito,* den er während der legendären Lesung las, vielfach gebrochen und übermalt wird und keineswegs den Rang einer Position hat" (Opel 2002, 96).

ist (Hi 70f.).[116] Der Körper erscheint zumindest auf metaphorischer Ebene als dasjenige, was attackiert werden muß, damit es zur Stiftung von Sinn kommen kann. Eine Konzeption, die Goetz in den Neunzigern einer Revision unterzieht – wie genauer dargelegt werden soll, ist der affirmative Charakter der späteren Texte lediglich äußeres Symptom dieser Modifikation.

Zweitens ist – damit zusammenhängend – auf dem Feld der Politik eine Neuorientierung zu verzeichnen. Goetz' Blick heftete sich in der Anfangsphase auf die Revolution, den Terrorismus. Nicht nur in *Irre*, auch in *Kontrolliert* trägt der Protagonist den Zunamen des in Stammheim umgekommenen RAF-Mitglieds Jan-Carl Raspe;[117] das Personenverzeichnis von *Heiliger Krieg*, dem ersten Teil der *Krieg*-Trilogie, enthält überdies eine Figur namens „Stammheimer". Im zweiten Roman dienen die Ereignisse des „Deutschen Herbstes" explizit als zentrales Thema, er beginnt mit der Ankündigung, die Geschichte des Terror-Jahrs 1977 zu erzählen (Kn 15). Die Perspektive fluktuiert zwischen einem als Studenten identifizierbaren Ich-Erzähler und dem inhaftierten Terroristen.[118] Wie Goetz später erläutert, verfolgte er dabei das Ziel, mit dem Beschriebenen in gewisser Weise eins zu werden, selbst zum Attentäter zu mutieren, um sich davon abstoßen zu können (Ce 271).[119] Bei *Kontrolliert* handelt es sich zwar um alles andere als eine Agitationsschrift, wohl aber um politische Literatur i.e.S. Niels Werber interpretiert den Titel überzeugend als Anspielung auf Deleuze/Guattaris Begriff der „Kontrollgesellschaft"; in der Art und Weise, wie sich der Erzähler auf die staatlich-gesellschaftlichen Institutionen bezieht, artikuliere sich eine kritische Reflexion spätkapitalistischer Machtstrukturen.[120]

---

[116] Siehe auch Opel 2002, 122f.

[117] Vgl. eine Bemerkung in *Hirn* (Hi 44).

[118] Dazu näher: Werber 2000a, 106.

[119] Auch diese Bemerkung stammt aus dem erhellenden Streitgespräch mit Graw und Wege.

[120] Werber 2000a, 111ff. Goetz belasse es aber nicht bei dieser einen Folie, sondern konfrontiere sie mit dem Dezisionismus eines Carl Schmitt; dies seien die beiden Beschreibungsmodelle, mit denen der Roman die Geschichte des Jahres 1977 erzähle (106). Dabei werde dargestellt, wie der Staat durch die RAF anfangs in den Schmittschen „Ausnahmefall" gezwungen werde (112), wie er aber aus der Situation lerne und sich gegen künftige Reibungen immunisiere, um sich nicht wieder durch unmittelbare Konfrontation entblößen zu müssen – so werde ein weiterer Schritt hin zur Kontrollgesellschaft im Sinne von Deleuze/Guattari getan (117). Werber zufolge muß der Erzähler schließlich einsehen: „Die Gestalt der Macht hat sich verändert. Sie hat nicht mehr die klassische Kontur eines Souveräns, der im Ausnahmezustand seine wahre Gestalt offenbart". Die postsouveräne Macht denke

In *Abfall für alle* hat sich der Akzent deutlich verlagert. Goetz interessiert sich nun in erster Linie für die Unterschiede zwischen Politik und Kunst und für die Probleme möglicher Verwechslungen. Dabei fokussiert er die jeweilige Rolle der Individualität:

> „Die gegenteiligen Wege von Politik und Kunst zum Gemeinsamen: die Kunst geht über die Freisetzung des einzelnen, der sich von der Individualität des Kunstwerks zurückgestoßen, auf sich geworfen sieht, über auf die Art massenhaft erzeugte Differenz. Und Politik läuft über den Appell, zuzustimmen und einzustimmen und mitzumachen, über das Interesse, andere vom Eigenen, dem Richtigen zu überzeugen, über Konsenserzeugung bei möglichst vielen" (Afa 569).

Der Tagebuch-Form entsprechend kommt er immer wieder auf das Thema zurück; motiviert werden die Überlegungen von einer Anfrage des Aktionskünstlers Christoph Schlingensief, ob er sich an seinem Partei-Projekt „Chance 2000" beteiligen wolle. Er denkt lange darüber nach, kann sich letzten Endes aber nicht dazu entschließen. In einer Art von offenem Brief begründet er seine zögernde Haltung:

> „Chance 2000. ‚Lieber Christoph'. Das Problem der Übersetzung aus Kunstkontexten ins Reale: im echten Leben, gerade in der Politik, ist AKTIVITÄT pure Normalität, Stumpfsinn geradezu. Nur von der Kunst herkommend kann es einem anders erscheinen, kann man so fasziniert sein von Aktivität, weil das da, durch die kunstintern notwendige, vernünftige Lähmung durch Reflexion, so ein extrem knappes Gut ist. In der Kunst aktiv werden, heißt REVOLUTION machen. In der Politik heißt Aktivität, die Maschinerie des Bestehenden aufs Finsterste zu bestätigen, zu affirmieren und zu befördern. [...] Den Politikern wirklich zu beweisen, daß es Chance wirklich gibt, als politische Kraft, so heißt ja derzeit die Devise [bei Chance 2000, J.W.]. Als würden die dann Angst kriegen, oder auch nur Respekt. Das Gegenteil ist der Fall, der Reflex der Politik heißt in dem Moment: ach so, auch nur Politik, okay. Dann zeig mal, wie viel Prozent du hast" (Afa 426).

Goetz hat die Option auf politische Veränderung durch Kunst keineswegs preisgegeben – er hinterfragt nur die Strategie. Schlingensiefs Verfahren, eine Partei zu gründen und Symbole bzw. Positionen der Politik spielerisch zu

---

Goetz als ein „unauffälliges, flexibles, anpassungsfähiges ‚Schwerefeld' der Normalität" (ebd., 118f., vgl. Kn 235).

verfremden,¹²¹ scheint ihm zu weit in die reale Auseinandersetzung hereinzureichen. Seiner Ansicht nach steht der Künstler generell in Gefahr, die ersehnte Aktivität mit genuin politischem Handeln zu verwechseln. Die revolutionäre Kraft der Kunst, so wäre zu folgern, speist sich aus anderen Quellen, etwa aus der „Freisetzung der Differenz", von der im ersten Zitat die Rede ist. Insofern käme es darauf an, die Erzeugung von Konsens gerade zu vermeiden, um künstlerisch *aktiv* werden zu können. In den Worten des Autors:

> „Ich will keine Verantwortung, kein Ziel, keine Verpflichtung, keine Einflußnahme, keine direkte Wirkung, und am allerwenigsten mag ich jemandem anderen sagen, was er denken soll. Ich will die Leute im Grunde absolut in RUHE lassen. Ich will das alles nur in interne, autoaggressive und dort destruktiv konstruktive Prozesse umsetzen, das von den anderen in mir Ausgelöste. [...] Plötzlich war jetzt verlangt, die von Chance ausgelösten Gedanken dorthin auf sie zurückzurichten. Aber darum gehts gar nicht bei meinen Gedanken. Da geht es nur um den Reflex, den ein Weltevent wie Chance an einer beliebigen Ichstelle auslöst. Es geht einfach nur um das Protokoll dieses Effekts. Um reine Passivität, um Reflexion. Warum? Weil das das einzige ist, was ich kann" (Afa 568f.).

An solchen Statements tritt die Veränderung gegenüber der Frühphase hervor. Ging es anfangs noch darum, Herrschaftsverhältnisse darzustellen und sich an der Grenze zum Realen, zum Schmerz zu postieren, so setzt Goetz nun quasi auf das Kerngeschäft der Kunst. Das Funktionssystem der Politik dient nicht mehr als Zentralcode.¹²² Anstatt sich unter dessen Ägide mühsam ihr Terrain zu sichern, kann sich die Literatur – nun selbst als autopoietisches System begriffen – auf ihre ureigenen Qualitäten besinnen, auf „reine Passivität", „Reflexion" oder nochmals „Erzeugung von Differenz"; genau dadurch erlangt sie aber ihre eigentliche politische Relevanz.¹²³ Wie wichtig diese Auf-

---

¹²¹ Vgl. Wulff/Finke 1999; allg. zu Schlingensiefs Performances auch Heineke/Umathum 2002.

¹²² Wie Werber 2000a erläutert, zeigt diese Ausrichtung schon in *Kontrolliert* erste Risse – mit „Pop" trete ein „Deterritorialisierungsvektor" auf, der den Staat nicht in den Ausnahmezustand zwinge: „Intensitäten werden nicht länger im Begriff des Politischen gesucht, sondern im Sound" (115). Allerdings nehmen solche Aspekte in der Erzählung nur relativ geringen Raum ein. Die Dominanz des Politischen – verstanden als das System, das sich auf Veränderungen im Realen bezieht – manifestiert sich auch im Sprach- und Literaturhaß der Frühphase, der v.a. in *Irre* zur Geltung kommt: „Gegen das Symbolische wird mobil gemacht", konstatiert Hubert Winkels mit Blick auf den Debütroman (Winkels 1988, 251).

¹²³ Ein interessantes Dokument dieser Verschiebung ist der Text *Schlagabtausch*, die Mitschrift eines Streitgesprächs zwischen Goetz, Niels Werber und Mark Terkessidis, die 1992 in *Texte zur Kunst* erschien. Goetz behauptet darin, die „Leitdifferenz" von Erkennen und Han-

gabe ist, verdeutlicht der Exkurs zum Kosovo-Krieg in *Dekonspiratione*.[124] Goetz schlägt sich dabei weder auf die Seite der Bundesregierung noch auf die der Kriegsgegner (De 146); vielmehr kritisiert er die affektive Beeinflussung durch die Medienbilder, die „Hölle der totalen Emotion" (De 145) und ihre Folge, daß „man nicht mehr wusste, was man dachte. Dass man nicht mehr denken konnte" (De 148). Am Pranger steht nicht dieser oder jener Standpunkt, sondern der ungebremste „Zustimmungsappell" (s.o.) der Politik – hier wäre die Kunst gefragt (gewesen).

Der dritte Aspekt der Veränderungen betrifft das Thema Subjektivität. Deutlich wird der Prozeß v.a. am Verhältnis zur Empfindung des Hasses. Dieser eignet im Frühwerk geradezu textkonstitutive Bedeutung, sie beeinflußt über weite Strecken den Schreib-Gestus und wird gar zum Motor der Welterschließung hypostasiert. Der Monolog *Kolik*, Schlußteil der *Krieg*-Trilogie, liefert den Ansatz zu einer entsprechenden Theorie: „Haß / Treibt / Vernünftig / Den Vernünftigen Haß / Haß ist einziger vernünftiger abstrakter Trieb" (Kri 254). Ende der Neunziger wird diese Einstellung relativiert, sie erscheint retrospektiv als Zwischenstation auf dem Denk-Weg des Autors. Die folgende Äußerung stammt aus den *Praxis*-Vorlesungen, die Goetz 1998 im Rahmen der Frankfurter Poetik-Dozentur abhielt[125] und später ins Internet-Tagebuch aufnahm.

> „Auch der Haß muß seinen Weg durchs Leben finden. Er kommt von außen, als glühende Position. Schon nach wenigen Jahren von DABEI sein aber, bei egal was, und letztlich natürlich schlicht und einfach beim LEBEN selbst, gibt es diese Außenposition nicht mehr. Sie heißt nämlich Tod. Als Haß-entsprechendes Aktivum: Suizid.
>
> Am meisten hat mich diese Frage beschäftigt, während ich die Geschichte KONTROLLIERT schrieb. Ich dachte dauernd, ich kriege es nicht hin, dieses Buch zu schreiben, und wenn ich es nicht hinkriege, bringe ich mich um. Aber ich will mich NICHT umbringen. Ich will nicht die Geschichte der älteren Brüder, der Kriegszeit-Geborenen, noch einmal wiederholen, Brinkmann, Vesper. Und es ist auch nicht mein Zeit-Ding, einfach vom Jahrgang her.

---

deln sei während der vorigen fünf Jahre aus dem politischen System in die Kunst ausgewandert (*Schlagabtausch*, 68f.). Wie aus dem Kontext hervorgeht, ist damit gemeint, daß in der Kunst nun ein *kunst-eigenes*, d.h. nicht primär an der politisch-revolutionären Aktion orientiertes „Handeln" gefragt sei. Vgl. dazu die Ausführungen in Abschnitt 2.2.4 dieser Arbeit.

[124] Zu diesen Passagen in *Dekonspiratione* auch Bonz 2002, 91f.

[125] Dazu Schumacher 2003, 118.

Heute habe ich immer das Gefühl, Haß sollte für mich aus dem Äußeren herein kommen, und da zu dem inneren Explosivum werden, im Inneren der Argumente. Eine Energie, die die Widersprüche aufeinanderhetzt, sie zu maximal heftiger Kollision bringt, sie auseinander stieben läßt" (Afa 267).

Haß ist demnach primär ein Affekt der Jugend, der Konfrontation mit dem Establishment. Folgt man der Erklärung, so hat Goetz in den Achtzigern darum gerungen, diese Außenposition aufrecht zu halten, ständig in Fühlung mit ihrer ultimativen Konsequenz – dem Selbstmord. Zum Zeitpunkt der Vorlesung scheint er einen anderen Umgang mit dem Gefühl anzustreben: Anstatt daraus eine externe Perspektive zu gewinnen (vermutlich ist das die Verbindung zwischen Haß und Vernunft, von der das *Kolik*-Zitat handelt), versucht er nun, die Energie zu kanalisieren und auf argumentative Beziehungen innerhalb seiner Texte umzulenken. Er verspricht sich davon eine Schärfung der immanenten Spannungen. Die Bemerkung am Anfang des Absatzes ist allgemein formuliert; Goetz will ihre Gültigkeit offenbar nicht auf seinen eigenen Werdegang als Schriftsteller beschränken. Tatsächlich taucht der Gedanke auch in einem anderen Kontext auf, in seinem Urteil über die 68er und die spätere Entwicklung der Bewegung:

„Das Interesse an WELT war bei 68 nie sehr groß. Das genau hat natürlich Revolution gemacht. Interesse heißt Verstehen, Schwäche, Verbesserung. Desinteresse ist eine grandiose Energieform, war Teil der Kraft von 68, gehört zum Jugendlichen, ganz prinzipiell. Diese Außenenergie ändert dann auch wirklich was innen, in der Welt. Nächstes Kapitel: man müßte jetzt darauf reagieren. Den schwierigen Folgeschritt haben relativ viele, die die Emphase-Erfahrung von 68 gemacht haben, verweigert. Sie waren so gewöhnt ans Verweigern, kannten das als Triumph- und Königsweg durchs Leben. Es ist aber nur der Weg hinein. Jetzt müßte man erwachsen werden. Und immer dachte ich, als sozusagen jüngerer Bruder, das checken sie nicht. Aber das verdanke ich ihnen, daß mir dadurch das Erwachsen-Werden als was absolut Verlockendes, Reiches, Kompliziertes und Tolles erschien. Die so unverspielte Ernstsicht auf das Leben wurde während der Arbeit am ersten Buch eine Art Existenzprogramm: dort, in der Arbeit, ein erwachsener Mensch werden" (Afa 444).

Auch hier geht es um eine externe Position, die mit Energie verbunden ist – was in Goetz' Selbstbetrachtung der Haß war, ist im Satz über die 68er das „Desinteresse". Als anfänglicher Antrieb sei eine solche Haltung notwendig und produktiv; nur hätten viele aus dieser Generation den nächsten Schritt verweigert. Nachdem sie den Weg „hinein ins Leben" gefunden haben, so die Einschätzung des Autors, ist es ihnen nicht gelungen, die Routine der Ablehnung zu durchbrechen und sich dem „Verstehen", der „Schwäche" und der „Verbesserung" zu verschreiben. Entscheidend ist hier die Rolle der Außen-Perspektive. In isolierter Form nur vorläufig funktionsfähig, kann sie in einen anderen Weltzugang aufgehoben und als Kraftquelle immanenter Diskurse in Anschlag kommen.

Wie der Passus weiter zeigt, hat Goetz derartige Fragen bereits in *Irre* untersucht. Es wäre ohnehin vollkommen falsch, seinen damaligen Denkstil mit dem der 68er kurzschließen.[126] Um beim Beispiel *Irre* zu bleiben: dort spielt der Autor zahlreiche Positionen gegeneinander aus, ohne eine bestimmte zu propagieren; dabei wäre es in einer Erzählung aus der Psychiatrie einfach gewesen, im Sinne des Zeitgeists Stellung zu beziehen.[127] Die frühen Texte weisen in vielerlei Hinsicht auf die späteren voraus. Gleichwohl sollte der Unterschied nicht verwischt werden. Gerade weil sich Goetz zu Beginn mit den 68ern, mit dem Problem der „Außenposition" derart eindringlich auseinandergesetzt hat, blieb er dem Horizont dieses Denkens damals stärker verhaftet als in der blauen und der roten Werkgruppe. Die Tendenz, die Haß-Energie von der Innen/Außen-Differenz abzuziehen, gehört eindeutig in die Neunziger Jahre. Erst in dieser Phase lockerte sich die Koppelung von Intensität und Außenseitertum.

Das revidierte Verhältnis zum Haß und dem davon bestimmten Weltbezug manifestiert sich auch in den philosophischen Präferenzen. Wenn Goetz von

---

[126] 1999 bemerkte Goetz im *Spiegel*-Gespräch mit Volker Hage und Wolfgang Höbel: „Meine Hass- und ‚Krieg'-Idee hatte ich ja gegen die Friedensbewegung entwickelt, gegen deren kriegerische Geschichtslosigkeit" (JZ 121). Wie daraus hervorgeht, nahm er zu den 68ern bzw. zu daraus hervorgegangenen Strömungen schon in seinen Anfängen eine oppositionelle Haltung ein.

[127] Raspe pflichtet nicht der Meinung seines Freundes Wolfgang bei, der die Psychiatrie aus marxistischer Perspektive als repressive Institution ablehnt (Ir 154f.). Den Ansatz zweier Verfechter der Antipsychiatrie verwirft er aber nicht von Grund auf – freilich weist er auf ihre mangelnde Nähe zur Praxis hin (Ir 200). Er versucht die „heutige Psychiatrie aus der gestrigen [zu] begreifen", um die „Zukunft einer humanen Psychiatrie" zu entwerfen (Ir 177). Davon unabhängig ist Winkels zuzustimmen, wenn er schreibt, Goetz versage sich „jede deutend-verallgemeinernde Beruhigung über die Krankheit" (Winkels 1988, 244). – Die politische Dimension des Umgangs mit psychisch Kranken war damals nicht zuletzt dank Foucault ein Thema von besonderer Aktualität. Der französische Denker beschäftigte sich zeit seines Lebens mit dem Wahnsinn bzw. dem „Anderen der Vernunft", insbesondere in *Wahnsinn und Gesellschaft* (1961), *Die Geburt der Klinik* (1963) und *Überwachen und Strafen* (1975). Auch wenn es während der einzelnen Phasen erhebliche Verschiebungen gab, blieb doch der Zusammenhang mit den Praktiken der Macht, das „Ausschließen des Anderen", das bestimmende Thema.

Denkern spricht, die ihn nachhaltig geprägt haben, spielt er wiederholt zwei Namen gegeneinander aus[128] – einer davon ist bereits gefallen. *Abfall für alle* schildert, wie er von einem Spaziergang „mit Luhmann" – also mit einem seiner Bücher – nach Hause kommt und wie vom Donner gerührt sagt: „Zum ersten Mal verstehe ich die Evolutionstheorie. Kann endlich rausdenken über den Trotz meiner absurd erstarrten Hegel-Erstarrung" (Afa 455). An anderer Stelle sinniert er etwas nebulös über die „Rekonstruktion" der Welt durch den Geist, vertieft sich in die Frage, inwiefern sich der „Dämmer unklar gemischter Verhältnisse" in Klarheit übersetzen lasse, bis ihm einfällt, daß er sich „merken wollte, aus der Evolutionstheorie, daß man ohne starrsinnige Optimismusvorstellungen […] die jeweils offene Finalität dieser Prozesse realitätsgerechter sehen kann, nicht so hegelisch dogmatisch fortschrittsversessen" (Afa 537). Mit der Evolutionstheorie, das lehrt das erste Zitat, ist zweifellos der Bielefelder Soziologe gemeint – somit stehen sich wieder Hegel und Luhmann gegenüber.[129]

Hegels Rolle in Goetz' Frühwerk kann hier nicht näher erörtert werden;[130] schließlich geht es primär um den Wandel hin zu den Positionen der Neunziger Jahre. Weshalb nun also die Hinwendung zu Luhmann? Die Systemtheorie erlaube einen „realitätsgerechten" Blick auf die „offene Finalität" der all-

---

[128] Zu erwähnen ist außerdem Foucault, den Goetz in den Poetik-Vorlesungen als einen Fixstern seiner Arbeit bezeichnet (neben Luhmann und Warhol, Afa 232, 236 bzw. JZ 156). Da es sich bei der Foucault-Rezeption um kein Spezifikum der Früh- oder Spätphase handelt, gehe ich darauf hier nicht näher ein und verweise auf die Ausführungen in Kap. 1.2.4.
[129] Vgl. auch Afa 326.
[130] Die Forschung hat sich dieses Problems bereits angenommen, freilich bislang nur in knapper Form. Richard Weber und Rainer Kühn sehen den Einfluß übereinstimmend unter negativen Vorzeichen, d.h. wenn Goetz immer wieder auf die hegelianische Dialektik anspiele, so illustriere er damit das Versagen dieser Denkform angesichts der heutigen Wirklichkeit. Vgl. Weber 1992, 133f., der das an *Krieg* demonstriert, ähnlich Kühn 1993, der auf den Titel des letzten Teils von *Irre* („Die Ordnung") Bezug nimmt: „Im dritten Teil des Romans jedoch, der Wort und Wirklichkeit zwingend zusammenführen müßte, zeigt sich jedoch, daß die Kultur […] nicht in der Lage ist, das Identitätsproblem aufzuklären, gleichsam Sinn vermitteln zu können" (29). – Obwohl ich diese Beobachtungen für zutreffend halte, bin ich der Meinung, daß Hegels Rolle nicht als ausschließlich negative beschrieben werden sollte – nicht nur aufgrund der retrospektiven Bemerkungen in *Abfall für alle*. Offenbar wollte Goetz trotz des Scheiterns der dialektischen Vermittlung den Boden der „Außenposition", d.h. des Subjekt-Paradigmas nicht verlassen. Sein häufiger Rückgriff auf triadische Strukturen bzw. das Vokabular der Dialektik (exemplarisch: Kri 236) korrespondiert m.E. mit dem Versuch, ein widerspruchs- und vermittlungsreicheres Verhältnis von Ich und Welt zu denken, als es die Schemata der 68er vorsahen.

gemeinen Erkenntnis, heißt es im zweiten Textbeispiel; das hegelianische Denken wird demgegenüber als „dogmatisch" und „fortschrittsversessen" abgewertet. Die Bemerkung zielt darauf, daß es in der Systemtheorie kein Subjekt gibt, das den Weltzugang nach identisch bleibenden Kriterien steuert (geschweige denn nach Maßgabe von Fortschrittslehren) – das Verhältnis zur Wirklichkeit wird nicht in den Rahmen vernunfteigener Vorgaben eingezwängt. Wie auch andere Passagen aus *Abfall für alle* dokumentieren, verspricht sich Goetz von der Systemtheorie primär ein Mittel, der Enge subjektphilosophischer Denkmuster zu entrinnen und einen höheren Grad von Offenheit zu erreichen (Afa 167, 389, s.u.). Als Folie für Luhmann dient dabei weniger Hegel als vielmehr Adorno:

> „Zum selben Zeitpunkt, wo Adorno, ohne auch nur die Ahnung einer Perspektive JENSEITS des Subjektbegriffs, auf Aristoteles schaut, entwirft Luhmann sein philosophisches Gegenprogramm, im Zweckbegriff Buch, von wo aus ausgehend er dann die, wie es immer so schön revolutionär heißt, alteuropäische Ontologie ja WIRKLICH verläßt, Heidegger andersrum vollstreckt, als Husserls Enkel, den keiner erwartet hat, usw usw [sic]" (Afa 434).[131]

An einer anderen Stelle fällt die Abgrenzung noch drastischer aus:

> „Das letzte Aufbegehren dieser alten Begrifflichkeiten im XIX. Jahrhundert, und dann ist es damit eigentlich auch aus. Und die erste nachfaschistische, also

---

[131] Goetz las zur Zeit des Internet-Projekts Adornos Vorlesungen über Aristoteles' *Metaphysik* (Adorno 1998, hier: 54-67); er berichtet andernorts ausführlich von seinen Lektüreeindrücken: „Die gestrige 6. Vorlesung, 3.6.1965, fertig gelesen. Wie stark, in wie kurzer Zeit, der Stil des Denkens sich ändern kann: Adorno spitzt die WIDERSPRÜCHE in der Aristotelischen Metaphysik als etwas derart empörend Problematisches zu, daß es fast schon logeleimäßig engstirnig wirkt. Das wurde wohl als Scharfsinn empfunden. Heute hat sich das Verfahren im Umgang mit Widersprüchen sozusagen entdramatisiert. Das ganz normale Bedürfnis nach Freiheit von Widersprüchen sieht man jetzt eher als EINE von mehreren möglichen Mechaniken der denkenden Bewegung und ihres Zugriffs. Die Position von Aristoteles […] wirkt gerade IN der Widersprüchlichkeit so einsehbar und toll, und zwar OHNE dialektische Bewegung, ohne VERMITTLUNG. Man sieht beides, wie jedes zutrifft, obwohl es sich auch widerspricht. Es widerspricht sich ja nicht nur. Die mehrwertige Logik ist noch nicht so popularisiert, wie fraktale, konstruktive und diffus fuzzymäßige Aspekte der Erkenntnis, aber ein GEFÜHL dafür ist schon eingesickert, in die Alltags-Intellektualität, mit der man heute so eine 33 Jahre alte Adorno Vorlesung liest" (Afa 386f.). – Das Urteil aus dem im Haupttext zitierten Absatz ist hier schon implizit enthalten: Nach Goetz' Eindruck spannt Adorno Aristoteles' *Metaphysik* gewaltsam ins Prokrustesbett der Subjektperspektive. Als Prototyp des neuen Denkens erscheint die „mehrwertige Logik" – dabei dürfte der Autor u.a. an den Formenkalkül Spencer Browns und somit wiederum an Luhmann denken (s.u., 2.2.1).

nachadornitische ästhetische Theorie, also die erste nachästhetische Theorie der Ästhetik ist dann auch wirklich sofort gesellschaftlich: Die Kunst der Gesellschaft. Es mußte so ein kühler, klarer Geist wie Luhmann kommen, um das richtig sehen und vorallem [sic] auch darstellen zu können. Im Vergleich zu ihm ist Adorno ja ein kompletter Wirrkopf, Foucault ein Märchenerzähler. So wirr und märchenhaft war aber der Status des Geistes in den 60er und 70er Jahren noch. Erst die 80er Jahre bringen den Durchbruch in diese hochkomplizierte Klarheit, die Luhmann dann niederschreibt und Meier baut" (Afa 147f.).

Natürlich wirkt es gelinde gesagt befremdlich, die Epitheta „nachfaschistisch" und „nachadornitisch" nebeneinandergestellt zu sehen. Bei genauerer Betrachtung erscheint die Parallelisierung aber keineswegs unsinnig, wenngleich gewiß forciert – offenbar will Goetz damit ausdrücken, daß sich die Kritische Theorie nicht entscheidend aus den Fesseln des Früheren zu befreien vermag.[132] Umso mehr Gewicht erhält sein Votum für die „gesellschaftliche" Theorie des Bielefelder Soziologen, mit der das Subjekt-Paradigma überwunden sein soll.[133] Eine genauere Rekonstruktion von Goetz' Luhmann-Rezeption folgt in 2.2; auch auf seine Beziehung zu Adorno wird noch näher einzugehen sein, v.a. im Kontext von *Festung* (3.2). Hier genügt der Hinweis, daß bzw. wie die systemtheoretische Wende des Autors mit der neuen Funktionalisierung des Hasses zusammenhängt: Adornos Denken behält dank

---

[132] Nach der *Dialektik der Aufklärung,* Adornos Gemeinschaftsprojekt mit Max Horkheimer, liegt der Ursprung des Denkens bekanntlich in der Angst vor der Natur bzw. in der überbietenden Anpassung an diese (Horkheimer 1987, 37ff.). Der Geist trage also das Negat in sich, die Spur von Herrschaft und Gewalt – dies sei im Faschismus mit aller Macht hervorgebrochen (dazu v.a. das Kapitel „Elemente des Antisemitismus", 197-238). Wie die beiden Autoren meinen, kann sich die Vernunft dieses Erbes nie gänzlich entledigen, darf es also nicht verdrängen – das beherzigen sie auch im eigenen Verfahren: Indem sie den Text mit Zuspitzungen und Verallgemeinerungen ausstatten, machen sie die Ausschließungsmechanismen zum Gegenstand der Reflexion. Insofern kann man behaupten, daß sie in formaler Hinsicht Mimikry an die faschistische Denkart treiben. – Goetz scheint mit seiner Formulierung auf eben diese Verstrickungen der (als Vermögen des Subjekts verstandenen) Vernunft abzuheben und zugleich behaupten zu wollen, daß Luhmanns Theorie aus diesem Bannkreis herausführe.

[133] Obwohl Goetz bei dieser Grundfrage für Luhmann Partei ergreift, kommentiert er andere Aspekte von Adornos Denken mit dem Ton von Zustimmung. In den Poetik-Vorlesungen bezieht er sich z.B. auf einen Artikel von Joachim Kaiser, der Adornos Verfahren generell als etwas „manieriert" bezeichnet, und entgegnet: „[E]s gibt nichts Besseres und Wahreres, nichts Komplizierteres und Wegreicheres, nichts Erhellenderes und Schöneres, es gibt, kurz gesagt, nichts anderes zum Kunstwerk zu sagen, als das von Adorno dazu Gesagte" (Afa 326).

seiner subjektphilosophischen Rudimente einen wie auch immer vermittelten identischen, wenn man will: externen Blickwinkel bei, während Luhmanns Theorie ein radikales Verbot der Selbstexemption[134] vorsieht. Da alles Gesagte auch auf das Sagen selbst anwendbar sein muß, kommt es ständig zu Rückkopplungsschleifen, durch die sich der Standort des Beobachters verschiebt (s.u.; 2.2.1). Ohne zu weit vorgreifen zu wollen: die Idee der internalisierten Außen-Energie ist damit gut vereinbar.

Goetz' literarisch-philosophische Neuorientierung seit den Achtziger Jahren wird also in drei Themengebieten besonders deutlich. Erstens im Verhältnis zum Körper, wo sich die negative Haltung der Anfangsjahre umkehrt, zweitens in der Politik, von deren Einflußsphäre sich die Literatur emanzipiert, ohne ihre politische Relevanz zu verlieren, und drittens in der Frage der Subjektivität: Anfangs darauf bedacht, den eigenen Haß und mit ihm eine externe Position aufrecht zu halten, löst Goetz die Konfrontation im Zuge der Luhmann-Lektüren immer mehr auf und lenkt die Energie auf Spannungen innerhalb der eigenen Texte um.

Wie realisiert sich das alles nun in Goetz' Schreiben? Vom erreichten Punkt aus kann man bereits erkennen, in welche Richtung die Überlegungen gehen müssen. Wenn die Präferenz für Luhmann mit der Unvoreingenommenheit des Weltverhältnisses zu tun hat, bietet es sich an, nach der literarischen Umsetzung dieser Offenheit zu forschen. Das Programm der roten Werkgruppe, das Ganze der *Gegenwart* zum Sprechen zu bringen (Afa 114, s.o.), legt hierbei eine erste Spur. Um die Stelle im Kontext zu zitieren:

> „Was ist HEUTE MORGEN als Ganzes? Das kann ich komischerweise gar nicht richtig erkennen. Es ist eben die Gegenwart, deren Ganzes, das Ganze der Gegenwart. Was ich, verteilt auf einzelne Teile, sprechen lassen will, zum Sprechen bringen will. Und das wiederum ist dann doch ganz klar, daß ich das nicht wirklich präziser fassen kann. Weil ich überlegt hatte, zu dem Dogma: man muß sein Vorhaben genau beschreiben können. Und zu dem negativen Vorgang, der zu Heute Morgen geführt hatte: mal ein Buch machen, das NICHT alle Aspekte abdeckt, in dem NICHT alles drin ist, was ich im Moment denke, mal EIN Stück machen, nicht eine Triologie [sic], eines, in dem aber das Gesellschaftsstück, das Familienstück und das Monologstück zusammen kommen. Eine Erzählung machen, die die Nacht zum Gegenstand hat [d.h. *Rave*, J.W.], eine, die dem Tag gehört [*Dekonspiratione*, J.W.]. Also nicht Konzentration, wie noch bei Festung, am extremsten natürlich bei Kontrolliert,

---

[134] GG 1132, vgl. Kap. 2.2.

sondern Expansion, Teilung, Explosion. Bits and pieces. Parts and – aber das gehört gar nicht hierher, ist nur so ein schöner Ausdruck, den die englische Sprache da hat: private parts. Die ja diesmal endlich auch. Auch das freut mich natürlich so an dem ganzen Ding" (Afa 114).

Goetz erklärt in sehr griffigen Worten, wie sich sein Ansatz seit *Kontrolliert* gewandelt hat: Expansion statt Konzentration, lautet das Motto, offene statt geschlossene Formen. Es kommt nicht mehr darauf an, alle Facetten eines Themas zusammenzuführen, sondern viele mögliche Wege und Verzweigungen aufzuzeigen, ohne sie alle zu Ende zu gehen.[135] Auch hier lassen sich die erwähnten Veränderungen wiederfinden. Anstatt alle Beschreibungen und Reflexionen an ein Zentrum zu binden, tendiert der Autor nun dazu, dem Ungeahnten und Überraschenden den Vorrang zu geben. In den weiteren Teilen des Kapitels sollen die ästhetischen Konsequenzen genauer untersucht werden. Dabei stehen nicht mehr die Unterschiede zur Frühphase, sondern allein die Positionen aus *Heute morgen* zur Debatte. Als erstes gilt es die Rolle der Medien zu eruieren.

1.2.2 Medien

Dieses Thema ist bereits in den frühen, erst recht aber in den späteren Texten des Autors von größter Bedeutung. Die Entwicklung hin zur Offenheit verstärkte das Interesse an der Rede der anderen. Der Akzent liegt nicht mehr auf der besonderen individuellen Einstellung, sondern auf der Sprache, der Vielheit der öffentlichen wie privaten Stimmen. In den Poetik-Vorlesungen erhält diese Position eine sehr eindringliche Formulierung:

„Daß sich also [...] diese Rezeptivität, für die *Praxis* [Kursivsetzung von mir, J.W.] plädiert, die Manie dieser Empfangs-Konstitution, dieser dauernden Bereitschaft, die Sendung zu empfangen, anzunehmen, der Sendung zuzuhören, ihr zu gehorchen und zu gehören, entgegen dem natürlich nie ganz unbeängstigenden Stich ins leicht Psychotische,-

doch auch einer VERNUNFT verdankt, die vom Außengrund der Sprache selbst herkommt. Von ihrer sich ununterbrochen ändernden Lebendgestalt.

---

[135] Wenige Seiten später fügt er hinzu, er achte bei Texten immer stark darauf, „über sehr weite Distanzen hinweg Balancen" zwischen Sätzen herzustellen; bei *Kontrolliert* habe er dieses Moment aber fast zu stark betont (Afa 122). Auch darin spiegelt sich das Prinzip der Konzentration, das die Poetik der Achtziger Jahre bestimmt.

> Dort, wo gesprochen wird, im vielstimmigen Chor aller alten und gegenwärtigen Praktiken der Benützung der Worte bestimmt sich der sprachliche Sinn. Was sagt die Summe des Gesagten? Was ordnet sie wie an?
>
> Was also bedeutet ein Wort im Moment?
>
> Daß von dieser Frage mitmotorisiert, das Interesse an der Welt, wie sie sich dauernd ausspricht überall, ganz automatisch sinnvoll, fast schon unausweichlich ist. Wie anders will man wissen können, was die Sprache augenblicklich kann und will und tut? Wie sie funktioniert" (Afa 289).

Goetz versteht sein Verhältnis zur Sprache als hochempfindliche Rezeptivität, die sich auf Bewegungen und Verschiebungen im gesellschaftlichen Wortgebrauch richtet. Er geht sogar so weit, diese Sensibilität als eine Art von „Vernunft" zu bezeichnen und diese Potenz der Sprache selbst statt etwaigen subjektiven Vermögen zuzurechnen – Heidegger hätte vermutlich Beifall geklatscht.[136] In den unüberschaubaren Prozessen der kollektiven Rede reproduziert sich für Goetz eine Art von übergreifendem Sinn, nicht in einzelnen Sätzen, sondern im Zusammenwirken vieler. Eine hochgetriebene Empfänglichkeit mag ins Psychotische reichen, so *Abfall für alle*, aber grundsätzlich eignet dem Aufgenommenen etwas, das den Hörer an die Welt bindet. Das Streben nach Durchlässigkeit beruht also auf einem Urvertrauen in die Sprache. Der Ausdruck „Lebendgestalt" indiziert darüber hinaus, daß damit alles Sprechen und Schreiben, auch und gerade das alltägliche gemeint ist.

Daraus wird ersichtlich, weshalb die Medien in Goetz' Werk eine derart wichtige Rolle spielen, und zwar auf allen Ebenen: In etlichen Büchern gehören Journalisten, Reporter und Moderatoren zum Figureninventar; das Paradebeispiel bildet *Dekonspiratione*. Im Internet-Tagebuch streut der Verfasser – geschult durch *1989* – zwischen den „eigentlichen" Einträgen Unmengen von Medienmitschriften ein, zumeist fragmentarische Äußerungen aus Fernsehsendungen. Vordergründig bloß zufällige Zusammenstellungen, weisen die Collagen mitunter raffinierte Montageverfahren auf.[137] Zitiert wird aus der

---

[136] Heidegger denkt die Vernunft vom „Vernehmen" her. Bereits in *Phänomenologische Interpretationen zu Aristoteles* (1922), einer Vorstudie zu *Sein und Zeit,* übersetzt er Nous mit „reines Vernehmen" (Heidegger 1989, 255); damit bereitet er seiner späteren sprachphilosophischen Vernunftauffassung den Boden. – Ob er mit Goetz' Haltung zu den Medien einverstanden gewesen wäre, ist eine andere Frage.

[137] Das zeigte Lutz Hagestedt in einem Vortrag, der im Rahmen des Frankfurter Symposions zu Goetz' 50. Geburtstag gehalten wurde („Produktions-Abenteuer REZEPTION. Plurimediale Wahrnehmungs- und Produktionsmuster des Schöpfers und Nachschöpfers Rainald Goetz").

Harald Schmidt-Show, aus Nachrichtenmagazinen, aber auch aus Fußball-Reportagen. Auf die zitierte Bemerkung zum Verhältnis zwischen Kunst und Politik folgen übergangslos die Worte: „wird viel gemeckert / in der Anfangsphase / da sinkt jetzt Maldini zu Boden / DER KAPITÄN DER ITALIENER" (Afa 426).[138]

In *Abfall für alle* wird zugleich *über* die Medien geredet; die Skala reicht von kurzen Bewertungen einzelner Artikel oder Sendungen bis hin zu allgemeinen Betrachtungen. Im Unterschied zu anderen Gegenwartsliteraten (man denke etwa an Botho Strauß[139]) verlegt sich Goetz aber nicht darauf, ihren korrumpierenden Einfluß auf Kultur, Sprache und Urteilsvermögen zu beklagen. Gegen einzelne Organe – v.a. gegen *Bild* und *BZ*, deren Herausgeber Franz-Josef Wagner ist einer der großen bad guys von *Abfall*, vgl. Afa 488, 601, 737 etc. – teilt er zwar immer wieder kräftig aus, doch meist im Stil von Tontaubenschießen. Daß derartige Blätter Fakten vergröbern und manipulieren, wird als bekannt vorausgesetzt und kaum einmal näher ausgeführt.[140] Was ihn daran beschäftigt, hat eher mit der eigenen Einstellung zu tun: „Ist Haß auf Bild etwas genauso Blödes wie Haß auf Sport?", fragt er sich, „Faktizitäten solchen Ausmaßes zu hassen, lappt wahrscheinlich automatisch ins Läppische" (Afa 473).

Es gibt in *Abfall für alle* allerdings auch Beispiele für veritable Medienkritik, insbesondere dann, wenn es um Berichte aus Krisengebieten geht. Als Goetz eines Abends Spiegel TV anschaut und von möglichen Angriffen auf den Irak hört, registriert er: „Die Berichterstattung darüber, was geschehen könnte, schafft so eine Gier, daß irgendwas dann auch wirklich geschieht,

---

[138] Zu den literarischen Vorbildern dieses Verfahrens vgl. Schumacher 2001, 198ff.

[139] Botho Strauß vertritt eine radikal medienkritische Position; die bekanntesten Belege bilden die Essays *Der Aufstand gegen die sekundäre Welt* (1990) und *Anschwellender Bocksgesang* (1993).

[140] Wenn sich Goetz in differenzierterer Form über das Thema Boulevard ausläßt, geht es nicht einfach um traditionell-aufklärerische Kritik, sondern darum, Funktionszusammenhänge der Medienöffentlichkeit zu beschreiben. Z.B. erklärt er, derartige Texte operierten auf zwei Ebenen: Zum einen peitschten sie die Stimmung auf, zum anderen müßten sie „durch sich durch erkennbar werden lassen, welche Ordnung von Wertzumessung und Achtung augenblicklich gültig ist", und zwar direkt, ohne expliziten Hinweis auf den verwendeten Maßstab. So gelinge es ihnen, „[i]m Moment der Emotion [...] die Moral der Gesellschaft" zu bestimmen (Afa 583f., vgl. auch Afa 303). Der Autor hält auch an einer anderen Stelle in einer Haßtirade gegen *Bild* inne und meint, man sehe in England, wo es derartige Zeitungen schon länger gebe, „wie dadurch zugleich kollektiv immer verfeinertere Sensorien fürs Populäre entstehen" (Afa 113).

IRGENDETWAS, ganz egal was. Und ich rede da nicht von irgendwelchen anderen Deppen, sondern von mir" (Afa 73). Bei einer anderen Gelegenheit sieht er Bilder vom Balkan-Konflikt und notiert: „Kriegsheld Breebeck [sic]: Ich mobilisiere jetzt auch Frauen. Ganz vorne dran Vera. Eine eigene Frauen-Brigade wird es nicht geben. Aber meine Krächze-Stimme bleibt. Endlich wieder Krieg, da unten" (Afa 482).

Goetz greift ein paar Informationen auf und präsentiert sie so, als wäre der ARD-Reporter Friedhelm Brebeck selbst als Akteur daran beteiligt. Der Inhalt der Sendung, signalisiert das Manöver, beruht weniger auf einer neutralen Darstellung als vielmehr auf einer selbsttätigen Erschaffung von Wirklichkeit. Der Vorwurf der Selbstreferentialität verbindet diesen Passus mit dem ersten – dort wird behauptet, der Bericht manipuliere das Verhältnis zur Lage im Irak, und zwar nicht einmal durch eine gezielte Verfälschung, sondern allein durch die Thematisierung der Situation. Die beiden Äußerungen reflektieren, daß Realität und Repräsentation untrennbar ineinander verschmolzen sind; für diesen Ansatz steht im Kontext der Medientheorie bekanntlich der Name Jean Baudrillard.[141]

Obwohl diese Kritik sehr pointiert vorgetragen wird, bilden derartige Äußerungen in *Abfall für alle* und den übrigen Teilen der roten Werkgruppe nur einen Nebenaspekt. Im Blickpunkt der medientheoretischen Überlegungen steht etwas ganz anderes – Goetz offenbart sich als Apologet des Fernsehens:

> „Für mich ist Fernsehen so was, wie für andere die Natur. Was Großartiges, Herrliches, Geheimnisvolles, was Unerschöpfliches, längst noch nicht wirklich Erzähltes, befriedigend Erfaßtes usw. Und schließlich: daß Fernsehen eben auch das Medium der Kinder, der Rentner, der Arbeitslosen und Intellektuellen ist. Die, die halt daheim sitzen. Die nichts zu tun haben. Die Kaputten, die Aus-

---

[141] Baudrillard entwickelt seit den Siebziger Jahren die Theorie einer allumfassenden Simulation. In Texten wie *Der symbolische Tausch und der Tod* oder *Kool Killer* behauptet er, der Wahrnehmungshorizont der spätkulturellen Gesellschaft habe sich in ein System referenzloser Signifikanten aufgelöst. In der Geschichte der Repräsentation seien mehrere Formen von künstlichen Zeichenwelten entstanden, sogenannte „Simulakra"; zunächst regiere das Prinzip der Nachahmung (Renaissance), dann das der Serialität (industrielle Revolution) und schließlich das der totalen Simulation, worin alle Differenzen verschwinden und „jegliche Realität [...] von der Hyperrealität des Codes und der Simulation aufgesogen" werde (Baudrillard 1991, 8). – Goetz hat die Texte des Franzosen schon frühzeitig zur Kenntnis genommen und den *Spex*-Lesern zur Lektüre empfohlen; in seinem auch in *Hirn* abgedruckten Artikel *Gewinner und Verlierer* (1984) behauptet er, jedem denkenden Menschen tue „eine Prise Baudrillard" gut, das sei seit mehreren Jahren bekannt (Hi 48). Gleichwohl beschränkt sich seine Rezeption m.E. auf punktuelle Anspielungen und Affinitäten.

gemusterten, die Gestörten, die noch nicht wirklich Agierenden. Daß Leute, die, wie es in der Johannes-Groß-Terminologie des Herrenreiters heißt: noch zum Leben zählen, natürlich alles immer nicht gesehen haben. Die haben keine Zeit zum Fernsehen. Die haben ja Wichtigeres zu tun. Arbeitsessen, Kollegen treffen, Kinder versorgen, draußen rumrennen irgendwie, wichtig sein" (Afa 119).

„Das Populäre. Was heißt denn das? Das prinzipiell allen Zugängliche. Deshalb kommt dem Fernsehen da so eine riesige Bedeutung zu, dem Radio. Allem, was wirklich zu einem KOMMT. Schon ein Plattenladen ist ein extrem exklusiver, Leute ausschließender Ort. Auch in eines der großen Bücherhäuser muß man erstmal rein gehen, es als normal empfinden, das zu tun. Das Fernsehen ist DER öffentliche Raum überhaupt, über allen, für alle, das Firmament. Was jeder sehen kann, wie er will, nach vollkommen eigenem Ermessen, nach eigener Lust" (Afa 120).

Das Fernsehen erscheint als eine Gabe, die stets nach Belieben in Anspruch genommen werden kann. Es befördere den innergesellschaftlichen Ausgleich, da es v.a. von denjenigen genutzt werde, die (noch) nicht zu den „Leistungsträgern" gehören. Das Moment der Passivität, gewöhnlich das Hauptargument der Fernseh-Gegner, erfährt keine negative Wertung – entscheidend sei vielmehr die mediale Gemeinsamkeit. Goetz denkt hier offenbar an Marshall McLuhan und sein Wort vom „globalen Dorf".[142] Die Behauptung, das Fernsehen sei für ihn so etwas wie für andere die Natur, ruft zudem Vilém Flussers Utopie der „telematischen" Gesellschaft auf.[143] Lassen sich diese Betrachtun-

---

[142] McLuhan 1992, 113. Der kanadische Theoretiker vertritt die These, daß die elektronischen Schaltungstechniken eine neue Form von Öffentlichkeit, ja von gegenseitigem Engagement ermöglichen; Voraussetzung sei die bloße Teilhabe am Medium (vgl. McLuhan et alii 1984, 22ff.).

[143] Flusser 1989, 129ff. – in dessen Zukunftsvision ist der Mensch vollständig in virtuellen Welten einberaumt (d.h. Fernsehen, Computer etc. treten an die Stelle der Natur) und findet eben dadurch zu Freiheit und Nächstenliebe. Es gibt in *Abfall für alle* noch eine weitere Passage, die sich auf diese Theorie beziehen ließe. Goetz hängt darin folgender Idee nach: „Der größte Luxus wäre natürlich, wenn man mit öffentlichen Verkehrsmitteln reisen könnte, und trotzdem ALLEIN. Wie Fernsehen. Bewegungslos am Allgemeinen teilnehmen, ungestört, für sich, ohne was tun zu müssen usw." (Afa 418). Die Vorstellung, das körperliche Unbeteiligtsein – wie man es vom Fernsehen her kennt – auf reale Bewegungen im öffentlichen Raum übertragen zu können, hat für ihn offenkundig einige Attraktivität. Damit begibt er sich wiederum in den Umkreis von Flusser: Dieser entwirft das Bild eines „kosmischen Hirns", einer Form des vernetzten Miteinanders, in der die Interaktion der Körper bedeutungslos geworden ist (Flusser 1989, 129f.) und in der die alten autoritären Diskurse (z.B. religiöser Provenienz) einer dialogisch-freiwilligen Kommunikationsweise

gen noch auf diesen oder jenen Autor zurückführen, so zeigt sich in anderen Passagen ein Gedanke, der wohl als Goetz' eigener Beitrag zur Medientheorie bezeichnet werden kann:

> „Fernsehen: das Nah-Medium. Für PRAXIS III. Genau beschreiben, was Fernsehen NICHT kann: VIELE zeigen, Situationen in Räumen, Räume überhaupt. Die Oskar-Schlemmerschen Kraftlinien, die von den Menschen ausgehend Räume weit durchqueren. Also: Theater, Party. NICHT zeigbar, geht nicht. Den Sozialvorgang unter mehr als neun Leuten. Fernsehen handelt von Gesichtern. Von fast nichts anderem. Gesichter, Menschen aus der Nähe, deren Geschichte, gespiegelt, während sie reden, in ihrem Gesicht sich zeigt. Das zeigt Fernsehen" (Afa 244).[144]

Fernsehen handelt von Gesichtern – um diesen Punkt kreisen fast alle grundsätzlichen Überlegungen zu diesem Thema. Im Zitat verweist der Verfasser auf „Praxis III", den dritten Teil seiner Poetik-Vorlesungen; dort wird die These genauer erläutert:

> „Der Witz der Zugriffsweise auf die mediale Persona ist die Perspektive des INADÄQUATEN. Nicht wie es gemeint ist, will man verstehen, sondern ganz brutal schaut man darauf, wie es WIRKT. Von ganz außen aus gesehen. Nicht was jemand leistet zählt, sondern der diffuse Eindruck, den er hinterläßt, den sein Act hervorruft.
>
> Die Vibrationen, die so rüberkommen. Sie senden aus Bildern stärker, als aus Schriften, und aus bewegten Bildern stärker, als aus starren. Sie senden besonders heftig, wenn jemand im live-Moment um Worte ringt, um das zu sagen, was in ihm im Augenblick entsteht" (Afa 307f.).

Das TV-Medium soll also dann seine besten Momente haben, wenn man eine Person sieht, die gerade nach Worten sucht. Ist das mehr als ein zufälliges Geschmacksurteil? In der Tat: „Rede kann [...] präzise, prägnant und treffend werden im VAGEN komischerweise", behauptet Goetz schon in der zweiten Vorlesung, „solange sie nur WIRKLICH live und neu entsteht im Inneren dieses augenblicklich seine Gedanken aussprechenden Kopfes". Und er fügt nach einer Leerzeile hinzu: „Auch davon handelt Fernsehen" (Afa 255). Das Fernsehen ist für ihn der Ort einer besonders präzisen Rede. Ihre Prägnanz liegt nicht in der jeweiligen Formulierung (da wäre es leicht, Ge-

---

weichen (ebd., 67ff.). Goetz' Gedankenspiel erinnert insofern an Flusser, als darin die Momente Körperlosigkeit, Freiwilligkeit und Öffentlichkeit miteinander kombiniert werden.

[144] Zum Theaterkonzept von Oskar Schlemmer näher: Louis/Stooss 1997.

genbeispiele zu finden), sondern in der Art und Weise, wie ihre Entstehung gezeigt wird. Beobachtet man jemanden beim Versuch einer Äußerung, so der Autor, bei der spontanen Entscheidung für ein Wort oder einen Satz, dann empfängt man starke „Vibrationen". Man erhält einen Eindruck vom „Act" bzw. der Persönlichkeit des jeweiligen Sprechers. Das ist der Grund, weshalb dem Gesicht solch eine große Bedeutung zukommt: Hier bündeln sich die Strahlen, die die Geschichte des Auftretenden spiegeln. Indem Goetz schreibt, die Bilder verliehen der Rede selbst im Vagen „Prägnanz", legt er den Schluß nahe, daß er in ihnen eine zusätzliche Wahrheits-Komponente sieht.

Diese Auffassung hat weitreichende Konsequenzen. Goetz macht sich anheischig, das Fernsehen zu einem Organ der Erkenntnis, ja der Emanzipation zu erheben:

> „Den aufklärerischen Effekt stelle ich mir gigantisch vor, wenn via Live-Channel Dauerübertragung aus diesen ganzen Prollredaktionen kommt. So wie gestern einen kurzen Moment lang die Bild Redaktion zu sehen war. Wenn es so wäre, daß jeder, der nicht live aus seiner Innenwelt sendet, offenbar etwas zu verbergen hätte. Da würden diese Zeitungen schnell bißchen anders ausschauen, besser natürlich, weil die Leute sich beim Machen vernünftiger aufführen müßten. So wie Hitler unter Fernsehbedingungen es höchstens zu einem mittleren Haider gebracht hätte. Das Kollektiv hätte die Pathologie gesehen und Angst davor bekommen, im Spiegel seiner Hysterie die eigene Entartung, ja, entsetzt erkannt und einzudämmen versucht. Deswegen mußte die moderne Kunst verboten werden, weil Hitler sich darin wiedererkannte. Das hätte das Fernsehen alles Gesichtszug für Gesichtszug vorgeführt. Hätten tätten. Unsinn. Alles bezogen auf Bild und seine Dämonie" (Afa 439).

Hitler hätte es unter Fernsehbedingungen höchstens zu einem mittleren Haider gebracht – ein Satz, wie geschaffen für künftige Zitatsammlungen. Natürlich könnte man kritisch einwenden: War es nicht eben dieses Medium, das die massenhafte Verbreitung der Nazi-Ideologie überhaupt erst möglich gemacht hat? Hier ließe sich erwidern: Fernsehen, so wie wir es kennen, mit Dauerübertragungen und ständigen Nahaufnahmen, hat es zur Zeit des Nationalsozialismus noch nicht gegeben.[145] Gerade das ist aber die Voraussetzung für den aufklärerischen Effekt. Nur dann kann die Propaganda eines Demagogen „Gesichtszug für Gesichtszug vorgeführt", d.h. an sein Nah-Bild und

---

[145] Auch der Hinweis auf Italien oder Rußland, wo die Verflechtung von Politik und Medien zugenommen und den Ausgang von Wahlen beeinflußt hat, widerlegt Goetz' Behauptung keineswegs – zur Debatte stehen schließlich Auswüchse in der Größenordnung des Nationalsozialismus.

an seine Persönlichkeit zurückgebunden werden. Wenn man jemandem bei einer spontanen Äußerung ins Gesicht schauen kann, so scheint Goetz anzunehmen, in der zwanglosen Nahsicht aus der Distanz, wie sie das TV-Medium kennzeichnet, dann begegnet man darin seiner Geschichte und kann erkennen, ob man ihm folgen will – darauf beruht das besagte emanzipative Potential.

Goetz' Theorie des Fernsehens ist somit in erster Linie eine Theorie des Gesichts – die spezifische Qualität der Hardware und des Kontakts mit derselben spielen bei ihm anders als bei den meisten kontemporären Medienphilosophen keine Rolle.[146] Bei aller Begeisterung verkennt der Schriftsteller nicht die Diskrepanz zwischen den postulierten Möglichkeiten und dem „real existierenden" Fernsehen. Bisweilen gibt er konkrete Anregungen, wie das Medium seinem Anspruch besser gerecht werden könnte.[147] Dabei ist es ihm nicht um höhere inhaltliche Komplexion zu tun – über die Vermittelbarkeit schwieriger Probleme aus Kunst und Philosophie macht er sich keine Illusionen,[148] sondern um ein spannungsreicheres Wechselverhältnis von Text und Bild. In der dritten Poetik-Vorlesung legt er in aller Ausführlichkeit dar, wie unausgereift sich der Umgang mit der Television gemessen an ihren kulturellen Perspektiven gegenwärtig noch ausnimmt:

> „Und zugleich und andererseits und nochmal zurück: das Schweigen der Bilder wird unterbewertet.
>
> Besonders natürlich auch das Schweigen der, von Text immerzu zugesprochenen Bilder des Fernsehens.

---

[146] McLuhan stützt seine These zum „globalen Dorf" und den damit verbundenen gesellschaftlichen Veränderungen mit der Vorstellung einer „taktilen" Rezeption des Fernsehens, u.a. in *The Medium Is The Massage* (1967). Auch bei Flusser ist die „Tendenz zur Digitalisierung", zur Arbeit mit Tastaturen anstelle von zwei- oder dreidimensionalen Objekten, eine wichtige Voraussetzung seiner Utopie (Flusser 1989, 67f.).

[147] Progressive Talkshows müßten für Goetz „[s]chnelle Wechsel der Position, der Perspektive, der Aspekte, der Rolle, der Sympathielage usw." enthalten (Afa 693). „Gerade in Sendungen, die auf ihr Niveau halten, zeigt sich, wie vorbürgerlich zurückgeblieben und starr ritualisiert die Idee davon ist, was Konversation sein soll" (ebd.).

[148] „Kompliziertere Positionen", heißt es in *Abfall für alle,* „sind ANGEMESSEN in der Form hysterischer öffentlicher Debatten nicht debattierbar" (Afa 625). Das gelte z.B. für einen „Luhmannschen Verstehversuch" oder „die malerische Reflexion einer Sozialtatsache bei Daniel Richter" (Afa 625f.). Die Öffentlichkeit sei früher anders gewesen, sagt er in derselben Passage, „[i]rgendwie gröber, klarer, aber doch eigentlich nicht wirklich so, daß man sich partout danach zurücksehnt" (ebd.).

Und daß der intellektuelle[...] Diskurs, das präzise verstehende Nachfassen, noch lange nicht auf der Höhe der Differenziertheit und Reichweite der alltäglich träumerischen Schauvorgänge ist, die dieses Schweigen lesen, dekodieren, entschlüsseln und weiterträumen.

Um was für tiefreichende Bewußtseinsvorgänge es sich da handelt, kann man manchmal ahnen, wenn man auf den Bahnhöfen, wo die neuen großen Fernsehbilderwände hängen, sieht, wie da die Leute stehen, gebannt, und hoch schauen, egal was kommt, schauen, was passiert, im Bild, im Bann der Schau. Fast schon wirkt das, was auf den Gesichtern der Schauenden da zu sehen ist, wie eine Art Trance oder Hypnose,

erschreckend und grell im öffentlichen Raum erst sichtbar, im Moment des GEMEINSAMEN Schauens, in seiner extremen Asozialität und Privatheit, hingegeben an die Passivitäts-Aktivität des Empfangs.

Man weiß überhaupt noch nicht, wie das alles geht, hirnphysiologisch gesehen, das Verstehen dieser Geheimnisse gehört den Kommenden. Aber man SIEHT, im Anblick und angesichts der Schau: Man ist da am Ort von etwas Aller-Aller-Frühestem. Das zeigen die Gesichter, wenn sie schauen.

Das zeigt der Unterschied zum Ausdruck der Aufmerksamkeit bei dem auf Sprachverstehen eingestellten Denken.

Und was diese große Rückkehr der Bilder, die in der zweiten Hälfte unseres Jahrhunderts ja erst begonnen hat, für das Leben der Einzelnen und das Zusammenleben der Menschen, für alle Künste und Wissenschaften noch bedeuten wird –

es ist bisher nur ein Versprechen, eine Andeutung sichtbar, und man kann zur Zeit noch gar nicht richtig erkennen, was das alles wirklich heißt.

Wie jeder Spezial-Aufmerksamkeit, so wird auch dieser, die sich auf die Bilder, auf ihr Schweigen und die andersartige Art ihrer Sprache richtet, der Gegenstand umso geheimnisvoller, reicher und vielversprechender, je genauer sie sich ihm zuwendet, um ihn zu verstehen.

Ein anfänglicher Moment jedenfalls, - das, finde ich, kann man sehen, - für den andere Jahrhunderte wie das ja auch nicht gerade unlichte XVIII. etwa, dies jetzige endlos beneidet hätten. Da wette ich darauf.

Deshalb heißt die Gegenwart nicht Postmoderne, schon lange nicht mehr, aber auch nicht Zweite Moderne, auch wenn der lustige Herr Beck es sich noch so sehr und noch so schön genau so ausgedacht hat so – nein, die Gegenwart heißt schlicht und einfach HOCHMODERNE. Denn wenn es eine Parallele gibt von jetzt zu früher, dann die zur Renaissance.

> All das heißt also für die Schrift: Wenn sie ihren Weltblick so vielfach vermittelt sieht: Die Literatur wird dadurch freier, beweglicher, abstrakter und asozialer. Man könnte auch einfach sagen: toller" (Afa 299f.).

Die Passage bietet eine Fülle von Anknüpfungspunkten, die hier nur ansatzweise aufgegriffen werden können. Goetz bedient sich nachgerade beschwörender Worte, um die Tragweite der Entwicklung zu unterstreichen; er spricht von einer großen „Rückkehr der Bilder" und erkühnt sich sogar zu einem Vergleich mit der Renaissance.[149] Aus diesem Grunde lehnt er alle Begriffsbildungen ab, die die Gegenwart nach anderen Kriterien von früheren Epochen unterscheiden – sowohl „Postmoderne" als auch „Zweite Moderne" im Sinne von Ulrich Beck.[150] Offenbar erkennt er in der Emergenz des Fernsehens die Spitze eines jahrhundertelangen Prozesses, eine epochale Errungenschaft, die ein völlig neues Licht auf die Geschichte, auf bislang nicht wahrgenommene Kontinuitäten werfe.

Am Schluß überlegt Goetz auch, was das alles für die Literatur bedeutet. Die Schrift sehe ihren Weltblick „vielfach vermittelt", erhalte durch das Fernsehen also in mancher Hinsicht Konkurrenz; das begreift er aber nicht als Kompetenzverlust, sondern als eine Befreiung von lästigen Pflichten. Sie werde nun „freier, beweglicher, abstrakter und asozialer", damit auch „toller" – mit der früheren Aufgabe ist wohl die Repräsentation der Wirklichkeit gemeint. In einem späteren Eintrag heißt es ebenfalls: „[W]o kurz Schrift war, von 1648 bis 1933 vielleicht, sind heute wieder Bilder", doch auch das erscheint als Chance und Herausforderung: „Und die mediale Erzählung von der Welt, die ununterbrochen überall da ist, hat die real anwesende Menge der Sprache zugleich unendlich exponentialisiert" (Afa 677).[151] Diese Thematik soll in den nächsten beiden Abschnitten eingehender behandelt werden – im Kontext der Frage, wie Goetz die Relation von Bild und Schrift bestimmt.

Die medientheoretischen Reflexionen in *Abfall für alle* haben also einen provozierend optimistischen Charakter, v.a. soweit sie das Fernsehen betreffen. Der Verfasser geißelt zwar immer wieder die Boulevardzeitungen, auch

---

[149] Weiter unten im Text meint Goetz sogar, es handle sich bei den gegenwärtigen Verschiebungen „wahrscheinlich ja WIRKLICH um eine noch viel größere und radikalere Umwälzung" als bei der Renaissance (Afa 496).

[150] Beck 1986 kritisiert - ähnlich wie Alain Touraine oder Anthony Giddens - den Begriff der Postmoderne mit der Option, die Vorstellung einer reflektierten und demokratisch korrigierten Moderne zu etablieren. Dazu auch Zima 2001, 58ff.

[151] Goetz behauptet auch an einer anderen Stelle, daß heute dank der Television „viel mehr Sprache in der Welt" sei als zu Goethes Zeit (Afa 126).

TV-Vertreter bleiben nicht automatisch vom Tadel verschont (von Spott schon gar nicht); wie die Äußerungen zu den Kriegsberichten zeigen, nähert sich Goetz in manchen Punkten durchaus bekannten Positionen der Medienkritik an. Die grundsätzlichen Überlegungen zum Fernsehen sind aber von einem ganz anderen Geist getragen – man kann ohne weiteres von einem prophetischen Gestus sprechen. Es dominiert eine geradezu demutsvolle Bereitschaft, das Neue an dieser Errungenschaft zu erkennen und ihre kulturgeschichtliche Bedeutung auszuloten. Im Zentrum von Goetz' Ansatz steht das menschliche Gesicht: Wenn die Kamera einfange, wie jemand nach Worten sucht, erhalte man durch das Bild der Mimik einen besonderen Einblick in die Persönlichkeit des Sprechers – das gewähre dem Zuschauer eine größere Freiheit in der Beurteilung der Rede, v.a. im Bereich des Politischen. Damit begründet der Autor seine Thesen zum aufklärerischen Potential des Fernsehens.

1.2.3 Kommunikation

Die folgenden Ausführungen drehen sich um einen weiteren Aspekt dessen, was Goetz unter der „Lebendgestalt der Sprache" und ihrer „Vernunft" begreift: um Vorgänge zwischen Menschen, um Mechanismen in sozialen Interaktionssystemen. *Abfall für alle* schildert zahllose Begegnungen auf der Straße oder beim Ausgehen. Gleichgültig ob es sich um Passanten handelt, um Freunde und Bekannte oder um Verkäuferinnen im Supermarkt, die Erlebnisse werden notiert und setzen Reflexionen in Gang, häufig über die Frage, warum diese oder jene Kommunikation besser oder schlechter geglückt ist. Anstatt von der Warte des Intellektuellen aus hochnäsig Kritik zu üben, nimmt er die kommunikative Realität als gegeben hin und versucht aus den Beobachtungen zu lernen – sowohl in rhetorischer Hinsicht als auch in bezug auf theoretische Fragestellungen (s.u.). Wenn er einzelne Verhaltensweisen abwertet, so nach dem empirischen Maßstab sozialen Funktionierens.

Hier einige Beispiele. „Jede Entschiedenheit im Verhalten, im Sozialen, im Privaten, im echten Leben, ist doof", heißt es in einem Eintrag, „[p]assiert einem aber natürlich dauernd, klar, anstatt daß man sich führen läßt, von den Situationen" (Afa 799). Gleich an mehreren Stellen betont Goetz, wie sehr es in Gruppen darauf ankomme, den Einzelnen in seiner gewünschten Rolle, in seiner Selbstsicht anzunehmen; auf diese Weise steige der „Spaß" am Zusammensein (Afa 26, vgl. Afa 738, 818). Besonders auffällig ist eine Idiosynkrasie gegen die Bewunderung (Afa 49, 574, vgl. Kro 393) sowie gegen einen unsensiblen Umgang mit den Gewohnheiten anderer: Wenn er im Lokal oder Zeitungsladen immer dasselbe wähle und der Kellner oder der Verkäufer beim wiederholten Male vorwegnehmend frage, ob es wieder das Übliche sein solle, fühle er sich „von der Intimität dieser Ritualisierung belästigt"; auch in anderen Zusammenhängen sei es wichtig, „Erwartung und Offenheit in ein freies Spiel […] mit wirklich unbestimmtem Ausgang" treten zu lassen (Afa 726). Zusammengefaßt: was das allgemeine Verhalten im Feld des Sozialen betrifft, stehen Flexibilität und Offenheit für äußere Impulse hoch im Kurs, in der Sicht auf den/die Partner indes die Fähigkeit, seine/ihre individuelle Schutzhülle zu respektieren und das angebotene Spiel zu spielen, anstatt ihm/ihnen durch Bewunderung oder durch mangelnde Diskretion eine exponierte Position zuzuweisen.

In den Betrachtungen zu Gesprächen i.e.S. zeigen sich vergleichbare Tendenzen. Der Autor überlegt z.B., inwieweit Unterhaltungen selbstreflexive Elemente zuträglich sind, und meint: „Wenn direkt thematisiert wird, was eh klar ist, welche Regeln gelten, was beobachtet wurde und zu beachten ist, was zu vermeiden und was erstrebenswert wäre, – das pfeift, das tut weh, das ist quälend" (Afa 802). Auch zu einer anderen Variante von intellektueller Steuerung bezieht er skeptisch Stellung: „Kommunikationen durch explizite Ideale regulieren zu wollen, ist ähnlich unmöglich wie das Steuern von Gedanken, von Bewußtseinsinhalten. Ich will nur noch das und das denken, dies keinesfalls. Interessanter Vorschlag, denkt das Denken, und krallt sich sofort am Ausgeschlossenen fest" (Afa 784). Das Thema des Absatzes ist die Aussichtslosigkeit von Denkverboten; indem Goetz von „expliziten Kommunikations-Idealen" redet, verlagert er die Debatte aber zugleich auf eine andere Ebene. Man hört deutlich eine Anspielung auf Habermas[152] heraus, ähnlich in der folgenden Passage:

> „Gespräch: diese Sehnsucht nach Harmonie. Ist das normal? Liegt das in der Sache? Oder ist das die völlig übertriebene Isolierung nur einer von vielen Tendenzen, die das Gespräch realisiert? Man kann nie scharf und genau genug sein, um den Präzisionspunkt, die Spitze der Differenz ganz exakt erkennen, herauspräparieren zu können. Man erreicht so praktisch nie eine sachlich wirklich be-

---

[152] Habermas' „Theorie des kommunikativen Handelns" fußt schließlich auf der Annahme, daß sich die Teilnehmer jeder Kommunikation einem Ideal von Konsens unterstellen, vgl. Habermas 1985, Bd. 1, 15-71. Auf diese Konzeption werde ich im Kontext von Luhmann noch zurückkommen.

friedigende Klärung. Anstelle der Einsicht in die POSITION des anderen, tritt ein Verstehen des anderen. Es leuchtet einem ein, warum der andere seine andere Position vertritt, er ist eben anders, das versteht man im Gespräch. Etwas extrem grundsätzlich Menschliches wird klar und einsehbar. Der andere ist anders. Schön, schade. Wo dieser Riß ist, flammt Herzlichkeit auf, ist Leuchten, Attraktion und Werben umeinander" (Afa 648).

In Habermas' Theorie wird Kommunikation ihrem Begriff dann gerecht, wenn die Teilnehmer wechselseitig die Perspektive des Partners übernehmen.[153] Goetz erklärt es hingegen für unmöglich, die Position des anderen wirklich einzusehen; für ihn zeichnen sich Gespräche eher durch das Akzeptieren des Gegenübers aus, durch die Bereitschaft, seine Andersheit als elementar anzuerkennen und sich gerade für das Erlebnis der Differenz zu öffnen. Seine Erwägungen zur Kommunikation zielen weder auf einen Höchstwert der Verständigung noch auf eine implizit mitschwingende, jederzeit einzufordernde Rationalität, sondern wiederum auf den Respekt vor der Intransparenz des anderen wie auch der kommunikativen Vorgänge. Was auf einer Seite beobachtet werden kann, ist notwendigerweise unabgeschlossen und ergänzungsbedürftig – darin liegt der Unterschied zu Habermas.

Goetz traut der expliziten Selbstthematisierung von Kommunikation also recht wenig zu. Indem die Regeln des Gesprächs oder die Rollenfiktionen der daran Beteiligten „aufgedeckt" werden, erfahre der kommunikative Fluß eine empfindliche Störung – über eine potentielle Kompensation durch nennenswerten Erkenntnisgewinn ist dem Text nichts zu entnehmen. Die Hingabe an das dialogische Geschehen erhält den Vorzug gegenüber der monozentralen Reflexion. Diese Präferenz manifestiert sich auch im Kontext eines anderen Problems – der Frage nach der Präsentation von Ideen:

> „Der Katheder ist zerfallen. Danke. Ganz egal wie restaurativ die Organisation Universität sich muff- und talarenmäßig wiederinstalliert hat. Die exponierte Sprecherposition der Lehre, des Lehrers, ist inhaltlich in sich zusammengesunken. Das gibt es nicht mehr: daß einer da vorne steht, mit vollem Recht, und den Leuten sein Ding um die Ohren haut, selbstgewiß in der Überzeugung, er habe den Check und die anderen würden nur so darauf warten, daß er auftrumpft [...].
>
> Von der realen Erfahrungsseite her, dessen, was man täglich also so erlebt, steht die exponierte Äußerung nicht mehr unter Ideologieverdacht – im Sinn von: da

---

[153] Vgl. Habermas' Kritik an Parsons' Konzept der doppelten Kontingenz (Habermas 1985, Bd. 2, 319-322 bzw. 413-419).

maßt sich einer etwas an, steht ihm das denn zu, daß er da das Wort ergreift? – sondern, viel interessanter, komplizierter und verfahrenstechnisch offener, unter der Prüfung der Frage: bringts das? Ix- und zig-fach gestellt, auf den Partys, beim Fernsehen, und immer die Frage, ob der da vorn so in Resonanz ist mit dieser Frage, mit den Erwartungen und momentanen Empfindungen der Mehreren, für die er das macht, was er macht. Platten auflegen, Stand up Comedy, Argumente vortragen.

Wie Humor sich entwickelt hat hier, in den letzten zehn Jahren, wie Partys gefeiert wurden und wie eine avancierte Kunstproduktion sich selber versteht – es gibt da schon diese Verbindung: paßt es denn her? Kickt es? Will man noch mehr? Oder reichts jetzt auch mal so langsam? Also ein sehr rezeptives, reagierendes, Momentanes miteinbeziehendes Kalkül auf ästhetische Ökonomie. Wie viel von welchem Moment? In welcher Dosis? Wie lange denn noch? Wie oft wiederholt? Leg doch mal ne neue Platte auf. Stimmt eigentlich, gute Idee" (Afa 326f.).

Man muß mit den „Mehreren" in Fühlung bleiben, behauptet Goetz, auch im Feld der theoretischen Argumentation. Ein Vortrag könne nur dann als zeitgemäß gelten, wenn er eine Art von Zwiesprache mit den Hörern aufrecht halte. Die Frage nach dem temporalen Index dieser These möchte ich noch zurückstellen. Hier ist zunächst zu vermerken, daß auch diese Überlegung auf dem Bild einer dialogischen Gegenseitigkeit basiert. An anderer Stelle erklärt der Autor näher, wie sich diese gemeinsame Energie vermitteln kann – nämlich nicht allein über die Gedankenführung, sondern vielmehr über die Persönlichkeit des Sprechers: „Dem Außenblick auf Urteil, gerade auf positives, bejahendes, zeigt sich kaum der Gegenstand des Urteils, viel stärker nur der Urteilende selbst: er findet da also dies und das toll, findet das scheinbar toll, daß er das toll findet. Ihr auch? Nö, das nervt eigentlich eher" (Afa 240). *Abfall für alle* insistiert darauf,

> „daß […] stilistische[…] Wahrnehmungen und Einwände natürlich sehr wohl Argumente von weitreichendem und grundlegendem Charakter beinhalten. Und insofern wichtig sind. Man muß dem Argumentierer glauben können, die Stringenz einer argumentativen Darlegung muß persönlich gedeckt sein, sonst funktioniert das nicht, daß Überzeugung erzeugt wird. Ist irgendwie auch vernünftig. Denn es geht nicht um reine, tolle Argumente und ihre Triftigkeit, sondern um LEBEN. Davon handeln die Argumente, da kommen sie her, da werten sie und interpretieren sie. Das ist die Entscheidungsebene, auf der ästhetische, politische und philosophische Positionen sich, jenseits ihrer innerargumentativen Plausibilität, nochmal real bewähren müssen. Ganz äußerlich, pe-

dantisch präzise, diffus und als Ganzes. Und auf diese gesamte, punktuell-totale, innerlich-äußerliche Mixtur reagiert die Wahrnehmung von Stil" (Afa 516).

Goetz ist beileibe nicht der erste, der Stil und Auftreten zur Wahrheit eines Redners rechnet.[154] Es geht hier auch nicht um diese Phänomene an sich, sondern um die Parallelität zu den Tendenzen, die im Bereich des Sozialen und des Gesprächs sichtbar wurden. Die Aspekte der Performanz, der Wirkung im Zusammensein mehrerer Personen werden gegenüber dem abstrakten Gehalt von Argumenten aufgewertet. Der Blick richtet sich immer wieder auf die Grenzen des Denkens, auf seine Einbettung in Kommunikation und Gesellschaft. Das betrifft über das bisher Gesagte hinaus auch seine ökonomisch-institutionelle Bedingtheit[155] bzw. seine Abhängigkeit von Beruf und Lebensentwurf des Denkenden. Der folgende Passus ist zu schön, als daß man ihn unterschlagen könnte:

> „Das immer so leicht Rentneroide: wenn Erwachsene wissen, wie die Welt zu laufen hätte. Was da und da nicht stimmt, was so und so viel besser zu organisieren wäre, was warum nervt, unmöglich wäre, aus genau diesem und jenem sehr präzise vernünftigen Grund. Was welche Gefahren mit sich bringen würde, fürs Ganze, die anderen, für alle. Ach? Aha. Ist ja echt schlimm.
>
> Normalerweise sagt man doch: was geht das mich an? Und haut eine Telefonzelle kaputt. Oder man ist Studienrat oder Filialleiter im Supermarkt und setzt

---

[154] Schon Aristoteles' *Rhetorik* nennt drei Formen von Überzeugungsmitteln, von denen sich nur die dritte auf die „Triftigkeit von Argumenten" bezieht (allerdings steht bei Aristoteles Wahrheit jenseits der rhetorischen Vermittlung): Diese lägen 1.) im Charakter eines Redners, 2.) darin, den Zuhörer in einen bestimmten Zustand zu versetzen, und erst 3.) im Argument selbst, d.h. im Beweisen oder scheinbaren Beweisen (W IV; I.2 = Rapp 2002, 23). – Daß Goetz Stil nicht nur mit „Plausibilität" oder „Triftigkeit", sondern buchstäblich mit Wahrheit zusammendenkt, belegt eine weitere Passage aus *Abfall für alle,* die ich in Kap. 1.2.4 ausführlich zitiere (Afa 496f.).

[155] Dieses Moment kehrt Goetz nicht selten am eigenen Werk hervor – wenn er zu Beginn von *Jeff Koons* Mercedes-Benz „für die freundliche Unterstützung" dankt, so ist das keinesfalls nur ironisch zu verstehen (dazu auch Afa 792). Den antikapitalistischen Moralismus von *Spex* findet er schon deshalb fragwürdig, weil sich die Zeitschrift über Inserate eben der als kommerziell kritisierten Plattenfirmen finanziert (Afa 405). Zudem hält er eine intensive Auseinandersetzungen mit für Literatur und Philosophie relevanten Institutionen für unabdingbar: An Foucault fasziniert ihn u.a., daß er die Macht seiner Stellung am Collège de France nicht einfach als ein ihm Äußeres begriff, sondern den „antiinstitutionelle[n] Affekt INNERHALB der Institution [...] als Selbstallergie, als ein[en] davon produzierte[n] neue[n] Stil des Denkens, der Rede, des Texts" produktiv gemacht habe (Afa 514).

die tollen Ideen, die man alle hat, in ein tolles Leben um, im Beruf, daheim. Und ist dann davon so erschöpft, auch von den sehr realen Grenzen der Variabilität der Realverhältnisse so durchgemangelt, daß die nörglerischen Phantasmen so bißchen bodennäher angesiedelt sind.

Anders der frei schwebende Intellektuelle. Hochnervös, feinsinnig, sensibel und überreizt nimmt er den Lärm und Dreck, den Brutalismus und Stumpfsinn, die Kaputtheit und das Elend, die Ungerechtigkeit, Gemeinheit und Vernunftwidrigkeit von ALLEM wie eine persönliche Beleidigung seiner so sehr verfeinerten, wunderbar durchgeistigten Existenz wahr. Wenn aus dieser Position dann irgendwas gemeldet wird, wie alles zu sein hätte, was sich wie ändern müßte, warum: das macht schlechte Laune. Das wirkt so hohl, so unendlich verblödet" (Afa 190f.).

Was lernen wir daraus? Studienräte, Filialleiter und Vandalen setzen ihre Pläne in die Tat um, Intellektuelle denken bei ihren Vorstellungen gleich an die ganze Welt und meinen, alles wäre besser, wenn sie das Sagen hätten. Während jene ihr Wollen mit den Lebensumständen in ein Wechselverhältnis bringen, beharren diese – nach Goetz' wohl nur halbernster Einteilung – auf der Richtigkeit ihrer Anschauungen und lösen sich somit von der Irritationsquelle des Realen ab. Kritisiert wird die Attitüde, den eigenen Standort auszublenden und den Ideen den Status eines unverrückbaren Ideals zuzuschreiben, an dem die Wirklichkeit zu messen sei.[156] Vom Ab-grund des „reinen Gedankens", von seiner Heteronomie handelt noch eine weitere Stelle: „Das Denken denkt immer, es kann alles", so *Abfall für alle*, doch „auf letzte Fragen gibt es keine Antworten, das vergißt man nur so leicht, weil einem das nur die LEBENSPRAXIS sagt, das Denken selber überhaupt nicht. Das ist an einer derartigen Selbsteinschränkung seiner Zuständigkeit und Macht natürlich überhaupt nicht interessiert" (Afa 424).

---

[156] In diesen Formulierungen äußert sich Goetz' Auseinandersetzung mit Foucault, etwa mit *Die Ordnung des Diskurses*. Wie im nächsten Teilkapitel ausführlicher beschrieben wird, exponiert der französische Theoretiker darin vier Prinzipien, nach denen der Diskurs kontrolliert wird; ihre Erläuterung trage zu einer besseren Einsicht in die herkömmlichen Beherrschungstechniken bei. Das vierte Prinzip, die Regel der *Äußerlichkeit*, ist hier von besonderem Interesse: Foucault meint, man müsse nicht „vom Diskurs in seinen inneren und verborgenen Kern eindringen, in die Mitte eines Denkens oder einer Bedeutung, die sich in ihm manifestieren", sondern man solle „vom Diskurs aus […] auf seine äußeren Möglichkeitsbedingungen zugehen; auf das, was der Zufallsreihe dieser Ereignisse Raum gibt und ihre Grenzen fixiert" (Foucault 1991, 35). Indem Goetz die Grenze, die institutionell-sozialen Voraussetzungen des Denkens herausstreicht, knüpft er deutlich an Foucault an.

Die Pole von Denken einerseits sowie „Lebenspraxis", Stil und Auftreten andererseits sind aber nicht durch einen Graben getrennt, sondern – und darin liegt die Originalität von Goetz' Reflexionen – sie gehen in einem sehr konkreten Sinne ineinander über. „Im Prinzip denkt man wahrscheinlich doch, daß man unsichtbar ist", heißt es eine Seite vor dem letzten Zitat, „[m]an sieht sich ja nie. Dadurch entstehen im Denken Probleme" (Afa 423). Die Blindheit für die eigene Gestalt, für das Bild, worin man sich der Umwelt präsentiert, scheint also das Denken zu prägen.[157] In einer anderen Sequenz entfaltet dieser Ansatz seinen Keim. Goetz erzählt von einem Gespräch, in dessen Verlauf er gefragt wurde, warum er eigentlich in Berlin wohne. Seine Antwort sei etwas stereotyp ausgefallen – das stachelt ihn zu weiteren Überlegungen an: „Erst im Nachhinein kams mir, wieso man das so schlecht erklären kann: weil man genau deshalb hier ist, um nicht darüber nachdenken zu müssen" (Afa 461). Eine halbe Stunde später notiert er ein paar Sätze, in denen er die Beobachtung auf eine allgemeine Ebene hebt:

> „Das Denken geht eher davon aus, es schaut nicht so sehr darauf. Das Realissimum des Orts wird im geistigen Bild zum Abstraktum der Perspektive, zum Nichtgegenständlichen, das die Konstruktion des Gesehenen insgesamt ordnet und die Art der Sicht darauf bestimmt, ohne selbst als Einzelobjekt isoliert sichtbar zu sein" (Afa 461f.).

Ein Gedanke von einer geradezu aufregenden Eigenwilligkeit. Goetz stellt die These auf, daß das alltäglich Gesehene, das Selbstverständlich-Vertraute – und dazu gehört natürlich auch das eigene Bild – die Struktur des Denkens konstituiert.[158] Die Art und Weise, wie unser Verstand die Welt ordnet, resultiere aus dem besonderen Gesichtskreis des jeweiligen Individuums. Das Sehen verdichte sich zum Denken, und zwar gleichsam organisch, ohne in ein prinzipiell wesensfremdes Medium überzuspringen. Die Begriffe „Perspektive" und „Abstraktum" leisten mit ihrem Doppelsinn einen schönen Dienst – indem die allgemeine Bedeutung in der kunsttheoretischen verankert wird, gewinnt sie eine neue Nuance. Mit diesem Kunstgriff gelingt es dem Verfas-

---

[157] Das Moment der Blindheit spielt auch in anderen Theorieansätzen eine große Rolle; man denke nur an Paul de Man oder Jacques Derrida. Der Unterschied zu diesen Konzeptionen kommt in den Ausführungen zur Systemtheorie zur Sprache (2.2.1).

[158] Eine gewisse Ähnlichkeit besteht u.U. zum Denken von Gaston Bachelard, der die Bilder des vertrauten Raums als Archetypen der Seele ansah und ihnen eine ursprünglichere Stellung zumaß als etwa familialen Konstellationen bzw. den verborgenen Wünschen, um die es in der Traumdeutung geht (Bachelard 1987).

ser, die Gegensätze von Denken und Bildlichkeit aus ihrer starren Konfrontation zu lösen bzw. auseinander hervorgehen zu lassen.

Goetz will die Verwandtschaft der beiden Sphären so eng wie nur irgend möglich verstanden wissen. Das manifestiert sich auch in einigen Äußerungen zur Bildenden Kunst, besonders in einer Passage, wo er die Arbeiten seines Freundes Albert Oehlen rühmt:

> „Noch mehr bewundere ich, wie Albert seine Collagen so schlüssig und knallig macht, und doch zugleich fast völlig bedeutungsoffen hält. Daß da mit gegenständlichen Elementen eine quasi abstrakte MALEREI betrieben wird. Eine Art abstrakter Kubismus, mit verlagertem Abstraktionsort, aus dem unmittelbar Sichtbaren herausgezogen. Nicht das Sehfeld ist Gegenstand des bildlichen Manövers, sondern direkt das Denken. Ein Daliesker Pop-Kubismus, mit konkreten, vertrauten, bekannten, dem Auge sofort plausiblen, visuellen und sprachlichen Fundstücken, der IRGENDWIE so seltsam balanciert gebaut ist, daß Bildsignale und Bedeutungsinhalte von Worten sich plötzlich WIRKLICH auf der selben Verschiebe-Ebene befinden, sich direkt aufeinander beziehen. Vielleicht wie in echt? Im Inneren des Denkens? Wortaussage sich hält gegen Rot-Kontrast oder die Entscheidung für einen Rahmen im Bild oder dagegen, für eine Rundung oder eine Ecke usw, und zugleich jedes derartige Detailproblem nur ein Minimalaspekt ganz vieler gleichzeitiger anderer so gearteter Bildvorgänge ist" (Afa 468).

Oehlens Werke sollen die Kraft haben, Bildsignale und „Bedeutungsinhalte von Worten" in ein Spiel zu verwickeln, worin sie gleichrangig miteinander kommunizieren. Folgt man dieser Darlegung, verfügen Denken und Sehen über eine gemeinsame Ebene, einen Ort der Ungeschiedenheit. Goetz nennt ihn, wenngleich etwas zögernd, das „Innere des Denkens". Das wirft nachträglich nochmals ein Licht auf die obigen Zitate: Der Punkt, an dem das vertraute Gesichtsfeld in die rationale Struktur übergeht, an dem die Blindheit für die eigene Erscheinung dem Denken „Probleme bereitet" – dieser Punkt ist zugleich der, wo „Wortaussage sich hält gegen Rot-Kontrast". Denken und Sehen gehören demnach demselben Element an, bilden sozusagen seine verschiedenen Aggregatzustände.

Was hat das nun mit Kommunikation zu tun? Der Zusammenhang liegt darin, daß Goetz die Grundvorstellung einer „kommunikativen" Rationalität im Visier hat. Alles was das Denken ausmacht, soll in einen vielschichtigen Rahmen eingebunden sein (bzw. werden), nach dem Muster des Gesprächs, des Zusammenseins unter Mehreren: Auch dort ist die Abrundung singulärer Impulse das dominierende Motiv. Das Gehäuse der Ideen tritt in vielerlei

Gestalt auf – als soziales Korrektiv, als Lebenswelt, als persönlicher Habitus, als Stil und als das visuell Gewohnte, nicht mehr explizit Wahrgenommene. Man könnte es zusammenfassend als sichtbar-gesellschaftlichen Unterboden der Ratio beschreiben. Goetz' kommunikatives Denken ist zugleich ein bildliches Denken.

Auf diese Weise versteht man besser, warum er an das Medium des Fernsehens solch große Hoffnungen knüpft. Er verspricht sich davon die Möglichkeit, die Sprache stärker an ihre Affinität zum Bildlichen zu erinnern. Die Gesichter verleihen der Rede deshalb die bewußte „Prägnanz", weil hier zwei Grundenergien zusammentreffen und das „Innere des Denkens" berühren. Nicht umsonst zielt Goetz' Schreiben auf ein doppeltes Sehen, auf eine „Schau [...] der Bilder des Alltags, des ganz normalen dauernden Erlebens, der permanenten dauernden Erfahrungen im Reich der Visualität usw, und gleichzeitig [auf] die Schau im absolut Abstrakten, also Denken"; es ist ihm darum zu tun, die Worte ständig in die Nähe des Visuellen zu führen und den gesellschaftlichen Diskurs um die daraus entspringende Kraft zu bereichern (Afa 425).[159] Im nächsten Teil soll dies an verschiedenen Detailfragen aus Literatur und Philosophie dargelegt werden.

1.2.4 Schrift und Denken

Nun rückt die Betrachtung einen Schritt näher an Goetz' poetologische Leitlinien heran. Thema sind nicht mehr die Grenzen des Denkens und Schreibens, sondern das Denken und Schreiben innerhalb dieser Grenzen, besser gesagt: im Austausch mit ihnen. Dabei verfahre ich zunächst via negationis und bespreche einige Textbelege, in denen Ansätze und Gestaltungsmittel anderer Schriftsteller kritisiert werden. In den Poetik-Vorlesungen geht der

---

[159] Im Zuge dieser Überlegungen verlieren einige der in *Abfall* versammelten Geschmacksurteile ihre Zufälligkeit. Talkmaster wie Roger Willemsen oder Friedrich Küppersbusch erscheinen als Vertreter einer „vermeintlichen Intelligenz", die „quälend naiv" wirke, da sie „Ideen im Kopf ha[be] und äußer[e], anstatt auf[zunehmen], was vom real geäußerten WORT herkommt" (Afa 298). Als Gegenbeispiel fungiert kein anderer als Harald Schmidt. Dessen Auftritte „handeln von diesem Wissen über die mediale Welt", schreibt Goetz, „und bringen es täglich neu, ohne es auszubreiten, in Populargestalt zur öffentlichen Anwendung" (Afa 299). Auch hier stößt man wieder auf den Gegensatz von klassischen Ideen einerseits und medienbezogenem Wort-Präsentieren andererseits – letzteres ist eine weitere Variante der bildlich-kommunikativen Rationalität. Der Autor läßt keinen Zweifel daran, daß diese Ausrichtung auch für sein Schreiben relevant ist (vgl. Afa 53, 67, 121).

Verfasser mehrfach auf Bücher von Kollegen ein, u.a. auf Marlene Streeruwitz' Roman *Verführungen*. Sein Kommentar beginnt mit einem Lob, um dann desto unbarmherziger fortzufahren:

> „Marlene Streeruwitz schildert in ihrem Buch Verführungen das Leben ihrer Heldin Helene auf eine faszinierend beklemmende, ausweglose, und doch von Momenten einer alltäglichen Lebens-EVIDENZ ins Recht gesetzte, und so genau genommen: verherrlichte Weise. Wenn das nicht ein derart männliches Wort wäre.
>
> Diese Lektüre fand ich wirklich toll. Auch, weil sie so extrem quälend war zugleich. Warum lebt diese Frau so? Verdammt noch mal. Weil viele Frauen in ihrer Lage so leben MÜSSEN. Wer hat das gesagt? Ich kenne auch welche, die in dieser Lage anders leben. Und wenn diese Möglichkeit auch nur besteht, dann müßte ein Buch, das den Gegenstand dieses Problems behandelt, diese andere Möglichkeit AUCH zeigen, auch eröffnen. Dann reicht es eben nicht, dem Elend nur paar resignativ poetische Momente abzugewinnen, beim Autofahren, beim Lesen des Horoskops der Kronen-Zeitung oder im Anblick eines Moments der Natur des Wienerwalds. […]
>
> Und wie ich […] plötzlich merkte, […]
>
> wie ich es HASSE, und wie falsch ich das finde, wenn Realismus heißt: das gibt es also, das ist so. Dieses Elend stelle ich erst mal einfach so dar. Ich weise darauf hin, daß es das gibt. Usw usw usw.
>
> Verführungen tut so, als würde da ganz kühl und ohne Eifer diese Welt der alleinstehenden Mutter, die da ihren Mann steht, zwischen zwei Männern und den Kindern und der Schwiegermutter – einfach nur DARGESTELLT – und in Wirklichkeit ist das Buch durch seine sprachlich künstlerische Dimension – eine große Verzauberung dieser Welt und Verhältnisse. Kunst eben. Eine Ins-Recht-Setzung letztlich der da gezeigten Welt. Es kann fast gar nicht anders sein. Es geht nicht anders" (Afa 264f.).

Goetz nimmt die realistische Erzählweise in Streeruwitz' Roman gleichsam als absolutistisch wahr. Indem die Autorin die Welt ihrer Heldin vorführe, als sei es nur die Spiegelung einer allseits bekannten Wirklichkeit, unterdrücke sie alle gegenläufigen Möglichkeiten und trage so zur Affirmation des Bestehenden bei – eine Denkfigur, wie man sie auch von der Frankfurter Schule her kennt. Die Kritik läßt sich auch abseits von Fragen realistischer Darstellung beobachten, z.B. in einer Glosse zu Arno Schmidt:

> „Es gibt so viele Seltsamkeiten dieser Perspektive [bei Arno Schmidt, J.W.], am irritierendsten finde ich wieder mal die quasi innere Ironie. Das abwiegelnde,

resignierte, in den Alltagshorror des Lebens verwickelte und matt einwilligende Nichtsoganz-Ernstnehmen von allem, vor allem der eigenen Gedanken. Denen gegenüber wird eine ganz komische Vertrautheits-Distanz etabliert. Man kennt das alles schon so lange, sich, ja ja. Aber das stimmt doch gar nicht, der Geist geht doch ganz anders vor. Erschrickt, schwankt, sieht sich mit Neuem konfrontiert, kann nicht einordnen, versteht sich nicht usw. Allein das Wort „moi" und was da dran hängt. Die Abspaltung der beobachtenden und berichtenden Instanz, die sich selber als irgendwie auch läppisch vorführt, aber zugleich die Unterstellung aufdrängt, so würden wir es doch alle machen. Das ist vielleicht der Hauptekelpunkt, diese Einbeziehung, die kumpelige Unterstellung, daß man eben so ist, wir, alle, daß alle so sind. NEIN. Eben nicht. Wie im echten Leben: der sozial disziplinierende Zwang solcher Signale von Gemeinschaft ruft sofort massive Protest-Reflexe hervor. Sprachlich ist es der Terror dieser damals vielleicht ja wirklich so gräßlich verbreiteten Kempowskischen Kleinstbürger-Sprüche, und das dann poetisch durchschossen von sozusagen illegitim-exterritorialen Adjektiv-Verwendungen und bißchen mühsam pedantischen Präzisismen" (Afa 446).

Was bei Streeruwitz das Bild der Wirklichkeit, ist bei Schmidt die Sicht auf den Geist. Auch hier werden, so *Abfall für alle,* gewisse Positionen verallgemeinert und mit einer vergleichbaren „sozial disziplinierenden Wirkung" auf das Denken aller anderen projiziert. Davon abgesehen lehnt Goetz die Vorstellung ab, wonach der menschliche Intellekt mit seinen Möglichkeiten und Grenzen ein für allemal vertraut sei. Darin liegt das verbindende Glied zwischen den beiden Urteilen (ihre Berechtigung steht hier nicht zur Debatte): Da er das Verhältnis von Gedanke und Welt als ständige Irritation begreift, erscheinen ihm gewisse literarische Konventionen obsolet. Linear strukturierte Narrationen von menschlichen Schicksalen erklärt er für „verboten", zum einen, „weil jede Erzählung ihrem Gegenstand Gewalt antut, den Gewaltakt der Beobachtung", zum anderen, „weil der verstehende Blick auf fremde und eigene Biographien sich ganz prinzipiell irrt. Weil die Absicht, Nicht-Verstehen abzuschaffen, das Kapital verfehlt, das Leben ist, solange es aktiv ist, im Herz der Finsternis der Gegenwart, gerade durch sein Ja zu seiner Blindheit" (Afa 737).[160] Leben heißt Wirrnis, meint der Autor, und deshalb

---

[160] Diese Gedankenfigur taucht auch in Goetz' Kritik an den 68ern bzw. an ihrer heutigen Sicht auf die damalige Bewegung auf. Er hält ihnen vor, die Geschichte „zum Kapital zu erklären" bzw. auf sie als auf einen „Renommée-Aussende-Ort" verweisen zu wollen (Afa 448). Das sei der „lebenslängliche Rentnerismus von 68 [...], der immer schon so nervt, weil er so verblödet ist. Der da kultivierte Blick auf die eigene Geschichte. Wen interessiert denn das? Solange man lebt? Die eigene Geschichte interessiert einen doch erst, wenn man

verfehlen im Gestus des erkennenden Rückblicks vorgetragene Erzählungen per se ihren Inhalt:

> „Es macht keinen Unterschied, ob Frau Streeruwitz in ihrer Poetik Vorlesung oder Frau Kock am Brink bei Biolek irgendwelche Döntjes aus der Kindheit erzählt. Es sind Lügen. Man hört das. Lügen, die die Funktion haben, sich bewährt zu haben, im Moment. Im dauernd neuen Rekonstruktions-Geschäft der gegenwärtigen Sicht des Ich auf sich selbst. Wird diese hochspezielle Funktion der Erinnerung nicht als Bebeboden beigegeben, unterlegt, schwingt die Erinnerung nicht davon doch irgendwie sehr erschüttert als FRAGE aus dem Früheren in die Gegenwart hinein nach: vergiß es.
>
> Es gibt keinen Rückgriff auf einen geistigen Zustand von früher. Das hat auch mit der Geschichte dieses Jahrhunderts zu tun. AUSLÖSCHUNG ist die RECHERCHE der Gegenwart. Meine fiktive Doktorarbeit [...] sollte davon handeln: Mit Luhmann über Bernhard auf Adornos Proust. Konstruktion der Gegenwart" (Afa 200f.).[161]

Die Vorbehalte gegen lineare Darstellungsformen basieren also auf einem reflektierten Begriff von Erinnerung. Goetz knüpft dabei an die populär gewordene These an, wonach die Operationen des Gedächtnisses weniger nach dem Modell von Speichern und Aktualisieren, vielmehr von ihrer jeweiligen Funktion in der Gegenwart her interpretiert werden müssen.[162] Diese findet sich im Zitat wieder, freilich in einer radikalisierten Version. Nach dem gewöhnlichen Verständnis wird der Rekurs auf Früheres durch die situativen Bedingungen zwar geprägt, aber nicht verstellt; Goetz leugnet dagegen generell die Möglichkeit, sich einen einstigen internen Zustand zurückzurufen. Stereotype Erzählungen aus der Kindheit, wie in Talkshows üblich, bezeichnet er daher schlicht als Lügen. In einer späteren Bemerkung wird diese Problematik noch von einer anderen Seite her beleuchtet:

> „[D]ie Wiederholung nervt deshalb, weil es Wahrheit in Wiederholung nicht gibt. Jeder Satz, der mehr als sieben Mal gesagt wird, wird unwahr, weil seine ursprüngliche Wahrheit in der Wiederholung aufgeht, sich verliert, und statt dessen sein Gegenteil, das in ihm immer und von Anfang an mitgesagte Gegen-

---

tot ist. Solange man lebt, ist man IN ihr, beschäftigt damit, sie von der Gegenwartsseite her zu schaffen" (Afa 449). Hier zeigt sich ebenfalls die Verknüpfung von Leben und Unübersichtlichkeit, die mit konstanten Zugriffen unverträglich ist.

[161] Was die Anspielungen auf Luhmann und Bernhard angeht, sei auf Kapitel 2.3 verwiesen.

[162] Vgl. dazu die (nicht zuletzt in Wechselwirkung mit Luhmann entwickelte) Gedächtnis-Theorie von Jan und Aleida Assmann (u.a. Assmann/Hardmeier 1983).

teil, in den Vordergrund tritt. Auch deshalb ist der Schreiber unweigerlich so ein Welt-Text-Empfänger und -Forscher, weil er wissen muß, welche Sätze im Augenblick an welcher Wiederholungsstelle sich befinden, um zu wissen, ob sie noch das ursprünglich Gemeinte, oder inzwischen eher das Gegenteil mitteilen" (Afa 332f.).

Auch die Sprache verleiht vormaligen Erlebnissen und Sachverhalten keine zuverlässige Aktualisierbarkeit. Ähnlich wie sich im Gedächtnis der aktuelle Zweck vor das Erinnerte schiebt, gelangt im Satz bei entsprechender Häufigkeit seines Gebrauchs das ursprünglich Ausgeschlossene an die Oberfläche. Die besagten Erinnerungen sind also auch deshalb „Lügen", weil sie zu oft wiederholt wurden. Damit läßt sich ein erstes Zwischenfazit ziehen. Um Geschichten gelebten Lebens auch nur annäherungsweise gerecht zu werden, ist in der Darstellung Goetz zufolge dreierlei zu reflektieren: die unaufhebbare Blindheit der Existenz, die performative Komponente des Erinnerns sowie die Abnutzungsgefahr der verwendeten Sprachmittel. Lineare bzw. „realistische" Erzählpraktiken oder die Haltung einer resignativ-wissenden Ironie schließen sich daher für ihn aus. Das letzte Zitat liefert darüber hinaus einen Fingerzeig zu einem Thema, das im Rahmen dieses Kapitels eine wichtige Rolle spielt – Goetz' Bild von der Sprache. Wenige Seiten darauf führt er die Überlegung weiter:

> „Sprachlich gesehen, rein auf Grund der logischen Nicht-Reziprozität zwischen Nein und Ja sind direkt affirmative Zugriffe einfach nicht möglich. Das Ja gehört zum Bereich der unmittelbaren Lebenspraxis, IST sie wirklich, so sehr, daß es als Wort geradezu unter einem Unaussprechlichkeits-Bann steht. „Ja, das Leben ist schön." Da kriegt man Angst. Und der Satz „Ich bin gesund." spricht ja auf ganz bedrohlich beschwörende Art von Krankheit, von der per Feststellung des Gegenteils erfleht wird fast, daß sie nicht da sein soll.
>
> Das ist übrigens die Stelle, [...] von der bei Kafka die PANIK ausgeht. Der Schrecken der Sprache selbst: das immer mitgesagte Gegenteil, von jedem Wort, in jedem Wort, die sprachstrukturelle Brüchigkeit, ganz innen, sichtbar richtig erst der Schrift, und doch immer DA in allem sprachlichen Sagen, unbeseitigbar da. Der Horror der Sprache, auf ganz simpler logischer Ebene, im Wort" (Afa 335).

Nach dieser Darlegung tendiert das Wort prinzipiell zur Negation, und zwar insofern, als es sich einer Unterscheidung verdanke und die andere Seite mittransportiere – dies ergänzt sich mit der Betrachtung zur Wiederholung. Die Sprache erscheint als Pendant zur alltäglichen Praxis und ihrer immanenten

Bejahung des Lebens. Wer sie dazu gebrauche, das Bestehende zu affirmieren, handle ihrem ureigensten Naturell zuwider; Ja-Parolen hätten daher einen „hohe[n] Nerv-Effekt" und lösten sogleich Alarm aus (Afa 335f., vgl. Afa 566). Wie der Passus weiter zeigt, tritt der Zug der Negativität im Medium der Schrift besonders deutlich zutage. Goetz' Vergleich zwischen der Literatur und den übrigen Künsten ist von eben diesem Gedanken geleitet:

> „Wenn die Malerei also, wie man ja sieht, ihr gesamtes Wissen einem ersten Augenaufschlag, der ein Bild trifft, sieht und erfaßt, derart überwältigend preisgeben kann, daß der KÖRPER von der sinnlichen Datenflut wirklich erschüttert ist – und sich in Auseinandersetzung mit dieser körperlichen Erschütterung das Verstehen ereignet –
>
> dann kann die Schrift sich davon angestachelt sehen, noch weiter ins Abstrakte vorzustoßen, kann sich sagen: ich bin klein und sinnelos, beweglicher und langsamer, nicht Fleisch, zu Schnitt und Leere hingezogen, zu Bruch und Aussparung, zu Härte und zum Bösen, bin Denken, Negation, die Nichtfeier, Zerstörung – alles das also, was Malerei, indem sie all das nicht ist, vorführt als erstrebenswert.
>
> Oder wenn die Musik […] schon mit dem Erklingen von einem einzigen Moment von Sound, von Ton, von Rhythmus – Gemeinschaft konstituiert, das heißt eine intuitiv eindeutige und emotional hochwertig besetzte Reaktion von: bin dabei, ja genau, ganz toll, wunderbar – oder eben, ganz im Gegenteil, und dann um so heftiger: was soll denn das?, ich halte diesen Pop nicht aus, mich widert dieser Technostumpfsinn an – usw usw –
>
> dann kann die Schrift daran umso deutlicher erkennen, wie anti-kollektiv ihr Wesen ist, weil sie sich in der Stille und Einsamkeit des Lesens an den Einzelnen genau mit dem Angebot wendet, sich different zu ihr zu erleben und zu setzen, und die gegenseitige Hinwendung von Schrift auf Leser und umgekehrt sozusagen unter dem Pakt dieses einander entgegengebrachten Differenzrespekts stünde" (Afa 294f.).

Die Bildende Kunst konfrontiert den Betrachter mit einem verdichteten Sinneseindruck, gleichsam als körperliche Begegnung, meint der Autor, die Schrift situiert sich hingegen in Opposition zu allem Materiellen, sinnlich Erfahrbarem. Während die Musik eine Reaktion provoziere, die das emotionale Verhältnis zur jeweiligen Gemeinschaft bestimme, animiere die Literatur den Leser dazu, eine abweichende – und daher auch nicht mit einem Kollektiv*empfinden* verbundene – Haltung einzunehmen. Was der Schrift gegenüber den anderen Künsten Profil gibt, ist die Negativität, die Verneinung von

Körper, Sinnlichkeit und Gemeinschaft. Nicht umsonst spricht Goetz von der „ASOZIALITÄTSKUNST Schrift", die „eine gewaltige Obsession dem Tod entgegen hat, bearbeitet, sich der verdankt, und von ihr abhängt und gegen sie protestiert, sich auflehnt. Und sich schließlich ihr doch fügt" (Afa 271). Unter diesen Voraussetzungen ist es interessant zu sehen, was er unter Wahrheit versteht:

> „Wodurch entsteht eigentlich Wahrheit, im Text? Durch nichts Einzelnes, durch kein Detail. Nicht durch die Selbstdeklaration der Sache als Realität, Kunst, Trash, Reportage, als Wirklichkeit oder auch als Wahrheit, eh klar. Wahrheit ist wahrscheinlich wirklich nur Effekt von Absicht. Sie entsteht, weil jemand sie WILL. Man kann ja auch alles mögliche andere wollen, mit guten Gründen. Zum Beispiel, wie es immer so schön heißt, Geschichten erzählen. Durch das Interesse an Wahrheit kommt ein ganz spezieller Darstellungs-Widerstand in die Sache, der dauernd die Spannung des Gesagten zur ursprünglichen Aussageabsicht der Wahrheit prüft: ich wollte es doch so beschreiben, wie es IST. Ein Wortwiderstand. Denn die Worte, die sich von selbst nahelegen, beschreiben eher die bestehende Wortform der Sache, den schon fertigen Text, das Bekannte, was oft eine frühere Wahrheit war, die heutige aber nicht mehr ist. Arbeit an speziell diesem Widerstand ergibt eine wortinterne Kritik, und im Effekt dann doch was völlig Äußerliches: Stil. Deswegen kann man meist schon nach einem Satz eines Textes sagen: paßt, stimmt, toll. Oder eben nicht. Wahrheit ist die Anmutung des Textes, was Gestisches auf Sprachebene. Und im Einzelfall so schwer kriterienmäßig faßbar, weil man quasi ALLE von einem Text verworfenen Möglichkeiten, wie er auch sein könnte, in Spannung fühlen können muß dazu, wie er nun wirklich ist" (Afa 496f.).

Goetz reiht sich in dieser Sache – Bernhard nicht unähnlich (Kap. 1.1.4) – in die Tradition Nietzsches ein. Wahrheit resultiert für ihn nicht, wie am Repräsentations-Paradigma orientierte Ansätze meinen, aus der korrekten Identifikation von Vorstellungen mit Begriffen, sondern aus der Energie des Einzelnen, aus seinem Willen, sich und seine mentalen Inhalte von den gängigen Auslegungen abzusetzen.[163] Diese Denkweise hat sich Goetz vermutlich primär über Foucault vermittelt. Der französische Philosoph greift bekanntlich Nietzsches These auf, wonach alle Wahrheit als Sediment einer (dem Macht-

---

[163] Wenn Goetz die äußere Seite dieser Profilierung als „Stil" bezeichnet, so schlägt er damit eine Brücke zu den im letzten Abschnitt erläuterten Problemen, zum bildlich-sozialen Unterboden der Rede (s.o.). Dazu paßt auch der ebenfalls aus dem Internet-Tagebuch stammende Satz, es gebe so viele Schriften wie Charaktere (Afa 186).

willen ausgelieferten) Praxis der Tropenbildung anzusehen sei.[164] In *Die Ordnung des Diskurses*, seiner Antrittsvorlesung am Collège de France, entwirft er das Bild eines gefährdeten Subjekts, das „eine stumme Angst [...] vor jener Masse von gesagten Dingen, vor dem Auftauchen all jener Aussagen"[165] verspüre und sich dagegen zu behaupten habe. Der Diskurs erscheint nicht als geordneter Logos, sondern als unübersichtliches Korrelat zu Macht und Begehren, das den Einzelnen zu entsprechenden Handlungen zwinge[166] – diese Vorstellung liegt auch dem Auszug aus *Abfall für alle* zugrunde.

Der Gedanke einer konstitutiven Negativität in Sprache und Schrift scheint ebenfalls von Foucaults Werk inspiriert. Der genannte Text differenziert zwischen vier Kategorien, nach denen sich die Mechanismen des Diskurses deuten lassen; relevant ist hier v.a. die erste, das Prinzip der *Umkehrung*: Die Tradition habe uns „die Quelle der Diskurse, das Prinzip ihres Überflusses und ihrer Kontinuität" vor Augen geführt, schreibt Foucault, und zwar „in den anscheinend so positiven Figuren des Autors, der Disziplin, des Willens zur Macht"; man müsse aber „eher das negative Spiel einer Beschneidung und Verknappung des Diskurses sehen", um die Regularien der Diskurs-Kontrolle zu verstehen.[167] Das Modell der homogenen Spiegelung von Ideen weicht dem der Verneinung, der stetigen Ausschließung von Diskursen. Indem Goetz die Negation zum Hauptmerkmal der Schrift erklärt, schließt er an diese Bestimmungen an.

Was bedeutet das alles nun konkret für das Schreibverfahren von *Abfall für alle* und den übrigen Werken? Das Prinzip der Umkehrung realisiert sich bei Goetz in der Negation nicht nur fremder, sondern auch eigener Positionen – eine Strategie, die er wiederum bei Foucault[168] beobachtet und die zudem mit

---

[164] Vgl. Nietzsches Schrift *Über Wahrheit und Lüge im außermoralischen Sinne* (KGA III.2, 367-384).

[165] Foucault 1991, 33.

[166] Ebd., 17.

[167] Ebd., 34.

[168] Goetz behauptet, Foucault habe seine Stellung am Collège de France „relativ früh in die Lage gebracht [...], die Wahrheit seines Diskurses von der Macht seines Amts gefährdet zu sehen"; ihm sei es aber gelungen, den „antiinstitutionelle[n] Affekt INNERHALB der Institution produktiv" werden zu lassen – und zwar „als Selbstallergie, als ein davon produzierter neuer Stil, des Denkens, der Rede, des Texts" (Afa 514). Wie in Kap. 1.2.3 erwähnt, verweist diese Bemerkung auf das „Prinzip der Äußerlichkeit", die vierte der bewußten Kategorien; darin geht es um die äußeren, u.a. die institutionellen Möglichkeitsbedingungen des Diskurses. Entscheidend ist hier: Das Wort von der „Selbstallergie" läßt sich auch auf den Argumentationsduktus von *Abfall für alle* übertragen.

der gewandelten Rolle des Hasses in seiner Arbeit zusammenhängt (s.o., 1.2.1). Im Internet-Tagebuch lassen sich überall Ketten von Negationen erkennen, manchmal in der Trajektorie theoretischer Probleme,[169] manchmal aber auch bei Fragen wie der nach dem besten Supermarkt: „Typisch: seit ich schlecht über den Reichelt geredet habe, stimmt das alles überhaupt nicht mehr", wundert sich der Autor, „Mein Reichelt ist viel netter als der Kaisers. Klassisch: im Moment der Feststellung betritt die Möglichkeit des Gegenteils den Raum" (Afa 521). Die Struktur des fortlaufenden Widerspruchs ist im Internet-Tagebuch auch Gegenstand ausführlicher Reflexionen:

> „Es gibt keine falschen, blöden Gedanken – aber jede Menge falsche Sätze. [...] Okay, ich meine durch Gebrauch erstarrte und dadurch falsch gewordene Sätze. Die schieben sich vor das Gedachte. Und beim Versuch darzustellen, was man denkt, stößt man zunächst meist eher auf diese Sätze, die um die Gedanken herum stehen, die denen nahestehen, die früher mal aus denen entstanden sind, anstatt unmittelbar auf die Gedanken selber. Wenn es gelingt, den Gedanken direkt sprachlich zu fassen, erfaßt man automatisch ein Risiko mit, die Antistruktur, das Möglicherweiseartige des Gedankens, sein Momentanes, das zu Fortsetzung und Widerspruch Neigende. Diese Art Gedanken-Satz ist noch gestützt auf die Gegenteile, aus denen er kommt, und lehnt sich schon wieder hinüber in die nächsten Einschränkungen, Widersprüche und Gegenteile, die aus ihm hervorgehen, gleich hervorgehen werden. [...]
>
> Jeder Unsinn ist produktiv, jeder falsche Gedanke will ein richtiger werden, jeder richtige sich einschränken, präzisieren, weiterbewegen. Denken ist absolut dynamisch. Sätze sind das nicht, die sitzen eher, die stehen fest. [...] Auf der Suche nach der Aktualität des Momentanen, im Paradox der sprachlich eindeutig fixierten Form des einen Satzes. Schreiben heißt auch, das zu unterlaufen, das Abgeschlossensein des einen Geisteselements, das jeder Satz auch ist, heißt Sätze machen, die nicht allein sein wollen, die zusätzliche Sätze um sich brauchen, suchen, produzieren" (Afa 786).

Die rekurrenten Negationen sind also dem Lebensnerv des Denkens geschuldet. Goetz ist der Auffassung, daß der Intellekt nie bei einzelnen Resultaten verharren wolle, sondern ständig zu neuen Bewegungen tendiere – das führt auf den volitiven Wahrheitsbegriff zurück. Der einzelne Satz kann die gedankliche Energie demzufolge nur dann aufnehmen und weiterleiten, wenn er

---

[169] Ein schönes Beispiel bildet eine Stelle, wo Goetz vom Zwang redet, bei der Lektüre eines Buches sofort Urteile zu fällen, wenn man es von Anfang an lese: Er denkt dabei zunächst an Dietmar Dath, dann an Marlene Streeruwitz, und entdeckt immer neue Aspekte, die dem zuletzt geäußerten Punkt widersprechen (Afa 18f.).

sich im Kontext von anderen befindet, die ihm sozusagen von allen Seiten das Gegenteil entgegenhalten. Auf diese Weise vermag die Dynamik seiner Entstehung im geschriebenen Wort nachzuschwingen. Die Rhetorik des Autors zielt darauf ab, den einzelnen Gedanken bzw. die einzelne Formulierung aus ihrer Isolation zu lösen. Die Implikationen des Programms reichen von der argumentativen Technik bis hin zu Fragen literarischer Darstellung. Zunächst zur ersteren:

> „Argumente werben auch um Zustimmung, indem sie Gegenmeinung ermutigen, Widerspruch nahelegen, ihre Widerlegung als eine Resonanzmöglichkeit mit sich führen. Das läuft nicht über den koketten, autoritären Weg der üblichen Verfügung, eine einzelne Wahrheit gäbe [sic] es nicht, es gäbe nur viele Wahrheiten. Was wäre denn das für eine komische Solowahrheit, die nur den Wahrheitenpluralismus als einzige Wahrheitsform gelten lassen dürfte? Das ist natürlich Quatsch. Leider muß man sagen, feministischer Quatsch. Egal. Was ich meine, führt eher ins Innere der argumentativen Gerätschaft, in ihre von der erkenntnis-entdeckenden Funktion bestimmte Fragilität. Wenn das Argument mehr tastet als ficht, eher selber zu verstehen versucht als andere zu überreden, tritt der differenz-erzeugende Anteil am Argumentativen nach vorn. Argumente fragen dann, indem sie sich selber darlegen zugleich: was sagst du dazu? Stimmt das? Ist das wirklich wahr?" (Afa 518).

Goetz favorisiert eine Art der Gedankenführung, die die Unterschiede zwischen möglichen Sätzen und Thesen hervortreten läßt. Anstatt in Indifferenz zu verfallen und Widersprüchliches einfach für gleichermaßen gültig zu erklären, plädiert er dafür, an den Übergängen anzusetzen und ihre Energie zu nutzen, d.h. nicht „keine Meinungen haben zu wollen, sondern im Gegenteil: so viele Meinungen wie irgend möglich, die im Streit miteinander sind" – und zwar in der Hoffnung, die „Distanz zwischen den Beobachtungen d[...]er Welttatsachen und den Urteilen darüber [...] bißchen zu vergrößern" (Afa 235). Die Negationen sollen die Fixierung von einzelnen Ansichten verhindern und die Offenheit am Leben halten[170] – auch hier schimmert sein Konzept eines dynamischen Denkens durch.[171]

---

[170] Aus derselben Überlegung heraus rühmt Goetz an Luhmann, wie sich im zweiten Kapitel zeigen wird, den multiperspektivischen Zug seiner Theorie (Afa 167, ähnlich auch Afa 160).

[171] Angesichts dieser Reflexionen mag man sich fragen, ob sich die Wissenschaft nicht in unauflösbare Paradoxien verstrickt, wenn sie Goetz' Positionen zu einzelnen Themen darstellt. Dem kann man folgendes entgegnen: *Abfall für alle* und die übrigen essayistischen Texte dieser Werkgruppe enthalten zwar viele argumentative Brüche, aber sie exponieren nicht je-

Die wichtigste i.e.S. literarische Konsequenz bezieht sich auf die Stellung des einzelnen Satzes im Textablauf. Wenn die gedankliche Kraft vom Ineinandergreifen der Widersprüche abhängt, kommt es darauf an, die Elemente mit Bedacht zu positionieren. Satz und Gegensatz müssen in der richtigen Entfernung zueinander stehen, behauptet Goetz in den Poetik-Vorlesungen (Afa 324) – noch präziser in einer späteren Äußerung:

> „Der Zentralpunkt ist immer wieder das Problem und die Art der Widerspruchserfassung. Wenn man zu oft sagen muß: stimmt doch gar nicht, das Gegenteil des Gesagten oder Unterstellten stimmt auch und FEHLT hier, und zwar weil man Sätze von eben dieser Struktur gesagt hat, die eine derartige Antwort provozieren, kann das Ganze nicht stimmen. Dann steht der Text falsch, an der falschen Stelle, am falschen Punkt" (Afa 785).

Die Einbettung in den Kontext korrespondiert mit dem Verhältnis zum Ungesagten. Entsteht beim Lesen der Eindruck, ein Moment trete zu klar, mit zuwenig Widerspruch behaftet in den Vordergrund, so Goetz, dann geht das zu Lasten seiner Wahrheit. Die andere Seite des Textes, das Implizite und Ausgesparte beansprucht in den Erwägungen des Autors daher einen erheblichen Teil der Aufmerksamkeit: „Zeitaufwendig ist ja nicht das Schreiben", seufzt er in *Abfall für alle*, „sondern, ewig gleiches altes Lied – das Definieren des Nichtzuschreibenden" (Afa 52). Das heißt allerdings nicht, daß er einem unbestimmten Raunen das Wort redete. Künstler, die ein solches Verfahren wählten, unternähmen den

> „Versuch, DIREKT aufs Unbestimmte zu zielen, um den Möglichkeitenraum zu vergrößern. Privatmythologien und Spinninteressen werden eigensinnig ausgesponnen, und alles soll da dann alles bedeuten können. So entsteht aber keine wirkliche Möglichkeitenvielfalt, kein wirklicher Reichtum möglicher Bedeutungen. Denn nur wenn Entscheidungen sich überprüfbar machen wollen, sich festlegen mit dem Risiko von Irrtum und Fehler, im Feld auch naheliegender Wirklichkeiten ihre Bestimmung setzen, so nichtunbestimmt und präzise wie möglich, entstehen umkehrt [sic] Weiten und Horizonte von Sinnen und Sinnmöglichkeiten, das Große, das Ausgeschlossene, das unbestimmte All von allem anderen. Direkt ist das nicht erreichbar" (Afa 748f.).

Zum Schluß noch ein Blick auf einige Aspekte von Goetz' Poetik, die mit dem Konzept der Negation nur indirekt zusammenhängen: erstens sein Ver-

---

de denkbare Meinung; rechtskonservative Gedanken wird man z.B. vergeblich suchen. Die Negationen spielen sich innerhalb eines bestimmten Rahmens ab – und auf diesen richtet sich die Analyse.

hältnis zu formalen Mitteln wie Zeit und Erzählhaltung, zweitens das Problem der Fiktion und drittens das Grundprogramm von *Abfall für alle* bzw. von *Heute morgen*, die Darstellung der Gegenwart (s.o.).

Was den ersten Punkt betrifft, verraten Goetz' Bemerkungen so etwas wie ein strategisches Desinteresse. An einer Stelle preist er die Vorzüge der Ich-Perspektive und sagt, er greife v.a. deswegen darauf zurück, weil sie ihn am schnellsten aus dem Horizont abstrakter technischer Probleme herausführe: „Ich will überhaupt nicht darüber nachdenken, ich will davon nichts wissen. Ich will keine Entscheidungen fällen, auf der Ebene. Das ist wie mit der Zeit: das soll einfach so passieren, wie es sich ergibt. [...] Es geht doch um den Inhalt, das andere ergibt sich eh" (Afa 522). Ähnlich weiter oben im Text:

> „Der Witz an allen formalen Mitteln ist, daß man sie nicht zur Anwendung bringen kann. Sie müssen etwas erfüllen, was sich selbst noch so unbestimmt und vage ist, daß es keiner Methode zugänglich ist. Was einem vorschwebt, weiß man nicht. Man ahnt es nur. Und der erzählerische Vorgang ist der Durchbruch auf die Konkretion dieser Ahnung hin. Der, die, beides, alle vier und alles zusammen bringen sich gegenseitig und dabei die sie erzeugenden Mittel und Methoden mit hervor. – Absolut nichts Neues. Aber so IST das" (Afa 214).

Zwischen der vorgängigen Konstruktion einerseits und ihrer Realisation andererseits liegt ein Graben, über den nichts im ursprünglichen Zustand hinüber kommt. Was immer man sich im voraus gedacht haben mag, meint Goetz – der Übertritt in das Medium der Schrift rückt alles in ein anderes Licht. Darin manifestiert sich erneut die Tendenz, alles isolierte Denken in einen Wirklichkeits-Rahmen einzubinden, der den Ideen ihre Grenzen aufzeigt und für entsprechende Verschiebungen sorgt – hier die Möglichkeiten, die sich im konkreten Produktionsprozeß auftun. Das erscheint nicht als Verlust, sondern als Bereicherung: „[J]ede fertige Arbeit, so Abfall gegen Benjamin, macht dann sichtbar: das Werk ist eben NICHT die Totenmaske der Konzeption, sondern ihre Weltform, ihre Lebendgestalt, ihr Leben. Reicher, vielgestaltiger, schöner als in den kühnsten konzeptionellen Visionen erträumt. Realität, nicht Idee" (Afa 370).[172]

Zum zweiten Moment – der Frage nach der Fiktion – finden sich in *Abfall für alle* besonders faszinierende Überlegungen:

---

[172] Goetz zitiert den Satz von Walter Benjamin auch an anderer Stelle und überlegt, woher er genau stammt – er tippt auf die *Einbahnstraße* (Afa 164). Damit liegt er richtig (Walter Benjamin, GS IV.1, 107).

„Das Fiktive gibt Freiheit zur Distanznahme, je nach Bedarf, fängt so die im Authentischen angelegte Zumutung ab, daß der Text einem als Leser zu nahe tritt. Was die Sozialrealität an Ordnendem und Befriedendem für die individuelle Madness und Krankheit leistet, daß man sich also vor anderen und für andere im Sozialen so präsentiert, daß es halbwegs geht, und dadurch auch WIRKLICH von einem potentiell schwer Gestörten zu einem halbwegs Gehenden WIRD, – das muß im Text das Fiktive stellvertretend stellen, nachbauen quasi, fiktionalisieren" (Afa 358).

Ein weiterer Beleg für Goetz' „kommunikative Theorie": das Zusammensein unter Mehreren bildet die Vergleichsfolie für die poetologische Betrachtung. Indem sich der Text der Fiktion bediene, verhindere er einen ungebremsten Ausbruch des Authentischen und lenke es in produktivere Bahnen – in eben der Weise, wie die Sozialkontakte eines Individuums gemeinhin die Gefahr seines Abgleitens in Neurosen verringern. In der Literatur fungiert das Fiktive somit als Korrektiv des allzu Nahen, Bedrängenden.[173] Es geht darum, weder den Leser durch unverstellte Intimität zu behelligen noch sich selbst oder Nahestehende durch Preisgabe privater Informationen zu entblößen. Entscheidend daran: der Autor behandelt die Fiktion nicht als internes, nur der subjektiven Imagination zugehöriges Phänomen, sondern als Reflex der kommunikativen Gegebenheiten, unter denen ein Text verfaßt und publiziert wird – und damit ist sowohl der tägliche Umgang des Schriftstellers als auch die Antizipation des Lesers gemeint. Auch hier hat man es mit den vielbeschworenen „Grenzen des Denkens" zu tun.

Am besten läßt sich das Gesagte an *Abfall für alle* verdeutlichen. Goetz sinnt am Ende des Buchs darüber nach, wie sich seine Aufzeichnungen auf das Verhältnis zu den darin beschriebenen realen Personen ausgewirkt haben. „JEDE echte Reaktion hat mich immens verunsichert", gesteht er dort, „[s]ie

---

[173] Goetz behauptet auch an anderer Stelle, das „FIKTIVE [sei] natürlich der Ort des PRIVATEN", wo es „dann sozial gehalten und gefaßt" bleibe; das „Nichtfiktive, das sozusagen AUTHENTISCHE" sei hingegen „fürs ALLGEMEINE zuständig" (Afa 125). Das Fiktive wird hier ebenfalls mit dem Privaten assoziiert, und zwar als dessen ordnende und schützende Instanz; zudem ist von einem nicht näher bestimmten „Authentischen" die Rede, das mit den allgemeinen Komponenten der Texte kommuniziere: „Gerade solche Allgemeinheiten sind ja zugleich das Allerprivateste", fügt der Verfasser hinzu, „[b]estimmt davon, wo man selber gerade steht, wohin man will, was man vorhat und welche Probleme einen gerade beschäftigen" (ebd.). Goetz' Formulierung mag ein wenig dunkel sein; gleichwohl ist zu erkennen, daß die Pole der Opposition miteinander oszillieren. Das Private wird vom Fiktiven aufgefangen, doch der Punkt, der davon am weitesten entfernt scheint, die (theoretische?) Allgemeinheit, gehört wiederum seiner innersten Sphäre an.

wurde sofort so groß und wichtig, zog ungebührlich Reflexion auf sich. Und ich dachte dann, falsch, ich darf an gar nichts denken, dann wird es schon richtig, wenn nur die Reflexe reagieren" (Afa 863). Das wechselseitige Wissen um die Situation habe im Miteinander zu einem „Diskretions-Spiel" und auch im Schreiben zu einer gewissen Rücksichtnahme beigetragen: „Im träumerisch adressat-gerichteten Tasten ist eine Art abstraktes Du entstanden, von dessen Schweigen ich mich angezogen und geführt gefühlt habe meistens. Ich dachte, ich weiß dadurch, was hierher gehört, was nicht" (ebd.). Das Fiktive resultiert im Internet-Tagebuch also aus einem potenzierten Dialog zwischen Schrift und Wirklichkeit, aus einer sensiblen Kommunikations-Beziehung, die jeden Tag neu austariert wurde.

Damit zum dritten Aspekt. Wie erwähnt setzt sich Goetz in *Heute morgen* das Ziel, das „Ganze der Gegenwart" zum Sprechen zu bringen (Afa 114, s.o.). Dieses Programm hat zu viele Feinheiten und Verästelungen, um hier en detail wiedergegeben werden zu können – ich verweise daher auf die ausgezeichnete Beschreibung von Eckhard Schumacher.[174] Hier geht es lediglich darum, seine Umrisse zu skizzieren und allgemein zu klären, wie sich diese Intention in der Sicht des Autors auf die darzustellende Wirklichkeit geltend macht:

> „Der Punkt ist: die meisten Deklarationen zur Gegenwart und Befunderhebungen am Status der Zeit und die daraus gefolgerten Konsequenzen sind eigentlich eher – nee, anders: es wird immer so locker aufgezählt von den Aktualitäts-Beobachtern, was die Gegenwart gebieten würde. Und mir kommt das immer sowohl ohne wirklichen Blick auf die Vergangenheit vor, wie ohne jegliches Verstehen der Gegenwart. Der Witz ist vielleicht, daß genau das schon der Fehler ist: sich als Beobachter der Wirklichkeit zu sehen. Daß das genau der Unter-

---

[174] Schumacher erläutert insbesondere an *Abfall für alle,* wie diese Ausrichtung funktioniert: „Das ‚Schreiber-Ich', [von *Abfall für alle,* J.W.] in seiner Gegenwartsfixierung unweigerlich in den Gegenstand der Beschreibung verstrickt, arbeitet […] an einer Präsentation von Gegenwart, die nicht nur die ‚Unfaßbarkeit des Geschehenen' in Szene setzt, sondern aufgrund ‚ihrer schriftlich fixierten Form' jede Beobachtung als eine ‚Konstruktion' ausweist, die nicht zu denken ist ohne die korrespondierende ‚Konstruktion der Vergangenheit', ohne jene ‚Entfernungs-Bewegungen', durch die ‚alle direkten Beobachtungen der Gegenwart gebrochen, problematisiert, fraglich, entdirektifiziert' werden" (Schumacher 2003, 130f., unter Verweis auf Afa 93, 685). Goetz produziere durch sein Textverfahren Aktualität und Vergänglichkeit, indiziere aber auch immer die Wiederholbarkeit der Text-Gegenwart (38, 47f.); so verhindere er einerseits eine präsenzmetaphysische Überhöhung des Augenblicks, entgehe aber zugleich der Versuchung einer distanzierten Beobachtungsposition (17, 50f.). Dazu näher in Abschnitt 1.3.1 der vorliegenden Arbeit.

schied zur Vergangenheit wäre: daß man die nur beobachten kann, die Gegenwart aber selber nur sein kann, leben muß. Und daß das das Anstrengende und Schwierige ist, die Zeit mehr oder weniger einfach durch sich durch zu lassen. Für die Gegenwart kann man sich nicht interessieren. Die Gegenwart ist ein Zerstörungs- und Erschöpfungsvorgang in einem, dem man ausgeliefert ist, sich hingibt, der man dadurch WIRD" (Afa 93).

In den Poetik-Vorlesungen erläutert Goetz darüber hinaus, was „Gegenwart" im Hinblick auf die Schreibpraxis bedeutet:

„Was wollte ich sagen? Immer der Rückgriff. Auf Absicht, Ausgangspunkt, Ziel. Wie weit hat es mich abgetragen, abgetrieben, wo bin ich? Was ist geschehen durch das, was eben passiert ist, an Text. Durch einen durch. Es steht da vor einem. Wann lesen, wann einfach weiter nur schreiben? [...]

Wo also ist der Ort des Textes? Abstrakt gesprochen, also jenseits der konkreten Einzelfall-Ertastung, die [...] über das Ineinander von Thema, Form-Ahnung und dazugehörigen Welt-Bestimmungen läuft, steht der Text im Moment der Entstehung am denkbar AUSGESETZTESTEN Ort: im Jetzt.

Harrend auf das Kommende des nächsten Moments, des jeweils nächsten Augenblicks, des von daher kommenden, darin sich gebenden nächsten Worts.

Um den Text da aufnehmen zu können, muß man sich selbst an diesen Ort begeben. Und wenn es etwas gibt, was einen am Schreiben, so absolut das Allerschönste es auch ist, trotzdem zuinnerst und brutalst FERTIG macht, dann diese Position. Sie bestimmt das Leben.

Sie zerstört Lebensverhältnisse mit Perspektive, denn mit Sicht auf Perspektive gibt es alles, Geschichte, Zukunft, Gehaltensein und Richtigkeit und Güte, Wärme und Vernunft, aber eines eben genau nicht: das absolut jenseitslose Jetzt.

So allgemein das – und dann muß ich doch einschränkend noch zurücknehmen: glaube ich wenigstens – so gesagt werden kann, so vielfältig und ultraindividuell verschieden, wie es Schreiber gibt, können die Lebenstechniken und Praktiken sein, die einen an den Ort dieser Position führen" (Afa 328).

Da man die Gegenwart mit allen Wahrnehmungen und Handlungen immer primär „lebt" bzw. „ist", verfehlt man ihren Kern, wenn man ihr als (äußerer) Beobachter begegnet. Der Autor favorisiert daher eine Haltung, die an der Schnittstelle zwischen äußerer Information und selbstproduzierter Veränderung ansetzt. Privilegierter Ort dieser Zeiterfahrung ist der entstehende Text (vgl. auch Afa 194);[175] dabei kommt es darauf an, Wort für Wort auf die durch das Schreiben erzeugten Verschiebungen zu achten und ihnen in Form von Brüchen und Sprüngen Rechnung zu tragen. Diese Reflexionen werfen nochmals ein Licht auf seine Ablehnung linearer Lebens-Erzählungen. Obwohl die beiden Zitate weitere interessante Gesichtspunkte bieten, kann ich nur den Refrain des Kapitels anstimmen: Die Gegenwart erscheint als schwarzes Loch, das alle vorgängigen Intentionen aufsaugt und umwandelt – das Denken stößt auch in dieser Beziehung an die Schranken dessen, was es als Kontinuum zu erfassen vermag.

Goetz' Selbstkommentar zu *Heute morgen* bestätigt damit den Befund, der in sämtlichen untersuchten Kontexten zutage getreten ist. Dem Verfasser ist es generell darum zu tun, monoperspektivische Argumentations- und Narrationszusammenhänge aufzubrechen und von verschiedensten Seiten her auf ihre Blindheit und Bedingtheit, auf ihre Ergänzungsbedürftigkeit hinzuweisen. Sein Schreibstil tendiert dementsprechend zu Negationen und Sprüngen. Die besagten „Grenzen des Denkens" sind aber – und das ist charakteristisch für Goetz, v.a. nach 1988 – weniger ein Eiserner Vorhang als vielmehr eine offene, einladende Pforte; hinter ihnen wartet nicht das Nichts, sondern eine unerschöpfliche Sinnfülle. Das zeigt sich an allen Erscheinungsformen dieses Rahmens, ob es sich dabei um die kommunikative Realität, die Welt der Bilder und des medial dargestellten Gesichts oder um die Zeiterfahrung der Gegenwart handelt.

---

[175] Von dieser Warte aus gewinnt auch Goetz' Faszination für das Nachtleben eine weitere Dimension: Er bezeichnet sie in den Vorlesungen als eine „Lebensweise, deren ganze Mitte sich um ZEIT genau dreht, um dauernde und absolute Zeitvernichtung" (Afa 268). Die Parallele zwischen dieser Formulierung und den Bemerkungen zur textuellen Form der Gegenwart ist nicht zu übersehen.

1.3 Exkurs: Techno

Im folgenden Exkurs geht es nicht nur um Techno, sondern auch um Popliteratur und -theorie. Der erste Abschnitt liefert einen knappen Überblick über die verschiedenen Themen, Positionen und Schreibweisen subkultureller Theoretiker und Literaten; diese werden zunächst unabhängig von Goetz referiert, ehe ich erörtere, wie er dazu jeweils Stellung bezieht. Im zweiten Teil wende ich mich der Techno-Musik zu und führe aus, unter welchen Bedingungen sie entstand, wodurch sie sich von den übrigen Strömungen unterscheidet und welche musikalischen Innovationen sie hervorgebracht hat; letzteres wird anhand von einigen ausgewählten Tracks erläutert. Damit soll die Grundlage für das Konzept der „technoiden" Darstellung sowie für die dramaturgische Untersuchung geschaffen werden.

1.3.1 Pop: Theorie und Literatur

Zunächst zum leitenden Begriff des Kapitels: wenn hier von „Pop" die Rede ist, so ist damit nicht die spezielle Musikrichtung gleichen Namens, sondern der Überbegriff für die verschiedenen Strömungen der Subkultur gemeint. Das Wort leitet sich von englisch „popular" sowie vom Laut „pop" (=Knall) ab.[176] Anfangs wurde es nur im Zusammenhang mit der Musik verwendet, wo es v.a. den Gegensatz zum Elitären bezeichnen sollte. Leslie Fiedler führte Ende der Sechziger Jahre den Ausdruck „Popliteratur" ein. Er verstand darunter eine Art des Schreibens, wie sie von den amerikanischen Autoren der „Beat Generation" praktiziert wurde (s.u.); zugleich spielte er auf die Bildende Kunst an, wo Künstler wie Andy Warhol, Roy Lichtenstein und Robert Rauschenberg den Stil der „Pop Art" zu etablieren begannen.[177]

Parallel dazu entwickelte sich die „Poptheorie", die Selbstbeschreibung der Subkultur. Erste umfassende wissenschaftliche Arbeiten zu diesem Themengebiet entstanden in den Siebziger Jahren am Center for Contemporary Cultural Studies (CCCS) in Birmingham;[178] hierzulande liefen die Debatten hauptsächlich über Blätter wie *Spex*, *Sounds* oder *Texte zur Kunst*. In den Publikationen des CCCS wurde eine Theorie vertreten, die im wesentlichen auf

---

[176] Ernst 2001, 7.
[177] Ebd., 22f.
[178] Dazu näher: Höller 1996, 58.

zwei Grundannahmen beruhte: Jugendkulturen seien als „soziale Widerstandsformen" bzw. als „aktive und passive Kampfansagen an die jeweils vorherrschende kulturelle Norm" zu begreifen, und die „Kampfmedien" bestünden aus den „symbolischen Instrumenten von ‚Stil' oder ‚Stil-Ritualen'".[179] In den Verhaltensweisen und Erscheinungsmerkmalen, die jeweils als cool oder hip galten, sollte sich gesellschaftlicher Protest artikulieren.[180] Die Beziehung zwischen Pop und herrschender Kultur wurde prinzipiell als Machtverhältnis betrachtet.[181]

In Deutschland wurden in den Achtziger Jahren etwas andere Akzente gesetzt, v.a. nachdem mit Diedrich Diederichsen ein besonders produktiver und scharfsinniger Denker in Erscheinung getreten war.[182] In seinem grundlegenden Text *Sexbeat* (1985) bedient er sich eines gruppendynamischen Schemas, um seinen Begriff von Pop zu explizieren. In diesem Modell kommen insgesamt vier Jugendliche vor, zwei coole „Hipster" und zwei „Normalkinder". Die einen sind die genialischen Vorreiter,[183] die anderen die primitiven Nach-

---

[179] Höller 1996, 58.
[180] Höller 1996 führt aus, wo die britischen Forscher in den Anfängen das Ziel der „Kampfansagen" genau ausmachten: zum einen in der Welt der Eltern, zum anderen in der dominanten Kultur der Mittelklasse – dabei kam als pikante Note hinzu, daß die meisten Jugendlichen aus der Arbeiterklasse stammten und sich mit den Eltern auf dieser Schiene durchaus verbünden konnten (58f.). Später habe sich das Engagement ausdifferenziert, etwa in Richtung von Kontexten wie Gender oder Ethnizität (59).
[181] Waltz 2001, 216.
[182] Diederichsens Entwicklung hin zum Vordenker der deutschen Poptheorie wurde allerdings noch Jahre später mit zwiespältigen Kommentaren bedacht, etwa von Eckhard Schumacher: „Diederichsen benutzte, getragen von einem politisch motivierten Hedonismus, Anfang der 80er Theoriefragmente von Baudrillard, Barthes und Derrida als einschüchternde Zitate und Vokabeln, um die damalige Redaktion der Musikzeitschrift *Sounds* zum Rücktritt zu bringen, selbst an die freigewordene Stelle zu rücken und von da aus – zumindest für den deutschsprachigen Bereich – grundsätzlich neue Schreib- und Denkweisen in den Pop-Diskurs einzuführen" (Schumacher 1994, 284).
[183] Das Paar der „Großfreunde", wie Diederichsen sie auch nennt, ist nochmals in sich unterteilt: Es besteht aus einem Hipster i.e.S., einem geborenen Star und Bohemien, sowie aus einem „Hip-Intellektuellen", der seinem Partner zwar den Erfolg bei Frauen neidet, aber zugleich seine Idealisierung betreibt (Diederichsen 2002, 62-70).– Der Genauigkeit halber sei hinzugefügt: Während die Unterscheidung der „Großfreunde" bei Diederichsen explizit vorgeprägt ist, liegt das besagte Vierer-Schema seinen Ausführungen nur implizit zugrunde. Seine begriffliche Ausprägung geht auf Matthias Waltz' Interpretation von *Sexbeat* zurück (Waltz 2001, 219-222). Ich denke allerdings, daß Waltz damit die besondere Stoßrichtung von Diederichsens Ansatz zutreffend wiedergibt (auch wenn dem „Normalkinder"-Paar in

ahmer: Während sich die Stars gewisse neue Accessoires oder Verhaltensweisen zulegen, weil sie sie „geil" finden, übernehmen die Mitläufer sie nur, um den Vorbildern ähnlich zu werden und wie sie bewundert zu werden. Jene verweisen in der Stiftung des Zeichens auf einen unbekannten, verlockenden Weltzusammenhang, diese identifizieren sich mit ihnen um des Renommees willen[184] – damit bestätigen sie ihre Sonderrolle und geben ihnen zugleich Raum für weitere Pioniertaten. Diese Symbiose von Innovation und Imitation sei für Pop konstitutiv.

Von den Cultural Studies unterscheidet sich Diederichsens Theorie insofern, als sie das Verhältnis von Subkultur und Mainstream nicht einfach als Konfrontation, sondern im Sinne einer wechselseitigen Beeinflussung beschreibt – das sollen die beiden Paare symbolisieren. Die politische Dimension ist damit keineswegs eliminiert. Der Autor ordnet Pop einen historischen Standort nach dem Zusammenbruch der großen Ideologien zu. Da sich die bürgerliche Gesellschaft nunmehr vorrangig über ihre Lebensweise definiere, benötige sie in eben diesem Feld ein Vehikel für ihre Progression – und diese Funktion übernehme das „Coole": Der Gruppen-Star transportiere mit seiner Ausstrahlung den Glauben an eine bessere Zukunft, an die Notwendigkeit der Weiterentwicklung, freilich anders als beim klassischen Avantgarde-Schema. Anstatt klar umrissene Ideologien zu propagieren, sich als Vorhut zu begreifen und der Mitte den Weg zu ebnen, diene er als diffuse Projektionsfläche für das Neue und halte eine allgemeine Dynamik der Veränderung in Gang. Was die politischen Ziele selbst betrifft, befindet sich Diederichsen im Einklang mit der Birmingham-Schule.[185] In *Der lange Weg nach Mitte* faßt er

---

Sexbeat quantitativ nur geringes Gewicht zukommt), und übernehme das Schema für meine weitere Argumentation.

[184] So auch die *Sexbeat*-Paraphrase von Matthias Waltz: Das Begehren der beiden „Durchschnittskinder" richte sich „nicht auf Objekte beziehungsweise auf Objekte in der einen und einzigen Eigenschaft, Begehren wecken zu können" (Waltz 2001, 221f.); im Kreise der Hipster werde hingegen „nicht das Begehrtwerden [begehrt], sondern das begehrende Subjekt: die Fähigkeit zu sehen, zu begehren, zu glauben, das Begehren für die anderen sichtbar zu machen, so daß es zu einem kollektiven Gefühl wird und die gemeinsame Bewegung möglich macht" (ebd., 221).

[185] Allerdings privilegiert Diederichsen generell das Moment der Grenzenüberschreitung gegenüber fixen Ideologien – auch das ist ein Aspekt seiner Revision des CCCS-Programms. Pop sei immer „Transformation, im Sinne einer dynamischen Bewegung, bei der kulturelles Material und seine sozialen Umgebungen sich gegenseitig neu gestalten und bis dahin fixe Grenzen überschreiten" (Diederichsen 1996, 38f.).

die ursprünglichen Intentionen der Pop-Kultur zusammen, ohne für sich eine andere Position zu reklamieren:

> „Damals [in den frühen 60ern, J.W.] stand Pop für den von Jugend- und Gegenkulturen ins Auge gefaßten Umbau der Welt, insbesondere für den von der herrschenden Wirtschaftsordnung verkraft- und verwertbaren Teil davon: sexuelle Befreiung, englischsprachige Internationalität, Zweifel an der protestantischen Arbeitsethik und den mit ihr verbundenen Disziplinarregimes, aber auch für Minoritäten und ihre Bürgerrechte und die Ablehnung von Institutionen, Hierarchien und Autoritäten. Dazu kam ein Begehren nach neuen Technologien und der von Andy Warhol besonders prominent inszenierte Kult um Berühmtheit an sich (,Superstars'), wie er unter Bedingungen eines immer dichteren internationalen Mediennetzes möglich wurde".[186]

Diederichsen formuliert sozusagen den Grundkonsens der Poptheorie: die Auflehnung gegen diverse Aspekte der christlich-bürgerlichen Gesellschaftsordnung, das Eintreten für minoritäre Anliegen, allgemein die Abgrenzung von hegemonialen Normen – der Begriff der „Dissidenz" avancierte nicht von ungefähr zum Lieblingswort der Szene.[187] Zudem ist es bezeichnend, daß die Aufzählung im Zitat mit dem Stichwort „sexuelle Befreiung" beginnt. Mit dem Körper zusammenhängende Fragen waren in der Subkultur von Anfang an zentral. Tom Holert und Mark Terkessidis erklären im Vorwort zu ihrer Aufsatz-Sammlung *Mainstream der Minderheiten*, der Ansatz von Pop lasse sich als „Körperpolitik des Hier und Jetzt" beschreiben: „Pop interessierte sich hauptsächlich für Themen, die sich in Probleme des alltäglichen Lebens übersetzen ließen".[188] Mit dieser Tendenz habe auch ein anderer Zug der Jugendkulturen zu tun, nämlich die Parteinahme für die schwarze Bevölkerung:

> „In ihrem Kampf gegen die Disziplinierungen des Alltagslebens lehnten sich Popkulturen von vornherein auf verschiedene Weisen besonders an schwarze Minderheiten an. Sie schlossen ihre Körperpolitik mit der vorgeblichen Körperlichkeit der Marginalisierten kurz und stellten sich damit freiwillig ins Außerhalb. Rock'n'Roll überquerte als weiße Bearbeitung schwarzer Musik ästhetisch die „Colour-Line". Schwarze galten ohnehin als das „andere" der Disziplin – als

---

[186] Diederichsen 1999, 273.
[187] Vgl. u.v.a. der Titel des Vorworts zu Diederichsens Kritik-Sammlung *1500 Schallplatten* (1989), die später ergänzt und unter dem Titel *2000 Schallplatten* neu aufgelegt wurde: „Musik und Dissidenz in den 80er Jahren – Inhaltsverzeichnis einer Theorie (Diederichsen 2000, 11-19).
[188] Holert/Terkessidis 1996, 13.

sexuell aufreizend, faul und happy-go-lucky –, insofern waren sie für die weiße Körperpolitik Vorbilder".[189]

Die Bemerkung ist äußerst erhellend. Man kann daran erkennen, wie die verschiedenen Ziele der Subkulturen ineinander übergehen: Das Engagement für die schwarze Minderheit korrespondiert mit der Befreiung des Körperlichen; indem sich die weißen Jugendlichen zum Anwalt der Farbigen machen, partizipieren sie zugleich an ihrem sexuellen Image. Wenn sie sich „freiwillig ins Außerhalb" stellen, meinen die beiden Autoren, dann handelt es sich dabei weniger um reinen Altruismus als vielmehr um einen Akt der Unterscheidung, in dem sie sich auf der positiv konnotierten „körperlichen" Seite lokalisieren – gemeinsam mit den verteidigten Minoritäten, deren Prädikate sie zumindest hier für sich zu vereinnahmen suchen.

Wie die verschiedenen Beispiele zeigen, schwang in den „dissidenten" Bewegungen tendenziell der Unterton des Verlockenden mit. Diese Ambivalenz verlieh den jeweiligen Frontlinien von vornherein eine flüchtige Konstitution – insofern, als dem Mainstream dadurch genügend Anreiz geboten war, die Symbole der „Hipster" zu kopieren und auf ihre Position nachzurücken. Der Underground geriet somit in einen Zwiespalt. Einerseits konnte er es sich auf seine Fahnen schreiben, reale Veränderungen in der Gesellschaft bewirkt zu haben,[190] andererseits mußte er neue Stile entwickeln, um dem Zugriff durch die Mitte zu entgehen. Spätestens von den Achtziger Jahren an bezog sich die Distanznahme auch auf subkulturelle Musikrichtungen, die bereits zum Allgemeingut geworden waren.[191] Die späteren Stile verstanden sich mehr oder minder explizit als Opposition gegen die früheren.[192] Das Problem war aber noch tiefer verwurzelt. Den Pop-Aktivisten machte es schwer zu schaffen, daß das Bild des dissidenten Pop-Rebellen zunehmend von der Industrie vermark-

---

[189] Ebd., 13.
[190] Dieser Meinung sind z.B. Höller 1996, 57, oder Diederichsen 2000, IV.
[191] Diederichsen 2000, Vorwort 2000, S. I, V. Diederichsen zufolge waren die Grenzziehungen erforderlich, damit es unter den veränderten Bedingungen zum echten Pop-Erlebnis kommen konnte – das Gefühl von „unmittelbarer Zeitgenossenschaft" sei dafür die notwendige Voraussetzung (S. II). Dabei verwendet er das Gegensatzpaar von „Pop" (der absoluten Präsenz) und „Song" (dem Genuß am Vorbeisein des großen Moments) – die Parallele zum Hipster- und zum Spießer-Paar aus *Sexbeat* ist unübersehbar.
[192] Vgl. die Darstellung bei Poschardt 1997, 22-30. Ich verzichte hier auf ein genaues Referat der einzelnen Etappen, da es mir primär um den Gegensatz zwischen Pop i.a. und Techno geht.

tet und damit neutralisiert wurde. Holert und Terkessidis bringen es klar auf den Punkt:

> „Auch im Bereich Pop haben sich die Verhältnisse schwerwiegend gewandelt. Denn die Mythen über Pop, die in den achtziger Jahren tatsächlich noch zu einer politischen Praxis taugten, sind heute mehr als fragwürdig geworden. Selbstverständlich lebte auch der Pop-Mainstream schon immer von diesen Mythen, aber am Ende sah seine Authentizität doch nur aus wie eine goldene Schallplatte. Spätestens jedoch seit Nirvanas *Smells like teen spirit* aus dem Jahre 1992 riecht der Mainstream nicht länger abgestanden. Die ganze Nation der USA konnte sich plötzlich mit ‚alternativen' Rebellenkulturen identifizieren und dafür im Reservoir der subkulturell produzierten Zeichen des ‚Underground' aus dem Vollen schöpfen. ‚Underground'-Bands gingen zur Industrie, und diese erwartete zum ersten Mal nicht Glättung, sondern kompromißlose Abweichung. Industrie-Bands kamen nun von ganz unten, sprachen von Dissidenz, Purismus und Antikommerzialismus und hatten Angst, vom Mainstream kooptiert zu werden. Lollapalooza, das schlammige Neo-Woodstock der Piercing-Generation, wurde zum feuchten Traum der Aufsichtsräte von Entertainmentkonzernen. Hocherfreut präsentierte sich der Mainstream nun selbst als Minderheit".[193]

Wie die beiden Autoren weiter schreiben, resultiert die Okkupation des Undergrounds aus einem übergreifenden Prozeß, den dieser selbst vorangetrieben hat. Die Rock'n'Roll-Bewegung, ihr Protest am starren Arbeitsethos der Nachkriegsgesellschaft habe dazu beigetragen, neue Konsumwerte zu etablieren und der Freizeitindustrie Geburtshilfe zu leisten.[194] Dadurch sei die soziale Kontrolle in bis dato unberührte Bereiche eingedrungen – man denke nur an Phänomene wie den „Freizeitstreß";[195] bei diesem Zweig ihrer Argumentation steht Deleuzes Theorie des Übergangs von der Disziplinar- in die Kontrollgesellschaft im Hintergrund.[196] Insofern sei es schwieriger geworden, einen Ge-

---

[193] Holert/Terkessidis 1996, 6. Dazu auch Diederichsen 1999, 281. Olaf Karnik formuliert pointiert: „Popkultur […] ist zur Leitkultur avanciert" (Karnik 2003, 103).
[194] Holert/Terkessidis 1996, 12.
[195] Ebd., 15.
[196] Vgl. Deleuze 1993, 243-262. – Die andere Seite dieses Prozesses besteht darin, daß auch die Unternehmen die neuen Ideale aufgegriffen und als Maßstab auf die Arbeit ihrer Untergebenen angewandt haben, und zwar insofern, als nunmehr Spaß und Identifikation gefordert wurden: „Im Unternehmen schuften die Mitarbeiter, als ginge es um ihr persönliches Vergnügen, und in der Freizeit vergnügen sie sich, als ginge es ums Schuften" (Holert/Terkessidis 1996, 15).

genentwurf zur hegemonialen Kultur zu erstellen.[197] Wenn die Gesellschaft „Spaß" zur verbindlichen Norm erklärt und von ihren Mitgliedern paradoxerweise fordert, gegen sie zu opponieren, scheint man ihrem Machtbereich kaum noch entrinnen zu können. Genau das ist mit der Kolonialisierung der Dissidenz gemeint.[198] Der Antrieb zur Rebellion erstarrt zum Markenzeichen, bevor er seine Gegenposition artikuliert hat.[199]

Welche Schlüsse muß man nun aus dieser mehr oder weniger anerkannten Diagnose ziehen? Hat es unter diesen Umständen noch Sinn, in bewährter Manier auf Dissidenz, auf Widerstand aus der Perspektive der Minderheiten zu setzen? Holert/Terkessidis sehen keinen Grund zu einer fundamentalen Umorientierung. Sie läuten die nächste „Offensive minoritären Widerstands" ein, kombiniert mit der Mahnung, „an den sozialen und institutionellen Praxen etwas zu verändern" – sonst werde die Attacke erneut „nur der Veränderung und Immunisierung eines Mainstreams dienen".[200] Auch für Diederichsen,[201] Höller[202] und Poschardt[203] ist jede gegenwärtige und künftige Subkultur an Opposition, an Identifikation und Solidarisierung mit den Rändern der Gesellschaft gekoppelt. Der erste und bislang einzige ausgearbeitete Ansatz, Pop anders als über Dissidenz und Subversion zu beobachten, stammt von

---

[197] Holert/Terkessidis 1996, 17.
[198] Ebd., 17.
[199] Adorno und Horkheimer haben diese Entwicklung extrem früh vorausgesehen. Im „Kulturindustrie"-Kapitel in der *Dialektik der Aufklärung* findet sich folgender Satz: „Die Öffentlichkeit der gegenwärtigen Gesellschaft läßt es zu keiner vernehmbaren Anklage kommen, an deren Ton die Hellhörigen nicht schon die Prominenz witterten, in deren Zeichen der Empörte sich mit ihnen aussöhnt" (Horkheimer 1987, 156).
[200] Holert/Terkessidis 1996, 19.
[201] Diederichsen 1999 analysiert die Verschiebungen mit dem Begriffspaar von Pop I und II: Während Pop I „immer einer oppositionellen Struktur" gefolgt sei, biete Pop II „Matrizen für alles, innerhalb und außerhalb des normalen Spektrums" (284). Die neue Form erlaube es, viele verschiedene kulturelle Bereiche zusammenzuführen; ihr Vorteil liege daher „in der ständigen Möglichkeit zur Überschreitung von der einen Bedeutungsproduktionssparte zur anderen, wann immer ein Zeichen entleert wurde", ihr Nachteil hingegen in der „Perfektion der Entleerung" (ebd.). Der Autor unterscheidet sich aber nur durch sein Beschreibungsvokabular von seinen Kollegen: „Es gilt, sich mit dieser Tendenz in ihrem Verhältnis zu Pop I und der alten Öffentlichkeit auseinanderzusetzen und auf dieser neuen Ebene oppositionelle Effekte zu studieren und zu stärken" (286).
[202] Höller 1996 hält die Popkultur nach wie vor für das „Terrain, auf dem ‚minoritäre' Anliegen aller Art am ehesten eine Chance haben, gehört zu werden (70).
[203] Vgl. Poschardt 1997, 352.

Gabriele Klein.[204] Im Laufe der folgenden Betrachtungen ist zu untersuchen, inwieweit die Techno-Bewegung im klassischen Pop-Muster aufgeht und wie sich Goetz' ästhetisches Denken dazu verhält. Zuvor noch ein kurzer Blick auf die Popliteratur.

Die Debatten um dieses Genre sind gegenwärtig im vollen Gang; dabei stehen sich äußerst konträre Präferenzen und Deutungstendenzen gegenüber. Gleichwohl scheint es so etwas wie einen Minimalkonsens zu geben. Thomas Ernst definiert Popliteratur in seinem Handbuch als eine „literarische Entwicklungslinie, die sich im 20. Jahrhundert darum bemühte, die Grenze zwischen Hoch- und Populärkultur aufzulösen und damit auch Themen, Stile, Schreib- und Lebensweisen aus der Massen- und Alltagskultur in die Literatur aufzunehmen".[205] Als typisch wird zum einen die inhaltliche Ausrichtung auf popkulturelle Phänomene betrachtet,[206] zum anderen die Aufwertung von Alltagstexten – in den Pop-Erzählungen finden sich oft Reproduktionen von Einkaufszetteln oder Eintrittskarten bzw. Transkripte von Fernseh- oder Radiosendungen. Einige dieser Techniken wurden von früheren Bewegungen wie dem Dadaismus adaptiert. Anknüpfungspunkte bot etwa das Konzept des

---

[204] Klein plädiert für ein „körperlicheres" Verständnis von Pop. Sie vertritt die These, „daß der Körper schon immer eine entscheidende Rolle bei der Konstitution von Popkulturen gespielt hat, seiner Bedeutung allerdings in den Diskursen um Pop bislang noch nicht Rechnung getragen worden ist" (Klein 2004, 7). Für die Autorin ist er indes ein „zentraler Bestandteil kultureller Praxis […], […] ein Medium von Erfahrung und Kommunikation", durch das sich kulturelle Bilder durchaus im Sinne eines aktiv-gestalterischen Vorgangs, eines Akts der Neukonstruktion aneignen ließen (8f.). Bei diesem Ansatz greift sie auf Bourdieus Habitus-Begriff zurück (230ff.), über den sie die kulturellen Praktiken Jugendlicher als Distinktionskämpfe lesen will (242). Wie Klein meint, seien in letzter Zeit vermehrt Zweifel am Subversionsmodell aufgekommen; sie nennt u.a. Simon Frith, der in dieser Theorie eine „schonungslose Politisierung von Konsum" erblickt (Frith 1996, 145, zitiert nach Klein 2004, 117). In die Reihe ihrer Kronzeugen paßte m.E. auch die CCCS-Theoretikerin Sarah Thornton, die Pop als Spiel um den subkulturellen Kapitalwert der Hipness erläutert (Thornton 1997). Von diesen Kritikern unterscheidet sich Klein insofern, als sie nicht nur die politischen Ansprüche der klassischen Poptheorie zurechtrückt, sondern zugleich positiv ein neues, stärker auf körperlichen Genuß und Kommunikation bezogenes Beschreibungsmodell anbietet.

[205] Ernst 2001, 9.

[206] Jung 2002, 51 listet 12 verschiedene Merkmale auf, durch die sich Popliteratur als Genrebegriff beschreiben lasse, darunter inhaltliche (Die Thematik ziele auf Jugendlichkeit, Hedonismus, Urbanität etc.), ästhetische (Verwendung von Wiederholungsmustern und „Archetypie in der Erzähl- und Figurengestaltung") und auch politische („Infragestellung tradierter allgemeingültiger Wahrheits und Legitimierungsdiskurse" sowie Widerständigkeit und Dissidenz, die „nurmehr innerhalb des Systems bzw. Diskurses" existiere).

„Readymade", Gebrauchsgegenstände zum fertigen Kunstwerk zu erklären und als solches auszustellen.²⁰⁷ In der Bildenden Kunst wurde dies v.a. von Pop Art-Künstlern wie Lichtenstein oder Warhol weitergeführt, in der Literatur von der „Beat Generation" um die US-Autoren Allen Ginsberg, Jack Kerouac, Neal Cassady und William S. Burroughs, die sich stark an der Umgangssprache orientierten und so der Pop-Ästhetik den Weg bereiteten.²⁰⁸ Leslie Fiedler hatte nicht zuletzt deren Texte im Sinn, als er Ende der Sechziger den Begriff der Popliteratur entwickelte und von den Autoren der Zukunft antirationale, pornographische Texte forderte, die sich vorzugsweise mit Themen und Motiven aus den Massenmedien beschäftigen sollten.²⁰⁹

In Deutschland wurden diese Impulse nur zögerlich aufgenommen. Mit dem zentralen Problem der Nachkriegszeit, dem Umgang mit der nationalsozialistischen Vergangenheit, schien sich dieses Programm nicht in Einklang bringen zu lassen. Die Pioniere der deutschsprachigen Popliteratur fristeten ein Schattendasein, ob sie Rolf-Dieter Brinkmann,²¹⁰ Hubert Fichte, Jürgen Ploog oder Jörg Fauser hießen. In den Neunziger Jahren änderte sich die Lage radikal. Im Gefolge von Christian Krachts Roman *Faserland* (1995) erlebte die Popliteratur hierzulande einen gewaltigen Boom. Jungliteraten wie Benjamin von Stuckrad-Barre, Moritz von Uslar, Eckhart Nickel oder Alexa Hennig von Lange traten mit Büchern von stark unterschiedlicher Qualität in Erscheinung und erlebten Auflagenzahlen, von denen ihre Vorgänger nur hätten träumen können. Auch die Autorengeneration zwischen Brinkmann und Kracht – neben Goetz v.a. Thomas Meinecke und Andreas Neumeister – geriet in mancher (nicht in jeder) Hinsicht in den Sog dieser Welle. Goetz beteiligte sich etwa am Internet-Projekt *pool,* das von Elke Naters und Sven Lager initiiert worden war.²¹¹

---

²⁰⁷ Ernst 2001, 13.
²⁰⁸ Ebd., 14ff.
²⁰⁹ Vgl. Leslie A. Fiedler, „Cross the Border, Close the Gap", in: *Playboy* [sic!] 12/1968, zunächst erschienen in deutscher Übersetzung unter dem Titel „Das Zeitalter der neuen Literatur" (und zwar in einer ganz anderen Zone der Medienwelt – in zwei Ausgaben der Wochenzeitung *Christ und Welt,* 13.09. u. 20.09.1968). Neuabdruck der deutschen Fassung in: Wittstock 1994, 14-39.
²¹⁰ Brinkmann führte Fiedlers Konzept schon Ende der Sechziger Jahre in den deutschen Sprachraum ein, doch es dauerte bis in die Neunziger, ehe es eine breitere Wirkung entfaltete. Dazu auch Ernst 2001, 7f.
²¹¹ Das Transkript von Goetz' Texten findet sich in *Jahrzehnt der schönen Frauen.*

An dieser Entwicklung entzündeten sich die erwähnten literaturwissenschaftlichen Kontroversen. In den verschiedenen Beiträgen lassen sich grob gesagt zwei Lager erkennen, eine orthodoxe und eine empirische Betrachtungsweise. Die Vertreter der ersteren verteidigen die geheiligte Lehre der minoritären Identifikation, sehen die Popliteratur also aus den Augen der traditionellen Poptheorie.[212] Für sie muß die Literatur der Neunziger insgesamt eine Verfallserscheinung darstellen. Denn: die neuen Pop-Schriftsteller schlossen zwar an den umgangssprachlichen Ton ihrer Vorgänger an, doch die ursprüngliche Sinngebung, Unterdrückten und Subkulturen die Stimme zu leihen, rückte in den Hintergrund:[213] „Hatte Popliteratur bislang einen subversiven oder experimentellen Charakter", urteilt Thomas Ernst, „so zeigten Kracht und Stuckrad-Barre, wie man die Fernseh- und Lifestyle-Sprache reproduziert und damit einfach Bücher schreibt, die sich gut verkaufen".[214] Ebenso wie im Feld der Popkultur i.a. wird hier die Kommerzialisierung der Dissidenz beklagt – und wiederum ist der Blick in die Zukunft rückwärtsgewandt: Hoffnung auf Rettung besteht Ernst zufolge nur dann, wenn die Schriftsteller wieder „unmittelbar aus dem beschädigten Leben berichte[n]" oder „ihre Kritik an den Verhältnissen mit experimentell-spielerischen oder satirisch-entlarvenden Texten ausdrück[en]".[215] Auch Martin Büsser[216] und Thomas Jung[217] mahnen eine Rückbesinnung auf gesellschaftlichen Protest und Identifikation mit Minderheiten an.

Die zweite Fraktion nimmt die Verschiebungen im popliterarischen Spektrum hingegen zum Anlaß, nach alternativen Beschreibungen bzw. nach bislang unbeachteten Gemeinsamkeiten zwischen einzelnen Pop-Autoren zu forschen. Moritz Baßler entdeckt in den neuen Texten ein Verfahren der Katalogisierung, das an die Stelle der tradierten narrativen Muster trete;[218] anstatt primäre Erfahrungen zu verbalisieren, verlegten sich die Schriftsteller auf die Archivierung von Gegenwartskultur (etwa Markennamen), von bereits

---

[212] Ernst 2001 bezeichnet es als eines der Hauptmerkmale der Popliteratur, „in einfacher Sprache und realistisch aus dem Leben gesellschaftlicher Außenseiter [zu] berichten" (9).
[213] Ernst 2001, 64.
[214] Ebd., 74.
[215] Ebd., 91. Als beispielhaft betrachtet Ernst unter den aktuellen Bewegungen v.a. die „Kanak Sprak"-Literatur, das Schreiben aus der Szene von in Deutschland lebenden Jugendlichen türkischer bzw. kurdischer Herkunft (84f.).
[216] Büsser 1998.
[217] Jung 2002, 53.
[218] Baßler 2002, 186.

Gesagtem – in ihrer „Literatur der zweiten Worte"[219] wichen die alten Authentizitätsgebärden der Analyse diskursiver Prozesse.[220] Johannes Ullmaier vertritt die These, daß „die Popularität des Popbegriffs – noch stärker und vor allem unverhohlener als bei anderen Modetermini – von seiner eingängigen Unbestimmtheit samt den daraus resultierenden Deutungs- oder Umdeutungslizenzen lebt";[221] daher verzichtet er auf alle Verallgemeinerungen und arbeitet stattdessen die Brüche und Differenzen zwischen den Texten hervor, die man üblicherweise der Popliteratur zurecht. Eckhard Schumacher vergleicht einige Werke von Fichte, Brinkmann, Meinecke, Goetz u.a. und kommt zu dem Ergebnis, ihre Verwandtschaft liege in ihrer „Gegenwartsfixierung"; darunter versteht eine Schreibweise, die Aktualität und Vergänglichkeit zugleich produziere,[222] die sich immer wieder neu auf das Schrift-Jetzt richte, aber nicht im Sinne einer nachträglichen Überhöhung,[223] sondern als eine stets wiederholbare Bewegung.[224] Dadurch bewahrten sich die Texte davor, in beobachtender Distanz zu erstarren und der herkömmlichen Vorstellung von Literatur als „kultureller Zeitlupe" zu entsprechen.[225]

Wie verhält es sich nun mit Goetz, handelt es sich bei seinen Texten ebenfalls um Popliteratur? Diese Frage ist nur unter Vorbehalt zu beantworten – solange die Strömung nicht den Grad an Abgeschlossenheit erreicht hat, der nötig ist, um tragfähige Definitionen zuzulassen. Schumacher, Ullmaier[226] und auch Ernst[227] würden sie wohl tendenziell bejahen, Baßler dagegen verneinen – ihm zufolge ist Goetz' „Prosaverfahren […] im Kern kein[…] Archivierungsverfahren".[228] Allerdings sind sich die Autoren der Fragwürdigkeit

---

[219] Ebd., 184.
[220] Ebd., 186.
[221] Ullmaier 2001, 15.
[222] Schumacher 2003, 47f.
[223] Ebd., 50.
[224] Ebd., 38. Es gehe darum, die „historische Bestimmbarkeit spezifischer Momente […] systematisch [zu] unterminier[en]" (50).
[225] Ebd., 17, 30.
[226] Vgl. Ullmaier 2001, 123-128.
[227] Ernst ordnet Goetz – zusammen mit Thomas Meinecke und Andreas Neumeister – der zweiten Generation der deutschen Popliteratur zu (Ernst 2001, 60f.).
[228] Baßler 2002, 153. Goetz sei ebenso wie Neumeister der Meinung, seinen „eigenen Diskurs zu schreiben" (ebd.) – insofern erhebe er eben den Anspruch auf eine „Literatur der ersten Worte" (vgl. 184), den die von Baßler favorisierten Autoren überwunden hätten. – Niels Werber meint in Anknüpfung an Baßlers Archivierungs-Gedanken, Goetz könne „keine noch so schöne Liste archivieren, ohne sie gleich kritisch, dissident, rebellisch zu dekonstruieren"; er sei also, „ganz anders als Stuckrad-Barre, ein Kommentator der Popkultur, oder,

solcher Zuordnungen bewußt; gerade Schumacher und Ullmaier wollen keinesfalls so verstanden werden, als seien ihre Beschreibungen in irgendeiner Weise für das *gesamte* popliterarische Panorama repräsentativ oder zielten gar auf dessen „Wesen".[229] Unabhängig davon ist festzuhalten: Goetz' Texte erfüllen einen großen Teil der Kriterien, die oben als Minimalkonsens der Arbeiten zur Popliteratur aufgelistet wurden – die Orientierung an der Alltagssprache, die Integration von Medienmitschriften[230] und Gebrauchstexten (gerade in *Abfall für alle*), die Spitzen gegen die Hochkultur sowie die Erzählungen aus der Welt der Subkultur. Auch die im Titel des Internet-Tagebuchs angezeigte Aufwertung des Müll-Gedankens knüpft an ästhetische Prinzipien an, die bereits in der Pop-Art und der Beat Generation eine Rolle gespielt haben.[231]

Wie steht Goetz zu den Grundgedanken der Poptheorie? In *Abfall für alle* stößt man auf einzelne Formulierungen, die eine gewisse Nähe zu den bewußten Publizisten verraten. Pop erscheint darin als Gipfel einer Entwicklung, in der die Fesseln einer starren Moral mitsamt ihrer sprachlichen Relikte abgestreift werden[232] – dagegen hätten Diederichsen und Konsorten sicher nichts einzuwenden. In anderer Hinsicht tun sich dafür umso größere Differenzen auf. Goetz hat sich schon früh von zentralen Axiomen der Poptheorie distanziert, besonders dezidiert im Essay *Und Blut* aus *Hirn*:[233]

---

systemtheoretisch gesprochen, die Popkultur wird ihm gelegentlich zum Medium für Formen, doch die Formung des Mediums selbst hat wenig mit Pop zu tun" (Werber 2003, 57).

[229] Ullmaier 2001, 11, Schumacher 2003, 9.

[230] Schumacher 2003 merkt etwa zu *1989* an: Das kompilierende „Verfahren radikalisiert Arbeitsweisen, die sich in den 1960er Jahren unter den Vorzeichen von Pop ausdifferenzieren und in dieser Hinsicht die künstlerische Praxis von Andy Warhol ebenso bestimmen wie die literarischen Ansätze von William S. Burroughs, Rolf Dieter Brinkmann oder Wolf Vostell" (134).

[231] Schumacher 2001, v.a. 198ff.

[232] An einer Stelle reflektiert Goetz über die lebens- und sinnenferne Gestalt der deutschen Sprache und stellt schließlich fest, heute verschwinde ohnehin die „Dominanz ihrer Ordnung […] im internationalen Slang" bzw. in der „Weltsprache Pop" (Afa 510f.). Dabei schließt er an einen etwas früheren Eintrag an, worin es um seine katholische Erziehung bzw. um den Einfluß der christlichen Vergangenheit auf die Jetztzeit i.a. geht: „Natürlich sind dadurch Zerstörungen an der Seele entstanden", heißt es dort, „aber eben auch das sich wirklich extrem alltäglich erneuernde VERGNÜGEN an der Geschichte der Moderne, an ALLEM, was seit der Renaissance passiert ist, gipfelnd im US-Pop der 60er, im hiesigen der 80er Jahre" (Afa 485). Zudem redet der Autor vom „gigantischen Konsequenzschritt des XX. Jahrhunderts ins absolut Säkulare, endlich ganz Menschliche" (ebd.).

[233] Der Text erschien zunächst in *Spex*, Oktober 1985.

„Pops Glück ist, daß Pop kein Problem hat. Deshalb kann man Pop nicht denken, nicht kritisieren, nicht analytisch schreiben, sondern Pop ist Pop leben, fasziniert betrachten, besessen studieren, maximal materialreich erzählen, feiern. Es gibt keine andere vernünftige Weise über Pop zu reden, als hingerissen auf das Hinreißende zu zeigen, hey, super. Deshalb wirft Pop Probleme auf, für den denkenden Menschen, die aber Probleme des Denkens sind, nicht des Pop. So simpel diese Unterscheidung ist, desto schwieriger ist sie zu realisieren im Schreiben über Pop. Die Anstrengung ist, ununterbrochen die Abstraktionen auf die Beobachtungen zurück zu führen, von denen sie abgezogen wurden. Gerade dies fällt dem Menschen bekanntlich um so schwerer, je älter er wird. Mit dreißig ist leider jeder ein Philosoph, normalerweise ein Hausfrauenphilosophiephilosoph, der Intellektuelle meist nicht einmal das, sondern nur noch verblödet. Außerdem versteht man plötzlich, im Pop gnadenlos früh, das Neue nicht mehr. Man versteht das Glück nicht mehr. Man ist abgeschnitten vom Pop, vom Leben, vom Erzählen, von den Geschichten. Hat man früher selbstverständlich Glück geschrieben, schreibt man jetzt ebenso natürlich Schlechte Laune. So entsteht der nölend beleidigte Popschreibergrundton, der sich gerne abgeklärt arrogant gibt oder gesteigert schlau und kritisch, aber in Wirklichkeit ist alles plötzlich nur noch die alte ewige reaktionäre Rede und jeder Satz ist nur der eine Schrei, Angst. Jeder Satz schreit, ich verstehe kein Wort. Das interessiert aber keinen, weil jeder selber genügend nicht versteht. Pop selbst kümmert all das seit Jahrhunderten ohnehin nicht. Das Volk singt sich immer sein altes tröstliches wahres ewiges Lied vor, Life Is Life. Dann ist das Leben vorbei, danach ist man tot, vorher trinkt man noch paar Hektoliter Bier, daß man es besser aushält. Pop selbst betrachtet sich nicht als Kultur, befindet sich deshalb in keinem Kampf zu einer anderen Kultur, etwa einer angeblichen Hochkultur. Diese Antagonismen sind Interpretenartefakte, meist Stuß, oft nützlich, weil sie einen Fehler als Fehler erkennbar machen" (Hi 188f.).

Goetz bricht hier mit einer Grundüberzeugung der Underground-Theorie: daß sich Pop in ein oppositionelles Verhältnis zur Hochkultur setze. Für ihn liegt das Wesentliche nicht in einer wie auch immer gearteten kritischen Einstellung, sondern in der Hingabe an das Attraktive – „hingerissen auf das Hinreißende zu zeigen", sei die einzige dem Gegenstand angemessene Haltung. Literarisch-theoretische Annäherungen werden dem Anspruch nur dann gerecht, meint der Autor, wenn sie sehr eng am Konkreten bleiben und eine Sprache finden, die das Moment des Faszinierenden transportiert. Der Autor weigert sich zudem, dem Beschriebenen einen klar abgegrenzten sozialen und historischen Standort zuzuordnen. Auch wenn man die Zeitangabe „seit Jahrhunderten" vielleicht nicht unbedingt ganz wörtlich nehmen muß, tritt hervor, daß es hier nicht allein um die Subkulturen seit Rock'n'Roll geht, sondern um allgemeinere Dinge, um das unmittelbar Zugängliche, das anstrengungslos als schön empfunden werden kann. „Pop ist alles, wo es erstmal keine Fragen gibt", schreibt Goetz in *Abfall für alle* (Afa 654).[234] Das Phänomen hat für ihn primär weder mit Kritik noch mit Rebellion, sondern mit der Alltagspraxis, ja mit dem Lebensglück zu tun – nicht umsonst ist im Zitat vom „Zugang zum Neuen, zum Leben, zum Erzählen, zu den Geschichten" die Rede.

Auf welches Verhältnis zur gesellschaftlichen Norm zielt Goetz' Pop-Begriff, wenn nicht auf direkte Opposition? Dazu ein Auszug aus den Poetik-Vorlesungen:

> „Pop, die tausendste. Und zwar, diesmal nicht als ästhetische, nicht als politische Erkenntnis-Kategorie, sondern eher als eine Art lebenspraktisches, lebenshilfe-artiges Ding. Die Überlegung nämlich, daß bestimmte Lebensformen, die man selber nicht versteht und vielleicht sogar ganz furchtbar findet, allein durch ihre Häufigkeit, ihr Verbreitetsein, ihre allgemein wirkende Akzeptanz – eine Art Vernunft-Gütesiegel bekommen würden. Was folgt daraus? Man kann sich dann mit den eigenen Urteilen, die sich einer relativ gereizten Intellektualität und gestörten Lebenspraxis verdanken, an die Instanz dieser Vernunft mit der Frage wenden: warum verstehe ich mit meinem Denken dieses Leben, das die meisten leben, NICHT?
>
> Dabei geht es nicht so sehr um Antworten von seiten dieser Vernunft her, sondern mehr um eine ERSCHÜTTERUNG der eigenen Reflexionspraxis, des unweigerlich sich immer neu ergebenden Resultativen der eigenen Denkvorgänge. Es geht um die Zerstörung der Resultate von Reflexion, nicht durch Sprung in ein anderes, von Reflexion anders berührtes Leben, sondern durch, von diesem Leben angestoßene, NEUE Reflexion.
>
> Konkretes Beispiel. Warum leben Menschen zusammen in Liebe und machen dabei Kinder? Immer wieder neu? Ich kann es nicht verstehen. Es gibt so viele heiligzornige Dinge dagegen einzuwenden. Aber es ist letztlich natürlich viel interessanter, danach zu fragen und zu suchen, welche Argumente dieser allgemein verbreiteten Lebenspraxis zu entnehmen wären, rein argumentativ, ganz abstrakt, die den eigenen Einwänden entgegenstehen. Das wäre sozusagen der

---

[234] Interessant ist in diesem Kontext noch eine weitere Stelle aus *Abfall*, wo Goetz meint, die Architektur sei „DIE Sozialkunst überhaupt, vorallem, vor uns, über uns, um uns. So groß wie Pop. So ultragegenwärtig, davon verborgen. Auf der Grenzlinie zur Natur" (Afa 127f.). Auch an diesem Vergleich wird deutlich, daß Goetz die Momente der Unaufdringlichkeit und der Allgegenwart für pop-konstitutiv erachtet.

ewige Hegel-Pop der Rechtsphilosophie: ‚und was wirklich ist, das ist vernünftig'" (Afa 367).

Diese Bestimmungen verweisen auf das Programm der Offenheit, das in der inhaltlichen Analyse – insbesondere im Abschnitt „Kommunikation" – erläutert wurde. Goetz plädiert wiederum dafür, die eigenen Urteile mit der Lebens-Wirklichkeit der gesellschaftlichen Mitte zu konfrontieren, um zu neuen Reflexionen zu gelangen und nicht in Positionen zu erstarren, die den Bedingungen der eigenen Existenz, der „gestörten Lebenspraxis" geschuldet sind. Interessanterweise firmieren diese Überlegungen hier unter dem Titel „Pop".[235] Daraus läßt sich ersehen, daß seine Konzeption der klassischen Subkultur-Theorie diametral entgegengesetzt ist. Das Leben der Normalbürger dient nicht als Zielscheibe der Kritik, sondern im Gegenteil als unerschöpfliche Quelle der Erkenntnis, als fortwährender Anlaß zum *Selbst*widerspruch; damit erfüllt der Autor das Postulat aus *Und Blut*, wonach Pop mit der Lebenspraxis zusammenhänge und das darauf bezogene Schreiben keine Urteile fixieren solle. Gerade wenn man sich an das Modell aus *Sexbeat* erinnert, wird der Unterschied manifest: Diederichsens Hipster löst bei den Spießern identifikatorische Effekte aus und glaubt sie so in Bewegung zu halten; Goetz' Pop-Begriff läuft hingegen auf die Erfahrung und Hinterfragung einer *Differenz* hinaus. Geht es dort um eine begehrenswerte Subjektivität, der sich die anderen zumindest teilweise anzugleichen versuchen (s.o.),[236] so steht in *Abfall für alle* die „Erschütterung" derselben im Vordergrund – Offenheit statt Mission.[237]

In Anbetracht dessen nimmt es nicht wunder, wenn Goetz auch das poptheoretische Dogma der Dissidenz verwirft. Genauer gesagt: er erklärt es für überholt. Da die gesellschaftliche Emanzipation große Fortschritte gemacht habe, stehe der Kampf gegen den Mainstream, die Parteinahme für Minder-

---

[235] Ebenso im Westbam-Aufsatz, der u.a. in *Celebration* eingefügt ist: „Letztlich ist die Problemstellung politisch: die Selbstbefragung des Einzelnen nimmt ihr Maß am Kollektiv. Alle wissen mehr als jedes eine Ich: das ist der immer wieder neu absurde Theorie-Horizont, unerreichbar. Das ist die Wahrheit, die man der Wirklichkeit ablesen und doch kaum je wirklich in sich denken kann. Dieses Problem heißt Pop. Das ist Demokratie" (Ce 128f.).

[236] Daß die Hipster – nach Waltz' Diederichsen-Paraphrase – das begehrende Subjekt, die Spießer hingegen nur dessen Begehrtwerden begehren (s.o.), macht hier keinen Unterschied. Entscheidend ist der identifikatorische Zug im Umgang mit der Persönlichkeit des Gruppen-Stars.

[237] Vgl. Schulze 2000, 323: Goetz verstehe unter Pop eine „unbedingte, phänomenologisch registrierende, nicht-bewertende Affirmation gegenwärtiger Ereignisse".

heiten heute unter ganz anderen Vorzeichen als in den Sechziger Jahren. Dieses Problem traktiert er v.a. in *Hard Times, Big Fun*, dem erwähnten Essay zur Love Parade von 1997, in dem er explizit von einer „gesamtgesellschaftlich neue[n] Realität" redet:

> „Jeder doofe, hohle Proll, der zum Beispiel im Afrikanischen Viertel im Wedding seine Hunde durch die Gegend brüllt, ist so sehr und jenseits aller Zweifel absoluter Herr und Herrscher seiner ganzen Welt, wie jeder andere Universitätsprofessor, Straßenkämpfer, Bauarbeiter oder Redakteur. Die Ordnung der bürgerlichen Klasse [...] ist zusammengebrochen, endlich. Jedes Ich für sich ein vollkommen entwickeltes, perfektes Universum, seiner selbst gewiß.
>
> Die ‚Kritik' wollte das nicht in sich einarbeiten. Zielrichtung sollte bleiben: ‚Dissidenz'. ‚Differenz' wird angestrebt, anstatt von ihr auszugehen. Wie oft hat man es den Politfreunden vorgebetet: isoliert, dissident, allein und unglücklich bin ich eh, wie jeder andere auch, selber, ununterbrochen, jeden Tag. Das kann doch nicht Ziel von Politik sein" (Ce 219, 221).[238]

Goetz vertritt hier eine These, die er später in *Abfall für alle* wiederholt: Die Freiheiten des Individuums, seine „realen Nein-Möglichkeiten" seien seit der 68er-Revolte „noch mal so exponentiell gewachsen" (Afa 335); aufgrund dessen sei es nicht länger produktiv, eine oppositionelle Haltung zur Gesellschaft einzunehmen und die eigene Identität aus dieser Gegnerschaft heraus zu definieren. Er schlägt deswegen vor, den „Widerspruch zwischen Ich und allen [...] genau andersherum auf[zu]lösen, als es cirka 45 Nachkriegsjahre lang selbstverständlich üblich und vernünftig war", und bestimmt die favorisierte Ausrichtung näher als „Abweichung, Individualität, Differenz, die an ihrer Selbstabschaffung arbeitet, um aufgehen zu können selig im Einen eines Gemeinsamen" (Ce 219).

Als Beispiel fungiert hier – nicht überraschend – die Techno-Bewegung. Die Raver auf der Love Parade, die „oben auf dem Techno-Wagen standen und da tanzten, immer hübscher, immer verschiedenartiger und nackiger angezogen", seien „immer noch unterschiedlicher geworden"; die Verfechter der Dissidenz träten hingegen „in den hochinteressanten Scheiße-Ausschau-Wettbewerb mit paar komischen Rechtsradikalen ein[...], um gemeinsam mit denen im Sumpf der Marginalität zu versinken" (Ce 221). Beinahe ein schulmäßiger Chiasmus: wer das „Aufgehen im Einen" sucht, meint Goetz, erlangt einen höheren Grad der Verschiedenartigkeit, wer dagegen nach wie

---
[238] Dazu auch Waltz 2001, 230.

vor auf Abweichung setzt, verschmilzt mit seinen Kontrahenten zu einer ungewollten Einheit.

Obwohl der Autor hier ausdrücklich von Techno spricht, paßt die Bemerkung genau zum *Abfall*-Zitat, das mit dem Stichwort „Pop" eingeleitet wird. Geht es dort um die Bereitschaft, den individuellen Überzeugungen offensiv die gelebte Wirklichkeit der Mehreren entgegenzuhalten und dadurch neue Perspektiven zu gewinnen, so handelt der Essay – nun mit Bezug auf die Raver – ebenfalls von der Steigerung der Differenz, die durch das Eintauchen in die Masse bewirkt wird. Die beiden Aussagen bezeichnen also zwei Aspekte eines übergreifenden Zusammenhangs. Pop und Techno werden hier nicht als Gegenbegriffe verwendet; es hat vielmehr den Anschein, als sehe Goetz in der Rave-Kultur die fortschrittlichste, der Zeit am ehesten angemessene Realisation von Pop.

Der Vergleich zwischen Goetz und der klassischen Poptheorie bringt somit zwei wesentliche Unterschiede ans Licht: Erstens versteht der Schriftsteller Pop nicht als Widerstand gegen die herrschende Kultur, sondern als ein Phänomen, das sich weder sozial noch historisch genau eingrenzen läßt – das anstrengungslos Zugängliche im Alltag. Zweitens votiert er für einen anderen Umgang mit dem Differenz-Paradigma. Die herkömmlichen Theorien konvergieren in der Intention, für soziale Minderheiten einzutreten und auf diese Weise die eigene „dissidente" Identität zu stärken; Goetz behandelt das Abweichende seiner Position nicht als Ziel, sondern als Ausgangspunkt – er sucht die Berührung mit der Lebenswirklichkeit der Masse, um seine Reflexionen zu erschüttern und sie in neuer, ungeahnter Form wiederzugewinnen.[239]

1.3.2 Techno

Der Begriff „Techno" steht für elektronische Tanzmusik mit zumeist durchgängigem Baßbeat und repetitiven Strukturen. Dabei sind zwei Verwendungen zu unterscheiden: In seiner allgemeinen Bedeutung bezeichnet er die gesamte Familie derartiger Stilrichtungen, d.h. House, Gabber, Trance usw.,

---

[239] Wie bereits angedeutet, bietet Gabriele Klein als einzige namhafte Poptheoretikerin eine Alternative zum Dissidenz-Paradigma an – bei dieser Autorin erscheint die Masse ebenfalls nicht als Ausgangspunkt subversiver Bestrebungen, sondern als ein antihierarchisch strukturiertes Feld, als Motor innovativer Kunst (Klein 2004, 80-120). – Zum Verhältnis zwischen Kleins Beschreibungsmodell und dem hier vertretenen Ansatz vgl. die ausführliche Anmerkung am Ende des Exkurses.

nicht selten bis hin zu solchen, die mit „Breakbeats" (rhythmisierten Schlageinheiten) arbeiten, also Jungle oder Drum'n'Bass.[240] Bei Techno im besonderen handelt es sich um Tracks mit einem Tempo von mindestens 130 Bpm (Schlägen pro Minute) und mit Sounds, die zumindest vorrangig mit Rhythmusmaschinen produziert werden.[241]

Die Beschreibung beginnt bei der Bewegung als ganzer und wendet sich erst zum Schluß den spezifischen Merkmalen von Techno i.e.S. zu. In Abschnitt 1) geht es um die Geschichte dieser Musik i.a. sowie um bestimmte Phänomene der Partykultur, in 2) um neue technische Errungenschaften und die daraus erwachsenen Möglichkeiten des DJings. Teil 3) enthält schließlich die angekündigten Analysen zu einigen exemplarischen Techno-Tracks; dabei versuche ich, die für die poetologische Untersuchung relevanten musikalischen Innovationen zu extrapolieren und auf diese Weise den Ansatz zu einer technoiden Ästhetik zu skizzieren.

1.3.2.1 Geschichte und Kultur

So eruptionsartig sich Techno um das Jahr 1990 ausbreitete, so weit reichen seine Wurzeln in die Vergangenheit. Der Ehrenplatz unter den Wegbereitern gebührt der deutschen Avantgarde-Band *Kraftwerk*, einer Formation um die Düsseldorfer Musikstudenten Ralf Hütter und Florian Schneider, die 1968 zunächst unter dem Namen *Organisation* gegründet wurde.[242] Ihr Beitrag zur Musikgeschichte liegt weniger in harmonisch-melodischen Pioniertaten als vielmehr darin, daß sie vom Album „Autobahn" (1975) an einen Synthesizer einsetzten und ihn sogleich als eigenständiges Instrument, nicht nur als Ersatz

---

[240] Die beiden Bedeutungen von Techno sowie das Spektrum der einzelnen Stilrichtungen erläutern u.a. Volkwein 1999, Jerrentrup 2001, 185f., Rösing 2001, 179, Hitzler/Pfadenhauer 2003, 213-217, Ilschner 2003, 26-29. Volkwein 1999 meint, in der Szene werde der Techno-Begriff nur in der speziellen Bedeutung verwendet (52); m.E. gibt es allerdings auch unter den Machern keinen einheitlichen Sprachgebrauch. – Die hier vorgelegte Beschreibung unternimmt gar nicht erst den Versuch, das Panorama an Stilen und Substilen vollständig wiederzugeben, da die Etiketten viel zu zahlreich sind und zudem nicht einheitlich verwendet werden – Jerrentrup 2001 berichtet, nicht weniger als „86 differenzintendierende Termini" gesammelt zu haben (186). Ich verweise stattdessen auf die übersichtliche Darstellung von Barbara Volkwein, die zwischen House, Acid, Detroit/Techno, Gabber/Hardcore, Trance und Ambient als den sechs Hauptströmungen der elektronischen Unterhaltungsmusik unterscheidet (Volkwein 1999, 54f. et passim).
[241] Zur Definition und Begriffsgeschichte von Techno auch: Anz/Meyer 1995, 21.
[242] Anz/Meyer 1995, 11f., Poschardt 1997, 229-233, Ilschner 2003, 25.

für andere behandelten.²⁴³ Zudem zeichneten sie durch ihre äußere Erscheinung und durch den Inhalt ihrer Texte das Zukunftsbild eines versöhnten Verhältnisses von Mensch und Maschine. Ihr Einfluß insbesondere auf die amerikanische Subkultur dauert bis zum heutigen Tage an, mehr noch als bei den ähnlich experimentierfreudigen Gruppen *Can* (Köln) oder *Tangerine Dream* (Berlin).

Die Impulse von *Kraftwerk* fielen v.a. in zwei Städten der USA auf fruchtbaren Boden: in Detroit und Chicago. Die Automobil-Metropole, zu Beginn der Achtziger schwer von Entlassungswellen getroffen, war die Brutstätte des späteren Techno-Stils i.e.S. Die Musiker Juan Atkins, Kevin Saunderson und Derrick May testeten dort die Möglichkeiten der neuen, mittlerweile halbwegs bezahlbaren Synthesizer und Drum Machines. Außer den Düsseldorfer Avantgardisten diente auch der Future Funk a la George Clinton als Orientierung.²⁴⁴ Unter Mithilfe des Radio-DJs Electrifying Mojo gelang es den dreien, Platten wie „Techno City" oder „No UFOs" (jeweils 1985) einem breiteren Publikum zugänglich zu machen. Mit dem erstgenannten Titel ist die Stadt von General Motors gemeint – als Juan Atkins Ende der Achtziger vorschlug, der neuen Musik den Namen „Techno" zu verleihen, dachte er eher an die riesigen Industriebrachen als an die synthetische Machart der Stücke.²⁴⁵

Was Detroit für Techno, war Chicago für House. Diese Richtung verfügt sogar über eine Art Ursprungs-Mythos, der von den Chronisten andächtig tradiert wird: In dem für die elektronische Tanzmusik so wichtigen Jahr 1985 kaufte sich der Aufleger Nathan Jones einen analogen Baß-Synthesizer der Marke Roland TB 303. Eigentlich wollte er damit nur ein paar Baßlinien programmieren, doch der Versuch schlug fehl, das Gerät machte sich selbständig. DJ Pierre, so sein Künstlername, fand Gefallen an den Kapriolen und produzierte auf diese Weise einen Track, den sein Freund Ron Hardy sogleich im Club ausprobierte. Die Wirkung war enorm. Ein neuer Stil war geboren, und man nannte ihn nach der gleichnamigen Droge „Acid".²⁴⁶ Alle daran anknüpfenden Stücke speisten sich aus der TB 303 und ihren technischen Möglichkeiten, die von ihrem japanischen Hersteller so gar nicht vor-

---

²⁴³ Anz/Meyer 1995, 12.
²⁴⁴ Kuhn 1995a, 30.
²⁴⁵ Ebd., 31. Zu Atkins' frühen Tracks auch Feige 2000, 41f.
²⁴⁶ Böpple/Knüfer 1998, 18f. Vgl. stattdessen Poschardt 1997, 293, der gegen DJ Pierre die Meinung vertritt, der Name Acid leite sich nicht von der Droge, sondern vom „Acid Rock" ab.

hergesehen worden waren.[247] Neben DJ Pierre tat sich v.a. Marshall Jefferson in der Arbeit mit dem Baß-Computer hervor.

Es gab in Chicago schon vor der Entdeckung des Roland-Synthesizers Bemühungen, die elektronische Musik weiterzuentwickeln. Die Protagonisten, zu nennen wären u.a. Frankie Knuckles, Farley Keith und Steve Hurley, schlossen an den Disco-Sound der Siebziger Jahre an.[248] Diese Linie setzte sich auch nach 1985 parallel zu Acid fort. Eine wichtige Rolle spielte dabei der 1977 eröffnete „Warehouse"-Club, dessen Anlage die Neuerungen ideal zur Geltung brachte bzw. weitere inspirierte. Ihm verdankt die Stilrichtung „House" ihren Namen:[249] Damit bezeichnet man sowohl die eben beschriebene Strömung als auch die auf der TB 303 beruhende Musik („Acid House").

Nächster Meilenstein der Techno-Geschichte war der „Summer of Love". In England entwickelte sich im Sommer 1988 eine Partykultur, wie sie die Welt noch nicht gesehen hatte. Die Jugendlichen zogen am Freitagabend los und tanzten das ganze Wochenende über bis zum sprichwörtlichen Umfallen. Getragen wurde die Welle von der neuen Warehouse- und Acid-Musik aus Chicago, die mittlerweile auch von britischen Produzenten und DJs aufgegriffen worden war.[250] Die Feten fanden in großen Industriehallen statt – überall dort, wo die Veranstalter einen stimmungsvollen Ort ausgemacht und per Mundpropaganda an ihre Klientel weitergegeben hatten. Natürlich waren die Events zumeist illegal. In der Öffentlichkeit wurde ein regelrechter Kampf gegen die Feierbrigaden ausgefochten, zumal der Drogenkonsum ungeahnte Ausmaße annahm. Doch selbst ein Anti-Party-Gesetz der regierenden Konservativen vermochte die Tanzwütigen nicht zu stoppen.[251]

Es dauerte nur wenige Monate, bis das Fieber auf den Kontinent übergriff und auch die deutschen Großstädte erreichte. In München mischte sich der bereits 34 Jahre alte Rainald Goetz unter die Raver. Die *Spex*-Ausgabe aus dem März 1989 enthält einen Bericht von seinen Erfahrungen – ein in Anlehnung an Thomas Bernhard mit *Drei Tage* betitelter Text, der später in den Band *Kronos* aufgenommen wurde:[252]

---

[247] Dazu Poschardt 1997, 258.
[248] Anz/Meyer 1995, 17f., Poschardt 1997, 248ff., Feige 2000, 35ff.
[249] Anz/Meyer 1995, 17.
[250] Ebd., 19.
[251] Böpple/Knüfer 1998, 28f., Künzler 1995, 230f.
[252] Der Untertitel des Essays lautet freilich – anders als bei Bernhard – „Text, Bier, Ecstasy" (in *Kronos*, 251-286). Interessant ist zudem das von Hegel entlehnte Motto „und was wirklich ist, das ist vernünftig" (Kro 251), zumal es auch in demjenigen Absatz aus *Abfall für alle* er-

„Und ich kann berichten, es war so: mein festefeierndster Herbst seit vielen Jahren. Neue Könige, neue Fürsten, eine echte Revolution im Leben der Nacht, und das alte Spiel der Scham erneuert, wer der erstere, echtere, wissendere, ursprünglichere Acidman ist undsoweiter. Was war das alles wieder quälend und peinlich, aber eigentlich nur im Plattenladen, eigentlich nur in meinem Kopf. Die nettesten Menschen waren plötzlich überall unterwegs, wo Acid drauf stand. Meistens war gar kein richtig reines Acid drin, und genau diese Mischung war phantastisch. THIS IS ACID THIS IS ACID THIS IS ACID. Wo das Stroboskopweiß herkam, in der hochenergetisch pulsierenden runden Eislichtquelle oben an der Decke sah ich mich, aus der Hitze der tanzenden Körper heraus, plötzlich gesehen von der vertrauten Erscheinung des Totenschädelschattens im eisweißen Licht" (Kro 268).

Bis dahin hatte man die neue Musik hierzulande nur vereinzelt gespielt, überwiegend in von urbanen Homosexuellen-Szenen frequentierten Clubs. Nach dem Acid House-Hype drang der Sound aus den abgeschotteten Zirkeln heraus. Einen besonderen Schub brachte das Jahr 1989, und zwar aus dreierlei Gründen. Erstens fand in Berlin die erste Love Parade statt, ebenso wie Acid House eine Zufalls-Entdeckung – der Organisator Matthias Roeingh (alias Dr. Motte) hatte die etwa 200 Teilnehmer eigentlich nur deshalb zum Kurfürstendamm eingeladen, weil er mit ihnen eine Werbeveranstaltung für sein Label durchführen wollte. Er dürfte kaum geahnt haben, daß es zu Neuauflagen kommen sollte, noch dazu zu solchen, bei denen anderthalb Millionen Menschen um die Siegessäule tanzen würden. Zweitens erwies sich der Fall der Berliner Mauer als ein Geschenk der Geschichte (was Techno betrifft, geht man mit solch einer Aussage kein Risiko ein).[253] In den östlichen bzw. an der Grenze gelegenen Bezirken fanden sich überall leerstehende alte Gebäude, in denen man perfekte Partys feiern konnte.[254] In der Folgezeit avancierten der *Bunker*, das *E-Werk* und der in die Kellergewölbe des einstigen Wertheim-Kaufhauses (Leipziger Str.) eingezogene *Tresor* zu den berühmtesten Clubs. Drittens rief der spätere *Tresor*-Betreiber Dimitri Hegemann 1989 einige Detroiter Techno-Künstler zu einem „Atonal-Festival" nach Berlin.[255] Unter ihnen befand sich neben Clock DVA und dem Briten

---

scheint, der in 1.3.1 als zentrale Belegstelle für Goetz' späteren Pop-Begriff und das entsprechende Verhältnis zur Gesellschaft gewertet wurde (Afa 367, s.o.).
[253] Jacob 2001, 27: „Es ist immerhin bemerkenswert, dass nirgendwo sonst die so genannte ‚innere Einheit' reibungsloser vonstatten ging als im Techno".
[254] Niemczyk 1995, 222, Böpple/Knüfer 1998, 34f.
[255] Böpple/Knüfer 1998, 33.

Baby Ford auch ein junger Schwarzer namens Jeff Mills, der die Entwicklung von Techno in den Neunzigern maßgeblich beeinflussen sollte. Die Verbindung zwischen Detroit und Berlin wirkte sich äußerst produktiv aus; sie trug dazu bei, daß sich der Party-Boom in Deutschland auch musikalisch in bahnbrechenden Innovationen niederschlug.

Es begann eine Zeit, die heute viele wehmütig als die „großen Jahre" bezeichnen. Insbesondere in Berlin, aber auch in Köln, Frankfurt oder München schossen die Clubs wie Pilze aus dem Boden. Musikalisch wurde alles ausprobiert, was irgendwie möglich schien. Chicago und Detroit wurden integriert und in verschiedenen Varianten fortgesetzt; besondere Beliebtheit erlangten Tracks, die die abwegigsten Elemente in sich vereinigten. Eine Zeitlang hatten Platten mit extrem hohen Beatzahlen und z.T. auch harten Sounds Konjunktur – die Titel für die entsprechenden Stile waren je nach Ausrichtung Hardcore oder Gabber.[256] Dann wurde es Mode, die Stücke mit sphärischen Klängen und flächigen Strukturen auszustatten; dafür fand man den schönen Namen „Trance". Der Erfolg dieses Trends war zugleich Symptom der Öffnung für den Mainstream; wie auch Böpple und Knüfer in ihrem Buch über die „Generation XTC" schreiben, gehörte Techno spätestens 1994 zum Overground.[257]

Das wiederum war der Startschuß für eine ambivalente Entwicklung. Einerseits zog die elektronische Musik immer mehr Leute an, nirgendwo so deutlich sichtbar wie an der Love Parade, zu der sich 1995 schon so viele Raver versammelten, daß man im nächsten Jahr über die Straße des 17. Juni statt über den Kurfürstendamm ziehen mußte.[258] Die meisten Teilnehmer hatten nichts mehr mit der einstigen Szene zu tun, ebensowenig die immer konzilianter werdenden Trance-Kompilationen: Da es sich besser verkaufte, kehrte man zu konventionellen harmonisch-melodischen Schemata zurück.[259] Das alles führte dazu, daß sich viele enttäuscht abwandten; Techno schien eine Welle unter anderen zu sein, die schnell wieder abflauen würde. Tatsächlich ließ die Rezession nicht lange auf sich warten. Seit Ende der Neunziger schließen viele Clubs, die Zahl der abgesetzten Tonträger sinkt, und nicht

---

[256] Volkwein 1999, 61f.
[257] Böpple/Knüfer 1998, 118.
[258] Zur Love Parade vgl. Poschardt 1997, 337f., Feige 2000, 261ff.
[259] Einen musikwissenschaftlichen Nachweis für die Rückkehr des Kommerz-Technos zu Rock-/Pop-Klischees liefert Kai Stefan Lothwesen, der *Endless Summer* von Scooter mit dem Underground-Track *Moonflux* von Black&Brown vergleicht (Lothwesen 1999, 75-87).

wenige Klassiker unter den Produzenten kehren Techno den Rücken (siehe Einleitung).

Andererseits erlebte Techno rein musikalisch zeitgleich zu Trance eine wahre Hochblüte. Im Kielwasser von Jeff Mills, dem Berliner Label „Basic Channel" und einigen anderen produktiven Künstlern entstand der Stil des Minimalismus. Man verzichtete darauf, die Tracks mit heterogenen Samples zu überfrachten, und setzte stattdessen auf eine immer weitergehende Offenheit und Anschlußfähigkeit, d.h. man gestaltete die Nummern bewußt so, daß sie die DJs besser mit anderen kombinieren konnten. Nicht zuletzt dank Verbesserungen in der Technik kamen gänzlich neue subtile Parameter ins Spiel. Obwohl die Bindungen an Tonalität, Melodik und sonstige Hörgewohnheiten radikaler denn je abgestreift wurden, erlangte diese Musik Mitte der Neunziger große Popularität. Die Reaktion der Clubgänger blieb der Horizont für den musikalischen Fortschritt.

Trotz aller Krisenerscheinungen hat sich daran bis heute nichts geändert. Der Zuspruch ist zurückgegangen, auf den Kanälen läuft, wenn überhaupt elektronische Musik, höchstens HipHop oder Kommerz-Trance, und auch unter den verwandten Strömungen haben sich House und Drum'n'Bass besser behauptet. Doch im Techno-Bereich werden nach wie vor innovative Club-Platten produziert und von einer etwas kleiner gewordenen Szene rezipiert. Die neuen Stücke stehen keineswegs immer in der Tradition des Minimalismus, sondern etablieren z.T. auch gegenläufige Ansätze – dazu genauer am Ende des Exkurses.

Die neue Art zu feiern und zu tanzen wurde im Kontext des „Summer of Love" bereits erwähnt. Neben der Musik hatte auch die neue Droge Ecstasy daran großen Anteil. Obwohl der Hauptwirkstoff MDMA Mitte der Achtziger auf den Index gekommen war, stieg die Zahl der Konsumenten zur Zeit des Acid House-Hypes rasant an. Man mag dazu stehen, wie man will – Tatsache ist jedenfalls, daß die Pillen die Grundstimmung im Nachtleben verwandelt haben. Wie Studien belegen, steigert Ecstasy zwar die Empfänglichkeit für Sexualität und Zärtlichkeit, nicht aber das unmittelbare Verlangen.[260] Gerade Frauen empfinden das als befreiend, weil sich die Männer dadurch weniger aggressiv gebärden.[261] Am augenfälligsten wird die Veränderung beim

---

[260] Böpple/Knüfer 1998, 164f. Klein 2004 formuliert es beinahe als Werbeslogan: Das „Motto der Techno-Szene [könnte] ‚make love, not sex' lauten" (160).
[261] Kuhn 1995b, 215, Werner 2001, 45. Manche Schreiber erkannten darin eines der Symptome für eine Nivellierung des Geschlechtergegensatzes, die sich auch im androgynen Out-

„Chillout", dem Abspann von Partys, wenn die Raver noch zusammen „abhängen", nicht selten auf dem Fußboden, und sich aneinander schmiegen, um den Rausch allmählich abklingen zu lassen – früher wäre so etwas in Discos kaum möglich gewesen.[262] Auf der Love Parade kam es trotz des Millionenauflaufs und z.T. extrem beengter Verhältnisse nie zu Ausschreitungen.[263] Bemerkenswert erscheint auch der neue Umgangsstil in den Clubs: Regierte vormals der Ellenbogen, so wird man nun häufig höflich gefragt oder angetippt, wenn jemand irgendwo durchgehen möchte[264] – Ausnahmen bestätigen die Regel. Die Sanftheit hängt außer mit den Drogen auch mit dem Sound zusammen – er sorgt für eine ganz andere Atmosphäre als testosterongeschwängerte Rockmusik.

Gerade in den Anfangsjahren stiftete Techno ein völlig neues Gefühl von Gemeinschaft. Die Bewegung ging durch alle Schichten[265] und schaffte es dabei, eigene Rituale und Verhaltensmuster zu entwickeln, nicht auf das Betreiben einiger weniger Bosse hin, sondern allein durch kollektive Prozesse. Rebellion im klassischen Sinne stand dabei nicht auf der Tagesordnung. Der kritische Gestus früherer Subkulturen wich der reinen Hingabe an die Party[266] – eine Tendenz, mit der sich die Raver unweigerlich den Vorwurf des Hedonismus einhandelten. Gebetsmühlenartig wurde ihnen vorgehalten, die großen Probleme unserer Zeit zu verdrängen, sich mit dem Kommerz zu arrangieren und die soziale Kälte der Ära Kohl zu potenzieren.[267]

Jürgen Laarmann, Herausgeber des inzwischen eingestellten Techno-Magazins *Frontpage*, veröffentlichte im Mai 1994 einen Artikel, in dem er das Selbstverständnis der Szene zu formulieren versuchte.[268] Er prägt darin den

---

fit vieler Raver äußere (vgl. Walder 1995, 200, Bochsler/Storrer 1995, 240ff.). Dazu außerdem: Jankowski 1999, 31.

[262] Steffen 1995, 180f.

[263] Vgl. Klein 2004, 35.

[264] Diese Beobachtung machte auch Thomas Haemmerli, und das auf einem Megarave wie dem Kölner „Mayday" (Haemmerli 1995, 185).

[265] Klein 2004, 144.

[266] Steffen 1995, 179.

[267] Klein 2004 beschreibt die Medienkommentare zu Techno wie folgt: „Der Grundtenor ist Verständnislosigkeit, die sich in der vorherrschenden besorgten und moralisierenden Variante niederschlägt, aber auch immer wieder in dem Versuch, das Phänomen zu bagatellisieren und lächerlich zu machen" (14).

[268] Zitiert wird hier nach dem leicht gekürzten Neuabdruck in Anz/Walder 1995, 217-219 (=Laarmann 1995).

Begriff der „Raving Society",[269] die Zukunftsvision einer „Gesellschaft mit lauter glücklichen Leuten, die mit ihrer Identität und Funktion zufrieden sind, genügend Spass, gute Laune, Sex, gesundes Urteilsvermögen, hohes Selbstbewusstsein etc. haben".[270] Das Etikett des Hedonismus weist er keineswegs zurück; sein Entwurf sieht explizit vor, die Party nicht als Ausgleich, sondern als Selbstzweck zu behandeln und sie somit auch in die Arbeitswoche hereinzuziehen. Nur glaubt er gerade darin eine Chance zur Überwindung gesellschaftlicher Mißstände zu erkennen. Indem sich die Raver die technologischen Möglichkeiten zunutze machten, um im Hier und Jetzt glücklich zu sein, gewännen Werte wie Toleranz und Offenheit an Gewicht.[271] Techno wolle keine „abgeschlossene traurige Subkultur" sein.[272] Laarmanns Vertrauen in die Bewegung sprengt alle Grenzen: „Die gesellschaftlichen Folgen sind unabsehbar und werden mindestens so gross sein wie der gesellschaftliche Impact der Hippies auf die späten sechziger und siebziger Jahre".[273]

Man ist gut beraten, das Programm nicht allzu ernst zu nehmen. Goetz bezeichnet den Begriff der „Raving Society" in seinem Interview mit dem Star-DJ Sven Väth[274] als einen „Witz" bzw. als eine „richtig geile Comic-Parole" und fügt hinzu: „Was soll denn das bedeuten? Das ist doch keine ernsthaft inhaltliche Aussage. Mehr so: hier, friß mal. Und dann plagen sich alle irgendwie damit rum. Das finde ich total lustig" (Ce 27). Auch Westbam meldet Zweifel an: „[M]an muß das doch als krude empfinden, wenn man denkt, da sitzt so ein Spinner und ruft die ‚ravende Gesellschaft' aus, mit irgendwelchen komischen Argumenten, und denkt, er wäre ein Philosoph oder so" (MCS 158f.). Beide Äußerungen zeigen: Der Akzent der Techno-Kultur liegt auf dem Vollzugssinn der Party, nicht auf davon isolierbaren Theorien. Natürlich war das auch Laarmann bestens bekannt, besser jedenfalls als manchem unter seinen Lesern.[275] Der Artikel wurde hier nur vorgestellt, um die Frontlinien der frühen Neunziger anzudeuten.

---

[269] Dazu auch: Böpple/Knüfer 1998, 117f.
[270] Laarmann 1995, 219.
[271] Ebd., 218.
[272] Ebd., 219.
[273] Ebd., 219.
[274] Das mit „MANIAC LOVE. The Tokio Tapes" betitelte Interview erschien zunächst in *Tempo* (September 1994) und wurde danach im Band *Celebration* abgedruckt (Ce 11-60).
[275] Das schönste Beispiel für ein allzu direktes Verständnis des Programms bildet Marcel Feige. In seinem Buch *Deep in Techno* findet sich ein Interview mit Laarmann, worin er ihn u.a. fragt, weshalb es im Rückblick mit der „Raving Society" nichts geworden sei. Die Antwort

Die Kritik an Techno richtete sich auf viele verschiedene Phänomene – selbst auf den Tanz, der immer wieder als narzißtisch bezeichnet wurde.[276] In der Tat: anstatt sich vor der Ballkönigin zu produzieren und ihr feurige Blicke zuzuwerfen, tanzen die Raver mitunter lieber eine Wand oder eine Säule an.[277] Ecstasy erhöht die kommunikative Offenheit, schließt den Konsumenten aber auch häufig in einen Bannkreis der Tanzbesessenheit ein, gerade bei Techno. Wenn sich dennoch Kontakte ergeben, dann tendenziell in einer Form, die dem veränderten sexuellen Unterton entspricht. Typisch ist der spielerische Charakter dieser Annäherungen.[278] Goetz schildert in *Rave* eine solche Begegnung:

> „Plötzlich sah ich das Mädchen von vorhin wieder, die eine der beiden, die mit dem kleinen Fell, und freute mich total und erschrak zugleich. Ich hatte ganz vergessen, in den Stunden, die seither vergangen waren, wie nahe wir uns vorhin gekommen waren, heimlich, ohne es zu merken.
>
> Ich sah, daß sie etwas Ähnliches dachte und sich auch so bißchen schämte. Und die neue Abmachung, eben jetzt geschlossen, hieß: so tanzen, als wüßte man voneinander fast nicht. Sich Bewegungen und Räume so zuspielen gegenseitig, als wäre der andere ganz frei von jeder Antworterwartung. Als wäre das sich so sofort konstituierende Miteinander eher zufällig gegeben vom immer neuen Augenblick der Körperbewegungen, die nur der Musik und ihrer Bewegung folgten, voneinander weg, aufeinander zu, für sich, für sie, für mich und sie, und sie für sich und mich.

---

lautet: „Allmählich fange ich ja wirklich an, mich für das zu interessieren, was du unter Raving Society verstehst. Also, wenn du heute in einer leben willst, setz dir doch vielleicht ne bunte Plastiktüte auf, dreh noch mal den ‚Sperminator' an, hau dir Klebstoff oder vielleicht Psylocibin in die Birne und dann geht die Luzi ab (lad vielleicht in deine Plastiktüte noch paar Freunde ein, die genauso drauf sind wie du wegen der Society)" (Feige 2000, 309). Noch lustiger ist Laarmanns Antwort, als der Autor von ihm wissen will, weshalb er „Frontpage" – und damit angeblich auch seine einstigen Überzeugungen – aufgegeben habe: „Wie wärs denn mit kein Geld mehr, du Ratekönig" (310). Mit der Entscheidung, das Interview trotzdem zu publizieren, handelt Feige ganz anders, als es sein Name vermuten läßt.

[276] Böpple/Knüfer 1998, 173.
[277] Das widerspricht keineswegs Kleins These, Tanzen sei „für die Raver […] ein gewollter und gemeinsam gelebter kommunikativer Akt", in dem es nicht primär um Selbstinszenierung gehe (Klein 2004, 162). Entscheidend ist m.E.: Die körperliche Kommunikation läuft unaufdringlich, d.h. ohne andere Tänzer zu direkten Reaktionen zu nötigen bzw. ohne durchsichtige Intentionen zu verfolgen.
[278] Klein 2004, 157f. – Zur Kommunikations-Weise im Techno-Tanz auch: Steffen 1995, 177ff.

Ich war also verliebt. Verrückte Sache. Ich wußte gar nicht, wie sie ausschaut eigentlich, genau. Ich schaute auf das Fellchen, ich schaute ihr ins Gesicht, und da trafen sich unsere Blicke, und wir mußten lachen. Gilt nicht. Gilt schon. Aber nur bißchen, nur jetzt, ohne irgendwas. Okay" (Rv 80f.).[279]

Die Geschichte zwischen den beiden geht sehr interessant weiter. Beim Tanzen schießen dem Ich-Erzähler „die klarsten Gedanken zu einer Theorie der Kritik" durch den Kopf, doch im nächsten Moment empfindet er schon wieder eine „plötzliche Nähe" zu der als „Fellchenmaus" bezeichneten Tänzerin und wechselt eine paar enthusiastische Worte mit ihr (Rv 81). Nachdem ihm kurz die Erinnerung an eine andere Party in den Sinn kommt, beugt er sich wieder zu ihr und umarmt sie zum Abschied: „Totaler Wärmeaustausch. Sie sagte, daß sie Andrea heißt. Dann gab sie mir einen Kuß auf meine Stirn. War das alles brutal süß" (Rv 82). Goetz hebt an der Interaktion also das Wechselspiel von Nähe und Distanz hervor; er schildert es als eine Begegnung, in der die Partner die Freiheit des anderen akzeptieren und nur vorsichtig, nur mit dem Vorbehalt des „Gilt nicht" in seine Sphäre eindringen – im Zentrum stehen die gegenwärtigen Volten und Empfindungen, nicht die Aussicht auf reale Einlösung.

Die spielerische Qualität in den Erscheinungen der Techno-Kultur wurde auch von anderen Schreibern wahrgenommen. Matthias Waltz setzt an eben diesem Aspekt an, um die Differenz zwischen Pop und Techno zu erläutern. Dabei greift er auf Lacans Begriffspaar des imaginären und des symbolischen Bindungs-Modus' zurück: Die beiden Strömungen unterschieden sich v.a. im Hinblick darauf, inwieweit sich die Subjekte jeweils von den Verpflichtungen der bürgerlichen Welt lossagten. Pop wehre sich zwar gegen die gesellschaftlichen Forderungen, bleibe aber – dem symbolischen Typus entsprechend – im Protest dem Schematismus von Schuld und Aufbegehren treu;[280] Techno assimiliere sich dagegen der postmodernen Tendenz, soziale Zugehörigkeiten abzustreifen und somit „die symbolischen Mechanismen der Vergesellschaftung durch imaginäre ab[zu]lös[en]".[281] Zur Illustration stellt er einen Vergleich zwischen zwei Büchern an, die die beiden Gegensätze repräsentieren – *Sexbeat* und *Rave*:

---

[279] Die Stelle schließt an eine frühere Einblendung der Tanzfläche an, wo sich die beiden bereits begegnen (Rv 22f.).
[280] Waltz 2001, 229.
[281] Ebd., 229.

"Das Buch [*Sexbeat*, J.W.] ist durchzogen von einem Vokabular von Imperativen und Verpflichtungen: Opfer, Ströme pubertären Herzblutes, die dauernden Fragen, ist es das Richtige, ist es das Falsche, die Panik, etwas zu versäumen. Das *Weiter* ist ein gigantisches Über-Ich, das befriedigt werden muß, immer geht es um Sinnsuche. Die beiden Jungen [das Hipster-Paar, vgl. 1.3.1, J.W.] – die Subjekte der Popkultur – rebellieren zwar gegen die Verpflichtungen der bürgerlichen Welt. Aber das *Prinzip der Verpflichtung* haben sie mitgenommen. In *Rave* gibt es keine Verpflichtung und keine Sinnsuche. Das gilt nicht nur für die Nachtwelt, sondern auch für die ‚normale' Wirklichkeit, die ja auch gelegentlich dargestellt wird. In *Sexbeat* sind die Vertreter des Normalen die ‚anderen', Deutschlehrer oder Nonnen. In *Rave* ist das Normale nicht das andere, sondern dasselbe anders gesehen. [...] *Techno* ist nur Rückseite, sie negiert Identifikation, negiert Begehren, bekämpft Sprache und Festlegung, ist glücklich in der Begegnung mit Körper und Erde, in der Aufhebung des Abstands zwischen den Leuten. Technomusik ist Präsenz. Nicht in dem Sinn, daß sie keine Verweise mehr kennt, aber in den Verweisen wird nicht mehr der Weltzusammenhang genossen, auf den verwiesen wird. *Der Kontext wird zum Effekt in der Gegenwart*".[282]

Im Prinzip stimmt diese Analyse mit den Anmerkungen zum Zitat aus *Rave* überein: Der spielerische Zug der Techno-Kultur, dort im Feld der Erotik vorgeführt, impliziert ein vermitteltes Verhältnis zum Realen. Indem Waltz von der Abkehr vom *Begehren* spricht, wählt er einen Begriff, in dem der sexuelle Aspekt mitschwingt und zugleich auf eine allgemeinere Ebene gehoben wird – Kontexte und Intentionen aus der Alltags-Realität dringen demnach nur in modifizierter Form in die Techno-Sphäre ein. Was der Autor als Negation der Verpflichtung bezeichnet, berührt sich zudem mit der landläufigen Kritik, dem Vorwurf von Genußsucht und Verantwortungslosigkeit. Er verzichtet zwar darauf, die altbekannten Klischees zu wiederholen – seine Behauptung, wonach Techno alle Festlegungen bekämpfe, schränkt er mit dem Zusatz ein, die „Verweise" unterlägen keiner völligen Auslöschung. Gleichwohl ist dem Text darüber nichts Näheres zu entnehmen.

Wodurch unterscheidet sich die Techno-Erfahrung also von reiner körperlicher Präsenz? Am Tanz mit der „Fellchenmaus" wurde bereits deutlich, daß es Goetz keineswegs einfach um die „Aufhebung des Abstands zwischen den Leuten" geht – das Gefühl der Nähe oszilliert nach dieser Beschreibung mit

---

[282] Ebd., 226ff.

seinem Gegenteil, der Empfindung von Distanz.[283] Im Bericht von den Acid-Partys fällt der Einschlag des Befremdlichen noch krasser aus: „Wo das Stroboskopweiß herkam [...] sah ich mich, aus der Hitze der tanzenden Körper heraus, plötzlich gesehen von der vertrauten Erscheinung des Totenschädelschattens im eisweißen Licht" (Kro 268, s.o.). Die vermeintliche totale Vereinigung mit der Masse entpuppt sich als eine kaskadenartige Bewegung, in der auch das Moment der Vereinzelung seinen Platz findet.[284]

Hier ließe sich auch eine Stelle aus dem Internet-Tagebuch hinzuziehen, eine Bemerkung über die Wahrnehmung nicht nur im Club, sondern von Musik generell. Den Anlaß bildet eine Diskussion mit dem Westbam-Mitarbeiter Klaus Jankuhn, in der man sich nicht über die Qualität einer bestimmten Techno-Platte einigen konnte. Goetz erkennt dabei, „daß ich beim Hören von einer Musik, von der ich glaubte, sie lasse mich definitiv an etwas Allgemeinem teilnehmen, eben doch auch wieder merken mußte: NEIN. Es sind allein diese Ohren, es ist allein dieser Körper, dieses Gehirn, dieses System hier, das so hört, empfindet, interpretiert. Erschütterung der Urteilskraft" (Afa 278f.).

Im Abschnitt über „Schrift und Denken" bei Goetz (1.2.4) war notiert worden, daß Musik im Gegensatz zur Literatur eine emotionale Reaktion im Hinblick auf das Kollektiv hervorrufe; gleich die ersten Töne entschieden über Dabei- oder Abgestoßensein (Afa 295, s.o.). Angesichts des eben zitierten Eintrags muß man ergänzen: Das Gefühl der emotionalen Teilhabe an etwas Gemeinschaftlichem ist eine Illusion, zu der auch die komplementäre Auflösung gehört. Die Formulierung läßt überdies darauf schließen, daß der Autor die Projektion des Allgemeinen und die Einsicht in die Isoliertheit als eine fundamentale Gegebenheit der musikalischen Erfahrung betrachtet. Damit verfügt man über einen weiteren Anhaltspunkt, weshalb es sich bei der Stimmung im Club – jedenfalls was Goetz' eigene Perspektive anbelangt – niemals um so etwas wie reine Präsenz handeln kann. Das Changieren zwischen Nähe und Distanz verweist auf strukturelle Bedingungen der Wahrnehmung von Musik.

---

[283] Vgl. Schumacher 2003, der ebenfalls meint, daß Goetz das Techno-Erlebnis in *Rave* als Wechsel von reiner Gegenwart und Erinnerung darstelle (52).

[284] Poschardt zitiert die Stelle ebenfalls, um das Moment der Einsamkeit im Rave hervorzuheben: „Auch der Wunsch nach Einswerden mit der tanzenden Masse rettet den Künstler nicht aus seinem künstlertypischen, latenten Autismus" (Poschardt 1997, 318).

Nach dieser Überlegung kann man zu Waltz' Interpretation wie folgt Stellung beziehen: Da die Sinuskurve des Techno-Erlebnisses auch in Richtung Distanz und Vereinzelung ausschlägt, ist die individuelle Reflexion keineswegs eliminiert – man denke nur an die Bemerkung des *Rave*-Erzählers, im Tanzen „die klarsten Gedanken zu einer Theorie der Kritik" im Kopf gehabt zu haben (Rv 81, s.o.). Die „Verweise" zur Realität scheinen tatsächlich nicht gänzlich gekappt zu sein, wie auch Waltz vermutet. Nur treten sie offenbar in einer anderen Gestalt auf als in der Pop-Kultur: nicht in Form von *Identifikation* mit bestimmten Menschen, Gruppen oder Problemlagen[285] – dem Mechanismus, dessen Problematik im ersten Teil des Exkurses dargestellt wurde; sondern als eine Komponente des Bewußtseins, die sich im ständigen Dialog mit der Musik und der Masse der Tänzer befindet.[286] Dazu später mehr.

1.3.2.2 DJ Culture

Das Auflegen von Platten hat in den vergangenen Jahrzehnten eine völlig neue Bedeutung erlangt. Zunächst möchte ich erläutern, welche technischen Neuerungen diese Entwicklung ermöglicht haben. Dabei bediene ich mich im wesentlichen der kundigen Darstellung in Ulf Poschardts Buch *DJ Culture*.

Ende der Sechziger Jahre mußten die DJs noch mit relativ primitiver Technik operieren. Man verwendete üblicherweise zwei Abspielgeräte, hatte am Mischpult aber nur einen Schieberegler zur Verfügung, um die einzelnen Nummern miteinander verbinden. Wer glatte Wechsel anstrebte, mußte die Platten sehr genau kennen.[287] Als die ersten Equalizer aufkamen, konnte man

---

[285] Mit Hilfe von Gabriele Kleins Buch *Electronic Vibration* (1999, überarbeitete Neuauflage 2004), der ersten umfassenden wissenschaftlichen Beschreibung der Techno-Szene, läßt sich diese These auch soziologisch stützen. Wie die Autorin ausführt, spielt die Identifikation mit einer bestimmten Gruppe bei Ravern keine sonderlich große Rolle; sie behandelten die Szene als quasi-materiellen Raum, den sie nach Belieben wieder verlassen könnten (Klein 2004, 148f.).

[286] Martin Jankowski interpretiert die Techno-Bewegung in ähnlicher Weise, wenn er ausführt, die Raver strebten eine „*vollkommene Künstlichkeit* aller inszenierten Elemente" an, um einen „unverbrauchten Pool[..] an identifizierbaren neuen Zeichen" entstehen zu lassen (Jankowski 1999, 32): Die gewonnene Freiheit liege daher nicht in einer naiven bzw. regressiven Körper-Präsenz, sondern quasi hinter den gesellschaftlichen Auslegungen: „Nicht ‚Bauch' gegen ‚Verkopfung' – dort tanzen: intelligente Leiber" (40). Jankowski begreift die Rave-Ekstase also ebenfalls im Sinne einer körperlichen Verwandlung der gesellschaftlichen Bezüge.

[287] Poschardt 1997, 117.

wenigstens Unterschiede in der Tonhöhe ausgleichen.[288] Mitte der Siebziger Jahre entdeckte der amerikanische HipHop-DJ Grandmaster Flash bei seinem Kollegen Pete Jones ein Mischpult, bei dem man die zweite, d.h. die für die Tänzer nicht wahrnehmbare Platte per Kopfhörer vorhören konnte – dadurch ließen sich die Übergänge wesentlich kontinuierlicher gestalten.[289] Der gelernte Elektriker erfand zudem die Beatbox und verschaffte sich so die Möglichkeit, standardisierte Rhythmusmuster zu speichern.[290]

Die japanische Firma Roland übernahm in der technischen Evolution eine Vorreiterrolle. Sie brachte 1978 die erste Drummaschine (CR 78)[291] und später die Nachfolgemodelle TR 808 sowie TR 909 (1983) auf den Markt; letzteres enthielt neben den bisher üblichen analogen bereits einige digitale Perkussions-Sounds.[292] Mit Hilfe der Rhythmusboxen konnten die Aufleger nun die von den Platten kommenden Klänge durch verschiedene perkussive Elemente bereichern. Eine noch folgenreichere Innovation bedeutete der erwähnte Baß-Synthesizer TB 303, der 1981 in Serie ging. Obwohl vom Hersteller nur bedingt beabsichtigt, ließ das Gerät ganz eigentümliche Verzerrungs-Effekte zu – die Grundlage für Acid House.[293] Wichtig war zudem die Entwicklung des digitalen Samplers, der ebenfalls ab den frühen Achtziger Jahren einsatzfähig wurde. Dessen Funktion besteht darin, Klänge zu digitalisieren, d.h. in Zahlencodes zu verwandeln und sie dadurch nahezu beliebig manipulierbar zu machen.[294] Auf dem Gebiet der Plattenspieler bewährte sich die Firma Technics als Motor des Fortschritts. Die DJs benötigten einen robusten Apparat, dessen Beleuchtung hell genug war, um auch in finsteren Kellerclubs Licht zu spenden; außerdem war eine bequeme Regelung der Drehzahl sowie große Präzision beim Bremsen und Beschleunigen gefragt. Der 1980 erschienene Technics SL 1200 MK2 erfüllte alle diese Anforderun-

---

[288] Ebd., 243f.
[289] Ebd., 172.
[290] Ebd., 177 bzw. 227.
[291] Ebd., 227.
[292] Ebd., 229.
[293] Ebd., 292f.
[294] Ebd., 235. Poschardt erklärt dabei, weshalb Sampler heute zumeist eine Frequenz von 44,1 kHz haben: Ein Klang lasse sich nur dann hinreichend genau in digitale Werte umsetzen, wenn er zumindest doppelt so oft pro Zeiteinheit abgetastet wird, wie es für seine Frequenz nötig wäre. Mit der genannten Norm kann der für das menschliche Ohr zugängliche Bereich (20Hz – 20kHz) also vollständig abgedeckt werden.

gen und avancierte zusammen mit seiner Alternativ-Ausgabe 1210 zum Liebling der Aufleger in der ganzen Welt.[295]

Parallel dazu eigneten sich die DJs spezielle Techniken im Umgang mit dem Plattenspieler an. Die wichtigsten Tricks wurden von Künstlern aus dem amerikanischen HipHop der Siebziger Jahre entdeckt, auch wenn das nicht ganz unumstritten ist.[296] Als erster wäre Kool DJ Herc zu nennen, der Urvater des besagten Musikstils. Er entwickelte das Verfahren, zwei Exemplare derselben Platte aufzulegen und gewisse rhythmusbetonte Passagen abwechselnd auf dem einen und dem anderen Teller laufen zu lassen. So konnte er den „Break", d.h. den „kickenden" Teil des Stücks verlängern – das war die Geburtsstunde der „Breakbeats" und damit zugleich der HipHop-Musik.[297] In den darauffolgenden Jahren trug sich der erwähnte Grandmaster Flash in die Annalen des HipHop-DJings ein. Unter Zuhilfenahme der neuen technischen Gegebenheiten begann er, die Einzelelemente verschiedener Platten, genauer: den Breakbeat einer Nummer mit dem übrigen Sound einer anderen zusammenzubringen. Das als „punch phasing" bezeichnete Verfahren eröffnete ganz neue kombinatorische Möglichkeiten.[298] Flash erfand auch das „Backspinning", das schnelle, dem Rhythmus angepaßte Zurücksetzen des Tonarms, durch das sich selbst kleine Details endlos wiederholen lassen; bei Bedarf stellte er den Regler so ein, daß das quietschende Geräusch der Nadel hörbar wurde.[299] Von dort aus war es nicht mehr weit bis zum „Scratchen", das Flash gemeinsam mit Theodore Livingston erlernte; dabei handelt es sich um das gezielte Traktieren des Vinyls mit dem Saphir – übrigens eine Kunst, die beachtliche Fingerfertigkeit erfordert.[300]

Das von den HipHop-Größen erarbeitete Repertoire wurde in der House- und Techno-Szene weitgehend übernommen. Die Komponente der Virtuosi-

---

[295] Ebd., 240ff.
[296] So vermutet kein Geringerer als Westbam, bestimmte Mixtechniken seien aus dem Disco-Stil dieser Dekade hervorgegangen; nur lasse sich das nicht so gut belegen, weil der politisch motivierte und fast ausschließlich von Schwarzen getragene HipHop mehr auf seine Geschichtsschreibung geachtet habe (MCS 60f.). Auch Gabriele Klein schreibt Disco einen wichtigen Anteil an der Evolution von Techno und DJ Culture zu: „Disco machte erstmals den DJ zum Star des Clubs […] Aber nicht nur das: Mit Disco veränderte sich auch das Machtverhältnis zwischen Musikproduzenten und –konsumenten. Disco war Tanzmusik und ihr Erfolg erwies sich in erster Linie am Publikum" (Klein 2004, 124).
[297] Poschardt 1997, 165f.
[298] Ebd., 172.
[299] Ebd., 173.
[300] Ebd., 174.

tät spielte auch hier eine große Rolle, v.a. bei schwarzen DJs; viele übten mit einem Zeitaufwand, der selbst Professoren an Musikhochschulen beeindruckt hätte. Als Meister machten sich u.a. Claude Young, Speedy J., Jeff Mills, Westbam, Laurent Garnier und später auch James Ruskin einen Namen. Jeff Mills verblüffte seine Tänzer und Hörer mit der Fähigkeit, bis zu fünf Platten pro Minute aneinanderzureihen und dabei trotzdem nicht den musikalischen Faden zu verlieren.[301] Die Techno-DJs hatten zudem neue spezifische Aufgaben zu meistern. Der typische durchgängige Beat ihrer Musik bildet ein kontinuierliches Zentrum, das sich variabel einsetzen läßt und die Aufmerksamkeit auf andere Modi des musikalischen Prozesses lenkt. Da die einzelnen, oft nur aus vier oder sogar nur zwei Schlageinheiten bestehenden Sequenzen endlos repetiert werden, kann z.B. die Weg- bzw. Hinzunahme eines Frequenzbereiches große Spannung erzeugen. Wie noch genauer erläutert werden soll, ergibt sich daraus ein extrem enger Regelkreis zwischen DJ und Publikum. Kleine Handgriffe lösen gewaltige Effekte aus. Das heißt wiederum, daß der Aufleger ein sicheres Gespür für die Vorgänge auf der Tanzfläche haben muß;[302] der machtvolle Eintritt einer Bassdrum paßt schließlich nicht in jeder musikalischen Situation. Goetz schildert in *Rave* in einer ausgedehnten Passage, wie dieses Miteinander funktionieren kann:

„Was tut der DJ? [...]

Er nimmt eine neue Platte heraus, legt sie auf und hört wieder rein. Er ist einverstanden.

Mit welcher Platte ist er einverstanden? Was stellt diese Platte dar, im Verhältnis zur eben verworfenen und zur aktuell laufenden Platte? Aus diesen Beobachtungen ergeben sich eindeutige Anhaltspunkte über die Verknüpfungsregel, der der DJ beim Wechsel dieser beiden Platten folgen will.

Er hat sich etwa – allerbanalster Fall – gegen die Fortsetzung des gleichen Tempos entschieden oder dafür; für die Anknüpfung über ähnliche Gefühlswerte der Nummern, hervorgerufen von der Zusammensetzung der verschiedenen Sounds; oder es war ihm genau das zu platt erschienen, einen ganz bestimmten prägnanten Einzelsound aus der ersten in der zweiten Platte nochmal aufzunehmen. Er hat sich für oder gegen die Fortführung einer vom Publikum gerade aufgenommenen Hysterie-Energie entschieden, weil der Level der Erregung durch ein völlig überraschendes Manöver, gewissermaßen einen musikalisch-partymäßigen practical Joke, für diesen einen Moment eventuell noch besser

---

[301] Kösch 1995, 52. Dazu auch Holert 2001.
[302] Vgl. Klein 2004, 165.

und noch mehr gesteigert werden kann, als durch simple Fortführung der eben so erfolgreich gewesenen und kollektiv bejubelten Rhythmus-Pump-Maschine. [...]

Das wirklich Neue, das ist ja der Witz, ist nicht vorhersehbar. Für keinen. Eben auch nicht für den DJ. Das unterscheidet den DJ vom Typ, der paar Platten abspielt, stumpf oder hochgezüchtet schlauistisch, undergroundig, trashprollig zynisch, billig profimäßig, egal.

Diese Praxis, Freunde, dieses Handwerk, diese Rezeptivität und Reaktionsgeschwindigkeit, das Lauschen, Rühren, Ordnen und Verwerfen, diesen Vorrang der Reflexe, bei gleichzeitiger Reflexion auf diesen Vorrang, die auf praktische Umsetzung gerichtete Vision einer realen Abfahrt, der Party also, die zum Ereignis vieler einzelner mit lauter anderen wird, diese Verbindung, mit anderen Worten, von Handwerk und ästhetisch innovativem Geschehen, all das nennen wir hier: DJ-CULTURE" (Rv 83f., 87).[303]

Es kommt nicht darauf an, schreibt Goetz, einen Brecher nach dem anderen zu bringen. Um der Ekstase des Publikums neue Nahrung zu geben, sei es oft besser, den Jubel mit einem irritierenden Einschub, einem „musikalisch-partymäßigen practical Joke" zu unterbrechen und sich auf der Ebene dieses Gefühls dem nächsten grandiosen Ausbruch zu nähern. Hier stößt man erneut auf die Oszillation von Rausch und Distanz, die an seinen Club-Schilderungen aufgefallen und mit seiner allgemeinen Musikauffassung korreliert worden war (s.o.). Bemerkenswert erscheint außerdem der kommunikative Aspekt am Verhältnis zwischen DJ und Publikum. Wenn der nächste Moment im musikalischen Fortgang, wie im Zitat zu lesen, von niemandem, auch vom Aufleger nicht vorausgesehen werden kann, dann zeigt sich daran, daß es hier keineswegs um autoritäre Manipulation geht.

Dieser Gedanke wird in *Mix, Cuts & Scratches* von Goetz und Westbam bis in die feinsten Verästelungen hinein verfolgt. Der berühmte DJ erklärt im vierten Teil seines „Westbam Alphabets", was die ideale Interaktion mit den Tänzern ausmacht. Dabei unterscheidet er vier Stufen des Auflegens. Zuunterst stehe eine opportunistische, an zweitunterster Stelle eine zu eigenwillige, zuwenig auf Fühlung mit dem Kollektiv ausgerichtete Strategie. Dann folgten diejenigen Musiker, die in der Lage seien, der Masse ihren Willen aufzuzwingen – der Fortschritt gegenüber der zweiten Klasse liege darin, daß die Raver hier durchaus wahrgenommen werden (MCS 71). Gleichwohl fehle noch ein Schritt zu den obersten Weihen:

---

[303] Eine weitere Erzählung aus dem Leben und Werk von DJs liefert Nieswandt 2002.

"Die höchste Stufe ist für mich, wenn dann tatsächlich der Widerspruch zwischen dem DJ und den Leuten fällt. Und wenn sich die Frage nicht mehr stellt, wer erfüllt jetzt wessen Willen, sondern wenn diese Frage aufgehört hat zu existieren. Und alles tatsächlich in einen völlig neuen Fluß gerät, aus dem sich alles logisch ergibt, für die Leute und für den DJ. Ohne daß da noch eine Frage von Macht und Willen eine Rolle spielt. Und dann, glaube ich, hat Musik für alle Beteiligten diesen befreienden Effekt. Das ist die höchste Form des DJing. Und dann tanzen wirklich auch alle mit allen" (MCS 71f.).

Die optimale Party ist also dann erreicht, wenn die Urheberschaft der Veränderungen weder dem einen noch dem anderen Pol zugeordnet werden kann. Der DJ nimmt die Impulse der Tänzer auf, konfrontiert sie u.U. aus dieser Stimmung heraus mit einem der Irritations-Momente, von denen in *Rave* die Rede ist, und beide Seiten geraten immer mehr in eine gemeinsame Energie von Aktionen und Reaktionen herein, bis das von Westbam beschriebene Gleichgewicht eintritt – dies zeichnet sich u.a. dadurch aus, daß das Weiter von niemandem allein kontrolliert und vorausgesehen werden kann.

Der Unterschied zu aller linear strukturierten Musik – von Mozart bis Motörhead – ist evident: Während dort ein vorgegebener Zusammenhang reproduziert und dem Publikum in mehr oder minder voneinander abweichenden Interpretationen vorgesetzt wird, entsteht ein gutes Techno-Set immer spontan aus dem Zusammenwirken von „Ausführendem" und Tänzerkollektiv[304] – die strukturelle Offenheit des neuen Musikstils bietet dafür die besten Voraussetzungen, bessere auch als HipHop. Das große Gewicht der rezeptiven Seite mag zugleich der Grund dafür sein, warum Techno selbst im Trubel der Anfangsjahre kaum Prominente i.e.S. hervorbrachte. Nur wenige Namen drangen in die Medien des Mainstreams. Allein schon räumlich gesehen ist die Position des Auflegers viel zu wenig exponiert, um die nötige Aura eines Stars zu entfalten – zumeist stehen die Decks einfach am Rand der Tanzfläche. Die Trance-DJs kehrten auch in dieser Hinsicht zum Bewährten zurück. Sie stiegen auf Podeste, spulten ihr Programm herunter und arbeiteten an ihrer Berühmtheit.

Die musikalischen Innovationen seit 1988 regten neben Goetz auch viele andere Beobachter zum Nachdenken an. Die meisten halten die Technik des Samplings für ein wesentliches Merkmal der neuen Clubmusik und -kultur. Wenn man die Liste der frühen Techno-Hits durchgeht, kann man ihnen nur

---

[304] Westbam fand im ZEIT-Gespräch mit Thomas Assheuer die schöne Formulierung: „Man mischt nicht nur Musik, sondern man mischt Musik mit Leuten" (Assheuer 1997, 34).

recht geben. In den Gründerjahren machte man von der neuen Apparatur geradezu exzessiv Gebrauch, eröffnete sie doch die Möglichkeit, jedes beliebige Geräusch aufzunehmen, zu digitalisieren und in den verschiedensten Variationen zu verzerren bzw. allgemein zu manipulieren. Ob es Industrielärm war, bereits bestehende Stücke oder extrem verfremdete menschliche Stimmen – alles durfte in die Tracks herein. Eine Zeitlang schienen Techno und Sampling untrennbar miteinander verflochten.

Zu diesen Köpfen gehört auch der Verfasser von *DJ Culture*. Poschardt unterscheidet im Anschluß an Andrew Goodwin drei Arten, mit dem Sampler umzugehen. In den ersten beiden werde er nur dazu verwendet, Instrumente zu kopieren, um sie in Stücke einzusetzen, die vom Gedanken der Ausführung durch Musiker bestimmt sind. Die dritte Stufe liege dagegen in der „entfesselten Nutzung der digitalen Klangspeicherung als zentrales Kompositionselement".[305] Anstatt sich an der Live-Wiedergabe und damit assoziierten Vorstellungen von Authentizität zu orientieren, konzipiere man die Klangfolgen von vornherein so, daß der Collage-Charakter hervortrete. Poschardt ordnet Techno diesem dritten Typus zu. Für ihn bildet der Chart-Hit „Pump Up The Volume" von M/A/R/R/S (1987) eine wichtige Marke in der Entwicklung des neuen Musikstils – eine Platte, die äußerst heterogene Samples zusammenführt und die Künstlichkeit ihrer Produktion überall hervorkehrt.[306] Dementsprechend definiert er Techno als „Musik auf dem Weg zum reinen Geräusch".[307] Durch diese Qualität hebe sich diese Musik von HipHop und den darin praktizierten Formen des Samplings ab: Herc, Flash und ihre Nachfolger benutzten das verfügbare Material dazu, auf gewisse Kontexte anzuspielen und sich selber – nicht zuletzt im politischen Sinne – zu positionieren.[308] Hier sei es zu keiner Autonomisierung der Technik gekommen, der Verweischarakter der Samples bleibe erhalten, bei M/A/R/R/S werde er dagegen überwunden. In der Techno-Musik fügten sich die Samples nicht in einen Sinnzusammenhang, der einer bestimmten Person oder Gruppe zugerechnet bzw. mit dem oder den Ausführenden kurzgeschlossen werden könne.

---

[305] Poschardt 1997, 287.
[306] Ebd., 268ff.
[307] Ebd., 322.
[308] Ebd., 239; Poschardt schreibt, die zitierten Partikel hätten hier ihre Signifikanz behalten.

Poschardts Deutung scheint sich insgesamt durchgesetzt zu haben.[309] Das zeigt sich insbesondere an zahlreichen Versuchen, das Prinzip des Samplings zu verallgemeinern und es als Metapher auf literarische bzw. kulturelle Phänomene zu übertragen. Die betreffenden Autoren verwenden es zumeist als Gegenbegriff zum Zitat[310] oder differenzieren zwischen zwei Verfahren des literarischen Samplings, einem zitathaften und einem gegenläufigen, in dem es um die verfremdende Weiterführung des Originals geht.[311] Die Trennlinie ist in beiden Fällen dieselbe: Auf der einen Seite steht die Repräsentation, auf der anderen die Präsentation.[312] „Während Samples in Begriffen der Semiotik erst mal eine Wiederholung des Signifikanten darstellen, sind Zitate der Versuch einer Wiederholung des Signifikats", heißt es bündig bei Sascha Kösch.[313] Sofern die Schreiber den Gedanken an ein literarisches Äquivalent zur neuen Technik überhaupt für sinnvoll halten – Fiebig hat da erhebliche Zweifel,[314] dann erkennen sie es in einer Resynthese von Textelementen, bei der der Schwerpunkt nicht auf der Bedeutung des Originals, sondern auf der Einbettung in den neuen Kontext liegt.

Die Unterscheidung zwischen Sampling und Zitat verläuft parallel zu derjenigen, mit der Poschardt Techno von anderen Stilen der Subkultur, namentlich vom HipHop abgrenzt. Die Plausibilität dieser Einteilungen soll keineswegs bestritten werden; das Problem ist nur: Die Interpretation von Techno gerät dadurch auf eine Einbahnstraße ohne Abzweigungen. Die einschlägigen Deutungen sehen das innovative Potential dieser Musik grundsätzlich in einer dem Sampling entsprechenden Präsentationsweise, in einem neuen Verhältnis zum Vorgefundenen. Neben Poschardt assoziieren auch Kösch und Fiebig – bei nur leichten Abweichungen – Pop mit dem Zitat und

---

[309] Auch für Klein 2004 ist Techno-Musik „im wesentlichen eine Art postmoderner Zitaten- und Stilmix" (73). Vogelgesang 2001 konstatiert: „Heute wird der Begriff *Sampling* geradezu synonym für das szenetypische intertextuelle Sounddesign verwendet" (268).

[310] Kösch 2001, 181f.

[311] Fiebig 1999, 234, Bonz 1998, 40, 95f., allerdings ohne HipHop dem einen und Techno dem anderen Typus zuzuordnen. Für die Technik des Zitats i.e.S. steht bei Bonz – was die literarische Umsetzung angeht – insbesondere der Name Thomas Meinecke (Bonz 1998, 40ff.).

[312] Fiebig 1999, 234, 236.

[313] Kösch 2001, 181.

[314] Fiebig 1999, 236f. Fiebig zufolge sind die entsprechenden Verfahren der Zitatbearbeitung spätestens in der Dada-Bewegung entwickelt und erprobt worden.

Techno mit dem Sampling.[315] Dadurch wird die Tür zu bestimmten kunstphilosophischen Interpretationen geöffnet. Für die genannten Autoren beruht die neue Subkultur auf einer „Inszenierung von Namenlosigkeit",[316] will sagen: die Ablösung der zitierten Signifikanten von ihren Bedeutungen ist symptomatisch für die Abtrennung des Individuums von seinen sozialen Bezügen. Diese Sichtweise korrespondiert wiederum mit der referierten Analyse von Matthias Waltz, der Pop dem symbolischen und Techno dem imaginären Modus von gesellschaftlichen Bindungen zurechnet (s.o.).

Die hervorgearbeitete Tendenz begegnet bei Poschardt nicht nur im Kontext von Sampling und Techno-Musik, sondern auch in den Reflexionen zum übergeordneten Thema der Studie, zur „DJ Culture".[317] Der Verfasser erblickt im Discjockey ein neues Paradigma des Künstlers, und zwar v.a. deshalb, weil hier alte Bilder von Autorschaft überwunden worden seien: „[I]n der High-Tech-Kunst [ist] der Autor zum einen hinter den Schaltplänen der Beatboxen und Sampler verschwunden, zum anderen verweigert[...] er mit seiner wilden Nutzung fremder Werke jeglichen Respekt vor der Funktion Autor".[318] Anstatt den Bedeutungsgehalt des Überlieferten zu übernehmen, integriere es der Aufleger in einen neuen Zusammenhang – Manipulations-Techniken wie das Mixen oder das Scratchen ergänzten im Live-Moment das, was durch das Sampling bereits im Studio geschehen sei. Auf diese Weise entstehe eine neue Einheit zwischen Produktion und Rezeption; der DJ sei immer „Komponist und Hörer zugleich".[319] In leiser Kritik an Roland Barthes meint Poschardt,

---

[315] Kösch spricht anstelle von Techno allgemeiner von „elektronischer Musik" (Kösch 2001, 183f.); angesichts des Untertitels seines Aufsatzes „Zur Schnittstelle von Musik- und Textproduktion im Techno" erscheint das freilich unerheblich. Fiebig wählt aus dem Bereich der Literatur u.a. Goetz als Kronzeugen für den neuen Bearbeitungsstil (Fiebig 1999, 238); auch wenn er wiederholt bestreitet, daß die bewußten Zitierverfahren erst in den Neunziger Jahren aufgekommen seien, steht die Zuordnung zu Techno außer Frage.

[316] Bonz 1998, 73ff., 96, Fiebig 1999, 236 (unter Berufung auf Bonz). Bonz bezieht den Begriff wiederum aus Matthias Waltz' Buch *Ordnung der Namen – Die Entstehung der Moderne: Rousseau, Proust, Sartre* (1993).

[317] Auf andere Ansätze der Übertragung der DJ-Metapher auf die Literatur gehe ich hier nicht näher ein; teils, weil Poschardts Studie die am detailliertesten durchdachte Variante bildet, teils, weil sich die Überlegungen mit den Ausführungen zum „literarischen Sampling" decken. Darstellungen des Gebrauchs dieser Metapher liefern u.a. Schumacher 1998, Fiebig 1999.

[318] Poschardt 1997, 385, vgl. Westbams Begriff der „Record Art" (MCS 62).

[319] Ebd., 388.

man habe es hier nicht nur mit dem „Tod des Autors", sondern zugleich mit seiner „Errettung und Erweiterung" zu tun.[320]

Von hier aus versteht man, weshalb Poschardt Techno so stark vom Sampling her denkt. Wenn das DJing in der Dekonstruktion von Autorschaft terminiert, müssen diejenigen Stücke, die sich am deutlichsten der Modifikation von Vorgefundenem widmen, am besten zur neuen Form der Rezeption passen. Oben wurde auf die Unterscheidung zwischen den drei Arten des Samplings hingewiesen; hier wäre hinzuzufügen, daß die Beschreibung der höchsten Stufe, der „entfesselten Nutzung" der Technik im Satz mündet: „Sampling wird damit zum ästhetischen Programm. Der Diebstahl bei anderen Platten ist Teil der Bedeutung des neuen ‚Textes'".[321] Nicht nur der DJ, auch die Tracks selbst können vermittels des Samplings subversive Effekte erzielen. Poschardt erläutert das Verfahren von M/A/R/R/S' „Pump Up The Volume" als „musikalische[n] Dekonstruktivismus".[322] Das Wesen von Techno (u.a.) scheint in einer neuen Aneignung des Bestehenden zu liegen, sowohl beim Produzieren als auch beim Auflegen.

Nur: lassen sich auch die späteren Formen von Techno in diesem Raster auflösen – etwa der Minimalismus? Wie oben vermerkt, arbeiteten dessen Protagonisten daran, die Stücke äußerst karg bzw. mit möglichst unaufdringlichem Material auszustatten, um ihre Kombination mit anderen zu erleichtern – solche Platten bezeichnet man seitdem als „DJ Tools". Ein solcher „Track ist etwas, was benutzt und weiterprozessiert werden soll", heißt es in *Mix, Cuts & Scratches*, „und was deshalb so leer und sparsam gehalten wird. Nicht um darauf hinzuweisen, hier seht wie leer, seht wie minimal, seht wie sparsam. Sondern um zu sagen, seht her, das ist noch ganz unfertig" (MCS 61f.). Sampling spielt in dieser Musik bloß eine Nebenrolle. Davon abgesehen, daß viel weniger Samples als zu Beginn verwendet wurden, schimmert in der Darstellung von Goetz und Westbam ein ganz anderer Grundgestus durch als bei Poschardt. Es geht nicht um „Diebstahl", sondern um Anschlußfähigkeit. In *DJ Culture* werden diese Phänomene – obwohl zur

---

[320] Ebd., 385, ähnlich Nießner 2001, 148. Poschardt getraut sich sogar, diesen Befund als Muster für weitergehende philosophische Probleme in Anschlag zu bringen: Parallel zum Autor sei auch das Subjekt „nicht tot, sondern einfach deutlich relativiert und von der Schwere seiner Einzigartigkeit befreit" (Poschardt 1997, 393).
[321] Ebd., 287, in Anspielung auf Andrew Goodwin, *Dancing in the Distraction Factory*.
[322] Ebd., 272.

Entstehungszeit des Buchs bereits in voller Blüte – überwiegend ausgeblendet.[323]

Was also ist das Besondere an Techno, wenn nicht das Sampling? In Goetz' Texten finden sich dazu zwei außergewöhnlich anregende und erhellende Stellen. Die erste stammt aus dem halb als Interview, halb als Bericht gehaltenen Beitrag über Sven Väth (s.o.). Zunächst redet der Autor von der Arbeit und der Aura des berühmten DJs und Produzenten, gegen Ende kommt er auf Techno i.a. zu sprechen:

> „Alles das [die Produktion von Techno-Tracks, J.W.] ist eine Sache des Hörens und Lauschens, des wieder und wieder in die Tiefen der Tracks sich horchend Vertiefens […] Und es ist dabei ein ununterbrochener Vorgang von Versuchen; von Probieren, Verwerfen, Entscheiden und noch mal Entscheiden: so, genau so. Ein absolut geistiger Akt.
>
> Diese Sache des Gehörs gehört ganz dem Gehirn. Das ist der größte Fortschritt von Techno gegenüber der alten, mit kunstfertigen Händen hergestellten Musik. Das ist das Herrliche dieser neuen Musik und ihre Gefahr. Wie überall im Reich des vollkommen Abstrakten lauern Ideen, Konzepte, Starrsinn, Ideologie. Doch wird diese rein geistig gemachte Musik ja hergestellt nur für den Körper: den Körper des Tänzers, Ravers, und nicht eines Einzelnen, sondern für den Körper im Kollektiv, für die Party aller mit allen.
>
> Wenn alles das zusammen stimmt, ist Techno Musik tragisch: die Stimme des Lebens der Menschen in dieser Welt" (Ce 58f.).

Der letzte Satz spielt deutlich auf Nietzsches *Geburt der Tragödie* an – auch dort resultiert das Tragische aus der körperlich-musikalischen Ekstase des Dionysischen, das durch das Einzelbild des Apollinischen erfahrbar, d.h. als Kunstwerk wahrnehmbar wird.[324] Nicht von ungefähr apostrophiert Goetz Sven Väth andernorts als „Dionysos".[325] Im Kontext dieser Untersuchung interessiert v.a. die Bemerkung, der Fortschritt von Techno liege darin, daß die Musik ganz dem Gehirn statt den Händen gehöre. Das erscheint umso spannender, als der Verfasser zugleich behauptet, diese „rein geistig gemachte

---

[323] Poschardt erwähnt Jeff Mills zwar mehrere Male (326, 428, 441), läßt sich aber nicht näher über seine Musik aus. Basic Channel tauchen überhaupt nicht auf, ebensowenig das Grundprogramm des Minimalismus. Auch die im „Bonustrack" vorgenommene Aktualisierung (in der Taschenbuchausgabe) beschäftigt sich mit anderen Erscheinungen, etwa mit der Drum'n'Bass-Mode Mitte und Ende der Neunziger (Poschardt 1997, 422ff.).
[324] Nietzsche, KGA III.1 (hier u.a. Kap. 21).
[325] Nachzulesen in *Ästhetisches System* (Kro 396).

Musik" werde nur für den Körper hergestellt. Um das Rätsel zu lösen, empfiehlt sich ein Blick auf die zweite Passage, ein Abschnitt am Ende von *Rave*. Goetz stimmt darin eine Hymne auf die Musik von Basic Channel an:

„Eine Musik andererseits also auch, die –

BASIC CHANNEL

einen wegführt von sich, von der Musik und von einem selber. Die einen wegführt vom Denken, von der Aufmerksamkeit, von der Präzision des Verfolgens distinkt gedachter, einzelner Gedankenschritte, der Reflexion im Sinn erinnerter Gedankensukzessionen. Die dem Absolutismus des jeweils immer nur einen einzelnen Gedankens, den die Großhirnrinde zu einem einzelnen definierten Moment als einzigen nur denken kann, das kollektive Votum des Lebens aller anderen, auch diese Großhirnrinde mit am Leben haltenden, lebenden Zellen zur Seite stellt, nicht zur Abschaffung der absolutistischen Denkstruktur, sondern zu ihrer Ergänzung sozusagen.

Eine Art Biologieüberschuß der Aufnahme, wie sie sonst, im Nachtleben, nur durch Tanzen, die großartige Gewalt der Lautstärke und durch Substanzen bewirkt wird: all das so perfekt in Musik übersetzt zu haben, daß es auch zuhause, alleine, beim ganz leise Hören so wirkt: das haben Basic Channel geschafft.

Eine Monotonie, die wirklich die Sprache des Lebens spricht, und deshalb, so sehr sie äußerlich minimal daher kommt, in Wirklichkeit ein Maximum an Fundamentalität und Deepness formuliert. Von da kommt für viele, weil es so tief im Körperlichen wurzelt, ein spirituelles Moment ins Spiel. Na gut. Der Körper ist eben ein unbegreifliches, von den Benennungen und geistigen Erkenntnismanövern unendlich fern entferntes Heiligtum" (Rv 265f.).

Dem ist nicht viel hinzuzufügen. So inbrünstig der Preisgesang auf das Berliner Label, so klar und originell ist die Beschreibung der Musik. Die zentrale These steckt in der Formulierung, hier werde dem „Absolutismus des jeweils immer nur einen einzelnen Gedankens" das „kollektive Votum des Lebens aller anderen" zur Seite gestellt. Basic Channel gelinge es, die umgrenzten bzw. isoliert erinnerbaren Elemente ständig im Austausch mit anderen Bereichen zu halten, die nicht konzentriert, sondern dezentriert wahrgenommen werden. Daher dringe die Musik, obwohl „rein geistig" produziert, in solcher Tiefe in den Körper ein.

In gewisser Weise wiederholt sich hier die Struktur, die schon einigen anderen Überlegungen zu Techno und Clubkultur zugrunde lag. Im Kontext des Auflegens wurde das perfekte Verhältnis zwischen DJ und Tänzermasse dahingehend bestimmt, daß die Impulse des Exponenten im engsten Dialog mit der Antwort der Vielen stehen bzw. von der gemeinsamen Energie bereits vorgeprägt sein sollen (s.o.). Was die Seite der Musik betrifft, haben sich Offenheit und Mixfähigkeit als wesentliche Kriterien von Techno-Tracks erwiesen. Indem sich solche Platten überall für Kombinationen anbieten, befinden sie sich sozusagen ebenfalls in Fühlung mit dem Anderen ihrer selbst, mit gegenläufigen Möglichkeiten, die ihren eigenen Fortgang durchkreuzen. Im Zitat wird dieses Muster auf die reine Rezeption, auf das Hören übertragen: Goetz beschreibt die neuronalen Vorgänge – sicher nicht mit dem Anspruch auf medizinische Überprüfbarkeit – als Kommunikation zwischen Gedanke und Hirnzellen. Das Modell der Interaktion zwischen dem Einzelnen und den Vielen tritt also erstens bei der auditiven Wahrnehmung, zweitens im Kontext des Raves und der Tänzermasse sowie drittens in der Beziehung zwischen der aktuellen und den kombinierbaren Platten auf. An den folgenden Einzeluntersuchungen mag sich zeigen, inwieweit dies als Grundlage zu einer Techno-Theorie taugt.

1.3.2.3 Basic Channel, Jeff Mills, Central

Vorab zwei Hinweise, zum einen zur Auswahl des Materials. Indem man einige Stücke als stilbildend herausgreift, tut man anderen zwangsläufig Unrecht – das gilt bei Techno noch mehr als bei anderer Musik, da die Nummern wie gezeigt nicht als isolierte Kunstwerke, sondern für die Engführung mit anderen, mithin als potentiell zusammengehörig produziert werden. In meiner Darstellung stammen die relevanten Tracks v.a. aus drei Quellen: von Basic Channel, von Jeff Mills und vom Label Central. Während die ersten beiden als Vorreiter des Minimalismus Mitte der Neunziger in Anschlag kommen, repräsentiert der dritte Name die aktuellen Versuche, Techno in neuer Gestalt weiterzuführen. Daneben gab und gibt es viele weitere ausgezeichnete Künstler, die hier nicht oder nur am Rande erwähnt werden können.

Zum anderen steht man beim Schreiben über Techno vor einem grundsätzlichen Problem. Die herkömmliche Musikwissenschaft verfügt über ein begriffliches Instrumentarium, mit dem sich lineare Strukturen detailliert beschreiben lassen. Bei Techno – und das ist hier die leitende These – handelt es sich aber nicht um lineare, sondern um räumliche Musik. Wenn man einen Track von Basic Channel nach den Kategorien Rhythmik, Harmonik und Melodik studiert, fällt das Ergebnis äußerst unbefriedigend aus.[326] Man erfaßt eine bestimmte Schicht, die Oberflächen-Bewegung, die ständig repetiert wird, doch das Wesentliche bleibt unbeobachtet.[327] Der Grund dafür ist: Die moderne Computertechnik hat Bereiche erschlossen, die in der traditionellen Instrumental- bzw. Vokalmusik nicht manipuliert werden konnten – das läßt sich in der Tat als „Hirn-Musik" bezeichnen, wie Goetz vorschlägt. Elemente wie Hall, Echo und Oberton-Dichte, ja selbst die Struktur des Klang-Raums fließen nun als Parameter in die kompositorische Gestaltung ein. Um die musikalischen Prozesse zu hören und nicht nur wie im Club körperlich zu spüren, braucht man zuallererst einen guten Kopfhörer. Eine angemessene Interpretation setzt zudem voraus, daß die Einstellungen des Mischpults bzw. die entsprechenden Fachtermini expliziert werden.

An den Anfang stelle ich eine Platte, die ich als Inbegriff aller Techno-Musik ansehe: *Trak II* von Basic Channel (1994). Es gibt praktisch nichts, was nicht mit ihr kombiniert werden könnte, doch auch wenn man sie für sich genommen anhört, erhält man einen ganz einzigartigen Klangeindruck. Das Material von Trak II läßt sich in drei verschiedene Komplexe gliedern: erstens in eine streng repetitive Schicht (v.a. ein h-moll-Akkord, eine Bassdrum auf der ersten und der dritten Zählzeit des Vierviertaltakts, die

---

[326] Damit ist bereits die Lage beschrieben, in der sich die wissenschaftliche Analyse von Techno-Tracks gegenwärtig noch befindet. Außer sehr knappen, zumeist eher auf das Gestische gerichteten Plattenkritiken, rein anwendungsbezogenen Lehrbüchern (Alker 1995) oder aber sehr allgemein gehaltenen Pamphleten in Fachzeitschriften gibt es im Bereich der Forschung nur einige wenige Aufsätze (Keller 1995, Lothwesen 1999), mehr indes zu experimentellem „Intelligent"-Techno (vgl. u.a. die Beiträge in Kleiner/Szepanski 2003). Clubmusik erscheint meist als inferiorer Bestandteil der Elektronik-Szene – und das durchaus zurecht, solange man sie an linearen Parametern mißt. Aus diesem Grundproblem erklären sich auch die leidvollen Vorstöße von Ansgar Jerrentrup, einem der wenigen Forscher, die die Substanzarmut dieser Musik wenigstens noch eines genaueren Nachweises für wert befinden. So z.B. im Aufsatz „Das Mach-Werk", in dem er dieser Musik u.a. deshalb Innovationskraft abspricht, weil die Tanz-Bindung Elemente wie Agogik (!) unmöglich mache; sobald die Produzenten raffiniertere Mittel zur Anwendung brächten, verlasse die Musik „eindeutig die Diskotheken und Street Parades" (Jerrentrup 2001, 189, 204, ähnlich bereits Jerrentrup 1992).

[327] Vgl. Lothwesen 1999, 72f., der den unbefriedigenden Stand der bisher vorliegenden Techno-Analysen wie folgt zusammenfaßt: Es gebe 1.) viele verschiedene Ansätze der Beschreibung, die zuwenig voneinander wüßten, 2.) terminologische Unklarheiten (u.a. durch „Vermischungen von Termini der klassischen Analyse mit pop-/rockspezifischen Merkmalen") und 3.) unterschiedliche Formen der Notation.

Baßgruppe und eine off beat gehaltene hihat[328]), zweitens in frei improvisierte perkussive Elemente und drittens in die Sphäre der variablen Modulationen, in die der h-moll-Akkord geführt wird.

An dieser Einteilung ist folgendes entscheidend: Die um den Akkord und den Baß gruppierte Zone wird ganz anders behandelt als die beiden übrigen. Diese Klänge sind kurz und stark komprimiert; außerdem werden sie ziemlich eng in der Mitte des Stereopanoramas situiert – das Mischpult bietet dem Produzenten die Möglichkeit, genau einzustellen, wo die Töne im räumlichen Spektrum erklingen, d.h. ob man sie auf dem rechten, dem linken oder in der Mitte der Kopfhörer vernehmen soll (bzw. entsprechend auf der Anlage des Clubs). Die Rhythmik ist äußerst reduziert, gerade die hihat wird mit sehr wenig Hall versehen. Insofern läßt diese Klanggruppe sowohl räumlich als auch zeitlich viel Platz frei. Der Vollständigkeit halber sei angemerkt, daß der Akkord durch subtraktive Synthese[329] mit Bandpassfilter[330] erzeugt wird; er liegt auf der Zwei und der Vier des Takts und enthält ein wenig Delay.[331]

Die zweite und die dritte Schicht bilden das Komplement der ersten. In der Perkussions-Gruppe machen Basic Channel viel Gebrauch vom Hall; dabei nutzen sie die ganze Stereo-Breite bzw. sie teilen sie immer wieder neu auf. Zum einen umgeben sie den sequenzierten h-moll-Akkord mit Nebenklängen, z.B. mit einer am Anfang hinzugefügten clap[332] oder einer verlängerten Ausschwingphase (wiederum mit Hall und unterschiedlicher Filterung[333]). Zum anderen integrieren sie freie, also nicht repetitierte perkussive Klänge in den Ablauf – deren Sound bewegt sich zwischen toms,[334] snare drums[335] und

---

[328] hihat: ursprünglich doppeltes Becken am Schlagzeug; unteres fest, oberes locker aufgelegt. Im Bereich der elektronischen Musik durch gefiltertes Rauschen nachgebildet.

[329] Der Synthesizer verfügt über mehrere Oszillatoren, die jeweils einer Wellenform entsprechen – im wesentlichen Sägezahn-, Sinus-, Impuls- und Rechteck-Schwingungen. Diese können in verschiedener Weise miteinander kombiniert werden; dadurch entsteht quasi die Grundgestalt des Klangs. Zum Begriff „subtraktiv" vgl. die folgende Anmerkung.

[330] Am Bandpassfilter kann man regulieren, welche Obertöne jeweils mitklingen sollen. Man definiert eine Ober- und eine Untergrenze im Frequenzbereich, außerhalb derer die Obertöne nur noch mehr oder minder stark gedämpft zu hören sein sollen. Die unerwünschten Höhen und Tiefen werden abgezogen – daher der Ausdruck der „subtraktiven" Synthese. Am Umgang mit Obertönen entscheidet sich übrigens, ob der Sound hart (obertonreich) oder weich (obertonarm) wirken soll.

[331] Delay ist kurz gesagt Echo ohne räumliche Komponente; darin liegt der Unterschied zum Hall, der im Stereopanorama verteilt wird.

[332] Clap = quasi elektronische Nachbildung von Händeklatschen.

[333] Vgl. die Fußnote zum Bandpassfilter.

[334] Toms = Trommeln mit definierbarer Tonhöhe.

claps (zuweilen mit Delay und Filtervariationen); zu dieser Rubrik gehört auch ein im Hintergrund vernehmbares Rauschen, das etwas später hinzutritt.

Ähnlich verhält es sich mit der Struktur des dritten Bereichs, den freien Akkord-Modulationen. Dieser Begriff darf hier nicht in dem üblichen Sinne verstanden werden, daß die Tonart in mehr oder minder verwandte andere übergeleitet würde. Gemeint sind vielmehr Variationen in den Filterfrequenzen, die die Musiker sowohl am h-moll-Dreiklang als auch an seinem davon separierbaren Delay-Anteil vornehmen; zudem lassen sie die Quantisierung des Delays zwischen Sechzehnteln und Triolen changieren. Viele dieser Modulationen werden durch parallel ertönenden Hall unterstrichen. Dieser gehört ohnehin zu den wichtigsten Stilmitteln von Basic Channel – er wird bevorzugt zur Unterstützung räumlicher Verschiebungen eingesetzt.

Das Verhältnis zwischen der ersten und den beiden anderen Komponenten gewährt einen Einblick in die Grund-Ökonomie von *Trak II*: Ein knapper, in der Stereo-Mitte angesiedelter Klangkomplex wird konsequent wiederholt; ihn umspielen zwei andere Sphären, die seine Gestalt an den Rändern weiten, teilweise verwischen und auch wieder schärfen. Unter kunstvoller Anwendung von Hall und Delay verlagert sich das Klangspektrum in immer neuer, unvorhersehbarer Weise nach außen; es werden sozusagen immer wieder Räume eröffnet, in die der Akkord hineinwandern kann, auch wenn er tonal gesehen derselbe bleibt. Im Hinblick auf die linearen, d.h. vom Intellekt des Hörers aktiv mitvollziehbaren Elemente passiert praktisch gar nichts, in der räumlichen Dimension hingegen unendlich viel. Der Körper wird mit ständigen Perspektivwechseln konfrontiert. Die Rede von der „Öffnung des Raums" ist übrigens durchaus wörtlich zu nehmen – man kann heute per Computer definieren, ob der erzeugte Klangraum oval oder rechteckig, mit Ziegelwänden oder mit Teppichen ausgestattet sein soll.[336]

---

[335] Snare drum = ursprünglich kleine Trommel, bei der am Resonanzfell eine mit Federn befestigte Kette angehängt ist; erzeugt schnarrendes Geräusch. Im Synthesizer vergleichbarer Sound.

[336] Daß diese Parameter in die Techno-Produktion einfließen, konstatiert auch Ansgar Jerrentrup: „Zu diesem Klanglichem [dem variablen Sound von Techno-Tracks, J.W.] ist grundsätzlich auch die Gestaltung einer Raumtiefe (mittels Hallgerät und evtl. noch mittels Filter- und Echogeräten) hinzuzuzählen, mit der einige Techno-Macher psychologisch geschickt umgehen: vorne hört man das äußerlich monotone und rauhere Rhythmusspiel und hinten erscheinen bisweilen konträre Sounds und Patterns" (Jerrentrup 2001, 204). Ähnlich bereits Lothwesen 1999, 81, 86.

Daß *Trak II* wie erwähnt auch als Tool perfekt geeignet ist, läßt sich eben mit der besagten Struktur der Offenheit, mit der Sparsamkeit der Hauptgruppe und mit den aufschließenden Bewegungen des Rahmens begründen. Das Stück verleiht anderen Platten je nach Bedarf Prägnanz, Farbe oder Tiefe; um seinen Grundcharakter zu beschreiben, kann man sich nur provisorisch mit Adjektiv-Kombinationen wie „fahl-metallisch" oder „dezent-stringent" behelfen.

Aus der Track-Schmiede von Basic Channel sind auch ganz andere Stücke hervorgegangen. Geradezu legendären Ruf erlangte die *M*-Serie, eine unter dem Pseudonym „Maurizio" publizierte Folge von Werken. Viele DJs betrachten – ohne Übertreibung – ihre Exemplare von *M5*, *M6* oder *M7* als Heiligtümer ihres Plattenkoffers.[337] Auch wenn sich die meisten anders ausdrücken, hört man aus ihren Äußerungen heraus, daß die Reihe sozusagen das „opus metaphysicum" der Techno-Welt bildet. Die Tracks haben einen zu eigenwilligen Duktus, um noch als Tools bezeichnet werden zu können; gleichwohl lassen sie sich bestens in entsprechende Sets einfügen und mit anderen kombinieren. Bei der Analyse entscheide ich mich für *M5*, meiner Ansicht nach der größte unter lauter großen Würfen (1995).

Hier empfiehlt es sich ebenfalls, zwischen festen und flexiblen Komponenten zu differenzieren – dieses Verfahren wende ich auch bei Jeff Mills an. *M5* enthält eine mächtige, mit Hall unterstützte Bassdrum; sie gehört zusammen mit dem Baß, der off beat gestalteten closed hihat, zwei b-moll-Akkorden in unterschiedlicher Oktavlage (der tiefere auf der ersten und dritten, der höhere auf der zweiten und vierten Zählzeit; jeweils subtraktive Synthese mit komplexen Filtern, Sechzehntel-Delay) und einer Ergänzung der Zwei und der Vier (half-open hihat oder clap) zu den Bestandteilen, die kaum abgewandelt werden – einige davon setzen allerdings zeitweise aus. Bassdrum, Baß und hihat sind erneut eng in der Stereo-Mitte verteilt, während die Akkorde in ihrer räumlichen Position variieren.

Das Spiel mit Veränderungen erfaßt noch wesentlich mehr Parameter als die Panorama-Verschiebungen des Dreiklangs: die Eckfrequenzen der Filterung (ständig neu, kaum Wiederholungen), die Delay-Zeit und -Intensität sowie den Hallanteil; darüber hinaus loten einige Cross-Delays[338] die räumli-

---

[337] Die *M*-Reihe wird auch in *Abfall für alle* erwähnt (Afa 368, 544). – Westbam stuft Basic Channels Anteil an der musikalischen Evolution übrigens etwas niedriger ein (vgl. das Westbam-Interview in *Celebration*, hier: Ce 121).
[338] Cross-Delays = Delay-Wanderungen im Panorama.

chen Verhältnisse aus. Das Delay spielt beim Groove[339] des Stücks eine zentrale Rolle. Es ist in Sechzehnteln quantifiziert; daher nimmt man es sehr stark wahr, wenn es hervor- oder zurücktritt. Am massivsten ist das in der Mitte des Stücks zu bemerken, wo das Delay – und mit ihm die meisten anderen Spuren einschließlich der hihat – vorübergehend verschwinden und beinahe nur noch ein gerader Achtelrhythmus übrig bleibt. Die Delays werden so eingesetzt, daß die rhythmischen Schwerpunkte ständig changieren;[340] bei der genannten Skelettierung geschieht das quasi unter negativen Vorzeichen. Zudem werden sie virtuos durchs Stereo-Spektrum geführt und steigern damit die jeweiligen Akzentwechsel.

Worin liegt nun der Unterschied zu *Trak II*? Erstens in einer wesentlich intensiveren Arbeit mit dem Bandpassfilter: während der h-moll-Akkord im obigen Stück nur ab und zu unterschiedlich gefiltert wird, stößt man hier fortwährend auf neue Einstellungen. Zweitens gelangen in *M5* ganz andere Mittel zur Anwendung, um perspektivische Effekte zu erzielen. *Trak II* konfrontiert die linearen, d.h. als prozeßhaft reflektierbaren Aspekte mit äußerst subtilen Hall-, Raum- und Stereoproportionen und löst dadurch das Gefühl von Öffnung aus. In *M5* kommen die Verschiebungen des Blickwinkels, des Hör-Standorts v.a. durch die Delays bzw. durch die Verlagerung des Schwerpunkts zustande. Man *lebt* förmlich in den Sechzehnteln und ihren klanglich-rhythmischen Metamorphosen. Wenn sie in der Mitte erlöschen, glaubt man sie noch minutenlang nachzuhören, weil man gar nicht begreifen kann, daß sie weg sind. Um die atmosphärische Seite dieses Werks zu berühren, sei nochmals *Rave* angeführt – die Hymne an Basic Channel geht noch weiter als oben zitiert:

Maurizio

Basic Channel

Main Street Records

Burial Mix

Und dann, schon in einer Art sekundärer, oft auch noch faszinierender Reflektion auf diese Basalitäten, manche Sachen von Chain Reaction. Ich verstehe wirklich nicht, wie es paar Leuten da in Berlin gelingen konnte, im Umfeld von Hardwax und Dubplate and Mastering, so weit und lässig ins Überindividuelle

---

[339] Groove = Drive, Schwung, Motorik (schwer übersetzbar).
[340] Vgl. Jerrentrup 2001, der ebenfalls erwähnt, daß in Techno-Musik gelegentlich durch Echo Zusatzrhythmen entstehen (206).

auszugreifen. Wo haben die das hergenommen? Das Weglassen können? Ein absolutes Rätsel.

Jede neue Platte aus der Ecke ist so einzigartig schön, wie ein neues Bild von On Kawara. Monumentaler Realbuddhismus. Weisheit und Demut. Politische Vision: das Gleiche in allen.

Die Alpen.

Das Meer.

Paar Steine irgendwo.

Das Denken von Joseph Beuys.

Kunst, die man nicht sieht. Musik, die man nicht hört. Ein Denken, das alles nur irgendwie Denkbare schon erledigt hat und jedem dadurch alle Freiheit gibt und einen so einfach komplett in Ruhe läßt. Fertig.

Das Geheimnis der Verborgenheit

der Nichtüberprägnanz

Flow

(Rv 266f.)

Monumentaler Realbuddhismus – so lustig das Kompositum auch klingen mag, es ist ein wunderbares Wort für diese Klangschöpfungen, gerade für *M5* (obwohl hier nicht speziell diese eine Platte gemeint ist). Die Formulierungen vermitteln einen Eindruck davon, weshalb Goetz auch in anderen Texten immer wieder auf Basic Channel bzw. Maurizio zurückgreift, wenn er über das Wesen der Musik oder der Kunst i.a. spricht (z.B. Afa 278f., 536).

Angesichts dieser Töne mag man sich fragen, wer sich eigentlich hinter den Pseudonymen verbirgt. Dabei handelt es sich um die Musiker Moritz von Oswald[341] (Maurizio) und Mark Ernestus. Über die beiden ist nicht viel mehr bekannt, als daß ihr Studio in Kreuzberg liegt, daß ihnen das Plattengeschäft Hardwax gehört und daß sie extrem öffentlichkeitsscheu sind[342] – im Gegen-

---

[341] Moritz von Oswald gehörte wie der ebenfalls ins Techno-Lager übergewechselte Thomas Fehlmann Anfang der Achtziger Jahre der Experimental-Pop-Band „Palais Schaumburg" an (vgl. Anz/Walder 1995, 254).

[342] Insofern war es eine mittlere Sensation, als die beiden Musiker im Herbst 2003 erstmals Journalisten Zutritt in ihr Reich gewährten: „Nach zehn Jahren haben Mark Ernestus und Moritz von Oswald […] nun ihr Schweigen gebrochen", freute sich Andreas Hartmann („Kein Image ist ein Image", *taz* vom 17.10.2003). Vgl. auch Holger in't Veld, „Rhythm & Sound und Sessel aus Vinyl", in: *Berliner Zeitung* vom 01.12.2003.

satz zu vielen ihrer Kollegen betätigen sie sich nicht als DJs. Man dürfte nur wenig andere Künstler finden, die so wenig für die Promotion ihrer Werke tun; beispielsweise sind die meisten Tracks nicht auf CD, sondern nur auf Vinyl und da z.T. auch nur in sehr geringer Stückzahl erhältlich. Trotz der fundamentalen Verwurzelung in Techno ist die stilistische Bandbreite der beiden groß genug, um mitunter auch Elemente aus dem Reggae zu integrieren, insbesondere in der auch von Goetz erwähnten Reihe „Burial Mix".[343] Eine eingehendere Untersuchung dieser Stücke erscheint hier nicht unbedingt erforderlich, da sie ganz ähnliche Strukturprinzipien wie *M5* oder *Trak II* aufweisen.

Jeff Mills verkörpert bei oberflächlicher Betrachtung genau den entgegengesetzten Künstler-Typus. Bei ihm spielte das Auflegen stets eine wichtige Rolle, mehr noch: er hatte maßgeblichen Anteil daran, daß das Techno-DJing zu einer virtuosen Kunst ausgebildet wurde, bei der allein schon das Zuschauen Bewunderung hervorruft. Mills ist, wie auch Tom Holert meint, „der einflußreichste, der beste Techno-DJ der Welt";[344] wenn er an den Decks steht, wird er von zahlreichen Fans umringt, die nicht selten Videokameras mitnehmen, um die Manöver des Meisters zu filmen. Obwohl der Kult um sein DJing bereits früh einsetzte, brachte ihn das nie vom Produzieren ab; dort waren seine Innovationen nicht minder folgenreich als beim Auflegen. Mills stammt ebenso wie viele andere amerikanische Techno-Größen aus Detroit, gehört aber nicht zur Pionier-Generation um Atkins, May und Saunderson (s.o.), sondern trat erst etwas später in Erscheinung, nachdem er sich ein paar Jahre als HipHop-DJ versucht hatte. Anfang der Neunziger gründete er mit Mike Banks und Robert Hood die Formation „Underground Resistance",[345] die einerseits durch revolutionären Sound, andererseits durch subversive Programmatik auf sich aufmerksam machte. Nach seinem Ausstieg bei UR folgte eine stilistische Kehrtwende. In zahlreichen Veröffentlichungen auf seinem Label Axis, darunter so brillante Reihen wie „Waveform Trans-

---

[343] Basic Channels Affinität zu dieser Musikrichtung ist umso weniger verwunderlich, als es gerade die Reggae-Variante Dub war, in der die Technik des Halls erstmals in strukturbildender Funktion eingesetzt wurde – freilich noch nicht in solcher Konsequenz wie in Techno. – Ilschner 2003 sieht im Dub-Verfahren (hier verstanden als Remix-Technik, in der Baß und Rhythmus eines vorhandenen Tracks betont und mit Hall verfremdet werden) gar den „Ursprung jeder modernen Tanzmusik, von Disco über House bis zum *Techno*" (22).
[344] Holert 2001, 117.
[345] Dazu Anz/Walder 1995, 277.

mission" oder „Purposemaker", entwickelte Mills ein bahnbrechendes Konzept, eine eigene Form von Minimalismus, die sich deutlich von Basic Channel unterschied, obwohl er mit den Berlinern in regem Austausch stand.[346] Als Analysebeispiel wähle ich einen mit *Growth* betitelten Track, im Jahre 1994 auf Axis erschienen.

Wer *Growth* zum ersten Mal hört, dem dürften v.a. zwei Dinge auffallen: ein kunstvolles Spiel von Rhythmen und Akzenten sowie ein etwa in der Mitte eingebauter „Break" – im Wortsinne ein Bruch, wobei kurz der Beat aussetzt und ein ganz anderer Sound ertönt. Das fixe Inventar umfaßt neben der Bassdrum zwei Motive, die sich jeweils aus zwei aufeinanderfolgenden großen Terzen zusammensetzen (bei Motiv 1 b-d und ges-b, bei Motiv 2 c-e und b-d). Beide stehen rhythmisch in einem 4-3-Verhältnis zum Beat, das zweite erklingt versetzt zum ersten und befindet sich auch in dynamischer Hinsicht im Hintergrund.

Zu den variablen Elementen zählen ein paar leise Filtersweeps,[347] eine streicherartige Fläche auf d-es-g, ein Baßton auf c, der vor dem Break durchgehalten wird, und die Einstellungen der hihat (in puncto Hall, Lautstärke und Hochpassfilterung[348] flexibel). Der wichtigste Träger der Modifikationen ist ein triolischer Vorhalt zu Motiv 1 (es-g zu b-d bzw. g-h zu ges-b). Während der Kern des Motivs in der Filterung mit dem generellen Spannungsverlauf des Tracks verknüpft bleibt (z.B. Filteröffnung vor dem Break), gebärdet sich der Vorhalt deutlich eigensinniger; hier kommt es im Hinblick auf Lautstärke, Filterung, Verhallung und Delay-Anteil zu mehr oder weniger starken Abweichungen.

Welche Verschiebungen gibt es in der Gesamtanlage? Vor dem Break ereignet sich eine Steigerung, die mit zwei komplementären Bewegungen korrespondiert. Zum einen verbreitet sich der Stereo-Raum, zum anderen kommt es zu einer Verdichtung, da sich die Hallräume vergrößern und parallel dazu bislang im Hintergrund befindliche Komponenten in den Vordergrund drängen (etwa die Filtersweeps). Die feine dynamische Abstufung verleiht dem Stereo-Raum aber auch in den übrigen Phasen eine Art von Tiefenstaffelung. Indem Mills das zweite Motiv insgesamt leiser hält, hört man es

---

[346] Vgl. Holert 2001, 120.
[347] Filtersweeps beruhen auf einer oszillierenden Filtereinstellung, die sich gewöhnlich in einem sirrenden, hier aber in einem eher gurgelnden Geräusch bemerkbar macht.
[348] Hochpassfilterung = Filterung, bei der nur die hohen Oberton-Frequenzen durchgelassen werden.

automatisch weiter hinten; da die Lautstärke auch bei den Vorhalten changiert, treten immer wieder neue Facetten hervor – dies beeinflußt den Groove in ähnlicher Weise, wie es in *M5* durch die Arbeit mit den Delays bewirkt wird.

In diesem Verfahren liegt die eigentliche Besonderheit von *Growth* bzw. von Mills' Stil im allgemeinen. Der Detroiter DJ operiert hier sowohl mit Bitonalität (die beiden Motive stehen in entfernten Tonarten) als auch mit Polyrhythmik[349] (durch die versetzten 4-3-Verhältnisse und die diversifizierten Vorhalte) – jeweils Stilmittel, die in der Subkultur normalerweise kaum Aussicht auf größeren Erfolg hätten. Wenn es ihm hier gelingt, daraus trotzdem clubtaugliche Musik zu produzieren, so liegt das u.a. daran, daß die Dissonanzen gar nicht als solche wahrgenommen werden; sie erscheinen eher als Konturen eines harmonischen Raums. Was damit gemeint ist, erschließt sich möglicherweise, wenn man einen Vergleich zur „ernsten" Musik anstellt: Dort impliziert Bitonalität von vornherein Bipolarität, d.h. die tonalen Zentren treten miteinander in Widerstreit und ändern dadurch ihre Grundkonstitution. Hier hört man die Akkorde hingegen als *Ton-Bereich*, und je nachdem, welche Töne durch Lautstärke, Filterung und Stereoposition wie verteilt werden, verlagert sich der Klang, ohne seine Intervallstruktur aufzugeben.

Mit der rhythmischen Struktur hat es eine ähnliche Bewandtnis. Indem Mills beide Motive im Verhältnis von 4-3 gegen die Bassdrum ausspielt, schafft er eine äußerst spannungsvolle Grundlage. „Klassische" Komponisten – vor und nach Schönberg – würden sich sofort darauf stürzen, um Gegenvarianten zu erstellen und zu einer wie auch immer gearteten Fortführung oder gar Lösung zu kommen. Mills beschränkt sich darauf, die Komplexität der Grundbeziehung mal zu steigern, mal zu senken; er erreicht das, indem er z.B. die Vorhalte stärkt, denn auf diese Weise erhöht sich der Irritationsgehalt. Man spürt dann mehr von der polyrhythmischen Anlage, ohne daß sie selbst einer Änderung unterworfen wäre.

Wie bereits angedeutet: diese Methode ist für Mills' Stil typisch, er wendet sie sogar in Tracks an, die noch dezidierter als *Growth* für die Tanzfläche produziert sind. Selbst sein vielumjubelter Clubhit *The Bells* beruht auf einer bitonalen Struktur. An dieser Beobachtung läßt sich auch ein Vergleich zu Basic Channel festmachen. Das musikalische Denken der beiden Techno-Protagonisten konvergiert im Resultat einer nicht linear, sondern räumlich

---

[349] Weitere Beispiele für die Verwendung von Polyrhythmik in Techno vgl. Keller 1995, 128f., Lothwesen 1999, 80, Jerrentrup 2001, 194.

gestalteten Klangwelt; der Detroiter Künstler setzt dafür v.a. rhythmisch-harmonische Techniken ein, die Berliner hingegen eher Mittel wie Hall, Delay oder Stereo-Positionierung. Man sollte sie aber nicht als Gegensätze, sondern als zwei große Facetten *einer* Kunst-Musik sehen – als Vorreiter einer (auch von vielen anderen mitgetragenen) ästhetischen Revolution,[350] nach der das alte Begriffspaar von U- und E-Musik allenfalls noch antiquarischen Wert hat.

Unter dem Eindruck dieser Meisterwerke hielten es viele für unvorstellbar, weiter Techno zu produzieren, ohne ein Basic Channel- oder Jeff Mills-Epigone zu sein. Musiker wie Joey Beltram, Daniel Bell, James Ruskin, Mike Ink, Thomas Fehlmann, Luke Slater u.v.a. bewiesen aber (bzw. hatten schon bewiesen), daß solche Sorgen unbegründet waren. Auch in den letzten Jahren, als die angebliche Techno-Rezession einsetzte, wurden innovative clubtaugliche Platten veröffentlicht. Besonders fruchtbare Impulse kamen von Central, einem ebenfalls in Berlin ansässigen Label; diese Musik soll zum Abschluß als eine dritte der unendlich vielen möglichen Varianten von Techno besprochen werden.

Wie bei Basic Channel stehen auch hinter Central im wesentlichen zwei Musiker: Michael Peter und Martin Retschitzegger. Beide stammen aus Österreich, leben aber seit einigen Jahren in Berlin. Bei Peter liegt der Schwerpunkt auf der Tätigkeit im Studio, während Retschitzegger (DJ Tin) zugleich als Aufleger brilliert. Ihre Stücke erscheinen unter den verschiedensten Pseudonymen, z.B. Ratio, Skinless Brothers, The Memory Foundation oder The Last Disco Superstars. Neben Techno bildet auch House-Musik eines ihrer Arbeitsfelder; diese Platten werden zumeist auf dem Sublabel „Grow!" herausgebracht. Zur Analyse ziehe ich eine Nummer von „The Memory Foundation" heran – *Anti Freeze Device* (2001).

Um meine These zu Central gleich vorauszuschicken: in dieser Musik wird der Begriff der Funktionalität neu definiert. An der ausgewählten Platte läßt sich besonders gut demonstrieren, worauf die Ästhetik von Pe-

---

[350] Damit widerspreche ich den Kritikern, die dieser Musik aufgrund ihrer Club-Orientierung jedes größere innovative Potential absprechen. Selbst Ansgar Jerrentrup, der sich mit der Materie schon länger beschäftigt, kommt zu dem Ergebnis: „Bewegungsstimulanz dürfte zu den ältesten Funktionen von Musik überhaupt gehören. Die Techno-Musik unserer Zeit ist, so gesehen, nichts wesentlich Neues. Das meint vor allem, daß aufgrund dieser funktionalen Fokussierung der Bereich für Gestalterisches oder gar Innovatives prinzipiell nicht besonders groß sein kann" (Jerrentrup 2001, 188). Tanzmusik ist Tanzmusik, ob mit der Bongo oder mit dem Computer.

ter/Retschitzegger zielt – nämlich darauf, schon innerhalb eines Tracks so etwas wie DJ Mixing zu praktizieren. Deshalb unterscheide ich die Bestandteile diesmal nicht nach dem Kriterium fest/variabel, sondern zähle alle nennenswerten Komponenten gemeinsam auf, ehe ich den Verlauf skizziere.

Anti Freeze Device verfügt über eine durchgehende Bassdrum, einen Baß (auf As), zwei verschiedene Intervall-Signale (es-ges sowie as-h), eine streicherartige Fläche (auf ces-es-ges-b), drei hihats, zwischen denen hin- und hergeschaltet wird (die erste off beat und offen, die zweite auf der zweiten und der vierten Zählzeit, halboffen, die dritte off beat und halbgeschlossen) sowie über zwei verschiedene perkussive Motive. Das geräuschhaftere erste ist in den unteren Mitten des Frequenzspektrums angesiedelt und hat den rhythmischen Schwerpunkt auf der Vier, das zweite klingt metallischer, seine wahrnehmbare Tonhöhe liegt auf as und sein Akzent auf der Eins und der Drei (höhere Mitten).

Die Anlage des Stücks ist dadurch konstituiert, daß alle Elemente (abgesehen von Bassdrum und Baß) ständig neu miteinander kombiniert werden. Zunächst hört man die Bassdrum, das erste Perkussions-Motiv (Pe 1), den Baß und ein paar hihats. Dann setzt das erste Intervall (In 1) ein, und zwar auf der Drei-und, ehe Pe 2 kommt (auf Eins und Drei) und sogleich Pe1 verdrängt; neben dem letzteren setzt auch In 1 aus. An dessen rhythmischen Ort (die Drei-und) tritt In 2, doch kurz darauf lassen sich auch In 1 und Pe 1 wieder vernehmen – das Intervall auf der Eins-und, das Perkussions-Motiv wie zuvor auf der Vier. Die Anordnung verschiebt sich im weiteren Verlauf auch noch in anderer Weise, z.B. dadurch, daß In 1 nur jeden zweiten Takt oder ein anderes Element gar in unregelmäßigen Abständen erklingt.

An DJ-Mixing erinnert das insofern, als auch Aufleger darauf achten, auf welcher Zählzeit die Schwerpunkte der beiden zu verbindenden Tracks liegen. Wenn sie zusammenfallen, verwischen sich die Bestandteile gegenseitig – unter normalen Umständen eher ein Fehler. Durch die Wahl von Platten mit günstig positionierten Spuren oder dem Hin- und Herschalten zwischen den Stücken lassen sich solche Mißgeschicke vermeiden. The Memory Foundation führen diese Kunstgriffe quasi bereits *in ihrer Platte* vor, außer durch die genannten Umstellungen auch durch das Wechseln von hihats mit langer und kurzer Ausschwingphase sowie durch das Wegnehmen gewisser Elemente (neben den oben erwähnten trifft es oft einzelne hihats). Gerade die Plötzlichkeit dieser Ausschalt-Manöver verweist auf das Mixing, wo die nicht länger verwendbaren Frequenzen ebenfalls übergangslos entfernt werden.

Bei Peter/Retschitzegger ist das Material von vornherein so gestaltet, daß es fortwährende Rekombinationen zuläßt: erstens aufgrund seiner Kürze (die Motive sind längst nicht so gestisch wie z.B. in *Growth*), zweitens insofern, als es sowohl zwei Intervall- als auch zwei Perkussions-Signale gibt – dadurch besteht genügend Potential für neue Arrangements und Gegenüberstellungen. Es sind in gewissem Sinne zwei Binnen-Tracks, die im Verlauf des Stücks gemixt werden. An klassischen Themendualismus darf man hier allerdings ebensowenig denken wie bei Jeff Mills. Die Komponenten werden nicht bearbeitet, sondern nur neu zusammengesetzt, und daraus ergeben sich fortwährende Änderungen des Grooves.

Handelt es sich auch bei *Anti Freeze Device* um räumliche Musik? Diese Frage läßt sich klar bejahen. Weil die einzelnen Bestandteile so knapp bemessen sind, bilden sie zusammengefügt im Raster eines Taktes Hebungen und Senkungen, die sich ständig verschieben und sich gegenseitig in ihrer Gewichtung beeinflussen. Tritt also ein neues Motiv hinzu oder setzt eines aus, bedeutet das v.a. einen Eingriff in das räumliche Beziehungsgeflecht der Gesamtheit aller Ingredienzien. Wenn man dem Groove des Tracks folgt, hat man den Eindruck eines Körpers, der sich dreht und seine Glieder immer wieder neu ausstreckt, ohne sich von der Stelle zu bewegen. Die linearen Aspekte treten ebenso wie bei den anderen Stücken in den Hintergrund. The Memory Foundation veranstalten ein raffiniertes Spiel, das sich primär um die Änderung der räumlichen Gestalt dreht.

Wie oben angedeutet, liegt das Charakteristische dieses Stils in seinem Umgang mit dem Tool-Gedanken der Minimalisten. Mills oder Basic Channel gestatten sich in den entsprechenden Tracks keinerlei Kombination von Binnenmotiven i.e.S., um die Anschlußfähigkeit nicht zu gefährden. Peter und Retschitzegger setzen die Errungenschaften im Hinblick auf die Überwindung der Linearität bereits voraus und erproben auf dieser Basis einen neuen Weg. Bei ihnen resultiert die Kompatibilität nicht aus der Ausdünnung, sondern aus dem fortwährenden Wandel des Stücks und seines Grooves. Hört man ihre Musik (etwa im Club), so denkt man immer wieder: eine neue Platte – doch es ist noch die alte. Das leistet der Kontinuität des DJ-Sets insofern Vorschub, als der tatsächliche Übergang zur nächsten Nummer dadurch schwieriger zu bemerken ist. Klassische Tools verdecken das weniger, weil sie die stärker individuierten Tracks nur ergänzen, nicht aber in einen Ablauf ständiger Wechsel einbinden können.

An der Musik von Central zeigt sich, wie sich Techno abseits von ausgetretenen Bahnen weiterführen läßt. Ein weiteres höchst interessantes Beispiel bildet der Kanadier Marc Leclair. Akufen, so sein Pseudonym, bedient sich der Technik des „Microsamplings", d.h. er nimmt winzige Soundschnipsel aus Radiosendungen auf, um sie zu filtern und zu resynthetisieren.[351] Das heißt nicht, daß sich hier eine Wiedergeburt des Sampling-Technos oder eine Annäherung an andere Subkulturen ankündigte. Erstens handelt es sich bei diesem Verfahren schon mehr um Synthese als um Sampling im herkömmlichen Sinne; den Partikeln ist nicht im geringsten mehr anzuhören, aus welchem Kontext sie herausgegriffen wurden – von „Verweischarakter" kann hier keine Rede mehr sein, nicht einmal von der Negation zitatorischer Praktiken, da die Technik viel zu weit davon entfernt ist.[352] Zweitens operiert auch Akufen mit der Verteilung im Stereo-Raum, der Verhallung einzelner Samples sowie dem Verhältnis von Vorder- und Hintergrund, also mit genau den Möglichkeiten der Variation, die die repetitive Konstitution von Techno eröffnet und die daher als stiltypisch anzusehen sind.

Die Ausführungen zu den verschiedenen Tracks sollten die These belegen, daß Techno räumliche Musik ist. Dieser Grundcharakter kam in allen Beispielen zum Vorschein: geradezu archetypisch bei *Trak II*, wo Hall und Delay für neue Räume sorgen, in die der mittig plazierte Akkord hineinwandern kann; in abgewandelter Form bei *M5*, *Growth* und *Anti Freeze Device* – dort fällt eher den Delay-Modifikationen, den bitonal-polyrhythmischen Strukturen oder dem Binnen-Mixing die Rolle zu, den Eindruck ins Dreidimensionale zu transformieren. Natürlich kann keines der Werke gänzlich auf lineare Vorgänge verzichten, doch indem die Sequenzen ständig wiederholt werden, verlagert sich die Empfangs-Bereitschaft auf die räumlichen Geschehnisse, die durch die genannten Mittel zustande kommen.

---

[351] Resynthese = eine neue Form der Klangerzeugung, wobei ein vorliegendes Geräusch in winzigste Partikel zerhackt und neu zusammengesetzt (= Granularsynthese) oder auf seine Eigenschaften hin analysiert wird, um diese dann auf einen anderen Klang zu übertragen (=Vocoder-ähnliche Synthese).

[352] Beim klassischen Sampling geht es nur darum, einen Sound zu speichern und nach Bearbeitungen wie Schnitt und Looping wieder abzuspielen (s.o.). Die heutigen Methoden der Variation sind aber bereits Synthesetechniken (Filter, sonstige Synthese-Effekte); insofern kann man sagen, daß Sampling und Synthese immer mehr miteinander verschmelzen. Das bedeutet zugleich: der Verweischarakter eines Samples wird allein schon aufgrund der technischen Gegebenheiten eliminiert.

Die Repetitionen werden von vielen Hörern als monoton im schlechten Sinne empfunden. Tatsächlich ist es nicht bei allen Techno-Tracks ratsam, sie zu Hause abzuspielen, es sei denn, man hat für seine Stereo-Anlage und seinen Kopfhörer sehr viel Geld ausgegeben. Viele Platten lassen ihre Qualität erst im Club erkennen. Abgesehen davon erfordert diese Musik völlig neue Hörgewohnheiten, eine in ganz anderer Weise „zerstreute" Rezeption, als es Benjamin geahnt haben mag.[353] Sie erschließt sich – so paradox das in einer wissenschaftlichen Arbeit auch klingen mag – nur dann, wenn man das Begreifen-Wollen hinter sich läßt, das Axiom, wonach Musik immer Melodien, Inhalte, Bilder oder gar gedankenanaloge Prozesse präsentieren müsse. Die beste Art des Umgangs besteht einfach darin, sich für die Klänge zu öffnen und sie auf den Körper wirken zu lassen. Je länger man tanzt, desto weniger kommen einem die alten Dogmen in die Quere.

Aus all dem geht hervor: Ich halte Goetz' Hymne an Basic Channel für die treffendste und schönste Beschreibung von Techno-Musik im allgemeinen. Die Formulierung, hier werde dem „Absolutismus des jeweils immer nur einen einzelnen Gedankens" das „kollektive Votum des Lebens aller anderen, auch diese Großhirnrinde mit am Leben haltenden, lebenden Zellen" zur Seite gestellt, entspricht genau dem Befund der Analyse, in der sich die Transformation des Linearen ins Räumliche als Quintessenz dieser Klangwelt erwiesen hat. Die Einbindung der isolierten Reflexion koinzidiert mit der Verräumlichung der Musik.

Gerade wenn man die übrigen relevanten Äußerungen von Goetz hinzunimmt, darf man behaupten, daß darin der Schlüssel zu einer arbeitsfähigen Techno-Theorie steckt. Wie oben vermerkt, begegnet diese Struktur auch noch in anderen Zusammenhängen – im Zusammenwirken von DJ und Ravern oder zwischen der Platte und ihrer musikalischen Umgebung. Das Einzelne, Individuierte, intellektuell Faßbare öffnet sich einem Rahmen, sei es dem Körper, der Masse oder der räumlichen Dimension der Musik; die Beeinflussung erfolgt dabei im Idealfall wechselseitig und entgeht somit der Gefahr der Machtausübung – das wurde v.a. am Modell des DJs deutlich

---

[353] Vgl. der berühmte Essay „Das Kunstwerk im Zeitalter seiner technischen Reproduzierbarkeit", wo Benjamin zwischen dem auratischen und dem auf Reproduzierbarkeit angelegten Kunstwerk unterscheidet; an das letztere knüpfen sich für ihn große Hoffnungen, die u.a. mit der dazugehörigen „zerstreuten Rezeption" zu tun haben (Benjamin, GS VII.2, 350-384).

(s.o.). Fazit: was Techno ausmacht, ist eine grundlegende Dialogizität, die Öffnung des Einzelnen für die Vielen und den Körper – Kommunikation.

Die vorgeschlagene Erklärung steht zu den übrigen erläuterten Ansätzen keineswegs im Widerspruch. Matthias Waltz' Reflexionen zur „Inszenierung von Namenlosigkeit" basieren auf der Annahme, daß Techno sowohl in musikalischer als auch in kultureller Hinsicht sämtliche Bezüge kappt und alle Bedeutung aus dem gegenwärtigen Kontext gewinnt (s.o.). Im Grunde stimme ich dieser These zu. Techno verzichtet auf kulturpolitische Konfrontationen und transportiert auch keinerlei konkrete realitätsbezogene Sinngehalte; von Rebellion und konventionellem „Begehren" ist hier nicht viel zu spüren. Nur: mit solch einer Analyse berührt man bloß die negative Seite; man begreift Techno als Schwundstufe von Pop oder HipHop, nicht aber als eine Bewegung, die neue Regionen erschlossen hat. Die in vielfältiger Form auftretende fundamentale Offenheit bleibt hier ausgeklammert.

Ulf Poschardt definiert Techno als „Musik auf dem Weg zum reinen Geräusch" und denkt dabei an ein vom Sampling abgeleitetes Prinzip, eine subversive Methode, mit dem Hergebrachten umzugehen und dabei zugleich seine ursprüngliche Funktion und Herkunft unkenntlich zu machen (s.o.). Mit dieser Bestimmung liefert er sozusagen ein musikwissenschaftliches Äquivalent zu Waltz. Deshalb ist seine Techno-Beschreibung in analoger Weise zu kommentieren. Natürlich hat Sampling gerade in den Gründerjahren eine gewisse Rolle gespielt; wie das Beispiel Akufen zeigt, läßt sich damit auch heute noch einiges anfangen. Für den Stil der meisten Produzenten – nicht nur der Minimalisten – sind aber andere Techniken konstitutiv, und selbst dort, wo man sich des Samplings bedient, hat es oft ganz andere Funktionen als die eines „musikalischen Dekonstruktivismus" bzw. als die einer Zitierform, die frühere Arten der Repräsentation nochmals überbietet und in ein reines Signifikanten-Spiel umlenkt. Mit der bewußten Definition erfaßt Poschardt Techno ebenfalls nur im Raster der übrigen Subkulturen, übergeht aber das eigene Potential dieser Musik und Kultur.

Durch die genannten Besonderheiten unterscheidet sich Techno nicht nur von Pop, HipHop und weiteren Stilen der „U-Musik", sondern auch von der „E-Musik" inklusive der verschiedenen zeitgenössischen Strömungen. Folgende Überlegung mag dies verdeutlichen: Alle konventionelle Musik, insbesondere die „abendländische" seit Monteverdi, basiert auf der Voraussetzung, eine individuelle Form etablieren zu müssen. In der zeitlichen Sukzession ergibt sich eine *umgrenzte* Gestalt, die von der anderer Werke abweicht. Die

Entwicklung der Sonatenhauptsatzform verlieh diesem Denken eine zusätzliche Note, weil man von da an mit klaren Themenkomplexen arbeitete, die in der Durchführung auf ihr Anderes stoßen und in der Reprise schließlich wieder zu sich selbst finden sollten. Es lag nahe, darin eine Entsprechung zum mit sich selbst identischen Subjekt zu sehen – für Adorno bildete diese Konfiguration die Matrix, nach der er alle weitere Musik beurteilte.[354]

Dieses Modell impliziert eine bestimmte kommunikative Struktur. Wenn sich ein Thema bzw. eine Melodie formiert und auch die harmonischen Beziehungen den Individuations-Vorgang unterstreichen, dann lädt es den Hörer ein, sich mit ihm zu identifizieren. Das ist umso bemerkenswerter, als die Individualisierung der Form mit einer forcierten *Absonderung* einhergeht. Durch die Identifikation grenzen sich beide – Werk und Rezipient – vom Rest der Welt ab. Natürlich arbeiten die Komponisten heutzutage längst mit ganz anderen Schemata; niemand würde simple Identifikation als adäquate Wahrnehmung seiner Musik bezeichnen. In der Experimental Music von John Cage oder Morton Feldman wird auch das Paradigma der durch die lineare Sukzession entstehenden individuellen Form überwunden, nicht aber der Zug der Distanzierung: Indem diese Künstler Elementen wie „Zufall" und „Stille"[355] eine konstitutive Rolle an ihren Klangwelten einräumen, durchbrechen sie etablierte Vorstellungen von funktional strukturierten Gefügen, doch in Richtung auf eine „präindividuelle Musik" bzw. auf einen „organlosen Körper"[356] im Sinne von Deleuze,[357] aber nicht wie bei Techno

---

[354] Vgl. insbesondere Texte wie *Zur Philosophie der neuen Musik* oder *Einleitung in die Musiksoziologie*. In der *Ästhetischen Theorie* führte ihn der besagte Blickwinkel sogar dazu, den Wahrheitsgehalt von Beethovens Musik über die Bachsche zu stellen – mit der Begründung, „die Stimme der Mündigkeit des Subjekts" sei beim Schöpfer der „Neunten" weiter gediehen (Adorno 1973, 316).

[355] Vgl. Cox 2003, 169.

[356] Darunter verstehen Deleuze und Guattari die Kräfte, Flüsse und Elementarteilchen des Körpers jenseits von Formen, Organisationen, Verbindungen etc. (Deleuze/Guattari 1997, 13 bzw. 205-227).

[357] Obwohl sich Deleuze nur sporadisch zur neuen Musik geäußert hat, beruft sich die experimentelle Musikszene inklusive des sogenannten „Intelligent Techno" bevorzugt auf seine Theorie, vgl. u.a. die Beiträge in Kleiner/Szepanski 2003. Eine hervorragende Darstellung dieser Argumentation liefert der darin enthaltene Beitrag von Christoph Cox („Wie wird Musik zu einem organlosen Körper? Gilles Deleuze und die experimentelle Elektronika"): Der Autor begründet die Attraktivität dieses Denkens damit, daß sich insbesondere Gedanken wie der des „organlosen Körpers" bzw. der „Konsistenzebene" auf die antihierarchische Gestaltung und die „nicht pulsierende Zeit" dieser Klangwelten übertragen ließen (Cox 2003, v.a. 167-177, ähnlich Kleiner/Chlada 2003, 221f.). – In der hier vorgelegten Tech-

über Kanäle, die die Kommunikation, das kollektive Körpergedächtnis aktivieren können.[358] Am alten Effekt der Abgrenzung wird nicht gerüttelt – er verschiebt sich auf die Differenzerfahrung in der Auseinandersetzung mit einem besonderen Objekt.[359]

In anderen Sparten der Musikwelt lebt dagegen auch das Moment der Identifikation fort, mehr noch: es hat Blüten getrieben, von denen Mozart und Beethoven noch nichts ahnen konnten. Rock und Pop bleiben der Harmonik des 19. Jahrhunderts verhaftet, kombinieren sie aber mit ganz neuen Formen der Präsentation, der Vermarktung und des Starkults. Nach wie vor erklingen Melodien, Kadenzen und Strophen, nach wie vor wird der Hörer dazu animiert, die „menschlichen Gefühle" eines anderen zu empfangen, als individuelle Äußerung zu begreifen und mit sich selber in verschiedenen Graden der Identifikation kurzzuschließen, doch nun sind es riesige Hallen, in denen die Emotions-Transfusionen stattfinden. Auf der Bühne artikuliert sich ein Individuum und redet zu seinem Publikum quasi von Mensch zu Mensch, es nimmt den Zuhörer bei der Hand und bietet ihm einen vermeintlich exklusiven Einblick in seine Persönlichkeit, auch wenn tausend andere dasselbe erleben. Besonders absurd wird dieser Mechanismus, wenn die in linearer Musik stets mitschwingende Grenzziehung aggressiv betrieben

---

no-Beschreibung spielen weder Deleuze noch „Intelligent"-Exponenten wie Aphex Twin, Mouse on Mars oder Mille Plateaux eine größere Rolle, da ich das innovative Potential dieser Musik wie gezeigt in einer intensiveren Öffnung für den Körper *und* die Vielen sehe, in einer potenzierten Kommunikation, also nicht im Anschluß an Deleuzes antifunktionalistisches Denken. – *Rave* enthält übrigens eine brachiale Haßtirade gegen die genannten Künstler (Rv 34).

[358] Das gilt übrigens auch für die Schule der Minimal Music, die äußerlich leicht an Techno erinnern könnte: Bei Komponisten wie Steve Reich oder Philipp Glass spielen sich die musikalischen Prozesse ebenfalls im Horizont des Linearen ab, da die Sequenzen zwar ständig repetiert, jedoch zugleich weiterentwickelt werden. Die technoide Öffnung hin zum Räumlichen bleibt aus.

[359] Cox räumt selbst ein, daß sich das Moment der musikalischen Individuation lediglich verschiebe: „Wenn Elektronika-Tracks gespielt werden, summt bzw. singt man [...] nicht mit. Es gibt keine Tunes oder Refrains, die sich im Kopf festsetzen. Vielmehr sind *Elektronika-Tracks* durch eine musikalische Individuation anderer Art gekennzeichnet. In ihren glatten Räumen bzw. auf ihren glatten Ebenen verteilen *Elektronika-Tracks* akustische Singularitäten und Diesheiten, Affekte und Intensitäten: rein auditive Qualitäten, Quantitäten und Aggregate, die von Melodien, Formen und Strukturen losgelöst sind" (188, Hervorhebungen i.O.).

wird,[360] d.h. wenn sie sich mit einer Wendung gegen die „Gesellschaft" verbindet – wem fiele da neben vielen anderen nicht der Name Nirvana ein.

Damit erreicht man wieder den Punkt, der im ersten Teil des Exkurses als die Krise der Dissidenz beschrieben wurde. Nur steht inzwischen nicht mehr allein die Kritik an der Gesellschaft, sondern ein noch grundlegenderes Moment der traditionellen Kunst zur Debatte: die Tendenz zur individuellen Absonderung, die Attitüde, durch lineare Strukturen subjektive Horizonte zu erschaffen und sie auf dem Wege der Identifikation an andere weiterzugeben. Die Vervielfältigung des Einzelnen[361] – statt der Erzeugung von Kommunikation.

---

[360] Cox 2003 formuliert das Paradox auf musikwissenschaftlicher Ebene: „Ungeachtet seines Rufs für klangliche und erotische Befreiung gibt es nur wenige musikalische Genres, die rigider stratifiziert sind als der Rock" – das manifestiere sich in kurzen „Zyklen von Spannung und Erlösung" sowie in der Abwertung all dessen, „was nicht unmittelbar sichtbar, wahrnehmbar oder präsent ist" (179).

[361] Das Prinzip der Vervielfältigung gilt m.E. selbst dann, wenn man den Akt der popkulturellen Identifikation aufwertet. Gabriele Klein und Malte Friedrich plädieren in ihrem Aufsatz „Globalisierung und die Performanz des Pop" dafür, die Beziehung zwischen Pop-Produktion und –Rezeption nicht (wie etwa noch Horkheimer/Adorno) als unidirektionale Steuerung, sondern im Sinne einer jeweils besonderen lokalgebundenen Aneignung zu verstehen: „Globale Bilder des Pop […] können ihre Wirksamkeit nur dann entfalten, wenn die Bilder von den Konsument/innen mimetisch nachvollzogen […], in einem performativen Akt der Neukonstruktion verkörpert und auf diese Weise lebensweltlich neu gerahmt werden"(Klein/Friedrich 2003, 94). Für sich genommen – d.h. was Pop betrifft – erscheint diese Anregung sehr hilfreich. Gleichwohl werden auch nach dieser Darstellung *Grenzen* transportiert (auch wenn sie nicht überall in gleicher Weise ankommen); es geht nur um einen anderen Verlauf, nicht um größere Durchlässigkeit. – Darin liegt wiederum der Unterschied zwischen dem poptheoretischen Ansatz, den Klein in *Electronic Vibrations* entwickelt, und der hier im Anschluß an Goetz erarbeiteten Techno-Konzeption. Die These der Autorin, die popkulturellen Praktiken Jugendlicher stellten primär Formen körperlicher Interaktion und Kommunikation dar (Klein 2004, 7f., 78 et passim), ist mit den Ergebnissen des Exkurses uneingeschränkt kompatibel; weniger indes ihre – von Bourdieus Habitus-Begriff inspirierte – Deutung dieser Kommunikationen als „Distinktionskämpfe" (ebd., 242). Diese Differenz beruht allerdings auf der Verschiedenheit der jeweiligen Erkenntnisziele: Während sich meine Analyse ausschließlich auf die spezifische Ästhetik von Techno, House etc. bezieht, unternimmt Klein den Versuch, von Techno ausgehend zu einem v.a. soziologisch ausgerichteten allgemeinen poptheoretischen Beschreibungsmodell zu gelangen. Indem sie auf das Phänomen der Abgrenzung rekurriert, abstrahiert sie m.E. sehr stark von den musikalisch-kulturellen Innovationen der elektronischen Stile und sucht den Anschluß an die übrigen Subkulturen (vgl. dagegen z.B. Werner 2001, 40f., die an Berliner Technoclubs ausführt, daß äußere Attribute, Gruppen-Insignien und Auffälligkeiten i.d.R. allenfalls für jüngere Raver eine größere Rolle spielen).

Das revolutionäre Potential der Techno-Musik liegt für mich darin, eine Alternative zu diesem uralten Dogma aufgezeigt zu haben. Ihre Tracks verwenden die linearen Momente nur als Plattform, von wo aus sie in den Raum, in die dritte Dimension ausgreifen. Sie *transportieren* weder Bilder noch Geschichten, weder Inhalte noch identifizierbare Gefühle, nichts, womit die einfache Distanznahme befördert werden könnte, sondern sie *setzen* etwas *frei*: ein anderes Verhältnis zu den anderen, zum Denken, zum Körper. Eine neue Form der Grenze sozusagen – und damit auch neue Gefühle. Wenn Goetz in *Hard Times, Big Fun* schreibt, Techno löse den Widerspruch zwischen Ich und allen genau andersherum auf als bis dato üblich, so findet er eine präzise Formulierung für das neue Paradigma. Mit der Bemerkung aus der Basic Channel-Hymne, die Musik wolle die „absolutistische Denkstruktur" bereichern, nicht aber abschaffen, gibt er darüber hinaus zu verstehen, daß es dabei keineswegs um Irrationalismus geht, sondern im Gegenteil um eine neue kulturelle Praxis.

2 PHILOSOPHIE

Die Ausführungen von Teil 2 steuern auf ein Konzept von technoider Repräsentation zu. Dabei entferne ich mich ein Stück von den konkreten Bezügen zur Techno-Welt und widme mich der Philosophie zweier Denker, die diese Musik nicht mehr zur Kenntnis nehmen konnten bzw. – im Falle des zweiten – wohl allenfalls am Rande registriert haben: Ludwig Wittgenstein und Niklas Luhmann. Wie in der Einleitung erwähnt, soll dieser Schritt dazu beitragen, die Ergebnisse des Exkurses auf einen allgemeineren Nenner zu bringen und eine Grundlage für die Drameninterpretation zu schaffen. Die Auseinandersetzung mit den beiden Theorien erfolgt in den Kapiteln 2.1 und 2.2. Der Blick geht zunächst jeweils auf die entsprechenden Grundgedanken, dann auf einzelne Themen, die für diese Arbeit besonders relevant sind, sowie drittens auf die Rezeption durch die beiden Literaten – im Horizont der Frage, wie sich die theoretischen Diskurse in der Art und Weise, Wirklichkeit literarisch darzustellen, geltend machen. In der abschließenden Zusammenfassung (2.3) soll die technogemäße Form der Repräsentation definiert und gegen andere ästhetisch-philosophische Strömungen abgegrenzt werden.

2.1 Ludwig Wittgenstein

2.1.1 Sprachphilosophie

Der Name Wittgenstein ist v.a. mit zwei berühmten Schriften verbunden: mit dem *Tractatus logico-philosophicus* und den *Philosophischen Untersuchungen* (PU). Während der im Jahre 1918 vollendete *Tractatus* schon zu Lebzeiten erschien, wurde das zweite Hauptwerk erst 1953, also zwei Jahre nach dem Tod des Philosophen publiziert. Zwischen den beiden Texten liegt nicht nur zeitlich eine große Distanz. Sie weichen in ihren Intentionen und Grundpositionen so stark voneinander ab, daß die Forschung dazu überging, den Denk-Weg des Autors in zwei Phasen zu gliedern und zwischen „Wittgenstein I" und „Wittgenstein II" zu unterscheiden.[362] Zwar strebten einige Interpreten unitaristische Lektüren an,[363] doch die Differenzen stehen als solche außer Frage – Wittgenstein bekennt im Vorwort zu den PU ausdrücklich, im *Tractatus* „schweren Irrtümern" erlegen zu sein und diese im neuen Buch beheben zu wollen (PU, S. 232).[364] Im Rahmen meiner Arbeit ist in erster Linie „Wittgenstein II" von Interesse.[365] Hier begegnet man einer gedanklichen Praxis, die ein Licht auf Bernhards Schreibverfahren wirft und zugleich im Kontext der Repräsentations-Thematik Aufschluß bietet. Dabei greife ich fast ausnahmslos auf die *Philosophischen Untersuchungen* zurück.[366]

Was aus dem *Tractatus* zu referieren ist, verdichtet sich um eine Grundannahme, die in den PU auf das heftigste kritisiert wird. „Wittgenstein I" ging davon aus, daß der Gebrauch der normalen Sprache mit einer logischen Tiefengrammatik in Verbindung steht. Beim Denken eines Satz-Sinnes sei der

---

[362] Dieser Trennungsvorschlag geht auf Stegmüller 1976 zurück. Einige nachfolgende Deutungen wie Lazerowitz/Ambrose 1984, Buchheister/Steuer 1992 oder Hintikka/Hintikka 1996 exponieren dreistufige Modelle mit fließenden Übergängen, wobei die *Philosophischen Bemerkungen* als Zwischenstufe gewertet werden. Im Horizont meiner Arbeit kommt es freilich primär auf die Unterschiede zwischen der Früh- und der Spätphase an.

[363] Explizit u.a. in Friedrich Wallners Studie *Wittgensteins philosophisches Lebenswerk als Einheit* (1983). Der Verfasser zeigt an verschiedenen Punkten, daß die in den PU geäußerte Kritik dem *Tractatus* nicht immer ganz gerecht wird (z.B. 53, 72). Es gebe eine Reihe von strukturellen Gemeinsamkeiten zwischen den beiden Werken, etwa der sprachphilosophische Zugang zur Gewißheit, der im *Tractatus* am Theorem der Bedeutung, in den PU an dem des Gebrauchs orientiert sei (66ff.). Ich meine allerdings, daß die Ähnlichkeit des Zielhorizonts gegenüber den Unterschieden in der Begründung bzw. Herangehensweise eher in den Hintergrund tritt.

[364] Zur Zitierweise: da die *Philosophischen Untersuchungen* bekanntlich in Paragraphen gliedert sind, beziehen sich die Angaben i.d.R. auf deren Ordnungszahlen (z.B. PU 50 für § 50). Bei Zitaten aus der Vorrede oder aus Teil II nenne ich jeweils die Seitenzahlen und stelle den Angaben wie hier ein „S." voran. Zitate aus dem *Tractatus* werden mit der Ordnungszahl des entsprechenden Satzes angeführt.

[365] Dem *Tractatus* widerfährt daher im folgenden nur soviel Beachtung, wie es das Verständnis der PU erfordert.

[366] Gerade aufgrund der „fließenden Übergänge" (s.o.) in der zweiten Schaffensperiode (ca. ab 1929) erscheint es ratsam, eine Station von Wittgensteins Denk-Weg – eben die *Philosophischen Untersuchungen* – ins Zentrum zu stellen. Der sogenannte Teil II des Textes wird nur in Ausnahmefällen zitiert. Sein Status galt schon früher als fragwürdig; in der jüngst entstandenen kritisch-genetischen Edition der PU wird er separat von Teil I aufgeführt. Den Erkenntnissen der Editoren zufolge handelt es sich dabei um Notizen aus dem Umkreis der *Philosophie der Psychologie* (Schulte 2001, 28f.).

Kalkül der Wahrheitsfunktionen stets präsent.[367] Als Sprecher etwas zu meinen oder als Hörer etwas zu verstehen, so der *Tractatus*, heißt den Satz implizit einer wahrheitsfunktionalen Analyse zu unterziehen. Das Verhältnis zwischen Wort und Wirklichkeit ist vielfach vermittelt – wenn Wittgenstein schreibt, der Satz sei das „Satzzeichen in seiner projektiven Beziehung zur Welt" (Tr 3.12), so ist mit „Welt" nicht die Gesamtheit der Dinge, sondern der abstrakten Tatsachen gemeint (Tr 1.1). Gleichwohl läßt sich auch aus diesem Satz ersehen, daß die Theorie des *Tractatus* auf einem Modell des Verfügens über die Sprache fußt.[368] Die Sprecher bewegen sich in einem logischen Raum, in den sie die einzelnen Sätze integrieren. Da das Geflecht der Tatsachen und Sachverhalte als Abbild jedem einzelnen „innewohnt", ist man in der Lage, bei jedwedem Wortgebrauch in einem operativen Sinne interne Dispositionen zu aktualisieren. Anders ausgedrückt: nach der Theorie der Logisch-Philosophischen Abhandlung sind Meinen und Verstehen Untervarianten des Denkens.

Die *Philosophischen Untersuchungen* treiben einen großen argumentativen Aufwand, um diese Konzeption als Irrweg zu entlarven. Die Bedeutung des zweiten Hauptwerks erschöpft sich allerdings bei weitem nicht in seiner kommentierenden Funktion. Der Autor stellt die Kritik in einen größeren Kontext; er begreift die frühen Thesen als Symptome einer umfassenden Verblendung, von der die gesamte sprachphilosophische Tradition betroffen sei. Um den Leser in das überkommene Denken einzuführen, wählt er daher nicht den *Tractatus*, sondern einen wesentlich älteren Text als Kronzeugen – gleich zu Beginn der PU erscheint ein längeres Zitat aus Augustinus' *Confessiones*. Wittgenstein faßt die darin enthaltene Lehre vom Wesen der Sprache folgendermaßen zusammen: „Die Wörter der Sprache benennen Gegenstände – Sätze sind Verbindungen von solchen Benennungen" (PU 1). Zudem legt er dar, wie sich diese Grundgedanken in späteren Jahrhunderten weiterentwickelt haben: „In diesem Bild von der Sprache finden wir die Wurzeln der Idee: Jedes Wort hat eine Bedeutung. Diese Bedeutung ist dem Wort zugeordnet. Sie ist der Gegenstand, für welchen das Wort steht" (PU 1).

---

[367] Vgl. Lange 1998, 21, 25. Lange erwähnt noch einen zweiten Aspekt, der in den PU kritisiert werde, nämlich die „verallgemeinernd-postulatorische Form der Theoriebildung" (21). Diese tritt allerdings weniger in den selbstreflexiven Bemerkungen als vielmehr im tatsächlichen Verfahren des *Tractatus* hervor; sie resultiert aus dem ersten Moment, auf das sich die Revisions-Bemühungen der PU häufiger und in direkterer Weise beziehen.
[368] Ebd., 21.

An dieser Vorstellung setzen die Reflexionen der *Philosophischen Untersuchungen* an. Wittgenstein erklärt sie nicht einfach für falsch, sondern er schränkt nur ihre Gültigkeit ein: „Augustinus beschreibt, könnten wir sagen, ein System der Verständigung; nur ist nicht alles, was wir Sprache nennen, dieses System" (PU 3). Zur Erläuterung skizziert er eine konkrete Situation, die Kommunikation zwischen einem Bauarbeiter und einem Gehilfen, der es gelernt habe, auf Zuruf von Wörtern wie „Platte", „Würfel" oder „Balken" die entsprechenden Dinge aufzuheben und ihm zu reichen (PU 2). Hier besteht eine klare, simple Beziehung zwischen Wort und Gegenstand. Der Bauende kann dem Helfer die Bedeutung der Vokabeln beigebracht haben, indem er bei ihrer Verwendung anfangs immer auf das gemeinte Objekt gezeigt hat. Diese Art von Sprache basiert auf einem „hinweisenden Lehren"; aus der Perspektive von Sprechern, die sich in größeren Zusammenhängen bewegen können, läßt sich dies als „hinweisende Definition" bestimmen (PU 6). Für derartige Fälle, so Wittgenstein weiter, ist die bewußte Erklärung geeignet, da die Wörter hier keine andere Funktion haben, als eine Verbindung zu einem gegebenen Gegenstand herzustellen (PU 3, 6).

Komplexere Sprach-Systeme entziehen sich hingegen diesem Muster. Sobald man den Horizont des Gehilfen um Wörter wie „dieses" oder „dorthin" erweitert, reicht das Hinweisen nicht mehr aus, auch dann nicht, wenn man dabei auf Orte oder Dinge zeigt, denn „hier geschieht […] dieses Zeigen auch im *Gebrauch* der Wörter und nicht nur beim Lernen des Gebrauchs" (PU 9). Wittgenstein illustriert auf diese Weise sein Konzept, das er gegen die traditionelle Sprachphilosophie in Anschlag bringt: Alle Sprache, alles Sprechen ist in Handlungszusammenhänge eingebunden. Die Wörter dienen – an dieser Einsicht knüpfte die Sprechakttheorie[369] an – in der überwiegenden Mehrheit der Fälle nicht dazu, Dinge oder mentale Inhalte abzuspiegeln, sondern sie empfangen ihren Sinn aus den Tätigkeiten, innerhalb derer sie verwendet werden: „Die Bedeutung eines Wortes ist sein Gebrauch in der Sprache", lautet einer der berühmtesten Sätze des Buchs (PU 43).

---

[369] Dank der Rezeption durch Austin und Searle hat es diese These zu großer Popularität gebracht. Der Gegensatz zwischen der hinweisenden Definition und der von der Verwendung abhängigen Bedeutung entspricht in etwa dem, was Searle als lokutionären und als illokutionären Aspekt der Rede bezeichnet (Searle 1971). Wenn es in den PU heißt, Sprache funktioniere nicht immer nur zu dem einen Zweck, Gedanken zu übertragen (PU 304, 363), so ist darin ein zentrales Theorem der Sprechakttheorie vorweggenommen. – Zu Wittgenstein und Searle auch: Wiggershaus 1974, Krome 1979.

Mit dieser These korrespondiert ein weiteres wichtiges Modul von Wittgensteins später Theorie: der Begriff des Sprachspiels.[370] Der Autor führt ihn als Alternative zum Wesensbegriff der Tradition ein; gemeint sind damit die verschiedenen Komplexionen von Wörtern und Handlungsmustern, die in einer entwickelten Sprachgemeinschaft vorkommen. Wittgenstein empfiehlt dem Leser, dabei an Reigenspiele zu denken (PU 7) – dort dienen Wörter in besonders sinnfälliger Weise dazu, Aktionen auszulösen, anstatt Inhalte zu bezeichnen. Einige Paragraphen später setzt er hinzu, daß diese Spiele von kulturspezifischen Konventionen geprägt seien: „Das Wort „*Sprachspiel*" soll hier hervorheben, daß das Sprechen der Sprache ein Teil ist einer Tätigkeit, oder einer Lebensform" (PU 23).[371] In einer Liste nennt er mögliche Beispiele, z.B. befehlen, berichten, Rätsel raten – es gebe ihrer unendlich viele, zudem seien sie einem ständigen Wandel unterworfen (ebd.).

Wittgenstein verfolgt bei all diesen Erwägungen so etwas wie ein grundsätzliches Erkenntnisinteresse: die Kritik des Solipsismus. Während er im *Tractatus* zu dieser Lehre in eher ambivalenter Weise Stellung bezieht,[372] scheint die Gedankenführung in den PU von vornherein auf ihre Widerlegung angelegt.[373] Um die nötigen Argumente zu gewinnen, setzt Wittgenstein

---

[370] Der Begriff des Sprachspiels wird erstmals im fragmentarischen *Blauen Buch* (1933/34) eingeführt, wo Wittgenstein die Absicht erklärt, an der Art und Weise, wie Kinder den Gebrauch von Wörtern durch Spiele erlernen, das Funktionieren der Sprache studieren zu wollen; dabei handelte es sich quasi um die Grundformen, aus denen sich die komplizierten Konfigurationen der Alltagssprache zusammensetzten und die daher ihre Erkenntnis erleichterten (BlB 36f.). Vgl. auch Bezzel 1996, 19f.

[371] Zum Zusammenhang von Sprachspiel und Lebensform eingehend: Schneider 1999, Schulte 1999 sowie die übrigen Beiträge im Sammelband *Der Konflikt der Lebensformen in Wittgensteins Philosophie der Sprache* (Lütterfelds/Roser 1999).

[372] „Was der Solipsismus nämlich *meint*, ist ganz richtig, nur läßt es sich nicht *sagen*, sondern es zeigt sich" (Tr 5.62).

[373] Die Forschung teilt sich allerdings auch dabei in (mindestens) zwei Lager: Die überwiegende Mehrheit der Autoren sieht in Wittgenstein den Überwinder des Solipsismus, ob bereits in der Frühphase (u.a. Pears 1987, v. Savigny 1996, Rhees 1998) oder erst im Spätwerk (Hintikka/Hintikka 1996, Hacker 1997, Cook 2000), eine Minderheit behauptet hingegen, Wittgenstein hänge auch in den PU dieser Lehre an (Bell 1992, Gabriel 1993, Vossenkuhl 1999; 2003, Lalla 2002). Insbesondere bei Vossenkuhl ist es sehr aufschlußreich, die Argumentation zu rekapitulieren: Wittgenstein, so seine Lektüre, reflektiert in den PU zwei solipsistische Grundpositionen, den epistemischen sowie den semantischen Skeptizismus – prinzipielle Zweifel über die Existenz anderer, gleichgearteter Wesen bzw. über die Verständlichkeit meiner Äußerungen (Vossenkuhl 1999, 214). Beides werde in den PU abgewehrt; entscheidend sei jedoch, daß Wittgenstein die Ansprüche des Solipsisten nicht für falsch, sondern für sinnlos erkläre (231). Es gebe tatsächlich die Widersprüche des So-

an einem Theorem an, das in seiner Frühphase eine wichtige Rolle gespielt hatte. Im *Tractatus* redet er von Elementargegenständen, die nicht beschrieben, sondern nur *benannt* werden können (Tr 3.221). Das Benennen bilde quasi das Fundament der Sprache, alle weiteren Formen setzten sich daraus zusammen. Diese Auffassung wird im zweiten Hauptwerk vehement attackiert. Bereits an der Situation mit dem Gehilfen tritt hervor, daß die hinweisende Definition – also die Benennung – den Wortgebrauch nur dann erklärt, wenn bereits bestimmt ist, welche Funktion das Wort erfüllen soll. Noch einleuchtender ist das Beispiel aus § 30: Möchte man jemandem die Bedeutung von „Sepia" beibringen, indem man auf einen entsprechend gefärbten Gegenstand zeigt, dann ist zuvor anzugeben, daß es um seine Farbe und nicht etwa um seine Form gehen soll. Die Stellung im Sprachgefüge muß klar sein, bevor die Namen ins Spiel kommen. Der Primat gebührt also kulturell festgelegten Handlungszusammenhängen, nicht aber einer ursprünglichen Benennung von Elementargegenständen.

Die frühere Konzeption wird noch von einer anderen Seite her ins Visier genommen – von der Prämisse, es gebe Elemente, die man nur benennen könne. Auch dieser Vorstellung erteilt Wittgenstein eine Absage. Bei solchen Ur-Gegenständen denke die alte Lehre an Entitäten, die der Allgemeinheit von Namen entsprächen (also nicht einzelne Dinge oder Sachverhalte). Wer dergleichen postuliere, argumentiert er, hänge demselben Aberglauben an wie jemand, der im Ur-Meter aus dem Louvre eine emphatische Meter-Länge, eine göttliche Garantie für das Meter-Maß erblicke: Gerade bei dem Ur-Meter mache es keinen Sinn zu sagen, es sei einen Meter lang – noch, es sei nicht einen Meter lang (PU 50). Bei einem Namen handle es sich um ein Darstellendes, nicht um eine Darstellung von geheimnisvollen Elementargegenständen: „Was es, scheinbar, geben *muß*, gehört zur Sprache. Es ist in

---

lipsisten (etwa daß nur seine Welt, doch zugleich die der anderen existiere), wir verstehen sie bloß nicht, weil Bedeutung keine Basis im Seelischen habe (232 bzw. 236). Der Solipsismus nehme daher in Wittgensteins Denken eine ähnliche Stellung ein wie das „Ding an sich" bei Kant, nämlich die einer Begrenzung – obwohl man keine positiven Aussagen darüber treffen könne, müsse er in die Theorie der Sprachspiele einbezogen werden (243). – Ich meine freilich: Sofern man unter einem „Solipsisten" jemanden versteht, der exklusiven Zugang zu seinen *Bedeutungen* zu haben glaubt (und das ist die landläufige Definition), liefert Vossenkuhl selbst das Argument *gegen* jede Zuordnung der PU zum Solipsismus – mit dem Wort, Bedeutung habe laut Wittgenstein keine Basis im Seelischen (s.o.). Damit ist das eigentliche Terrain des Solipsisten enteignet – insofern leuchtet es kaum ein, weshalb man seinen Beitrag zu dem einer konstitutiven „Begrenzung" hochstilisieren muß.

unserem Spiel ein Paradigma; etwas, womit verglichen wird" (ebd.). Wie er in § 49 ausführt, wäre ein reines Benennen schon deshalb widersinnig, weil ein Ding außerhalb des Sprachspiels keinen Namen *habe* – das ergänzt sich wiederum mit der Überlegung zum Beispiel mit der Sepia-Farbe.

Wie hängt das nun mit der Kritik am Solipsismus zusammen? Die Antwort lautet: Wenn die traditionelle Philosophie – Wittgenstein erwähnt neben dem *Tractatus* auch Sokrates und seinen Lehrer Bertrand Russell[374] (PU 46) – gewisse Urelemente und ihre Namen als Fundament der Sprache ansieht, dann ist es nur ein kleiner Schritt, bis man diese Gegenstände mit mentalen Potenzen identifiziert und behauptet, das Subjekt habe einen privilegierten Zugang zu „seinen" Bedeutungen. In Anbetracht dessen wird verständlich, weshalb die PU die ältere Denkweise mit solcher Leidenschaft bekämpfen. Indem Wittgenstein die besagten Prämissen verwirft, verschafft er der Kritik am Solipsismus eine viel tragfähigere Basis als im *Tractatus*. Daher legt er großen Wert darauf, daß zwischen dem Benennen und dem Gebrauch der Wörter ein kategorialer Unterschied – statt eines Fundierungsverhältnisses – besteht: „Das Benennen ist noch gar kein Zug im Sprachspiel" (PU 49). Die Sprache beruht auf kulturellen Übereinkünften, nicht aber auf intern verfügbaren Urelementen, die ein Verstehen und Erfahren unabhängig von aller intersubjektiven Kommunizierbarkeit gewährleisten könnten.

Diese Reflexionen verweisen auf den Themenkomplex der PU, der in der Forschung zumeist als „Privatsprachen-Argument"[375] bezeichnet wird (v.a. §§ 243-315). Wittgenstein leitet ihn mit folgender Frage ein: Ist eine Sprache denkbar, deren Wörter sich „auf das beziehen, wovon nur der Sprechende wissen kann", auf seine unmittelbaren, privaten Empfindungen? (PU 243). Er berichtet von einer Diskussion über dieses Problem, in der sich einer der

---

[374] Zum Verhältnis von Wittgenstein und Russell u.a.: Kripke 1987, 38f., ter Hark 1995, Hintikka/Hintikka 1996, 78-88, 90-95, Majetschak 2004, v.a. 109-120.

[375] Stewart Candlish teilt die Deutungen dieser Reflexionen in drei verschiedene Richtungen ein: 1.) eine „altorthodoxe" Lehre, die Wittgensteins Argumentation auf das Theorem der Erinnerungsskepsis zurückführt; als typischer Vertreter wird Fogelin 1976 genannt (Candlish 1998, 144, 151), 2.) eine alternative Interpretationstendenz aus den 70er Jahren (etwa Kenny 1974), die die Erinnerungsskepsis nicht mehr nur auf Urteile, sondern auch auf Bedeutungen bezieht (155) sowie 3.) eine an Saul Kripke orientierte „neuorthodoxe" Schule, die das Privatsprachenproblem mit dem des Regelfolgens verknüpfe (162). Candlish vertritt – von allen drei Linien abweichend – die These, daß beim Rekurs auf eine früher gesetzte private Bedeutung nicht die Fehlbarkeit der Erinnerung das Entscheidende sei, sondern die Zweifelhaftigkeit des damaligen Geschehens, d.h. daß gar keine sprach-gemäße Verbindung zwischen Gegenstand und Ausdruck geschaffen wurde (157f.).

Teilnehmer an die Brust geschlagen und gesagt habe: „Aber der Andre kann doch nicht DIESEN Schmerz haben'" (PU 253). Ist man deshalb berechtigt, dem Sprecher ein exklusives Verhältnis zu den Bedeutungen der von ihm verwendeten Wörter zuzuschreiben? Wittgenstein verneint. Indem man die Vokabel „dieses" emphatisch betone, definiere man noch lange kein Kriterium der Identität; an der Hervorhebung zeige sich vielmehr, daß derartige Aspekte im gewöhnlichen Sprachspiel der Mitteilung von Empfindungen irrelevant seien (PU 253, vgl. auch PU 290).[376] Noch prägnanter ist eine weiter unten folgende Einlassung – der Autor gestaltet seine Argumentation wie auch in den meisten anderen Paragraphen als Wechselrede mit einem Gesprächspartner, der in den Dogmen der herkömmlichen Sprachphilosophie gefangen ist:

> „Nun, ein Jeder sagt es mir von sich, er wisse nur von sich selbst, was Schmerzen seien! – Angenommen, es hätte Jeder eine Schachtel, darin wäre etwas, was wir „Käfer" nennen. Niemand kann je in die Schachtel des Andern schaun; und Jeder sagt, er wisse nur vom Anblick *seines* Käfers, was ein Käfer ist. – Da könnte es ja sein, daß Jeder ein anderes Ding in seiner Schachtel hätte. Ja, man könnte sich vorstellen, daß sich ein solches Ding fortwährend veränderte. – Aber wenn nun das Wort „Käfer" dieser Leute doch einen Gebrauch hätte? – So wäre er nicht der der Bezeichnung eines Dings. Das Ding in der Schachtel gehört überhaupt nicht zum Sprachspiel; auch nicht einmal als ein *Etwas:* denn die Schachtel könnte auch leer sein. – Nein, durch dieses Ding in der Schachtel kann ‚gekürzt' werden; es hebt sich weg, was immer es ist.
>
> Das heißt: Wenn man die Grammatik des Ausdrucks der Empfindung nach dem Muster von ‚Gegenstand und Bezeichnung' konstruiert, dann fällt der Gegenstand als irrelevant aus der Betrachtung heraus" (PU 293).[377]

Die besondere Ausprägung der Empfindung ist für die Sprache also unerheblich; es geht allein darum, die betreffenden Wörter so einzusetzen, daß die Umwelt in adäquater Form reagieren kann. In § 404 widmet sich Wittgenstein darüber hinaus dem Problem der Identität, das bei der Idee der „privaten Bedeutungen" eine wichtige Rolle spielt. Für die Identität einer Person gebe es sehr verschiedene Kriterien, erläutert er, etwa wenn man bestimme,

---

[376] Hier wurde allerdings der Einwand vorgebracht, daß es sehr wohl Sprachspiele der Mitteilung von Empfindungen gebe, bei denen weder die betreffenden Gefühle sprachlich vermittelt noch die Zeichen kulturell erlernt seien; das gelte auch und gerade für das von Wittgenstein verwendete Beispiel des Schmerzes (dazu ausführlich: Neumer 1999).

[377] Zum Käfer-Beispiel auch Hintikka/Hintikka 1996, 316-319, 342-344, Heinen 1998, 223-232, Lalla 2002, 127-129.

welche Person in einem vollbesetzten Zimmer Schmerzen habe (z.B. „der Lange mit den blonden Haaren dort"). Hier erfordert das Sprachspiel eine besondere Markierung; die „Identität" besteht in nachvollziehbaren Kennzeichen. Beim Satz „*ich* habe Schmerzen" liege hingegen kein solches Kriterium vor, da keine bewußte Auswahl, kein expliziter Hinweis vonnöten sei. „‚Ich' benennt keine Person", heißt es provokant in § 410.

Diese Reflexion hat denselben Fluchtpunkt wie die obigen Betrachtungen. Weder das Wort Ich noch die Bezugnahme auf individuelle Empfindungen wie den Schmerz verleiht der Sprache die Qualität des Privaten, nur vom Sprecher im vollen Sinne Wißbaren. Wittgenstein verwirft die Vorstellung einer personalen Selbstgegebenheit, die in aller Sprache mitschwingen solle; das ergänzt die Kritik am Solipsismus insofern, als diese generell darauf zielt, das Bild von nur dem Einzelnen zugänglichen Bedeutungen als Illusion zu entlarven. Die *Philosophischen Untersuchungen* bestreiten also die Möglichkeit einer Privatsprache. Was Sprechen und Denken ist, steht zu mentalen und mithin nur dem Einzelsubjekt erreichbaren Potentialen in keiner durchgängigen Verbindung.

2.1.2 Meinen und Vorstellen

Mit der referierten Argumentation setzt sich Wittgenstein gewissen Nachfragen aus: Wenn die Sprache funktioniert, ohne daß sich individuelle Empfindungen direkt geltend machten – was kann es dann heißen, etwas zu *meinen*, insbesondere dann, wenn es beim Hörer einer Äußerung anders ankommt als vom Sender gewünscht? Muß man hier nicht doch auf die persönlichen Dispositionen des Einzelnen rekurrieren? Die Auseinandersetzung mit dem traditionellen Konzept des Meinens und damit korrespondierenden Denkgewohnheiten findet insbesondere in den letzten Absätzen des ersten Teils statt.[378] Wittgenstein will dabei v.a. auf Verwechslungen mit anderen Begriffen aufmerksam machen. Er demonstriert an einer Reihe von Beispielen, „wie verschieden die Grammatik des Zeitworts ‚meinen' von der des Zeitworts ‚denken' ist" (PU 693). Worauf die Differenz genau beruht, erläutert er in einer weiter oben plazierten Passage. Dort ist zwar nur vom Unterschied zwischen dem Denken einerseits und Wörtern wie Glauben, Erwarten oder Hoffen andererseits die Rede – diese seien „einander weniger artfremd, als sie dem

---

[378] Dazu Weiss 1995, Lange 1998, 341-386, Lalla 2002, 122-125.

Begriff des Denkens sind" (PU 574), doch in diese Reihe läßt sich auch das Meinen einordnen. Das zeigt der darauffolgende Paragraph, worin die Überlegung an einem Beispiel verdeutlicht wird:

> „Als ich mich auf diesen Stuhl setzte, glaubte ich natürlich, er werde mich tragen. Ich dachte gar nicht, daß er zusammenbrechen könnte.
>
> Aber: ‚Trotz allem, was er tat, hielt ich an dem Glauben fest,…' Hier wird gedacht, und etwa immer wieder eine bestimmte Einstellung erkämpft" (PU 575).

Für das Denken ist eine explizite Thematisierung, für das Meinen – und für die damit verwandten Wörter – hingegen eine implizite Vor-Einstellung konstitutiv. In diesem Sinne ist es zu verstehen, wenn der Philosoph im bereits zitierten Schlußabschnitt warnt: „nichts Verkehrteres, als Meinen eine geistige Tätigkeit zu nennen!" (§ 693). Der Text enthält noch diverse andere Bemerkungen, in denen derartige Mißverständnisse ausgeräumt werden, so auch in Teil II: „Das Meinen ist kein Vorgang, der dies Wort begleitet. Denn kein *Vorgang* könnte die Konsequenzen des Meinens haben" (PU S. 560). Oder: „Das Meinen ist sowenig ein Erlebnis wie das Beabsichtigen […] Sie haben keinen Erlebnisinhalt. Denn die Inhalte (Vorstellungen z.B.), die sie begleiten und illustrieren, sind nicht das Meinen oder Beabsichtigen" (PU S. 557). Wittgenstein läßt seinen mentalistischen Gesprächspartner fragen: „Wenn ich von jemandem rede und ihn meine, muß nicht doch eine Verbindung zu einer bestimmten Person bestehen?" (zit. sinngemäß), und er antwortet: „Gewiß, eine solche Verbindung besteht. Nur nicht, wie du sie dir vorstellst: nämlich durch einen geistigen Mechanismus. (Man vergleicht ‚ihn meinen' [fälschlicherweise, J.W.] mit ‚auf ihn zielen')" (§ 689). Um die verschiedenen Erklärungen zusammenzufassen: der Autor leugnet natürlich nicht, daß das Sprechen von Bewußtsein begleitet ist; nur handelt es sich bei dessen Beteiligung nicht um eine Folge von erlebnishaften Akten, in denen sich das Subjekt auf mentale Inhalte richtet.[379]

Was den fraglichen Begriff betrifft, geht daraus zweierlei hervor. Erstens liegt dem Meinen keine wie auch immer geartete unbewußte logische Struktur zugrunde. Wie Wittgenstein in § 477 ausführt, benötigt man keine *Gründe*, um zu glauben, daß man sich an einer heißen Herdplatte verbrennen würde. Wird man danach gefragt, was einen zu dieser Annahme bewogen

---

[379] Weiss 1995 diskutiert eine Reihe von möglichen Einwänden, um zu zeigen, daß Wittgenstein den Gedanken an Bedeutungs*erlebnisse* grundsätzlich verwirft (v.a. 57-68).

habe, vermag man sich nachträglich darauf zu besinnen, doch das ist keine Auseinanderlegung eines bereits Gedachten, sondern ein neuer konstituierender Akt (vgl. PU 475). Diese Bestimmung bildet die direkte Antithese zum Kerngedanken des *Tractatus*, der Präsenz des Kalküls der Wahrheitsfunktionen (s.o.).

Zweitens bezeichnet das Meinen auch jenseits von Problemen der Logik keine verdeckte Aktualität. Wittgenstein wendet sich damit gegen eine äußerst verbreitete Ansicht – im alltäglichen Sprachgebrauch wird oft unterstellt: Wenn man auf eine frühere Situation zurückkommt und erläutert, was man damals gemeint habe, ändere sich dieses Gemeinte nur äußerlich; es habe eben nicht im Fokus der Aufmerksamkeit gestanden, sei aber bereits in irgendeiner Form vorhanden gewesen. Diese Auffassung ordnet er auch seinem Dialogpartner zu. „Wenn ich einen unterbrochenen Satz fortsetze", läßt er ihn fragen, „und wenn ich dabei weiß, was ich sagen wollte, habe ich es dann schon früher gedacht und nur nicht gesagt?" (PU 633, zit. sinngem.). Die Antwort lautet: „Nein. [...] Aber es lag freilich schon alles mögliche in der Situation und in meinen Gedanken, das dem Satz weiterhilft" (ebd.). Selbst wenn ich mich an verschiedene Einzelheiten erinnerte, zeigten sie noch nicht die damalige Absicht (PU 635). Die sprachlichen und den allgemeinen Kontext betreffenden Anschlüsse erlauben zwar eine Weiterführung; dennoch ist weder eine frühere Äußerungssituation noch der sie begleitende Bewußtseinszustand reaktivierbar, denn sich daran zu erinnern bedeutet, eine neue Sprachhandlung zu vollziehen.

Wie läßt sich das Meinen nun aber positiv bestimmen? Die beiden letzten Paragraphen des ersten Teils erweisen sich auch dabei als wichtige Quelle:

> „Ist es richtig, wenn Einer sagt: ‚Als ich dir diese Regel gab, meinte ich, du solltest in diesem Falle…'? Auch wenn er, als er die Regel gab, an diesen Fall gar nicht dachte? Freilich ist es richtig. ‚Es meinen' hieß eben nicht: daran denken. Die Frage ist nun aber: Wie haben wir zu beurteilen, ob Einer dies gemeint hat? – Daß er z.B. eine bestimmte Technik der Arithmetik und Algebra beherrschte und dem Andern den gewöhnlichen Unterricht im Entwickeln einer Reihe gab, ist so ein Kriterium" (PU 692, vgl. auch PU 693).

Diese Bemerkung berührt sich mit einem weiteren essentiellen Aspekt der PU, dem Begriff der Regel.[380] Wittgenstein legt in einer früheren Passage ausführlich dar, auf welcher Form von Wissen das Beherrschen z.B. einer

---

[380] Dazu u.a.: Soldati 1989, 80-89.

mathematischen Zahlenfolge beruht: Wenn man jemandem beibringt, die Reihe 2, 4, 6 etc. zu schreiben, so heißt das keineswegs, daß man im Moment des Lehrens auch an den Übergang von 1000 zu 1002 denkt (PU 187).[381] Man ist zwar geneigt zu sagen, die Schritte seien „*eigentlich* schon gemacht" (PU 188), doch ob das zutrifft, kommt erst durch explizite Fragen zum Vorschein (§§ 186-190). Diese Erklärung läßt sich auch auf Phänomene übertragen, die noch enger mit dem Gebrauch von Sprache zu tun haben – etwa das bekannte Gefühl, beim Reden quasi mit einem Schlag sämtliche Verwendungen eines Wortes überschauen zu können (PU 191) oder ein Problem plötzlich zu begreifen: „Der blitzartige Gedanke kann sich zum ausgesprochenen verhalten wie die algebraische Formel zu einer Zahlenfolge, die ich aus ihr entwickle" (PU 320).

So wird plausibel, weshalb Wittgenstein das Meinen in § 692 mit dem Beherrschen einer Technik bzw. mit dem Unterrichten-Können engführt. Der Ausdruck steht für ein strukturelles Wissen, das sich in expliziten Verwendungen und Konkretisierungen äußert. Um zu beurteilen, was jemand mit einer bestimmten Äußerung gemeint hat, verfügt man dem Autor zufolge über kein anderes Kriterium, als die einzelnen Facetten mit entsprechenden Detailfragen hervorzuholen – auch das begrifflich verwandte „Wissen" ist für ihn „ganz in den Erklärungen ausgedrückt, die ich geben könnte" (PU 75, vgl. das Exempel in PU 79). Das Meinen ist also kein *Erlebnis*, sondern eine Dimension des *Sprachgebrauchs*, nämlich die Möglichkeit des Wortes, sich für bestimmte Situationen „bereit zu halten".[382]

Wittgensteins Ansatz macht auch um kompliziertere Fälle keinen Bogen, etwa um doppeldeutige oder mißverständliche Aussagen. Ein solches Problem steht u.a. in § 682 zur Debatte:

> „Du sagtest, ‚Es wird bald aufhören'. – Hast du an den Lärm gedacht, oder an deine Schmerzen?' Wenn er nun antwortet ‚Ich habe ans Klavierstimmen gedacht' – konstatiert er, es habe diese Verbindung bestanden, oder schlägt er sie mit diesen Worten? – Kann ich nicht *beides* sagen? Wenn, was er sagte, wahr war, bestand da nicht jene Verbindung – und schlägt er nicht dennoch eine, die nicht bestand?" (PU 682).

---

[381] Zum Zusammenhang zwischen dem Meinen und dem Beherrschen mathematischer Regeln auch Puhl 1998, 136f., Lalla 2002, 124.

[382] Sebastian Lalla interpretiert Wittgensteins Begriff des Meinens wie folgt: „Das Meinen ist also eine innere Disposition, die allerdings nie zu ihrer präsentischen Verwirklichung geführt wird, da die Interpretation einer Äußerung immer nur retrospektiv erfolgt" (Lalla 2002, 125).

Diese Antwort läßt sich ohne größere Schwierigkeiten in den Rahmen der bisherigen Erläuterungen einordnen. Das Meinen ist nicht einfach ein Nichts, nur weil es sich auf keinen Erlebnisinhalt bezieht und ihm ein impliziter Charakter eignet. Es liegt bereits eine Verbindung vor, doch ihre Explikation ist nicht nur eine äußerliche Markierung, sondern eine neue Hervorbringung, die mit dem Denken konvergiert. Wittgenstein klärt damit zugleich, daß auch die Möglichkeit des Mißverständnisses kein stichhaltiges Argument für ein primär selbstgegebenes Meinen ist – immerhin könnte man annehmen, in der geschilderten Situation entscheide allein das Bewußtsein des Sprechers über den Bezug der Äußerung. Die PU immunisieren sich gegen diesen Einwand, indem sie zwischen einem impliziten und einem expliziten Typus von Relationen unterscheiden: Der genaue Sinn tritt erst hervor, wenn der Redende auf die Unklarheit stößt bzw. gestoßen wird. Als Mentalist könnte man zwar dagegenhalten, daß er sich die Frage bereits „im Geiste" gestellt habe, doch damit befände man sich ebenfalls schon im Hoheitsgebiet der Sprache; sein Meinen ließe sich dann nicht mehr als ein nur subjektiv zugängliches Intendieren eines mentalen Inhalts fassen. Mit der Bestimmung, wonach sich die Sprache zwischen den beiden genannten Modi bewege, wird der Rekurs auf interne Bedeutungs-Erlebnisse überflüssig.

Angesichts dieser Überlegungen möchte man wissen: Wie steht es nun um die Inhalte, mit denen das Bewußtsein zu tun hat? Damit gelangt man zum zweiten großen Instrument der Subjektphilosophie, das Wittgenstein einer Revision unterzieht – zum Begriff der Vorstellung. Auch hier geht es dem Autor darum, erstarrte Denkgewohnheiten aufzulösen: „Eine Vorstellung ist kein Bild", behauptet er in § 301, „aber ein Bild kann ihr entsprechen".[383] Was es mit Vorstellungen auf sich habe, sei „nicht durch ein Zeigen – weder für den Vorstellenden, noch für den Andern, zu erklären [...]; noch durch die Beschreibung irgend eines Vorgangs" (PU 370). Aufschlußreich sind auch diese beiden Bemerkungen:

> „Was macht meine Vorstellung von ihm zu einer Vorstellung von *ihm*? Nicht die Ähnlichkeit des Bildes. Von der Äußerung ‚Ich sehe ihn jetzt lebhaft vor mir' gilt ja die gleiche Frage wie von der Vorstellung. Was macht diese Äußerung zu einer Äußerung über *ihn*? – Nichts, was in ihr liegt, oder mit ihr gleich-

---

[383] Zum Begriff der Vorstellung in den PU vgl. Krüger 1995, Scholz 1998, 207-210 (speziell zum Verhältnis von Vorstellungen und Bildern), Vossenkuhl 2003, 238-246.

zeitig ist (,hinter ihr steht'). Wenn du wissen willst, wen er gemeint hat, frag ihn!" (PU, 2. Teil, S. 494).[384]

„Was ist das Kriterium der Gleichheit zweier Vorstellungen? – Was ist das Kriterium der Röte einer Vorstellung? Für mich, wenn der Andre sie hat: was er sagt und tut. Für mich, wenn ich sie habe: garnichts. Und was für ‚rot' gilt, gilt auch für ‚gleich'" (PU 377).

Die Auseinandersetzung mit der Tradition folgt hier einer ähnlichen Linie wie beim obigen Problem. Vorstellungen sind weder Bilder noch Vorgänge; ihre inhaltliche Beschaffenheit bietet nichts, was an sich auf das vorgestellte Objekt verwiese oder gar eine introspektive Wiedererkennbarkeit – d.h. unabhängig von damit assoziierten Wörtern – gewährleistete. Mit den Ausführungen zum Meinen korrespondiert das insofern, als es auch dort das Modell von Inhalt und Intendierbarkeit ist, woran die Korrektur-Bestrebungen ansetzen. Wittgenstein kritisiert damit die Lehre, wonach in mentalen Akten wie dem Wünschen und dem Erwarten das Gewünschte bzw. Erwartete bereits angelegt sei (§§ 437-442).[385] Zudem macht er sich anheischig, die Bedeutung des Vorstellens generell herunterzustufen: „Es ist so wenig für das Verständnis eines Satzes wesentlich, daß man sich bei ihm etwas vorstelle, als daß man nach ihm eine Zeichnung entwerfe" (PU 396). Oder: „Man kommt nicht davon weg, daß die Benützung des Satzes darin besteht, daß man sich bei jedem Wort etwas vorstelle. Man bedenkt nicht, daß man mit den Worten *rechnet*, operiert, sie mit der Zeit in dies oder jenes Bild überführt" (PU 449).

Wie beim Meinen sind auch im Kontext der Vorstellungen die positiven Bestimmungen weniger offensichtlich als die negativen.[386] Einen wichtigen Fingerzeig liefert u.a. ein Paragraph, in dem der Begriff selbst gar nicht auftaucht (PU 73). Wittgenstein untersucht darin, ob das Verstehen von Wör-

---

[384] Vgl. Krüger 1995, 73, 82.

[385] Kripke 1987 rechnet Wittgensteins Überlegungen zum Wünschen der Kritik an Russell zu (38f.). – Zum verwandten Begriff des Wollens ausführlich: Glock 1998 (dabei Abgrenzung vom Wünschen, 226f.).

[386] Daß diese so schwer zu finden sind, hängt damit zusammen, daß Wittgenstein jeweils die betreffenden Begriffe anhand ihrer Rolle in der Realsprache analysiert, anstatt sie auf ein bestimmtes empirisches Substrat zurückzuführen (vgl. die Überlegungen zur Methode in Abschnitt 2.1.3 dieser Arbeit). Auch Vossenkuhl 2003 betont, daß die PU bei der Trajektorie psychologischer Begriffe keine Ausnahme machen: „Wittgensteins Philosophie der Psychologie entwickelt keine eigene Methode der Behandlung von mentalen Begriffen oder seelischen Phänomenen. Das ‚Sehen eines Würfels' […] stellt methodisch kein anderes Problem als die Sprachspiel-Analyse des ‚Meinens', des ‚Denkens' oder der ‚Schmerzen'" (245).

tern unter Beteiligung visueller Muster zustande komme. Das Lehren der Namen von Farben lasse sich durchaus mit dem Erläutern einer Tabelle vergleichen, urteilt er, doch man dürfe diesen Ansatz nicht zu weit treiben. Es sei widersinnig zu glauben, man besitze von allem Erklärten ein konkretes Bild im Geiste, also etwa ein Muster eines Blattes oder der Farbe Grün, das all das zeige, was allen Blattformen bzw. allen Grüntönen gemeinsam sei. Auf die Frage seines imaginären Partners, ob es nicht doch „allgemeine" Muster geben könne, entgegnet er: „Gewiß! Aber, daß dieses Schema als *Schema* verstanden wird, und nicht als die Form eines bestimmten Blattes, und daß ein Täfelchen von reinem Grün als Muster alles dessen verstanden wird, was grünlich ist, und nicht als Muster für reines Grün – das liegt wieder in der Art der Anwendung dieser Muster" (PU 73).[387]

Diese Reflexionen sind ähnlich strukturiert wie der Hinweis auf das Ur-Meter in Paris: Ebenso wie bei Wörtern handelt es sich auch bei Vorstellungen um Paradigmen, um unbildliche Muster, nicht aber um interne Daten-Pools, in denen alle Gemeinsamkeiten ihrer jeweiligen Referenten gespeichert wären und die als gegenständliche Entitäten intentionale Zugriffe erlaubten. Wenn man das Wort „grün" verwendet und meint, schwebt einem kein Ur-Bild dieser Farbe vor, sondern man rekurriert auf ein erlerntes Schema, das sich dem aktuellen Handlungskontext zu öffnen vermag. Der Primat kommt auch hier wieder der Sprache und nicht irgendwelchen exklusiv zugänglichen Potentialen zu.

Wittgenstein beschäftigt sich in den *Philosophischen Untersuchungen* immer wieder mit der traditionellen Auffassung, es gebe ein System von inneren Bildern, Erlebnissen und Gefühlen, die mit dem Gebrauch von Sprache einhergehen, ja ihm sogar zugrunde liegen. Der mentalistischen Idee, wonach alles Lesen auf einem „ganz bestimmten geistigen Akt" beruhe, begegnet er mit dem Vorschlag, einmal die Empfindungen beim Entziffern von Großbuchstaben und Morsezeichen zu vergleichen – da sehe man schon, wie verschieden sie seien (§§ 167f.).[388] Im zweiten Teil legt er sich die Frage vor, ob

---

[387] Zu diesem Paragraphen auch Wennerberg 1998, 59f. Eike v. Savigny paraphrasiert die These in seinem Werkkommentar wie folgt: „Muster werden als Muster verstanden (gleich ob in Erklärung oder beherrschter Verwendung) in der Art ihrer Anwendung (nämlich mit Selbstverständlichkeit von allen gleich). Denn das Muster allein legt nicht fest, wofür es Muster ist" (v. Savigny 1988, 127).

[388] Vgl. Soldati 1989, 100f., der die Argumentation allerdings als reduktionistisch bezeichnet: Wenn Wittgenstein das Beispiel des Lesens bzw. des vermeintlichen „bestimmten inneren Vorgangs" heranziehe, um den Gedanken eines unser Verhalten unbewußt beeinflussenden

einzelnen Begriffen spezielle Gefühle zugehörig seien, etwa der Subjunktion „wenn",[389] und kommt zu der Antwort, daß derartige Empfindungen an sich vorhanden sein mögen, sich aber nicht unabhängig vom jeweiligen Wort identifizieren und mit anderen zu einem geordneten Gefüge mentaler Akte zusammenschließen lassen.[390] Es handelt sich nur um emotive Reflexe der Wörter, bei denen – das lehrt die Überlegung zum Lesen – auch das materielle Substrat der Signifikanten eine Rolle spielt.

Welchen der diskutierten Begriffe, welches der analysierten Phänomene man auch betrachtet, sie weisen alle in eine ähnliche Richtung. Wittgenstein zufolge ist das Meinen als strukturelles Wissen nicht in internen Erlebnissen, sondern in den unüberschaubaren Verwendungen der jeweils betreffenden Worte gegründet, Vorstellungen sind am Sprachgebrauch nicht in Form von Bildern beteiligt, auf die die entsprechenden Intentionen zielen, sondern als ungegenständliche Paradigmen, die sich erst bei Bedarf in Bilder umwandeln lassen, und die mitschwingenden Gefühle gehorchen keiner rekonstruierbaren übergreifenden Ordnung, die sich auf das Vermögen des Einzelsubjekts zurückführen ließe. In allen Feldern tritt das Bewußtsein seine vermeintliche Kontrolle über die Wörter und ihre Bedeutung an die Sprache ab.

2.1.3 Anti-Metaphysik

In den bisher referierten Reflexionen wird das essentialistische Erbe an einzelnen exponierten Begriffen der traditionellen Philosophie offengelegt. Mit Blick auf die literaturwissenschaftliche Anwendung ist es aber zugleich wichtig zu wissen, wie sich die metaphysischen Verzerrungen ganz allgemein im

---

kausalen Zusammenhangs zu widerlegen, so identifiziere er hier kurzerhand kausale mit gesetzlichen Verknüpfungen. Gerade beim Lesen sei es denkbar, daß ein solcher kausaler – aber eben nicht-gesetzlicher – Zusammenhang zu unbewußten Zuständen vorliege (101). Soldati schlägt im folgenden eine alternative Darstellung des Problems vor (106ff.).

[389] Mit dieser Frage spielt Wittgenstein zweifellos auf William James' *Principles of Psychology* (1890) an. Vgl. Hobuß 1995, 131, 134.

[390] Vgl. PU II, S. 502. Hobuß 1995 hebt hier hervor, daß Wittgenstein die Möglichkeit eines Wenn-Gefühls keineswegs leugnet – er widerspricht nur der Auffassung, daß es jeweils als Garant der Bedeutung gesehen werden *müsse* (136): „Es wäre […] falsch zu behaupten, daß das Vorliegen des Gefühls die Bedeutung und das Verstehen des Wortes definierte" (137, i.O. kursiv). – Wie Weiss 1995 erläutert, darf man in den PU Wort- nicht mit Bedeutungserlebnissen verwechseln; Wittgensteins Ausführungen zum Wenn-Gefühl fielen unter die erste Kategorie – das Verdikt der Metaphysik betreffe nur auf die zweite (58 et passim).

alltäglichen Gebrauch der Sprache und des Denkens äußern, d.h. wie die Fallen funktionieren und an welcher Stelle sie zuschnappen. Das soll in diesem Unterkapitel erörtert werden; außerdem gilt es herauszufinden, mit welcher gedanklichen Strategie die *Philosophischen Untersuchungen* die Fesseln zu lockern versuchen.

Beginnen wir mit dem ersten Teil der Aufgabe. Wittgenstein skizziert in §§ 35f. eine Situation, in der jemand auf einen Gegenstand zeigt und dabei dezidiert die Form, nicht aber die Farbe meint. Man sei auch hier (den obigen Ausführungen entsprechend) versucht, seiner Handlung ein „charakteristisches Erlebnis", einen bestimmten inneren Vorgang zuzuschreiben:

> „Und wir tun hier, was wir in tausend ähnlichen Fällen tun: Weil wir nicht *eine* körperliche Handlung angeben können, die wir das Zeigen auf die Form (im Gegensatz z.B. zur Farbe) nennen, so sagen wir, es entspreche diesen Worten eine *geistige* Tätigkeit.
>
> Wo unsere Sprache uns einen Körper vermuten läßt, und kein Körper ist, dort, möchten wir sagen, sei ein *Geist*" (PU 36).

Man kann mit der Sprache verschiedene Aspekte eines Objekts markieren, auch wenn sich diese in materieller Hinsicht nicht voneinander isolieren lassen. Das Muster der hinweisenden Erklärung, des sichtbaren Zeigens versagt, und schon ist man mit metaphysischen Erklärungen bei der Hand. Die philosophische Tradition füllt die Leerstellen, indem sie das Bild einer „geistigen Tätigkeit" zu Hilfe nimmt.[391]

Um einen weiteren Aspekt der bewußten Denkstrukturen geht es in späteren Passagen des Textes. Wittgenstein listet einige Beispiele für Fragen auf, die keine definitive Antwort zulassen, z.B. woran man genau glaubt, wenn man an die Seele des Menschen glaubt (PU 422), bzw. ob es sich bei der Blindheit um eine Dunkelheit in der Seele oder im Kopf des Blinden handelt (PU 424). Dabei ist es ihm um folgendes Moment zu tun: Anstatt nüchtern zu analysieren, in welcher Konstellation derartige Bilder eine bestimmte Funktion erfüllen, nehme die Philosophie hier eine transzendentale Perspektive ein und behaupte, diese Ausdrücke bezeichneten „eigentlich" klar umrissene Dinge oder Sachverhalte:

> „Ein Bild wird heraufbeschworen, das *eindeutig* des Sinn zu bestimmen scheint. Die wirkliche Verwendung scheint etwas Verunreinigtes der gegenüber, die das Bild uns vorzeichnet. Es geht hier wieder wie in der Mengenlehre: Die Aus-

---

[391] Dazu Wennerberg 1998, 43.

drucksweise scheint für einen Gott zugeschnitten zu sein, der weiß, was wir nicht wissen können; er sieht die ganzen unendlichen Reihen und sieht in das Bewußtsein des Menschen hinein. Für uns freilich sind diese Ausdrucksformen quasi ein Ornat, das wir wohl anlegen, mit dem wir aber nicht viel anfangen können, da uns die reale Macht fehlt, die dieser Kleidung Sinn und Zweck geben würde.

In der wirklichen Verwendung der Ausdrücke machen wir gleichsam Umwege, gehen durch Nebengassen; während wir wohl die gerade breite Straße vor uns sehen, sie aber freilich nicht benützen können, weil sie permanent gesperrt ist" (PU 426).[392]

All das lasse sich auch auf den Gebrauch von einzelnen Wörtern beziehen – insofern, als die Tradition diese nicht als Werkzeuge betrachte, die sich in konkreten Fällen zu bewähren haben, sondern als Zeichen für etwas Übergreifendes und doch genau Umgrenztes, das nur von einem Gott überschaut werden kann. Man abstrahiere von den klaren Einzelanwendungen und subsumiere sie einem umfassenden, freilich nie direkt aktualisierbaren Ideal. Auf diese Weise, so Wittgenstein weiter, komme man zum einen darauf, der Gedanke könne von diesem oder jenem „Gegenstand *selbst*" handeln, d.h. man habe mit ihm die Realität sozusagen eingefangen (PU 428)[393] – das Funktionieren der Sprache erscheine als magisches Phänomen. Zum anderen entstehe dadurch die „Idee: das Ideal ‚*müsse*' sich in der Realität finden. […] Wir glauben: es muß in ihr stecken; denn wir glauben, es schon in ihr zu sehen" (PU 101). Diese Kritik ist nicht zuletzt an die eigene frühere Denkweise adressiert – wie oben angedeutet, sieht die im *Tractatus* vertretene Sprachtheorie ein Exaktheitsideal vor, das an jedem Wortgebrauch implizit beteiligt ist und vermittels des Satzzeichens auf die Welt der Tatsachen angewandt wird.

---

[392] Wenn Wittgenstein hier an unendliche Reihen erinnert, die nur ein Gott überschauen könne, so knüpft er dabei an weiter oben plazierte Reflexionen aus den PU an. In § 352 führt er als Beispiel das mathematische Problem an, ob die Zahlenreihe π die Gruppe „7777" enthält. Der Satz vom ausgeschlossenen Dritten erlaube keine andere Antwort, als daß sie entweder vorkomme oder nicht. Dem Autor zufolge gibt dieses Gesetz hier eine mögliche Anweisung (unter anderen), wie man mit dieser Zahl umzugehen habe; dadurch werde aber zugleich unterstellt, daß es sich um eine virtuell überschaubare Reihe handle. Man reklamiert somit eine Perspektive für sich, die dem Menschen an sich nicht zu Gebote steht – im wahrsten Sinne des Wortes einen „idealen" Blickwinkel. Darin liegt die Parallele zum besagten Glauben, die Bilder aus § 422 und § 424 sowie Wörter i.a. repräsentierten etwas exakt Umgrenztes.
[393] Vgl. Schulte 2004, 394ff.

Wittgenstein läßt an einigen Stellen zudem durchblicken, daß der Umgang mit Sprache unter der Prämisse der exakten Bestimmtheit in der Praxis zu einer unabschließbaren Bewegung des Zweifelns verurteilt ist. Erkläre man den Namen „Moses" mit dem Satz, dies sei der Mann, der die Israeliten aus Ägypten geführt habe, dann könne man diese Wörter ebenso in Frage stellen wie „Moses", und so immer weiter, bis man schließlich bei den einfachsten Elementen angelangt sei (PU 87). „Es kann leicht so scheinen", merkt der Autor an, „als *zeigte* jeder Zweifel nur eine vorhandene Lücke im Fundament; so daß ein sicheres Verständnis nur dann möglich ist, wenn wir zuerst an allem zweifeln, woran gezweifelt werden *kann*, und dann alle diese Zweifel beheben".[394] Doch er versichert sogleich: „Der Wegweiser [das Wort, J.W.] ist in Ordnung, – wenn er, unter normalen Verhältnissen, seinen Zweck erfüllt" (ebd.).

Die Erwägungen in § 201 gehen in eine ähnliche Richtung. Wittgenstein führt dort an einem anderen Beispiel vor, wie man eine Regel *deutet* und immer – gleichsam beruhigt – bei dieser Auslegung verweilt, bis man auf eine noch weiter dahinter liegende stößt.[395] Diese abermals infinite Dynamik zeigt,

---

[394] Dazu auch Puhl 1998, 127, 129.
[395] An diesem Paragraphen setzt Saul Kripkes berühmte Schrift *Wittgenstein on Rules and Private Language* (1982, dt. Übers. 1987) an. Der Verfasser stützt sich dabei insbesondere auf den Anfangssatz: „Unser Paradox war dies: eine Regel könnte keine Handlungsweise bestimmen, da jede Handlungsweise mit der Regel in Übereinstimmung zu bringen sei" (PU 201). Nach seiner Lektüre geht daraus hervor, daß alle Theorien des Regelfolgens zwangsläufig zum Scheitern verurteilt seien, da sich in jedem Fall nicht-konforme Auffassungen der jeweiligen Regel denken ließen – das demonstriert Kripke am Beispiel der Addition (17ff.). Wittgenstein biete zugleich einen Ausweg aus der Aporie an, in Form einer „skeptischen Lösung", nämlich indem er in seiner Sprachtheorie von Wahrheits- auf Zustimmungskriterien umstellt. Das gestalte sich jedoch nicht in dem Sinne, daß nun anstelle des Ichs aus dem *Tractatus* nun die Gesellschaft über die entsprechenden Dispositionen verfüge (vgl. die Paraphrase bei Stegmüller 1986, 92-94); der Grund für das Funktionieren liege allein in den Sprachspielen selbst: „Es gibt keine objektive Tatsache – etwa daß wir alle mit ,+' die Addition meinen bzw. daß immehin ein bestimmtes Individuum die Addition meint – , durch die unsere Übereinstimmung im Einzelfall erklärt wird, sondern daß wir voneinander behaupten dürfen, mit ,+' die Addition zu meinen, gehört zu einem ,Sprachspiel', das sich nur aufgrund der bloßen Tatsache unserer generellen Übereinstimmung in Gang hält" (Kripke 1987, 122). – Der Text hat nicht nur fanatische Reaktionen (von der Pro- wie von der Contra-Seite) hervorgerufen, sondern mitunter auch sachliche Kritik. Stewart Candlish meint lapidar, Kripke übersehe offenbar, daß der Anfangssatz von PU 201 dem mentalistischen Dialogpartner zugehörig sei und schon im nächsten Satz widerlegt werde (Candlish 1998, 162f.). M.E. besteht Kripkes Hauptverdienst darin, auf die tautolo-

so der Kommentar, „daß es eine Auffassung einer Regel gibt, die *nicht* eine *Deutung* ist; sondern sich, von Fall zu Fall der Anwendung, in dem äußert, was wir ‚der Regel folgen' und was wir ‚ihr entgegenhandeln' nennen" (ebd.). Wie im obigen Beispiel verläuft die Trennlinie zwischen einem gebrauchsorientierten „Regel-Folgen" und einem dem Exaktheitsideal verpflichteten unabschließbaren „Deuten".[396] Diese Unterscheidung sollte für die Interpretation von Bernhards Werk im Blick bleiben.

Das leitet zum zweiten Teil der Aufgabe über: der Frage, mit welchem gedanklichen Verfahren die PU sich dagegen wehren, ihrerseits metaphysischen Denkschemata zu verfallen. Erhellend ist hierbei u.a. § 109, worin Wittgenstein das Programm der PU erläutert:

„Richtig war, daß unsere Betrachtungen nicht wissenschaftliche Betrachtungen sein durften. Die Erfahrung, ‚daß sich das oder das denken lasse, entgegen unserm Vorurteil' – was immer das heißen mag – konnte uns nicht interessieren. (Die pneumatische Auffassung des Denkens.) Und wir dürfen keinerlei Theorie aufstellen. Es darf nichts Hypothetisches in unsern Betrachtungen sein. Alle *Erklärung* muß fort, und nur Beschreibung an ihre Stelle treten. Und diese Beschreibung empfängt ihr Licht, d.i. ihren Zweck, von den philosophischen Problemen. Diese sind freilich keine empirischen, sondern sie werden durch eine Einsicht in das Arbeiten unserer Sprache gelöst, und zwar so, daß dieses erkannt wird: *entgegen* einem Trieb, es mißzuverstehen. Diese Probleme werden gelöst, nicht durch Beibringen neuer Erfahrung, sondern durch Zusammenstellung des längst Bekannten. Die Philosophie ist ein Kampf gegen die Verhexung unsres Verstandes durch die Mittel unserer Sprache" (PU 109).

Das Ziel von Wittgensteins Denkpraxis besteht also darin, durch die Sprache entstandene Irrtümer zu klären, „Mißverständnisse, die den Gebrauch von Worten betreffen; hervorgerufen, unter anderem, durch gewisse Analogien zwischen den Ausdrucksformen in verschiedenen Gebieten unserer Sprache" (PU 90) – also solche wie oben dargelegt. Wenn der Autor bei seinen Reflexionen nur „Beschreibung" anstrebt und alle „Erklärung" ablehnt, dann läßt sich das folgendermaßen interpretieren: Er grenzt sich hier von der philosophischen Überlieferung v.a. insofern ab, als er betont, daß die relevanten Probleme „keine empirischen" seien bzw. „nicht durch Beibringen neuer Erfahrung" gelöst werden könnten. Anstatt sich auf ein „hinter den Erscheinun-

---

gische „Begründung" der Sprachspiele hingewiesen zu haben; dies hätte auch ohne das Theorem der radikalen Bedeutungsskepsis eingeleuchtet.

[396] Zur Unterscheidung von Deuten und Regel-Folgen: Puhl 1998, Vossenkuhl 1999, 238f.

gen Stehendes" zu beziehen und dies u.U. als etwas Erlebbares zu hypostasieren, möchte Wittgenstein nichts Neues, bislang Verborgenes hervorholen (vgl. §§ 89, 92), sondern das Altbekannte übersichtlicher gestalten – die Sprache.[397] Aus diesem Grunde bezeichnet er seine Betrachtungsweise mehrfach als eine „grammatische" (bes. § 90). „Grammatik sagt nicht", bemerkt er weiter unten, „wie die Sprache gebaut sein muß, um ihren Zweck zu erfüllen, um so und so auf Menschen zu wirken. Sie beschreibt nur, aber erklärt in keiner Weise, den Gebrauch der Zeichen" (PU 496).[398] „Beschreiben" steht also für das Ordnen der tatsächlichen Verwendungen von Sprache, „erklären" hingegen für den Rekurs auf ein erfahrbares, hier zugleich introspektiv erschließbares Substrat.

Was diese grammatische Methode ausmacht, manifestiert sich v.a. in den Stellen, in denen Wittgenstein die Unterschiede zur traditionellen Sprachtheorie festhält. Ein solches Beispiel findet sich in § 65: „Statt etwas anzugeben, was allem, was wir Sprache nennen, gemeinsam ist, sage ich, es ist diesen Erscheinungen garnicht Eines gemeinsam, weswegen wir für alle das gleiche Wort verwenden, – sondern sie sind miteinander in vielen verschiedenen Weisen *verwandt*".[399] Die PU verwerfen die Vorstellung, alle Sprachspiele basierten auf einer identischen Grundlage.[400] Die Verbindung zur Absage an das „erklärende" Vorgehen liegt dabei auf der Hand: Wenn man Philosophie betreibt, indem man eine geheimnisvolle Tiefe „hinter" den Phänomenen

---

[397] Vgl. Hacker 2004, der sich mit Wittgensteins Programm der „übersichtlichen Darstellung" befaßt (dazu auch Raatzsch 1998, 91f.). Wie Hacker zudem ausführt, läßt sich an den damit assoziierten Bildern der Unterschied zum *Tractatus* gut erkennen: Der frühe Wittgenstein bevorzuge geologische, der späte hingegen topographische Gleichnisse, um die Aufgabe der Philosophie darzustellen – sollten im *Tractatus* noch verborgene Tiefen erschlossen werden, komme es nun darauf an, innerhalb bestehender Pfade für Orientierung zu sorgen (406f.).

[398] Vgl. Scholz 1998, 198.

[399] Wittgenstein spricht daher auch von der „Familienähnlichkeit" zwischen den Sprachspielen (PU 67). Dazu Lange 1998, 167-176, Puhl 1998, 123, Raatzsch 2004, 448ff.

[400] Wittgensteins Idee der Freigabe und Potenzierung der Sprachspiele wurde von der französischen Postmoderne bereitwillig aufgenommen bzw. weitergeführt. Eines der wichtigsten Beispiele bildet Jean-François Lyotard, der ebenfalls von einer irreduziblen Pluralität von Sprachspielen ausgeht, dabei aber gegenüber Wittgenstein das Moment des Kampfes zwischen Sprechern sowie das der Autonomie bzw. Un-verfügbarkeit der Spiele akzentuiert (Lyotard 1999, 109, vgl. Nagl 1990, 54f., 65, Reese-Schäfer 1995, 26, Zima 2001, 193). – Weiter zu Wittgensteins Einfluß auf die Postmoderne und zu den Möglichkeiten dekonstruktivistischer Lektüren: Fahrenwald 2000, Schwarte 2000, 119-145 sowie die Beiträge in den Sammelbänden Crary/Read 2000, Nagl/Mouffe 2001.

ausspürt und diese als etwas neu Entdecktes, als eine neue Erfahrung mitteilt, dann verfügt man bereits über einen Anhaltspunkt für die Identität des Beobachteten, ob man die Garantie für diese Übereinstimmung nun im Subjekt oder in der Außenwelt verortet.

Aus dem eben erläuterten Grund kann man die verschiedenen Sprachspiele auch nur miteinander *vergleichen*, anstatt sie auf einen einheitlichen Kern zu reduzieren. Wenn Wittgenstein simple Sprach- und Handlungskonstellationen erläutert, um sie auf die komplizierteren Fälle anzuwenden, so bedeutet das keinesfalls, daß jene gleichsam die Grundelemente wären, aus denen sich diese in jeweils unterschiedlicher Weise zusammensetzten. „Unsere klaren und einfachen Sprachspiele sind nicht Vorstudien zu einer künftigen Reglementierung der Sprache", lautet eine Formulierung, „[v]ielmehr stehen die Sprachspiele da als *Vergleichsobjekte*, die durch Ähnlichkeit und Unähnlichkeit ein Licht in die Verhältnisse unsrer Sprache werfen sollen" (PU 130). Der vergleichende Charakter bildet einen zweiten wichtigen Aspekt der grammatischen Betrachtung – neben dem Verzicht auf die Unterstellung empirischer Korrelate.[401]

Dementsprechend gedenkt Wittgenstein durch seine Beschreibungen nicht „*die* Ordnung", sondern „eine von vielen möglichen Ordnungen" herzustellen (PU 132). Es gebe „nicht *eine* Methode der Philosophie, wohl aber [...] Methoden, gleichsam verschiedene Therapien" (PU 133).[402] Mit der Bemerkung, er demonstriere „an Beispielen eine Methode [...], und die Reihe dieser Beispiele k[önne] man abbrechen" (PU 133), unterstreicht er nochmals, daß die PU weder systematische Vollständigkeit anstreben noch gegenläufige Ansätze ausschließen. Eine weitere bedeutsame Facette dieser Programmatik kommt in § 125 zur Sprache:

„Es ist nicht Sache der Philosophie, den Widerspruch durch eine mathematische, logisch-mathematische, Entdeckung zu lösen. Sondern den Zustand der Mathematik, der uns beunruhigt, den Zustand *vor* der Lösung des Widerspruchs, übersehbar zu machen. (Und damit geht man nicht etwa einer Schwierigkeit aus dem Wege.)

Die fundamentale Tatsache ist hier: daß wir Regeln, eine Technik, für ein Spiel festlegen, und daß es dann, wenn wir den Regeln folgen, nicht so geht, wie wir

---

[401] Zur vergleichenden Methode u.a.: Buchheister/Steuer 1992, 85ff.
[402] Zum Therapie-Gedanken vgl. Buchheister /Steuer 1992, 171ff. (dabei Vergleich mit der Psychoanalyse), Gabriel 1993, 170ff., Heinen 1998, 181-190.

angenommen hatten. Daß wir uns also gleichsam in unsern eigenen Regeln verfangen.

Dieses Verfangen in unsern Regeln ist, was wir verstehen, d.h. übersehen wollen" (PU 125).

Wenn Wittgenstein bei seinem Vergleich der Sprachspiele Regeln formuliert, kommt er stets an einen Punkt, wo sie nicht mehr greifen, genauer: er sucht ihn geradezu auf, indem er seine Verallgemeinerungen immer wieder aufs neue mit den vielfältigen Verzweigungen des Wortgebrauchs konfrontiert.[403] Dieses Verfahren spiegelt sich auch im Dialog mit dem mentalistischen Gesprächspartner, dessen Vorstellungen jeweils aufgenommen und an die Grenze ihrer Erklärungskraft geführt werden. Die Theorie der *Philosophischen Untersuchungen* versteht sich gleichsam als Schnittstelle zwischen der irreduziblen Vielfalt der Sprachspiele einerseits und systematisch-logischen Begründungen andererseits.

Zusammengefaßt: der Autor zeigt in verschiedenen Hinsichten, wie sich metaphysische Muster in das Denken einschleichen, etwa bei körperlich nicht isolierbaren Redegegenständen oder bei Wörtern, deren Verwendung nicht leicht zu überschauen ist. Hier wie dort ist die Versuchung groß, auf mentale Akte bzw. ideale Bedeutungen zu rekurrieren. Erklärungen dieser Kategorie sind freilich zu ständigen Neuansätzen verurteilt, da sie im wahrsten Sinne des Wortes keinen „Grund" finden. Wittgensteins Methode zielt hingegen nicht auf ein verborgenes Allgemeines, sondern auf eine Beschreibung des Offenliegenden, auf einen Vergleich von Sprachspielen, wobei die ständige Reibung mit den Widerhaken des realen Sprachgebrauchs verhindern soll, daß sich die ermittelten Regeln verfestigen. Im nächsten Abschnitt mag sich herausstellen, inwiefern sich Bernhards Schreiben von diesen Koordinaten her fassen läßt.

2.1.4 Bernhard und Wittgenstein

Zunächst eine Vorbemerkung. In etlichen Texten von Bernhard, z.B. in *Gehen*, *Korrektur* oder *Ritter, Dene, Voss*, tauchen Theoreme und Biographeme

---

[403] Vgl. Kroß 2004, 101, der dabei betont, daß Wittgenstein an den Übergängen und Brüchen zwischen Sprachspielen ansetze und in seiner Theorie nur diejenigen Verallgemeinerungen zulasse, die in den Sprachspielen selbst angelegt seien (105). Kroß beschreibt dieses Konzept treffend als „Philosophie ohne Eigenschaften".

auf, die sich relativ leicht mit Wittgensteins Leben und Werk in Verbindung bringen lassen. Trotzdem verzichte ich darauf, sie im einzelnen aufzuzählen und auszuwerten. Erstens ist der Sekundärliteratur hier nicht mehr viel hinzuzufügen,[404] zweitens legen die Beobachtungen zu *Auslöschung* (Kap. 1.2) ein anderes Vorgehen nahe. Nachdem ans Licht kam, in welch problematischem Verhältnis Sprache und Wirklichkeit bei Bernhard zueinander stehen, wäre es inkonsequent, eine klare Dekodierbarkeit derartiger Anspielungen vorauszusetzen. Dasselbe gilt für explizite Äußerungen wie im berühmten Brief an Hilde Spiel („Grand Hotel Imperial – Dubrovnik").[405] Mein Blick richtet sich

---

[404] Eingehende Vorarbeiten finden sich u.a. bei: Huber 1990, Steutzger 2001, Kap. 2, 3, Honegger 2003, 218-38.

[405] Die wichtigsten Passagen des am 2.3.1971 verfaßten Briefs lauten : „Liebe, verehrte Doktor Spiel, ich habe Ihnen einen Beitrag für Ihr Ver Sacrum versprochen – Sie schreiben, ‚etwas über Ludwig Wittgenstein', und ich habe diesen Gedanken seit zwei Wochen […] im Kopf […], und die Schwierigkeit, über Wittgensteins Philosophie und vor allem Poesie, denn meiner Ansicht nach handelt es sich bei Wittgenstein um ein durch und durch poetisches Gehirn (HIRN), um ein philosophisches HIRN also, nicht um einen Philosophen, zu schreiben, ist die größte. Es ist, als würde ich über mich selbst etwas (Sätze!) schreiben müssen, und das geht nicht. […] Die Frage ist nicht: schreibe ich über Wittgenstein. Die Frage ist: *bin* ich Wittgenstein *einen* Augenblick ohne ihn (W.) oder mich (B.) zu zerstören. Diese Frage kann ich nicht beantworten und also kann ich nicht über Wittgenstein schreiben. […] Was Wittgenstein betrifft: er ist die Reinheit Stifters, Klarheit Kants in einem und seit (und mit ihm) Stifter der Größte. Was wir durch NOVALIS, den deutschen, nicht gehabt haben, ist uns jetzt Wittgenstein – und ein Satz noch: W. ist die Frage, die nicht beantwortet werden kann – dadurch ist er eins mit jener Stufe, die Antworten (und Antwort) ausschließt. […] So schreibe ich nicht über Wittgenstein, weil ich nicht kann, sondern weil ich ihn nicht beantworten kann, woraus sich alles von selbst erklärt. Mit besten Grüßen allen Wünschen / Ihr Thomas Bernhard". (In: *Ver Sacrum* 1971, 47, zitiert nach Fellinger 1993, 34f.). Der Text enthält eine Reihe von Querverweisen und Wort-Oppositionen, die hier nicht im einzelnen erläutert werden müssen. Zwei Aspekte sollten gleichwohl im Auge bleiben: erstens die generelle Sonderstellung, die Bernhard Wittgenstein zuspricht, zweitens das Eingeständnis, nicht *über* Wittgenstein schreiben zu können, da dessen Denken zu stark mit seinem eigenen verflochten sei, um noch übergeordnete „Sätze" oder „Antworten" zuzulassen. Gerade an dieser Formulierung zeigt sich, wie tief Bernhard von den PU beeinflußt ist. Er stellt seine Affinität zu Wittgenstein quasi nach dem selben Gedankenmuster dar wie der Philosoph sein Verhältnis zur Sprache: In Abschnitt 2.1.3 wurde erläutert, daß Wittgenstein davon Abstand nimmt, eine introspektiv gewonnene „neue Erfahrung" über alle Begriffe zu stellen und diese von dort aus zu interpretieren; dies käme einem „Über die Sprache-Sprechen" gleich. Mit der Maxime, stattdessen das Bekannte übersichtlicher zu gestalten (s.o.), trägt er der Sprachlichkeit aller Gedanken Rechnung – genau wie Bernhard der omnipräsenten Prägung seines Sprechens und Denkens durch den Philosophen. Zu „Grand Hotel Imperial – Dubrovnik" u.a.: Huber 1990, 193f., Gargani 1997, 21f., Steutzger 2001, 69ff., Honegger 2003, 224ff.

nicht auf Urteile und Inhalte, sondern auf Bernhards Rhetorik und deren potentielle Affinität zum Sprach-Denken der PU.

Der Einfluß von Wittgensteins Theorie auf Bernhards Schreiben ist bereits häufig untersucht worden.[406] Den meisten Exegeten schien es unverzichtbar, zumindest kurz auf diese Beziehung aufmerksam zu machen.[407] Im Rahmen meines Projekts interessieren v.a. diejenigen Studien, in denen die Wittgenstein-Rezeption integraler Bestandteil der Themenstellung ist, so bei Ingrid Petrasch (1987), Inge Steutzger (2001), Franz Eyckeler (1995) und Oliver Jahraus (1992).[408] Deren Konzepte werden im folgenden ausführlich referiert, kommentiert und anhand der Ergebnisse aus Kap. 2.1.1-3 überprüft (1). Was ich am Ende als eigenen Deutungsvorschlag präsentiere (2), soll primär aus dem Dialog mit den bisherigen Ansätzen entwickelt werden – als eine Arbeitsthese, die es in Teil 3 vermittels der Dramenanalysen zu begründen gilt.

2.1.4.1 Sekundärliteratur

Die Dissertation von Ingrid Petrasch trägt den Titel *Die Konstitution von Wirklichkeit in der Prosa Thomas Bernhards. Sinnbildlichkeit und groteske Überzeichnung.* Die Ausführungen beschäftigen sich u.a. mit der Erzählung *Gehen*, der Autorin zufolge ein Schlüsseltext für Bernhards Umgang mit Wittgensteins Philosophie. Hier werde eine erkenntnistheoretische Debatte geführt, die auf Wittgensteins frühes Denken verweise. Um das plausibel zu machen, vergleicht Petrasch zahlreiche Formulierungen mit ähnlich lautenden Sätzen aus dem *Tractatus* – dabei stößt sie auf z.T. sehr weitgehende Übereinstimmungen.[409] Der Disput drehe sich um die Frage, ob die kognitiven bzw. intellektuellen Vermögen des Menschen so etwas wie „absolute Erkenntnis"

---

[406] Ähnlich verbreitet ist freilich die Skepsis hinsichtlich der Reichweite solcher Interpretationen. Pfabigan 1999 meint pauschal, die Festlegung auf einen einzelnen Philosophen sei „eine Überforderung der intellektuellen Kohärenz dieses Mannes" (24); Klug 1991, XII sowie Steutzger 2001, 211 erachten speziell die Theaterstücke für eine Untersuchung zu Bernhards Wittgenstein-Rezeption als unergiebig. – M.E. rühren diese Bedenken allesamt daher, daß man philosophische Einflüsse stets nur in einzelnen Formulierungen, nicht aber in der Rhetorik von Bernhards Texten aufzuspüren bereit ist.

[407] In der Mehrzahl der Fälle blieb es bei der Klärung einzelner Anspielungen und Biographeme, so z.B. bei Barthofer 1979, Sorg 1992, 105-107, Huber 1990.

[408] Weitere Beispiele für sinnstiftende Funktionalisierungen: Höller 1979, Kampits 1994, Gargani 1997.

[409] Petrasch 1987, v.a. 123-125.

erlauben. Dabei stünden sich zwei konträre Positionen gegenüber, eine rationalistische und eine skeptizistische, die jeweils einer der Hauptfiguren zugeordnet seien: Während Karrer an die besagte Möglichkeit glaube,[410] werde sie von Oehler geleugnet.[411] Die letztgenannte Denkhaltung entspreche in etwa der des *Tractatus*: „Wittgenstein nimmt zwar an, daß es einen definitiven Sinn der Welt gebe, dieser liege jedoch außerhalb des menschlichen Erkenntnis- und Ausdrucksvermögens".[412]

Petrasch ist der Meinung, daß diese Diskussion auch in das Spiel mit Motiven und Handlungselementen hineinreiche – und zwar auf der von ihr so bezeichneten „sinnbildlichen Ebene".[413] Sie liest aus den verschiedensten Details Hinweise auf den philosophischen Bedeutungskontext heraus, etwa bei der „Hosenkauf-Szene", der berühmten Passage, wo der Protagonist Karrer einen Laden betritt, mit dem Besitzer Rustenschacher über die Qualität der Ware streitet und seine Kritik so lange wiederholt, bis er dem Wahnsinn verfällt (GE 53-73): Wenn der Neffe des Inhabers insistiert, die Hosen seien einwandfrei, dann – so Petrasch – behaupte er damit implizit, er und sein Onkel seien „im Besitz absoluter Erkenntnisse".[414] Ein anderes Beispiel: von dem Chemiker Hollensteiner heißt es, er sei nicht bereit gewesen, Österreich zu verlassen und an einer deutschen Universität zu lehren (GE 35, 38). Für die Verfasserin bedeutet das, er habe die Prämissen seines Geistesgebäudes niemals als „relativ und bedingt" anerkennen wollen[415] – und das, obwohl die expliziten Bemerkungen zur Gestalt seines Denkens keineswegs in dieselbe Richtung gehen (vgl. z.B. GE 44).

Dazu ist zweierlei zu sagen. Erstens läßt sich die Theorie des *Tractatus* kaum in der oben dargestellten Weise – d.h. als skeptizistisch – beschreiben; um Wittgensteins Position in bezug auf Probleme wie „Wahrheit" und „Erkenntnis des Absoluten" wiederzugeben, hätte die Verfasserin zumindest die

---

[410] Petrasch bezeichnet Karrers Standpunkt andernorts auch als solipsistisch (127); die von ihr ausgewählte Belegstelle (nach der von mir verwendeten Ausgabe GE 68f.) liefert dafür in der Tat einen Anhaltspunkt. Dieselbe Zuordnung treffen Steutzger 2001, 93f. sowie Damerau 1996, 164, der allerdings auch Oehler als Solipsisten betrachtet.

[411] Petrasch 1987, 117.

[412] Ebd., 126.

[413] Petrasch unterscheidet in Bernhards Prosa drei Bedeutungsebenen voneinander: das „Realgeschehen", „Sinnbildlichkeit" und „groteske Überzeichnung" (Petrasch 1987, 12 et passim).

[414] Ebd., 135, vgl. auch 132.

[415] Ebd., 128, ähnliche Beispiele auch 135f.

Differenz von Satz-Wahrheit einerseits (s.o., 2.1.1.) und dem sich „nur zeigenden" unaussprechlichen „Mystischen" andererseits (Tr 6.522) einführen müssen.[416] Zweitens drängen sich angesichts der geradezu drolligen Direktheit dieser Auslegungen einige Fragen auf – und das ist auch der Grund, weshalb die Studie im Hinblick auf das Ziel dieses Abschnitts sehr erhellend ist: Wäre es nicht denkbar, daß die vermeintliche „sinnbildliche Ebene" eine Falle[417] bildet? Daß der Text den Leser auf Abwege leitet, gerade indem er ihn überall zur Allegorese verlockt?

Auf ähnlichen Überlegungen beruht die Herangehensweise einer erheblich späteren Studie – der Doktorarbeit von Inge Steutzger, die sich mit der Wittgenstein-Rezeption nicht nur bei Bernhard, sondern auch bei Ingeborg Bachmann befaßt. Diese Autorin forscht ebenfalls danach, inwieweit einzelne Passagen auf das Werk des Sprachphilosophen verweisen und ob sie dabei eine sinnstiftende Funktion erfüllen; allerdings läßt sie bei ihrer Deutung erheblich mehr Vorsicht walten. Sie listet aus verschiedenen Prosawerken Stellen auf, die für derartige Interpretationen in Betracht kommen, und findet Anspielungen sowohl auf den *Tractatus*[418] als auch auf die *Philosophischen Untersuchungen*.[419] Zudem erläutert sie, welche Handlungs- und Beschreibungselemente aus den Erzählungen an Wittgensteins Biographie erinnern – die ergiebigste Quelle bildet dabei der Roman *Korrektur*.[420]

---

[416] Ein weiterer Widerspruch ist in folgendem Moment von Petraschs Lektüre enthalten: Wenn sich Rustenschacher während Karrers Anwesenheit im Laden mit dem Etikettieren von Hosen beschäftigt, so verknüpft sie das mit dem Theorem des „Benennens von Gegenständen" (133) – eine Deutung, die vor bzw. parallel zu ihr bereits in anderen Arbeiten aufgetaucht war (Wallner 1978, 251 bzw. Schmidt-Dengler 1986, 36f., aufgenommen bei Huber 1990, 198, vgl. dagegen Steutzger 2001, 216). An sich ein guter Ansatzpunkt; nur paßt er nicht zur These, wonach Oehler und nicht der (nach Petraschs Verständnis naive) Rustenschacher die Lehre des *Tractatus* repräsentiere (s.o.).

[417] Einen ähnlichen Verdacht äußert Huber 1990, der beim Umgang mit den Anspielungen vor „Assoziationsfallen" warnt (199f.).

[418] Eine besondere Rolle spielen dabei das „Schweigepostulat" (vgl. Tr 7) und das „Unsinnigkeitsverdikt" (Tr 4.003), an die sich der Autorin zufolge einige Formulierungen aus *Kalkwerk*, *Korrektur* und *Ein Kind* anlehnen (Steutzger 2001, 100f.).

[419] Insbesondere auf die Stadt-Metaphorik, die Wittgenstein in § 18 der PU verwendet (bei Bernhard in *Frost*, vgl. Steutzger 2001, 106f.), auf den Begriff des Sprachspiels (in *Watten*, Steutzger 111) und auf den Privatsprachen-Diskurs (in *Keller* und *Frost*, vgl. Steutzger 119, 121).

[420] Steutzger 2001, 221ff. Ihre Analyse fokussiert auch diejenigen Texte, in denen Ludwig Wittgenstein mittelbar, d.h. über eine Person seines Umkreises bzw. über einen Verwandten ins Spiel kommt (*Wittgensteins Neffe*) oder wo mit der Biographie sehr frei improvisiert

Steutzger nimmt dabei auch die einschlägigen Werke der Sekundärliteratur in den Blick, nicht selten, um die dort festgestellten Bezüge zu falsifizieren oder jedenfalls in ihrer Geltung einzuschränken.[421] Diese Bemühungen sind einer der Hauptintentionen ihrer Studie geschuldet – den Nachweis zu erbringen, daß Bernhards Allusionen mit keinerlei eigenständiger gedanklicher Auseinandersetzung einhergehen. Der Autor behandle Wittgensteins Theorie unbefangen als Material für seine Manierismen: „Bernhard schmuggelt gewissermaßen immer wieder Philosopheme als Signifikanten in seine Texte ein, die im neuen Kontext auch ein semantisches Eigenleben entfalten".[422] Die Rezeption sei bei ihm deutlich weniger reflektiert als bei Bachmann.[423] Gleichwohl kann sich Steutzger nicht dazu entschließen, den Einsprengseln jegliche Bedeutung abzusprechen.[424] Sie vertritt in Anlehnung an Bourdieus Feldtheorie die These, die Verweise seien Teil einer generellen „Abgrenzungsstrategie vom restaurativen Kulturpatriotismus in Österreich nach dem Zweiten Weltkrieg".[425] Da Wittgenstein in diesem geistigen Klima eine Reizfigur gewesen sei, hätten vage Anspielungen genügt, um Irritationen auszulösen und Distanz zu signalisieren. Auf diesem Wege habe Bernhard

---

wird, etwa in der (gescheiterten) Begegnung zwischen Wittgenstein und Goethe in *Goethe schtirbt* (Steutzger 239ff.).

[421] Auch hier geht es immer wieder vorrangig um Interpretationen von *Korrektur* (vgl. Steutzger 2001, 224, 227, 231f.).

[422] Steutzger 2001, 78, vgl. auch 136, in bezug auf *Gehen* und *Korrektur*: 219, 234.

[423] Ebd., 208, auch 65, 71 etc. Die Interpretin bezeichnet Bernhards Umgang mit der philosophischen Tradition einmal sogar als „großspurig", freilich mit dem Doppelsinn, daß er „in einem Verfahren intertextuellen Beziehungszaubers manchmal mehr Spuren [lege], als sie sich zu guter Letzt funktionalisieren lassen (153). Einen ähnlichen Weg schlägt auch Martin Huber ein, wenn er in seinem Aufsatz „Wittgenstein auf Besuch bei Goethe" verschiedene Stellen in Bernhards Texten auflistet, wo der Name des Philosophen erwähnt wird, und zwar von Figuren, die damit lediglich „Namedropping" betreiben (Huber 1990, 196ff.). Die Häufung dieser Fälle sei – beim gleichzeitigen Fehlen von Wittgensteins Thesen und Gedanken – ein Indiz dafür, daß man den „philosophischen Versprechen" (mit diesem Begriff zitiert Huber Vogel 1988, 175) nicht allzu viel Vertrauen schenken sollte (198). Wittgenstein werde für Bernhard nur „als Name und durch die Biographie produktiv" (204). Vgl. dazu meine Anmerkung am Ende des Kapitels.

[424] Als Beispiel für eine solche Position nennt die Autorin den besagten Aufsatz von Martin Huber (Steutzger 2001, 21).

[425] Steutzger 2001, 247. Den an dieser Stelle erhobenen Anspruch, sich mit dieser Lesart von den bisherigen abzusetzen, kann sie m.E. aber allenfalls bei ihrer Interpretation von *Korrektur* einlösen.

ebenso wie Bachmann „auch politisch [...] in die Richtung eines ‚anderen Österreich'" gezeigt.⁴²⁶

Mein Kommentar: Steutzger ist zweifellos zuzustimmen, wenn sie behauptet, die Integration der Theoreme diene nicht einfach der Wiedergabe philosophischer Gedanken. Ihre Konzeption des Verhältnisses von Philosophie und Literatur i.a. scheint mir aber zu kurz zu greifen und namentlich Bernhards Schreiben nicht gerecht zu werden.⁴²⁷ Folgt man ihrer Deutung, so hätten die ständigen Anspielungen auf Wittgenstein für den Autor keine andere Funktion, als sich philosophische Kompetenz anzumaßen und zugleich die konservative Leserschaft zu provozieren. Das erscheint wenig überzeugend – es sei nur daran erinnert, welches Netz von Bildern und Metaphern Bernhard anlegt, um einen prozessualen Begriff von Wahrheit zu entwickeln bzw. literarisch zu realisieren (vgl. Kap. 1.1). Seine Beziehung zu Wittgenstein bedarf einer Darstellung, die auch die rhetorischen Besonderheiten seiner Texte berücksichtigt.⁴²⁸

Franz Eyckelers Dissertation ist von ihrer methodischen Ausrichtung her eher geeignet, diese Anforderungen zu erfüllen.⁴²⁹ Hier bleibt die Frage nach

---

⁴²⁶ Ebd., 248.

⁴²⁷ Steutzger reflektiert das Problem dieser Grundbeziehung zwar in einem längeren methodologischen Exkurs (125-147); anstelle von Wittgensteins oder auch Bernhards relevanten Texten kommen darin aber nur literaturtheoretische Ansätze ganz anderer Provenienz zu Wort.

⁴²⁸ Steutzger bringt Bernhards Spiel mit Wörtern, bei dem es zu „Regelübertretungen [...] bis ins semantische Niemandsland" komme, an einer Stelle zwar mit Wittgensteins Gebrauchstheorie in Verbindung (112), d.h. mit dem dynamischen Charakter des Sprachspiels; andernorts meint sie, das typische „Umkreisen des Verlangens, ‚den unfertigen Satz fertig sprechen zu können' [...], verweis[e] auf Wittgensteins Begrenzungsthematik" (93). Das sind jedoch, soweit ich sehe, die beiden einzigen Fälle, in denen sie i.e.S. rhetorische Aspekte mit der Gedankenwelt des Philosophen engführt.

⁴²⁹ Zwischen den Ansätzen von Steutzger und Eyckeler bewegt sich die Studie von Gernot Weiß (Weiß 1993). Dieser Autor stellt sich die Aufgabe, bei seiner Bernhard-Lektüre die „Stimmigkeit" der Anspielungen u.a. auf Wittgensteins Begrifflichkeit zu untersuchen. Zunächst wendet er sich den Erzählungen *Kalkwerk* (v.a. 70-76) und *Korrektur* (v.a. 83-109) zu, wo er die betreffenden Sätze mit der Vorlage vergleicht und zudem entsprechende Urteile aus der Forschungsliteratur überprüft. Im Zentrum der Analyse steht freilich *Auslöschung*. Bei der Besprechung dieses Romans kommt Weiß zu dem Schluß, daß die Adaptation der Begriffe durch Bernhard „ernst und unernst in einem" sei (147), ähnlich wie die Schrift „das Eigentliche weder ganz ab- noch ganz anwesend" mache (142). Gegen das Fazit ist prinzipiell nichts einzuwenden – allenfalls insofern, als Weiß die These nicht näher anhand von Bernhards Sprache spezifiziert (der Autor verweist hier pauschal auf Derrida). Außerdem wird auch in dieser Arbeit Wittgensteins Philosophie nicht berücksichtigt, wenn es darum

Bernhards Wittgenstein-Rezeption weder in einfachen inhaltlichen Dechiffrierungen noch im nebulösen Postulat der Funktionalisierung innerhalb eines kulturellen „Feldes" stecken; vielmehr verbindet sie sich mit dem Blick auf die stilistischen Eigenheiten seiner Schreibweise. Eyckeler zufolge kreist Bernhards Œuvre generell um zwei philosophische Themen: um den Willen zur Wahrheit und um die Frage nach der menschlichen Existenz.[430] Seine Poetik sei von einem zutiefst sprachskeptischen Denken geprägt. Das zeige sich auch an seinen bevorzugten Philosophen Wittgenstein, Montaigne und Nietzsche[431] – für Eyckeler allesamt Propheten der Lehre, „daß alle Einsicht perspektivisch gebunden und daher nur relativ" sei und daß deshalb auch „die Erkenntnismittel selbst in Zweifel" gezogen werden müßten.[432]

Diese Zuordnung wirkt im Zusammenhang mit Wittgenstein zumindest erläuterungsbedürftig – umso mehr, als Eyckeler betont, daß nicht der *Tractatus*, sondern die *Philosophischen Untersuchungen* für Bernhard relevant seien.[433] Am Ende seines Wittgenstein-Abschnitts stellt sich heraus, wie er zu dieser Lesart kommt: Wenn die PU auf die Alltagssprache rekurrierten, behauptet er, dann handle es sich dabei um einen „methodische[n] Umweg", der „zu der theoretischen Einsicht führt, daß es eine exakte, wohldefinierte (ergo feststehende) Bedeutung der Wörter wie der grammatischen und logischen Relationen zwischen ihnen nicht gibt – nicht geben kann"; aufgrund dessen sei auch eine „Erkenntnis der ‚Wahrheit' der Dinge und der sich aus ihnen zusammensetzenden Welt" unmöglich.[434]

Der Autor interpretiert die Widerlegung des Exaktheit-Gedankens in den PU also als resignative Abkehr vom Streben nach Einsicht. Wer die besagte Möglichkeit der Sprache leugnet, so scheint er anzunehmen, der fügt sich zähneknirschend in eine lebenslängliche Ungewißheit, wenn nicht Verzweif-

---

geht, den Status der textimmanenten Wahrheit zu ermitteln; bei einem Thema, das die „Stimmigkeit philosophischer Begriffe" (u.a. aus Wittgensteins Werk) zum Gegenstand hat, wäre das nicht abwegig gewesen. – Übrigens hält es auch Eyckeler für ein Desiderat, Berührpunkte zwischen Bernhard und der poststrukturalistischen Theorie aufzuzeigen (Eyckeler 1995, 235, vgl. auch Steutzger 2001, 145f. und Jahraus 1992, 94).

[430] Eyckeler 1995, 9.
[431] Ebd., 20-34 bzw. 34-41.
[432] Ebd., 49.
[433] Ebd., 41, 48, auch 13. Der Autor fügt an einer Stelle hinzu, Bernhard habe sich nur in den früheren Texten am *Tractatus* orientiert (41). – Eyckelers Sprachskepsis-These wurde übrigens bereits an anderer Stelle kritisiert bzw. ergänzt (Langendorf 2001, 183 ist der Meinung, daß die Sprache bei Bernhard zugleich eine geradezu magische Dimension aufweise).
[434] Ebd., 47.

lung. Paßt das aber zu Wittgensteins Wort, „„der Wegweiser [sei] in Ordnung, wenn er, unter normalen Verhältnissen, seinen Zweck erfüllt"? (PU 87, s.o.). Oder zu dem berühmten Aphorismus aus *Über Gewißheit*: „Wer an allem zweifeln wollte, der würde auch nicht bis zum Zweifel kommen. Das Spiel des Zweifelns selbst setzt schon die Gewißheit voraus"?[435] Offenbar will Eyckeler nicht akzeptieren, daß der durch den Gebrauch definierten Bedeutung sehr wohl eine funktionsfähige Richtigkeit eignet.[436] Dabei zielt Wittgenstein auf eben dieses Umdenken ab – nicht aber darauf, sich an metaphysischen Idealen zu messen, geschweige denn ihre Unerreichbarkeit zu beklagen.

Diese Befangenheit schlägt sich auch in der Deutung von Bernhards Werk nieder. Eyckeler thematisiert zwar immer wieder rhetorische Aspekte wie Wiederholung und Variation, Polarität und Steigerung,[437] hypostasiert sie aber zu Bürgen einer Wahrheit, die hinter bzw. jenseits der Realsprache stehe. Wenn Bernhard seinem Schreiben einen musikalischen Duktus verleihe, diene das einer „Darstellung des Undarstellbaren. Des Unbestimmten, Uneindeutigen, Ungewissen, kurz dessen, was in der Grenzregion zum Unsagbaren liegt".[438] Oder anders gewendet: „Es wird nicht Wirklichkeit einfach abzubilden versucht, sondern es werden einzelne Züge in tendenziöser Manier übertrieben herausgearbeitet, in ihren Proportionen verzerrt dargestellt, die zwar in jedem Fall vorhanden sind, bei normaler eingeschliffener Wahrnehmung aber nicht mehr ins Bewußtsein treten".[439] Eyckeler hält die Sprache insofern für unzulänglich, als sie immer nur eine perspektivisch gebundene Erkenntnis zulasse, doch indem die Literatur musikalisch zwischen verschiedenen Stimmen und Blickwinkeln changiere, versuche sie die Widersprüche „durch Gleichzeitigkeit und Parallelität" aufzuheben.[440]

Es kann offen bleiben, ob für Bernhards Werk tatsächlich ein „radikaler Perspektivwechsel" konstitutiv ist; Eyckeler bezieht sich dabei auf die zwischengeschalteten Erzählerinstanzen, wie sie in den meisten Prosatexten vor-

---

[435] Wittgenstein, *Über Gewißheit*, § 115 (ÜGe 144), dazu auch Vossenkuhl 1999, 214, vgl. Tietz 2004.
[436] Ein ähnliches Problem liegt auch Aldo Garganis Sicht auf Bernhards Verhältnis zu Wittgenstein zugrunde (Gargani 1997, z.B. 45; vgl. eine weitere Anmerkung am Ende dieses Kapitels meiner Arbeit).
[437] Eyckeler 1995, v.a. Kap. II (72-131)
[438] Ebd., 79. Bei diesem Unsagbaren denkt Eyckeler u.a. an den frühen Wittgenstein (vgl. die Formulierung auf S. 43, Anmerkung 80).
[439] Ebd., 61, ähnlich auch 242.
[440] Ebd., 100 bzw. 132.

kommen.⁴⁴¹ Problematisch – und mit Wittgenstein schlicht unvereinbar – ist die These, wonach Bernhards Rhetorik vorrangig am Dargestellten interessiert sei und die Inhalte in einen reicheren, mehrschichtigen Form ins Bewußtsein rücken wolle: Das setzt einen „an sich differenzierten" Weltzusammenhang voraus, für den die alltägliche Sprache gleichsam zu grob, perspektivisch zu einseitig sei – damit erliegt der Autor eben dem essentialistischen Denken, das die PU überwinden wollen.⁴⁴² Indem Eyckeler stilistische und philosophische Fragen miteinander konfrontiert, geht er zweifellos einen Schritt in die richtige Richtung; daß keine weiteren folgen, hängt mit den Widersprüchen in seiner Aneignung von Wittgensteins Theorie zusammen.

In Oliver Jahraus' Studie *Das ‚monomanische' Werk* wird Bernhards Wittgenstein-Rezeption noch konsequenter im Horizont rhetorischer Phänomene analysiert. Als gedanklich-sprachliches Grundmuster erkennt der Verfasser das „Prinzip der Wiederholung", das die Einheit des textuellen Beziehungsgeflechts in zweierlei Hinsicht begründe: „zum einen inhaltlich durch die Wiederholung bestimmter Erzählelemente [...], zum anderen formal durch die Wiederholung von Darbietungs- und Ausdrucksmitteln dieser [thematischen, J.W.] Grundlinien und ihrer Beziehungsstiftung zu anderen Texten".⁴⁴³ Wittgensteins Theorie komme im Intertextualitätsfeld von Bernhards Werken eine herausragende Stellung zu, da sie sich in der Spannung zwischen Art und Inhalt der Darstellung geltend mache.⁴⁴⁴ Jahraus unternimmt dabei den Versuch, den Einfluß des Philosophen auf zwei Ebenen aufzuzeigen: erstens an der Beziehung zwischen den stilistischen Aspekten und dem erzählten Figurenbewußtsein, zweitens anhand der Frage, durch welche Verfahren im Text Bedeutung erzeugt wird.

Der erste Strang der Argumentation rankt sich u.a. um den Roman *Korrektur*, mit Anklängen an Wittgenstein bekanntlich reich gesegnet.⁴⁴⁵ Jahraus zufolge fungiert die Hauptfigur Roithamer als Repräsentant der Frühphase:

---

⁴⁴¹ Ebd., v.a. 132.
⁴⁴² Deutlich auch an der Formulierung, bei Bernhard sei der „diskursive Raum *zwischen* Begriffen [...] und Vorstellungen meist das, worauf es ankommt" (Eyckeler 1995, 12). Auch hier steht die Prämisse einer autonomen, unabhängig von Sprache identifizierbaren Vorstellungs-Welt im Hintergrund.
⁴⁴³ Jahraus 1992, 22. Jahraus sieht in der Wiederholung zugleich die stilistische Entsprechung zum Zug der „Monomanie", der für Bernhards Werk charakteristisch sei.
⁴⁴⁴ Ebd., 245.
⁴⁴⁵ Das betrifft u.a. das Motiv von Roithamers Kegel-Bauwerk, das sich als Anspielung auf Wittgensteins Hausbau in Wien lesen läßt (vgl. Sorg 1992, 105, Steutzger 2001, 221).

Sein Plan, im Kegel-Bauwerk eine „vollkommene Konstruktion" zu realisieren, die dem Wesen seiner Schwester (beinahe) „hundertprozentig entspricht" (Ko 224), rufe das Exaktheits-Ideal im *Tractatus* auf (s.o.).[446] Auch weitere Stellen ließen darauf schließen, „daß der Kegel als Bau Paradigma einer Sprachproduktion nach dem Konzept der Abbildung"[447] sei. Der Roman verweise darüber hinaus auf den Bruch mit der frühen Sprachauffassung, etwa durch den Tod der Schwester, für die der Kegel bestimmt war, oder durch Roithamers verzweifelte „Korrekturen" und Kürzungen an seinem literarischen Lebenswerk, die schließlich im Suizid enden.[448] Dem fiktiven Erzähler, zugleich Herausgeber von Roithamers Nachlaß, gelinge es hingegen, sich der Geisteshaltung von „Wittgenstein II" anzunähern und dem Schicksal des Protagonisten zu entrinnen.[449] Diese These belegt Jahraus eben am Stilmittel der Wiederholung, das bei Roithamer und dem Editor in unterschiedlicher Gestalt angewandt werde:

> „Grundlage für die Textkonstitution ist, daß der Erzähler in einer direkten Absetz- und Umkehrbewegung zu dieser Tendenz [der „Übergeistigkeit" von Roithamers Denken, J.W.] steht. Damit ist auch der Anspruch in seiner Darstellung [...] auf Exaktheit und Systemazität aufgegeben. Deutliches Signal hierfür ist die irreparable Unordnung, die der Erzähler in die Papiere Roithamers[...] gebracht hat. Die konkrete wiedergabefähige Form ist die der losen Bemerkung, wie sie vor allem im 2. Teil des Romans vom Erzähler wiederholt wird. Statt einer systematischen Studie hält der Erzähler nur Zettel (allerdings nicht die eigenen, sondern der Figur, über die er berichtet) in den Händen und befindet sich damit in einer vergleichbaren Situation wie Wittgenstein bei den Philosophischen Untersuchungen [...]Diese Form der sprachlichen Äußerungen ist ihrerseits Ausdruck einer ins Konträre veränderten Sprachkonzeption. Der Erzähler wiederholt, er will nicht exakt sein, ein Ideal realisieren, sondern er beschränkt sich auf die bloße und unsystematische Wiedergabefunktion. Anstelle der statischen Abbildung steht die dynamische Wiederholung, anstelle des Verstummens gemäß des Tractatus [...] (wie bei Roithamer und anderen Studienschreibern) steht die potentiell unendlich iterierbare und textkonstitutive Rede der medial vermittelnden Figur. Und schließlich steht anstelle von Roithamers Manuskript, bei dem ‚in letzter Konsequenz überhaupt nichts mehr von dem Ganzen übrig' (Korrektur 180) gelassen wurde, der 360seitige Romantext als Ich-Erzähler-Wiedergabe. Obschon damit jeder Anspruch reduziert ist,

---

[446] Jahraus 1992, 248f.
[447] Ebd., 249.
[448] Ebd., 249f.
[449] Ebd., 250ff.

liegt gerade darin die Voraussetzung, überhaupt sprachlich produktiv sein zu können".[450]

Roithamer ist also eine statische, dem Herausgeber hingegen eine dynamische Form der Wiederholung zugeordnet. Während dieser ein fixiertes Ideal in die Tat umzusetzen versuche, begnüge sich der Erzähler mit der unsystematischen Aufbereitung von Bestehendem – in einem ähnlichen Gestus wie die *Philosophischen Untersuchungen*, die ebenfalls nur das Bekannte übersichtlicher machen wollen. Nach Jahraus' Lektüre besteht Bernhards Verfahren darin, die Opposition zwischen dem frühen und dem späten Sprach-Denken zum Austrag zu bringen, und zwar über die beiden Typen der Wiederholung: Indem der Erzähler immer wieder neue Versuche starte und dabei das Überlieferte variiere, nehme er implizit eine Gegenposition zu den Sätzen Roithamers ein, die er zitiert. Die Konfrontation ereigne sich im Vollzug des Schreibens – der „Romantext [sei][…] nicht Ergebnis, sondern Akt einer Korrektur".[451]

Diese Einsicht markiert m.E. eine wichtige Stufe in der Erforschung des Verhältnisses zwischen Bernhard und Wittgenstein.[452] Jahraus' *Korrektur*-Deutung liefert ein wegweisendes Beispiel dafür, wie man die PU im Hori-

---

[450] Ebd., 252f.
[451] Ebd., 253.
[452] Steutzger 2001 ist in dieser Sache ganz anderer Meinung. Sie bringt gegen Jahraus' Deutung im wesentlichen zwei Einwände vor: Zum einen gehe der Autor von einer überholten Forschungs-Position in bezug auf Wittgenstein I und II aus; die neueren Studien versuchten eher die Kontinuität seines Denk-Wegs zu unterstreichen (20, 101). Zum anderen sei die These vom emanzipierten Erzähler unglaubwürdig, da dieser mit der „Nachlaßverwaltung schlicht überfordert" sei (232). Ich denke jedoch, daß man Jahraus gegen beide Kritikpunkte in Schutz nehmen kann: Wie in 2.1.1 ausgeführt, ändern auch unitaristische Lektüren nichts an der Divergenz zwischen dem *Tractatus* und den PU; was die Emanzipation des Erzählers anbelangt, finde ich Steutzgers Einwand ebenfalls nicht stichhaltig bzw. zu stark von der Inhaltsebene her gedacht. Die Niederschrift des Textes ist ein Symptom dafür, daß man es zumindest mit einem „sich emanzipier*enden*" Erzähler zu tun hat. Auch in einer anderen Frage neige ich eher Jahraus zu: Steutzger erinnert daran, daß Bernhard einmal in einem Interview gesagt habe, er kenne von Wittgenstein nur den *Tractatus*; als sie sich in seinem Nachlaß umgesehen habe, sei sie zwar auf ein Exemplar der PU gestoßen, rätselhafter Weise aber auf eines aus dem Jahr 1991. Dies dürfe man bei Interpretationen nicht außer Acht lassen (208f.). Für Jahraus 1992 ist die Äußerung aus dem Interview dagegen „für die Analyse irrelevant, da die Bewußtheit keine Kategorie intertextueller Umsetzungen ist" (95). Abgesehen davon meint auch eine so profunde Bernhard-Kennerin wie Gitta Honegger, Bernhard habe sich in jedem Fall im Feuilleton eingehend über die PU informiert, er könne zudem Norman Malcoms Text *Wittgensteins Philosophical Investigations* (1968) in deutscher Übersetzung gekannt haben (Honegger 2003, 231f.).

zont poetologischer Fragen fruchtbar machen kann: Die Rezeption wird über die Wiederholung, also über ein Stilphänomen interpretiert, sogar mit der Konsequenz, daß der rhetorische Duktus explizite philosophische Äußerungen (hier diejenigen Roithamers) kommentieren bzw. relativieren soll.[453]

Weniger Erfolg hat Jahraus im zweiten Bereich, worin er den Bezügen zu Wittgenstein nachgeht – der Ebene der sinnstiftenden Prozesse. Auch hier dient ihm die Wiederholung als Fluchtpunkt aller Betrachtungen. Seine These lautet: Bernhard treibt das Spiel mit dem genannten Stilmittel so weit, daß er darin Wittgensteins Gebrauchs-Definition implizit überbietet. Da seine Texte von einer fundamentalen Monologizität gekennzeichnet seien, steuerten nur noch die Wiederholungen – die Selbstrekursionen der Sprecher-Figuren – die Konstitution von Bedeutung:

> „Bernhard radikalisiert diese Konzeption [die Sprachtheorie der PU, J.W.] durch seine Konzentration auf die Wiederholung als Grundstruktur. Gibt es bei Wittgenstein das Kriterium des richtigen Gebrauchs auf der Grundlage intersubjektiver Regeln dafür (§ 201ff. [der PU, J.W.]), ist bei Bernhard der Gebrauch restriktiv auf die Wiedergabe eingeschränkt. Intersubjektive Kriterien sind dabei zugunsten einer in der Isolation stattfindenden Redesituation vernachlässigt. Wo bei Wittgenstein die Lebensform die Regeln der Sprachgemeinschaft garantiert, löst die Isolation bei Bernhard diese auf. So ist das für die Spätphilosophie Wittgensteins so relevante Sprachspiel (§ 7 u.a.), das sich in einer dialogischen Interaktion vollzieht, bei Bernhard monologisch reduziert. Bernhards Sprachspiele sind von der Kommunikation losgelöst. Ihre Produktion folgt unbeeinflußt und unkontrolliert von äußeren Faktoren einer immanenten Dynamik. Das Sprachspiel ist in einem Akt der literarischen Umsetzung [...] auf die Wiederholung enggeführt".[454]

Damit verliert das Konzept den Boden unter den Füßen. Indem Jahraus behauptet, Bernhards Sprachspiele seien „von der Kommunikation losgelöst", begibt er sich in die Nähe dessen, was die *Philosophischen Untersuchungen* unter dem Stichwort „Privatsprache" traktieren bzw. verwerfen. Ein solcher poetologischer Ansatz stellte keine Radikalisierung, sondern eine direkte Ge-

---

[453] Was die Verbindung zwischen der theoretischen Bedeutung und der konkreten Gestaltung der Wiederholung angeht, unterscheidet Jahraus 1992 zwischen drei Formen: Die einmalige (Roithamer) und die stetige unveränderte (Karrer in *Gehen*) Wiederholung gehörten zur Abbildtheorie; in ihrer Mitte liege die variierte Wiederholung des Roithamer-Editors, die dem Sprachspiel-Denken zuzurechnen sei (253).
[454] Jahraus 1992, 96.

genposition zu Wittgenstein dar – umso weniger leuchtet ein, weshalb sich der Interpret trotzdem unentwegt auf diese Philosophie beruft.

Dieser Irrtum infiziert ähnlich wie bei Eyckeler weite Teile der Interpretation. An einer Stelle zitiert Jahraus *Auslöschung*, und zwar den Satz „Aber ich kann die Meinigen ja nicht, weil ich es will, abschaffen", den sich der Erzähler immer wieder vorspricht (s.o., Kap. 1.1.3): Infolge der Wiederholungen werde die Äußerung „von der Objekt- in die Metasprache transponiert"; dadurch schaffe es Murau, seinen eigenen Standpunkt zu relativieren und „eine höhere Reflexionsstufe einzunehmen".[455] Der repetitive Duktus habe bei Bernhard generell die Funktion, den „Erzähler (in der Epik wie in der Dramatik) in die metasprachliche Distanz zu allen in [seiner, J.W.] Rede erwähnten Äußerungsformen" zu setzen.[456] Diese Behauptung wird auch auf den Autor übertragen: „Die Wiederholung ist die Struktur, auf der der Ebenenüberstieg zu einer distanzierten (damit nicht authentischen, sondern ‚entschärfenden') Metaposition beruht: Bernhard setzt sich zu seinem Werk und seinen Inhalten selbstironisch und selbstbespiegelnd in Distanz und ermöglicht dadurch erst seine Produktion".[457]

Jahraus versucht auch bei diesem Manöver, mit den PU in Kontakt zu bleiben: Man erkenne durch Operationen wie die Wiederholung eines Satzes, daß „Bedeutung […] nichts metaphysisch Feststehendes [sei], sondern […] sich erst im Kontext [des] Gebrauchs" konstituiere.[458] Die Einsicht in den arbiträren Charakter der Zeichen verhelfe zu der besagten „metasprachlichen Distanz". Hier liegt allerdings erneut ein Mißverständnis vor. Beim späten Wittgenstein gibt es keine metasprachliche Ebene, die man auf dem Wege der Reflexion erreichen könnte – im Gegenteil: der Denker setzt alles daran, gerade diese Vorstellung als Chimäre zu entlarven und zu zeigen, daß sich die Philosophie niemals aus dem Kontext des Sprach-Handelns erheben und eine übergeordnete Position einnehmen kann (s.o.).[459] Die von Jahraus avisierte

---

[455] Ebd., 187.
[456] Ebd., 188.
[457] Ebd., 126. Der Äußerung ist ebenfalls das bewußte Zitat aus *Auslöschung* vorangestellt. Daraus erklärt sich auch die Verwendung des Wortes „entschärfend" – Murau behauptet in dieser Passage, den Satz durch die Wiederholung „entschärft" zu haben (Aus 18, s.o.).
[458] Ebd., 187.
[459] Für eine solche Deutung liefert auch die Sekundärliteratur keinerlei Anhaltspunkte. Gabriel behauptet zwar, die „kontemplative Einstellung" des *Tractatus* bleibe auch in den PU „auf der theoretischen Metaebene weiterhin erhalten" (Gabriel 1993, 170); dies geschieht im Zuge seines Versuchs, auch das späte Denken Wittgensteins mit der Haltung eines „kon-

Haltung entspräche einem „Deuten", nicht aber dem, was Wittgenstein „der Regel folgen" nennt. Dieses Problem hängt mit dem ersten eng zusammen: In der Behauptung, bei Bernhards Erzähler- und Sprecherfiguren löse sich die Bedeutungs-Konstitution von der Kommunikation ab, äußert sich ebenfalls das Wunschbild eines außersprachlichen Refugiums, das dem Autor wie dem Leser reflexive Distanz gewährte.

Hinter diesen interpretatorischen Anstrengungen verbirgt sich ein bestimmtes Erkenntnisinteresse. Der Studie zufolge handeln Bernhards Texte durchweg von Problemen des Intellektuellen-Daseins, sie entfalteten eine „existenziale Analytik des Geistesmenschen",[460] zu dessen Wesenszügen eben auch die Fähigkeit zähle, in ein Selbstverhältnis zu treten.[461] Jahraus scheut sich dabei nicht, dieser Lebensform das Prädikat der „Eigentlichkeit" zu verleihen.[462] Einer solchen Sichtweise mußten manche Grundgedanken der PU eher hinderlich sein.[463] Abgesehen davon praktiziert der Verfasser hier genau

---

templativen Solipsismus" in Verbindung zu bringen (185f., s.o.). Zur Begründung verweist er auf Wittgensteins Programm der „übersichtlichen Darstellung" (PU 122, s.o.) – dabei handle es sich um ein „reines Zusehen[...], das beschreibend alles läßt, ,wie es ist'" (170, vgl. PU 174). Ich meine allerdings: Wittgensteins Methode besteht darin, ständig an die Punkte zu gehen, wo wir uns in den Regeln der Sprache „verfangen" (s.o., 2.1.3). Selbst wenn man alle Regeln „übersichtlich geordnet" hätte, käme es zu keinem „reinen Zusehen", weil sich die Sprachspiele dynamisch verändern und somit zu einem immer neuen „Verfangen" Anlaß geben; demzufolge ist das Vorgehen uneingeschränkt als eine *Praxis* zu verstehen. Davon abgesehen ist es von Gabriels Lektüre noch immer sehr weit bis zur Annahme einer metasprachlichen Reflexions-Ebene: „das Operieren mit Zeichen ist [nach den PU, J.W.] ein Prozeß, zu dem es keine Meta-Ebene gibt", heißt es bündig in einer Wittgenstein-Einführung (Buchheister/Steuer 1992, 116).

[460] Jahraus legt die einzelnen Momente dieser Lebens- und Denkform in einem langen Kapitel auseinander (Kapitel VI, 98-176); bei dem Begriff des Existenzials beruft er sich auf Heideggers *Sein und Zeit* (Jahraus 1992, 98).

[461] Ebd., 187.

[462] Jahraus bescheinigt Bernhards Figuren eine „elitäre[...] Qualität im Sinne einer Geistesaristokratie[...], die auch gesellschaftlich dem Geistesmenschen vor der ungeistigen Masse zugesprochen wird" (172f.). Anschließend stellt er die Unterschiede zwischen den „Ungeistigen" und den „Geistigen" in einer Tabelle zusammen; jene würden vom Text mit negativen, diese hingegen mit positiven Wertungen versehen (174). Diese Auslegung beruht – gelinde gesagt – auf einem allzu wörtlichen Verständnis von Bernhards Texten.

[463] Jahraus bemerkt an einer Stelle selbst, daß seine Deutung – es dreht sich dabei um Bernhards Rede *Der Wahrheit und dem Tod auf der Spur* (vgl. Dittmar 1990, 96) – eher im Umkreis von Heideggers Philosophie stehe (286f.). Gleichwohl eignet sich auch das Werk des Freiburger Denkers nicht dazu, die These von der Privilegierung des „Geistesmenschentums" zu stützen. Wenn Jahraus behauptet, nur die Geistesexistenz könne den „ansonsten anonymen Tod existentiell begreifen" (141f.), entfernt er sich damit markant von *Sein und*

das, was sein Projekt ursprünglich vermeiden wollte: Er verankert seine Lektüre in einem außerliterarischen „Sinn", anstatt die textuelle „Ordnung" zu bestimmen und den Bedeutungsgehalt aus der Beobachtung der rhetorischen Strukturen heraus zu ermitteln.[464] Meiner Meinung nach ist das aber die Voraussetzung, um ein poetologisches Konzept als ästhetische Transformation von Wittgensteins später Sprachphilosophie deklarieren zu können.

2.1.4.2 Arbeitsthese

Wie läßt sich dieses Ziel nun konkret erreichen? Die eingehende Beschäftigung mit Jahraus' Studie diente nicht nur ex negativo der Präzisierung des eigenen Ansatzes, sondern hat auch im positiven Sinne einen wertvollen Hinweis zutage gefördert – die These, in Bernhards Texten ereigne sich ein Konflikt zwischen der Sprachauffassung aus dem *Tractatus* und den *Philosophischen Untersuchungen*, denen verschiedene Formen der Wiederholung zugeordnet seien. Bedenkt man nun die obigen Ergebnisse zu *Auslöschung*, so drängt sich die Frage auf: Läßt sich die Unterscheidung von statischer und dynamischer Wiederholung durch die von statischer und dynamischer Repräsentation ersetzen? Kann man das in Kapitel 1.1 ermittelte Begriffspaar auf den Gegensatz zwischen Wittgenstein I und II beziehen?

Dafür scheint in der Tat einiges zu sprechen. Über das Problem der Repräsentation gelangt man auf direktem Wege in das Schwerefeld von Wittgensteins Philosophie i.a. und des Unterschiedes zwischen ihren beiden Phasen im besonderen. Was die statische Form betrifft, kann man durchaus im Stil von Jahraus argumentieren: Die fotografische Künstlichkeit sowie das daran orientierte starre Ideal ließen sich tendenziell der *Tractatus*-Theorie zurechnen, der Idee einer „weltspiegelnden Logik", die im Gebrauch von Sprache stets mitschwingen bzw. davon aktualisiert werden soll.

Zeit: Für Heidegger ist das „Vorlaufen zum Tode" (§§ 46-53) keineswegs an die Fähigkeit zu begrifflicher Erkenntnis geknüpft; außerdem geht es ihm nicht um ein Begreifen, sondern um ein Erfahren dieser Grenze – das dadurch erschlossene Sein ist im Sinne von Möglich-Sein gemeint, nicht als etwas, das erst durch die wissenschaftliche Betrachtung in sein eigentliches Licht rückte.

[464] Unter einem außerliterarischen „Sinn" versteht Jahraus Einstellungen und Meinungen zu Fragen, die vom jeweiligen Werk abgelöst werden könnten; er formuliert zu Beginn seiner Arbeit das Ziel, sich auf textimmanente Balancen zu konzentrieren, um nicht die Fehler früherer Bernhard-Deutungen zu wiederholen (19f.).

Was hat aber die dynamische Repräsentation mit den *Philosophischen Untersuchungen* zu tun? Wie oben erläutert, beruht der charakteristische Rededuktus bei Bernhard darauf, daß sich Sprecher wie Murau immer wieder des Inhalts, der Macht ihrer Worte versichern und die Behauptungen ständig ausdehnen müssen, weil sie den jeweiligen Gegenstand nicht „einfangen" können. Damit ereilt sie genau das Los, das Wittgenstein all denjenigen prophezeit, die Sätze „deuten", anstatt den Regeln zu folgen. An den §§ 87 und 201 der PU zeigte sich, daß ein solches Verfahren stets nur momentane Beruhigung schafft, bis man die nächsten vermeintlichen Lücken im Fundament erspäht und auf immer elementarere Erklärungsstufen ausweichen muß (2.1.3). Wer nach der „objektiven" Bedeutung von Wörtern fragt und dabei von ihrer jeweiligen konkreten Funktion abstrahiert, kommt mit seinen Erklärungen an kein Ende.

Bernhards Kunstsprache läßt sich m.E. als literarisches Äquivalent zum metaphysischen Zwang des Deutens verstehen. Während Wittgenstein von vornherein ein Heilmittel anbietet, nämlich sich mit dem „Regel folgen" zu begnügen, schickt der Literat seine Sprecher immer wieder unbarmherzig in die Abgründe der Metaphysik, er erspart es ihnen nicht, die Sprach-Neurosen auszuagieren.[465] Sie wollen mit ihren Worten in einem absoluten Sinne *bedeuten*, sie wollen die Welt einfangen, umklammern, bis sie merken, daß es nicht geht, und sie desto heftigere Deutungs-Versuche starten. Der Effekt ist aber zweifellos mit dem der Vorlage verwandt: Durch die Steigerungen und Inversionen wird die Identifikation von Wort und Welt erschwert, auch und gerade für den Leser. Der Inhalt der Darstellung scheint zwar deutlich, mit Händen greifbar hervorzutreten, doch da sich die Formulierungen ständig wiederholen bzw. einander überbieten, wird aus der Deutlichkeit eine unwirkliche Überdeutlichkeit – das Dargestellte bleibt im Fluß. Die Begriffe und Vorstellungen erlangen sozusagen, um mit Kleist zu sprechen, durch die „Reise um die Welt" eine schwebende Qualität, sie begünstigen eine offene Lesehaltung,

---

[465] Kampits 1994 (erstmals erschienen 1985) hatte diesen Punkt schon sehr früh im Blick: „Diese Affirmation der Macht der Sprache, die den Zusammenhang von Reflexion und Sprache ebenso radikal offenbart, wie sich dies im Werk von Wittgenstein findet, wird [...] von Bernhard noch weitergetrieben: Wo Wittgenstein es als die eigentliche Entdeckung bezeichnet, ‚das Philosophieren abzubrechen, wann ich will' (PU §133), sagt Bernhard in ‚Gehen': ‚Die Kunst des Nachdenkens besteht in der Kunst, sagt Oehler, das Denken genau vor dem tödlichen Augenblick abzubrechen… Darauf kommt es an, daß wir wissen, wann der tödliche Augenblick ist. Aber niemand weiß, wann der tödliche Augenblick ist, sagt Oehler'" (Kampits 1994, 39f.).

die Wittgensteins Bestimmungen zum unthematischen *Meinen* bzw. zu den unbildlichen *Paradigmen* entspricht (vgl. 2.1.2.). Meinem Eindruck nach kommt es dem Autor weder auf verfestigte „zielende" Einstellungen noch auf gesättigte Bilder, sondern vielmehr auf eine sprach- und denkgemäße *Bewegung* an.[466]

Diese Überlegungen sind auch im Hinblick auf das Thema des ersten Kapitels relevant – wie „ernst" diese Werke gelesen werden wollen. Bernhard ist es um den Mitvollzug der gleitenden Sätze und Vorstellungen zu tun, nicht aber darum, wie Jahraus behauptet, ein distanziertes Zurücktreten bzw. eine „metasprachliche Position" zu ermöglichen. Anstatt klare Referenzen und Intentionen zu indizieren – diese erweisen sich wie oben vermutet als Fallen, schreitet er quasi die Sphäre vor allen *zielenden* Einstellungen aus. So verstehe ich Bernhard auch, wenn er im Brief an Hilde Spiel bekennt, nicht *über* Wittgenstein schreiben zu können:[467] Was er vom Philosophen lernt, betrifft

---

[466] Ähnlich beurteilt auch Aldo G. Gargani Bernhards Wittgenstein-Rezeption: „Bernhards Auffassung des Denkens als Kunst, den Tatsachen zu widerstehen, fällt mit seiner Ablehnung der Bilder zusammen, genau wie Wittgensteins Sprachkritik den Versuch bedeutet, dem die Sprache gebrauchenden Menschen bewußt zu machen, daß seine Worte keine den Tatsachen entsprechenden Bilder sind, sondern Darstellungsinstrumente, um eine Wirklichkeit zu zeigen oder zu bezeichnen, die man nicht sagen oder mitteilen kann" (Gargani 1997, 45). Mit seiner These, Bernhards Texte seien „keine *Beschreibung* der Wirklichkeit, […] sondern eine *Kritik* des angeblich wahren Schreibens über *die Realität, die Existenz der Tatsachen*" (24), nimmt er ebenfalls den Kampf gegen die starre Repräsentation ins Visier. – Im Grunde habe ich nur gegen einen Aspekt dieser Deutung Vorbehalte: Wenn Gargani meint, Bernhard begreife das Denken generell als „*kritische Übung* gegen die Tatsachen" (27), vernachlässigt er den Widerpart der identifikatorischen Denkweise, die dynamische Repräsentation. Die obigen Ausführungen (auch im ersten Kapitel) dürften aber gezeigt haben, daß dieser Gegenbegriff im Hinblick auf inhaltliche wie strukturelle Zusammenhänge von großem Nutzen ist – man denke nur an die Theatermetaphorik. Ohne seine Hilfe ließe sich m.E. gar nicht plausibel machen, weshalb Bernhards Poetik primär in der Tradition Wittgensteins – anstatt z.B. im Umkreis des Poststrukturalismus – steht: Mit ihm korrespondiert der „Zielhorizont" dieses Schreibens, ein Umgang mit Sprache, der dem „Meinen" und „Vorstellen" aus den PU entspricht. Wittgenstein ist es nicht einfach um Kritik an metaphysischen Denkmustern zu tun, sondern auch darum, das alltägliche *Funktionieren* der Sprache zu beschreiben. Die Problematik von Garganis Verständnis der Gebrauchstheorie tritt im obigen Zitat sehr deutlich zutage: Die Formulierung, die Wörter *bezeichneten* [sic] als Darstellungsmittel eine un-mitteilbare, un-sagbare Wirklichkeit, fassen Wittgensteins Philosophie rein negativ, d.h. von der Widerlegung der direkten Repräsentation her; die sinngebende Einbindung in Handlungskontexte bleibt unerwähnt.

[467] Vgl. die Anm. zu Beginn dieses Unterkapitels. Honegger 2003 deutet den Brief dahingehend, daß Bernhard, anstatt sich mit Wittgensteins Charakter zu identifizieren, ein „performatives Modell für den Denkmechanismus eines wittgensteinschen Kopfes" schaffe

den Primat des Mediums gegenüber dem Ausgesagten und kann daher nur vermittels der Rhetorik, nicht aber in einzelnen Urteilen dargelegt werden. Trotzdem handelt es sich dabei nicht um ein belangloses Spiel mit Signifikanten,[468] sondern um die Evokation einer bestimmten Spracherfahrung, um ein Verstehen ohne Deuten, das zugleich ein anderes Weltverhältnis impliziert. In der Erinnerung an diese Fähigkeit liegt für mich – bei jedem Gegenstand anders – der „Sinn" von Bernhards Sprachkaskaden.

Die Frage nach der literarischen Umsetzung der *Philosophischen Untersuchungen* hat also zu folgender Antwort geführt: Bernhard schließt insofern an Wittgenstein an, als er sich in seinem Schreiben grundsätzlich gegen den Gedanken der fixierten Repräsentation wendet.[469] Die inkriminierte Denkweise bildet in seinen Texten eine Schicht, die von einer gegenläufigen imitiert, übertrieben und dadurch bekämpft wird; die stiltypischen Wellen von Steige-

---

(238). Das trifft sich mit der dargelegten Interpretation. Freilich sehe ich das Grundproblem nicht wie Honegger in der Unmöglichkeit, sich Wittgensteins „Privatsprache" anzueignen (227), sondern wie erläutert in der Inadäquatheit „zielender" Aussagen über die Sprachmanöver des Philosophen.

[468] Martin Huber faßt das Verhältnis zwischen dem Dichter und dem Philosophen wie folgt zusammen: „Bernhard radikalisiert gewissermaßen die von Wittgenstein beförderte Tendenz von der Philosophie zur Kunst: Wittgenstein selbst wird aus dem Bereich der Philosophie in jenen der Literatur transferiert und somit auf andere Weise eingelöst, was Bernhard im Brief an Hilde Spiel über Wittgenstein und die Poesie schreibt" (Huber 1990, 205). Indem der Autor mit Namen und Biographemen spiele, anstatt philosophische Inhalte zu referieren oder zu kommentieren (204, s.o.) treibe er Wittgensteins Bewegung in Richtung Literatur weiter. – Prinzipiell stimme ich dieser Äußerung zu. Hubers Beobachtung, wonach Bernhard mit den Anspielungen meist nur falsche Fährten lege, läßt sich durchaus mit meinem Vorschlag vereinbaren: Das von Huber fokussierte „Namedropping" (s.o.) ist Teil der Strategie, die Bedeutung der Signifikanten mit aller Macht zu verteidigen, zu übertreiben bzw. diese zum Fetisch zu machen; dieses Verfahren ist noch viel weniger „terminologisch" zu nennen als das der PU. Nur ist der Befund der „literarisierenden" Tendenz bzw. der „formalen Rezeption" (198) zu unspezifisch; es bleibt unberücksichtigt, daß Bernhards Rhetorik auf ein Denken verweist, dem eine tiefe Affinität zu Wittgensteins philosophischen Intentionen eignet. Hubers Ansatz läuft dadurch auf die Annahme eines sinnfreien Spiels mit Signifikanten hinaus (so versteht ihn auch Steutzger 2001, 21, s.o.) – eine Zuspitzung, gegen die die eben dargelegten Argumente anzuführen wären.

[469] Was diesen grundlegenden Punkt betrifft, befindet sich die vorgeschlagene Deutung im Einklang mit denjenigen Studien, die sich allgemein mit kunstphilosophischen Konzeptualisierungen von Wittgensteins Denken befassen. Diesen Texten zufolge besteht die Funktion von Kunst unter diesen Voraussetzungen darin, mit der Konstruktion von Sprachspielen jeweils eigene „Welten" zu formen und mit dem Hinweis auf die Kontingenz dieser Setzungen die Auflösung des festen Wirklichkeitsbegriffs vorzuführen (vgl. z.B. Fahrenwald 2000, 173ff., Schwarte 2000, 128ff.).

rungen und Verallgemeinerungen spielen dabei eine entscheidende Rolle. Der Blick seiner Poetik liegt nicht auf vom Text isolierbaren Reflexionen, sondern auf einem besonderen Sprach-Erlebnis, auf einem Umgang mit Worten, der auf Wittgensteins Konzeption des Meinens und Vorstellens verweist. Diese These soll im dritten Kapitel anhand von Bernhards Theaterstücken überprüft werden.

2.2 Niklas Luhmann

2.2.1 Systemtheorie

Niklas Luhmann hat den geisteswissenschaftlichen Diskussionen diesseits und zuletzt auch vermehrt jenseits des deutschsprachigen Raums[470] neue Konturen verliehen. Im Jahre 1968 als Professor für Soziologie an die Bielefelder Reformuniversität berufen, trat er seine Tätigkeit mit dem Ziel an, eine neue Theorie der gegenwärtigen Gesellschaft zu entwerfen und auszuführen, eine umfassende Darstellung, die die komplexen Strukturen unserer Zeit treffender beschreiben sollte als die herkömmliche Soziologie. Eines seiner Hauptinstrumente war die Unterscheidung von System und Umwelt. Diese bezeichnet allgemein ein asymmetrisches Verhältnis, in dem die eine Seite (das System) einer ungleich komplexeren anderen (der Umwelt) gegenübersteht; das System kann diese zwar nicht zur Gänze überschauen, doch in ihr nach eigenen Hinsichten Selektionen vornehmen.[471]

Daß Luhmann diesem Begriffspaar eine zentrale Stellung zuwies, bedeutete in mehreren Grundfragen eine Richtungsentscheidung: Indem er Gesellschaft, dem amerikanischen Soziologen Talcott Parsons folgend,[472] als System faßt, wählt er nicht die Bedürfnisse des Individuums, sondern die gegenseitigen Erwartungserwartungen als primäre Bezugsgröße seiner Theorie.[473] Luhmann wandte den Begriff aber nicht nur auf die Gesellschaft und ihre verschiedenen Teilbereiche an, sondern auch auf den einzelnen Menschen – statt von Subjekten oder Individuen spricht er von „psychischen Systemen". Das heißt u.a., daß das menschliche Handeln nicht auf autonom bestimmten Zwecken bzw. auf einer „kommunikativen Rationalität" beruht, sondern primär als Reduktion von Komplexität zu verstehen ist. An diesem sowie an

---

[470] Vgl. die Auflistung angloamerikanischer Publikationen zu Luhmann bei De Berg 2000, 176f.
[471] Dazu auch Esposito 1997b, 195ff.
[472] Parsons 1976.
[473] Vgl. Dieckmann 2004, 13, der zudem erwähnt, daß diese Terminologie explizit als Gegenkonzept zu dem u.a. von Helmut Schelsky privilegierten Begriff der (eben auf die Erfüllung individueller Bedürfnisse ausgerichteten) Institution in Anschlag gebracht wurde.

damit zusammenhängenden Aspekten seines Ansatzes entzündete sich die berühmte Kontroverse mit dem „Aufklärer" Jürgen Habermas.[474]

Die Reichweite von Luhmanns Werk ging von Anfang an über den Horizont soziologischer Spezialprobleme hinaus. Da sein Projekt eine völlig neue Denkweise voraussetzte, mobilisierte er die verschiedensten theoretischen Ressourcen, um der Gesellschaftsanalyse ein entsprechendes Fundament zu verleihen, insbesondere aus der Kybernetik, der transklassischen Logik, der Epistemologie sowie der Kommunikations- und der Evolutionstheorie. Aufgrund ihrer universalistischen Ausrichtung eröffnete seine Lehre in den verschiedensten Disziplinen neue Perspektiven, bot aber zugleich erhebliche Angriffsflächen für Kritik.[475] In *Soziale Systeme* (1984) legte Luhmann seine Theorie erstmals in einem kompletten „Grundriß" vor. Danach beschäftigte er sich in einigen Bänden mit einzelnen Teilsystemen des Sozialen, u.a. in *Die Wissenschaft der Gesellschaft* (1990), *Das Recht der Gesellschaft* (1993) und *Die Kunst der Gesellschaft* (1995), ehe er sich nochmals dem Gesamtsystem zuwandte und in *Die Gesellschaft der Gesellschaft* (1997) Bilanz zog. Wenn ich nun Luhmanns Gedankenwelt in ihren Grundzügen wiederzugeben versuche, greife ich überwiegend auf den letztgenannten Text zurück, abgesehen von den Reflexionen zum Kunstbegriff, den ich an *Die Kunst der Gesellschaft* expliziere.

Luhmann verdankt u.a. dem chilenischen Biologen Humberto Maturana und der Theorie des Radikalen Konstruktivismus wertvolle Erkenntnisse.[476] Die Allgemeine Systemtheorie war schon zuvor zur Einsicht gelangt, daß gewisse Systeme nicht unter das Entropiegesetz fallen, da sie gerade durch ihre Offenheit den Unterschied zur Umwelt verstärken (vgl. GG 64). Maturana entwickelte diesen Gedanken (in Zusammenarbeit mit Francisco Varela)

---

[474] Auf Luhmanns Verhältnis zu Habermas kann hier nicht näher eingegangen werden. Ich verweise auf die Darstellungen bei Narr 1994, Horster 1997, 16ff. und Schneider 2002, 250ff., 425ff. sowie v.a. auf den von Luhmann und Habermas gemeinsam herausgegebenen Band *Theorie der Gesellschaft oder Sozialtechnologie. Was leistet die Systemforschung?* (1971).

[475] Während die einen die Supertheorie als „neues Paradigma" feiern (so etwa Schwanitz 1990 mit Blick auf ihre Anwendung in der Literaturwissenschaft), halten die anderen dagegen, der übergreifende Anspruch sei durch einen fahrlässigen Umgang mit den verwobenen Quellen erkauft und gehe außerdem zu Lasten der soziologischen Brauchbarkeit. Derartige Einwände kamen bereits frühzeitig von Verfechtern des Radikalen Konstruktivismus und der Empirischen Literaturwissenschaft, mit der wachsenden Rezeption aber auch vermehrt aus den einzelnen Spezialdisziplinen (vgl. u.a. die Beiträge in Merz-Benz/Wagner 2000).

[476] Die Integration der Autopoiesis-Theorie läßt sich erst in den Schriften ab *Soziale Systeme* beobachten.

weiter, indem er den Begriff der Autopoiesis einführte.[477] Wegweisend war für Luhmann daran die Bestimmung, daß autopoietische Systeme „nicht nur ihre Strukturen, sondern auch die Elemente, aus denen sie bestehen, im Netzwerk eben dieser Elemente selbst erzeugen" (GG 65).[478] Die Informationen und Operationen, das ist mit den „Elementen" gemeint, seien insofern Produkte des Systems, als dieses erst ihre Funktion definiere. Auch wenn die Reize jeweils von der Umwelt ausgehen, so das Modell, erfahren sie im System quasi eine Umwandlung, da sie „als Unterschiede in Anspruch genommen werden" (GG 66, i.O. kursiv).

Der Autor bezieht sich hier auf ein zentrales Theorem des Konstruktivismus, die neurophysiologisch beglaubigte These, wonach alle Sinneseindrücke tiefgreifenden Prägungen durch den Wahrnehmungsapparat unterliegen und primär als dessen eigene Hervorbringungen verstanden werden müssen[479] – daher der Begriff der Autopoiesis. Dies findet sich in seiner Theorie unter dem Namen der „operativen Geschlossenheit" wieder. Damit ist zum einen ausgedrückt, daß das System selbst festlegt, in welchen Hinsichten es auf die Umwelt reagiert; zum anderen wird darin der Vorstellung eines direkten Durchgriffs auf die Realität eine Absage erteilt (vgl. GG 92): „Es gibt weder Input noch Output von Elementen in das System oder aus dem System. Das System ist nicht nur auf struktureller, es ist auch auf operativer Ebene autonom" (GG 67). Auch Kognition sei „kein Copieren oder Repräsentieren von Umweltgegebenheiten im System", sondern die „Erzeugung von Redundanzen, die es dem System ersparen, Informationsverarbeitung zu wiederholen" (GG 124).

---

[477] Die frühesten Darstellungen dieser Konzeption enthalten Maturanas Aufsatz „the neurophysiology of cognition" (1969) und das gemeinsam mit Varela publizierte Buch *De Máquinas y Seres Vivos. Una Teoría de la Organización Biológica* (1973).

[478] Zu Luhmanns Rezeption der Autopoiesis-Theorie Krüger 1992 sowie Schneider 2002, 273ff.

[479] Maturana/Varela 1987, 19ff. sowie von Foerster 1993, 25ff., der als erster die betreffenden neurophysiologischen Erkenntnisse für die Epistemologie fruchtbar gemacht hat. Dabei handelt es sich um das „Prinzip der undifferenzierten Codierung", nach dem „die Nervenzellen nur die Intensität und nicht die Natur eines Wahrnehmungsreizes codieren; das Gehirn benutzt die gleichen Operationen (Reize auf elektrischer Basis), um zu sehen, zu hören, zu riechen, zu ertasten bzw. körperlich zu spüren, und schafft dann intern die entsprechenden qualitativen Unterschiede. Die nach den Sinnen unterschiedene Wahrnehmung gründet sich auf eine interne Interpretation undifferenzierter externer Reize" (Esposito 1997a, 100).

Obwohl die Beobachtungen „nicht Dinge der Umwelt berühren" können (GG 92), ist natürlich nicht zu leugnen, daß es eine Verbindung zu den äußeren Bedingungen gibt. Auch bei diesem Problem schließt Luhmann an Maturana und Varela an. Er adaptiert von ihnen den Begriff der „strukturellen Kopplung"[480] (GG 100), um dieses Verhältnis zu erläutern: Das System verfüge über einen Operationsbereich, dem es sich immer schon angepaßt habe; dessen Grenzen definierten die bewußten Kopplungen. Dafür sei ein stabiles, unabhängig vom System bestehendes „Materialitäts- (oder Energie-)Kontinuum" notwendig (GG 102). Trotzdem habe dieses auf die Operationen im einzelnen keinen Einfluß, genauer: nur dann, wenn die strukturellen Kopplungen gestört werden, d.h. in destruktiver Weise (vgl. auch GG 130).

In einem entscheidenden Punkt übt Luhmann jedoch Kritik an Maturana. Seine Konzeption versage dort, wo es um die Beschreibung historischer Systemzustände und ihrer Entwicklung geht (GG 66). Daher möchte er den Begriff gleichsam dynamisieren: Autopoiesis in seinem Sinne sei „nicht als Produktion einer bestimmten ‚Gestalt'", sondern als „Erzeugung einer Differenz von System und Umwelt"[481] zu verstehen (ebd.).[482] Um zu klären, was es mit dieser Differenz auf sich hat, bedient er sich bestimmter theoretischer Modelle, die v.a. im Kontext von Problemen wie Sinn, Form und Beobachtung zur Anwendung kommen.

Luhmanns Theorie gründet auf einer Prämisse, die einen radikalen Bruch mit überkommenen Denkmodellen impliziert und entsprechend heiß diskutiert wurde. Seiner Auffassung zufolge gibt es zwei Typen von Systemen, die

---

[480] Maturana/Varela 1987, 85: „Bei diesen Interaktionen [zwischen autopoietischer Einheit und Milieu, J.W.] ist es so, daß die Struktur des Milieus in den autopoietischen Einheiten Strukturveränderungen nur *auslöst,* diese also weder determiniert noch instruiert (vorschreibt), was auch umgekehrt für das Milieu gilt. Das Ergebnis wird [...] eine Geschichte wechselseitiger Strukturveränderungen sein, also das, was wir *strukturelle Koppelung* nennen" (85). – Zu Luhmanns Rezeption des Begriffs der strukturellen Kopplung kritisch: Schemann 1992, Schmidt 1994.

[481] In Luhmanns Autopoiesis-Konzept geht es primär um Unterscheidungsoperationen; aus diesem Grunde bezeichnet er seine Theorie nicht als „radikalen Konstruktivismus", sondern als „operativen Konstruktivismus" (dazu auch Esposito 1997a, 102).

[482] In einer Fußnote von *Die Gesellschaft der Gesellschaft* (108f.) sowie in anderen Texten formuliert Luhmann seine Einwände gegen den radikalen Konstruktivismus noch direkter: Man vermöge im Rahmen dieser Theorie nicht zu erklären, wie es überhaupt Übereinstimmungen von Beobachtern geben könne (z.B. *Die Wissenschaft der Gesellschaft*, 511, 688). Um diese Leerstelle zu füllen, müsse man auf Kommunikation rekurrieren. Vgl. dazu Horster 1997, 74f.

Beobachtungen ausbilden können, nämlich *psychische* und *soziale* Systeme (Individuen und Gesellschaften bzw. Teile derselben). Die einen reproduzieren sich über Bewußtsein, die anderen über Kommunikation (GG 51). Die Crux dieser Unterscheidung liegt darin, daß die beiden Arten von Systemen inklusive ihrer Operationsweisen scharf voneinander getrennt sein sollen: Ebenso wie die Leistungen des Bewußtseins, also Wahrnehmung und Denken, „nur sehr begrenzt für soziale Kommunikation in Anspruch genommen werden" könnten (KG 15), sei es „[a]usgeschlossen [...], daß Kommunikationssysteme, also soziale Systeme, wahrnehmen können" (KG 19).[483] Anstatt die Unterschiedenen wie die Tradition in einem Stammbegriff (z.B. „Denken") zu fundieren und zu verbinden, betrachtet Luhmann beide als geschlossene Systeme, denen jeweils eigene Weisen der Verarbeitung von Informationen zugehörig sind (KG 30f.) – unbeschadet der Tatsache, daß „Kommunikation [...] auf die Wahrnehmung ihrer Zeichen angewiesen [ist], während umgekehrt die Wahrnehmung in ihren Unterscheidungen sich durch Sprache beeinflussen läßt" (ebd.). Hier habe man es wiederum mit einer „strukturellen Kopplung" zu tun (GG 103). Mit dieser Grundposition korrespondiert Luhmanns provokante These, wonach Gesellschaft nicht aus konkreten Individuen, sondern aus Kommunikationen zwischen diesen besteht (SY 240f., s.u.).[484]

Trotz der unüberwindlichen Kluft zwischen den psychischen und den sozialen Systemen bzw. ihren Operationsweisen gibt es eine wichtige Gemeinsamkeit. Beide bilden ihre Operationen als „Beobachtungen" aus, die formal nach demselben Muster funktionieren: Sie werden zu dem Zweck ausgeführt, sich von der Umwelt zu unterscheiden; da dies nur im System selbst geschehen kann, muß jeweils zwischen Selbst- und Fremdreferenz differenziert werden (GG 45). Soziale wie psychische Systeme integrieren aus der Umwelt destillierte Informationen, vergessen aber auch vormalige Selektionen. Insofern ist die Innenseite des Systems einem ständigen Wandel unterworfen – ein Aspekt der „Dynamisierung" von Maturanas Autopoiesis-Konzept. Das bedeutet wiederum, daß der Unterschied zwischen System und Umwelt jeweils nicht nur beobachtet, sondern auch *produziert* wird (ebd.).

---

[483] Luhmann argumentiert auch in *Die Gesellschaft der Gesellschaft:* „Verstehen in kommunikativen Zusammenhängen wäre [...] ganz unmöglich, wäre es darauf angewiesen, zu entschlüsseln, was gleichzeitig psychologisch abläuft" (GG 73).

[484] Zur Problematik dieses Ansatzes vgl. insbesondere Konopka 1999, die zudem einige Alternativkonzepte vorstellt (239-258).

In Luhmanns Erläuterungen zum „Sinn" der Operationen begegnet eine Variante der Opposition von Selbst- und Fremdreferenz. „Man kann die Form von Sinn bezeichnen als Differenz von Aktualität und Möglichkeit", so seine Definition, „und kann damit zugleich behaupten, daß diese und keine andere Unterscheidung Sinn konstituiert" (GG 50).[485] Was auch immer aktualisiert wird – durch die Beobachtungen entsteht ein bestimmtes Verhältnis zum Unmarkierten, und genau in dieser Spannung terminiert der Sinn. Da die Sinnwelt alles Ausgeschlossene „nur *in sich* ausschließen" könne, sei es trotzdem in gewisser Weise anwesend und fungiere so als Ansatzpunkt für Sinnstiftungen (GG 49).

Wie Luhmann hinzufügt, läßt sich zunächst möglicher Sinn vermittels entsprechender Operationen aktualisieren (GG 50); das erfordert – in seiner Formulierung – „ein Kreuzen der Grenze der Form, nämlich einen Übergang zu etwas auf der anderen Seite, was vorher nicht bezeichnet war" (GG 54). Innerhalb des Potentiellen wird eine Auswahl getroffen, die den Transfer in eine spezifische Aktualität impliziert und zudem neue Verweisungsmöglichkeiten schafft. Der Autor gibt genau an, welcher Status dem Äußeren der Form beizumessen ist:

> „Das Sequenzieren der Operationen hält […] das Gesamt von Potentialitäten co-präsent, führt es nur mit, regeneriert es dadurch als Welt, ohne welche es nie zu einer Selektion weiterer Operationen, nie zu einer Reproduktion des operierenden Systems kommen könnte. Sinn kann, verkürzt gesagt, nur als Form reproduziert werden. Die Welt selbst bleibt als stets mitgeführte andere Seite aller Sinnformen unbeobachtbar. Ihr Sinn kann nur in der Selbstreflexion des Formgebrauchs sinnhafter Operationen symbolisiert werden" (GG 54).

Die Welt, die Summe alles Möglichen, schwingt in allen Selektionen unausdrücklich mit, verleiht ihnen sozusagen Kontur, doch sie kann dabei nicht beobachtet werden. Der Fokus des Systems richtet sich immer nur auf gewisse Ausschnitte. Diese Überlegung leitet zugleich zu einem weiteren wichtigen Aspekt über, zur Frage, inwieweit sich die beiden Seiten der Unterscheidung als Einheit verstehen lassen. Luhmann bezieht dabei klar Stellung:

---

[485] Bei seinen Ausführungen zum Sinnbegriff verweist Luhmann wiederholt auf Edmund Husserl, *Ideen zu einer reinen Phänomenologie und phänomenologischen Philosophie;* dabei interessiert ihn dessen Gedanke einer Intention, die zugleich die „Welt im ganzen sich offen" halte – freilich nicht ohne zu betonen, daß er selbst Begriffe wie Intention, Erlebnis oder Verweisung auf Strukturen übertragen wissen will, die sowohl psychischen als auch sozialen Systemen zuzuordnen seien (SY 93, vgl. GG 47); er löst den Husserlschen Begriff also aus seinem subjektphilosophischen Fundament.

„Die Einheit des Gesamts der Möglichkeiten und erst recht natürlich die Einheit der Form selbst, also die Einheit von Aktualität und Potentialität, kann nicht wiederum aktualisiert werden. Statt Welt zu geben, verweist Sinn auf selektives Prozessieren. [...] All dem liegt die nur als Paradox faßbare, operativ funktionierende, aber nicht beobachtbare Einheit des Unterschiedenen voraus. Mit den beiden Seiten seiner Form kann und muß Sinn zugleich funktionieren, anders ist seine operative Verwendung zur Bezeichnung von etwas (und nichts anderem) nicht möglich. Auch für Sinn in jedem Sinne gilt, daß er nur durch Aktualisierung einer Unterscheidung bezeichnet werden kann, die etwas Nichtbezeichnetes als die andere Seite der Unterscheidung mitführt. Man kann natürlich auch die Unterscheidung Aktualität/Potentialität selbst bezeichnen (wir tun es soeben), aber dies nur durch eine weitere Unterscheidung, die diese Unterscheidung von anderen unterscheidet und in der Welt lokalisiert" (GG 55).

Damit Sinnsetzungen zustande kommen, müssen beide Seiten beteiligt sein, doch wenn man wie der Verfasser versucht, sowohl die Aktualität als auch die Potentialität zu fokussieren, hat man es wiederum nur mit einer einzelnen Unterscheidung zu tun, die auf der Abgrenzung von allen übrigen basiert. Insofern ist die Einheit „unbeobachtbar", obwohl sie „operativ funktioniert" – ein Paradox, das auch noch auf einer anderen Ebene erscheint. In Anlehnung an die Kybernetik Heinz von Foersters[486] vertritt Luhmann die These, daß dem Unterscheidenden nicht nur die Gesamtstruktur der jeweils verwendeten Differenz, sondern auch seine eigene Position intransparent sei: „[D]er Beobachter ist das ausgeschlossene Dritte seines Beobachtens", erfährt man weiter unten, „[e]r kann sich selbst beim Beobachten nicht sehen" (GG 69).[487] Im Rahmen des bisher Gesagten läßt sich das bereits bis zu einem gewissen Grade erklären: Wenn die System/Umwelt-Unterscheidung nicht nur beobachtet, sondern zugleich produziert wird, und zwar bei jeder Operation (s.o.), so bedeutet das, daß dem Beobachter nie im vollen Sinne bewußt sein kann, was er tut. Durch jede reflexive Handlung verlagert sich sein Weltverhältnis, diese

---

[486] Die Erkenntnisse des Physikers und Philosophen Heinz von Foerster gehören zu den wichtigsten Grundlagen von Luhmanns Denken (und auch von alternativen Strömungen der Systemtheorie). Sein entscheidender Beitrag liegt in der Beschreibung der Art und Weise, wie rückgekoppelte (neuronale wie soziale) Systeme funktionieren bzw. *beobachten;* die Einsicht, daß das Nichtsehen die Voraussetzung allen Beobachtens ist, spielt dabei eine zentrale Rolle (vgl. u.a. von Foerster 1993 und 1999). In den Siebziger Jahren erhielt diese Theorie als „Kybernetik zweiter Ordnung", als Beobachtung von Beobachtern ihre für Luhmann wegweisende Gestalt.
[487] Vgl. von Foersters berühmtes Diktum: „wir sehen nicht, daß wir nicht sehen" (von Foerster 1993, 27).

Verschiebung kann nur durch Inkaufnahme weiterer erfaßt werden, und so ad infinitum.

Diese Überlegung läßt sich vertiefen, indem man einen anderen Zentralbegriff der Systemtheorie in Augenschein nimmt – den der Form. Luhmanns Definition lautet: „Form ist gerade die Unterscheidung selbst, indem sie die Bezeichnung (und damit die Beobachtung) der einen oder der anderen Seite erzwingt und die eigene Einheit [...] gerade deshalb nicht selber realisieren kann" (GG 61). Wenn eine Beobachtung darin besteht, eine Unterscheidung zu gebrauchen und in einer gegebenen Situation eine Seite damit zu bezeichnen, dann ist die Form das logische Substrat dieser Unterscheidung, gewissermaßen ihre Dynamik. Die Notwendigkeit der Bezeichnung ist zugleich eine Notwendigkeit der (unthematischen) Selbstbezeichnung: Wie der Autor darlegt, muß sich der Beobachter grundsätzlich „auf der Innen- oder der Außenseite der Form, die er benutzt, verorten" (GG 1118).

Im Hinweis auf die unrealisierbare Einheit verbirgt sich ein weiteres Moment, das an einer anderen Stelle noch klarer erkennbar wird: „Eine Form ist letztlich eine Unterscheidung, die in sich selbst als Unterschiedenes wiedervorkommt" (GG 57). Luhmann exemplifiziert dies am Problem des Sinns und der damit korrespondierenden Differenz: „Die Innenseite der Form muß dieses re-entry aufnehmen können. Der Unterschied von momentaner Aktualität und offener Möglichkeit muß selbst aktuell für Bewußtsein und/oder Kommunikation verfügbar sein. Man muß aktuell schon sehen können, wie das crossing dieser Grenze möglich ist und welche nächsten Schritte in Betracht kommen" (GG 58).

Jedesmal wenn ich etwas beobachte, meint der Autor, geschieht das im Wissen, daß dabei manches präsent, anderes hingegen ausgeschlossen, wenn auch einschließbar ist. Der strukturelle Rahmen meiner Beobachtung findet sich im aktuell Beobachteten wieder. Wie oben bereits angemerkt, handelt es sich dabei nicht um die Einheit der Unterscheidung, sondern nur um das sie ermöglichende Schema; die Form kann in den beiden Dimensionen ihrer Verwendung nicht dasselbe Unmarkierte zur Folie haben, selbst wenn man ständig zwischen beiden Stufen hin und her springt: „[D]ie in die Form wiedereintretende Form ist dieselbe und ist nicht dieselbe Form" (GG 59).

Dieses als „Wiedereintritt" bzw. als „Re-entry" der Form in die Form bezeichnete Paradox ist für Luhmann von fundamentaler Bedeutung. Seine Quelle bildet, wenngleich er hier oft vorsichtige Formulierungen wie „in loser Anlehnung" (GG 53) gebraucht, der Formenkalkül des englischen Mathematikers George Spencer Brown.[488] Dessen Idee, das[489] Re-entry als Randbedingung des Denkens zu akzeptieren, die Struktur jeweils in verdeckter Form einzuführen und schließlich offenzulegen (vgl. GG 181), avanciert sozusagen zur logischen Grundfigur seiner Theorie. Luhmann operiert allerorten mit Paradoxien, die sich, so seine Standardformel, zwar niemals lösen, doch immerhin „entfalten" lassen; darunter versteht er Überlegungen wie die obige, bei denen der Zusammenhang der beiden Ebenen dargestellt wird. Dies biete folgenden Vorteil: „Ein Beobachter dieses Wiedereintritts hat dann die doppelte Möglichkeit, ein System sowohl von innen (seine Selbstbeschreibung ‚verstehend') als auch von außen zu beschreiben, also sowohl einen internen als auch einen externen Standpunkt einzunehmen" (GG 179f.).[490]

Die Wahl dieses logischen Instrumentariums impliziert – jenseits von soziologischen Schulen und Strömungen – eine grundlegende Kritik an früheren Denktraditionen. Das zeigt sich u.a. in der Passage, die die oben zitierte Bestimmung des Formbegriffs enthält; Luhmann grenzt sein Konzept dabei gegen Hegels Dialektik ab:

---

[488] Spencer Brown, *Laws of Form* (1969).

[489] Ich orientiere mich hier an Luhmanns Wortgebrauch und verwende „Re-Entry" als Neutrum (anders z.B. Dirk Baecker, der den Artikel ins Maskulinum setzt).

[490] In der Forschung besteht weitgehend Einigkeit darüber, daß Luhmanns Verwendung der Re-Entry-Figur nur sehr wenig mit der Vorlage zu tun hat. Luhmanns Schüler und Weggefährte Dirk Baecker räumte im Gespräch mit Alexander Kluge selbst ein, daß Luhmann und er „bestimmt nicht zu den Leuten" gehörten, denen Spencer Brown ein adäquates Verständnis des Kalküls bescheinigt hätte (Baecker/Kluge 2003, 92). Stephan Mussil sieht die Diskrepanz v.a. darin, daß Luhmann ein Beobachten von Beobachtungen, d.h. ein Betrachten von Formen als Gegenstände höherer Ordnung annimmt; dies widerspreche Spencer Browns Bestimmung, wonach immer nur eine Seite einer Unterscheidung bezeichnet werden könne – in *Laws of Form* bezieht sich der Begriff des Re-Entry lediglich allgemein auf die Selbstreferenz von Unterscheidungen (Mussil 1993, 200 bzw. 1995, 65). Hennig 2000 geht noch weiter und behauptet: „Bis auf ein paar Zitate und mitunter die graphische Darstellungsform […] übernimmt Luhmann nichts wirklich von Spencer Brown" (194). Neben dem bereits von Mussil als nicht vorlagegemäß erläuterten Theorem der Selbstunterscheidung einer Unterscheidung kritisiert er Luhmanns Verfahren, Spencer Browns Formbegriff um das Moment des Bezeichnens zu erweitern: Da es laut Luhmann möglich sei, bei einer Unterscheidung das Bezeichnete festzuhalten und gleichzeitig das, wovon es unterschieden wurde, auszutauschen, müsse es „außer der Unterscheidung noch etwas g[eben], das ohne sie bestehen kann" (173); insofern spielten bei seinen Unterscheidungen die bezeichneten *Dinge* eine grundlegende Rolle (172). Bei Spencer Brown sei es aber „nirgends erlaubt, auf den Seiten einer Unterscheidung unterschiedene Dinge zu denken (die nicht selbst Unterscheidungen wären)" (158f.). – Weiter kritisch zu Luhmanns Rezeption von Spencer Browns Formenkalkül: Schulte 1993.

„Dieser Begriff der Form hat zwar eine gewi[ss]e Ähnlichkeit mit Hegels Begriff des Begriffs insofern, als für beide der Einschluß einer Unterscheidung konstitutiv ist. In den Begriff des Begriffs hat Hegel jedoch sehr viel weitergehende Ansprüche eingebaut, die wir weder mitvollziehen können noch benötigen. Anders als die Form im hier gemeinten Sinne übernimmt es der Begriff, das Problem seiner Einheit selber zu lösen. Er beseitigt dabei die Selbständigkeit des Unterschiedenen (im Begriff Mensch zum Beispiel die Selbständigkeit der gegeneinandergesetzten Momente Sinnlichkeit und Vernunft), und dies mit Hilfe der spezifischen Unterscheidung von Allgemeinem und Besonderem, mit deren Aufhebung sich der Begriff als einzelner konstituiert. Daran kann hier nur erinnert werden, um dagegen zu setzen: Form ist gerade die Unterscheidung selbst, indem sie die Bezeichnung (und damit die Beobachtung) der einen oder der anderen Seite erzwingt und die eigene Einheit (ganz anders als der Begriff) gerade deshalb nicht selber realisieren kann. Die Einheit der Form ist nicht ihr „höherer", geistiger Sinn. Sie ist vielmehr das ausgeschlossene Dritte, das nicht beobachtet werden kann, solange man mit Hilfe der Form beobachtet. Auch im Begriff der Form ist vorausgesetzt, daß beide Seiten in sich durch Verweisung auf die jeweils andere bestimmt sind; aber dies gilt hier nicht als Voraussetzung einer „Versöhnung" ihres Gegensatzes, sondern als Voraussetzung der Unterscheidbarkeit einer Unterscheidung" (GG 61f.).

Bei Hegel, so Luhmann, richtet sich der Blick auf die Unterscheidung und auf ihre Einheit zugleich. Der Begriff setzt sich zwar wie in der Systemtheorie der Differenz, der Negation aus, doch er verfügt zudem über die Möglichkeit, diese in sich zu integrieren; das steckt im Gedanken einer „Aufhebung" des Widerspruchs. Sofern er „seine Einheit selber realisiert", sofern er also von sich selbst weiß, eignet ihm ein quasi-ontologischer Status. Sein Gehalt scheint gefestigt; der Akzent liegt nicht auf dem Verhältnis zu anderen Zeichen, sondern auf einer fixen „geistigen" Identität. Damit – und das ist das eigentliche Motiv der Kritik – raubt man den in den „höheren" Begriffen vereinigten Momenten aber ihre Selbständigkeit.[491]

---

[491] Einige Autoren sind freilich der Auffassung, daß die Kritik an Hegel auf Luhmann selbst zurückfällt. Wagner/Zipprian 1992 sehen in der Systemtheorie eine „Neuauflage der Dialektik Hegels", Ellrich 2000 geht noch weiter und behauptet, Luhmann bleibe „schon im Ansatz" hinter Hegels Relations-Denken zurück. Während bei Hegel „sowohl Identität als auch Differenz Relationsfiguren sind, die ihrerseits in prozessualen Beziehungen zueinander stehen", so Ellrich, lasse sich bei Luhmann die Identität der Differenz „zunächst nur in der Differenz zur Identität bestimmen und nur dadurch erhalten, daß es zu keiner übergreifenden Einheit beider Begriffe kommt. Die Identität der Differenz ist der Garant, daß die Identität von Identität und Differenz ausgeschlossen bleibt. Damit aber hat sich Luhmann unfreiwillig ins Kielwasser der Hegelschen Logik begeben" (Ellrich 2000, 76f.). M.E. wäre

Luhmann nimmt eben das Sich-selbst-Wissen des Begriffs ins Visier, um diesen despotischen Zug zu eliminieren:

> „Sie [jede kognitive und jede handlungsmäßige Operation, J.W.] muß ihre beobachtungsleitende Unterscheidung als Differenz (und nicht als Einheit, nicht in der Ununterschiedenheit des Unterschiedenen, nicht in dem, was beiden Seiten gemeinsam ist) verwenden. Sie darf gerade nicht, im Sinne Hegels, dialektisch verfahren, sondern sie muß sich selbst als Beobachtung aus dem, was sie beobachtet, ausschließen. Dabei wird der Beobachter, gleichgültig welche Unterscheidung er verwendet, zum ausgeschlossenen Dritten. […] Die Praxis des bezeichnenden Unterscheidens kommt in der Unterscheidung nicht vor. Sie kann nicht bezeichnet werden, es sei denn durch eine andere Unterscheidung. Sie ist der blinde Fleck des Beobachtens – *und eben deshalb der Ort seiner Rationalität*" (GG 178).

Der Unterschied zu Hegel wird hier nicht nur in bezug auf den Begriff, sondern auch von der Position des Beobachters her ausgeführt. Indem Luhmann den Operierenden zum „ausgeschlossenen Dritten" seines Tuns erklärt, verwirft er auch von diesem Punkt aus die Vorstellung einer Begrifflichkeit, deren Extension gleichsam selbstgegeben sei. Gerade in der Parenthese im ersten Satz des Zitats kommt der Zusammenhang ans Licht; Luhmann behauptet dort, die hegelianische Idee, wonach – in seinen Worten – die Beobachtung mit dem Wissen ihrer Einheit einherginge, setze eine Gemeinsamkeit zwischen den beiden unterschiedenen Seiten voraus. Das läßt sich wie folgt auseinanderlegen: Wenn die Marke, mit der ich operiere, außerdem noch die Einheit der Unterscheidung reflektiert, dann heißt das, daß sie die Differenz zu allen anderen in sich trägt – eben das ist mit der Rede vom Selbstbewußtsein des Begriffs gemeint. Demnach führte sie etwas Identisches zwischen sich und den übrigen mit, das sie zusammenfassen und – als „höherer" Begriff – überbieten könnte.

---

aber zu bedenken: Luhmann trennt die Unterscheidung von ihrer Einheit und bindet deren Beobachtung an ein notwendiges „Crossing"; dadurch bestimmt er die Identität sehr wohl „prozessual" aus der Relation zur Differenz. Dieser dynamische Zug muß im Umkehrschluß auch der Differenz inhärent sein – dies zeigt sich etwa an der strukturhomologen Opposition von Form und Medium, die in Abschnitt 2.2.2 noch näher erörtert wird. Insofern ist nicht recht zu erkennen, warum Luhmanns der Differenz eine starr von der Identität unterschiedene Gegen-Identität zugeschrieben haben soll.

Indem Luhmann die Beobachtung von ihrer Einheit bzw. vom Selbst-Wissen des Beobachters trennt, dekonstruiert er die beschriebene Struktur.[492] Er verschafft sich dadurch ein Mittel, Verbindungen zwischen autonomen (psychischen oder sozialen) Systemen darstellen zu können, ohne einem identifikatorischen Denken zu verfallen.[493] Was oben als Intransparenz des Beobachtens bezeichnet wurde, läßt sich nun entsprechend genauer bestimmen: als Spalt zwischen Beobachtung und Beobachter, als Inkongruenz zwischen der Form und ihrem Re-entry in sich selbst. Der Autor verwendet dafür zumeist den Begriff der Latenz oder – wiederum in Anspielung auf Heinz von Foerster – des „blinden Flecks".[494]

Diese Reflexionen erinnern nicht durch Zufall an gewisse Denk-Praktiken aus dem Umkreis des Poststrukturalismus. Luhmann weist ausdrücklich darauf hin, daß sich „in der Begrifflichkeit der neueren Semiotik" ganz ähnliche Überlegungen formulieren ließen: „Die Tradition hatte Zeichen als Referenz, als Hinweis auf etwas Vorhandenes, etwas ‚Anwesendes' gedacht. Die Kritik dieser Tradition, etwa bei Jacques Derrida, hält nur noch das operative Faktum des take off, des Ablösens, der Erzeugung von différence durch différance fest" (GG 182). Auch hier gehe es um das „Erzeugen von Differenz durch

---

[492] Lutz Ellrich formuliert den Unterschied zwischen Hegel und Luhmann präzise: „[N]ach systemtheoretischer Anweisung muß sich der Beobachter aus der einzelnen Beobachtung ausschließen, aber in das Netzwerk von Beobachtungen (die Gesellschaft qua Kommunikation) einschließen. Denn der Beobachter kann das kommunikative Geschehen nur im System der Kommunikation beobachten. Hegel wird nun vorgehalten, er habe den Beobachter in die einzelne Beobachtung eingeschlossen, nehme aber bei der Beobachtung des gesamten Beobachtungssystems eine unmögliche externe Position ein" (Ellrich 2000, 82). Die suggestive Frage, ob Luhmann, „wenn er auch die strukturelle Intransparenz des Beobachtens noch transparent mache", nicht Hegels Figur des „absoluten Wissens" überbiete (83), scheint mir indes verneint werden zu müssen. Ellrich meint, Luhmann praktiziere so etwas wie die hegelianische „Dialektik der Grenze", indem er höherstufige, an den blinden Flecken von Beobachtungen erster Ordnung ausgerichtete Beobachtungen zweiter Ordnung (s.u., 2.2.2) annehme (84). Obgleich Luhmann an der von Ellrich zitierten Stelle aus *Soziologische Aufklärung* (Bd. 5) tatsächlich vom „universalen Weltzugang" des Beobachters zweiter Ordnung spricht, ist auch bei dieser Klasse von Beobachtungen immer klar, daß sie von einer neuen, im Vollzug der Beobachtung nicht thematisierbaren Grenze begleitet sind.

[493] Ein konkretes Beispiel für Luhmanns Umgang mit Hegel findet sich im zweiten Band von *Die Gesellschaft der Gesellschaft*. Der Verfasser demonstriert, inwiefern Hegel seinen Begriff der „Sittlichkeit" aus dem Unterschied zu anderen entwickelte – dieser differenztheoretische Ansatz sei „eigentümlich modern"; seine Kritik beginnt erst dort, wo Hegel den Gegensatz in eine höhere Einheit „aufzuheben" versucht (GG 751f.).

[494] Vgl. u.a. von Foerster 1993, 26f.

Indifferenz", also durch das Unmarkierte (GG 183). Allerdings gibt es auch einige signifikante Unterschiede zu seiner Theorie – diese sollen v.a. in Kapitel 2.3. dieser Abhandlung untersucht werden.

Wie macht sich dieses Instrumentarium nun in der soziologischen Beschreibung geltend? In dieser Sache ist der Begriff der *Funktion* bzw. des sozialen Funktionssystems relevant. Luhmann vertritt in seinen Werken die These, daß sich die gegenwärtige Gesellschaft vor allem insofern von früheren unterscheide, als sie in Teilsysteme zerfalle, die jeweils eine eigenständige Funktion erfüllen;[495] als Beispiele nennt er u.a. das Recht, die Wissenschaft, die Politik, die Wirtschaft oder die Kunst. Die heutigen Funktionssysteme, so seine Theorie, operierten weitgehend autonom. Anstatt von einem Zentrum diktiert zu bekommen, wonach sie sich zu richten haben, bestimmten sie selbst den Fortgang ihrer Operationen, und zwar jeweils mit Hilfe eines spezifischen binären Codes. Die Wissenschaft entscheide nach dem Muster wahr/unwahr, was zu ihrem Bereich gehöre bzw. wie man in einer gegebenen Situation zu verfahren habe, die Kunst nach dem Schema schön/nicht schön, die Politik nach Macht/nicht Macht usw. Früher sei ihr jeweiliges Wirken von einem übergeordneten Code – etwa der Moral – gesteuert worden, doch in der funktional differenzierten Gesellschaft entfalle diese Bürde (GG 751f.).

Das bedeutet allerdings nicht, daß sie keine Verbindungen mehr zum Gesamtsystem unterhielten – und hier kommt man zu einem Punkt, wo Luhmann seinen Formbegriff in Anschlag bringt. Er entwickelt damit eine Alternative zum herkömmlichen Teil/Ganzes-Schema:

> „Systemdifferenzierung heißt gerade nicht, daß das Ganze in Teile zerlegt wird und, auf dieser Ebene gesehen, dann nur noch aus den Teilen und den ‚Beziehungen' zwischen den Teilen besteht. Vielmehr rekonstruiert *jedes* Teilsystem

---

[495] Luhmann unterscheidet vier historische Formen sozialer Ordnung: 1.) segmentäre, 2.) Zentrum/Peripherie-, 3.) stratifikatorische und 4.) funktionale Differenzierung. Der früheste Typus betrifft hauptsächlich Tribalgesellschaften, deren Teilsysteme (Familien oder Clans) prinzipiell gleichrangig sind und keine spezifische Funktion für das Ganze erfüllen. Bei der zweiten Variante wird hingegen „ein Fall von Ungleichheit zugelassen, der zugleich das Prinzip der Segmentierung transzendiert, also eine Mehrheit von Segmenten (Haushalten) auf beiden Seiten der Form vorsieht" (GG 613). Luhmann zufolge läßt sich das schon an entwickelteren Stammesgesellschaften erkennen; die Beispiele erstrecken sich indes über Großreiche wie Rom oder China bis hin zur Sowjetunion (GG 671). Die dritte Art der Ordnung liegt v.a. Adelsgesellschaften zugrunde, wo die Teilsysteme nach ihrem jeweiligen Rang gegliedert sind. Die funktionale Differenzierung unterscheidet sich insofern von ihren Vorgängern, als die Beziehungen zwischen den Funktionssystemen durch keine gesamtgesellschaftliche Vorgaben geregelt werden (GG 613).

das umfassende System, dem es angehört und das es mitvollzieht, durch eine *eigene* (teilsystemspezifische) *Differenz von System und Umwelt*. Durch Systemdifferenzierung multipliziert sich gewissermaßen das System in sich selbst durch immer neue Unterscheidungen von Systemen und Umwelten im System" (GG 598).

Sobald sich ein Teilsystem ausdifferenziert, entsteht in dessen Perspektive eine neue Umwelt, die sich aus den übrigen Funktionssystemen zusammensetzt. Auf diese Weise wird die Differenz von Gesamtsystem und Gesamtumwelt auf der Ebene des Teilsystems reproduziert – dem liegt, wie Luhmann eigens betont, eben die Gedankenfigur des Re-entry, des Wiedereintritts der Form in die Form zugrunde (GG 597).[496] Das Teilsystem bildet eine Untervariante der übergreifenden Differenz aus und produziert diese dadurch zugleich mit. Der Zusammenhang zum Ganzen läßt sich im oben erläuterten Sinne als paradox beschreiben: Das Teilsystem ist das Gesamtsystem (quasi eine Reflexion desselben) und ist es doch nicht, denn das jeweilige Ausgeschlossene ist nicht deckungsgleich. Da die Form auf zwei verschiedenen Ebenen erscheint, kann ein Beobachter zwischen beiden oszillieren und dadurch Informationsgewinn erzielen. Dem Autor gelingt es dadurch, das Ineinanderwirken der Funktionssysteme zu explizieren, ohne auf hierarchische Modelle bzw. auf das einer Dekomposition des Ganzen in Teile rekurrieren zu müssen.

Vom Gegenstand nun zur Methode. Luhmann formuliert, soweit ich sehe, zwei Maximen, die zu einer adäquaten soziologischen Herangehensweise anleiten sollen. Erstens verhängt er über die Gesellschaftstheorie ein „Verbot der Selbstexemption", das unbedingte Gültigkeit habe: „Alles, was [...] gesagt wird, kann nur unter der Bedingung gesagt werden, daß es auch für das Sagen selbst zutrifft" (GG 1132). Während es in früheren Gesellschaften noch eine konkurrenzfreie Position für die richtige Beschreibung von Welt und Gesellschaft gegeben habe (GG 894),[497] setzten sich heutige Darstellungen zwangs-

---

[496] Zu dieser Anwendung auch: Horster 1997, 66.

[497] Das gilt Luhmann zufolge sowohl für stratifikatorische als auch für Zentrum/Peripherie-Differenzierung; in beiden Fällen sei diese „konkurrenzfreie Position" von der Spitze bzw. vom Zentrum der Gesellschaft ausgefüllt worden, d.h. vom Geburtsadel oder der Stadt (GG 894). Diese Konstellation habe Denkstile erzeugt, die selbst noch an wesentlich späteren, bereits unter den Bedingungen funktionaler Autonomie verfaßten Schriften zu registrieren seien – etwa wenn Marx andere Darstellungen der Gesellschaft als Ideologien brandmarke. Hier werde schon deutlich erkennbar, daß dieses Urteil auf die eigene Darstellung zurückschlägt. „Und das zeigt", schließt Luhmann, „die Form einer Zentrum/Peripherie-basierten

läufig dem Widerstreit mit anderen (auch aus anderen Teilsystemen) aus und müßten sich daher als Komponenten der sozialen Prozesse reflektieren. Der Beobachter gehört selbst zum Beobachteten, zumal er es durch seine Operation ändert (vgl. GG 884). Daher erklärt es der Autor zweitens für notwendig, den Blick nicht nur auf Gegenstände und Sachverhalte, sondern auch auf den eigenen Unterscheidungsgebrauch bzw. auf mögliche Alternativen zu richten – letzteres bezeichnet er, wie im folgenden noch näher erläutert wird, als „Beobachtung zweiter Ordnung" (u.a. GG 93).[498]

Im Klartext bedeutet das, daß alle Beschreibungen ihre Unterscheidungen offenlegen müssen, damit weitere Beobachtungen (ob von anderen oder vom Beobachter selbst) daran anschließen bzw. ihre blinden Flecke aufspüren können (vgl. GG 1095). Es geht nie allein um den Inhalt, sondern immer zugleich um den Beobachter, um das „ausgeschlossene Dritte" – hier kehren die Bestimmungen zum Formbegriff wieder (s.o.). Soll eine Darstellung der funktionalen Differenzierung entsprechen, so muß sie sich für diverse Möglichkeiten der Kontextualisierung offen halten, ebenso für das in der Operation Übersehene, für das, was man nicht beobachtet, sondern „produziert" hat. In diesem Sinne ist es auch zu verstehen, wenn Luhmann meint, die „Konstruktionen der Soziologie [müßten] ihre eigene Dekonstruierbarkeit mitreflektieren"; dies schlage sich in der Beschreibung als „Spannung zwischen konstativen und performativen Textkomponenten" nieder (GG 1135). Indem er dies alles befolgt, gedenkt er die „Gesellschaft der *Gesellschaft*" – anstatt der eines Zentrums – darlegen zu können.

Auch die Gliederung seines eigenen Texts läßt sich mit Hilfe der methodologischen Reflexionen plausibel machen. Wie Luhmann ausführt, sind Beschreibungen nur im Medium Sinn möglich; dieses weise drei Dimensionen auf, nämlich die der Sache, der Zeit und der Sozietät (GG 1136). Demnach repräsentieren die drei mittleren, also zwischen dem Grundriß und der Selbstreflexion der Theorie plazierten Kapitel von *Die Gesellschaft der Gesellschaft* jeweils einen dieser Aspekte: Der „Sache" entspricht die Frage nach der Differenzierung (GG Kap. 4) – diese Problemhorizonte wurden in der obigen Argumentation bereits angedeutet. Den dritten Teil überschreibt Luhmann mit „Evolution"; darin geht es um die Zeitbezüge der Systemtheorie, d.h. etwa um die Frage, nach welchen Gesetzen sich soziale Systeme entwickeln

---

Beschreibung ‚wir und die anderen' funktioniert nicht mehr. Restprobleme lassen sich nicht mehr externalisieren. Sie müssen der Gesellschaft selber zugerechnet werden" (GG 957).
[498] Dazu auch: Horster 1997, 69, 75f.

und wie sie zu evolutionären Errungenschaften kommen. Obwohl diese Analysen ungemein interessant sind, muß ich mich auf die Dimension der Sozietät konzentrieren, auf das Kapitel über Kommunikation (GG Kap. 2): Dies ist m. E. im Hinblick auf die Rezeption durch Goetz von besonderer Wichtigkeit.

2.2.2 Kommunikation

Luhmanns Reflexionen zu diesem Thema richten sich gegen ein bestimmtes Bild, das der Mehrzahl der traditionellen Beschreibungen zugrunde liegt: die Vorstellung, bei Kommunikation handle es sich um einen Transport von Bedeutung (vgl. u.a. GG 73, 194). Eine solche Erklärung kommt für ihn schon deshalb nicht in Frage, weil er die psychischen Systeme als solche für hermetisch abgeriegelt hält. Wie gesehen konstatiert er eine grundlegende Kluft zwischen Bewußtsein und Kommunikation, die nur vermittels einer „strukturellen Kopplung" miteinander verbunden seien:

> „[D]as Bewußtsein [ist] weder das ‚Subjekt' der Kommunikation noch in irgendeinem anderen Sinne ‚Träger' der Kommunikation. Es trägt zur Kommunikation keinerlei Operationen bei (etwa im Sinne einer sukzessiven Abfolge von Gedanke-Rede-Gedanke-Rede. […] Wir müssen deshalb auch die klassische Metapher aufgeben, Kommunikation sei eine ‚Übertragung' von semantischen Gehalten von einem psychischen System, das sie schon besitzt, auf ein anderes" (GG 103f).

Wie kommt Verständigung dann zustande, wenn nicht durch Übereinstimmung im Bewußtsein? Dem Autor zufolge

> „muß die Kommunikation (also die Gesellschaft) das für sie benötigte Verstehen selbst beschaffen. Das geschieht durch Nichtbeliebigkeiten in der Vernetzung kommunikativer Ereignisse, also durch die selbstreferentielle Struktur der Kommunikationsprozesse. Denn jedes Einzelereignis gewinnt seine Bedeutung (= Verständlichkeit) nur dadurch, daß es auf andere verweist und einschränkt, was sie bedeuten können, und genau dadurch sich selbst bestimmt" (GG 73).

Eine Seite weiter fügt er hinzu, daß „[k]ommunikative Systeme […] nur als rekursive Systeme möglich" seien, denn sie könnten „ihre einzelnen Operationen nur durch Rückgriff und Vorgriff auf andere Operationen desselben Systems produzieren" (GG 74). Aktuelle Kommunikationen funktionieren also primär vermittels der Verweisung auf frühere und spätere; ihre Zeitbezüge entstehen im Gefüge der systemimmanenten Ereignisse. Insofern ist mit Kommunikation hier „ein jeweils historisch-konkret ablaufendes, also kontextabhängiges Geschehen gemeint – und nicht eine bloße Anwendung von Regeln richtigen Sprechens" (GG 70).

Um dieses zeitpunktbezogene Konzept zu erläutern, differenziert Luhmann zwischen drei Komponenten, die alle über einen temporalen Index verfügen: Kommunikation bestehe erstens aus der „Information, die nur einmal überraschen kann", zweitens aus der „Mitteilung, die als Handlung an einen Zeitpunkt gebunden ist", und drittens aus dem „Verstehen, das ebenfalls nicht wiederholt, sondern allenfalls erinnert werden kann" (GG 71). Bereits am ersten Aspekt zeigt sich, daß er den betreffenden Begriff etwas anders definiert als allgemein üblich:

> „Information ist eine überraschende Selektion aus mehreren Möglichkeiten. Sie kann als Überraschung weder Bestand haben noch transportiert werden; und sie muß systemintern erzeugt werden, da sie einen Vergleich mit Erwartungen voraussetzt. Außerdem sind Informationen nicht rein passiv zu gewinnen als logische Konsequenz von Signalen, die aus der Umwelt empfangen werden. Vielmehr enthalten sie immer auch eine volitive Komponente, das heißt einen Vorausblick auf das, was man mit ihnen anfangen kann" (GG 71f.).[499]

Was diese Bestimmung vom gewöhnlichen Verständnis des Worts unterscheidet, korrespondiert mit der Intention, den zeitlichen Sinn der Kommunikation zu betonen und zugleich den Einfluß von externen Faktoren wie Außenwelt und Bewußtsein einzuschränken: Information erscheint als systemeigener Wert, nicht als einer der Umwelt, wenngleich darin auf diese verwiesen wird, und der selbstreferentielle Charakter basiert u.a. darauf, daß der Inhalt in erster Linie aus der Perspektive seiner Verwendbarkeit und aus dem Verhältnis zum bisherigen Wissensstand in Betracht kommt. „Informationen sind stets systemintern konstituierte Zeitunterschiede", heißt es an anderer Stelle, „nämlich Unterschiede in Systemzuständen, die aus einem Zusammenspiel von selbstreferentiellen und fremdreferentiellen, aber stets systemintern prozessierten Bezeichnungen resultieren" (GG 194f.).

Damit ist man bereits beim zweiten Aspekt: Während das System „über Informationen typisch seine Umwelt" referiert, schreibt Luhmann, bezieht sich

---

[499] In *Soziale Systeme* zitiert Luhmann in diesem Zusammenhang den bekannten Satz von Gregory Bateson: „A ‚bit' of information is definable as a difference which makes a difference" (Bateson 1972, vgl. SY 68). – Allgemein zu Luhmanns Verhältnis zu Batesons „Ökologie des Geistes": Baecker/Kluge 2003, 78ff.

das System „über Mitteilung [...] auf sich selbst. Die Mitteilung aktualisiert die Möglichkeit, rekursiv weitere Kommunikation auf das System zu beziehen" (GG 97). Beim zweiten Moment geht es also um die Frage, wie sich – im weitesten Sinne – das Verhältnis zwischen den Kommunikationsteilnehmern durch das Gesagte oder Geschriebene ändert und welche neuen Handlungsoptionen bzw. –erfordernisse sich daraus ergeben. Dies geschieht nicht nur auf Seiten des Hörers (bzw. der Hörer), sondern auch beim „Sender" der Äußerung. Der Autor erklärt in *Soziale Systeme* gerade am Beispiel dieser Position, daß Kommunikation immer einen doppelten Blick auf die eigene Person impliziert: „Was Information betrifft, so muß er [der Mitteilende, J.W.] sich selbst als Teil der Sinnwelt auffassen, in der die Information richtig oder falsch ist, relevant ist, eine Mitteilung lohnt, verstanden werden kann. Als jemand, der sie mitteilt, muß er sich selbst die Freiheit zusprechen, dies zu tun oder nicht zu tun" (SY 195).[500]

Die ersten beiden Komponenten repräsentieren also die sachlichen und personalen Referenzen der Kommunikation (vgl. GG 107). Daß diese voneinander abgehoben werden können, ist zugleich die Bedingung für die Fortsetzung der Operationen. Der Sprecher läßt in seiner Mitteilung eine Intention erkennen, ob er will oder nicht, und dadurch erhält der Adressat ein zusätzliches Kriterium zur Beurteilung des Gesagten (GG 85). Er vergleicht die Information mit der Mitteilung – und gewinnt somit eine neue Information. Dabei handelt es sich um den dritten Konstituenten der Kommunikation, um das Verstehen, das Luhmann bündig als „Beobachtung einer Differenz von Information und Mitteilung" begreift (GG 72).[501] Diese „neue Information" ist wiederum der Anlaß für weitere Mitteilungen und weiteres Verstehen.

Auf diese Weise gelingt es dem Soziologen, die Kommunikation als konkret zeitpunktgebundenes Geschehen zu denken, als eine zirkuläre Struktur, deren Komponenten sich wechselseitig voraussetzen.[502] Indem er keine von

---

[500] Vgl. Horster 1997, 98ff.
[501] Gumbrecht 1995 macht darauf aufmerksam, daß der Begriff der Interpretation in Luhmanns Denkgebäude anders als der des Verstehens keine Rolle spielt; der Grund dafür liege darin, daß das Wort aus Sicht der Autopoiesis-Theorie zuviel metaphysischen Ballast mitführe und im Unterschied zu dem als selbstreferentiell definierten Verstehen einen Zusammenschluß zwischen zwei psychischen Systemen suggerieren könne.
[502] Peter Fuchs bietet in seinem Buch *Moderne Kommunikation* eine radikalisierte Variante von Luhmanns Kommunikationskonzept an; er nimmt die durch die Momente Information, Mitteilung und Verstehen vorgegebenen Anschlußstellen in den Blick, problematisiert die Kontinuität des Kommunikationsprozesses unter Rekurs auf das Theorem der Intranspa-

ihnen zum alleinigen Fundament erklärt, erfüllt er zugleich seinen Anspruch, Kommunikation als selbstreferentielle Operationsweise darstellen zu können – wäre die Einheit nämlich objektiv (Information), subjektiv (Mitteilung) oder sozial (Verstehen) ableitbar, müßte die Untersuchung am jeweiligen Referenzpunkt ansetzen, anstatt Kommunikation als autopoietisches System zu interpretieren (vgl. GG 72).

Mit der Trias von Information, Mitteilung und Verstehen ist nur erläutert, nach welchen Prinzipien sich die Kommunikation reproduziert. Ein anderes wichtiges Feld der Argumentation erstreckt sich um die These, wonach Kommunikation und Bewußtsein „strukturell gekoppelt" seien (s.o.). Als Mittel dieser Verbindung dient laut Luhmann die Sprache (GG 108).[503] Demnach habe der Gebrauch von Worten bzw. ihren Verknüpfungsregeln für sich genommen noch nichts mit Kommunikation oder Bewußtsein zu tun; die Sprache funktioniere „psychisch unreflektiert und sozial unkommentiert" (GG 110). Umgekehrt determiniere sie auch keine der gekoppelten Autopoiesen: Ihre Mechanismen müßten „in den Operationen der Systeme nicht mitvollzogen werden", sondern könnten „als geräuschlos funktionierend vorausgesetzt werden" (GG 111). Damit kritisiert der Autor eine Grundannahme von Saussure: „Sprache hat keine eigene Operationsweise, sie muß entweder als Denken oder als Kommunizieren vollzogen werden; und folglich bildet Sprache auch kein eigenes System" (GG 112).[504]

---

renz psychischer Systeme und gelangt so zu einer Unterscheidung verschiedener Anschluß-Konfigurationen (Fuchs 1993).

[503] Indem er die Rolle der Sprache in dieser Weise expliziert, liefert er bereits eine Antwort auf die Wittgensteinsche Frage, inwieweit dem Menschen die logisch-linguistischen Gesetze beim Sprechen präsent sind; der Begriff der strukturellen Kopplung steht wie erwähnt für grundsätzliche, aber eben nicht in die eigentlichen Operationen hineinreichende Interdependenzen.

[504] De Berg 2000 arbeitet den Unterschied klar hervor: Bei Saussure ist die „Realität, auf welche die Zeichen verweisen, [...] Ausdruck einer linguistisch ermöglichten Intersubjektivität", bei Luhmann hat sie hingegen als „emergente Realität zu gelten" (191). In anderen Worten: das Verhältnis von Sprache („langue"/„langage") und Sprechen („parole") läßt sich Luhmann zufolge nicht nach dem Schema Struktur/Prozeß beschreiben (vgl. Saussure 2001), da die Vorgaben der Sprache von psychischen wie sozialen Systemen stets nach Maßgabe der jeweiligen Operationsweise genutzt werden, wodurch erst die für die Autopoiesis relevanten Elemente entstehen – daher kann im Hinblick auf die Sprache von einer „eigenen Operationsweise" nicht die Rede sein.

Luhmann bestimmt diese Form der strukturellen Kopplung näher als „symbolische Generalisierung" (GG 112).[505] Unter Generalisierung versteht er die Wiederverwendbarkeit der Sinnstiftungen, d.h. die Möglichkeit, gewisse Momente früherer Selektionen herauszufiltern und wiederholbar zu machen (GG 75); dabei komme insofern eine „symbolische" Qualität ins Spiel, als der Umgang mit Sprache die „Fähigkeit [erfordere], im Bewußtsein und in der Kommunikation das Bezeichnende (Worte) vom Bezeichneten (Dinge) zu unterscheiden" (GG 112). Das widerspricht keineswegs dem Gedanken der Selbstreferentialität: Bei der Differenz von Signifikant und Signifikat handle es sich um eine „interne Unterscheidung, die nicht voraussetzt, daß es das in der Außenwelt gibt, was bezeichnet wird" (GG 209). Die Selbstreferenz von Sinn werde durch Sprache generalisiert, „und dies mit Hilfe von Zeichen, die selbst diese Generalisierung *sind*, also nicht im Hinweis auf etwas *anderes* bestehen" (GG 210).

Generalisierte Selbstreferenz ist demnach die Eigenschaft der Sprache, über längere Zeiträume hinweg relativ stabile Bezugspunkte zu schaffen, auf die sich der jeweilige Wortgebrauch richtet; diese liegen – daher der Begriff der Selbstreferenz – nicht außerhalb der Sprache, sondern werden von ihr erst hervorgebracht. Die Zeichen „sind" diese Generalisierung, weil es ohne sie keine entsprechenden Bedeutungen gäbe. Im Hinblick auf die genealogische Entwicklung der Sprache heißt das, daß der Übergang von der nur „episodenhaft realisierbare[n] Rekursivität von Gebärdenabfolgen" hin zur „rekursiven Zeichenverwendung" mit dem Punkt zusammenfällt, wo sich Sprecher und Hörer nicht mehr primär auf den äußeren Referenten beziehen, sondern auf das innersprachliche Signifikat, auf die im Umgang mit dem Zeichen entstandenen Anschlüsse und Zusammenhänge (vgl. GG 210). Der Autor knüpft hier zudem eine Verbindung zu den oben erläuterten Komponenten der Kommunikation:

> „Zeichengeben in einzelnen Situationen, die dies verständlich sein ließen, mag also der Anlaß gewesen sein und die Möglichkeit häufiger Wiederholung geboten haben, aber im Ergebnis ist etwas ganz anderes entstanden. Die Unwahrscheinlichkeitsschwelle sehen wir in der Frage, wie jemand überhaupt dazu kommt, einen anderen unter dem Gesichtspunkt einer Differenz von Information und Mitteilungsverhalten zu beobachten. Wir gehen also nicht von der Sprechhandlung aus, die ja nur vorkommt, wenn man erwarten kann, daß sie

---

[505] Im Anschluß an Talcott Parsons; zu dessen Begriff der Generalisierung vgl. Jensen 1980, 21.

erwartet und verstanden wird, sondern von der Situation des Mitteilungsempfängers, also dessen, der den Mitteilenden beobachtet und ihm die Mitteilung, *aber nicht die Information*, zurechnet. Der Mitteilungsempfänger muß die Mitteilung als Bezeichnung einer Information, also beides zusammen als Zeichen (als Form der Unterscheidung von Bezeichnendem und Bezeichnetem) beobachten (obwohl ihm auch andere, zum Beispiel rein wahrnehmungsmäßige, Möglichkeiten der Beobachtung zur Verfügung stehen)" (GG 210).

Der entscheidende Schritt – die „Unwahrscheinlichkeitsschwelle" – besteht somit darin, zwischen Mitteilung und Information unterscheiden zu können. Sobald man nicht mehr rein von der Wahrnehmung Gebrauch macht, sobald man weder das Zeichen mit etwas Äußerem identifiziert noch die Information dem Mitteilenden zuschreibt, ist der Weg zur rekursiven Zeichenverwendung frei. In Luhmanns zeichentheoretischem Ansatz spielen die Momente der kommunikativen Zirkulation also eine tragende Rolle.

Daran ist nun ein Aspekt hervorzuheben – eine Feinheit, der die Luhmann-Rezeption m.E. bislang zuwenig Beachtung geschenkt hat: Wenn das Auftreten der Information/Mitteilung-Differenz einen Meilenstein in der Genealogie der Sprache bildet, wenn sie für das Funktionieren des Zeichengebrauchs essentiell sein soll, dann heißt das, daß auch die Mitteilung die „Bedeutung" des Wortes konstituiert. Folgende Überlegung mag dies näher beleuchten: Luhmann parallelisiert im zitierten Passus (wie auch an anderer Stelle) die Begriffspaare von Bezeichnendem und Bezeichneten sowie von Mitteilung und Information. Wenn er hier von der „*Bezeichnung* einer Information" spricht, so muß nach dem in Abschnitt 2.2.1 Gesagten damit zum einen der betreffende Signifikant, zum anderen aber auch der bezeichnende Kommunikationsteilnehmer, seine Selbstverortung auf der Innen- oder Außenseite der Form gemeint sein. Daraus folgt aber im Umkehrschluß, daß nicht allein der jeweilige Sachverhalt, sondern zugleich der Empfänger in den Bereich des Bezeichneten fällt. Er gehört selbst zur „Bedeutung" des Zeichens, und zwar insofern, als der Initiierende in der Kommunikation auch das System, das Verhältnis der Kommunizierenden referiert – er verweist gleichsam auf seinen Partner. Auf diesen Gesichtspunkt werde ich unten zurückkommen.

Nach dem Zusammenhang von Information, Mitteilung und Verstehen sowie der strukturellen Kopplung von Kommunikation und Bewußtsein durch Sprache gilt es noch einen dritten Strang der Argumentation zu reflektieren: die Unterscheidung von Medium und Form.[506] Dabei geht es um die Frage, in welchem Verhältnis konkrete Wortverwendungen zum Horizont aller möglichen anderen stehen. Luhmanns Definition zufolge ist für Medien eine lose, für Formen hingegen eine strikte Kopplung *derselben* Elemente konstitutiv (GG 198);[507] im Kontext der Sprache bedeutet das, daß einzelne Sätze aus dem allgemeinen Reservoir der Worte etwas herausgreifen, den Bestand dadurch regenerieren, um neue Sinnvarianten bereichern, aber auch manches dem Vergessen überantworten.[508] Die Zirkulation komme deshalb zustande, weil die Form im Vergleich zum medialen Substrat sowohl die größere Durchsetzungsstärke als auch die höhere zeitliche Flüchtigkeit habe (GG 200).

Weshalb führt Luhmann diese Begrifflichkeit ein? Er verspricht sich davon eine Alternative zur Metapher der „Übertragung" von Sinn und zur Opposition von Struktur und Prozeß (GG 195, 199). Viele gängige Theorien teilen die Sprache in eine Tiefenschicht einerseits und in Akte der Bedeutungsstiftung andererseits; das ergänzt sich mit dem Bild des semantischen Transports, da die letzteren im Sinne einer Anwendung von Regeln (die sich für Sprecher und Hörer der jeweiligen Kommunikation nicht prinzipiell unterscheiden) begriffen werden. Luhmann will sich davon abheben, indem er die Beziehung zwischen langue und parole mit Hilfe einer *beobachterabhängigen* Unterscheidung erläutert (GG 195).

Das läßt sich folgendermaßen interpretieren: Der Autor betont, daß die Differenz von medialem Substrat und gegenwärtiger Form in jeder Operation neu prozessiert wird, er faßt Kommunikation somit als Relation von Aktuellem und Potentiellem auf, als ein *Verhältnis*. Demnach kann es sich beim Ausgesagten um nichts „an sich Neutrales", Transportierbares handeln, sondern um etwas, das sich je nach Beobachtungsposition anders gestalten muß. Die Mitteilung – d.h. die immer mitschwingende, dem Sprecher zumindest teilweise intransparente personale Seite der Referenzen – gehört genauso zur

---

[506] Hier sei angemerkt, daß das, was im gewöhnlichen Sprachgebrauch unter Medien verstanden wird, bei Luhmann unter die Rubrik „Verbreitungsmedien" fällt (etwa GG 202f.). Zu diesem Zweig der Systemtheorie u.a. Spangenberg 1993, Ellrich 1995, Esposito 1999, Werber 2000b sowie die in Maresch/Werber 1999 versammelten Beiträge.

[507] In *Die Kunst der Gesellschaft* gibt Luhmann auch an, welche Quelle ihn zum Begriff der Kopplung von Elementen angeregt hat: die Abhandlung *Ding und Medium* des Psychologen Fritz Heider (1926), in der dies allerdings nur anhand der Wahrnehmungsmedien Hören und Sehen ausgeführt wird (KG 167, auch WG 182). Dazu näher: Baecker 1999, 174f.

[508] Horster 1997, 131f.

Kommunikation wie die Information. Auf diese Weise unterläuft Luhmann die Vorstellung eines Transfers von Bedeutungen. Das Medium, so eine andere Formulierung, „hat seine Einheit in der Bewegung" (GG 199), nicht aber in einer fixen Struktur, die sich in einzelnen Akten realisieren ließe.

Im Rahmen dieses Themas ist noch hinzuzufügen, daß nur Formen, nicht aber Medien operativ anschlußfähig sind (GG 201). Als wichtigsten Garanten dieser Eigenschaft benennt Luhmann die „binäre Codierung" der Sprache: „Alle Kommunikation eröffnet die zweifache Möglichkeit, angenommen oder abgelehnt zu werden. Aller (kondensierte und konfirmierte) Sinn kann in einer Ja-Fassung und in einer Neinfassung ausgedrückt werden" (GG 113). Die Zweiteilung der erwartbaren Reaktionen verleihe der Rede von vornherein eine entsprechende Prägung: „Jede Kommunikation setzt sich selbst der Rückfrage, der Bezweifelung, der Annahme oder Ablehnung aus *und antezipiert das. Jede* Kommunikation! Es gibt keine Ausnahme" (GG 141). Autopoietische Systeme, so Luhmann weiter, benötigten einen solchen Code, um Selbstreferenz zu symbolisieren; zugleich impliziere diese Struktur eine „latente Unterbrechungsbereitschaft", an der „Konditionierungen anschließen" könnten – insofern liege darin eine Bedingung für die Entstehung von Gesellschaft (GG 223f.).

Die Analyse dieser „Konditionierungen" ist mit Blick auf die ästhetischen Problemhorizonte meiner Arbeit besonders wichtig. Luhmann will dabei zeigen, daß es neben der Sprache noch weitere – speziellere – Kommunikationsmedien gibt. Diese sei zwar das basale Medium, doch sobald eine Gesellschaft größere Komplexität erlangt habe, bildeten sich gewisse kommunikative Zusammenhänge heraus, die sich nicht mehr allein unter Rekurs auf sprachliche Gesetze erklären ließen.[509] Das betreffe insbesondere die Frage, wie man Menschen dazu bringen kann, all die „evolutionär unwahrscheinlichen" Handlungen zu vollziehen, die die heutige Gesellschaft konstituieren, also z.B. Güter gegen Papierscheine zu tauschen oder einem attraktiven Menschen Blumen zu schenken, anstatt umgehend seinem Trieb zu gehorchen. Um sie dazu zu motivieren, bedürfe es differenzierter Schemata, die den Er-

---

[509] In *Soziale Systeme* benennt Luhmann drei Arten der Unwahrscheinlichkeit der Kommunikation (Unwahrscheinlichkeit des Verstehens, des Erreichens von Adressaten und des Erfolgs, SY 217f.); in Entsprechung dazu müsse man zwischen drei Medien unterscheiden, nämlich zwischen Sprache, Verbreitungsmedien und den besagten symbolisch generalisierten Kommunikationsmedien (SY 220ff). Die drei Medien erscheinen auch in *Die Gesellschaft der Gesellschaft*, werden aber nicht mehr schematisch auf drei Unwahrscheinlichkeiten bezogen.

folg bzw. die Annahme komplizierterer Kommunikationen wahrscheinlich machen (GG 204). Diese bezeichnet Luhmann – in Kombination der oben explizierten Begriffe – als „symbolisch generalisierte Kommunikationsmedien":[510]

> „Sprache allein legt noch nicht fest, ob auf eine Kommunikation mit Annahme oder mit Ablehnung reagiert wird. Solange aber Sprache nur mündlich, also nur in Interaktionen unter Anwesenden ausgeübt wird, gibt es genug soziale Pressionen, eher Angenehmes als Unangenehmes zu sagen und die Kommunikation von Ablehnungen zu unterdrücken. [...] Symbolisch generalisierte Kommunikationsmedien entstehen erst, wenn die gesellschaftliche Evolution diese Schwelle überwunden hat und Komplexität in größeren räumlichen und zeitlichen Dimensionen und doch in derselben Gesellschaft entstehen läßt. Dann muß Kommunikation zunehmend auf noch unbekannte Situationen eingestellt werden. Die Gesellschaft hilft sich, wenn Evolution ihr hilft, einerseits mit Systemdifferenzierungen, andererseits mit der Ausbildung von Spezialmedien der Einschränkung von Kontingenz durch Verknüpfung von Konditionierung und Motivierung, eben den symbolisch generalisierten Kommunikationsmedien, wobei die Differenzierung dieser Medien zugleich die Systemdifferenzierung vorantreibt, nämlich den Anlaß bildet für die Ausdifferenzierung wichtiger gesellschaftlicher Funktionssysteme" (GG 204f.).[511]

---

[510] Der Begriff der „symbolisch generalisierten Kommunikationsmedien" ist, wie anläßlich der „symbolischen Generalisierung" bereits angedeutet, als interpretierende Weiterführung von Talcott Parsons' Interaktions- oder Tauschmedien (media of interchange) zu verstehen. Parsons nahm an, daß es neben dem Geld noch weitere Grundmedien sozialer Koordination gibt, nämlich Macht, Einfluß und (moralische) Verpflichtung (insbes. Parsons 1980); auf der Basis dessen arbeitete er das Schema der vier Funktionen (AGIL-Schema) aus. Luhmann ersetzte dieses Modell durch eine Anordnung, die sich an den jeweiligen kommunikativen Zurechnungskonstellationen orientiert (s.u.). Ein weiterer Unterschied zwischen den beiden Soziologen: während Parsons von einem Leistungs*tausch* zwischen den verschiedenen Medien und den damit operierenden Funktionssystemen ausgeht, insistiert Luhmann auf deren operativer Autonomie (vgl. Schneider 2002, 362, 388, Drepper 2003, 170ff.). Generell steht Parsons' Beschreibung, wie Luhmann immer wieder betont (SY 222, WG 182, GG 318), im Kontext eines handlungs- statt eines kommunikationstheoretischen Ansatzes; d.h. die Medien werden als Instrumente von Individuen (nicht aber von Kommunikationssystemen) betrachtet. – Zu Luhmanns Theorie der symbolisch generalisierten Kommunikationsmedien vgl. die eingehende Darstellung bei Schneider 2002, 317-330.

[511] Luhmann weist an anderer Stelle darauf hin, daß sich nicht alle Funktionssysteme auf der Basis eines solchen Mediums ausdifferenzieren: Ausnahmen bilden „Kommunikationsbereiche, deren Funktion in einer Änderung der Umwelt liegt – sei dies eine Änderung der physisch-chemisch-biologischen Umstände, sei es eine Änderung menschlicher Körper, sei es eine Änderung von Bewußtseinsstrukturen. Es gibt deshalb keine symbolisch generalisierten

Beispiele für diese Medien sind Wahrheit, Werte, Liebe, Eigentum, Kunst, Macht und Recht (u.a. GG 336). Wie Luhmann im zitierten Passus andeutet, können sie sich erst in schriftlich kommunizierenden Gesellschaften entwickeln. Da die Schrift die Ablehnung von Kommunikationen wahrscheinlicher macht, steigert sie die Nachfrage nach Innovationen; zugleich lassen sich angenommene Sinnvorschläge leichter erinnern und generalisieren (vgl. GG 316f.). An einer anderen Stelle weist er noch auf einen weiteren Punkt hin: „Symbolisch generalisierte Kommunikationsmedien dienen nicht (wie vor allem das Recht) primär der Absicherung von Erwartungen gegen Enttäuschungen. Sie sind eigenständige Medien mit einem direkten Bezug zum Problem der Unwahrscheinlichkeit der Kommunikation" (GG 316).

Es geht also nicht vorrangig um das Verhalten nach möglichen Ablehnungen, sondern um Mittel und Wege, den anderen zur freiwilligen Annahme der Kommunikation zu bewegen; die Ungewißheit bleibt dabei ebenso bestehen wie die Bindung an die Ja/Nein-Bifurkation. Darin liegt der Unterschied zur geschichtlich früheren Form sozialer Koordinierung, der Moral: Während diese „zur Vereinheitlichung (und notfalls: zum Konflikt) tendier[e]", also nach klar umrissenen Prinzipien verfahre und Negationen unter Strafe stelle, versuchten die Medien in verschiedenen Feldern, Anreize zur Akzeptanz von Kommunikationen zu schaffen, ohne die Reaktion vorzuschreiben; sie würden „ausdifferenziert, um gegen die Plausibilität zu motivieren" (GG 317). Für sie sei daher eine ständige, unabschließbare Suche nach Verbesserungen konstitutiv – das Resultat dieses Prozesses sei die Ausbildung der Funktionssysteme (GG 205, s.o.).

Wie lassen sich die verschiedenen Medien nun voneinander unterscheiden und in eine einleuchtende Gliederung bringen? Luhmann wählt als Kriterium das Verhältnis, in das sich die Teilnehmer der Kommunikation zueinander sowie zur Umwelt setzen. Um dies zu erläutern, gibt er zuvor an, auf welcher personalen Konstellation soziale bzw. kommunikative Systeme beruhen. Seine Theorie sieht zwei Grundpositionen vor – Ego und Alter:

> „Zunächst einmal muß das Unwahrscheinlichkeitsproblem in die Sozialform der ‚doppelten Kontingenz' gebracht werden, die wir mit den Positionsbegriffen Ego und Alter bezeichnen. Warum? Die normale Antwort lautet, daß Ego und Alter sowieso schon existieren, daß sie verschiedene Menschen sind, die hin und wieder miteinander kommunizieren. Wer nur das meint, sollte die Terminolo-

---

Kommunikationsmedien für Technologie, für Krankenbehandlung und für Erziehung" (GG 407). Dazu auch Schneider 2002, 328.

gie Ego/Alter vermeiden, die gerade zum Ausdruck bringen will, daß *jeder* Mensch immer *beides* ist, wenn (und nur wenn) er sich an Kommunikation beteiligt. Warum aber, präziser gefragt, die Verdoppelung? Unsere Antwort lautet, daß die Selbstreferenz sozialer Systeme eine immanente Dualität zur Voraussetzung hat, damit ein Zirkel entstehen kann, dessen Unterbrechung dann Strukturen entstehen läßt. [...] Für soziale Systeme ist es evident, daß sie eine *selbstkonstituierte* Zweiheit brauchen, um strukturdeterminierte Systeme sein zu können; und daß dies nicht eine von außen (qua Mensch) importierte, substantiell vorgegebene Zweiheit sein kann. Für das hier anstehende Problem der unwahrscheinlichen Annahme von Selektionen heißt dies, daß jede Selektion zu berücksichtigen hat, daß sie mit anderen (konformen oder adversen) Selektionen zu rechnen hat. Anders kommt eine spezifisch *soziale* Lösung des Problems nicht zustande" (GG 332f.).

In Übereinstimmung zu seiner These, wonach die Gesellschaft nicht aus Menschen, sondern aus Kommunikationen zwischen Menschen besteht (s.o.), bezieht sich Luhmann mit den Begriffen Ego und Alter nur insofern auf Individuen, als (und solange) diese kommunizieren;[512] wie er zudem anmerkt, übernimmt jeder Beteiligte immer beide Rollen – am zirkulären Zusammenhang zwischen Information, Mitteilung und Verstehen hatte sich bereits gezeigt, daß die einzelnen Momente ineinander umschlagen und dabei vom einzelnen Teilnehmer jederzeit sowohl sendende als auch empfangende Tätigkeiten fordern.

Auch der Gedanke der „doppelten Kontingenz" – eine weitere Anspielung auf Talcott Parsons[513] – läßt sich im Rahmen der bisherigen Darlegungen verständlich machen. Luhmann bezeichnet damit den Ausgangspunkt alles Sozialen, nämlich die Situation, daß zwei Menschen nicht wissen, was ge-

---

[512] Dieses Theorem gehört zu denjenigen Aspekten von Luhmanns Lehre, die von den Vertretern des Empirischen Konstruktivismus um Siegfried J. Schmidt am hartnäckigsten befehdet werden: So insistiert etwa Schmidt 1994 darauf, daß auch Luhmanns Kommunikationsbegriff Aktanten voraussetzt (80), ähnlich Rusch 1993, 234ff., Ort 1997, 153f. – Eine ausführliche Gegenüberstellung der jeweiligen Argumente von Empirischer Literaturwissenschaft und Konstruktivismus einerseits sowie der Luhmannschen Systemtheorie andererseits liefert – eher aus Sicht der letzteren – Prangel 1993, 24ff.

[513] Parsons gebraucht den Begriff „double contingency" ebenfalls zur Beschreibung des Verhältnisses von „ego" und „alter", u.a. in *Toward a General Theory of Action* (Parsons/Shils 1967, 16). Der Unterschied besteht darin, daß Parsons „das Problem doppelter Kontingenz durch gemeinsam geteilte Symbole, Deutungsmuster, Normen und Werte, die sozial institutionalisiert und individuell internalisiert sind, im Prinzip gelöst sieht", während Luhmann die „*permanente Bedeutung* des Problems" betont (Schneider 2002, 382, Hervorhebung i.O.).

schieht, wenn sie einander (ob durch Zufall oder nicht) begegnen, d.h. ob sie ihr Handeln mit dem Gegenüber in konstruktiver Weise koordinieren können. Die Lösung des Problems resultiert nicht aus einer wechselseitigen Perspektivübernahme[514] – dies widerspräche dem Theorem der operativen Geschlossenheit –, sondern daraus, daß die Wahrscheinlichkeit der fremden Aktionen kalkuliert und mit der Bereitschaft zu eigenen Zugeständnissen in ein Gleichgewicht gebracht wird.[515] Übereinkünfte dieser Art haben nach Luhmann die Form „Ich tue, was Du willst, wenn Du tust, was ich will" (vgl. SY 166). Aus dem Ineinander von Berechnungen und Motivationen entsteht eine bipolare Einheit, die auf keines der beteiligten Systeme zurückgeführt werden kann (ebd.).

Aufgrund der obigen Überlegung vermeidet es der Autor, im Kontext der personalen Bezüge auf konkrete Akteure zu rekurrieren. Stattdessen spricht er von der „Selbstbeobachtung des Kommunikationsprozesses"; seine Darstellung richtet sich nicht auf die beteiligten Menschen, sondern nur auf ihre Beobachtungen, genauer gesagt auf diejenigen, die sich um die „Zurechnung" der Selektionen, also um die Relevanz für die eigene Position und für die des Partners drehen. „Alter" steht dabei – anders als z.B. bei Parsons – immer für die initiierende, „Ego" für die annehmende oder ablehnende Seite (GG 336) – diese Umkehrung reflektiert Luhmanns Intention, bei der Beschreibung von Kommunikation und Gesellschaft primär am Beobachten statt am Handeln anzusetzen (SY 195, vgl. GG 291, 608). Die jeweilige Konstellation der Zurechnung entscheidet über die Einteilung der Kommunikationsmedien:

> „Die Differenzierung der Medien schließt an eine Binarisierung an, die darauf beruht, daß zwei Möglichkeiten der Zurechnung denkbar sind: internale und externale Zurechnung. Da Kommunikation sich nur beobachten kann, wenn zwischen Information und Mitteilung unterschieden wird, kann der Akzent der Zurechnung entweder auf Information (Erleben) oder auf Mitteilung (Handlung) gelegt werden; und dies gilt für beide Seiten: für die, die eine Kommunikation initiiert, und für die, die daraufhin über (Kommunikation von) Annahme oder Ablehnung zu entscheiden hat. Wenn eine Selektion (von wem immer) dem System selbst zugerechnet wird, wollen wir von *Handlung* sprechen, wird sie der Umwelt zugerechnet, von *Erleben*. Entsprechend unterscheiden sich die symbolisch generalisierten Kommunikationsmedien danach, ob sie die

---

[514] Habermas' *Theorie des kommunikativen Handelns* plädiert hingegen für eben diese Lösung (Habermas 1985, II, 319ff.).
[515] Horster 1997, 90, vgl. auch Baraldi 1997, 37ff.

beiden sozialen Positionen Ego und Alter als erlebend oder als handelnd voraussetzen" (GG 334f.).

Externale Zurechnung bedeutet demnach, daß es beim Kommunizierten vorrangig auf die Information ankommt, also auf das, was daran auf die Umwelt verweist; bei internaler Zurechnung steht hingegen der Aspekt der Mitteilung, d.h. das System selbst im Vordergrund – dem Text zufolge treten die beiden Varianten freilich niemals in reiner, sondern immer nur in durchmischter Form auf (GG 335). Externale Zurechnung geht mit einer erlebenden, internale hingegen mit einer handelnden Haltung einher. Wie Luhmann in einer Fußnote ergänzt, könne man hier „nicht von Selbstzurechnung/Fremdzurechnung sprechen […], weil die Referenz auf den Zurechner selbst vermieden werden" müsse; die Differenz von internal/external könne „sowohl auf den Zurechner selbst als auch (durch ihn) auf andere Systeme angewandt werden" (GG 334).

Dieser Hinweis ist äußerst hilfreich. Der Autor macht auf diese Weise deutlich, daß die Opposition von Ego und Alter nicht einfach mit der von System und Umwelt gleichzusetzen ist. Das kommunikative System ist bipolar strukturiert – internale Zurechnungen können sich somit auf zweierlei Verhältnisse beziehen: zum einen auf den Unterschied zu anderen Systemen, zur Umwelt *dieses* Systems, zum anderen auf den Unterschied zu Ego oder Alter.

Nimmt man diese Bestimmungen als Grundlage für die Gliederung, so ergeben sich genau vier Möglichkeiten: „(1) Alter löst durch Kommunikation seines Erlebens ein entsprechendes Erleben von Ego aus; (2) Alters Erleben führt zu einem entsprechenden Handeln Egos; (3) Alters Handeln wird von Ego nur erlebt; und (4) Alters Handeln veranlaßt ein entsprechendes Handeln von Ego" (GG 336f.). Als Beispiele für (1) fungieren Wahrheit und Werte, für (2) die Liebe, für (3) Eigentum/Geld und Kunst sowie für (4) Macht und Recht. Die Einteilung erscheint sogar in tabellarischer Form (GG 336):[516]

---

[516] Die tabellarische Darstellung der Medien und Zurechnungskonstellationen liefert Luhmann schon in früheren Texten (u.a. I.P 27); ihre genaue begriffliche Explikation gehört allerdings zum „Sondergut" von *Die Gesellschaft der Gesellschaft*.

	Ego	
Alter	Erleben	Handeln
	Ae → Ee	Ae → Eh
Erleben	Wahrheit, Werte	Liebe
	Ah → Ee	Ah → Eh
Handeln	Eigentum/Geld, Kunst	Macht/Recht

Luhmann führt in den nachfolgenden Passagen an allen Medien vor, welche Bewandtnis es mit der jeweiligen Zurechnungskonstellation hat. In Fall (1) kämen Alter und Ego beide als „Erlebende" ins Spiel, weil man nur dann von Wahrheit spreche, „wenn die Selektion keinem der Beteiligten zugerechnet wird" (GG 339). In der modernen Liebe werde verlangt, „daß Ego, wenn es liebt, sich in seinem *Handeln* darauf einstellt, was Alter erlebt; und insbesondere natürlich: wie Alter Ego erlebt" (GG 344). Ein Kunstwerk sei „als Selbstkonditionierung von Willkür angelegt [...], eben deshalb als Handeln, dessen Kommunikation Erleben bindet" (GG 354);[517] die Medien Macht und Recht zeichneten sich dadurch aus, daß „das Handeln Alters in einer Entscheidung über das Handeln Egos besteht, deren Befolgung verlangt wird" (GG 355, i.O. kursiv). In allen Varianten geht es also um die Konsequenzen, auf die sich Ego in seinem Handeln oder Erleben einläßt, wenn es eine Kommunikation von Alter akzeptiert.

Es ist nicht das Ziel dieser Untersuchung, die Plausibilität dieser Zuordnungen im einzelnen zu diskutieren. Ich möchte stattdessen auf zwei Aspekte aufmerksam machen, die in Luhmanns Konzeption – meiner Interpretation zufolge – implizit enthalten sind. Erstens ließe sich bei der Tabelle eine weitere Unterscheidung machen, nämlich zwischen Medien, bei denen der Akzent entweder beidseitig auf der Information oder auf der Mitteilung liegt, und solchen, bei denen die beiden Möglichkeiten auf Ego und Alter verteilt sind. Während bei der Wahrheit einseitig die Umwelt referiert wird und die Macht in einer reinen Koordination von Handlungen terminiert, verfügen die Liebe

---

[517] Wolfgang Ludwig Schneider führt in sehr erhellender Weise aus, weshalb neben der Kunst auch Eigentum und dessen Zweitcodierung Geld als Beispiele für diese Zurechnungskonstellation dienen: Eigentum beruhe darauf, daß Alter „knappe Ressourcen für sich beansprucht und sie damit dem möglichen Zugriff Egos entzieht"; dies sei umso unwahrscheinlicher, als „der Zugriff eines einzelnen eine Vielzahl von Personen in die Rolle von Zuschauern verweist, die – obwohl in der Übermacht – etwas geschehen lassen sollen, was ihre Möglichkeiten und Interessen beeinträchtigt" (Schneider 2002, 325). Das Handeln Alters liegt also im besagten Zugriff auf die Ressourcen, das Erleben Egos in der Tolerierung Alters.

und die Kunst über beide Positionen. Hier sind die Kommunizierenden *im einzelnen Akt* komplementär aufeinander bezogen – anders selbst als bei doppelter internaler Zurechnung, da dort beide Seiten „mitteilen", also im Vollzug nicht primär auf die Information des anderen hin agieren (wie dagegen in der Liebe) und sich der Mitteilung auch nicht in einem eigens darauf gewendeten Erleben hingeben (Kunst). Um die Pointe in einem sehr konkreten zeitlichen Sinne zu formulieren: bei der Liebe und der Kunst kann das Erleben und das Handeln quasi *synchron* geschehen bzw. kommuniziert werden, da Mitteilung und Information unmittelbar voneinander abhängen.

Daß dieser Unterschied von Bedeutung ist, zeigt sich am zweiten der beiden hervorzuarbeitenden Punkte. Luhmann erklärt an einer Stelle, die Medien seien insofern „*sym*bolisch", als sie „Kommunikation benutzen, um das an sich unwahrscheinliche Passen herzustellen" (GG 320) – in dieser Bemerkung spielt er auf die Etymologie des Wortes an, denn „symbolon" bezeichnete bekanntlich ursprünglich die Hälften eines Erkennungs-Rings.[518] Wie oben dargelegt, steht der Ausdruck „symbolisch" in *Die Gesellschaft der Gesellschaft* ansonsten für die Einheit von Signifikant und Signifikat. Wenn dieses Begriffspaar – auch das wurde bereits festgehalten – nun aber mit dem von Mitteilung und Information parallelisiert wird (GG 210, s.o.), so erscheint es legitim, die Aussage über den symbolischen Charakter der Medien auf eben diese Relationen zu applizieren: Das „unwahrscheinliche Passen" entpuppt sich als Reziprozität von Signifikant und Signifikat sowie von Mitteilung und Information.

Das ist der Grund, weshalb die Unterscheidung zwischen den „diachronen" und den „synchronen" Medien sinnvoll ist.[519] Da sich Mitteilung und Information bei den letzteren unmittelbar bzw. wechselseitig beeinflussen, läßt sich ihr Zusammenhang im Sinne einer Zeichenrelation beschreiben. Nur bei der Liebe und der Kunst (sowie ggfs. dem Geld) kann die begriffliche Parallele zur Dichotomie von Signifikant und Signifikat auf das Verhältnis von Ego und Alter angewandt werden. Am Beispiel der Kunst veranschaulicht

---

[518] Dazu auch Horster 1997, 133.
[519] Die Wahl dieser Unterscheidung geschieht im Bewußtsein, daß Luhmann den Ausdifferenzierungsprozeß der Funktionssysteme und der Medien mit der Entstehung der Schrift verknüpft – und damit auch explizit mit der Möglichkeit, Kommunikationsereignisse zeitlich zu entkoppeln und von der Interaktion unter Anwesenden abzulösen; dies erleichtere eventuelle Ablehnungen und beschleunige dadurch das Evolutionstempo (vgl. u.a. GG, Kap. II). Wenn ich hier von „synchronen" Konstellationen rede, so soll dabei schriftliche Kommunikation ausdrücklich inbegriffen sein (vgl. der folgende Abschnitt 2.2.3).

heißt das: Wenn das Alter der Kunst sein Handeln kommuniziert, also eine Mitteilung macht, dann wird es für Ego zu einem Bezeichnenden, das sein Erleben bindet und ihm eine Information liefert – diese gewinnt es aus der Differenz von Alters Mitteilung und deren Informationskern. Und was hat es nun mit dem symbolischen „Passen" auf sich? Nimmt man Luhmann beim Wort, so muß dies in dem Sinne gedeutet werden, daß die Mitteilung auf die komplementäre Position verweist, daß der Bezeichnungs-Akt von Alter auch Egos Erleben als Bezeichnetes in sich enthält. Alter würde demnach insofern zur Annahme seiner Kommunikation motivieren, als es die rezeptive Haltung Egos in die eigene Bedeutungsstiftung integriert.

Nochmals: Luhmann faßt die Beziehung von Information und Mitteilung generell als ein Verweisungsverhältnis; dies ist insofern bemerkenswert, als er mehrfach erklärt, daß die einzelnen Momente ineinander umschlagen (s.o.). Demnach beruht Kommunikation in gewissem Sinn auf einer Oszillation zwischen Bezeichnen und Bezeichnet-Werden. Nun benennt er zusätzlich zur Sprache einige spezielle Kommunikationsmedien, wo der Bezug zum Gegenüber zwar nicht garantiert, aber immerhin auf die Basis evolutionärer Entwicklungen gestellt (und dabei immer wieder neu erprobt) wird. Unter diesen sind einige besonders geeignet, die Verweisungsstruktur zu realisieren, und zwar deshalb, weil sie die komplementären Momente in einem Akt vereinen. Erleben und Handeln sind schließlich Parallelbegriffe zu dem, was oben als Unterschied zwischen dem Beobachten und dem Prozessieren einer Differenz erläutert wurde (2.2.1): Der Mitteilende bzw. Verweisende erzeugt in seiner Handlung eine neue Differenz, ein neues Verhältnis zum Erlebenden, das von diesem beobachtet, aber auch wiederum mitgeteilt werden kann – auf diese Weise kehren sich die Pole um, auch wenn insgesamt gesehen die Schwerpunkte von Mitteilung und Information auf den spezifischen Positionen verbleiben. Die synchronen Medien sind also insofern „kommunikativer" als die diachronen, als sie die Möglichkeit eines dialogischen Oszillierens eröffnen.[520]

---

[520] Für das Kommunikationsmedium Liebe hat Luhmann die immanente Anlage zur Oszillation der Zuschreibungskonstellation in brillanter Weise dargestellt. Wie er v.a. im sechsten Kapitel von *Liebe als Passion* erläutert, gestaltet sich Liebeskommunikation als ein Unkenntlich-Werden von Erleben und Handeln bzw. Aktion und Passion (LP 71ff.). Dietrich Schwanitz bezieht aus diesen Reflexionen die Grundlage für sein Modell der literarischen Interpretation (vgl. Schwanitz 1990; 1996; 1997) – letzteres bestätigt übrigens die strukturelle Affinität von Liebe und Kunst, die durch die Einteilung in synchrone und diachrone Medien hervorgetreten ist. Umso weniger kann ich mir erklären, weshalb weder Luhmann

Allein auf der Basis der Bestimmungen zu den Kommunikationsmedien mag diese Lektüre noch reichlich abstrakt erscheinen. Was durch die letzten Reflexionen zutage gefördert wurde, versteht sich lediglich als eine Arbeitsthese: Luhmann verschafft sich mit seiner Kommunikationstheorie ein Mittel, die Beziehung von Künstler und Rezipient als ein wechselseitiges Verweisungsverhältnis zu denken.[521] Im nächsten Kapitel ist zu prüfen, inwieweit sich die vorgeschlagene Interpretation mit Luhmanns kunsttheoretischer Konzeption in Einklang bringen läßt; dabei geht es u.a. um die Frage, ob das an den Momenten Mitteilung und Information beobachtete Oszillieren der Positionen auch in den expliziten Aussagen zum Verhältnis zwischen Kunst und Rezeption begegnet.[522] Der nächste Schritt besteht also in einem eingehenden Blick auf *Die Kunst der Gesellschaft*.

2.2.3 Kunst

Luhmann liefert im ersten Kapitel von *Die Kunst der Gesellschaft* eine komprimierte Formulierung seines Kunstbegriffs: „Offenbar sucht die Kunst ein anderes, nichtnormales, irritierendes Verhältnis von Wahrnehmung und Kommunikation, *und allein das wird kommuniziert*" (KG 42). Im Alltag bleibt die Sinnlichkeit den gewöhnlichen Auslegungen, dem Mitteilbaren

---

noch einer seiner Rezipienten diesen Schritt auch für das Medium Kunst durchgeführt hat bzw. weshalb es dabei bei halbherzigen Ansätzen geblieben ist (s.u., 2.2.3).

[521] Ich arbeite die Unterscheidung zwischen den synchronen und den diachronen Medien und den Gedanken einer dialogischen Oszillation von Produktion und Rezeption deshalb hervor, weil ich meine, daß das Potential von Luhmanns Theorie der symbolisch generalisierten Kommunikationsmedien mit Blick auf die Kunst bislang weit unterschätzt worden ist. Luhmann begreift auch die Kunst als ein solches Medium – das bedeutet, daß die von ihr geleistete Kopplung nicht nur Bewußtsein und Kommunikation, sondern *auch Ego und Alter* betrifft. Wo die Forschung Luhmanns Medienbegriff auf die Kunst bezogen hat, interessiert sie sich bislang nur für den ersten der beiden Aspekte (etwa Jahraus 2001, 106ff.). M.E. verbirgt sich aber eben in diesem zweiten der Kern einer dialogischen, „interaktiven" Kunstauffassung.

[522] Wenn die übrigen synchronen Medien bei der Untersuchung ausgeklammert werden, so liegt das an der thematischen Ausrichtung meiner Arbeit. Wie sich im folgenden herausstellen wird, kommen in Luhmanns Kunsttheorie gewisse Momente ins Spiel (v.a. die Basisdifferenz Wahrnehmung/Kommunikation), durch die sich das in der Bestimmung der Zuschreibungskonstellationen angelegte Theoriepotential in spezifischer Weise zu entfalten vermag – dies in Antizipation des Einwands, für das identisch eingeordnete Medium Eigentum/Geld müsse sich dasselbe zeigen lassen wie für die Kunst.

untergeordnet, lautet die These, allein die Kunst bringt die Differenz zwischen Wahrnehmung und Kommunikation zum Austrag, setzt an ihr an – das ist ihre eigentliche Funktion.

Indem Luhmann auf der Trennung von Bewußtsein und Kommunikation insistiert (s.o.) und dieser Differenz in seiner kunsttheoretischen Konzeption eine prominente Stellung zuweist, wertet er den Begriff der Wahrnehmung – der „Spezialkompetenz des Bewußtseins" (KG 14) – innerhalb der Ästhetik-Diskussion auf (KG 13). Anstatt die Kunst als Vermittlerin von Ideen zu begreifen (vgl. KG 28), schreibt er ihr die Funktion zu, die sinnliche Erkenntnis aus der direkten Bindung an die Kommunikation zu lösen. In der folgenden Passage macht er den Unterschied zur klassischen Kunsttheorie sowie den Zusammenhang zum Paradigmenwandel innerhalb der Epistemologie deutlich:

„Die Tradition hatte zusätzlich zu dem, was man an Bewußtseinsleistungen feststellen kann, die im Wahrnehmen erzeugten Objekte ontologisiert. Sie war davon ausgegangen, daß die Welt (Irrtümer vorbehalten) so ist, wie sie sich in der Wahrnehmung zeigt, und dann durch Sprache und begriffliche Analyse erschlossen und für kommunikative wie für technische Zwecke aufbereitet werden könne. Zur Phänomenologie der Welt gehörte dann, als deren Konsequenz, ein ästhetischer Kunstbegriff, der es der Kunst erlaubte, Welt zu repräsentieren, in ihren perfekten Idealformen wahrnehmbar zu machen und sie mit neuen Informationsqualitäten auszustatten, die sich nicht von selbst einstellen. Wagte man dagegen den Übergang von einer phänomenbezogenen Wahrnehmungslehre zu einer operativen, von einer repräsentationalen Erkenntnistheorie zu einer konstruktivistischen – und das Wissenschaftssystem scheint uns dazu zu zwingen – : müßte dann nicht die Theorie der Kunst diesem Paradigmawechsel folgen und auf radikal andere Grundlagen gestellt werden? Denn wenn schon die Wahrnehmung vom Gehirn konstruiert wird und erst recht alles begriffliche Denken: hätte dann nicht die Kunst ganz andere Funktionen in der Ausnutzung und Ausgestaltung des damit gegebenen Freiheitsspielraums? Die heute ohnehin abgelehnten Funktionskonzepte der Imitation und der Repräsentation müßten dann ein zweites Mal abgelehnt werden – nicht weil sie die Freiheitsgrade der Kunst zu sehr einschränken, sondern weil sie dem Weltillusionismus huldigen, statt ihn zu entlarven. Und man könnte auf den Gedanken kommen, daß die Kunst die ‚Externalisierung' der Welt durch das Bewußtsein zwar nicht rückgängig machen kann (dem könnte das Bewußtsein nicht folgen), aber daß sie genau dafür Formen anbietet, die zeigen, daß auch unter den Realbedingungen operativer Schließung neurophysiologischer, bewußtseinsmäßiger und schließlich kommunikativer Systeme Ordnung möglich und, bei aller unerwarteter Information, Beliebigkeit unmöglich ist" (KG 16).

Luhmann führt hier wiederum konstruktivistische Argumente an, um seine leitende These zu stützen: An Begriffen wie Imitation oder Repräsentation orientierte Theorien seien deshalb überholt, weil sie dem Kunstwerk die Aufgabe auferlegten, gewisse Idealformen nachzubilden, die der Außenwelt an sich gegeben seien. In diesem Fall, so sein Gedanke, zwingt man die beteiligten Sinneseindrücke von vornherein ins Korsett des Denkens bzw. der Kommunikation und verhindert den Einblick in die selbstbezügliche Struktur des Bewußtseins sowie der davon abkünftigen Sprache. Begreift man die Kunst dagegen als Urheberin von Sinneswahrnehmungen, die sich nicht einfach im Raster des Kommunizierbaren auflösen lassen, dann besteht ihre Rolle darin, den Spalt zwischen den beiden autonomen Systemen – und mit ihm die Selbstreferentialität der Wahrnehmung – hervortreten zu lassen.

Für sich genommen ist dieser Ansatz keineswegs neu – bei einiger Vergröberung ließe sich auch eine Verbindung zu Kants Wort von der „subjektiven Allgemeinheit" des Geschmacksurteils rekonstruieren.[523] Sein spezifisches Profil zeigt sich erst, wenn man bedenkt, daß Luhmann die Kunst, wie schon aus der Darstellung der Medien hervorging, primär aus einem kommunikationstheoretischen Blickwinkel betrachtet: Obwohl sie nach seiner Theorie die Grenzen des Mitteilbaren ausloten soll, handelt es sich für ihn dabei um eine Form von Kommunikation. Im folgenden Abschnitt begründet er diese These und erläutert zudem, worin sich die ästhetische von der sprachlichen Kommunikation unterscheidet:

> „Auch die sprachliche Kommunikation eröffnet, wenn Schrift hinzukommt, ein entsprechendes Spektrum unterschiedlicher und doch koordinierter Zeitverwendungen. Die Kommunikation mittels Kunstwerken erweitert die Möglichkeiten. Sie intensiviert auf der einen Seite im Falle der Musik das Gleichzeitigkeitserleben dadurch, daß sie jede sinnhafte Verweisung auf anderes, jede Repräsentation unterbindet. Sie kann im anderen Extrem dem Betrachter von Bildern oder Skulpturen die Wahl der Abfolge seiner Beobachtungen ganz freistel-

---

[523] Kant, *Kritik der Urteilskraft*, § 6. Auch bei Kant eröffnet das Kunstwerk eine Fülle von Sinneseindrücken, die die Einbildungskraft in Gang setzen und es dieser trotzdem nicht erlauben, sie in einem allgemeinen Begriff aufzulösen; da sie aber die Suche nach einer objektiven Begründung provozieren, nimmt das Geschmacksurteil den Charakter einer „als ob-Allgemeinheit", einer „subjektiven Allgemeinheit" an (vgl. Frank 1989, 66f.). Insofern geht es hier um einen ähnlichen Zwiespalt wie um den von Wahrnehmung und Kommunikation.

len, ohne damit die sachliche Führung durch das Formenspiel des Kunstwerks aufzugeben. Es ist immer der Komposition zu danken, wenn Gleichzeitigkeit intensiviert wird oder wenn vollständige Dissynchronisation ermöglicht wird und trotzdem Kommunikation zustandekommt. In beiden Fällen kontrolliert die Kommunikation die Anschlußfähigkeit der Beobachtungsereignisse – und dies um so mehr, je unwahrscheinlicher, je exzeptioneller die dafür geltenden Bedingungen ausfallen. Insofern kann Kunst das Bewußtsein von Kommunikation steigern, und dies dadurch, daß das Bewußtsein sich durch Kommunikation geführt und fasziniert weiß und die Diskrepanz dieser Führung zu den offenen eigenen Operationsmöglichkeiten erlebt" (KG 38f.).

Hier begegnet ein ähnliches Argumentationsmuster wie in den Ausführungen zu den übrigen „symbolisch generalisierten Kommunikationsmedien" (vgl. 2.2.2): Luhmann weist auf die „evolutionäre Unwahrscheinlichkeit" der beteiligten Beobachtungen hin, um plausibel zu machen, weshalb er an der Kunst vorrangig ihre kommunikative Qualität für relevant erachtet – das Bewußtsein des Rezipienten werde vom Kunstwerk zu Wahrnehmungsleistungen motiviert, die in ihrer raumzeitlichen Struktur vom alltäglichen Hören und Sehen stark abweichen. Entscheidend ist also der Aspekt des „Geführt-Werdens". Der Unterschied zur sprachlichen Kommunikation liegt zum einen in der besonderen Bedeutung der Wahrnehmung, zum anderen darin, daß sich die Kunst „der strikten Anwendung des Ja/Nein-Code[s]" entziehe (KG 36):

> „Sie [die Kunst, J.W.] kann und will natürlich nicht ausschließen, daß man über sie spricht, daß man ein Kunstwerk für gelungen oder für mißlungen erklärt und damit in die Gabelung läuft, mit dieser Mitteilung akzeptiert oder abgelehnt zu werden. Aber das ist ja nur Kommunikation über Kunst, nicht Kommunikation durch Kunst. Das Kunstwerk selbst engagiert die Beobachter mit Wahrnehmungsleistungen, und diese sind diffus genug, um die Bifurkation des ‚ja oder nein' zu vermeiden" (KG 36).

Die Ja/Nein-Gabelung der Sprache kann für die Kunst nicht verbindlich sein, weil die ästhetische Anschauung „diffuser" ist, als es gewöhnliche Kommunikation erlaubt – darin äußert sich die Eigenständigkeit der Wahrnehmung. Wenn Luhmann trotzdem von „Kommunikation durch Kunst" spricht, so läßt das darauf schließen, daß hier ein Alternativ-Code ins Spiel kommt, der den Fortgang der Operationen in anderer Weise steuert als sein Pendant im Medium der Sprache. Um herauszufinden, nach welchem Modus sich die Beobachtungen im Bereich der Kunst reproduzieren, ist allerdings vorab zu klären, welchen allgemeinen Bedingungen die ästhetische Betrachtung der *Kunst der Gesellschaft* zufolge unterworfen ist.

Der Autor hebt in seinen Reflexionen immer wieder hervor, daß das Kunstwerk „nicht als Einheit beobachtbar" sei (u.a. KG 74). Was oben im Kontext des Weltbegriffs festgehalten wurde, die Unmöglichkeit, alle denkbaren Differenzen in einer Super-Unterscheidung zusammenzufassen, gilt auch für den Umgang mit ästhetischen Artefakten. Keine noch so gründliche Interpretation kann alle potentiellen Kontextualisierungen vorwegnehmen. Der Zusammenhang der Unterscheidungen, so Luhmann weiter, sei „nicht generalisierbar" (KG 75), und daher gehe man fehl, wenn man das Werk im klassischen Sinne als Summe seiner Einzelmerkmale verstehe (KG 75, 193). Um die Rezeption und Produktion von Kunst adäquat zu beschreiben, bedürfe es einer Terminologie, die der offenen Struktur der möglichen Beziehungen zwischen den einzelnen Aspekten Rechnung trägt: Kunstbezogene Praxis könne „nur als Bilden und Löschen von Formen" erläutert werden, aber „nicht als Anwendung von Prinzipien oder Regeln, was eine paradoxiefreie Ausgangslage voraussetzen würde" (KG 59).

Die Analyse der Beobachtung von Kunst geschieht also im Horizont des Formkonzepts, das in Abschnitt 2.2.1 dargelegt wurde. Luhmann führt in mehreren Schritten aus, wie sich diese Begrifflichkeit auf kunstphilosophische Probleme anwenden läßt. Ein Kunstwerk sei zunächst einmal ein Ding, das die Welt „in sich selbst und den übrig bleibenden unmarked space" teile (KG 61). Mit dieser Feststellung sei das, was es in formtheoretischer Hinsicht als Kunst auszeichne, jedoch noch nicht berührt:

> „Zum Kunstwerk wird ein Objekt dadurch, daß die Formen, die es intern verwendet, die Möglichkeiten der jeweils anderen Seite einschränken. Dabei kommt es, soll es ein Kunstwerk sein, darauf an, daß diese Einschränkung sich weder allein aus den materiellen Eigenschaften des Mediums (zum Beispiel Verdichtung oder Gewicht des Materials, Mindestlänge von noch hörbaren Tönen) ergibt und auch nicht allein aus einem Verwendungszweck des Objekts. Weder allein – daß solche Einschränkungen eine Rolle spielen, muß nicht, man denke an Architektur, verhindern, daß ein Kunstwerk entsteht. Aber die Qualifizierung als Kunstwerk erhält ein Werk erst dadurch, daß es *Einschränkungen zur Erhöhung der Freiheitsgrade für die Disposition über weitere Einschränkungen verwendet*. Als Objekt in den Grenzen eines Dings oder eines Prozesses genommen, eröffnet das Kunstwerk die Möglichkeit einer Kompaktkommunikation; man kann es als Kunstwerk bezeichnen und gewinnt dadurch eine eindeutige Unterscheidung, mit der man weiterarbeiten kann. Das kann das Ende,

aber auch der Anfang einer Kommunikation sein, die sich mit den Unterscheidungen befaßt, aus deren Vernetzung das Kunstwerk besteht und die es als Kunstwerk ausweisen. Was die Innenseite der Form Kunstwerk betrifft, kommuniziert die Kompaktkommunikation also den Kommunikationsvorbehalt weiterer Analyse. Kompaktkommunikation ist sozusagen Kommunikation auf Kredit, ist Inanspruchnahme von Autorität für weitere Ausführung, sagt also vor allem: es ließe sich zeigen..." (KG 62f.).

Gewöhnliche Elemente der Dingwelt, meint Luhmann, sind auf ihrer Innenseite relativ beständig fixiert, Kunstwerke terminieren hingegen darin, daß ihre Binnenunterscheidungen den Übertritt zur jeweils anderen (Binnen-)Seite nahelegen, um im Durchgang durch das Unmarkierte weitere Unterscheidungen bzw. „Einschränkungen" zu produzieren (vgl. auch KG 123).[524] Die Beobachtung im Feld des Ästhetischen ist demnach ein unabschließbarer Prozeß der Anreicherung von Sinn: „Im Ergebnis entsteht dann ein Werk, das die eigene Form (Unterscheidbarkeit) dadurch gewinnt, daß es intern aus Formen (Unterscheidungen) besteht, die sich wechselseitig auf beiden Seiten spezifizieren können" (KG 64).

Diese Bestimmung läßt sich mit der eingangs explizierten Grundthese direkt in Einklang bringen. Wenn die immanenten Formen des Kunstwerks dazu auffordern, die Grenze zur Gegenseite zu kreuzen, dann heißt das nicht zuletzt, daß sie nicht in sich ruhen, daß sich die Betrachtung nicht darin erschöpft, bei einer gegenwärtig beobachteten Form bzw. bei ihren mitteilbaren Facetten stehenzubleiben. Es gibt immer noch einen Rest, der sich der Kommunizierbarkeit entzieht und den Rezipienten zu weiteren Thematisierungen veranlaßt – sozusagen einen Überschuß an nicht integrierten Sinneswahrnehmungen. Auf diese Weise gelangt man wieder zum Gedanken, Kunst

---

[524] Dieckmann 2004 bringt gegen den Gedanken eines Wechsels auf die Seite des Unmarkierten folgenden Einwand vor: „Wenn etwas an einer Unterscheidung beteiligt ist, dann ist und bleibt es nicht unmarkiert. Vielmehr nimmt es an der Markierung teil, welche die Unterscheidung ausmacht" (167, i.O. kursiv). Dem ließe sich entgegenhalten, daß die unbezeichnete Seite keineswegs als undifferenziertes Chaos, sondern vielmehr als ein Reservoir von Potentialitäten zu verstehen ist, die eben sofort auf die Innenseite gleiten, sobald sie aktualisiert werden (vgl. die obigen Ausführungen zum Thema „Sinn", 2.2.1). Als gutwilliger Leser kann man bei Luhmanns Begriff des Unbezeichneten immer eine Binnendifferenzierung in ein Unbezeichnetes ersten und zweiten Grades (näher- und fernliegende Möglichkeiten) mitdenken (vgl. ähnlich Hennig 2000, 184, freilich mit dem Akzent auf der Kritik an Luhmanns Rezeption von Spencer Browns Formenkalkül, s.o.). Dieckmanns Urteil, die „Figur des unmarked space [sei] logisch und funktional nicht tragfähig" (ebd.), möchte ich jedenfalls nicht beipflichten.

kommuniziere ein „nichtnormales Verhältnis zwischen Wahrnehmung und Kommunikation" (s.o.).

Damit ist allerdings noch nicht geklärt, was es mit der „Kommunikation *durch* Kunst" und mit ihrem besonderen Code für eine Bewandtnis hat. Das eingerückte Zitat enthält auch in dieser Sache einen Hinweis. Luhmann spricht dort von einer „Kompaktkommunikation", die zugleich den „Kommunikationsvorbehalt weiterer Analyse" kommuniziere – kompakt ist diese Kommunikation mithin insofern, als sie eine Form bildet und zugleich auf ihre Weiterentwicklung vorausdeutet, d.h. sich in gewisser Weise schon für den Durchgang durch den unmarked space des jeweils Bezeichneten öffnet.[525]

Wie daraus ersichtlich, ist mit „Kommunikation durch Kunst" nur zum einen Teil die zwischen Hersteller und Betrachter gemeint; was diesen Aspekt betrifft, verweist Luhmann darauf, daß aufgrund der „Fixierung der Formzusammenhänge durch das Kunstwerk" genug Gemeinsamkeit bestehe, um von Kommunikation zwischen den beiden reden zu können – ein wechselseitiges Erraten sei natürlich auch hier ausgeschlossen (KG 71f., 76). Zum anderen Teil bezieht sich der Ausdruck auf die interne Struktur des Werks sowie auf seine Position zwischen anderen, erkennbar u.a. an der Formulierung, Kunstwerke müßten „sowohl in sich als auch im Verhältnis zueinander Information bieten können" (KG 85). Der Begriff der „Kommunikation durch Kunst" schließt also neben der Bedeutung der künstlerischen Mitteilung (bzw. deren Empfang) auch die des Formenspiels von Werken (ob in sich oder untereinander) ein – eine Engführung, auf die ich v.a. im Kapitel 2.3 zurückkommen werde.

Die Überlegung zur „Kompaktkommunikation" ist auch im Hinblick auf das Problem des Codes von Interesse. Luhmann leitet dessen Genese eben von der besagten Eigenart von Kunst ab, auf die jeweils andere Seite der Form zu verweisen:

> „Jede Festlegung einer Form ist zugleich eine Irritation mit noch offenen Anschlußentscheidungen, und jedes Fortschreiten von Form zu Form ein Experiment, das gelingen oder auch mißlingen kann. Deshalb entsteht im Kunstbe-

---

[525] Zum Begriff der Kompaktkommunikation ähnlich Stanitzek 1996: Kommunikation durch das Kunstwerk unterscheide sich insofern von gewöhnlicher Kommunikation, als alle Information in besonderer Weise auf die Mitteilung ausgerichtet sei, d.h. „*als Mitteilung* informativ zu sein" (42, vgl. 48); zudem operiere das Kunstwerk mit integrierten, wechselseitig aufeinander verweisenden Unterscheidungen, während in den übrigen Formen der Kommunikation je nur *eine* Unterscheidung verwendet werde (44f.).

trieb [...] ein ‚Code', nämlich eine laufend durchgehaltene binäre Orientierung nach ‚Passen' und ‚Nichtpassen' der zu wählenden Formen" (KG 190).

Der Code – die Leitdifferenz, nach der sich die Operationen reproduzieren – korrespondiert hier mit der Frage, ob die im Werk verwendeten Formen bzw. die darin entgegentretende Differenz von Wahrnehmung und Kommunikation genügend Irritationskraft besitzen, um Anschluß-Beobachtungen auszulösen. Nur wenn diese Dynamik in Gang gehalten wird, kann von einem „Gelingen" die Rede sein. Von der sprachlichen Ja/Nein-Bifurkation unterscheidet sich dies insofern, als sich stets nur in neuen Wahrnehmungen und Kommunikationen zeigt, ob die Formen „passen" oder nicht – ein trennscharfes Ja oder Nein zum Kunstwerk entspräche bereits einer Kommunikation *über* Kunst, also dem Code der Sprache (s.o.). In diesem genauen Sinne – der Unterscheidung von Passen und Nichtpassen – ist es zu verstehen, wenn Luhmann „schön vs. häßlich" als Code der Kunst bezeichnet.[526]

Um die einführende Skizze von Luhmanns Kunsttheorie abzuschließen, muß noch ein weiterer Punkt erwähnt werden – die Differenzierung zwischen Beobachtung erster und zweiter Ordnung (u.a. KG 102). Diese Dichotomie ist in *Die Kunst der Gesellschaft* von großer Wichtigkeit. Daher sei nochmals wiederholt, wofür der Terminus der Beobachtung im allgemeinen steht: für den Gebrauch einer Unterscheidung, bei dem zugleich eine Seite bezeichnet wird (s.o., 2.2.1). Im Gegensatz zum gewöhnlichen Sprachgebrauch, bemerkt der Autor, schließt der Begriff sowohl Erleben als auch Handeln ein (KG 99).

---

[526] Luhmann behauptet, es gebe nach wie vor „keine überzeugende Alternative zu schön/häßlich" (KG 317). Mit dieser Formulierung reagiert er offenkundig auf die Kritik an dem von ihm bereits in früheren Publikationen gebrauchten Begriffspaar bzw. auf Alternativvorschläge wie etwa von Jäger 1991 („mit Geschmack/ohne Geschmack"), Hörisch 1991 („stimmig/unstimmig") oder von Plumpe/Werber 1993 („interessant/langweilig"). – Davon abgesehen kommt es Luhmann in diesem Kontext primär auf die evolutionäre Dimension an, d.h. darauf, daß die flexible positiv/negativ-Codierung im Zuge der Ausdifferenzierung des Kunstsystems an die Stelle der einseitigen Orientierung am Höchstwert Schönheit tritt (u.a. KG 159). Im fünften Kapitel von *Die Kunst der Gesellschaft* widmet er diesem Prozeß und seiner Reflexion in den verschiedenen Kunsttheorien eine ausführliche Betrachtung (KG 301ff.). Innerhalb meiner Fragestellung muß aber nicht näher darauf eingegangen werden, wie der Autor die Ablösung von der klassischen Ästhetik erläutert; es genügt festzuhalten, wodurch sich der ästhetische Code vom sprachlichen unterscheidet und was es mit der „Kommunikation durch Kunst" auf sich hat. – Hier sei auch Sill 1997 erwähnt, der die Überlegungen zu einem Code der Kunst von vornherein für verfehlt hält, da die Kunst „im Gegensatz zu allen anderen gesellschaftlichen Funktionssystemen [...] *nicht* an eine beobachtungsleitende Unterscheidung gebunden" sei (72f.).

Sein Profil gewinnt er insbesondere aus der Abgrenzung gegenüber dem bloßen Geschehen (oder Verhalten): Während eine Lawine einen Teil eines Schneefelds mitreiße und einen anderen nicht, gehöre es zur Beobachtung, „daß die andere Seite der Unterscheidung mitrepräsentiert wird, so daß das Bezeichnen der einen Seite für das operierende System zur Information wird nach dem allgemeinen Muster: dies-und-nicht-etwas-anderes; dies-und-nicht-das" (KG 99).

Was versteht Luhmann nun unter Beobachtung erster und zweiter Ordnung? Hier seine Erklärung:

> „Das Beobachten erster Ordnung ist das Bezeichnen – im unerläßlichen Unterschied von allem, was nicht bezeichnet wird. Dabei wird die Unterscheidung von Bezeichnung und Unterscheidung nicht zum Thema gemacht. Der Blick bleibt an der Sache haften. Der Beobachter selbst und sein Beobachten bleiben unbeobachtet, und es ist auch nicht nötig, daß der Beobachter sich selbst von dem unterscheidet, was er beobachtet. Das ändert sich aber, wenn es zur Beobachtung zweiter Ordnung kommt, sei es durch denselben, sei es durch einen anderen Beobachter. Dann wird bezeichnet, daß die Beobachtung als Beobachtung stattfindet, daß sie eine Unterscheidung benutzen muß und gegebenenfalls: welche Unterscheidung. Damit stößt der Beobachter zweiter Ordnung auch auf die Unterscheidung von Unterscheidung und Bezeichnung. Er behandelt das Beobachtungsinstrument jetzt als Form der Beobachtung mit der Implikation, daß es andere Formen (so wie: andere Beobachter) geben könnte" (KG 102).

Der Beobachter erster Ordnung schreibt sich durch sein Handeln oder Erleben in den unmarkierten Raum ein, ohne zu reflektieren, daß er dabei eine wie distinkt auch immer vorgegebene Form gebraucht und sie an einer bestimmten Stelle einsetzt, also etwas damit bezeichnet. Der Beobachter zweiter Ordnung baut auf dieser Vorleistung auf, indem er die verwendete Unterscheidung ins Visier nimmt und daraufhin analysiert, welche anderen Formen in Frage kämen bzw. gekommen wären.[527] Im einen Fall geht es um das Was, im anderen um das Wie des Beobachtens (KG 103). Wie Luhmann betont, ist auch eine Beobachtung zweiter Ordnung „als Operation" eine Beobach-

---

[527] Der Begriff der „Beobachtung zweiter Ordnung" geht wiederum auf Heinz von Foersters „second order cybernetics" (s.o.) zurück. Auch hierbei handelt es sich um eine in die Erkenntnistheorie übertragene neurophysiologische Kategorie – die Möglichkeit, den blinden Fleck einer Beobachtung erster Ordnung in einer weiteren Beobachtung zu fixieren und zu „sehen, was diese [Beobachtung erster Ordnung, J.W.] nicht sieht, und auch [zu] sehen, daß sie es nicht sieht" (Esposito 1997a, 103).

tung erster Ordnung (KG 94) – der Beobachter zweiter Ordnung kann sein Beobachten und sich als Beobachter nicht selbst beobachten, sondern allenfalls durch einen Beobachter dritter Ordnung darauf hingewiesen werden (KG 102f.).

Nun stellt sich die Frage, welche Rolle dieses Gegensatzpaar im Kontext der Kunst spielt. Auch hier lassen die Erläuterungen an Klarheit nichts zu wünschen übrig:

> „Die Herstellung eines Kunstwerkes hat, unter diesen historisch-gesellschaftlichen Bedingungen [denen der funktionalen Differenzierung, J.W.], den Sinn, spezifische Formen für ein Beobachten von Beobachtungen in die Welt zu setzen. Nur dafür wird das Werk ‚hergestellt'. Das Kunstwerk selbst leistet, unter diesem Gesichtspunkt gesehen, die strukturelle Kopplung des Beobachtens erster und zweiter Ordnung für den Bereich der Kunst. Und wie immer heißt strukturelle Kopplung auch hier: daß Irritierbarkeit verstärkt, kanalisiert, spezifiziert und mit Indifferenz gegen alles andere ausgestattet wird. Die in ein Kunstwerk eingebauten Formen – immer Zwei-Seiten-Formen! – sind in ihrem Eigensinn nur verständlich, wenn man mitsieht, daß sie fürs Beobachten produziert sind. Sie legen eine Beobachtungsweise fest. Das kann von seiten des Künstlers nur so geschehen, daß er am eigenen Beobachten des entstehenden Kunstwerks klärt, wie er und andere das Werk beobachten werden. Er muß dabei nicht alle Möglichkeiten erfassen, und er kann versuchen, an die Grenze des noch Beobachtbaren, noch Entschlüsselbaren, noch als Form Wahrnehmbaren zu gehen. Aber immer ist davon auszugehen, daß es um ein Beobachten des Beobachtens geht [...]. Für den Betrachter gilt Dasselbe. Er kann an Kunst nur teilnehmen, wenn er sich als Beobachter auf die für sein Beobachten geschaffenen Formen einläßt, also am Werk die Beobachtungsdirektiven nachvollzieht" (KG 115f.).

Die Unterscheidung von Beobachtung erster und zweiter Ordnung ist für Kunst also deshalb von zentraler Bedeutung, weil Kunstwerke immer für ein Beobachten geschaffen werden und somit, begreift man mit Luhmann schon die Produktion als Beobachten, potenzierte Beobachtungen nach sich ziehen.[528] Bei Kunstwerken handelt es sich um Komplexionen aus Formen, die als Beobachtbares in der Perspektive erster Ordnung stehen und es dem Be-

---

[528] Esposito 1996 leitet daraus einen Unterschied zwischen der Kunst und den übrigen Funktionssystemen der Gesellschaft ab. Während die Beobachtung zweiter Ordnung in diesen nur „als Ergänzung, als Komplexifizierung der Beobachtung erster Ordnung" diene, sei die Beziehung in der Kunst „sozusagen umgekehrt" (65): „nur von der Beobachtung zweiter Ordnung aus können die zu beobachtenden Objekte beobachtet werden" (66).

trachter erlauben, die zur Bezeichnung verwendeten Unterscheidungen im Horizont möglicher anderer zu beobachten. Dem Zitat läßt sich allerdings entnehmen, daß auch der Künstler in der Perspektive zweiter Ordnung operiert – in seiner Position verbinden sich demnach beide Stufen (vgl. auch KG 149f.). Als nächstes gilt es zu eruieren, wie der Autor das Verhältnis zwischen Hersteller und Betrachter denkt und welche Art von Beobachtung ihnen jeweils entspricht.

Die zuletzt zitierten Bemerkungen geben bereits eine klare Richtung vor. Indem Luhmann das Begriffspaar von Beobachtung erster und zweiter Ordnung einführt und zudem behauptet, beide Formen seien für die Arbeit des Künstlers relevant, unterläuft er von vornherein eine Einteilung, die sich an der aktiv/passiv-Differenz orientiert. Er erklärt ausdrücklich, die „traditionelle, rollenorientierte Auffassung, die zwischen Produktion und Rezeption eines Kunstwerks unterscheidet", im Rekurs auf die beiden gemeinsame Operation des Beobachtens überwinden zu wollen (KG 65f.). Der naheliegenden Frage, warum die Herstellung eines Werks vorrangig als ein Beobachten zu begreifen sei, begegnet er wie folgt: „Auch ein Künstler kann sein Herstellen nur durch ein Beobachten steuern, er muß sich vom entstehenden Werk gewissermaßen zeigen lassen, was geschehen ist und was weiterhin geschehen kann" (KG 67). Oder andernorts:

> „[A]uch der Künstler kann nur sehen, was er gewollt hat, wenn er sieht, was er gemacht hat. Auch er ist primär als Beobachter und nur sekundär als Entscheider oder rein körperlich als geschickter Handlanger an der Erstellung des Kunstwerks beteiligt. (Daß rein kausal gesehen das Kunstwerk ohne diese Beteiligung nicht zustandekäme, gilt, daran sei nur noch einmal erinnert, für jede Kommunikation)" (KG 44).

Um die Wahl seiner Begrifflichkeit zu rechtfertigen, unterstreicht Luhmann den Unterschied zwischen der künstlerischen Intention und der konkreten Realisierung. Da die Umsetzung des jeweils Beabsichtigten sozusagen ihren eigenen Gesetzen gehorche und vom Künstler nie vollständig zu kontrollieren sei, bestehe der entscheidende Teil seiner Arbeit nicht im aktiven Handeln, sondern im Schritt für Schritt erfolgenden Beobachten: „Das Herstellen kann deshalb nicht […] als Mittel zu einem externen, bereits bei Arbeitsbeginn klaren Zweck begriffen werden", schließt der Autor (KG 68). Auch wenn er dem Künstler zugesteht, in kausaler Hinsicht den Eintritt des Werks in die Welt zu bewirken, wertet er die „ursprüngliche Idee" gegenüber der beobachtenden Orientierung an den allmählich entstehenden Formen ab:

> „Eine Ur-Intention ist nötig, um die Grenze vom unmarkierten zum markierten Raum zu überschreiten; aber dieses Überschreiten, das eine Unterscheidung *macht* (eine Form abgrenzt), kann nicht selber schon eine Unterscheidung *sein*. Außer für einen Beobachter, der seinerseits diese Unterscheidung beobachtet (macht, abgrenzt). Es handelt sich bei dieser Anfangsintention des Künstlers also gar nicht um ‚seine' Intention, wenn damit selbstbeobachtete Bewußtseinszustände gemeint sein sollen, sondern um das, was ihm als Intention zugerechnet wird, wenn man das Kunstwerk betrachtet" (KG 43).

In Anbetracht dessen mag man sich fragen, wie sich der Unterschied zwischen Produktion und Rezeption noch beschreiben läßt, wenn die klassischen Erklärungsmuster ausscheiden. Luhmann nennt hier im wesentlichen zwei Punkte. Der erste betrifft den zentralen Sinnhorizont der jeweiligen Beobachtungs-Position: Der Künstler habe die Aufgabe, die „Zeitparadoxie des Zugleich von Zugleich (des Unterschiedenen) und Nacheinander (der Operationen)" aufzulösen, während es der Betrachter mit der „Sachparadoxie der nur als Vielheit (also nicht, also doch) zu erfassenden Einheit" zu tun habe (KG 122f.); beim einen ist die Leitdifferenz der Beobachtung also eher in der Zeit-, beim anderen hingegen eher in der Sachdimension angesiedelt (vgl. 2.2.1). Auf die besondere Bedeutung der Zeit bei der Produktion zielt auch die Formulierung, daß „das herstellungsleitende Beobachten nur *einmal* erfolgen kann, das betrachtende dagegen *wiederholt*" (KG 69).

Der zweite Aspekt hängt mit der Rolle des Körpers zusammen. Luhmann meint, die Tätigkeit des Künstlers unterscheide sich nicht zuletzt insofern von der des Rezipienten, als er all seine Sinne, seine Intuition, seine kreatürlichen Gefühle aufbieten müsse, um noch nicht wahrnehmbare Möglichkeiten zu prüfen:

> „Der Hersteller muß in den meisten Fällen (nicht einmal Schreibkunst ganz ausgenommen) seinen Körper als primären Beobachter vorausschicken. Er muß spüren und schon im Spüren unbewußt differenzieren können, auf welche Unterscheidungen es ankommt. Auge und Ohr können dann nur noch kontrollieren, was geschehen ist, und eventuell zu Korrekturen motivieren. Des Künstlers Genie – das ist zunächst einmal sein Körper" (KG 68f.).

Auf den ersten Blick wirkt diese Bemerkung etwas irritierend. Was Luhmann über die Beteiligung des Körpers sagt, muß – im Rahmen seiner theoretischen Vorgaben – auch für den Rezipienten gelten. Wenn das Kunstwerk Formen exponiert, die den Betrachter zum Kreuzen der Grenze, zur Erfassung *neuer* Konfigurationen von Wahrnehmungen animieren (s.o.), dann gehört die beschriebene Operation, die körperliche Antizipation von noch nicht konkret wahrnehmbaren Unterscheidungen, notwendigerweise auch zum Part des Publikums. Soll die Aussage trotzdem einen Unterschied zwischen Künstler und Betrachter markieren, dann nur als nähere Bestimmung des Zeit-Aspekts: Da dem Hersteller noch nicht die vollständige Komplexion der Formen zur Verfügung steht, ist das wahrnehmende Voraus-Fühlen hier anders strukturiert als bei der Rezeption – es kann *in dieser Weise* tatsächlich „nur einmal" geschehen.

Luhmann macht diese Feinheit zwar nicht explizit kenntlich; er läßt aber bereits in den darauffolgenden Passagen durchblicken, daß das Vor-Spüren durch den Hersteller keinen privilegierten Zugang zum Werk impliziert – immerhin könnte man bei unbefangener Lektüre meinen, das „Genie des Künstlers" sei durch seine exklusive Fähigkeit zunächst einmal der Kommunikation entzogen und setze gleichsam privatsprachliche Bedeutungen. Gerade die diskutierte Besonderheit, den Vorgriff auf spätere Wahrnehmungen, erläutert er als einen genuin kommunikativen Akt: „Der Künstler [...] muß [...] sein entstehendes Werk so beobachten, daß er erkennen kann, wie andere es beobachten werden" (KG 71). Der besagte Vorgriff geschieht also in Ansehung des Gegenübers – er schlägt sich im Kunstwerk in keinerlei Komponenten nieder, die der Kommunikation enthoben wären.

Der Autor führt weiter aus: „Soll Wahrnehmen des Objekts als Verstehen einer Kommunikation, also als Verstehen der *Differenz* von Information und Mitteilung gelingen, ist dazu ein Wahrnehmen des Wahrnehmens erforderlich" (KG 70). Diese Behauptung betrifft im Gegensatz zur zuletzt zitierten nicht nur die Produktion, sondern auch die Rezeption von Kunst: „Ein Betrachten von Kunstwerken, das sie als solche nimmt und nicht als Weltobjekte irgendwelcher Art vorfindet, gelingt nur, wenn der Betrachter die Unterscheidungsstruktur des Werkes entschlüsselt und *daran* erkennt, daß so etwas nicht von selbst entstanden sein kann, sondern sich einer Absicht auf Information verdankt" (ebd.). Auch der Rezipient muß die aktuell gegebenen Sinneseindrücke von der vermuteten Perspektive des jeweiligen Senders her beobachten und so „dessen Wahrnehmen wahrnehmen" – dieser Gedanke war auch schon in einer der oben zitierten Passagen aufgetaucht (KG 115f., s.o.). Hier zieht Luhmann also explizit eine Parallele zwischen den beiden Positionen der Kommunikation.

Was hat es mit dem Verhältnis zwischen Produktion und Rezeption also auf sich? Beide Seiten kommen primär als Beobachter ins Spiel, beide gehen v.a. insofern über die normale Dingauffassung hinaus, als sie die Wahrnehmung des jeweils anderen wahrnehmen. Man könnte von einer symbiotisch-komplementären Beziehung sprechen: erstens in dem banalen Sinne, daß Kunst generell für Hörer, Leser, Zuschauer oder Betrachter geschaffen wird, zweitens mit der besonderen Zuspitzung, daß beide Partner der Kunst-Kommunikation die Perspektive des anderen übernehmen müssen, um überhaupt die eigene erlangen zu können.[529] Ohne Rekurs auf das Gegenüber kann der jeweilige Part nicht ausgeführt werden.

Fassen wir zusammen. In *Die Kunst der Gesellschaft* wird Kunst allgemein als eine Form der Kommunikation begriffen; als Medium unterscheidet sie sich von den übrigen primär durch ihre spezielle Funktion, die Differenz zwischen Wahrnehmung und Kommunikation hervorzuheben. Kunstwerke sind insofern „Kompaktkommunikationen", als ihre Formen grundsätzlich zum Übertritt zur unmarkierten Seite ermutigen – ihr besonderer Code ist weniger klar strukturiert als der der Sprache, da sich immer nur aus dem Kreuzen der Grenze, d.h. aus den Wahrnehmungsleistungen des Rezipienten ersehen läßt, ob die Kommunikation angenommen wurde. Was das Verhältnis von Künstler und Betrachter angeht, unterläuft Luhmann die alte aktiv/passiv-Dichotomie und führt stattdessen die Unterscheidung von Beobachtung erster und zweiter Ordnung ein. Diese Begriffe werden den beiden Kommunikations-Positionen nicht einseitig zugeordnet – auch beim Künstler spielt die Beobachtung zweiter Ordnung eine große Rolle. Ihre Kommunikation läßt sich – nach der hier vorgeschlagenen Interpretation – als eine komplementäre Beziehung darstellen, bei der beide Seiten die Position des anderen einnehmen müssen, um operieren zu können.

Hier ist nun zu klären, wie diese Bestimmungen mit den Ergebnissen des letzten Unterkapitels zusammenhängen. Bei der Analyse der Kommunikati-

---

[529] Im Kontext einer konstruktivistisch geschulten Kunsttheorie mag eine solche Bestimmung überraschen – der Gedanke einer „Wahrnehmung des Wahrnehmens" scheint mit der „finsteren Unzugänglichkeit" der psychischen Systeme, von der Luhmann immer wieder spricht, nur schwer vereinbar zu sein. Wie auch die Reflexionen der Abschnitte 2.2.1 und 2.2.2 belegen, kann eine solche Perspektiv-Übernahme nichts mit einem „Zusammenschluß von Bewußtseinen" zu tun haben, sondern allenfalls mit der Kalkulation und der Zurechnung fremder Beobachtungen. Luhmann wendet dieses Problem übrigens sogar in ein Argument für seine These, wonach die Kunst die Selbstbezüglichkeit der Wahrnehmung erfahrbar mache (s.o.): Indem man die Wahrnehmung eines anderen wahrnehme, werde die „normale Externalisierung des Bewußtseins [...] mit der Frage: was sehe ich, sehe ich richtig? modifiziert" (KG 70).

onsmedien waren bereits einige Aspekte ans Licht gekommen, die für Luhmanns Kunsttheorie relevant schienen, insbesondere im Kontext der Frage, welche Verbindung der Autor zwischen dem Alter der Kunst und dem Ego des Zuschauers knüpft: Letztere erwies sich als ein wechselseitiges Verweisungsverhältnis, bei dem die Pole von Mitteilung und Information, von Handeln und Erleben sowie vom Prozessieren und dem Beobachten einer Differenz ineinander umschlagen. Dieselbe oszillierende Bewegung, so der obige Deutungs-Ansatz, ereignet sich auch zwischen Signifikant und Signifikat der Kommunikation.

Auf diese Weise offenbart sich ein wesentlicher Unterschied zu der in diesem Kapitel herausgearbeiteten Konzeption. Wie im Zuge des Referats deutlich wurde, gibt es Luhmann zufolge zwischen Künstler und Betrachter wichtige Gemeinsamkeiten und Entsprechungen, aber zugleich eine klare Asymmetrie: Das herstellungsleitende Beobachten kann nur einmal, das betrachtende hingegen wiederholt erfolgen (KG 69, s.o.). Diese Bestimmung ist mit der Analyse der Kommunikationsmedien bzw. mit der gegen Ende des Abschnitts 2.2.2 unterbreiteten Fortführung nicht zu vereinbaren – sie setzt voraus, daß die Produktion des Werks als Prozeß von dem der Rezeption hinreichend klar zu trennen ist. Verfiele man aber darauf, den Gedanken einer wechselstromartigen Dynamik zwischen Ego und Alter zur Basis einer „interaktiven" Kunsttheorie zu machen, so hieße das, daß sowohl das herstellungsleitende als auch das betrachtende Beobachten immer wieder neu geschehen müssen.

Luhmann widmet dem Thema „Medien" in Die Kunst der Gesellschaft zwar ein ganzes Kapitel (Kap. III); dabei geht es aber nur um Medien innerhalb der Kunst, nicht um die Kunst im Unterschied zu anderen „symbolisch generalisierten Kommunikationsmedien" – dieser Begriff taucht im gesamten Buch nur am Rande auf.[530]

Dessen ungeachtet ist es ungemein verlockend, die Beobachtungen aus dem Kommunikations-Kapitel mit dem Extrakt von Luhmanns Kunsttheorie zusammenzubringen – freilich im Bewußtsein, damit den vom Autor vorgezeichneten Boden zu verlassen. Es finden sich nämlich auch in *Die Kunst der Gesellschaft* zahlreiche Elemente, die auf das Theorem der dialogischen Sinnstiftung verweisen. Erstens impliziert der Begriff der „Kompaktkommunikati-

---

[530] Luhmann zitiert dabei den Terminus von Parsons, um das damit korrespondierende Begriffspaar von Inflation und Deflation in seine Erörterung einzubringen. Auf die einschlägigen Ausführungen in *Die Gesellschaft der Gesellschaft* weist er dabei nicht voraus (KG 208).

on" die Vorstellung eines Kunstwerks, das sich bereits im Akt der Präsentation einer neuen Kontextualisierung öffnet; wie oben erläutert, deuten seine Formen vermittels ihrer Aufforderung, die Grenze zu kreuzen, auf fremde Aneignungen voraus. Zweitens legen die Auflösung der aktiv/passiv-Opposition und die beidseitige Zuschreibung der Beobachtung erster und zweiter Ordnung den Gedanken einer Aufwertung des Rezipienten bzw. einer Wechselbeziehung zum Produzenten nahe. Und drittens wurde erkennbar, daß sowohl Künstler als auch Betrachter die Wahrnehmung des Gegenübers wahrnehmen müssen, um ihre Rolle spielen zu können.

Es gibt also gute Gründe, die Bestimmungen aus dem Kunst-Buch auf die im vorigen Teil ermittelte Struktur – das oszillierende Verhältnis von Alter und Ego – zu projizieren. Dem handelnden, mitteilenden und die Differenz zu Ego prozessierenden Alter der Kunst entspräche *in der Ausgangskonstellation* die Position der Beobachtung erster Ordnung, dem erlebenden, Informationen verarbeitenden und die Differenz zu Alter beobachtenden Ego hingegen die Beobachtung zweiter Ordnung. Durch das Wahrnehmen des dem Gegenüber zugerechneten Wahrnehmens dreht sich die Relation jedoch um – genau nach dem Schema, das im allgemeinen Teil zu Luhmanns Theorie als „Wiedereintritt der Form in die Form" bezeichnet wurde. Alter reflektiert Egos Perspektive, d.h. es beobachtet das im Modus der Beobachtung erster Ordnung Mitgeteilte – die prozessierte bzw. zu prozessierende Differenz – in einem internen Re-Entry.[531] Ego wird hingegen durch die „Kompaktkommunikation" zum Wechsel ins Unmarkierte aufgefordert, zu einem neuen Wahrnehmen, das dem „ursprünglichen" Blickwinkel von Alter gleichkommt; hier steht der Wiedereintritt unter umgekehrten Vorzeichen, da sich Ego nicht mehr mit der distanzierten Beobachtung der Differenz begnügt, sondern dieselbe erweitert, potenziert – und zwar insofern, als es deren eine Seite, die Implikation von nur unter dem Vorbehalt weiterer Kommunikation kommunizierten Wahrnehmungen (s.o.), selbsttätig aufgreift und somit seinerseits eine eigene Form prozessiert. Alters Handeln wird zum Erleben, Egos

---

[531] Die Akzentuierung dieser Gedankenfigur ist auch der Grund dafür, weshalb ich meinen Umgang mit Luhmanns Lehre innerhalb der von De Berg 2000 vorgeschlagenen Einteilung der literaturwissenschaftlichen Applikationen nicht nur dem vierten Adaptationstyp zuordne (denjenigen Anwendungen, die an der Differenz von Bewußtsein und Kommunikation ansetzen), sondern auch dem zweiten, der „Konzepte von Textverstehen auf der Basis von Luhmanns differenz- und beobachtungslogischen Überlegungen" (De Berg 2000, 181) entwickelt (s.o., Einl.).

Erleben zum Handeln, ehe die Pole wieder wechseln und der Zyklus von neuem beginnt.[532]

Was ließe sich mit einem solchen Experiment nun gewinnen? Mit aller Vorsicht sei gesagt: unter Umständen die Anleitung zu einer Kunsttheorie, die einen engen Regelkreis zwischen Produktion und Rezeption annimmt, das Verhältnis einer gegenseitigen Ermöglichung, wobei es nur dann zum Fortgang der Operationen kommen kann, sofern die beiden Kommunikations-Partner an den Schnittstellen die Rollen tauschen, sofern der Künstler selbst zum Betrachter wird und der Betrachter zum Künstler, da von beiden der Rolle des Gegenübers analoge Tätigkeiten gefordert sind, die – ob imaginär oder in einem konkreten Sinne – in die Gestalt des Kunstwerks eingehen. Eine solche Ästhetik implizierte eine radikale Absage an das Bild des „Bedeutungs-Transports" und begünstigte dagegen das Modell einer gegenseitigen Irritierbarkeit von Herstellung und Beobachtung. Um Mißverständnissen

---

[532] Unter den bisher erprobten literaturwissenschaftlichen Funktionalisierungen von Luhmanns Theorie steht diesem Modell wohl der Interpretationsansatz von Dietrich Schwanitz am nächsten. Wie im Kontext der Kommunikationsmedien bereits erwähnt, bedient sich Schwanitz Luhmanns Ausführungen zum Medium Liebe, um das Theorem der Zuschreibungsoszillation auf die Literatur zu übertragen: Ebenso wie in der modernen Liebeskommunikation der Liebende sein Handeln als Erleben tarne, so daß Aktion und Passion zwischen den Partnern nicht mehr klar voneinander zu unterscheiden seien, invisibilisiere auch die Literatur den Erzähler und führe Elemente wie die Erlebte Rede ein, um den Figuren gleichsam das Steuer zu übergeben und die auktoriale Kontrolle bzw. Absicht in den Hintergrund treten zu lassen (als Beispiele fungieren zumeist Sterne, *Tristram Shandy* oder Jane Austen, *Emma*, z.B. Schwanitz 1997, 207ff.). Die Verunklarung der Attribution betrifft somit (wenngleich das nur sporadisch angedeutet wird) auch das Verhältnis zwischen Autor und Leser. Zu dieser ersten Parallele zu meiner Konzeption gesellt sich noch eine zweite, nämlich Schwanitz' Bemerkung, wonach – historisch mit der Entdeckung des Unbewußten – der Körper zum Instrument der Passion wird (körperliche Erscheinungen wie Erröten lassen sich nicht der willentlichen Aktion zurechnen und gehören zum Vokabular der Liebeskommunikation, vgl. ebd., 206). Indem Schwanitz am Text eine fluktuierende Bewegung beobachtet, in der sowohl die Autor/Figur (bzw. –Leser)-Zuschreibung umspielt wird als auch das Moment der körperlichen Passion einbezogen ist, zieht er aus Luhmanns Theorie ganz ähnliche Schlüsse wie die vorliegende Arbeit. – Freilich gibt es auch Unterschiede. Schwanitz setzt Luhmanns Bestimmungen zumeist direkt zur Deutung inhaltlicher Zusammenhänge ein: In *Systemtheorie und Literatur* analysiert er etwa am *Kaufmann von Venedig*, wie sich die Konkurrenz von Codes wie Liebe, Geld und Kunst in der Handlung niederschlägt (Schwanitz 1990, 241ff.). Die Überlegungen zur Text-*Kommunikation* bleiben auf eher vage Analogien beschränkt; Schwanitz versucht nicht, Kunst (bzw. Literatur) als ein in spezifischer Weise operierendes und kommunizierendes Medium zu erläutern (zu Schwanitz' Ansatz auch De Berg 2000, 201ff., Jahraus 2001, 195ff.).

vorzubeugen, sei nochmals betont: Hier soll nicht behauptet werden, daß Luhmann selbst diese Theorie explizit vertritt, wohl aber, daß er sehr genau vorgeformte Bausteine dazu liefert.

Natürlich könnte man einwenden, eine solche Konzeption sei sehr stark am Live-Moment orientiert; sie treffe eventuell auf gewisse Spielarten von Musik, Theater oder sonstigen Performances zu, nicht aber auf die Malerei oder die Schrift, wo die Werke in physischer Hinsicht stabil fixiert sind und in einem vorgängigen Prozeß produziert werden. Ich gedenke aber zu zeigen, daß es auch im Bereich der Literatur Phänomene gibt, die sich kraft ihrer Formen-Anlage dieser Ästhetik zuordnen lassen.[533] Zuvor noch zwei Zwischenschritte. Zunächst nehme ich Goetz' Äußerungen zu Luhmann ins Visier und richte an sie die Frage, ob sich aus ihnen eine Tendenz herauslesen läßt, die mit der vorgelegten Interpretation kompatibel ist. Im Anschluß daran gilt es zu untersuchen, inwieweit sich die skizzierten begrifflichen Zusammenhänge dazu eignen, die Resultate des Techno-Exkurses auf eine allgemeinere Ebene zu bringen – das geschieht im Kapitel „Technoide Darstellung".

2.2.4 Goetz und Luhmann

Niklas Luhmann, das klang im ersten Teil bereits mehrfach an, ist zweifellos der wichtigste Theoretiker im Denken und Schreiben von Rainald Goetz.[534]

---

[533] Hier sei betont, daß es dabei um *intra*textuelle Strukturen gehen soll. – Die bisherigen Versuche, Luhmanns Kommunikationsbegriff für das Problem des Textverstehens fruchtbar zu machen, setzten hingegen an intertextuellen Zusammenhängen an. Das meistdiskutierte Beispiel bildet das sogenannte „Leidener Modell", Anfang der Neunziger Jahre von Henk de Berg und Matthias Prangel ausgearbeitet. Zentral ist dabei der Begriff einer textuellen „Ereignisgegenwart", der für das Verhältnis des Textes zu seinem Kontext im Moment seines Erscheinens steht und auch besondere Aspekte seiner Auswahl daraus, also z.B. bestimmte provokante Auslassungen einschließt (De Berg 1993, Prangel 1993). Vgl. dazu die Kritik von Kramaschki 1995, die Entgegnung von De Berg/Prangel 1997 sowie die wichtige Erweiterung um die rezeptionsästhetische Dimension durch Nassehi 1997.

[534] Trotzdem existieren in der Forschung zu Goetz' Luhmann-Rezeption kaum Vorarbeiten. Gerda Poschmann stellt ein paar Betrachtungen zur Rolle von Luhmann in *Katarakt* an (Poschmann 1997, 213, 238-245; dazu näher in Abschnitt 3.2.1 der vorliegenden Arbeit). Zu nennen wäre auch die im Internet publizierte Magisterarbeit von Alexander Hirsch (*Die Rezeption der Systemtheorie von Niklas Luhmann im Werk von Rainald Goetz*, Frankfurt/M. 2001); darin werden die Einflüsse überwiegend an frühen Texten wie *Irre* und *Kontrolliert* dargelegt. In einigen Fällen entdeckt er dabei in der Tat Reformulierungen Luhmannscher Theoreme, z.B. der doppelten Kontingenz (an einer Stelle aus *Kontrolliert*, Kn 156f., vgl.

In *Abfall für alle* kommt sein Name ständig vor, oft nur in Notizen wie „Mit Luhmann beim Eis" (Afa 473, 481) oder „mit Luhmann bei den Spirits" (Afa 466),[535] gelegentlich aber auch in geradezu hagiographischen Eruptionen: „Daß man Zeitgenosse einer Zeit ist, immer wieder bewegt mich das bei der Luhmann Lektüre, in der eine solche Theorie gedacht und niedergeschrieben werden kann, 200 Jahre wichtiger als Kant und so folgenreich wie Hegel, allein das ist ein Geschenk der Götter, jedem geschenkt, der heute lebt" (Afa 440).

Einige der Bemerkungen enthalten zudem sehr scharfsinnige und produktive Reflexionen zur Theorie des Soziologen.[536] Wie in Abschnitt 1.2.1 bereits erwähnt, ist der Gedanke der Offenheit dabei ein zentrales Motiv: „Luhmanns Durchlässigkeit für Fremdes, Vieles, Widersprechendes, seine Uneigensinnigkeit, das macht seine Schriften so offen und unobsessed. Sie steuern dauernd von sich selber weg" (Afa 389, vgl. auch Afa 301). Ähnlich der folgende Passus: „Es gibt in Luhmanns Welt nichts selbstverständlich Gegebenes. ALLES könnte auch ANDERS sein. Jedes letzte kleine Detail bebt von der Möglichkeit her, so unwahrscheinlich zu sein, daß es auch NICHT sein könnte" (Afa 160). Wenige Seiten später knüpft Goetz an diese Überlegung an und erläutert, wie sich dieser Grundgestus auf die Lektüre von Luhmanns Texten auswirke:

> „Auch das zieht mich an Luhmanns Theorie so an, daß sie im Hinblick auf diese Erstintuition immer wieder darlegt: falsch, Multiperspektivität, Unterschied, andere Ordnung als über Zustimmung. Und zugleich die Vernunft an sich nicht im Partikularen einer Differenz verankert – ich bin schwul, schwarz, Frau – wie so viele Theoretiker, gerade auch politisch avancierter Positionen, die die Welt über Differenz scannen, sondern, wie man doch wohl sagen muß: vernunftgemäß und entgegen allen Behauptungen, das EINE einer theoretischen Darstellung gäbe es nicht mehr, auf einem ganz anderen Allgemeinheits-Niveau angesiedelt sieht, so daß sie je nach Beobachtungskonstellation auftreten kann als: Sinn, Kommunikation, System, Welt, Geheimnis" (Afa 167).

Hirsch 2001, 54, 88). Insbesondere bei den Beispielen aus *Irre* (das ohnehin zeitlich vor dem Beginn der Luhmann-Erwähnungen durch Goetz liegt) scheint die Beziehung aber nicht hinreichend spezifisch zu sein – Raspes Changieren zwischen Klinik-Alltag und Nachleben führe etwa auf Luhmanns Gedanken der Konkurrenz autonomer Funktionssysteme zurück (27, 87).

[535] Mit den „Spirits" ist das Westbam-Label „Low Spirit" gemeint.

[536] Goetz stellt mitunter auch Betrachtungen zu Veränderungen im Werk des Soziologen an: In den Poetik-Vorlesungen meint er, Luhmann habe die These der „unbeobachtbaren Welt" in *Die Kunst der Gesellschaft* im Verhältnis zu früheren Texten relativiert (Afa 301).

Goetz registriert in seinen Leseerfahrungen mit den Schriften des Soziologen ein typisches Muster: Zunächst wolle er spontan zustimmen, doch dann melde sich der Impuls, den Inhalt in andere Sinnhorizonte zu integrieren und ihm somit eine changierende Beleuchtung zu verleihen. Wenn er im vorigen Zitat behauptet, bei Luhmann könne „ALLES" immer auch „ANDERS" sein, so spielt er darauf an, daß die einzelnen Momente ständig zu neuen Kontextualisierungen auffordern. Diese Überlegung wird mit der Frage nach dem Standort des Lesers verbunden: Wer einem Text einfach beipflichte, meint Goetz, bleibe bei einer bestimmten Differenz stehen; diese Tendenz attestiert er gewissen minoritär engagierten Publizisten. Luhmann versetze den Rezipienten dagegen in die Lage, wechselnde Blickwinkel einzunehmen und somit einer einseitigen Orientierung zu entgehen.

In dieser Betrachtung erkennt man ein Charakteristikum von Luhmanns Theorie wieder, die Annahme eines Nebeneinanders von konkurrierenden Beobachtungsmöglichkeiten, die – parallel zur Autonomie der Funktionssysteme – nicht in einer Hauptunterscheidung zusammengefaßt werden können (s.o.). Goetz macht diese gedankliche Struktur also nicht nur in der Anlage der Texte aus, sondern untersucht zugleich, welche Möglichkeiten sich daraus im Hinblick auf die Positionierung des Autors oder Lesers ergeben. Es ist kaum zu übersehen, daß hier eine Affinität zu diversen im ersten Kapitel und im Exkurs analysierten Beschreibungen besteht – man denke etwa an das Modell des DJs. Bevor dies genauer zur Sprache kommt, sei noch auf einen zweiten Aspekt hingewiesen.

Neben dem Paradigma der Divergenz von Beobachtungsmustern und der damit korrespondierenden Offenheit für wechselnde Formenbildungen taucht in Goetz' Reflexionen noch eine weitere Denkfigur Luhmannscher Provenienz auf – das Theorem des blinden Flecks bzw. der Latenz (vgl. 2.2.1). Der Autor zitiert den Begriff gelegentlich explizit, so z.B. im programmatischen Vorwort zu *Festung*, das im dritten Kapitel noch näher untersucht wird; bei den relevanten Stellen aus *Abfall für alle* ist das dagegen nicht der Fall – hier verhält es sich vielmehr so, daß die jeweilige Erwägung strukturell davon beeinflußt ist.

Die betreffenden Passagen wurden bereits im Abschnitt 1.2.3 diskutiert. Als besonders wichtig stellte sich dabei der Satz heraus: „Im Prinzip denkt man wahrscheinlich doch, daß man unsichtbar ist. Man sieht sich ja nie. Dadurch entstehen im Denken Probleme" (Afa 423). Diese Betrachtung ließ sich mit einer Reihe ähnlicher Aussagen korrelieren und in die folgende allgemeine Form bringen: Goetz zufolge ist das Denken generell in einen übergreifenden Rahmen eingebunden, in ein unbeobachtbares Gehäuse, das sich nicht nur wie im Zitat als persönliches Erscheinungsbild, sondern auch als Stil, Lebenswelt, soziales Umfeld oder als das visuell Gewohnte des Alltags gestalten kann (s.o.).

Was hat das nun mit dem Konzept der Latenz zu tun? Wenn dem Denken gerade dadurch „Probleme entstehen", daß es sich selbst nicht sieht, dann berührt sich das insofern mit Luhmanns Theorie, als dort die Dynamik der intellektuellen Prozesse vom Umgang mit dem in den Beobachtungen unbefragt Vorausgesetzten her verstanden wird – die Frage nach der Rolle des blinden Flecks bestimmt sogar den Blick auf die Rationalitätsgeschichte.[537] Wie oben referiert, bezeichnet der Latenz-Begriff die Trennlinie zwischen dem Markierten und dem Unmarkierten, die produzierte, aber als solche nicht beobachtete Einheit der Unterscheidung (vgl. 2.2.1). Dabei handelt es sich ebenso wie bei Goetz um eine Ausgangsbasis des Denkens, die sich, dem Denkenden selbst in der jeweiligen Beobachtung verschlossen, in allen Operationen verändert und weiterbewegt; so besehen läßt sich der Ansatz des Schriftstellers als systemtheoretisch inspiriert auffassen.

Gleichwohl sind gewisse Verschiedenheiten nicht zu leugnen. Geht man die Reihe der Aspekte durch, die Goetz mit dem besagten „Rahmen" assoziiert, so zeigt sich, daß er den Gedankenkomplex in einem deutlich konkreteren Sinne interpretiert. Für eine Anwendung auf Phänomene wie den „Act" oder die Persönlichkeit des Sprechers gibt es bei Luhmann kein direktes Vorbild – dort bezieht sich der Begriff ausschließlich auf Formen und Beobachtungen. Das heißt allerdings nicht, daß die Rezeption in *Abfall für alle* geradewegs im Widerspruch zur Quelle stünde. Auch das Auftreten, der Schreibstil oder das Verhalten gegenüber dem sozialen Korrektiv lassen sich als Resultat früherer Unterscheidungen, mithin als Grenze zwischen dem Bezeichneten und dem Unbezeichneten einer Form begreifen. Wenn sich Goetz in seinen Überlegungen zur „Einbettung" des Denkens an das Latenz-Schema anlehnt, bleibt er dabei im wesentlichen der Vorlage verpflichtet.

Die Abweichung gegenüber der Quelle betrifft weniger die allgemeinen Grundzüge der Theorie als vielmehr die Hervorhebung einer besonderen

---

[537] Vgl. Luhmanns Überlegungen zur „konkurrenzfreien Position", die die Beschreibung von Welt und Gesellschaft in stratifikatorischen oder Zentrum/Peripherie-Gesellschaften innehatte, sowie zum blinden Fleck von Marx' Theorie (GG 867, 894, 957 etc., siehe auch die Anmerkung am Ende von Kap. 2.2.1 dieser Arbeit).

Nuance. Unabhängig davon, welche der konkreten Bestimmungen des „Rahmens" man herausgreift – sie alle sind unmittelbar der sinnlichen Wahrnehmung zugänglich und bilden auf diese Weise einen Gegenpol zum Denken. In Kapitel 1.2.3 wurde bereits dargestellt, daß diese einzelnen Oppositionen in der Basis-Dichotomie Bild vs. Sprache/Denken wurzeln. Luhmanns Begriff der Latenz sieht dagegen keinen vergleichbaren Riß vor: Die konstitutiven Positionen der „blinden" Beobachtung erster Ordnung und der dies thematisierenden Beobachtung zweiter Ordnung unterscheiden sich wie gezeigt insofern voneinander, als sich jene auf das Was, diese hingegen auf das Wie der Unterscheidung richtet – nichtsdestoweniger betont der Soziologe durchweg ihre Gemeinsamkeit, indem er sie jeweils als Beobachtungen taxiert.

Goetz integriert also die Differenz von Bild und Idee in das Konzept des blinden Flecks; er assoziiert die Seite der Beobachtung erster Ordnung mit dem Aspekt des sinnlich Erfahrbaren und verleiht der komplementären Beobachtung zweiter Ordnung damit die spezifische Bedeutung des Sprachlich-Abstrakten. So erschließt er sich die Möglichkeit, den Zusammenhang von bildlich-sensuellen und sprachlichen Komponenten in seinen Texten in Anlehnung an das Modell der Latenz zu gestalten. Das erscheint umso wichtiger, als dadurch gewisse Reflexionen aus dem ersten Kapitel weitergeführt werden können. Wurde dort notiert, daß der Autor einen „Indifferenzpunkt" von Bild und Denken postuliert, eine gemeinsame Mitte, der man sich in Kunstwerken annähern könne, so läßt sich nun zumindest mutmaßen, wie er diese Verbindung in seinem Schreiben evozieren will: als Changieren zwischen beiden Polen, als Wechselbewegung zwischen Konkretion und Abstraktion, wobei jeder neue Impuls – je nach Operationsweise – den blinden Fleck des vorigen aufgreift.

Die Theoreme der Offenheit und der Latenz bilden also die wichtigsten Elemente von Goetz' Luhmann-Rezeption.[538] An dieser Stelle sei vermerkt, daß sich die beschriebene Position erst allmählich entwickelt hat; in einem früheren Zeugnis der Auseinandersetzung mit der Systemtheorie, dem bereits erwähnten Essay *Drei Tage* von 1988 (vgl. Exkurs), ist noch sehr viel Widerstand, teilweise sogar Ablehnung zu spüren. Goetz bekennt zwar eine gewisse Bewunderung für den monumentalen Systembau, meint aber zugleich, Luh-

---

[538] Die Theorie der symbolisch generalisierten Kommunikationsmedien, auf der die Interpretation in Kapitel 2.2.2 dieser Arbeit fußte, wird in *Abfall für alle* zwar erwähnt (Afa 400), aber nicht näher erörtert.

manns Werk stelle in erster Linie eine Verdopplung der Wirklichkeit dar und treffe sich darin mit der Kunst; gegen diese Position spielt er die der Politik aus, die sich vermittels ihrer aktiven Parteinahme eine konträre, nicht am Ja, sondern am Nein orientierte Sicht verschaffe:

„Manchmal erschrickt man beim Anblick einer Einzelheit dieser theoretischen Welt [von Luhmanns Schriften, J.W.], die die Wahrheit von allem erhellt: der Bann der Schönheit dessen, was *ist*.

Doch genau deshalb teilt eine solche Theorie mit ihrer poetischen Schwester Kunst das Verhältnis zur Wahrheit der Politik. Denn der politischen Position bemächtigt sich in einem theoretisch nicht begründbaren Handstreich der politische Entschluß zur politischen Analyse der Welt, indem er sich zu sich selbst entschließt und so freiwillig optiert für die Partei der Negativität (I wear the black for the hungry and the beaten down) und von dieser definitiv richtigen Position aus den Befund der Welt parteilich objektiv erhebt.

Demgegenüber ordnet sich die Poesie, die Kunst und die philosophische Theorie der Intuition eines anderen Materialismus unter, der sein Maß hat einfach an der Summe von allem, was in der Wirklichkeit *da* ist. Deshalb ist dieser nichtmarxistisch idealistische Materialismus nicht berechtigt, von der Politik zu sprechen. Dieses Privileg liegt bei der politischen Position der Partei.

Woher ich das alles weiß? Weil ich es früher noch nicht wußte. Außerdem irrt Luhmann, wenn er der Kritik am System die Möglichkeit einer Position des Draußen bestreitet. Der Ort dieses Draußen ist die Jugend. Für Augenblicke flackert unerwartet irgendwo was auf, von drinnen gesehen nicht sichtbar. Ein Wetterleuchten? Wenn man es sieht, ist der Blitz längst Geschichte" (Kro 262f.).

Auf die Ausführungen zur Beziehung von Kunst und Politik muß nicht nochmals näher eingegangen werden – dieses Problem wurde im ersten Kapitel bereits erörtert. In bezug auf das Thema dieses Abschnitts erscheint v.a. interessant, daß Goetz Luhmanns Werk jeden politischen Charakter abspricht, und zwar mit der Begründung, es verdopple ebenso wie die Kunst nur das Bestehende. Nimmt man den Abwehrreflex gegen den Gedanken der radikalen Systemimmanenz hinzu, so zeigt sich hier die Intention, den Glauben an einen gesellschaftsexternen Ort, an einen Ort der Veränderung aufrecht zu halten. Als dessen Inbegriff benennt er die Jugend, in deren Impetus das Außen momentan aufleuchte.

Es dauerte nicht lange, bis sich in seinem Denken über Luhmann u.a. in bezug auf ästhetische Fragen erste Verschiebungen zeigten. Im Oktober 1992 veröffentlichte die Zeitschrift „Texte zur Kunst" ein Streitgespräch zwischen Goetz, Niels Werber und Mark Terkessidis, betitelt mit „Schlagabtausch. Über Dissidenz, Systemtheorie, Postmoderne, Beobachter mehrerer Ordnungen und Kunst";[539] Goetz äußert sich darin in sehr eindringlicher Form zur Systemtheorie. Er wiederholt zwar die Einschätzung, Luhmanns Philosophie habe wie „jede große Theorie einen konservativen Aspekt",[540] gegen den er erneut ein grundsätzliches „Nein-Sagen" – hier unter dem Stichwort „Dissidenz" – ins Feld führt.[541] Doch er behauptet zugleich, daß sich der „Status dieser ganzen Theorie in den letzten fünf Jahren verändert" habe: Kunst und Denken seien nun in ein neues Verhältnis zueinander getreten,[542] da die Kunst die Politik in der Funktion als Widerpart (der Theorie) beerbt habe: „Erkennen und Handeln, oder Theorie und Praxis, ist meiner Meinung nach die Leitdifferenz der Kunst. Ich glaube, daß diese Leitdifferenz ausgewandert ist aus dem politischen System in die Kunst".[543] Wenig später bemüht er sich, die Fäden seiner Überlegungen zu entwirren:

> „Das muß man einfach mal durchtesten und durchüberlegen, inwiefern das [Theorie und Praxis als „Leitdifferenz" der Kunst, J.W.] einfach die zutreffende Beschreibung des Kunstsystems ist. Kunst ist alles, was in der Welt geschieht, was Praxis ist. Darum habe ich eben auf dem Begriff der Dissidenz so bestanden in seiner von Theorie abgekoppelten Qualität. Die Praxis beinhaltet mehr, als das, was verstanden wird. Die Praxis, gejagt sozusagen von ihren eigenen Augen ihrer eigenen Theorie. Und sie geht blind, wie das Bewußtsein, wie die Zeit, nach hinten handelnd praktisch vor. Und ist dabei permanent gejagt von ihrem eigenen Erkennen".[544]

Nach dieser Darstellung schwebt die zeitgenössische Kunst in der Mitte zwischen dem Erkennen und der handelnden Praxis. Ihr Ziel liege nunmehr darin, die „Wirklichkeit dessen, was einzelne Leute leben", zu präsentieren, bis dieser Akt von der Reflexion eingeholt werde und weitere mimetische

---

[539] Erschienen in: Texte zur Kunst 7 (1992), 57-75. Dazu auch Hirsch 2001, 84.
[540] Ebd., 64, vgl. auch 67.
[541] Ebd., 59.
[542] Ebd., 68f. Aus diesem Grunde plädiert Goetz dafür, auf direkte „Anwendungen" der Theorie außerhalb des akademischen Bereichs (also in Kunst und Ästhetik) zu verzichten (ebd.).
[543] Ebd., 69.
[544] Ebd., 72.

"Fluchtversuche" nötig seien.⁵⁴⁵ Im Hinblick auf Goetz' Verhältnis zur Systemtheorie ist das deswegen relevant, weil die Kunst die Rolle der Opposition zur „affirmativen" Philosophie ganz anders ausfüllt als vormals die Jugend und die Politik. Indem Goetz die Pole von Praxis und Theorie als „Leitdifferenz" bezeichnet, läßt er durchblicken, daß er nicht mehr an einen unverbundenen Antagonismus denkt, sondern – wie auch das eingerückte Zitat zeigt – an ein ständiges Kreuzen der Grenze. Die Rede von der *„blinden"* Praxis und den „Augen" der Theorie ist ein weiteres Indiz, das auf eine wachsende Nähe zu Luhmann schließen läßt.

Welche Entwicklung wird nun an den verschiedenen Bemerkungen zur Systemtheorie erkennbar? Vor allen Dingen fällt auf, daß die Kritik am fehlenden „Draußen" schon im Text von 1992 ausbleibt. Die Stelle des Widerparts zum System (inklusive seiner Beschreibung durch die Theorie) nimmt die Kunst ein, die sich dem Zugriff des Denkens zwar entzieht, jedoch in einer gezielten, eng darauf bezogenen Weise. Indem Goetz die Praxis mehrfach als „blind" bezeichnet,⁵⁴⁶ deutet er bereits auf seinen Umgang mit dem – freilich nicht von ihm selbst so verwendeten – Begriffspaar von Beobachtung erster und zweiter Ordnung voraus.⁵⁴⁷ Die Verschiebung der Frontlinien erinnert übrigens an den Ausspruch aus *Abfall für alle*, die „grandiose Energie-

---

⁵⁴⁵ Ebd., 71. Goetz bezieht sich dabei ausdrücklich auf die Kunst der letzten dreißig Jahre, er zitiert auch – nicht ohne die Namen Beuys, Warhol und Koons zu nennen – die These, wonach jeder Mensch ein Künstler sei (69).

⁵⁴⁶ Ebd., 71, zudem 59 (2x).

⁵⁴⁷ Interessanterweise wird diese Unterscheidung von Goetz selbst thematisiert, wenn auch gepaart mit einem kritischen Einwand: Er findet „den Begriff des zweiten Beobachters […] ganz extrem unglücklich, weil er unterstellt, daß er ein höherer Beobachter ist", und schlägt dagegen vor, von einem „Beobachterdreieck", einer „Beobachterpyramide" oder einem „Beobachterkristall" zu sprechen (*Schlagabtausch*, S. 68). M.E. läßt sich das als Beleg dafür werten, daß es dem Autor zum einen um eine Aufwertung der Beobachtung erster Ordnung, zum anderen um eine stärkere Wechselbezüglichkeit zwischen beiden Stufen der Beobachtung zu tun ist – damit verweist er klar erkennbar auf die hier noch zu explizierende Techno-Ästhetik. Ohnedies wird deutlich, daß sich Goetz' Überlegungen zu einer Neuorientierung der Kunst hinsichtlich ihres Verhältnisses zur Theorie (vgl. obiges Zitat) seinen aktuellen Erlebnissen in der Techno-Welt verdanken. Auf Terkessidis' Frage, an welcher Form von Kunst die besagte blinde, theorieferne Praxis zu beobachten sei, antwortet Goetz: „Acid, die ganze Dance-Szene ist ein Beispiel für Dissidenz, die total ohne irgendwelche Theorie auskommt" (60). – In eigener Sache sei noch angemerkt: So interessant der *Schlagabtausch*-Text auch sein mag, in meinen Ausführungen zu den Verbindungen zwischen Goetz, Luhmann und der Techno-Ästhetik spielt er keine zentrale Rolle, weil Goetz 1992 viele Begriffe noch ganz anders verwendet als in der roten Werkgruppe (etwa den der Dissidenz).

form des Außen", der Jugend müsse mit dem Älterwerden internalisiert werden (Afa 267, vgl. 1.2.1). Es hat den Anschein, als transferiere Goetz die alte Opposition von Jugend und System insofern in das „Innere" seines Kunst-Denkens, als er den Latenz-Begriff mit dem Gegensatz von Bild und Wort auflädt – durch die Einfügung des Sinnlichen gewährt er dem Diffusen, Unkontrollierbaren seinen Platz im bewußten Schema.

In bezug auf Goetz' Luhmann-Rezeption sind neben den expliziten Erwähnungen und Reformulierungen einzelner Begriffe aber auch diejenigen Zweige seiner Arbeit anzuführen, in denen sich der Literat bestimmter gedanklicher Zusammenhänge bedient, um sie auf ganz andere Phänomene anzuwenden. Bei der Analyse des Latenz-Konzepts kamen derartige Aspekte schon sporadisch ans Licht; geradezu umfassend erscheint Luhmanns Einfluß indes in eben dem Bereich, dem in dieser Arbeit ein besonderes Augenmerk gilt – in Goetz' Überlegungen zur Techno-Musik bzw. zur DJ Culture. Im Exkurs wurde bereits notiert, daß er das Typische dieser Kunst in einer spezifischen Struktur erblickt, die sich auf mehreren Ebenen beobachten lasse: Ebenso wie die Impulse des DJs im Austausch mit den Regungen der Tänzermasse stünden, öffneten sich auch die einzelnen Tracks für Kombinationen mit anderen Platten; das Wechselspiel zwischen dem initiierenden Einzelnen und dem antwortenden Äußeren, Amorphen ereigne sich sogar im Gehirn des Hörers, und zwar insofern, als der thematische „immer nur eine einzelne Gedanke" in einen Dialog mit dem „kollektiven Votum" der Hirnzellen trete (s.o.).

Die Affinität zwischen diesem Beschreibungsmuster und dem bei Luhmann registrierten Gestus der Offenheit wurde oben schon angedeutet. Die Verbindungen reichen aber noch weiter. Wenn Goetz und Westbam in *Mix, Cuts & Scratches* mit größter Emphase erklären, daß die Beeinflussung zwischen dem DJ und den Ravern wechselseitig erfolgt und auf einem ständigen Rollentausch zwischen dem aktiven und dem passiven Part beruht, so konvergiert dies mit dem Ansatz, wonach es sich bei Kommunikation nicht um einen Transport von Bedeutungen, sondern um ein reziprokes Ineinander von Beobachtungen handeln soll (vgl. 2.2.2). Goetz bringt den Namen Luhmann, soweit ich sehe, zwar nie explizit mit der Techno-Ästhetik in Verbindung.[548] Doch wenn man akzeptiert, daß er von dessen Systemtheorie v.a. das

---

[548] Das gilt selbst für *Schlagabtausch,* wo Acid und die Dance-Szene (wie in der obigen Anmerkung gezeigt) als Paradebeispiel für eine „blinde" Kunst-Praxis fungieren. Die Weigerung, die Verknüpfung mit Luhmann explizit zu thematisieren, ließe sich als performativer Reflex

Konzept der Latenz adaptiert, also eine Denkfigur, die sich auf den Übergang von einer Beobachtung zu einer anderen (u.U. eines fremden Beobachters) bezieht, daß er sie mit der Unterscheidung von Sinnlichkeit und Denken engführt und dieser zudem einen gemeinsamen „Indifferenzpunkt" zuschreibt, d.h. eine Ebene, auf der sich die beiden Pole berühren und ineinander übergehen, dann kann man nichtsdestotrotz behaupten: Goetz nimmt das Spezifikum der technoiden Kommunikation, die Oszillation von singulärlinearen und räumlich-körperlichen Impulsen, von Luhmanns Theorie her in den Blick.

Techno-Musik läßt sich, folgt man seinen Reflexionen, gleichsam als Kommunikation mit einer besonderen Rolle der Latenz begreifen, als ein Wechselspiel, in dem ständig der „blinde Fleck" des einen Pols aufgespürt und mit einem neuerlichen Vorschuß von zur Beobachtung freigegebener Körperlichkeit beantwortet wird. Der Latenzbegriff ist deshalb so wichtig, weil er den Punkt des Umschlagens markiert. Er leistet die theoretische Begründung dessen, was den Dialog zwischen DJ und Tänzern sowie zwischen linearen und räumlichen Komponenten in Gang hält – letzteres wurde im Exkurs als Charakteristikum von Techno ermittelt. Auch wenn die Anwendung von Luhmanns Theorie auf Techno bei Goetz nur in Form von fragmentarischen Andeutungen geschieht, ist es gleichwohl evident, daß sie in eine ähnliche Richtung weist wie die in 2.2.2 und 2.2.3 vorgeschlagene Interpretation: Hier wie dort geht es um einen Begriff von ästhetischer Kommunikation, in dem die Aspekte Mitteilung und Information in eine oszillierende, auch die Differenz von Aktion und Passion, von Körper und Denken umspielende Bewegung eingebunden werden.

Natürlich ist auch hier zu bedenken, inwieweit sich Goetz' Überlegungen zur technoiden Kommunikation mit Luhmanns Vorgaben vereinbaren lassen. Was einen bestimmten Aspekt angeht, muß man die Frage klar verneinen: Eine kommunikative Dynamik zwischen dem „immer nur einen einzelnen Gedanken" und den Hirnzellen kommt im Rahmen der Systemtheorie schon deswegen nicht in Betracht, weil Kommunikation und Bewußtsein zwei intransigente Operationsweisen bilden – freilich ließe sich die Formulierung als

---

des Blindheits-Postulats, d.h. im Sinne einer Selbstverortung auf der Seite der Kunst deuten. – Auf einer anderen Ebene stehen indes plakative Formulierungen wie in *Rave:* „Die beiden Annes interessieren sich auch schon seit etwa vier, fünf Monaten für Musik und Ausgehen, Trinken, Luhmann, Drogen und was sonst noch so dazugehört, zum Spektrum aller sogenannten ‚elektronischen Lebensaspekte'" (Rv 114).

bloß metaphorisch bewerten. Aber auch abgesehen davon erscheint es am ehesten angemessen, den Umgang mit Luhmanns Theorie als produktive Aneignung zu bezeichnen. Wie schon die Ausführungen in den vorigen Unterkapiteln zeigten, bieten Texte wie *Die Kunst der Gesellschaft* oder *Die Gesellschaft der Gesellschaft* viel Spielraum für Interpretationen; Goetz macht sich dies zunutze, indem er dieses Denken zur Beschreibung von aktuellen, von Luhmann selbst wohl kaum mehr wahrgenommenen Problemen der Kunst heranzieht. Im nächsten Teil der Abhandlung sollen die Erkenntnisse zur Rezeption von Wittgenstein und Luhmann durch Bernhard und Goetz zusammengefaßt und zu einer Konzeption von technoider Darstellung ausgearbeitet werden.

2.3 Technoide Darstellung

Darstellung – damit ist hier im weitesten Sinne „Bedeutungsstiftung" gemeint.[549] In den nachstehenden Überlegungen geht es um die Frage, wie in Techno-Musik sowie in strukturell verwandten Kunstwerken auf physische oder psychische Realität *verwiesen* wird und ob sich dabei eine charakteristische Struktur erkennen läßt, die von anderen Formen hinlänglich klar unterscheidbar ist.[550] Als Grundlage dienen dabei die Erkenntnisse zur Wittgenstein- und Luhmann-Rezeption durch Bernhard und Goetz. Diese sollen mit Blick auf ihre darstellungstheoretischen Implikationen zusammengefaßt und zu einem Funktionsmodell ausgearbeitet werden. Dabei ist zugleich zu prüfen, ob sich das Ergebnis mit den Beobachtungen aus dem Techno-Exkurs im Einklang befindet. Diese beiden Schritte bilden das Programm des ersten Abschnitts; im zweiten versuche ich das Konzept von anderen kunsttheoretischen Paradigmen abzugrenzen.

2.3.1 Bernhard und Goetz

Was Bernhard betrifft, konnten im Zusammenhang mit dem Thema „Darstellung" bislang folgende Punkte festgehalten werden: In seinen Texten werden zwei konträre Typen von Repräsentation miteinander konfrontiert, wobei

---

[549] Bei der Wahl des Begriffs „Darstellung" orientiere ich mich an Dieter Schlenstedts Artikel in *Ästhetische Grundbegriffe. Historisches Wörterbuch in sieben Bänden*. Schlenstedt erläutert den Begriff im Sinne einer konstruktiven Präsentation, d.h. in Abgrenzung vom Gedanken der mimetischen Repräsentation (Schlenstedt 2000, u.a. 838). Wie im folgenden noch deutlich wird, geht es auch in der Techno-Ästhetik nicht um die neutrale Abspiegelung vorgegebener Inhalte, sondern um eine Form von Bedeutungsstiftung, bei der der Sinngehalt nicht vom Prozeß der Vermittlung abgelöst werden kann. Diese Differenz spielt in den Ausführungen dieses Abschnitts allerdings keine wichtige Rolle, da das Techno-Konzept v.a. von weiteren Varianten dieser „konstruktiven Präsentation" unterschieden wird. Deshalb erscheint der Begriff der Repräsentation hier – sofern nicht anders angegeben – als Synonym für „Darstellung".
[550] Angesichts des Begriffs „technoide Darstellung" mag sich die grundsätzliche Frage erheben, ob Musik überhaupt etwas *darstellt*, zumal in einer Stilrichtung wie Techno. Probleme dieser Art können im Kontext dieser Untersuchung nicht in extenso erörtert werden. Dem Einwand ließe sich in jedem Fall entgegenhalten, daß es hier gar nicht um das Was, sondern um das Wie der Darstellung geht – mögliche Parallelen zwischen Musik und Literatur sollen anhand der jeweiligen Verweisungs*struktur* begründet werden.

der prozessuale zweite die starre Bezugsstiftung des ersten imitiert, übertreibt und desavouiert. Dies ließ sich insofern mit Wittgensteins Denken verknüpfen, als auch dort der Entwurf eines dynamischen Bildes von der Sprache aus dem Dialog mit den Grundannahmen der traditionellen Abbildungstheorie heraus entwickelt wird (2.1.4). Dementsprechend – so meine These – liegt die „Wahrheit" von Bernhards Büchern nicht in einem sprachexternen Sinngehalt der verschiedenen Aussagen, sondern in der Erfahrung eines Verstehens ohne Deuten (ebd.).

Für den nunmehr anstehenden Schritt reicht diese Beschreibung aber nicht mehr aus. Bei den Reflexionen zu Luhmann war aufgefallen, daß in dieser Theorie das Problem der sprachlichen Verweisung mit dem der Kommunikation vernetzt wird (2.2.2). Wenn der gesuchte Begriff der technoiden Darstellung diesen Aspekt einschließen soll, so muß auch Bernhards Schreiben daraufhin untersucht werden. Konkret: das Verhältnis zwischen Wort und Welt sollte nicht nur ex negativo vom Unterschied zur starren Repräsentation, von der Irrelevanz außerliterarischer Referenzen her gesehen werden; vielmehr gilt es zu erörtern, welche kommunikative Struktur diesen Texten eignet, d.h. ob sich, wenn schon nichts zu einer fixierten Bedeutung, so doch etwas über die Wirkungen der Reden innerhalb der jeweiligen Figurenkonstellation, über ein spezifisches Ausgerichtet-Sein auf das Umfeld, auf den Anderen sagen läßt.

In dieser Sache sei zunächst Goetz befragt. Wie schon in der Einleitung erwähnt, gehört Bernhard zu seinen bevorzugten Literaten; der Einfluß des Älteren ist sowohl in gedanklicher als auch in stilistischer Hinsicht unverkennbar[551] – am klarsten manifestiert sich das in den monologischen Passagen von *Schlachten* oder im zweiten Akt von *Kritik in Festung* (s.u., 3.2.2).[552] Eine Untersuchung, die allgemein seine Auseinandersetzung mit Bernhard zum Thema hätte, könnte zahlreiche direkte und indirekte Anspielungen zutage fördern. Hier geht es aber nun um einen speziellen Punkt. Nachdem die obigen Analysen gezeigt haben, daß in Goetz' Kunstauffassung sowohl Techno als auch Luhmanns Kommunikationsbegriff eine wichtige Rolle spielt, bietet es sich an zu prüfen, ob sich seinen Texten Anregungen für eine entsprechen-

---

[551] Zu diesem Urteil kommt auch Jahraus 1992, 293.
[552] Dazu Poschmann 1997, 211 (die gerade auch *Katarakt* in der Tradition von Bernhard sieht, 238), Krankenhagen 2001, 153. Weber 1992 meint, daß Bernhards Dramaturgie aus Goetz' Sicht veraltet sei und daß er diese in *Schlachten* „nur noch mit Distanz schaffender Ironie" benutze (139). Diese Auffassung leuchtet mir nicht ganz ein, zumal die Modifikation durch Goetz Weber zufolge in einer „Reduktion aufs Monologische" (ebd.) liegen soll – ein Schritt, der m.E. nur schwer als *Korrektur* von Bernhards Ästhetik gedacht werden kann.

de Bernhard-Interpretation entnehmen lassen. Dabei erweisen sich zwei Stellen als besonders ergiebig, die erste davon aus *Abfall für alle*.[553] Bernhard kommt darin als Kontrastfolie gegen Martin Walsers Roman *Ein springender Brunnen*, zur Zeit des Internet-Projekts erschienen, in Anschlag:

> „Jetzt las ich vorhin im Spiegel einen da aus dem neuen Buch zitierten Walser-Absatz. Walser-Stil, für mich, wie immer. Ein komplizierter Empfindungsmoment wird in eine kleine, nach innen, der Erfahrung entgegen nickende, schon verstehende, und nach außen ankumpelnde, Verständnis einfordernde Sprachmaschine übersetzt, durch Wiederholung. Die Geschichte mit den Achselhöhlen: so wie er das darstellt, hat das noch nie jemand erlebt. Auch Walser nicht. So geht NUR der TEXT dazu. Das ist das ewige Dilemma dieser Walser-Literatur, die so sehr Leben und realistisch sein will: für mich ist und bleibt sie Papier. Und jeder halbe Satz von Bernhard, Kunst hoch zehn, ist LEBEN" (Afa 493).

Trotz ihrer Kürze gewährt die Betrachtung einen guten Einblick in Goetz' Verhältnis zu Bernhards Werk; sie gewinnt ihre Präzision aus der Abgrenzung von Walser. Der Autor bedient sich der Figur des Chiasmus: Walser ziele darauf ab, Empfindungen durch Sprache wiedererkennbar zu machen, also interne Wirklichkeit möglichst realistisch abzubilden, und scheitere dabei an der Eigengesetzlichkeit des Mediums; Bernhard gelinge es hingegen gerade vermittels seiner hochgradig stilisierten Schreibweise („Kunst hoch zehn"), den Buchstaben „Leben" zu verleihen. Goetz fasziniert also der selbstbezügliche Charakter dieser Literatur, das Fluidum der sprachlichen Prozesse, das sich zu entfalten vermag, weil die Worte ihrer eigenen Dynamik, nicht aber dem Gebot einer genauen Kopie der Realität gehorchen.

Das zweite Beispiel ist erheblich komplizierter. Es handelt sich um den Anfang der Einleitung zu *Mix, Cuts & Scratches;* Goetz schildert darin das Gespräch mit DJ Westbam, aus dem – freilich nicht in Form einer protokollarischen Wiedergabe – der 1997 publizierte Band hervorging:

---

[553] Aus dem Internet-Tagebuch ließe sich noch eine weitere Eintragung anführen. Goetz unterstellt dort Peter Handke, zuviel „im eigenen Naturell rumzubohren", und spielt dagegen Thomas Bernhard aus: „Anstatt die eigenen Schwächen genüßlich angeekelt oder im Hader mit sich zu befragen, müßte man sie halt geschehen lassen, oder eben einfach bekämpfen. Das ist eh der normale Vorgang: man geht gegen sich vor. Eines der schönsten Beispiele dafür wäre natürlich Bernhard, dem Handke paar superprovinzielle Dissingsätze widmet. Vom Reifestatus der Persönlichkeit her ist Handke ein ewiges Kind, und Bernhard ein mit allen Wassern gewaschener, lässiger, angenehmer Erwachsener" (Afa 137).

> „Es ist wie in einer Erzählung von Thomas Bernhard: wo in langen, sofort verschlungenen Sätzen zwei sogenannte ‚Geistesmenschen' in relativ banaler Absicht zusammenkommen und sich quasi im [H]andumdrehen durch die lächerlichsten Absichtsverhinderungsstrategien und noch längere Worte gegenseitig an den Rand der Verzweiflung bringen, um sich vielleicht sogar tatsächlich und gegenseitig in den, wie bei Bernhard gesagt würde, fürchterlichen Abgrund der Absurdität des Suizids schließlich zu stürzen, noch bevor die eigentliche Erzählung überhaupt angefangen hat" (MCS 7).

Der Name Bernhard taucht am Ende der Einleitung nochmals auf; er bildet so etwas wie eine thematische Klammer:

> Alles war so hyperreal hell. Das Bild, die Szenerie, die Situation. Das Manische vorallem. Westbam muß nur einen bestimmten Tonfall annehmen beim Sprechen und redet sofort perfekten Bernhard-Text daher. Er kann ganze Bücher von Bernhard auswendig. Übertreibung, Verzweiflung, Absurdität, mit Bernhardscher Lust ergeht er sich in Bernhardschen Abgründen der Existenz.
>
> In der Höhe.
>
> Rettungsversuch, Unsinn.
>
> Lacht (MCS 22).

Der Autor beschreibt die Begegnung mit Westbam also als Streit zwischen zwei Bernhardschen Figuren, wie er typischerweise vor dem Beginn der eigentlichen Erzählung stattfinde. Dieser Vergleich wirkt, insbesondere was den Rekurs auf Bernhard betrifft, einigermaßen irritierend. Was meint Goetz, wenn er behauptet, in den Texten brächten sich *zwei* „Geistesmenschen" in langen, verschlungenen Sätzen an den Rand der Verzweiflung? Sind die Werke des Österreichers nicht gerade für ihre „monomanische" Suada, also für das genaue Gegenteil einer dialogischen Struktur berühmt (vgl. 1.1)? Faßt man die Bemerkung rein von der Inhaltsebene der Erzählungen her ins Auge, so wäre allenfalls zu konzedieren, daß sich viele von ihnen um frühere Zwiegespräche drehen, geradezu exemplarisch im ersten Teil von *Auslöschung* – Murau berichtet immer wieder vom Spaziergang mit Gambetti, ähnlich auch in Romanen wie *Kalkwerk*, *Korrektur* oder *Alte Meister*. Hier ließe sich wiederum dagegenhalten, viele dieser „Unterhaltungen" seien in Wahrheit Monologe mit einem zumeist stummen Zuhörer. Sofern nicht nur belanglose Spielerei, muß sich die Bemerkung auf ein anderes Moment beziehen, auf einen subkutanen „Dialog", der sich nicht einfach anhand der Sprecherinstanzen belegen läßt.

Die Einleitung zu *Mix, Cuts & Scratches* gibt noch einen anderen Wink. In den letzten Zeilen erscheint der Titel *In der Höhe. Rettungsversuch. Unsinn*, ein frühes, von Bernhard erst in seinem Todesjahr veröffentlichtes Erzählgedicht. Eckhard Schumacher wertet die Zitation als Indiz dafür, daß Bernhard nicht nur deshalb seinen Platz im Vorwort findet, weil er zufällig der Lieblingsautor des interviewten DJs ist. Vielmehr gebe es gute Gründe, darin einen Hinweis auf Goetz' eigenes Schreibverfahren zu sehen:[554] *In der Höhe* sei ein Text, in dem permanent die „Sprecherpositionen verwischt" werden – dies bestätige auch die Sekundärliteratur.[555] In *Mix, Cuts & Scratches* lasse sich Ähnliches erkennen, denn hier sei immer schwer zu beurteilen, welche Sätze Westbam und welche dagegen Goetz zuzurechnen seien.[556]

Man kann diese Überlegung noch weiter treiben. Wie Schumacher darlegt, experimentiert Goetz im Westbam-Buch mit einem Transfer von Techniken aus der DJ-Praxis in den Bereich der Literatur: Indem er den Mitschnitt des Gesprächs in kleine Bestandteile auflöse und diese wiederum zusammenfüge bzw. mit Zwischenüberschriften versehe, behandle er das Material wie ein DJ, der seine Platten miteinander kombiniere (Mix), gewisse Elemente durch Schnitte nebeneinanderstelle (Cuts) und gelegentlich das Vinyl mit der Nadel traktiere (Scratches, vgl. Exkurs).[557] Schumacher korreliert auch die Autorenangabe auf dem Cover mit der bewußten Metaphorik: Daß Westbam als Verfasser figuriert und erst darunter in kleinerer Schriftgröße der Zusatz „mit Rainald Goetz" folgt, lasse sich als Reflex der geteilten Urheberschaft in der DJ-Musik bewerten.[558] Goetz setze sich zu Westbam und seinen Gedanken also in eine ähnliche Beziehung wie ein DJ zu seinen Platten.

Sofern man diese Lesart akzeptiert, was heißt das nun für Bernhard? Man kann daraus ersehen, was es mit der Behauptung zur Dialogizität seiner Erzählungen auf sich hat. Wenn Goetz das Verhältnis zwischen sich selbst als Schreibendem und seinem „Gegenstand", Westbams Ausführungen, zum einen nach dem Muster DJ/Platte erläutert, zum anderen aber mit einem Disput zweier Geistesmenschen vergleicht, so muß das, was er an Bernhards

---

[554] Schumacher 1998, 188f.
[555] Thabti 1994, vgl. Schumacher 1998, 189.
[556] Schumacher 1998, 186.
[557] Ebd., 183ff. Der Einfluß des DJ-Modells war schon Thomas Groß in seiner Rezension des Buches aufgefallen. Daß Goetz diesen Artikel in einer fotografischen Reproduktion in *Celebration* aufnahm (Ce 260), ist der Plausibilität dieser Deutung gewiß nicht abträglich. Vgl. Groß 2000, 105-110.
[558] Schumacher 1998, 186.

Texten als bipolaren Kern fokussiert, in einer Grundstruktur bestehen, die auch den Akt der Weiterverarbeitung, der Neu-Anordnung von Vorliegendem einschließt. Um den Gedanken Schritt für Schritt vorzuführen: Goetz praktiziert mit dem Material seines Textes, so die Prämisse, literarisches DJing. Zugleich deutet er an, sein Verhältnis zum Stoff (personifiziert durch Westbam) gestalte sich analog zum Ausgangs-Konflikt Bernhardscher Erzählwerke. Daraus folgt, daß das, was er als einen der eigentlichen Narration zuvorlaufenden Streit zweier Geistesmenschen bezeichnet, gewissermaßen selbst mit DJing, mit der Neu-Aneignung von Überkommenem zusammenhängt. Bei der fraglichen Dialogizität muß es sich also um ein textgenetisches Prinzip handeln.

Versteht man den Hinweis auf die dualistische Konstellation in diesem weiten Sinne, so bereitet es keine Schwierigkeiten mehr, dafür in Bernhards Werken potentielle Belege zu finden – u.a. die vielen Fälle, in denen die Reden des jeweiligen Monologführers um frühere Gespräche oder um die gedankliche Hinterlassenschaft verstorbener bzw. dem Wahnsinn verfallener Menschen kreisen. Man kann hier direkt auf die Ergebnisse aus den Kapiteln 1.1 und 2.1 zurückgreifen: Die Motorik von Bernhards Satzfolgen, ihr Streben nach Allgemeinheit sowie ihr anschließender Zusammenbruch, wurde ebenfalls „dualistisch" als permanentes Anrennen der Sprache gegen die uneinholbare Wirklichkeit interpretiert. Was hier als Welt firmiert, dem entspricht in Goetz' Bemerkung die Instanz des fiktiven Dialogpartners. Worauf die Rede auch immer Bezug nimmt, ob es um vormalige Unterhaltungen geht, um Schriften oder um belgische Ärzte – entscheidend ist, daß die Rede auf einen Widerpart trifft, der sich von ihr nicht inkorporieren läßt; das ist hier die besagte Dialogizität, die Opposition der gegenseitigen „Absichtsverhinderungsstrategien" (s.o., MCS 7). Das Manöver zu Beginn des Westbam-Buchs ist also weitaus mehr als bloß eine vage Assoziation. Auch die Anspielung auf *In der Höhe* paßt ins Bild – nicht nur wegen der in diesem Text zu beobachtenden fluktuierenden Erzählperspektive, sondern auch, weil hier ebenfalls ältere Materialien eine spätere Bearbeitung erfahren.

Die Stelle aus *Mix, Cuts & Scratches* mußte aus zweierlei Gründen derart eingehend besprochen werden. Erstens erweckt Goetz, wie bereits vermerkt, durch die beiden parallelisierten Beschreibungen seines Umgangs mit Westbam den Eindruck, als erblicke er auch im Werk des Österreichers eine

Art von literarischem DJing.⁵⁵⁹ Der Autor macht also selbst Andeutungen hinsichtlich der „technoiden" Dimension von Bernhards Texten – die Innovationen der DJ Culture hängen mit der Ästhetik von Techno eng zusammen (vgl. Exkurs).⁵⁶⁰ Zweitens entdeckt man durch die gründliche Betrachtung eine gewisse Gemeinsamkeit zum ersten der beiden Zitate, dem Vergleich zu Walser: Während Goetz dort erklärt, gerade der artifizielle Stil sorge für das „Leben" der Schrift, für die Präsentation einer wie auch immer gearteten Wirklichkeit, akzentuiert er hier die dialogische Qualität von Bernhards Suada. Sowohl was die Frage der Bedeutung als auch was die der Kommunikation anbelangt, diagnostiziert er so etwas wie einen „Bezug in zweiter Potenz". Anstatt von einem selbstgenügsamen Signifikantenspiel oder von einer privatsprachlichen „Monomanie" auszugehen, bindet er die Sprachkaskaden des Autors in einen kommunikativen Rahmen ein.

Hier sei nochmals betont: Natürlich bilden die beiden Passagen eine zu schmale Basis, um Goetz' Bernhard-Rezeption in erschöpfender Weise zu dokumentieren. Das wurde auch überhaupt nicht angestrebt.⁵⁶¹ Es kam vielmehr darauf an, Anhaltspunkte für eine „kommunikative" Interpretation dieser Literatur zu ermitteln – und in der Tat: genau das, was in den Kapiteln 1.1 und 2.1 als dualistische Grundstruktur analysiert wurde, erscheint hier – wenngleich nur in Form von versteckten Hinweisen – als *dialogisches* Prinzip. Die Feststellung zur gemeinsamen Tendenz der beiden Stellen ist mit den obigen Ausführungen ebenfalls kompatibel: In der erläuterten Dynamik von Bernhards Sprache verbirgt sich insofern ein „Bezug in zweiter Potenz", als

---

⁵⁵⁹ Schumacher 1998 nimmt im Unterschied zu meiner Interpretation davon Abstand, Goetz zu unterstellen, er habe Bernhard selbst in die Nähe eines literarischen DJs bringen wollen; für ihn bietet der Verweis auf *In der Höhe* die Möglichkeit, die Lektüre von *Mix, Cuts & Scratches* „aus der naheliegenden, aber letztlich auch einengenden DJ-Perspektive [zu] lösen" (189).

⁵⁶⁰ Es gibt in *Abfall für alle* noch weitere Stellen, in denen DJ-Kultur bzw. Techno mit dem Schreiben von Thomas Bernhard assoziiert werden. In einer Diskussion über eine Techno-Platte erklärt Goetz, man bewege sich hier „in einer leicht bernhardesk durchwirkten Welt" (Afa 278), und bei einer Äußerung zur DJ-Culture verfällt er unversehens in den Bernhard-Jargon: „Gemessen an der [DJ-Kunst, J.W.] muß mancher Intellektuelle als Unternehmer noch viele Artikel und Bücher schreiben, um wirklich wie sie auch Agent des Neuen in der Welt zu werden. Die DJ-Kunst IST das nämlich schon, naturgemäß, HA, aufs schönste" (Afa 161). Es griffe zu kurz, wenn man in diesen Formulierungen nichts weiter als eine Anverwandlung an die Redeweise des Bernhard-Fans Westbam sähe.

⁵⁶¹ Eine eigene Studie zu diesem Thema hätte u.a. auf Goetz' Rezension zu *Die Kälte* einzugehen: („Wahr ist nur, was nicht paßt"', in: *Der Spiegel* vom 27.4.1981).

die Wirklichkeit gerade durch ihre Ungreifbarkeit, durch das Fehlschlagen der verbalen Kontrolle mit umso größerer Macht hervortritt.

Somit kann folgende Arbeitsthese aufgestellt werden: In Bernhards Schreiben gestaltet sich die Repräsentation als eine zyklische Bewegung, in der es den Worten zwar mißlingt, sich den Inhalt und den Adressaten vermittels einer Spiegelung einzuverleiben, in der sie aber im Vollzug ihres Scheiterns die andere Seite zum Vorschein bringen. Diese Form der Darstellung ist insofern kommunikativ zu nennen, als alles Sprechen zugleich auf einen „hörenden" Widerpart verweist und dieser parallel zur repräsentierten Welt gerade in den Phasen der Zurücknahme oder Umkehrung von Behauptungen zur Geltung kommt; Empfänger und Dargestelltes haben also gleichermaßen am dialogischen Wechselspiel mit dem Sprecher teil.[562] Diese Deutung gilt es im dritten Kapitel anhand der Dramenanalyse zu überprüfen.

Im Hinblick auf die repräsentationstheoretische Dimension von Goetz' Werk sind nur noch ein paar Ergänzungen zu den bisherigen Betrachtungen vonnöten. Schon im ersten Kapitel zeigte sich, daß Wahrheit für den Verfasser von *Heute morgen* ein volitives Geschehen ist, das sich auf keine stabilen Objekte in der Außenwelt zu stützen vermag (s.o.). Doch selbst wenn man gar nicht mehr an Adäquation denkt und den fraglichen Begriff lediglich auf Relationen zwischen Texten oder sonstigen Sprechakten bezieht, ist man noch nicht bei seinem Gebrauch durch Goetz: Für ihn besteht Wahrheit nur zum einen in denk- und artikulierbaren Sinngehalten, zum anderen aber in einem bildlich-körperlichen Zusatzhorizont, der sich mit Aspekten wie Auftreten, Persönlichkeit, Alltags-Gesichtsfeld oder Verhalten gegenüber dem Kollektiv näher bestimmen läßt. Wie im Kontext des „Indifferenzpunktes" von Bild und Schrift erkennbar wurde, ist für das Verhältnis dieser beiden Pole eine ständige gegenseitige Anziehung, d.h. eine Tendenz zum Umschlagen ins Gegenteil konstitutiv.

---

[562] Was den kommunikativen Aspekt in Bernhards Prosa, das Widerspiel zwischen fiktivem Erzähler und Hörer angeht, so könnte eine darauf gerichtete Studie z.B. am Wort vom „Idealzustand" zwischen Murau und Gambetti ansetzen: „Gambetti ist ein guter Zuhörer und er hat ein sehr feines, durch mich geschultes Ohr für den Wahrheitsgehalt und für die Folgerichtigkeit eines Vortrags. Gambetti ist mein Schüler, umgekehrt bin ich selbst der Schüler Gambettis. Ich lerne von Gambetti wenigstens ebenso viel, wie Gambetti von mir. Unser Verhältnis ist das ideale, denn einmal bin ich der Lehrer Gambettis und er ist mein Schüler, dann wieder ist Gambetti mein Lehrer und ich bin sein Schüler, und sehr oft ist es der Fall, daß wir beide nicht wissen, ist jetzt Gambetti der Schüler und bin ich der Lehrer oder umgekehrt. Dann ist unser *Idealzustand* eingetreten" (Aus 10).

Sofern sich diese Ergebnisse in die Begrifflichkeit des Repräsentationsproblems übersetzen lassen, muß man vermuten: Zur „Bedeutung" von Goetz' Texten gehört nicht nur der Inhalt der einzelnen Sätze, sondern auch die Art und Weise, wie sie sich einer noch näher zu erörternden Bildlichkeit öffnen. Das Sagbare und das Sinnliche befinden sich „auf derselben Verschiebe-Ebene", genau wie es der Autor an den Collagen von Albert Oehlen beobachtet (Afa 468, vgl. 1.2.3). Wie bei Bernhard soll auch hier lediglich eine Arbeitshypothese für die Dramenanalyse formuliert werden: Wo immer Goetz Wirklichkeit darstellt, wo immer er auf gesellschaftliche Auslegungen rekurriert, geschieht das im Rahmen eines bildlichen Hintergrundes, der das jeweils Behauptete kommentiert und sich zugleich von ihm kommentieren läßt.

Von hier aus fehlt nur noch ein letzter Schritt zum Begriff der technoiden Darstellung. In Abschnitt 2.2.4 wurden Goetz' Überlegungen zur Polarität von Bild und Denken nicht nur mit Luhmanns Latenz-Konzept, sondern auch mit der Techno-Ästhetik verknüpft. Nachdem die besagte Unterscheidung auf den Nenner des Repräsentations-Problems gebracht wurde, im Sinne eines ständigen Positionswechsels von Bild und Bedeutung, kann man auch die Frage nach der Bezugsstiftung in der Techno-Musik nach diesem Muster beantworten: Bei Techno oszilliert das, was im Hirn des Hörers als sinnhafte, potentiell mit musikexternen Kontexten korrelierbare Struktur reproduziert wird, mit seiner eigenen Wahrnehmbarkeit – und das heißt hier: mit der Möglichkeit genau dieser Struktur, auf die Seite des Gegenpols zu wechseln und ihrerseits zum Zeichen, zum Bedeutungsträger zu werden.

Am einfachsten läßt sich das am Verhältnis zwischen DJ und Tänzern veranschaulichen. Wenn sich ein gutes Set durch die Offenheit für die Regungen der Vielen auszeichnet, so darf man annehmen, daß das Publikum einen Aspekt dessen bildet, worauf der Aufleger verweist. Diese Beziehung besteht aber auch umgekehrt: Sofern die Raver eigene Impulse aussenden, werden sie ihrerseits zu einem aktivisch Bedeutenden und verweisen gleichsam auf den DJ zurück; ihre „Aktion" schließt diesen als Bedeutetes in sich ein. Von beiden werden die Signale körperlich, passiv empfangen, doch indem diese Passion für den jeweils anderen Part fühlbar und *bedeutsam* wird, schlägt sie in einen Akt der Bedeutungsstiftung um. Auf diesem Wege kommt es zu der mehrfach erläuterten wechselstromartigen Energie, zu der Produktion eines gemeinsamen Darstellenden und Dargestellten. Der „Sinn" eines Raves liegt in nichts Äußerem, sondern allein in dieser kollektiven Intensität.[563]

Ebenso wie in Goetz' Denken Aussageinhalte zum Bildlichen hin tendieren und dieses wiederum zu jenen, oszillieren hier die Pole des aktiven Bedeutungssetzens und des körperlichen Bedeutet-Werdens. Obwohl diese Form der Repräsentation am DJing äußerst klar zutage tritt, ist sie weniger für DJ Culture im allgemeinen als für Techno im besonderen charakteristisch. Wie im Exkurs ausgeführt, konstituiert diese Musik eine Dynamik, in der die linearen Momente aufbrechen – etwa durch ständige Wiederholung – und einem Eindruck von Räumlichkeit weichen; der „immer nur eine einzelne Gedanke" sieht sich ständig im Dialog mit dem Amorphen, nicht mehr Faßbaren, mit dem „kollektiven Votum der Hirnzellen". Hier gleitet das bewußt Festgehaltene, als Bedeutung Fixierte ebenfalls permanent in tiefere Schichten der Wahrnehmung, es wandelt sich in ein emotives Moment, in ein Bedeutet-Werden, woran wiederum Akte des Nachvollzugs durch den Hörer ansetzen können. Dies entspricht genau der Struktur, die am Miteinander von DJ und Tänzern beobachtet wurde. Technoide Repräsentation terminiert also in einem Wechselverhältnis von Signifikant und Signifikat, Sender und Empfänger sowie von Körper und Bewußtsein.

An Goetz' Rezeption von Luhmanns Latenzbegriff läßt sich erkennen, wie dieses Konzept in Medien jenseits des Dancefloors zur Geltung kommen kann. Indem der Autor den blinden Fleck als bildlich-körperlichen Rahmen des Denkens und Sprechens auslegt, indem er der Spannung zwischen dem Gesagten und dem Gezeigten eine zentrale Funktion beimißt, lokalisiert er alle Bedeutung im Wechselspiel zwischen Bild und Denken, nicht aber in äußeren Signifikaten, die mit der Realität zu identifizieren wären. So besehen kann hier von einer kommunikativen Form der Darstellung gesprochen werden. Daran tritt bereits hervor, worauf sich im nächsten Kapitel die Dramenanalyse zu richten hat: auf die Balance zwischen bildlichen und sprachlichen

---

[563] Goetz betont immer wieder die Vergeblichkeit der Versuche, Partys außerhalb ihrer selbst liegende Bedeutungsgehalte aufzubürden: „Rave mit Absicht, Party mit Inhalt, das gibt's eben nicht", schreibt er in *Abfall für alle*, „Die einzige Außenaufladung, die die Party aushält, ist die Wiederholung, auch fast inhaltsfrei" (Afa 558). Das bestätigt den Gedanken einer immanenten, allein aus dem kommunikativen Wechselbezug resultierenden Genese von Bedeutung.

Momenten,[564] auf textimmanente Differenzen, die sich in Entsprechung zur Relation von Beobachtung erster und zweiter Ordnung deuten lassen.

Wie in den Abschnitten 2.2.2-4 erläutert, beruht dieser Ansatz auf einer produktiven Aneignung von Luhmanns Theorie. Auch was die Definition der technoiden Darstellung betrifft, ist diese Quelle von grundlegender Bedeutung – für Luhmann hängen Darstellung und Kommunikation ebenfalls eng miteinander zusammen, und zwar insofern, als erst durch das Verstehen die systemrelevante Information produziert wird (s.o.). Der blinde Fleck und seine Beobachtung sind Teil des Repräsentierten. Zu klären bleibt allerdings, welche Rolle Wittgenstein in diesem Gefüge spielt. Beschränkt sich diese hier auf seine Rezeption durch Bernhard, oder lassen sich gewisse Verbindungen zu Luhmanns Denkweise erkennen, die in bezug auf die Techno-Konzeption relevant sind? Daher nun abschließend eine kurze Überlegung zum Verhältnis zwischen den beiden Theoretikern.

Auch hier gilt es Mißverständnissen vorzubeugen: Natürlich geht es dabei nicht um einen systematischen Vergleich. Erstens sprengte das den thematischen Rahmen dieser Arbeit, zweitens wäre es auch rein in gedanklicher Hin-

---

[564] Der bislang einzige überzeugende Versuch, den Einfluß der Techno-Ästhetik auf Goetz' literarisches Werk zu eruieren, stammt von Eckhard Schumacher. Freilich beläßt es der Verfasser bei eher knappen Bemerkungen (Schumacher 2003, 142-151 – hier würde man sich für nachfolgende Publikationen mehr Ausführlichkeit wünschen). Wie Schumacher betont, geht es Goetz nicht darum, „die Texte analog zur Musik zu rhythmisieren" (146), sondern um eine genuin *literarische* Aneignung des Sounds und der Partykommunikation (147). Dabei konzentriert er sich v.a. auf rhetorische Mittel wie die Ellipse und die Aposiopese: Indem der Autor Satzfetzen und abbrechende Äußerungen präsentiere, setze er an, „die spezifischen Formen der Produktion und, wichtiger noch, Rezeption von Techno aus der Perspektive eines Schreibenden in den Blick zu nehmen, die Arbeitsweisen von Discjockeys, den Sound der Musik und die verschiedenen Formen von verbaler oder nonverbaler Kommunikation auf und neben der Tanzfläche schriftlich zur Sprache zu bringen, mit der Form der Schrift zu konfrontieren" (Schumacher 2003, 143, vgl. 141). – Diese Deutung ist mit der hier vorgeschlagenen ohne weiteres in Einklang zu bringen; das Stilphänomen des „Abbruchs", der Ergänzungsbedürftigkeit der einzelnen Äußerung, läßt sich als rhetorische Ausformung der Latenz-Figur verstehen. Gleichwohl werde ich auf die Frage der Stilmittel nicht näher eingehen. Zum einen ist Schumacher hier nicht viel hinzuzufügen, zum anderen bildet dieser Aspekt gerade in den Theatertexten keine zuverlässige Grundlage, wenn man die technoide Qualität der *Darstellung* nachweisen möchte (z.B. ist gerade die Sprache im Monolog *Katarakt,* an dem – wie in 3.2.1 zu zeigen sein wird – die konstitutive Kommunikationsstruktur am deutlichsten sichtbar wird, am wenigsten von Ellipsen und Aposiopesen geprägt). – Zur Technik des Satzabbruchs bei Goetz auch Baßler 2002, 144f.

sicht ein höchst problematisches Unterfangen.⁵⁶⁵ Wittgenstein ist ein Sprachphilosoph, während Luhmann der Sprache wie erwähnt „keine eigene Operationsweise" zugesteht und stattdessen Differenzen wie die Trennung von Bewußtsein und Kommunikation ins Zentrum stellt, für die es bei jenem keine Vorbilder gibt. Ich möchte nur einen einzelnen gemeinsamen Aspekt hervorheben, der für Anwendungen in der Ästhetik sehr wichtig ist: die jeweilige Form der „Selbstpositionierung des Denkens", d.h. die Frage, wie sich der einzelne Gedanke bzw. eine einzelne Weltdeutung zur Sprachgemeinschaft, zum Horizont aller möglichen Auslegungen verhält und welche Konsequenzen daraus für die eigene Reflexionspraxis erwachsen.

In den obigen Ausführungen wurde deutlich, daß nicht nur die Luhmannsche Systemtheorie, sondern auch Wittgensteins Denken auf einer Strategie der Offenheit beruht. Das manifestiert sich zum einen in der Bereitschaft, auch gegenläufige Methoden bzw. „Therapien" der Philosophie anzuerkennen (PU 133, s.o.), zum anderen in der Annahme einer irreduziblen Pluralität von Sprachspielen: Wenn Wittgensteins Vorgehen darin besteht, immer wieder den Regeln der Sprache zu folgen und darauf zu achten, wo er sich darin „verfängt", den Zustand des Widerspruchs „übersehbar zu machen", anstatt ihn durch „mathematische Entdeckungen" zu lösen (PU 125), dann liegt der Ort seiner Theorie im Übergang von einer bekannten Regel zu einem neuen, noch nicht aufgelösten Komplex, zu einem neuen Sprachspiel. Sein Philosophieren tendiert dazu, den Raum erprobter Deutungen zu überschreiten und andere Kontextualisierungen zuzulassen – dies trifft sich insofern mit Luhmanns Denkstil, als auch dort der Gebrauch von Unterscheidungen stets für die Modifikation durch andere Formen offen bleibt.

Diese Verbindung ist keineswegs eine bloße Äußerlichkeit. Das zeigt sich besonders deutlich, wenn man bedenkt, welcher Sinn sich hinter der Wahl der jeweiligen Begrifflichkeit verbirgt. Sowohl die Theorie der „Sprachspiele"

---

⁵⁶⁵ Gleichwohl wäre eine solche Untersuchung ein echtes Desiderat. Bislang gibt es zu diesem Thema nur verstreute Bemerkungen in verschiedenen Texten, am ergiebigsten wohl bei Baecker 1993, der in Wittgensteins Idee des Sprachspiels bereits eine implizite Beschreibung der Funktionsweise des Sozialen sieht: Im Spiel ereigne sich etwas, „was es unmöglich macht, die Dinge anders denn in dem Spiel zu begründen, dem sie sich verdanken" – dieser Wittgensteinsche Gedanke reflektiere die später von der Systemtheorie dargestellte konstitutive Kontingenz der Sozialität (154). Baecker fügt hinzu, diese These lasse sich über Spencer Browns Formenkalkül auf ein entsprechendes logisches Fundament stellen (155f.). Weitere Überlegungen zum Verhältnis zwischen Wittgenstein und der Systemtheorie enthalten u.a. Mussil 1995, 76ff., Baecker 1996, 87.

als auch Luhmanns Rekurs auf den Formenkalkül Spencer Browns (s.o.) erklären sich aus der Intention, eine Alternative zu traditionellen Repräsentationskonzepten zu entwerfen. Wittgenstein führt den bewußten Begriff explizit gegen die Abbildtheorie des *Tractatus* ins Feld; er will mit seiner Hilfe erläutern, daß sich nur ein kleiner Teil unserer Sprache nach dem Muster einer simplen Wort-Gegenstand-Relation verstehen läßt. Indem er methodisch am Rand der Regeln ansetzt, befindet er sich ständig in einer Dynamik des *Vergleichens* (s.o.), in der Reibung zwischen zwei (oder mehreren) Sprachspielen; dadurch entgeht er der Unterstellung einer „mathematischen Entdeckung", eines metaphysischen Substrats, das eine Restitution der „weltspiegelnden" Repräsentation implizierte. Luhmann operiert mit der Logik der Form, um der Beobachterabhängigkeit des Seins Rechnung zu tragen; bei ihm richten sich die „Objekte" nach der zeit- und individuenspezifischen Grenze zwischen dem Markierten und dem Unmarkierten – ein „Durchgriff" auf die Realität ist in seiner Philosophie ohnedies ausgeschlossen (vgl. 2.2.1).

In beiden Fällen sollen also die Diskontinuitäten innerhalb der Argumentationsstruktur unterstreichen, daß jeder Weltbezug sprach- bzw. unterscheidungsgebunden ist und daß der Gedanke eines vorgängigen Seins in die Irre geht. Und damit nicht genug: sowohl bei Wittgenstein als auch bei Luhmann resultiert die methodische Notwendigkeit, Brüche zu denken, aus der Erkenntnis eines alltäglichen Funktionierens, des Funktionierens einer vorgängigen Heterogenität, ob es wie bei jenem um die Wirklichkeit der Sprache oder wie bei diesem um die Koexistenz der Codes bzw. der Funktionssysteme geht. Hier wie dort erweist sich die gesellschaftliche Kommunikation als zu komplex, um durch monistische Erklärungen rekonstruiert werden zu können; gleichwohl begnügt sich keiner der Denker mit einer bloßen Verdopplung des Differenten. Beide entwickeln theoretische Mittel, sich von diesem Gesamtgefüge irritieren zu lassen, sie liefern zwar im einzelnen kohärente Beschreibungen, doch indem sie diese in bestimmter Weise einschränken, in einen anderen Zusammenhang verlagern, tragen sie der Einbettung der Rationalität in die „höhere Logik" der Sprachspiele oder der Pluralität von Beobachtungen Rechnung. So verschieden die Theorien auch sein mögen, treffen sie sich doch im Letzthorizont eines polykontexturalen Strukturganzen, in dem die gedankliche Praxis Orientierung stiften soll, auch wenn die besagten Sprünge seine Unauflösbarkeit indizieren.

In Anbetracht dessen läßt sich begründen, weshalb neben Luhmann auch Wittgenstein als Gewährsmann der Techno-Konzeption angeführt wurde. Bei beiden Autoren erweist es sich als Aufgabe theoretischer Darstellung, an der Grenze zwischen in sich geschlossenen, nach den Worten der *Philosophischen Untersuchungen* „mathematischen" Komplexen anzusetzen, um dem Denken eine Gestalt zu geben, die der Diskrepanz zwischen der marginalen Reichweite monozentraler Konstruktionen und der Unübersichtlichkeit der funktionierenden Praxis Rechnung trägt. Damit geben sie ein gemeinsames Grundmuster vor, das sowohl in der musikalischen Analyse als auch bei den Betrachtungen zu ihrer literarischen Reflexion zur Anwendung gekommen ist (und weiterhin kommen wird): Auf der einen Seite stehen singulär-lineare Erklärungen/Impulse, auf der anderen ein chaotisch-vielstimmiger, gleichwohl funktionierender Gesamtzusammenhang, in der Kunst die Sphäre des Bildlichen bzw. der kollektiven Ekstase. Und ebenso wie die Philosophie der Versuchung des Substantialismus widersteht, indem sie sich immer wieder neu dieser Differenz aussetzt, gelangt auch die Kunst – so meine Hypothese – zur „Kommunikation", indem sie sich diesem Gegenpol öffnet.

Man kann aber nicht nur die gemeinsame Basis, sondern auch den Unterschied zwischen den beiden Theoretikern an den immanenten Programmen der beiden Literaten ablesen. Wittgenstein spürt die Brüche des Gesamt-Rahmens innerhalb der Sprache auf, während Luhmann sie an Unterschieden zwischen sozialen Agenten – seien es Dialogpartner, Funktionssysteme oder einfach verschiedene Texte – zum Vorschein bringt. In Übereinstimmung dazu steht bei Bernhard die Sprache gleichsam in einer allgemeinen Konfrontation mit der Welt, die nur im Scheitern der verbalen Aneignung „repräsentiert" werden kann; bei Goetz stoßen Wort und Denken dagegen auf näher differenzierte Widerlager wie Leben, Bildlichkeit oder das soziale Umfeld des Einzelnen.[566] Im ersten Fall kommt die Seite der Wirklichkeit bzw. des fiktiven Hörers nur ex negativo zum Tragen, als das ganz Andere, im zweiten

---

[566] Kleiner 2003 ist der Meinung, sowohl bei Goetz als auch bei Bernhard werde der „Anspruch auf Wahrheit & Verbindlichkeit" durch die „radikale Ichbezogenheit ihrer Ausführungen" jeweils *bewusst* relativiert" (169, Herv.i.O.). Er fügt hinzu: „Es geht Bernhards Figuren, allerdings im Unterschied zu Goetz, um den Versuch einer radikal individuellen Sinn- & Selbstkonstitution. Diese lässt einerseits keine andere übergeordnete Kategorie, die bei Goetz ganz eindeutig auszumachen ist (die *Wahrheit* von Techno, Pop, Leben, Schreiben, Denken undsoweiter) mehr gelten, kennt andererseits auch kein anderes Interesse mehr (Goetz hingegen strebt eine *umfassende Aufklärung über Pop bzw. die Aktualität* an)" (ebd., Herv. i.O.). – Auch wenn ich Begriffe wie „Wahrheit" und „Aufklärung" im Kontext von Goetz für sehr erläuterungsbedürftig halte (vgl. Kap. 1.2), zielt Kleiner hier just auf den im Haupttext beschriebenen Gegensatz zwischen den beiden Autoren.

befinden sich die beiden Pole insofern in einem direkteren Austausch, als Bild und Denken ineinander übergehen und sich gegenseitig kommentieren.

Nichtsdestotrotz kristallisiert sich heraus, daß die Verknüpfung von Bernhards Werk und der DJ-Ästhetik, wie sie zu Beginn von *Mix, Cuts & Scratches* angedeutet wird, alles andere als eine belanglose Assoziation ist. Im Verfahren, die Worte durch die beschriebenen Steigerungen an den Rand der Referentialität zu treiben, entpuppt sich Bernhard als Bruder im Geiste – er schreitet eben die Grenzen sprachlicher Welt-Spiegelungen aus, die Goetz im Dialog zwischen bildlichen und verbalen Momenten zu kreuzen versucht. In den Werken beider Autoren changieren Macht und Ohnmacht der Sprache. Aus eben diesem wechselnden Gewicht des intellektuellen Zugriffs auf die Welt resultiert eine kommunikative Dynamik, der Eindruck einer textinternen Kommunikation von Darstellendem und Dargestellten bzw. von Sender und Empfänger – damit just die Qualität, die als Charakteristikum von Techno und der technoiden Form der Darstellung ermittelt wurde. Im nächsten Abschnitt gilt es den Unterschied zwischen dieser Konzeption und einzelnen wichtigen Strömungen der zeitgenössischen Ästhetik zu markieren.

2.3.2 Abgrenzungen

Bei einem derart zentralen Problem wie der ästhetischen Darstellung ließen sich die verschiedensten Texte als Folie verwenden. Hier geht es allerdings allein darum, den erläuterten Ansatz grob zwischen anderen kunsttheoretischen Paradigmen einzuordnen und zu prüfen, inwieweit er eine Alternative dazu bildet. Daher kann man sich beim Vergleich auf gewisse gängige Denkmuster sowie auf ihre philosophischen Quellen beschränken. Nimmt man die Debatten aus Forschung und Feuilleton zum Maßstab, so erscheinen nach wie vor zwei Theoriekomplexe besonders einflußreich: zum einen die Frankfurter Schule, zum anderen der Poststrukturalismus. Im folgenden sollen einige Grundgedanken ihrer Hauptvertreter Adorno und Derrida skizziert und mit den Ergebnissen der letzten Überlegungen konfrontiert werden.

Was die Kritische Theorie betrifft, bietet sich v.a. die *Dialektik der Aufklärung* als Referenztext an. In diesem Buch spielt die ästhetische Welt-Repräsentation eine große Rolle, und zwar insofern, als sie die einzige Form des Gegenstandsbezugs ist, die einen Ausweg aus dem instrumentellen Denken verheißt. Adorno und Horkheimer erzählen bekanntlich eine Geschichte der Vernunft, die um das Motiv der überbietenden Anpassung kreist. Alles

Rationale beruhe auf dem Verfahren, sich der bedrohlichen Natur anzugleichen, ihr zu gehorchen und eben dadurch seine eigenen Zwecke durchzusetzen. Die Technik der Identifikation werde immer weiter perfektioniert, bis der Mensch gegen alles Ungewohnte gewappnet sei – damit sei die Stufe des beharrenden Selbst erreicht. Das bedeute allerdings zugleich, daß sich die mannigfaltigen Qualitäten der Natur auf die spezielle reduzieren, sich dem Beherrschungsprinzip zu fügen.

Die beiden Autoren veranschaulichen diesen Prozeß am Epos der Odyssee, dessen Handlung sie als Allegorie der Selbstwerdung interpretieren: Indem der Held die mythischen Satzungen erfülle, doch zugleich Lücken in ihnen entdecke, könne er ihre Macht brechen und zur rationalen Allgemeinheit gelangen.[567] Erst auf dieser Entwicklungsstufe des Geistes entstehe die Fähigkeit, etwas als Kunst wahrzunehmen – das wird am Sirenenerlebnis expliziert: Wenn Odysseus die Verlockung verspüre, dem Ruf der Natur zu folgen und mit ihr eins zu werden, wenn er dieser Gefahr aber dank seiner Vorbereitungen entrinne, so müsse man das gleichsam als kontrollierten Rückfall in frühere Stadien begreifen. Er begegne hier einem nicht integrierbaren Anderen, ganz ähnlich wie der vorzeitliche Wilde, bei dem die Identifikation noch die Züge der Magie trage.[568] Obwohl Odysseus sein rationales Deutungssystem während des Hörens nicht aufrechterhalten könne, liefere dieses die Voraussetzung, um die Dauer der Erfahrung zu begrenzen. Damit, so betonen Adorno und Horkheimer, wird die archaische Macht „zum bloßen Gegenstand der Kontemplation neutralisiert, zur Kunst".[569]

Der ästhetische Charakter des Erlebnisses besteht darin, daß die entqualifizierende Wirkung der Vernunft auf dem Boden derselben – auf der Grundlage der rationalen Allgemeinheit – vorübergehend aufgehoben wird. Wer etwas als Kunst betrachtet, sieht es mit den Augen des aufgeklärten Subjekts und zugleich mit denen des Schamanen:

> „Es liegt im Sinn des Kunstwerks, dem ästhetischen Schein, das zu sein, wozu in jenem Zauber des Primitiven das neue, schreckliche Geschehnis wurde: Erscheinung des Ganzen im Besonderen. Im Kunstwerk wird immer noch einmal die Verdoppelung vollzogen, durch die das Ding als Geistiges, als Äußerung des

---

[567] Horkheimer 1987, 82f.
[568] Ebd., 37.
[569] Ebd., 57, vgl. auch 83.

Mana erschien. Das macht seine Aura aus. Als Ausdruck der Totalität beansprucht Kunst die Würde des Absoluten".[570]

Die Herleitung der Kunst aus Mythos und Dämonenglaube ist auch für das Problem der Darstellung von Interesse. Wenn ästhetische Wahrnehmung im besagten doppelten Blick terminiert, dann impliziert das die Annahme einer zweidimensionalen Repräsentation: Die Wirklichkeit wird mit Hilfe der zweckrationalen Mittel reproduziert, ohne daß die Dinge dabei ihres Ansichseins verlustig gingen; im mimetischen Aspekt der Herangehensweise kommt das magische Erbe zur Geltung. Diese Doppelung ist die Ursache dafür, weshalb in Kunstwerken – den Autoren der *Dialektik der Aufklärung* zufolge – stets ein Widerstreit zwischen dem Allgemeinen und dem Individuellen stattfindet, etwa als Differenz zwischen dem gesellschaftlich überlieferten Stil und dem „chaotischen Ausdruck von Leiden"[571] oder insofern, als sich in der besonderen Form des Werks eine Gegenposition zum „verdinglichten" Charakter der darin erscheinenden Objekte artikuliert.[572]

Entscheidend ist daran, daß dieser Grundkonflikt von der Warte der entwickelten Subjektivität aus geführt wird und eine Erweiterung ihres eigenen Spielraums mit sich bringt. Auch für den späten Adorno treffen sich die großen Kunstwerke in der Eigenschaft, jeweils die epochenspezifischen Freiheitsbedingungen des Individuums zu reflektieren. Wo immer er prominente Texte oder Musikstücke analysiert, geschieht dies im Horizont der Frage, inwiefern die inhaltlich-formale Gestaltung, insbesondere die Einbettung des Einzelnen in den Gesamtkontext auf den Stand der gesellschaftlichen Emanzipation verweist. Um nur ein Beispiel zu nennen: „Die kindisch-blutigen Clownsfratzen, zu denen bei Beckett das Subjekt sich desintegriert, sind die historische Wahrheit über es".[573] Im Lager der Komponisten erfreuen sich Beethoven und Schönberg der höchsten Wertschätzung, weil ihre Werke auf Strukturen basieren, die sich besonders klar auf die Aufklärungsproblematik beziehen lassen – Sonatenform und motivische Arbeit auf das Verhältnis von Subjekt und Objekt, die Dodekaphonie auf die Aufhebung tradierter hierarchischer Ordnungen.[574]

---

[570] Ebd., 41.
[571] Ebd., 154f.
[572] Vgl. Adorno, *Ästhetische Theorie*, 84f.
[573] Ebd., 370.
[574] Dazu v.a. Adorno, *Zur Philosophie der neuen Musik*, 62-68.

In dieser Kunsttheorie ist das Subjekt sozusagen das Alpha und das Omega: Mit der gesellschaftlichen Vernunft durchgängig verbunden, definiert sein geschichtlich determinierter Weltbezug die Ausgangslage der ästhetischen Erfahrung, innerhalb derer das Nichtidentische, das unterdrückte Individuelle hervortritt. Die potenzierte Repräsentation findet im einzelnen Subjekt statt und erlaubt nur eine Ausweitung innerhalb des abgesteckten Rahmens. Eine Konsequenz aus der oben rekonstruierten genealogischen Begründung: wenn Wort und Denken Sedimente der Selbstbehauptung sind, also – wie auch immer kontaminierte – Mittel des *Einzelnen*, muß auch die Kunst in dieser Weise bestimmt werden. Was das ästhetische Erleben ausmacht, liegt in einem „doppelschlächtigen" subjektiven Akt, worin hinter dem vergegenständlichenden Zugriff das Verlorene durchschimmert.

An diesem Aspekt läßt sich der Unterschied zur technoiden Darstellung deutlich machen. In den Ausführungen zu Luhmann wurde in extenso dargelegt, daß seine Philosophie nicht die subjektive Zweckvernunft, sondern die doppelte Kontingenz – eine Situation zwischen mindestens zwei Beobachtern – als Keimzelle von Sprache und Denken behandelt. Alle Operationen sind von vornherein auf ein antwortendes Gegenüber ausgerichtet. Der Systemtheoretiker unterstreicht die Ergänzungsbedürftigkeit der einzelnen Beobachtung, indem er ihre Einheit als „blinden Fleck" deklariert, der nur von einem anderen Beobachter bzw. einer daran anknüpfenden Beobachtung zweiter Ordnung markiert werden kann.

Das ist der Annahme einer als Grundelement beschreibbaren „bestimmten Negation" diametral entgegengesetzt. Adorno schneidet den Vorgang der Kunsterfahrung auf die Bezugsgröße des Subjekts zurecht, während Luhmann den Kokon öffnet und das Erlebnis als ein intrikates Ineinander von Beobachtungen erster und zweiter Ordnung, von herstellungs- und betrachtungsleitenden Operationen erläutert (vgl. 2.2.3). Der Theorie des Frankfurters gemäß wird die Differenz zwischen der entqualifizierenden und der auratischen Sicht von einem Punkt aus erkennbar, der Begriff der „Kompaktkommunikation" verteilt die konstitutiven Momente der ästhetischen Wahrnehmung dagegen auf verschiedene Stadien der Formenbildung, die zudem jeweils einen imaginären Dialog mit der Sichtweise des Produzenten voraussetzen.

Luhmann bricht also die Homogenität der subjektiven Perspektive auf. Im dadurch entstehenden Spalt nistet sich die Konzeption der technoiden Darstellung ein, indem sie – Hand in Hand mit Goetz – die Unterscheidung von Beobachtung erster und zweiter Ordnung nun mit Oppositionen wie Aktion und Passion, Körper und Denken oder Bezeichnen und Bezeichnet-Werden assoziiert und den Gegensatz als oszillatorische Wechselbeziehung denkt. Diese Form der Kunst kann nicht mehr im Sinne einer Präsentation bzw. Rezeption subjektiver Zusammenhänge beschrieben werden. Sie läßt keine Abbildung von Bedeutungskontexten durch das Bewußtsein zu, ohne diese Reproduktion sogleich wieder als Produktion, d.h. als Anknüpfungspunkt für den jeweiligen Kommunikationspartner oder als bildlich-körperliches Movens weiterer Reflexionen ins Spiel zu bringen.

Natürlich geschähe Adorno Unrecht, täte man seine Idee von künstlerischer Vermittlung als bloßen Transport vorgegebener Sinngehalte ab. Wie z.B. die Klassifikation von Hörertypen in der *Einleitung in die Musiksoziologie* zeigt, bestand sein Ideal der Erfahrung von Kunst aber in einem reflektierenden Nachvollzug von Strukturen[575] – alle Wahrnehmungen wandern durch den Trichter von Konzentration und Verstehen; nur so kann der im Werk angelegte Abdruck der Subjektivität auch im Betrachter aktualisiert werden.[576] Darin liegt der Unterschied zur technoiden Repräsentation. Dort erscheint das Moment der passiven Sinnlichkeit quasi als gleichberechtigtes Glied einer Wechselbewegung; die vom Bewußtsein empfangenen Signifikate treten immer wieder zurück, um ganz im Sensuellen aufzugehen und danach wieder daraus zurückzukehren. Diese kommunikativen Öffnungen innerhalb des Werks sind zugleich die Voraussetzung dafür, daß sich die dialogische Qualität auch auf das Verhältnis von Produktion und Rezeption übertragen kann.

Nun zur zweiten Folie des Techno-Konzepts, der poststrukturalistischen Theorie. Aus dem verschlungenen Feld von Derridas Schriften soll lediglich eine zentrale Gedankenfigur herausgegriffen werden, die das Movens vieler seiner Denk-Wege bildet und überdies eng mit dem Problem der Repräsentation zusammenhängt – die *différance*.[577] Dabei handelt es sich bekanntlich um

---

[575] Vgl. Adorno, *Einleitung in die Musiksoziologie,* Vorlesung I: „Der *Experte* selbst wäre, als erster Typus, durch gänzlich adäquates Hören zu definieren. Er wäre der voll bewußte Hörer, dem tendenziell nichts entgeht und der zugleich in jedem Augenblick über das Gehörte Rechenschaft sich ablegt" (17f.). Der an zweiter Stelle rangierende „gute Zuhörer", zwar nur „unbewußt der immanenten musikalischen Logik mächtig", zeichnet sich ebenfalls durch permanente Konzentration aus, auch wenn er die Fachtermini nicht kennt (19).

[576] In *Ästhetische Theorie* schreibt Adorno, seit „der Emanzipation des Subjekts ist die Vermittlung des Werkes durch jenes nicht mehr zu entbehren ohne Rückschlag in schlechte Dinghaftigkeit" (63). Er übersieht dabei die Möglichkeit, diese Vermittlung durch kommunikative Beziehungen zu bildlich-sinnlichen Momenten zu lockern.

[577] Der zunächst als Vortrag konzipierte Text „Die différance" erschien im Jahre 1968, ehe ihn Derrida 1972 in den Band *Marges. De la philosophie* (dt. Übersetzung: *Randgänge der Philo-*

einen Neologismus, genauer gesagt um eine neue Schreibweise des Wortes „différence"; Derrida möchte in dem Begriff beide Bedeutungen des Wortes „différer" versammelt wissen, d.h. nicht nur „anders sein", sondern auch „aufschieben" bzw. „verzeitlichen". Der durch die Kombination der beiden Aspekte indizierte, zwischen Aktiv und Passiv schwebende Sinn spiegelt sich dabei im Tausch des Vokals.[578] In deutschen Übersetzungen wird „différance" häufig mit „Differänz" wiedergegeben, wobei der Unterschied zu „Differenz" ebenso wie im Französischen nur am geschriebenen Wort zu erkennen ist.

„Différance" ist als die Grundbedingung jeder Bezeichnung zu verstehen. Damit etwas bezeichnet werden kann, so die Überlegung, muß etwas an die Stelle dieses Etwas, dieser Präsenz gesetzt werden. Dabei hat man es aber nicht mit der Präsenz selbst zu tun, sondern nur mit dem Zeichen, das aufgrund eines Vergleichs mit früheren Bedeutungen gewählt wurde. Die Signifikanten – und mit ihnen die Unterschiede – haben immer schon zuvor und auch danach Bestand. Um sich des Bezeichneten zu versichern, bedürfte es daher einer Re-präsentation dieser anderen Signifikate; dies ist aber nur insoweit möglich, als man sowohl in zeitlicher als auch in räumlicher Hinsicht eine Verschiebung in Kauf zu nehmen hat – die Gegenwart grenzt sich von sich selbst ab. In diesem Sinne denkt der Autor „Aufschub" und „Unterschied" zusammen: Jede Bedeutungssetzung, jede Unterscheidung beruht auf einem raumzeitlichen Transport des Zeichens, der mit dem Unterschied koinzidiert. Der Übergang in andere Horizonte stellt die aktive, die Vorgängigkeit der Differenzen die passive Dimension dieses Prinzips dar. Demnach ist die différance das Strukturganze aus Teilung und Aufschub bzw.

> „eine Struktur oder eine Bewegung, die sich nicht mehr von dem Gegensatzpaar Anwesenheit/Abwesenheit her denken läßt. Die *différance* ist das systematische Spiel der Differenzen, der Spuren von Differenzen, der Verräumlichung, mittels derer sich die Elemente aufeinander beziehen. Diese Verräumlichung ist

---

sophie) aufnahm (Derrida 1976b, 6-37). Der Begriff taucht allerdings bereits in den 1967 entstandenen Schriften *Die Stimme und das Phänomen* sowie in *Grammatologie* auf. Dazu näher: Kimmerle 2000, 77f.

[578] Derrida 1976b, 13. Das „a" ist für das Partizip Präsens charakteristisch; die dadurch evozierte aktivische Bedeutung wird allerdings in gewisser Weise eingeschränkt, denn die „Endung ‚ance' macht dabei deutlich, daß es nicht um eine direkte, auf vorhersagbare Wirkungen gerichtete Aktivität geht, sondern wie etwa in mouvance (Beweglichkeit) oder résonance (Resonanz) um eine gewisse ‚Unentschiedenheit zwischen dem Aktiv und dem Passiv'" (Kimmerle 2000, 79). Vgl. Culler 1988, 108.

die zugleich aktive und passive Herstellung der Intervalle, ohne die die ‚vollen' Ausdrücke nicht bezeichnen, nicht funktionieren würden".[579]

Derrida führt dieses Theorem gegen die traditionelle Philosophie ins Feld, der er in Anlehnung an Heidegger vorhält, Sein immer nur als Präsenz begriffen zu haben. Seiner Auffassung zufolge verweisen Wort und Denken nicht, wie die Metaphysik glauben machen wollte, auf festgegründete Bedeutungen, sondern sie produzieren stets neue Differenzen. Obwohl alle Sinnstiftungen *différance* sind, ist auch diese selbst nicht als „Ursprung" der Sprache anzusehen – für sie gilt dasselbe wie für alle anderen Signifikate, d.h. sie kann nicht als Präsenz aktualisiert werden. An diesen Reflexionen zeigt sich zugleich: Repräsentation nach dem klassischen Verständnis ist im Rahmen dieses Paradigmas ausgeschlossen; anstatt vorgängige Inhalte abzubilden, vermag die Sprache nur den Pfad der différance einzuschlagen.

Im Umgang mit philosophischen Schriften machte sich diese Denkweise u.a. als Verfahren der „Dekonstruktion"[580] geltend: Indem die zentralen Gegensatzpaare der Texte nicht nur markiert, sondern zudem auf das dadurch Verdrängte, auf die Problematik der dafür erforderlichen Parallelisierungen und Hierarchisierungen hin analysiert werden, „dekonstruiert" die Deutung die Fundamente des jeweiligen Denkgebäudes und überantwortet sie dem Spiel der Differenzen. Die „Praxis der Dekonstruktion will beides sein", schreibt Jonathan Culler, „rigorose Argumentation innerhalb der Philosophie und Deplazierung philosophischer Kategorien und philosophischer Versuche der Beherrschung".[581] Die Selbstimplikation der différance reflektierend, bleiben streng dekonstruktivistische Lektüren nicht beim begrifflichen Gerüst ihrer Kritik stehen, sondern „deplacieren" auch ihre eigenen Oppositionen.

Im Kontext der Kunst denkt Derrida der bewußten gedanklichen Struktur eine etwas andere Rolle zu. Wie sich etwa aus seinen umfangreichen Studien zu Antonin Artaud ersehen läßt, geht es ihm dabei nicht um Dekonstruktion,[582] sondern vielmehr darum, Zeugen für die beschriebene textuelle Dynamik aufzurufen. Die Schriften zum „Theater der Grausamkeit" dienen ihm

---

[579] Derrida 1986a, 67f.
[580] Der Begriff der Dekonstruktion geht bekanntlich auf Heidegger zurück, der in § 6 von *Sein und Zeit* von der „Destruktion der Geschichte der Ontologie" spricht. Indem Derrida das Wort in „Dekonstruktion" umändert, will er den bereits bei Heidegger vorgeprägten konstruktiven Charakter dieser Freilegung traditioneller Seinsauslegungen verstärken. Dazu auch Zima 1994, 30f.
[581] Culler 1988, 95.
[582] Vgl. Kimmerle 2000, 96.

als Beispiel dafür, wie man in der Kunst auf die Repräsentation vorausgesetzter Bedeutungen verzichten und durch gestische Mittel und onomatopoetischen Stimmeinsatz nach unmittelbarer Präsenz streben kann.[583] Hier soll sich die oben explizierte „Verschiebung" innerhalb der theatralen Parameter ereignen. Ansonsten findet aber auch die dekonstruktivistische Methode bei der Rezeption und bei der Produktion von Kunstwerken vielfache Anwendung. Dort erfüllt sie die Funktion, ideologisch verbrämte Identitäten zu desavouieren, in das vielzitierte Spiel der Zeichen aufzulösen und dem Leser oder Zuschauer eine von der herrschenden Rationalität abweichende „differente" Erfahrung zu ermöglichen (vgl. Kap. 3.3 dieser Arbeit).[584]

Wo liegt nun der Unterschied zur technoiden Darstellung? Bei diesem Problem kommt der Untersuchung zugute, daß Luhmann die Beziehung seiner Theorie zu Derrida selbst ausführlich erörtert hat, insbesondere im Aufsatz „Dekonstruktion als Beobachtung zweiter Ordnung";[585] seine Argumentation liefert klare Anhaltspunkte für den hier vorzunehmenden Vergleich.[586] Luhmann bereitet den Dialog mit der Dekonstruktion vor, indem er den Begriff der différance in seine eigene Terminologie überträgt – es handle sich dabei um die Verschiebung, die sich einstelle, wenn man von einer Form aus die Grenze zum Unmarkierten kreuze und dabei bemerke, daß sich dadurch auch die markierte Seite verändere (DB 20). Doch an diesem Punkt – dem differentiellen Verfahren und der damit verfolgten Absicht – scheiden sich bereits die Geister. Während Derrida in seinen Texten différance praktiziert, um ontologische Fixierungen zu vermeiden, sind Luhmanns formenlo-

---

[583] Derrida 1976a; 1986b.

[584] Ein prominentes Beispiel bildet Paul de Mans Aufsatz „Ästhetische Formalisierung", wo Kleists Schrift *Über das Marionettentheater* in eine subversive Beziehung zu Schillers Kunsttheorie gesetzt wird (De Man 1988, 205-233).

[585] Der Aufsatz ging aus einem Vortrag hervor, den Luhmann unter dem Titel „Deconstruction as Second-Order Observing" in Charlottesville (Virginia) gehalten hat; Erstveröffentlichung in *New Literary History* 24 (1993), 763-782. Ich zitiere aus der autorisierten deutschen Übersetzung von Matthias Prangel, 1995 erschienen im Sammelband *Differenzen. Systemtheorie zwischen Dekonstruktion und Konstruktivismus* (hg. Henk de Berg, Matthias Prangel; Tübingen, Basel 1995, 9-35), im folgenden unter der Sigle DB.

[586] Mittlerweile gibt es auch in der Sekundärliteratur eine Reihe von Texten, die sich mit dem Verhältnis von Systemtheorie und Dekonstruktion beschäftigen: Nassehi 1995, Mussil 1995, Teubner 1999, Binczek 2000, Stäheli 2000 (die beiden letzteren eher von der Warte der Dekonstruktion aus), Jahraus 2001. Hier ist freilich nicht der Ort, deren Ausführungen im einzelnen wiederzugeben und die beiderseitigen Argumente gegeneinander abzuwägen; es kommt primär auf Luhmanns Position an.

gische Operationen nicht vorrangig auf die Sein/Nichtsein-Dichotomie und ihre Überwindung ausgerichtet, sondern auf die Analyse von Formen und Beobachtungsverhältnissen – der Falle der Ontologie entgehe man auch auf diesem Wege:

> „Wer also ist der konstruierende und damit dekonstruierbare Beobachter? Niemand selbstverständlich, so würde die Antwort sicherlich bei Derrida lauten. Oder jeder. Das Problem liegt in der Kopula „ist" der Frage. Doch läßt sich deren ontologische Implikation, daß ein Beobachter *ist*, recht leicht dadurch vermeiden, daß man die Frage im Sinne der Beobachtung zweiter Ordnung reformuliert. Sie lautet dann: Wer wird von wem aus welchen Gründen beobachtet? Will sagen: Ein Beobachter hat zu erklären (oder sogar zu rechtfertigen), warum er sich entscheidet, einen ganz bestimmten Beobachter zur Beobachtung auszuwählen und zu bezeichnen – *diesen* nämlich und keinen anderen. […]
>
> Es gibt mit anderen Worten keinen logischen, ontologischen oder gar natürlichen Primat der Verwendung der Differenz Sein/Nicht-Sein. Ein Beobachter mag diese Differenz auch weiterhin verwenden und sich so als jemand zu erkennen geben, der die besondere Beobachtungsweise unserer metaphysischen Tradition fortsetzt. Oder er mag diese Perspektive ablehnen und sich so als jemand zu erkennen geben, der in alle Schwierigkeiten des Beobachtens jenseits der Differenz Sein/Nicht-Sein verstrickt ist, als einer zum Beispiel, der die Grenze von Sein und Nicht-Sein verwischt ohne den Versuch, sie durch andere Beobachtungsinstrumente zu ersetzen" (DB 23f.).[587]

Der letzte Satz der Passage scheint mehr oder minder direkt auf Derrida gemünzt zu sein: Im Projekt, hinter die Sein/Nichtsein-Differenz zu gelangen, gewähre die Dekonstruktion dieser Opposition nochmals eine fundamentale Stellung, doch sie zeige dabei keine praktikablen Alternativen auf.[588] Setze man dagegen am Begriff der Form an, so seien Sein und Nichtsein nur eine Unterscheidung unter anderen; und auch die Form erhalte dadurch keinen

---

[587] Die imaginäre Antwort auf die Frage nach dem Beobachter ist eine Anspielung auf Derridas „Letter to a Japanese Friend" (in: *Derrida and Differance,* hg. von David Wood und Robert Bernasconi, Coventry 1985, 1-8).

[588] Was freilich auch gar nicht in ihrem Interesse liegt, da es der Dekonstruktion vorrangig um die Problematisierung sprachlich-gedanklicher Hierarchien zu tun ist. Aus ihrem Blickwinkel heraus kann man im Gegenzug den Finger auf gewisse Aspekte legen, deren präsenzmetaphysisches Erbe von Luhmann nicht ausreichend thematisiert oder gar ausgeblendet wird, allen voran die Privilegierung der Stimme gegenüber der Schrift (vgl. Derrida 1983) – in Luhmanns Theorie handelt es sich bei den beiden um „zwar unterschiedliche, wiewohl prinzipiell gleichwertige Techniken der Mitteilungsform" (Binczek 2000, 122, allg. zu diesem „blinden Fleck" der Systemtheorie: 117ff.).

ontologischen Status: „Das ontologische Substrat geht dabei [...] nicht vom *Ding* oder *Seienden* in die *Form* über", sekundiert Armin Nassehi, „vielmehr gerinnt *Ontologie* hier selber zu einer bestimmten Form, zu einer Form nämlich, die mit der Unterscheidung *Sein/Nicht-Sein* operiert".[589] Seiner Studie ist auch zu entnehmen, was dies für das Verhältnis zwischen den bei Derrida und Luhmann zu beobachtenden Denkmustern bedeutet:

> „Der *Formenkalkül* [Luhmanns logisches Instrumentarium, J.W.] [...] dürfte aus der Perspektive der *différance* nicht ganz, aber doch in großen Teilen erfaßbar sein. Zum einen ist der Formenkalkül ohne Zweifel, aus der Derridaschen Perspektive gesehen, in der Lage, die *différance* zu benennen, nämlich als Zwei-Seiten-Form von Signifikant und Signifikat, deren unhintergehbare Asymmetrie durch kein crossing aufzuheben ist. Ein solches Wechseln der Seiten würde sofort zu einem re-crossing gezwungen werden, weil die Bezeichnung der anderen Seite eben eine Bezeichnung ist und somit auf der Innenseite der Form bleibt – ein analoges Verhältnis wie das der *différance*, die eine Differenz bezeichnet, die nicht überwindbar ist. Daß aber alles sinnhafte Geschehen, alles Kommunizieren und Bezeichnen mit der Handhabung von Unterscheidungen zu tun hat, die eine bezeichnete und eine unbezeichnete Seite haben und nicht nur von der Differenz von Bezeichnung und Bezeichnetem geprägt [werden], kann von Derrida nur vorsichtig angedeutet werden. Für ihn ist die *différance* von Zeichen und Bezeichnetem die basale Unterscheidung schlechthin, die eine ‚Verortung', also Relativierung der europäischen Kultur erzwungen und damit das freie Spiel der Zeichen ermöglicht hat. [...] Gerade dieses unhintergehbare Unterscheiden und Bezeichnen lehrt der *Formenkalkül*. Für ihn formuliert [...] die Perspektive Derridas nur eine bestimmte Form, nämlich die *Form des Zeichens*. Er bringt aber zusätzlich zur Geltung, daß sich *jede* Form einer asymmetrischen Unterscheidung verdankt, er verfügt also über die logischen Mittel, auch das von der *différance* ermöglichte Spiel der Zeichen zu benennen. Der Formenkalkül stellt demnach eine Radikalisierung der *différance* dar".[590]

Nach Nassehis Darstellung entspricht der différance aus der Sicht des Formenkalküls quasi eine nicht voll entwickelte Form, nämlich die „Form des Zeichens": Sie sei durch die unüberbrückbare Differenz von Bezeichnung und Bezeichnetem charakterisiert, und daraus gehe hervor, daß jedes Kreuzen der Grenze sogleich wieder zur Rückkehr genötigt werde, da der Vorgang der

---

[589] Nassehi 1995, 51.
[590] Ebd., 55f.

einer Bezeichnung sei und somit zur Innenseite gehöre.[591] Die Ursache für die Verkürzung liegt also darin, daß Derrida am Begriff der Bezeichnung ansetzt und gerade ihn zur Basisdifferenz macht; indem er immer wieder die Dynamik von Teilung und Aufschub prozessiert, um das Bezeichnete nicht als Seiendes zu fixieren, bleibt das Potential der unmarkierten Seite ungenutzt. Der Befund des ständigen Rekurses auf die Form des Zeichens deckt sich mit Luhmanns Urteil, wonach die Dekonstruktion um die Sein/Nichtsein-Differenz zirkuliere.

Da alle sprachlich-kulturellen Prozesse auf der Möglichkeit des Wechsels vom Bezeichneten zum Unbezeichneten fußen, so Nassehi weiter, könne man mehr zu ihrer Beschreibung beitragen (und zwar ohne den Rückfall in die ontologische Perspektive), wenn man stattdessen vom Paradox der Form ausgehe. Wie in Abschnitt 2.2.1 erläutert, bietet dieses logische Mittel die Option, zwischen der Innen- und der Außensicht von Systemen hin und her zu springen. Auch hier wird die Vorstellung fester Entitäten verabschiedet, doch insofern stets eine bestimmte Innenseite fokussiert und wieder verlassen wird, lassen sich detaillierte Beobachtungsverhältnisse skizzieren, anstatt nur der „Form des Zeichens" zu folgen und dessen Zwischenstellung zwischen Sein und Nichtsein performativ zu vollziehen.[592]

Luhmann erläutert gegen Ende seines Aufsatzes, welche Position die Dekonstruktion in der Evolution der gesellschaftlichen Selbstbeschreibungen

---

[591] Aus Sicht der Dekonstruktion kann man an dieser Stelle freilich einhaken und sagen, daß die différance gerade aufgrund dessen, was sie für Nassehi zu einer defizienten Form macht, gegenüber der „Form" im Sinne Luhmanns bzw. Spencer Browns eine „ursprünglichere" Stellung einnimmt – so mit dieser Wortwahl Mussil 1995, 67f.: „Wie die Form ist *Differenz [différance, J.W.] der nicht weiter zurückführbare Grund von Unterscheidungen, gleichsam die Ur-Quelle, aus der alle Unterschiede fließen. Während aber Form die Synthese von unterscheidendem Akt und unterschiedenem Objekt bildet, ist *Differenz die Synthese des Unterscheidungsaktes und des Mediums, in dem sich die Unterscheidung vollzieht" (Derrida erklärt übrigens in *Grammatologie*, daß die différance tatsächlich „ursprünglicher" sei als selbst das Heideggersche Sein, doch dieser Begriff solle vermieden werden, da er „wesensmäßig in die Geschichte der Onto-Theologie" gehöre (Derrida 1983, 44)). – Man kommt damit an einen Punkt, an dem eine argumentative Entscheidung für die eine oder die andere Seite äußerst problematisch ist, zumal beiden Theorien ein selbstreferentieller Charakter eignet und sie über Mechanismen verfügen, kritischen Annäherungen einen bestimmten Ort zuzuweisen (dazu auch Jahraus 2001, 20f.).

[592] Jahraus 2001 findet dafür die treffende Formulierung: „Dekonstruktion zeigt den Spielern, daß sie dem Spiel nicht entkommen können, weil es kein Außerhalb gibt; die Systemtheorie aber zeigt, wie sich die Regeln während des Spielens umschreiben können" (50, i.O. kursiv).

einnimmt und was daran seiner Meinung nach auch in Zukunft von Interesse sein wird:

„Es läßt sich behaupten – und es wird auch behauptet – daß die Semantik der Moderne eine Übergangssemantik war. Doch das Konzept der *Postmoderne* bietet uns keine neuen Informationen, sondern wiederholt diese Einsicht nur einfach. Reflexivität scheint der Name für die mißliche Situation zu sein, in der sich die Philosophie dieses Jahrhunderts befindet. Doch was bedeutet das, wenn man es auf den gesellschaftlichen Kontext überträgt? Entzweiung, Differenz, Mangel an Einheit, Zerstörung aller kanonischen Sicherheiten: das war bereits das Lamento des neunzehnten Jahrhunderts, und heute sind wir lediglich intellektuell besser gerüstet, das alles als unvermeidlich zu akzeptieren. [...] Unter historischem Gesichtspunkt betrachtet scheint der Dekonstruktionismus das Ende der Geschichte zu bezeichnen: Geschichte, die sich selbst verbraucht. Nichtsdestoweniger läuft er weiter und gelangt an kein Ende: Er vermag die Fülle des Nicht-Seins nie zu erreichen. Er ist und bleibt Schrift, Konstruktion, Verschiebung von Differenzen. Angesichts dieser unbegrenzten Aussichten kann ein Verständnis von Dekonstruktion als Beobachtung von Beobachtern deren Komplexität reduzieren. Das einzig mögliche Objekt der Dekonstruktion bilden beobachtende/beobachtete Systeme. Doch beobachten heißt: eine Unterscheidung verwenden, um so eine Seite und nicht die andere zu markieren. Wir können danach unterschiedliche Beobachter unterscheiden, wobei auch wir dann wiederum beobachtet werden können. So gewinnen wir durch die Reduzierung von Komplexität Komplexität, und zwar die strukturierte Komplexität selbstbeobachtender Systeme" (DB 33f.).

Aus soziologischer Sicht, behauptet Luhmann, steht die Dekonstruktion in einer langen Tradition von Theorien, die die Auflösung fester Leitlinien widerspiegeln – damit spielt er nochmals auf die besondere Rolle der Sein/Nichtsein-Dichotomie an. Um ein begriffliches Instrumentarium zu gewinnen, das den Anforderungen der funktional differenzierten Gesellschaft gerecht werde, sei es erforderlich, die Dekonstruktion auf Beziehungen zwischen Beobachtern zu übertragen. Damit ist gemeint: Wenn ein Beobachter die Beobachtung eines anderen im Hinblick auf mögliche alternativ anwendbare Formen beobachtet, so läßt sich das durchaus als „Dekonstruktion" der bezeichneten Unterscheidung auffassen – freilich mit der Feinheit, daß hier die Anschlußfähigkeit gewährleistet bleibt, da der Beobachter seinerseits eine Form prozessiert. Die Dekonstruktion bezieht sich hier nicht mehr auf die Differenz von Signifikant und Signifikat, sondern auf Relationen zwischen sozial identifizierbaren Beobachtern. In *Die Gesellschaft der Gesellschaft* spricht der Autor – mit Blick auch auf die eigene Argumentation – von einem „Dekonstruktionsvorbehalt bei allen Unterscheidungen" (GG 1146).

Damit ist man wieder bei der zu Beginn des Kapitels analysierten gedanklichen Struktur: Was Luhmann von Derrida unterscheidet, ist die Einbindung der Dekonstruktion in einen als funktionierend vorausgesetzten polykontexturalen Rahmen. Die Systemtheorie bestimmt die bewußte „Deplacierung" als Verhältnis zwischen Beobachtung erster und zweiter Ordnung; da auch die Beobachtung zweiter Ordnung wiederum beobachtet werden kann, reproduzieren die Brüche hier die Zirkularität des kommunikativen Systems. Der Horizont gesellschaftlicher Kommunikationen erscheint als unübersichtlich-heterogenes Gesamtgefüge, in dem das Denken seinen Part nur dann adäquat erfüllt, wenn es seine Unterscheidungen offenlegt und sie der Weiterführung durch andere Beobachter darbietet.

Dieses Theoriemuster wurde oben als Grundlage der Techno-Ästhetik ermittelt. Kombiniert man die Differenz von Beobachtung erster und zweiter Ordnung in der erläuterten Weise mit den Oppositionen von Bild und Denken, Aktion und Passion etc., so tritt hervor, wie sich die technoide Darstellung von poststrukturalistisch orientierten Konzeptionen unterscheidet: Während es in diesen darum geht, Identitäten zu dekonstruieren und auch im ideologiekritischen Sinne differente Erfahrungen zu ermöglichen, bleiben in jener die isolierten Impulse bei diesem Punkt nicht stehen, sondern wenden sich auf einen diffusen Gesamthorizont zurück, ob es sich dabei wie in der Literatur um die vielzitierte Bildebene oder wie beim Rave um die temporäre körperliche Einswerdung mit der Tänzermasse handelt. Diese Phänomene fungieren quasi als ästhetische Äquivalente des polykontexturalen Rahmens, sofern man die eben angestellten theoretischen Reflexionen auf die Kunst überträgt.

Nach dem Vergleich mit Adorno und Derrida läßt sich der in diesem Abschnitt untersuchte Begriff folgendermaßen definieren: Die Darstellungsweise eines Kunstwerks ist dann als „technoid" zu bezeichnen, wenn es alle linearen, vom Bewußtsein erfaßbaren Aspekte im gleichberechtigten Austausch mit einer bildlich-sensuellen Parallelebene hält; die sich dadurch entfaltende offene Struktur kann weder auf die Einzelperspektive des Subjekts noch auf die Evokation differenter Wahrnehmungen und Spracherfahrungen reduziert werden, denn all diejenigen Momente, die für die individuelle Distanznahme relevant sein könnten, lösen sich im nächsten Atemzug wieder in eine grenzenüberschreitende Energie auf.

In dieser Bestimmung wiederholt sich der Gegensatz, den Goetz im Essay zur Love Parade 1997 zwischen Techno und den übrigen Subkulturen konstatiert. Während diese Differenz zu erzeugen versuchten, indem sie entsprechende Identitäten vermittelten oder ggfs. negierten, indem sie also die Absonderung des Individuums direkt beförderten, erreiche Techno den Effekt gerade durch das Gegenteil, durch die vorübergehende Verschmelzung des Einzelnen mit den Vielen (s.o.). Wie oben erläutert, speist sich sein Vertrauen auf das Gelingen dieses Prozesses aus soziologischen Überlegungen: Da sich die Möglichkeiten der Selbstbestimmung und parallel dazu die Heterogenität der Gesellschaft enorm verstärkt hätten, könne die Masse als Faktor in den Schaltkreis des Kunsterlebens integriert werden,[593] ohne daß das zu Lasten der individuellen Freiheit ginge.[594]

Auch die musikwissenschaftlichen Analysen finden hier ihre Begründung: Während die übrigen Stilrichtungen – so die Ergebnisse des Exkurses – Inhal-

---

[593] Eine weitere interessante Belegstelle für Goetz' Verhältnis zum Begriff der Masse findet sich in *Rave*: „Und ob die politische und ästhetisch-politische Publizistik, wenn sie von der von ihr sogenannten ‚Masse' spricht, nicht in Wirklichkeit eine viel kleinere Menge von Menschen, nämlich eigentlich eine ‚Rotte' oder ‚Horde' meint? Daß beim Zusammensein von wirklich SEHR vielen Menschen wahrscheinlich das sich gegenseitig Zivilisierende und Lähmende so dominant wird, daß Handlungsunfähigkeit eintritt. Daß eine sogenannte ‚Masse' wahrscheinlich noch nie ein einziges Verbrechen verübt hat. Daß die ungebrochene Faszination dieses für eine Ansammlung oder Versammlung von Menschen doch eigentlich sehr ungeeigneten Begriffs ‚Masse' natürlich eine faschistische Faszination ist, und daß es einen deshalb zurecht vor diesem Begriff irgendwie ekelt, vor seiner politischen Instrumentalisierung. Daß die Karriere dieses Begriffs, sein Erfolg nicht denkbar wäre, wenn er entgegen seiner kritischen Aura nicht in Wirklichkeit ein Deckbegriff im Dienste der Entschuldigung individueller Verbrechen und individueller Schuld wäre. Daß die immense Realität der gleichzeitigen Anwesenheit sehr vieler Menschen voreinander, auch eben durch die sich exponentiell aneinander steigernde Austauschung geistiger Kräfte so vieler einzelner Menschen über ihre Blicke, eine immense IDEALITÄT hervorruft. Gefährlich genug. Aber weil immer so getan wird, als wäre es anders: eine Idee allein, ohne Tat, kann nicht Mörder sein, nie. Daß aus all diesen Gründen, wenn eigentlich davon geredet werden soll, daß SEHR VIELE MENSCHEN zusammengekommen sind, die Abstraktion auf diesen, der Welt der Physik entlehnten Begriff der sogenannten ‚Masse' ein absolut widerwärtiger, hohler und verblödeter Stumpfsinn ist" (Rv 172f.).

[594] Auch der poptheoretische Ansatz von Gabriele Klein fußt auf der Voraussetzung, daß das Pop-Erleben keineswegs an die willentliche und gesuchte Unterscheidung vom Kollektiv geknüpft ist. Klein rekonstruiert in einem ihrer Kapitel die lange Debatte um Masse und Massenkultur und beleuchtet dabei insbesondere Autoren wie Benjamin, Kracauer oder Canetti, für die Massenphänomene Anschauungsmaterial für antihierarchische Strukturen bzw. für entsprechende kulturelle Leistungen darstellten (Klein 2004, 80-120).

te, Geschichten, identifizierbare Gefühle oder auch deren Negation transportieren, um die Grenzziehung des Einzelnen zu befördern, ja zu vervielfältigen, integriert Techno alle isolierbaren Impulse in die vielbeschworene Wechselbewegung mit dem Dreidimensionalen, mit dem Pol der Passivität und der dezentrierten Wahrnehmung. Als konstitutiv erwies sich die Tendenz, den Sprung auf die jeweils andere Seite zu vollziehen bzw. zu erleben und somit Kommunikation zu ermöglichen – Kommunikation zwischen DJ und Tänzern, gegenwärtiger Platte und musikalischer Umgebung, linearen und räumlichen Komponenten und zwischen Körper und Bewußtsein. Das korrespondiert mit eben dem Konzept einer dialogisch-offenen Darstellung, das hier im Rekurs auf Luhmann und seine Rezeption durch Goetz rekonstruiert wurde. Im dritten Teil dieser Arbeit ist zu erörtern, inwiefern sich Bernhards und Goetz' Theatersprache von dieser Ästhetik her begreifen läßt.

3 THEATER

Aus den obigen Betrachtungen geht hervor, daß das Theater für die Realisation der technoiden Repräsentation geradezu prädestiniert ist. Wenn diese auf einer kommunikativen Wechselbeziehung zwischen Darstellendem und Dargestelltem beruhen soll, auf einem Dialog zwischen bildlichen und verbalen Aspekten, der sich u.a. im wechselnden Gewicht der sprachlichen Kontrolle manifestiert, dann bildet die Bühne das ideale Medium. Hier trifft die Sprache auf eine zusätzliche Dimension der Gestaltung – die der visuell-auditiven Wahrnehmungen. Insofern ist bei den Theatertexten v.a. darauf zu achten, wie sich Wort und Sinnenwelt im einzelnen zueinander verhalten und welche Wirkungen sie jeweils auf der anderen Seite hervorrufen.

3.1 Thomas Bernhard

In Bernhards Stücken begegnen bereits auf der Ebene des Figurenbewußtseins Phänomene, die mit der Balance von Sprache und Wahrnehmung zu tun haben: Eine ganze Reihe von Charakteren klagt über das Nachlassen ihrer Sinne, insbesondere ihres Augenlichts. Das Motiv der Blindheit kommt im Dramenwerk ungleich häufiger vor als in der Prosa – man muß sich auch unabhängig vom Horizont dieser Arbeit fragen, weshalb dem so ist bzw. ob man hier nicht einen Schlüssel zu Bernhards Dramaturgie in Händen hält.[595]

---

[595] Umso weniger ist zu verstehen, weshalb die Forschung dieses Motiv bislang eher links liegen gelassen, jedenfalls nicht als Spezifikum von Bernhards Dramenpoetik thematisiert hat. Kurze Bemerkungen und Einschübe finden sich bei Gamper 1977, 107, Winkler 1989, 42, Klug 1991, 244-247 (bezogen auf *Der Ignorant und der Wahnsinnige*), 273, Meyer-Arlt 1997, 74. In den bislang vorgelegten Studien zur Bedeutung der Krankheit bei Bernhard wird die Blindheit entweder gar nicht oder allenfalls am Rande erwähnt (Kohlhage 1987, Cho 1995, Fuest 2000, ebensowenig in den betreffenden Kapiteln bei Höller 1993, 128-134, Kaufer 1999, 29-56, Link 2000, 103-107). Eine Abhandlung über die Sehschwäche in Bernhards Werk im Verhältnis zu den übrigen Gebrechen wäre vermutlich eine lohnende Aufgabe. Ich gehe im folgenden, um mit dem Meister zu sprechen, quasi in die „Gegenrichtung" zur bisherigen Sekundärliteratur und klammere die anderen Krankheiten weitgehend aus – und zwar deshalb, weil die Blindheit m.E. stärker als diese mit den Sprachprozessen der Stücke verflochten ist.

Ähnlich bedeutsam erscheint die ebenfalls allgegenwärtige Theatermetaphorik, denn an ihr läßt sich beobachten, wie Sprache als Mittel der Machtausübung eingesetzt wird und welchen Verlauf die Kontrollversuche nehmen.

Der Aufbau des Kapitels sieht daher folgendermaßen aus: In den ersten beiden Teilen geht es um die Themen der Blindheit und des (Binnen-)Theaters, im dritten um die Verbindung zu Wittgenstein und um das Problem der theatralen Darstellung. Zum Verfahren sei angemerkt, daß die Stücke gleichsam als eine übergreifende Einheit behandelt werden;[596] da sie sowohl von der Sprache als auch von den verwendeten Bild- und Handlungselementen her reich an Überschneidungen, ja an Stereotypen sind, beraubte man sich wichtiger Deutungsmöglichkeiten, wenn man sie jeweils nur für sich unter die Lupe nähme.

3.1.1 Blindheit

In nicht weniger als zehn der achtzehn abendfüllenden Dramen des Autors treten Figuren auf, deren Gesichtssinn im Schwinden begriffen oder beinahe schon verloren ist.[597] Bekanntlich läßt sich das Personal dieser Theaterstücke in einige immer wiederkehrende Rollentypen einteilen;[598] die Sorge um die

---

[596] In dieser Weise verfährt auch Dronske 1999, mit der Begründung, daß die Sprache der „einzige Held" in Bernhards Dramen sei und „unabhängig vom jeweiligen Sprecher stets sich gleich bleibe[...]" (115). – Pfabigan 1999 bezeichnet diese weitverbreitete Art der Lektüre (die auch auf Bernhards Prosa angewandt wird) kritisch als „Ein-Buch-These" (18f.); sein Gegenvorschlag, von einem „Gesamttext" auszugehen und diesen als ein widerspruchsvolles Ganzes zu behandeln (31ff.), behält aber den integrativen Blick bei. – Bernhard konterte übrigens in einem Interview die Frage, ob sich seine Stücke nicht alle etwas ähnlich seien, mit den Worten: „Das ist wahrscheinlich ganz richtig. Weil die Prosa ja auch so ist" (Interview im *Spiegel* vom 23.06.1980, 172 =Böhm/Karasek 1980).

[597] Bernhard litt zeitweise selbst am grünen Star und wurde 1978 – im Entstehungsjahr von *Immanuel Kant* – im Krankenhaus Wels daran operiert (vgl. Hoell 2000b, 154); er gestand im *Spiegel*-Interview (23.6.1980, 178), akute Angst vor dem Erblinden gehabt zu haben.

[598] Meyer-Arlt 1997 spricht von einer „baukastengleichen Verwendung des dramatischen Personals" (73). Damerau 1996 erinnert angesichts der Typisierung der Figuren an die Tradition des Barocktheaters (293-301); er unterscheidet in Bernhards Dramen zwischen „Autoritären", „irritierenden Gegenspielern", „Staatsamtsinhabern und Angehörigen" sowie „Unterwürfigen". Die Einteilung bei Huntemann 1990 ist eher an handlungsfunktionalen Kriterien ausgerichtet: Bernhard habe zum einen Monologstücke, zum anderen Dramen mit Dreieckskonstellationen geschrieben (118ff., vgl. Sorg 1992, 154); die Figuren entsprächen dabei entweder dem Typus des Protagonisten, des Teilhabers oder des Antagonisten (150ff.). Ähnlich auch Jang 1993, 104ff. (die „Antagonist" durch „Reflektor" ersetzt), Mit-

Sehkraft bleibt aber nicht auf die eine oder andere Gruppe beschränkt, sondern zieht sich durch alle Kategorien:
1. Intellektuelle: Immanuel Kant macht im gleichnamigen Stück eine Schiffsreise nach Amerika, um sich an der Iris operieren, d.h. seinen Grünen Star heilen zu lassen (IK 259, 282, 301, 334 etc.), auch der Weltverbesserer leidet an Augenschwäche (Wv 143), und Voss/Ludwig behauptet von sich, rasch zu erblinden (RDV 146).
2. Schauspieler: Robert aus *Der Schein trügt* ist „auf beiden Augen blind" (St 457),[599] und auch der alte Mime aus *Einfach kompliziert* kann nicht mehr erkennen, ob die Wände in seinem Zimmer rissig oder ausgemalt sind (Ek 261).
3. Nebenfiguren und/oder Schweigende: in *Die Jagdgesellschaft* hat die Prinzessin ein „Augenleiden" (JG 188), die Tochter des Wirts in *Der Theatermacher* ist am Grünen Star erkrankt (Tm 72), in *Der Ignorant und der Wahnsinnige* ist der Vater „fast blind" (IW 83), und in *Die Macht der Gewohnheit* verliert der Dompteur allmählich seine Sehkraft und will daher in *Augs*burg[600] zum Augenarzt gehen (MG 296).
4. Regisseure/Spielleiter: Bei diesem Typus sind nur gewisse leichte Anzeichen zu registrieren. Zirkusdirektor Caribaldi überwacht die Handlungen seiner Truppe zwar penibel, in den Regieanweisungen wird aber vermerkt, daß er mehrfach hereinkomme oder ihre Position verändernde Personen übersieht (MG 308f., 316); im Anschluß an den ersten Fall redet er darüber, wie er die Zuschauer während der Aufführung wahrnimmt, und formuliert vieldeutig: „ich sehe nichts / das ist wahr / aber ich rieche / wo ich bin" (MG 309f.). „Theatermacher" Bruscon entgeht ebenfalls zweimal der Eintritt einer Figur (Tm 60f., 102f.), was jeweils Anlaß zur Beunruhigung ist;

---

termayer 1995b, 139. – Ich orientiere mich bei meiner Rubrizierung stärker an den pragmatischen Vorgaben der Texte, insbesondere mit Blick auf den Themenkomplex des Binnentheaters.

[599] Die betreffende Passage lautet wie folgt: „Die englische Unterhaltung mit dem Trafikanten / tut mir gut / auf beiden Augen blind / das stärkt die Sinne" (St 457). Der Bezug der Aussage ist hier zwar nicht eindeutig, wohl aber beim einige Zeilen weiter oben befindlichen Satz „Die Krankheit macht hellhörig" (St 456); insofern dürfte klar sein, daß Robert hier von sich selbst redet.

[600] Zu Bernhards Spiel mit dem Ortsnamen Augsburg im Gesamtwerk vgl. Damerau 1996, 138.

er bekennt in der zweiten Situation, Blindheit noch mehr als Taubheit zu fürchten (Tm 102).
5. Machthaber/Reiche: in *Die Jagdgesellschaft* laboriert der General am Grauen Star (z.B. JG 185) und blickt deswegen „wie durch einen Schleier" (JG 213). Der Großindustrielle Herrenstein aus *Elisabeth II* kann ebenfalls fast nichts mehr sehen (El 281, 283 etc.).

Außerdem tauchen noch bei einigen anderen Figuren Aspekte auf, die mit dem Motiv der Blindheit zusammenhängen: Die Schauspielerin Dene spielt die Rolle einer Blinden (RDV 128, 159, 194), in *Heldenplatz* wirft Anna Professor Robert vor, ihm sei – anders als seinem Bruder Josef, der Selbstmord begangen hat – „Hören und Sehen vergangen" (HP 82f.), Vera warnt ihre Schwester Clara, sie werde sich die Augen verderben (VR 46), und in *Der Schein trügt* ist nicht nur Robert, sondern auch sein Bruder Karl von der Insuffizienz betroffen – er braucht zum Nägelschneiden eine Lesebrille und spricht von „nachlassender Sehschärfe" (St 395) –, ja sogar der Kanarienvogel Maggi, bei dem die verstorbene Mathilde entdeckt haben soll, daß er auf einem Auge blind sei (St 421f., 442).

Vom bewußten Motiv führen Spuren zu zahlreichen anderen Topoi in Bernhards Stücken. Beispielsweise heißt es von etlichen Figuren, sie hätten schon „alles gesehen"; das gilt für die Königin (IW 115),[601] für Ritter (RDV 133, 150, vgl. auch 173f.), für den Admiral (IK 326), die Mutter aus *Am Ziel* (AZ 313), in leicht variierter oder impliziter Form auch für Herrenstein (El 301), für Frau Meister (ÜG 195) und für den Weltverbesserer nebst Ehefrau (Wv 137). Bei einigen paart sich dies mit deutlichen Anzeichen von Überdruß, insbesondere bei der Königin und bei Herrenstein. Andere Gestalten *sehen* hingegen angeblich alles bzw. beobachten alles. Von der Wachsamkeit des Professors Josef Schuster war bereits die Rede; obwohl Annas Bemerkung über den Verstorbenen natürlich in der Vergangenheitsform steht (HP 69), hat sie eben nicht den perfektivischen Sinn des „alles gesehen". Weitere aufmerksame Beobachter sind der Schriftsteller aus *Die Jagdgesellschaft* (JG 224) sowie Ritter und Ludwig/Voss (RDV 145, 147).[602]

---

[601] Vgl. Meyer-Arlt 1997, die diese Redewendung – auf die Gestalt der Königin bezogen – mit der posthistorischen Grundbedingung des „Alles ist schon gesagt" in Verbindung bringt (135).

[602] Zum Teil wird diese Fähigkeit paradoxerweise Figuren bescheinigt, die an Sehschwäche leiden, z.B. Caribaldi (MG 296, 299), Kant (IK 302) oder – eher als dessen Wunschvorstellung – dem General (JG 187f.). Kant behauptet von seinem Diener Ernst Ludwig, er habe die „besten Augen", freilich mit der Einschränkung, daß er trotzdem nicht in der Lage sei,

Mit dem Komplex von Sehen und Blindheit korrespondiert noch ein weiteres Metaphernfeld – das trübe Wetter und die Finsternis. Evident wird die Verbindung zur Sehschwäche v.a. in *Elisabeth II*: Hier fragt der erblindende Herrenstein ständig seinen Diener Richard, ob es wirklich ein klarer Tag sei, wie er sage, da er doch selber nur Trübheit vor Augen habe (EI 283, 297, 300, 310, 320f.). Indem Bernhard derart nachdrücklich darauf insistiert, daß sich die Wahrnehmung quasi ihr eigenes Wetter schafft, gibt er indirekt eine Antwort darauf, weshalb auch in anderen Dramen allerhand meteorologische Merkwürdigkeiten vorkommen: In *Die Jagdgesellschaft* bezeichnet der Schriftsteller die Witterung als „kalt und klar", direkt nachdem die Generalin sagt, es schneie ununterbrochen (JG 176),[603] Kant findet das Meer „trüb" (IK 286), obwohl ihn eben erst die Sonne geblendet hat (IK 281), und in *Die Berühmten* freut sich der Bassist über den strahlenden Tag, während die Diener schon ein Gewitter aufziehen sehen (Ber 163). Angesichts der widersprüchlichen Informationen hat man den Eindruck, als komme das Wetter hier als Indikator des Inneren, d.h. der Wahrnehmung gewisser Figuren ins Spiel, teilweise auch bei solchen, wo ansonsten nichts über nachlassende Augenschärfe zu erfahren ist.

Mit dem Motiv der Finsternis hat es eine ähnliche Bewandtnis. Ein gutes Beispiel ist hier das Zweipersonenstück *Der Schein trügt,* das von einem alten Brüderpaar handelt.[604] Der erste Akt spielt im Haus des Artisten Karl, der zweite beim Schauspieler Robert; in beiden Fällen ist der Gastgeber zunächst allein, bevor der Bruder hinzustößt. Im Unterschied zu Karl verstrickt sich Robert dabei in einen Monolog, in dem er die Reden seines Bruders zitiert und allmählich völlig in dessen Rolle hereingerät – just dabei wird es finster (St 446). Nachdem er die Lampe angeschaltet hat, kehrt seine Sprache wieder in seine eigene Perspektive zurück, und der Bruder erscheint. Die Merkwürdigkeit wird auf die Spitze getrieben, wenn Robert später gesteht, auf beiden Augen blind zu sein (St 456f., s.o.).

---

etwas zu sehen (IK 282). Bei den Dienstboten nimmt die Tatsache, daß sie viel sehen oder gesehen haben, gelegentlich den Charakter einer Bedrohung an, latent bei Johanna aus *Ein Fest für Boris* (FB 26), explizit bei der taubstummen Gehilfin aus *Vor dem Ruhestand* (VR 18f.).

[603] Vgl. Klug 1991, der dabei anmerkt, Klarheit und Kälte seien „in Bernhards Zeichensystem stereotyp assoziierte Befindlichkeiten, die keiner meteorologischen Beglaubigung bedürfen" (263).

[604] Zu *Der Schein trügt:* Seydel 1986, 126f., Damerau 1996, 377-380, Oberreiter 1999, 296-305.

Auch in *Der Ignorant und der Wahnsinnige* kommt es zu einer Verfinsterung. Während in *Der Schein trügt* Roberts Identität temporär in der seines Bruders aufgeht, ist in diesem Stück zu verfolgen, wie die Opernsängerin, im Personenverzeichnis nur als „Königin" aufgeführt, Schritt für Schritt ihr ganzes Selbstbewußtsein einbüßt. Als sie mit ihrem Vater im Restaurant „Bei den Drei Husaren" speist, erkundigt sich der ebenfalls anwesende Doktor, ob sie nicht manchmal Versagensängste habe, wenn sie die Bühne betrete (IW 145f.) – eine perfide Frage, da er weiß, wie labil sie ist (IW 99) und wie mühsam sie zu Beginn der Karriere ihre Nervosität bekämpfen mußte (IW 108). Tatsächlich läßt sich die Königin während des Beisammenseins mehr und mehr auf den Gedanken ein. Sie malt sich aus, wie sie bei einer Aufführung einen Skandal entfacht, versendet Telegramme, in denen sie Vorstellungen absagt, und während sie in immer kürzeren Abständen Hustenanfälle bekommt, verfinstert sich der Raum bis zur völligen Schwärze (IW 168f.). Bernhard war dieses Detail so wichtig, daß er und sein Regisseur Claus Peymann vor der Uraufführung einen Streit mit der Salzburger Festspieldirektion ausfochten, um die Erlaubnis für eine vollständige Verdunklung zu erhalten.[605]

Eben dieses Moment griff der Autor in *Der Theatermacher* wieder auf. Der Wandertheater-Direktor Bruscon, in einem kleinen Dorf namens Utzbach zu Gast, will im dortigen Wirtshaus sein Monumentalwerk „Das Rad der Geschichte" aufführen. Während der Vorbereitungen setzt er alle Hebel in Bewegung, damit ihm die Feuerwehr gestattet, am Ende auch das Notlicht auszuschalten. Schließlich wird ihm die Genehmigung erteilt (Tm 105). Unterdessen breitet sich aber eine andere Art der Finsternis aus: Als sich die Familientruppe für den bevorstehenden Auftritt präpariert, wird der Chef von ähnlichen Selbstzweifeln befallen wie die Königin; er fragt sich, ob er und sein Drama nicht größenwahnsinnig seien (Tm 115), und in eben dieser Situation braut sich ein Gewitter zusammen. Es beginnt zu donnern, in den Pfarrhof schlägt der Blitz ein, und die Leute verlassen den Saal, um das brennende Gebäude, d.h. das noch größere Spektakel sehen zu können.[606]

---

[605] Das Abschalten der Notbeleuchtung wurde nur in der Generalprobe gestattet. Nachdem bei der Uraufführung am 29.7.1972 die Lichter angeblieben waren und Peymanns Forderung, die Verdunklung ab der zweiten Aufführung konsequent umzusetzen, nicht stattgegeben worden war, zogen der Regisseur und der Autor das Stück vom Spielplan zurück (vgl. Honegger 2003, 174f.).

[606] Eine weitere Merkwürdigkeit im Zusammenhang mit dem Finsternis-Motiv findet sich in *Die Jagdgesellschaft*: Der Schriftsteller und die Generalin behaupten beide, im Wald trete die

In allen drei Fällen geht die Verdüsterung mit dem Identitätszerfall seitens einer zentralen Figur einher. Man kann daraus schließen, daß die Dunkelheit in Bernhards Dramen nicht primär handlungslogisch motiviert ist, sondern eine Chiffre bildet, deren Einsatz bei bestimmten Erlebnissen einzelner Charaktere erfolgt.

Ebenso wie die Finsternis ist auch das Nachlassen der Sehkraft als zeichenhafter, mit der inneren Dynamik des jeweiligen Stücks verklammerter Aspekt zu begreifen. In der Tat leidet keine der Figuren an einer vollständigen und immerwährenden Blindheit, sondern eher an einer Augenschwäche, die von der gegebenen Situation abhängt.[607] In *Immanuel Kant* wird angedeutet, worin die Ursache für das schwindende Sehvermögen des Protagonisten liegt – in der Überanstrengung der Augen und der daraus resultierenden Verengung der Pupillen (IK 260, auch 330). Dabei handelt es sich keineswegs um eine Banalität; das beweist eine vergleichbare Passage aus *Der Weltverbesserer:* „Meine Pupillen schmerzen", jammert der Verfasser des Traktats, als seine Frau ein Fenster öffnet, „Du weißt / wie mich alles blendet / was von außen kommt" (Wv 152); er hasse die frische Luft und die Natur, da sein Kopf keine Belästigung vertrage (ebd.).[608] Wenn er andernorts klagt, ihn schmerzten jeden Tag „ab vier Uhr" die Pupillen (Wv 143),[609] so wird vollends ersichtlich, daß man

---

Finsternis abends „abrupt" ein, während sie am Morgen langsam entweiche; das werde sich nach der Rodung der Bäume ändern (JG 183f., 190f.). Gewöhnliche Waldbesucher dürften diesen Befund kaum bestätigen. Es hat eher den Anschein, als spiegele sich darin das Wort vom „Abreißen der Komödie", womit der General später seinen Selbstmord ankündigt (JG 240).

[607] Ansonsten wäre kaum zu erklären, warum sich die Fraktionen der Blinden und der Beobachter teilweise überschneiden und warum Robert, der Weltverbesserer oder auch Voss/Ludwig immer wieder Dinge tun, die ohne halbwegs funktionstüchtige Augen unmöglich wären. Als Beispiel mögen etwa die langen Sequenzen dienen, in denen sich der Weltverbesserer mit der richtigen Kleidung (Wv 144ff.) und der richtigen Anordnung des Mobiliars (Wv 162f., 168f.) für den Empfang beschäftigt.

[608] Allgemein zu *Der Weltverbesserer:* Sorg 1983, Seydel 1986, 114-126.

[609] Auch dem Gerichtspräsidenten Höller tut „ab drei Uhr nachmittags [...] alles weh" (VR 76). Obwohl an dieser Stelle nicht explizit von den Augen die Rede ist, scheinen (angesichts einer anderen Passage) gerade diese besonders betroffen zu sein. Als der ehemalige SS-Offizier aus dem Fenster schaut und sagt, er liebe diesen Blick, entgegnet seine Schwester Clara: „Aber du siehst doch gar nichts", und Rudolf antwortet: „Jetzt nicht / aber das ändert nichts daran daß dieser Blick / mein Lieblingsblick ist" (VR 59). Vordergründig betrachtet ist es der Nebel vor dem Fenster, der seinen Ausblick beeinträchtigt; bedenkt man aber die motivischen Verknüpfungen zwischen Nebel, Sehschwäche und Finsternis, so läßt sich das

es hier mit keiner gewöhnlichen Blindheit zu tun hat – offenbar ist um diese Zeit einfach seine Aufnahmebereitschaft erschöpft. Das Nachlassen des Gesichtssinns beruht demnach zumindest in seinem Fall auf einer hochgesteigerten Empfindlichkeit, auf einem hypersensiblen Weltverhältnis.

Wie soll man das Motiv nun interpretieren? Den entscheidenden Hinweis liefert wiederum der Weltverbesserer, und zwar mit seiner Behauptung: „Die Erfindung des elektrischen Lichts / ist das Unglück" (Wv 167) – insofern bedeutsam, als er kurz darauf der Delegation von der Universität erklärt: „Ich vertrage das Tageslicht / nicht mehr / Die Zeit in welcher ich / vollkommen schmerzunempfindlich / Licht habe empfangen können ist vorbei. Die Ohren sausen mir / die Augen flimmern mir […] Der kranke Körper / zieht einen kranken Geist nach sich" (Wv 183). Auch wenn sich die beiden Stellen nicht in direkter Nachbarschaft befinden, läßt sich kaum bestreiten, daß sie einander wechselseitig erhellen. Die Erfindung des elektrischen Lichts wäre demzufolge insofern ein Unglück, als sie die natürlichen Beobachtungsmöglichkeiten verlängert und in gewissem Sinne auch verbessert habe; damit verfügte man auch über eine Erklärung für die spezielle Form der Blindheit, wie sie beim Weltverbesserer vorliegt, für die Überbeanspruchung des Auges.

Vor allen Dingen läßt sich daran erkennen, wie diese Überlegungen mit den Ergebnissen des ersten Kapitels zusammengebracht werden können: Was hier als Zusammenhang zwischen Sehschwäche und Elektrizität erscheint, erinnert an Muraus Äußerungen zum „Unglück" der Fotografie – auch darin geht es um künstliche Hilfsmittel für das Sehen, die eine Erkrankung des Geistes zur Folge haben sollen (vgl. 1.1.2, 1.1.4). Ist die Blindheit also ein Symptom für den vergegenständlichenden und entwirklichten Objektbezug, der als zentrales Thema in Bernhards Schreiben ermittelt wurde?

In *Immanuel Kant*[610] ist das in Abschnitt 1.1 erörterte Verhältnis von Sprache und wahrnehmbarer Wirklichkeit ebenfalls ein virulentes Problem. Wenn Kant eine Schiffsreise unternimmt, um sich am Auge operieren zu lassen,[611] so

---

als weiteres Argument dafür werten, daß auch die Figur des Rudolf dem Bedeutungskontext der Blindheit zuzurechnen ist.

[610] Zu *Immanuel Kant* vgl. Schings 1983, Seydel 1986, 104-114, Schößler/Villinger 2002.

[611] Schößler/Villinger 2002 machen darauf aufmerksam, daß Bernhard mit diesem Motiv eine „paradigmatische Szene der Aufklärung" aufruft; das Star-Stechen wurde damals als sinnfälliger Triumph der Wissenschaft über die „Blindheit der Natur" gefeiert (113f.). Die beiden Autorinnen integrieren diese Beobachtung in ihre Lektüre von *Immanuel Kant* als Parodie auf Kants Schrift *Zum ewigen Frieden*.

steht dabei nicht nur sein Sehvermögen,[612] sondern auch sein Denken auf dem Spiel, da dieses von jenem abhänge: „Wo beinahe nichts ist als Schatten / hat die Vernunft keinerlei Begründung", doziert er an einer Stelle (IK 337), ähnlich auch schon zuvor: „ohne Augenlicht / ist auch mein Kopf verloren / treibt dahin" (IK 285f.). Oder drittens:

> Bevor die Verfinsterung vollkommen eintritt
> zur Strafe ein paar Aufhellungen für die Leute
> Verhexungen
> Geistesvollstreckungen
> Meine Methode ist die totale Methode wissen Sie
> Die Angst das Augenlicht zu verlieren
> hat mir die Augen geöffnet
> Es ist nichts als ein Wettlauf mit dem schwindenden Augenlicht (IK 333f.).

Ehe Kant völlig erblindet, will er noch ein paar „Verhexungen" vollbringen. Die Forschung hat das mit Recht als Anspielung auf Wittgenstein bewertet[613] – in den *Philosophischen Untersuchungen* wird die Philosophie als „Kampf gegen die Verhexung unseres Verstandes mit den Mitteln unserer Sprache" bestimmt (PU 109). Die Titelfigur scheint also bloß noch zu einem metaphysischen Philosophieren in der Lage zu sein. Eine andere Passage vermittelt den Eindruck, als sei es eben diese Geistespraxis, was die Erblindung vorantreibe: „Ich sehe nichts", sagt Kant zu der mitreisenden Millionärin, „Wissen Sie ich habe den Grünen Star / ich sehe nichts / beinahe nichts mehr / ein paar grundlegende Sätze vielleicht / dann herrscht Finsternis" (IK 306f.). Wenn man reflektiert, welch enge Beziehung Kant in den ersten beiden Zitaten zwischen Sehen und Denken herstellt, dann kann man dies durchaus in dem Sinne verstehen, daß die Reste seiner visuellen Wahrnehmung von seinen Gedanken getilgt werden.[614]

Beim Weltverbesserer wird also das elektrische Licht, bei Kant hingegen das metaphysische Denken als Ursache für das schwindende Augenlicht ange-

---

[612] Kants Angst vor dem Erblinden ist übrigens biographisch belegt – allgemein verrät Bernhards Umgang mit der Kant-Figur genaue Kenntnisse über die Vita des Philosophen (dazu bereits Schings 1983, 432-445).

[613] Klug 1991, 161f.

[614] Aspetsberger 2001 formuliert treffend: „Es geht [...] um den Verzicht auf die Wirklichkeit zu dem Zweck, einen ‚Imperativ' über sie zu gewinnen" (239) – dabei beruft er sich auf Kants Satz, das Glaukom habe ihm die Augen geöffnet (IK 333). – Der intertextuelle Griff bzw. die Wahl von Kant als Dramenfigur wirkt so besehen äußerst pikant; schließlich basiert die Wirkungsmächtigkeit der Kantischen Transzendentalphilosophie nicht zuletzt darauf, daß Vernunft und Sinnlichkeit darin als zwei getrennte Erkenntnisstämme behandelt werden.

führt – jeweils Phänomene, die sich mit dem in 1.1 erläuterten „künstlichen" Weltverhältnis parallelisieren lassen (vgl. auch 2.1.4.2). Damit hätte man bereits den Ansatz zu einer Erklärung, weshalb die einzelnen Figuren immer nur phasenweise bzw. situationsbedingt mit Blindheit geschlagen werden: Es wäre denkbar, daß es sich dabei um Reaktionen auf die für Bernhard charakteristische zyklische Selbstermächtigung der Sprache handelt. Die (sichtbare) Wirklichkeit verschwände demnach hinter den sich steigernden verbalen Setzungen – bei den sich verfinsternden Szenen auch für das Publikum. Diese Annahme soll im folgenden genauer überprüft werden. Um das Machtspiel auch von der Seite der Sprache her ins Auge fassen zu können, gilt es nun die Rolle der Theatermetaphorik in den Stücken zu untersuchen.

3.1.2 Theater-Verhältnisse

Bei Bernhard finden sich wie in der Prosa auch in den Dramen unzählige Textbelege, in denen aus dem Theater stammende Kategorien zur Beschreibung von Situationen oder interpersonalen Verhältnissen herangezogen werden. Die Bedeutung dieses Bildbereichs beschränkt sich nicht auf einzelne metaphorische Anwendungen, sondern beginnt bereits auf der Inhaltsebene – eine Vielzahl von Figuren hat beruflich oder in sonstiger Form mit dem Theater zu tun.

1. Schauspieler: in *Ritter, Dene, Voss* (Ritter und Dene spielen beide am Theater in der Josefstadt, vgl. RDV 136), *Minetti* (die Titelfigur), *Der Theatermacher* (die gesamte Familie Bruscon), *Der Schein trügt* (Robert), *Einfach kompliziert* (der alte Schauspieler), *Der Präsident* (Fräulein Gerstner) sowie in *Die Berühmten* (zwei Gäste des Bassisten). Nimmt man Sänger, Artisten oder gelegentlich auftretende Dilettanten hinzu, so wären weiter zu nennen: die Königin (*Der Ignorant und der Wahnsinnige*), der Prinz und die Prinzessin aus *Die Jagdgesellschaft* (spielen im Weihnachtsspiel der Generalin mit, JG 234), Herrenstein aus *Elisabeth II* (wollte Schauspieler werden, EI 290f.), die Tochter aus *Am Ziel* (eine verhinderte Opernsängerin, AZ 350), die Zirkustruppe aus *Die Macht der Gewohnheit*, der Artist Karl *(Der Schein trügt)*, die Schusters aus *Heldenplatz* (haben als Kinder Theater gespielt, vgl. HP 95; außerdem war Hedwigs Mutter Berufsschauspielerin, ebenso das mit Lukas befreundete Fräulein Niederreiter, vgl. HP 15, 123f.), die Präsidentin (spielt im Weihnachtsspiel des Kaplans die Hauptrolle, Pr

26) sowie der Bassist, der Tenor und die Sopranistin aus *Die Berühmten*. Zudem wird bei einigen Figuren das Auftreten oder die Aussprache gelobt, so z.B. bei Herrensteins Diener Richard (El 291), bei Johanna in *Ein Fest für Boris* (FB 17) oder – in grotesker Ausprägung – bei Kants Papagei Friedrich (IK 327f.).

2. Schriftsteller: im Personenverzeichnis von *Die Jagdgesellschaft* und *Am Ziel* wird jeweils eine Rolle lapidar als „Schriftsteller" bzw. als „ein *dramatischer* Schriftsteller" (AZ) aufgeführt; auch in der Rede der übrigen Figuren ist nichts über einen Eigennamen zu erfahren. Im erstgenannten Stück sind nach der Aussage des Generals auch alle anderen Charaktere Schreiber (JG 235) – er selbst arbeitet an seinen Memoiren, von seiner Frau stammt das bereits erwähnte Weihnachtsspiel, und der Prinz beschäftigt sich mit Gedichten. Ein weiterer Schriftsteller tritt in *Über allen Gipfeln ist Ruh* auf – der Romancier Moritz Meister, der im Gegensatz zu seinen Kollegen in Bernhards Dramen noch kein Bühnenstück verfaßt hat, aber von seinem Verleger dazu ermuntert wird (ÜG 277). Hinzuzurechnen wären außerdem Bruscon (als Autor der „Weltkomödie"), die Frau des Weltverbesserers, die Dramolette schreibt (Wv 124f.), Herrenstein (bei ihm erschöpft sich die Hinterlassenschaft freilich in einem Jugendwerk, vgl. El 341f.), sein Diener Richard (hat früher gedichtet, El 313) sowie dessen Freund Schuppich, Verfasser eines Buches, in dem Herrenstein „auf gemeine Weise vorkommt" (El 328, vgl. 344f.).[615]

3. Regisseure / Direktoren kommen vor in *Der Theatermacher* (Bruscon), *Die Macht der Gewohnheit* (Caribaldi) sowie in *Die Berühmten* („Der Regisseur"; außerdem heißt es vom Bassisten, er sei zu intelligent für die Schauspielerei und gehöre daher eher ins Lager der Regisseure, Ber 179). In *Minetti* drehen sich die Reden des Schauspielers ständig um den Direktor des Flensburger Theaters, auf den er vergebens wartet.

---

[615] Dieses Motiv – die literarische Verarbeitung einer Figur durch eine andere – spielt im Zusammenhang mit dem Schriftsteller-Typus generell eine wichtige Rolle. In *Am Ziel* mutmaßt die Mutter, sie und ihre Tochter bildeten einen „dramatischen Stoff" bzw. eine „Fundgrube" für den jungen Autor (AZ 332); sein Kollege in *Die Jagdgesellschaft* hat bereits ein Stück geschrieben, in dem sich der General wiedererkennt (JG 205-207), und er erwägt am Ende, alle im Jagdhaus Versammelten in einer Komödie auftreten zu lassen (JG 244); ähnlich liegt der Fall auch in *Ein Fest für Boris,* wo Johanna der beinlosen Guten ein Theaterstück zu lesen gibt, in dem ein beinloser Mann erscheint (FB 14) – hier wird freilich nicht erwähnt, von wem der Text stammt.

4. Theaterliebhaber gibt es u.a. in *Heldenplatz* (Hedwig und Lukas, z.B. HP 25, 151f.), in *Elisabeth II* (Richard, EI 341), in *Am Ziel* (Mutter und Tochter, AZ 313), in *Vor dem Ruhestand* (Vera, VR 41) oder in *Der Schein trügt* (Karl, St 401). Ähnlich zahlreich ist die Schar derer, die das Theater hassen, so z.B. Robert Schuster (HP 158), der General (JG 236f.), Voss/Ludwig (RDV 176), Herrenstein (EI 293), Moritz Meister (ÜG 209), der verstorbene Ehemann der Frau aus *Am Ziel* (AZ 303) usw.

Weshalb diese Häufung? Die Sekundärliteratur rekurriert bei dieser Frage zumeist auf den Begriff des Rituals – indem Bernhard dem Theatermotiv derart breiten Raum zumesse, unterstreiche er den Charakter der Monotonie, der ausweglosen Wiederholung, der für die Handlungs- und Figurenkonstellationen in seinen Dramen kennzeichnend sei.[616] In der Tat erweisen sich viele der dargestellten Vorgänge und Reden als eingeschliffene Gewohnheiten:[617]

---

[616] Gamper 1974, 10, Mittermayer 1995b, 135, Damerau 1996, 280f., Meyer-Arlt 1997, 72ff. (die dabei „vergangenheitsbezogenes Endzeitbewußtsein" und „zeitfernen Marionettismus" als charakteristische Zeiterfahrungen benennt, 72). Zu erwähnen ist auch Winkler 1989, der im „Warten" und im „Feiern" die beiden konstitutiven (binnentheatralen) Formmodelle in Bernhards Stücken erkennt. – Herbert Gampers Behauptung „Mit der Erwähnung von Theater in Bernhards Werk ist immer die Vorstellung des Todes verbunden; umgekehrt erscheint der Tod und erscheint das Tödliche theatralisch" (Gamper 1974, 12) wird auch heute noch gerne zitiert (u.a. Aspetsberger 2001, 214/243, Winkler 2002, 164). Dieser Aspekt spielt in meiner Deutung gleichwohl keine größere Rolle. Davon abgesehen, daß längst nicht alle Ausläufer des Binnentheaters direkte und explizite Beziehungen zum Phänomen des Todes unterhalten (gerade in den späteren Dramen), läuft man mit einer solchen Dechiffrierung schnell Gefahr, die Interpretation einseitig in Richtung Existenzproblematik zu treiben. Im Rahmen der sprachphilosophischen Lektüre kann dieser Bedeutungshorizont in dem, was hier im folgenden als das Andere oder die Grenze des Theaters (bzw. des Rituals, des Signifikanten) bezeichnet wird, jeweils mitverstanden werden.

[617] Die rituelle Qualität der Abläufe wird auf verschiedene Weise unterstrichen. Eine wichtige Komponente besteht darin, daß Schauplätze alter Begebenheiten erneut betreten und bespielt werden, etwa in *Der Präsident*, wo sich das Attentat an derselben Stelle ereignet wie zwanzig Jahre zuvor die Ermordung des Kanzlers (Pr 71); Minetti wartet in derselben Halle auf den Direktor, wo er einst James Ensor getroffen hat (Mi 209), der Schriftsteller und die Generalin stehen in der gleichen Position wie die Generalin mit ihrem Mann, als sie vom Schädlingsbefall des Waldes benachrichtigt wurden und wo sich zudem die Ärzte befanden, als sie der Dame den Befund des Generals mitteilten (JG 193f.). Etliche Figuren bemerken an sich oder an anderen, daß sie ihren Vorfahren immer ähnlicher werden oder gar deren Leben bewußt kopieren: Dene deckt den Tisch nach Voss/Ludwigs Geschmack, so wie es die Mutter nach den Wünschen des Vaters getan hat (RDV 140); in *Vor dem Ruhestand* meint Vera, Clara schlage immer mehr dem Vater nach (VR 44), während Rudolf seinem Onkel gleiche (VR 90), außerdem bindet sie der Dienerin den Zopf genauso wie ihr früher

Der Bassist aus *Die Berühmten* hat die Rolle des Ochs von Lerchenau 200mal gesungen (Ber 124), Caribaldi probt mit seiner Truppe seit 22 Jahren das Forellenquintett (MG 261), die Präsidentin behauptet, Tag für Tag das gleiche zu machen und von ihrem Mann das gleiche zu hören (Pr 19, 63), der alte Schauspieler aus *Einfach kompliziert* setzt sich an jedem zweiten Dienstag im Monat seine Krone auf (Ek 259) und „rekapituliert jeden Tag seine Unzurechnungsfähigkeit" (Ek 246) – es ließe sich eine Unzahl von weiteren Beispielen nennen.[618] Stellenweise erscheint das Theater explizit als Metapher für die Gleichförmigkeit des Daseins,[619] etwa in *Vor dem Ruhestand*, wo Vera das geschwisterliche Zusammenleben beschreibt:

> „Wir haben unser Theaterstück einstudiert / seit drei Jahrzehnten sind die Rollen verteilt / jeder hat seinen Part/ abstoßend und gefährlich / jeder hat sein Kostüm / wehe wenn der eine in das Kostüm des anderen schlüpft / Wann der Vorhang zugemacht wird / bestimmen wir drei zusammen / Keiner von uns hat das Recht / den Vorhang zuzuziehen wann es ihm paßt / das verstößt gegen das Gesetz" (VR 39, vgl. auch 75).

Innerhalb der Ritualanordnungen lassen sich gewisse charakteristische Beziehungsmuster erkennen, v.a. die Differenz von Macht und Ohnmacht. Vielen von Bernhards Stücken (und Prosatexten) liegen Herr/Diener-Verhältnisse zugrunde, die in ihrer drastischen Ausprägung geradezu altertümlich anmu-

---

die Mutter (VR 12) – das „Puppentheater" aus *Auslöschung* ist nicht fern. – Zu Textzusammenhängen dieser Kategorie auch Meyer-Arlt 1997, 85ff., 126ff.

[618] Wie die Forschung herausgearbeitet hat, tragen zum Eindruck des Kreisens, der ewigen Wiederkehr auch bestimmte stilistische Präferenzen bei. Schon Hans Höller akzentuiert das quantitative Gewicht der Raum- und Lagepräpositionen sowie der Substantivkomposita und kommt zum Schluß, daß hier eine „Entmächtigung des verbalen Satzteils" statthabe (Höller 1979, 64f.). Auch für Christian Klug ist „Bernhards Sprache [...] eine Nominalsprache" (Klug 1991, 115); indem der Autor Verben und Adjektive in substantivierter Form aneinander reihe, anstatt sie in einen Satz mit Subjekt und Prädikat zu integrieren, gelinge es ihm, jeweils vom konkreten Fall zu abstrahieren und das Dargestellte in einer typisierten, entindividualisierten Gestalt zu präsentieren (ebd., 117f.). Diese gehe mit einer besonderen temporalen Struktur einher: „Die Zeitvorstellung wird grammatisch reduziert auf die bloße Vor- und Nachzeitigkeit zweier, meist sich zyklisch abwechselnder Zustände (ebd., 116) – in diesem Sinne leiste die Sprache dem Ritualcharakter der jeweiligen Handlungen Vorschub.

[619] Bemerkenswert erscheint hier, daß auch das Binnentheater i.e.S. – also Feiern, Gedenk-Rituale oder Aufführungen innerhalb der Aufführung – für die dramatis personae keinen Ausweg bietet: „Die Spiel-im-Spiel-Ebene kontrastiert weder die Alltagswelt der Figuren, noch stört sie die Gleichförmigkeit des Zeitverlaufs" (Meyer-Arlt 1997, 114).

ten.[620] Die dominanten Figuren erteilen ihren Untergebenen mitunter widersprüchliche oder absurd präzise Befehle und begleiten die Ausführung mit ständigen Änderungswünschen und Beschimpfungen.[621] Dabei zeigt sich teilweise eine direkte Verbindung zum Binnentheater. Bruscon und Caribaldi wenden die besagte Methode gerade dann an, wenn sie mit ihren Darstellern Übungen machen bzw. wenn sie sich ihnen gegenüber als Regisseur betätigen – jener bei seinen Kindern (Tm 63, 78), dieser bei seiner Enkelin, die ebenfalls in der Zirkustruppe mitwirkt (u.a. MG 308).

Neben der Opposition von Macht und Ohnmacht ist auch die von Reden und Schweigen[622] zu erwähnen. Sie wird ebenfalls explizit mit dem Theatermotiv verknüpft, am deutlichsten in *Am Ziel,* wo die Mutter und die Tochter das Stück des jungen Schriftstellers gesehen haben und sich nach der Aufführung mit ihm darüber unterhalten. Wie den Worten der Mutter zu entnehmen ist, gibt es darin wie bei Bernhard Rollen mit wenig Text:[623]

> MUTTER Diese furchtbaren stummen Rollen / diese fortwährend schweigenden Charaktere / die gibt es ja auch in der Wirklichkeit / Der eine redet der andere schweigt / er hätte vielleicht vieles zu sagen / aber es ist ihm nicht erlaubt / er muß diese Überanstrengung durchhalten / Wir bürden dem Schweigenden alles auf
>
> SCHRIFTSTELLER Alles
>
> MUTTER Sie ziehen Ihren Figuren / auch eine entsetzliche Jacke an / Allen Ihren Figuren / Und sie können ihre Jacken nicht / ausziehen wie Sie / der Sie Ihre Jacke ausgezogen haben / Sie stecken alle Ihre Figuren / in entsetzliche Jacken
>
> SCHRIFTSTELLER Tatsächlich sind es Jacken / entsetzliche Jacken / in die ich meine Figuren hineinstecke / aber sie schlüpfen ja alle freiwillig hinein / es sind ja Schauspieler

---

[620] Bernhard wurde das nicht selten als Anachronismus vorgehalten. Dazu Jang 1993, 167, Jürgens 1999, 153.

[621] Herrenstein läßt einen Ohrensessel herein- und heraustragen (El 318f.), Frau Frölich und Johanna müssen Gegenstände vom Boden aufheben, soft die Präsidentin bzw. die Gute sie dort hinwerfen (Pr 11-14, FB 20), Minetti und Bruscon sind erst nach zahlreichen Korrekturen mit dem Platz einverstanden, wo man ihren Koffer abstellt (Mi 214f., Tm 50).

[622] Allgemein zu diesem Gegensatz in Bernhards Dramen: Schmidt-Dengler 1989, 121-126, Link 2000, 57-60.

[623] Mittermayer 1995b bewertet das zum einen als „ironische Anspielung" auf die schweigenden Nebenfiguren in Bernhards Dramen, zum anderen als Hinweis auf das Verhältnis zwischen Mutter und Tochter (159f.).

MUTTER Glauben Sie

SCHRIFTSTELLER Der Schauspieler wünscht sich / eine entsetzliche Jacke / je entsetzlicher die Jacke ist / die ihm der Schriftsteller verpaßt hat / desto besser / Die entsetzlichste Jacke / für den größten Schauspieler […] im letzten Moment entschlüpfen alle diese Figuren / ihrer Jacke / sie reißen sich die Jacke herunter / bevor sie ersticken (AZ 357f.).

Hier geschieht etwas Eigenartiges. Die Mutter spricht zunächst vom Unterschied zwischen textarmen und -reichen Rollen im Theater wie in der Wirklichkeit und geht dann bruchlos zur Beziehung zwischen Autor und Darsteller über. Hat das etwas zu bedeuten? Kann man daraus schließen, daß im Zusammenspiel von redenden und schweigenden Figuren das Verhältnis zwischen Schriftsteller und Schauspieler reflektiert wird,[624] in der Ausübung von Macht?[625] Dieser Verdacht erhärtet sich angesichts einer Passage aus *Ein Fest für Boris*. Die nur als „die Gute" bezeichnete „beinlose" Herrin wirft ihrer Dienerin Johanna vor, ihr Schweigen als Waffe einzusetzen:

„Und weil Sie so intelligent sind / schweigen Sie oft / Es ist Mißbrauch / alles ist Mißbrauch / Auf intelligente Weise Ihre Schweigsamkeit / die Schweigsamkeit Ihrer Intelligenz/ Ihre Intelligenz einen langen geistreichen Satz / völlig fehlerfrei auszusprechen / einen langen geistreichen / zum Beispiel mit dem Französischen zusammenhängenden Satz / völlig fehlerfrei auszusprechen / obwohl Sie diesen Satz überhaupt nicht verstehen / und obwohl Sie diesen Satz vorher / überhaupt noch niemals gehört haben / gelesen oder gehört haben / Ausländische Namen sprechen Sie / hochintelligent aus / die französischen Umstands-

---

[624] Huntemann 1990 denkt dabei eher an die Beziehung zwischen Theater/Autor und Publikum: „In den passiv-rezeptiven Nebenfiguren ist die Rolle des Zuschauers implizit thematisiert" (149).

[625] Aspetsberger 2001 zitiert diese Stelle, um darzulegen, daß das Verfahren des Schriftstellers, „seine ‚Zwangsjacke', […] dem der Mutter relativ ident" sei (228). So wie diese ihre Tochter unterjocht, das Vermögen ihres Mannes an sich gebracht und letzteren in den Tod getrieben hat, begnüge sich der Dichter damit, sich statt als Stifter von Bedeutung als „*Benenner der Wirklichkeit*" zu installieren und „sich in seinen Benennungen als Herr über sie" zu zeigen (219, vgl. 228). Aspetsberger erkennt im Schriftsteller also eine unverhohlene Neigung, das geschriebene Wort als Machtmittel zu gebrauchen; die Herrscherrolle verbindet ihn mit der Mutter, die ihre Tochter an sich bindet (deren Machtgefälle äußert sich wiederum im Redeanteil der beiden). Beide Aspekte nähren die Vermutung, wonach sich die Gegensätze von Reden und Schweigen und von Schrift und szenischer Darstellung über den gemeinsamen Nenner der Macht aufeinander projizieren lassen. – Aspetsbergers Deutung wäre freilich dahingehend zu ergänzen, daß der Machtgebrauch des Schriftstellers, wie der letzte Satz im eingerückten Zitat beweist, dem Schauspieler von vornherein einen Ausweg bietet.

wörter zum Beispiel / Sie sind eine ausgezeichnete Vorleserin / die die schwierigsten Sätze / völlig fehlerfrei aussprechen kann" (FB 17).

Der Guten zufolge verbirgt sich in Johannas Schweigsamkeit eine Form von Intelligenz, und zwar eine solche, die sich nicht im Verstehen, sondern in der Aussprache der erwähnten Sätze äußert. Wenig später fügt sie hinzu, kein Mensch habe sie jemals „mit einer so hohen Intelligenz gekämmt" wie ihre Bedienstete: „Sie sind intelligenter als Sie mir zeigen wollen / Sie zeigen mir nur Ihre oberflächliche Intelligenz / Sie zeigen mir Ihre Intelligenz die ich feststelle / wenn Sie mir ein Glas Wasser holen / den Hut aufheben" (FB 25). Was sie an Johanna fasziniert, betrifft zum einen das Vorlesen, zum anderen – an sich intellektuell nicht sonderlich anspruchsvolle – sichtbare Handlungen. Die „schweigsame Intelligenz" ist also die Intelligenz des Schauspielers, Johanna ist eine Schauspielerin im Schauspiel. Passend dazu achtet die Gute genau darauf, daß die Dienerin zu ihren Aufgaben keine distanziert-reflektierende Haltung einnimmt. Einmal hat sie eine Vorlesung abgebrochen, als Johanna heimlich ein Kapitel im voraus gelesen hatte und daher schon über den Inhalt informiert war (FB 19) – wie bei einem Bühnendarsteller, der einen Satz spricht und dabei an den weiteren Verlauf des Dramas denkt, anstatt sich ganz auf die gegenwärtige Situation zu konzentrieren.

Entscheidend ist nun: Der Gegenpol zur Schauspieler-Rolle läßt sich ähnlich wie in *Am Ziel* der Schrift zuordnen. Das kommt v.a. an den Stellen zum Vorschein, wo die Gute von Johannas Lesekünsten spricht, während sie sich von ihr Handschuhe anprobieren läßt: „zum Beispiel das Wort o u b l i é / Wie Sie das aussprechen / Nicht so schnell / Sie sehen ja daß mir der Handschuh zu klein ist" (FB 18), oder: „Wir haben die Vorlesung abgebrochen / Sie brechen mir ja die Finger" (FB 19). Bernhard zieht alle Register, um die beiden Ebenen – die erzählte Lesung und die gegenwärtige Anprobe – zusammenzubringen; die Umsetzung der Befehle wird in beinahe forcierter Weise mit der Darbietung von Geschriebenem enggeführt. Nimmt man hinzu, daß es nicht zuletzt Zeitungsartikel über die Taten der Guten sind, was die Dienerin vorlesen soll (FB 19), daß sie somit quasi die „Bedeutung" ihrer Herrin präsentieren muß, kann man behaupten: Im Verhältnis zwischen den beiden Frauen schwingt die Opposition von Sprache und bildlicher Darstellung mit; Johanna leiht der beinamputierten Guten im wahrsten Sinne des Wortes ihren Körper.[626]

---

[626] Schon Gamper 1977 plädiert dafür, die Beziehung zwischen den beiden Frauen nicht als realistische Widerspiegelung sozialer Verhältnisse zu interpretieren, sondern als Zusammen-

Bei der Merkwürdigkeit aus *Am Ziel* scheint es sich also keineswegs bloß um einen Zufall zu handeln – umso weniger, als sich die beiden Textauszüge auch anderweitig miteinander vergleichen lassen: Hier wie dort stehen die Schauspieler auf der Seite der Schweigenden, und ebenso wie der junge Schriftsteller meint, die Akteure „entschlüpften im letzten Moment ihrer Jacke", verfügt auch in *Ein Fest für Boris* die Unterlegene über ein Potential, das sich der Machtausübung entzieht – die Gute hegt jedenfalls ein fundamentales „Mißtrauen" gegen Johanna (FB 19).[627] V.a. überlagern sich jeweils die Differenzen Reden vs. Schweigen sowie Schrift vs. Schauspiel. Meine These lautet also: Die Theatermetaphorik verweist nicht nur auf den Ritualcharakter der dargestellten Handlungen, sondern auch darauf, daß sich gewisse Figuren wie Autor und Darsteller zueinander verhalten.[628] Sind das nur Einzelfälle, oder hat diese Opposition – respektive Schrift vs. Darstellung – größeren Einfluß auf die Komposition der Dramen? Um das zu klären, seien nun weitere Elemente des Binnentheaters analysiert.

Zu erwähnen ist etwa die Formel, die Konstellationen zwischen mehreren Personen hätten sich „eingespielt". Dene hofft, es möge zwischen ihr und den beiden Geschwistern zu eben diesem Zustand kommen (RDV 188), die Mutter aus *Am Ziel* gebraucht dieses Wort, um das Dasein mit ihrer Tochter zu

---

spiel im Kopf einer einzigen Person: „Johanna ist weitgehend ‚Einbildung', ein ‚Geschöpf' der Guten, die aber von ihr abhängig ist, von ihr beherrscht als von der Johanna ihrer Einbildung" (89).

[627] Damerau 1996 beobachtet darüber hinaus in der Figurenkonstellation von *Am Ziel* und *Ein Fest für Boris* weitreichende Übereinstimmungen (309ff.).

[628] Die Sekundärliteratur hat sich bislang beinahe ausschließlich auf das Moment des Rituals konzentriert (s.o.). Die Reflexion des Gegensatzes von Autor und Darsteller wurde nur vereinzelt gesehen, insbesondere in den Fällen, wo eine Figur eine literarische Verarbeitung durch eine andere erfährt (vgl. die Anmerkung zu Punkt 2 der Auflistung zu Beginn dieses Unterkapitels): Klug 1991 verklammert den Selbstmord des Generals in *Die Jagdgesellschaft* mit der Ankündigung des Schriftstellers, ein Stück zu schreiben, das sich mit den Vorgängen im Jagdhaus auseinandersetzt, mithin als „Re-Entry" des vorliegenden Dramas von Bernhard zu verstehen ist (287ff.) – der Veteran wird mit der Einsicht konfrontiert, in Wahrheit eine Theaterfigur des Dramatikers zu sein. Aspetsberger 2001 erwähnt bei seiner Interpretation von *Am Ziel* die Stelle, wo die Mutter sagt, die Figuren des Schriftstellers sprächen ihre eigenen Gedanken aus (229): „Die Mutter erkennt, daß ihre Lebenssituation nicht nur ihr, sondern zugleich sein [des Schriftstellers] Text ist: Damit ist er als dramatischer Schriftsteller ‚am Ziel' […], sie ist wohl am Ende" (230). Sie ist sein Sprachrohr; auch hier liegt die Differenz von Autor und Schauspieler zugrunde. Diese Beobachtungen wurden aber nie verallgemeinert bzw. für eine entsprechende Auslegung der Theatermetaphorik fruchtbar gemacht.

beschreiben (AZ 337), und auch der Weltverbesserer und Vera bezeichnen das Zusammenleben mit ihren Nächsten als ein oft wiederholtes, perfekt einstudiertes Spiel (Wv 126, VR 38f., s.o.). An diesen Figuren fällt auf, daß sie den Spielcharakter ihrer Existenz nicht nur durchschauen und thematisieren, sondern auch – mit mehr oder minder stark ausgeprägter Resignation – akzeptieren. Eine Auflehnung gegen die ritualartigen Strukturen steht jedenfalls nicht auf der Tagesordnung.

Theater im Theater findet bei Bernhard auch insofern statt, als viele Figuren einzelnen Mitspielern gewisse Informationen vorenthalten und sozusagen eine künstliche Welt um sie herum erschaffen. In *Die Jagdgesellschaft* ist die Generalin mit größter Sorgfalt darauf bedacht, ihrem Mann sowohl den Ernst seiner Krankheit als auch das Ausmaß des Borkenkäfer-Befalls im Wald zu verschweigen (JG 199f.). Dene sorgt dafür, daß Voss/Ludwig ständig unter Beobachtung bleibt, ohne etwas davon zu merken (RDV 130); ihre Schwester ist daran ebenfalls beteiligt: „er sieht alles", seufzt sie, „und wir haben Angst / daß er etwas sieht / was er nicht sehen soll" (RDV 147). Frau Kant tuschelt ständig mit dem Steward des Ozeandampfers, der u.a. ein angebliches Grußtelegramm von der Columbia-Universität überbringt (IK 334f.); wenn ihr Mann bei der Landung von Ärzten und Pflegern eines New Yorker Irrenhauses abgeholt wird und diese so tun, als sei er der berühmte Königsberger Philosoph, so deutet alles darauf hin, daß auch dies von ihr arrangiert worden ist (IK 339f.).[629]

Auch hier richten sich die Bestrebungen darauf, das Binnentheater gerade nicht zu unterbrechen. Anders als beim vorigen Aspekt wird eine gewisse Asymmetrie erkennbar, da hier nur ein Teil der Spieler die Fäden in der Hand hält, während der andere gelenkt wird. In einigen Dramen versuchen die Opfer indes aus dem Bannkreis der für sie präparierten Gegebenheiten herauszudringen: Voss/Ludwig verweigert sich mit Nachdruck dem Essen, gerade weil es Dene ganz nach seinen sonstigen Vorlieben zubereitet hat (RDV 189f.), er zieht in seiner Erregung die Decke vom Tisch und wirft eine Lampe gegen die Tür (RDV 193); Rudolf sprengt die alljährliche NS-Zeremonie, indem er sich in einen Wutanfall hereinsteigert und die beiden Schwestern mit seiner Pistole bedroht (VR 111f.).

Ein weiteres relevantes Motiv ist die Simulation von Krankheiten. Bruscon wirft seiner Frau vor, sie nütze ihr ganzes Schauspieltalent ausschließlich dazu, die verschiedensten Gebrechen vorzutäuschen (Tm 69), Caribaldi behauptet

---

[629] Vgl. Damerau 1996, 326.

das von seiner gesamten Truppe (MG 306), und auch der Weltverbesserer kann offenbar von seinem Sessel aufstehen, obwohl er sich allen gegenüber als Behinderter ausgibt – dabei, so die Regieanweisung, „entsinnt [er] sich aber sofort seiner Lähmung" und fragt seine Frau, ob ihn auch niemand gesehen habe (Wv 170). In *Heldenplatz* sagt Anna von ihrer Mutter: „Ihre Anfälle sind ja ein Machtmittel / damit hatte sie den Vater zwei Jahrzehnte in der Hand / zuerst war es wahrscheinlich gar kein Theater / wahrscheinlich ist es auch jetzt kein Theater / und ist doch ein Theater / die Krankheiten dieser Art / sind wirkliche Krankheiten und doch Theater" (HP 68).

Das erinnert an eines der Beispiele aus dem Kapitel zur Blindheit, den zweiten Akt von *Der Ignorant und der Wahnsinnige*. Auch dort beginnt das Leiden, der Husten der Königin, erst nachdem sie – augenscheinlich noch bei bester Gesundheit – den anderen mitgeteilt hat, sie wolle die nächsten Vorstellungen krankheitsbedingt absagen (IW 148, 154). Dieses Beispiel ist in bezug auf die Theater-Problematik besonders erhellend. Wie oben erwähnt, resultieren der besagte Entschluß und die nachfolgenden Anfälle aus den Fragen des Doktors, die die Sängerin in ihrer *Rollengewißheit* erschüttern. Dieser Begriff kann hier durchaus doppelsinnig verstanden werden; wenn ihr Part im Personenverzeichnis nur als der der „Königin" aufgeführt wird, also in Entsprechung zu ihrer Paraderolle in der Oper,[630] so enthält dies einen Hinweis darauf, daß sich ihre Identität auf ihr Bühnendasein reduziert, daß sie ein von ihrem Vater und dem Doktor erschaffenes und inszeniertes „Kunstgeschöpf" (IW 92, 96 etc.) ist.[631] Demnach bedeutete ihre einerseits vorgeschützte, andererseits reale Erkrankung einen Ausbruch aus ihrer Rolle, die ja ebenfalls sowohl Kunst als auch Wirklichkeit ist.

Hedwigs Anfälle in *Heldenplatz* sind genau in dieser Hinsicht ein „Machtmittel": Zu Lebzeiten ihres Mannes hat sie sich damit gegen die Manipulation durch seine Sprache zur Wehr gesetzt – daß der Verstorbene zu den Bernhardschen Verbaldespoten gehört haben muß, sieht man an der Haushälterin Zittel, die immer noch unter dem Druck seiner Reden steht und unentwegt

---

[630] In Bernhards Stücken erscheinen auch zahlreiche weitere Figuren unter dem Namen ihrer beruflichen Tätigkeit oder ihrer Rolle im Binnentheater, vgl. die Auflistung bei Jang 1993, 37f.

[631] Passend dazu bemerkt der Doktor: „wenn ich denke Ihre Tochter schläft geehrter Herr / denke ich doch nur auf das selbstverständlichste / die Stimme Ihrer Tochter schläft" (IW 90, vgl. 96). Zur künstlichen Identität der Königin auch: Gamper 1977, 100ff., Sorg 1992, 160f., Mittermayer 1995b, 144.

daraus zitiert.⁶³² Auch in *Der Theatermacher* und *Die Macht der Gewohnheit* bildet das Simulieren von Krankheiten eine Methode, sich den Erwartungen der Spielleiter zu entziehen. In *Der Weltverbesserer* und *Der Ignorant und der Wahnsinnige* gestaltet sich die Lage etwas komplizierter, denn im einen Fall sind Simulant und Redner miteinander identisch, im anderen wird die Flucht von einem der Inszenierenden – dem Doktor – selbst provoziert. Trotzdem handelt es sich auch dort um ein Gegen-Spiel, das vom Pfad der sprachlich erzeugten Identitäten, von einem puren Nach-Spielen der Sprache abweicht.

An diesem Punkt schließen sich mehrere Kreise, u.a. zum Problem der Blindheit. Die Dynamik der Simulation tritt an genau der Stelle auf, wo zugleich einer der exemplarischen Fälle von Verfinsterung zu beobachten ist. Das bestätigt indirekt den obigen Vorschlag, das Moment der Trübung bzw. Verdüsterung im Sinne einer Gegenbewegung zur verbalen Beherrschung interpretieren. Beruht das bizarre Syndrom einer situationsbedingten Sehschwäche also auf demselben Erreger wie die nicht minder merkwürdigen halb echten, halb gespielten Krankheiten? Das hieße: Was Kant und der Weltverbesserer am eigenen Leib erfahren, die Beeinträchtigung der Sinne durch das Denken, verteilt sich in *Der Ignorant und der Wahnsinnige* auf zwei Personen, auf den redenden Doktor und die spielende Königin.

Ist die Differenz von Literat und Schauspieler, von Schrift und Darstellung innerhalb der Theatermetaphorik nun tatsächlich ein zentrales Modul? Es zeichnet sich ab, daß die meisten Facetten des Bildzusammenhangs auf Beherrschungsverhältnisse, auf die Manipulation einzelner Figuren durch andere verweisen. Das Binnen-Theater besteht häufig aus Binnen-Inszenierungen und verschiedenen Arten von Gegen-Spiel. Nicht zuletzt angesichts der Verbindungen zum Aspekt der Blindheit erscheint es plausibel, der Seite der Macht Begriffe wie Schrift, Sprache und Denken zuzuordnen. So besehen übernimmt eine ganze Reihe von Personen den Part der Schrift, nicht nur die Regisseure Bruscon und Caribaldi, sondern auch Gestalten wie Frau Kant, die Generalin oder Dene, die für ihre Partner eine künstliche Scheinwelt errichten. Obwohl dieser Hintergrund nicht immer so klar ausgeleuchtet wird wie in *Am Ziel* oder *Ein Fest für Boris,* kann man festhalten: Die bewußte Opposition ist im Kontext der Theater-Thematik – als Schema der Ausübung von Gewalt – von essentieller Bedeutung.

Wie sich etwa am Beispiel Dene zeigt, fallen die Inszenierenden nicht immer mit denjenigen Figuren zusammen, die sich auf der Inhaltsebene als Re-

---

⁶³² Vgl. Jürgens 1999, 155.

gisseure oder Intellektuelle identifizieren lassen. Zwischen den beiden Lagern gibt es zahlreiche Übergänge und Mischformen. Hier wurde zwar eine Liste der verschiedenen Schauspieler, Dramatiker oder Theaterliebhaber innerhalb der Stücke erstellt, zudem eine Übersicht über typische Einstellungen und Verhaltensweisen innerhalb der Ritualkonstellationen; damit sollte aber nur eine Grundlage für genauere Vergleiche geschaffen werden. Sowohl das Blindheits- als auch das Theatermotiv erweist sich als Vehikel der Auseinandersetzung zwischen Sprache und sinnlich erfahrbarer Welt. Damit erscheint die Untersuchung von Bernhards Theaterkonzept i.a. und der Rolle von Wittgensteins Philosophie im besonderen nun ausreichend vorbereitet.

3.1.3 Dramaturgie

3.1.3.1 Intelligente Schauspieler

Das Theaterstück *Ritter, Dene, Voss* (1984) wird von zwei Merkwürdigkeiten umrahmt. Das Personenverzeichnis ist zugleich die Besetzungsliste der Uraufführung; es werden nicht nur die Rollen genannt, sondern auch die Namen der Schauspieler, denen das Stück seinen Titel verdankt: „VOSS *ist Ludwig*, DENE *seine ältere Schwester*, RITTER *seine jüngere Schwester*" (RDV 122). Am Ende des Textes stößt man zudem auf folgenden Vermerk: „*Ritter, Dene, Voss, intelligente Schauspieler*. Während der Arbeit, die ich zwei Jahre nach dieser *Notiz* abgeschlossen habe, waren meine Gedanken hauptsächlich auf meinen Freund Paul und auf dessen Onkel Ludwig Wittgenstein konzentriert gewesen" (RDV 227, Hervorhebung i.O.).

Was will Bernhard damit sagen? Wie die Forschung herausgearbeitet hat, bündeln sich in der Figur des Voss, von den Schwestern nur mit „Ludwig" angeredet, zahlreiche Anspielungen auf die Biographie der beiden Wittgensteins. Voss/Ludwig hat gerade einen Aufenthalt in der Nervenheilanstalt Steinhof hinter sich, wo er unter den Besuchern und Mitinsassen haufenweise Geldscheine verteilt hat (RDV 157) – diese Elemente verweisen auf Paul, mit dessen Leben sich auch Bernhards Erzählung *Wittgensteins Neffe* (1982) beschäftigt.[633] Sein Onkel steht bei einer Reihe von anderen Motiven Modell:

---

[633] Zur Gestalt des Paul Wittgenstein ausführlich: Schaefer 1986, Honegger 2003, 238-244. Noch in einem weiteren Theaterstück sind Anklänge an den Neffen des Philosophen zu vernehmen – in *Elisabeth II*, dessen Protagonist zwar nicht Wittgenstein, dafür aber Her-

Ludwig/Voss hat es erst auf Umwegen zu einem „Dissertationsphilosophen" gebracht (RDV 225, auch 137), der v.a. an englischen Universitäten „Gesprächsstoff" ist (RDV 155); er besitzt ein Blockhaus in Norwegen (RDV 124, 130) und liebt „leere Wände" (RDV 207). Außerdem sträubt er sich heftig, als er erfährt, daß er von einem gewissen Doktor Frege behandelt werden soll (RDV 185ff.) – dieser trägt den Namen des Mathematikers, dessen Werk auf Wittgenstein schon früh großen Einfluß ausgeübt hat und später Gegenstand einer kritischen Auseinandersetzung wurde.[634]

Oliver Jahraus bringt bei der Frage nach der Rolle Wittgensteins in *Ritter, Dene, Voss* auch das ungewöhnliche Personenverzeichnis ins Spiel. Er sieht darin einen Hinweis auf Frege und die Sprachkonzeption des *Tractatus*:

> „Mit Frege kann man das Personenverzeichnis eines Stückes als eine Reihe ‚ungesättigter' Funktionen auffassen, statt ‚Ludwig' also ‚x ist Ludwig'. Die ungesättigte Funktion erhält erst einen Wahrheitswert, wenn sie an der Leerstelle x durch ein Argument, einen Schauspielernamen in einer Aufführung, gesättigt wird. Eben dies nimmt Bernhard vorweg durch sein Verzeichnis ‚Voss ist Ludwig' usw. […] und gibt dem Stück einen festen ‚Wahrheitswert', indem er die Schauspieler festlegt. Dies setzt allerdings eine Sprachkonzeption einer eindeutigen Relation Zeichen-Bezeichnetes voraus. Vor dem Hintergrund des späten Wittgenstein mit seiner veränderten Sprachkonzeption wird Ludwigs Ablehnung Freges und damit indirekt seiner eigenen früheren Position verständlich".[635]

Jahraus argumentiert hier nach demselben Muster wie bei seiner *Korrektur*-Lektüre, die in Abschnitt 2.1.4.1 referiert wurde: Wenn Bernhard eine feste Beziehung zwischen Rolle und Schauspieler knüpfe, reflektiere er die adäquationistische Sprachauffassung des *Tractatus*; diese werde auf der Diskursebene mit einer zweiten, eher an den *Philosophischen Untersuchungen* orientierten Form der Darstellung konfrontiert.[636] Ähnlich wie der Erzähler von *Korrektur* dem Schicksal Roithamers entrinne – vermittels der dynamischen Wiederholung (s.o.), äußere sich auch hier in der Werkgestaltung die Alternative zur starren Repräsentation: „Genau dieses konträre Verhältnis [zwischen der frü-

---

renstein heißt und überdies erzählt, vom elterlichen Balkon früher eine schwarze Fahne herabgelassen zu haben, wenn im Musikvereinssaal Brahms gespielt wurde (El 315) – eine der Lieblingsgeschichten von Paul Wittgenstein (Honegger 2003, 375f.).

[634] Zum Verhältnis zwischen Wittgenstein und Frege: Baker 1988, Wuchterl 2002, Reck 2002.
[635] Jahraus 1992, 217, unter Verweis auf Seiler 1987.
[636] Ebd., 217f.

hen und der späten Sprachauffassung Wittgensteins. J.W.] findet sich wieder zwischen der gelingenden Produktion Bernhards und dem scheiternden Ludwig und zwischen der negativen Wittgenstein-Verkörperung durch Ludwig und der positiven Ludwig-Verkörperung durch den Schauspieler Gert Voss".[637]

Demnach soll bereits das Zustandekommen von Bernhards Text und Voss' Rolleninterpretation belegen, daß die fixe Zuordnung aus dem Personenverzeichnis sowie der damit verklammerte Typus der Repräsentation im Geiste von Wittgenstein II überwunden werden. So gerne man der These auch zustimmen möchte, so wenig vermag ihre Begründung zu überzeugen. Jahraus hätte allerdings nur nochmals die letzte Seite des Stücks aufschlagen müssen, um einen Anhaltspunkt für eine präzisere Argumentation zu erhalten – das Wort, Ritter, Dene und Voss seien „intelligente Schauspieler". Das führt auf die Überlegungen zu *Ein Fest für Boris* zurück: Der Dienerin Johanna, Schauspielerin im Schauspiel, wird eine Form der Intelligenz attestiert, die sich lediglich in ihrer Aussprache und im Anblick ihrer Handlungen, nicht aber im verbalen Verstehen zeige – wie deutlich wurde, irritiert sie gerade damit ihre Herrin, entzieht sich somit dem Kontrollbereich ihrer sprachlichen Vorgaben.

Sind die drei Akteure der Uraufführung insofern „intelligent", als sich ihr Spiel eben nicht in einer puren Reproduktion des Textes bzw. der Rolle erschöpft? Hat man es wiederum mit einer Variante der „dynamischen Repräsentation" zu tun – dem Aspekt, der in Kapitel 2.1 als Hauptorgan von Bernhards Wittgenstein-Rezeption taxiert wurde? Dieser Fährte möchte ich nun nachgehen; schließlich verspricht sie ein Bindeglied zwischen Bernhards Konzept der theatralen Präsentation von Schrift einerseits und seinem Umgang mit den *Philosophischen Untersuchungen* andererseits. Warum sonst sollte er am Ende des Stücks die „Intelligenz" seiner Schauspieler rühmen und zugleich den Namen des Philosophen erwähnen, wenn nicht in der Absicht, einen Zusammenhang anzudeuten? Im folgenden gilt es zu klären, welche typischen Elemente seiner Bühnenwerke – unabhängig von direkten Anspielungen – mit Wittgensteins Denken in Beziehung gesetzt werden können.

Bernhards Figuren zeigen reichlich Symptome von metaphysischer Verblendung. Sie nehmen Personen in synekdochischer Partialisierung wahr (d.h.

---

[637] Ebd., 218.

bestimmte Begriffe oder Aspekte),[638] sie verlieben sich in Wörter statt in Menschen,[639] und sie präsentieren selbst banalste Sachverhalte in Form von Widersprüchen, Deduktionen und Schlüssen, als liege allem ein logisches Fundament zugrunde und werde von ihnen enthüllt.[640] Der Glaube an eine ideale Hinter-Welt ist so stark, daß ständig Wort und Wirklichkeit miteinander verwechselt und noch in der absurdesten Situation „Deutungen" – im Sinne von PU 201 – angestellt werden. Für die an Wittgenstein herausgearbeiteten Problemfelder lassen sich aber auch größere Textzusammenhänge fruchtbar machen, v.a. die bereits erwähnten Ritualkonstellationen. Eine Formulierung von Caribaldi zeigt besonders deutlich, woran man dabei ansetzen kann: Als der Direktor mit seiner Truppe wieder einmal das „Forellenquintett" übt und die Probe zu scheitern droht, weil der Spaßmacher seine Scherze macht und alle darüber lachen, klagt er: „Mein ganzes Leben / ist eine Qual / alle meine Vorstellungen / sind zunichte" (MG 327).[641]

Bernhard spielt mit der Ambiguität des Wortes „Vorstellung" – es bezieht sich hier zum einen generell auf Caribaldis Absichten, zum anderen auf die von ihm geleiteten Zirkusauftritte und Quintettproben. Diese beiden Ebenen werden auch in *Der Theatermacher* ineinander gespiegelt: Als Bruscon das Bühnenbild aufbauen läßt und seine ursprünglichen Anweisungen korrigieren muß, konstatiert er: „Unsere Phantasie selbst unser Geist / müssen immer zurechtgerückt werden / am Ende entspricht gar nichts" (Tm 20). Sein Kopf scheint mit der Szenerie neuronal vernetzt zu sein; die Bühne des Theaters im Theater erweist sich auch hier – freilich in flexibler Form – als äußeres

---

[638] So z.B. Caribaldi: „[S]ehe ich meinen Neffen den Dompteur / denke ich / da geht die Brutalität mit der Dummheit / sehe ich den Spaßmacher / da geht der Schwachsinn spazieren" (MG 274). In *Der Ignorant und der Wahnsinnige* erklärt der Doktor dem Vater: „[W]enn ich denke Ihre Tochter schläft geehrter Herr / denke ich doch nur auf das selbstverständlichste / die Stimme Ihrer Tochter schläft" (IW 90, vgl. IW 96, 125).

[639] Die Mutter aus *Am Ziel* will nicht in ihren Mann, den verstorbenen Besitzer eines Gußwerks, sondern „in das Wort Gußwerk verliebt" gewesen sein (AZ 322, vgl. AZ 385).

[640] Christian Klug erstellt in seiner Studie eine Übersicht über die betreffenden rhetorischen Mittel und demonstriert zugleich, daß man es bei den pseudologischen Konstruktionen praktisch ausnahmslos mit leeren Anmaßungen zu tun hat (Klug 1991, 179-185, 209-219). Klugs Auflistung ließe sich noch der inflationäre Gebrauch des Wortes „Beweis" hinzufügen: Für Caribaldi „beweisen" die Schritte des Dompteurs seine Trunkenheit (MG 345), Herrenstein bezeichnet seine Haushälterin als den „Beweis" (und nicht etwa als die Zeugin) dafür, daß vor dem Fenster 30 Jahre zuvor ein Vogel selbst an Samstagen gezirpt haben soll (El 322), in *Der Schein trügt* soll Mathilde den „Beweis" für die partielle Blindheit des Kanarienvogels mit ins Grab genommen haben (St 442) usw.

[641] Weiter zu *Die Macht der Gewohnheit*: Grotoholsky 1983, Rossbacher 1983, Honold 1999.

Äquivalent von inneren Bildern. Steht hinter den beiden Ritualen – und u.U. noch hinter vergleichbaren Fällen in Bernhards Dramen – also der Versuch einzelner Figuren, ihre Umwelt einem internen Ideal anzupassen, sie in ein Zeichensystem zu pressen? Es lohnt sich zu prüfen, welche Entwicklung diese Beherrschungsversuche durchlaufen und auf welche Widerstände sie treffen.

Die beiden besagten Rituale begegnen sich in ihrem Scheitern. Bruscons Aufführung wird von einem aufziehenden Gewitter verhindert (s.o., 3.1.2), Caribaldis Quintettprobe hingegen von der Unruhe der Mitwirkenden, die proportional zur Vehemenz von Caribaldis Scheltreden ansteigt: „alle zupfen [...] oder streichen mit der gleichen, sich ständig steigernden Nervosität auf ihren Instrumenten" (MG 346). Im Hintergrund der jeweiligen Wortkaskaden schafft sich etwas Amorphes, nicht sprachlich Artikuliertes Bahn. Dieses Phänomen läßt sich auch in anderen Dramen beobachten, auch wenn darin kein Binnentheater i.e.S. vorkommt – z.T. allerdings gewisse Zeremonien. In *Ein Fest für Boris* beginnt Boris von einem bestimmten Moment an auf die Pauke zu schlagen; er unterbricht das Gespräch zwischen der Guten und den zu seiner Geburtstagsfeier versammelten Gästen in immer kürzeren Abständen und fällt schließlich mit dem Kopf voraus auf die Tischplatte (FB 66-74). Ähnlich gestaltet sich das Ende von *Heldenplatz*, wo Hedwig den „Aufschrei der Massen bei Hitlers Ankunft auf dem Heldenplatz neunzehnhundertachtunddreißig" hört und immer starrer wird (HP 159), bis sie wie Boris mit dem Gesicht auf die Tischplatte stürzt und sich der Lärm ins Unerträgliche steigert (HP 165).[642] Auch hier handelt es sich um einen Einbruch des Undifferenzierten, da die Sprechchöre in erster Linie durch die Wucht ihrer Lautstärke hervortreten. Ein weiteres Beispiel ist der Husten der Königin in *Der Ignorant und der Wahnsinnige* (s.o.).

In *Heldenplatz*[643] ist es besonders interessant zu sehen, wie der Zusammenbruch motiviert ist und woraus der Aufruhr des Außersprachlichen resultiert. Das Geschrei setzt genau in dem Moment ein, als Robert Schuster erklärt, man könne den Tod seines Bruders Josef schon am nächsten Tag bekannt geben – dieser hatte freilich verfügt, daß dies erst eine Woche nach seinem Begräbnis geschehen solle: „[D]as stört ja jetzt niemanden mehr", meint Ro-

---

[642] In beiden Fällen bleibt ungeklärt, ob der Tod wirklich eintritt – eine Eigentümlichkeit, die sich auch in anderen Bernhardschen Dramen beobachten läßt (vgl. Meyer-Arlt 1997, 92, Winkler 2002, 165).

[643] Allgemein zu *Heldenplatz* sowie zu den Begleitumständen der Uraufführung am Burgtheater: Gropp 1994, Pfabigan 1999, 419-431, Götz v. Olenhusen 2002, Honegger 2003, 373-415.

bert, „schließlich ist ja jetzt wirklich alles vorbei" (HP 159). Dieses Zusammentreffen scheint alles andere als zufällig; schließlich kreist das gesamte Werk um den Einfluß des Toten auf die Hinterbliebenen. Dabei läßt sich eine Entwicklung erkennen: Wenn die Haushälterin Zittel in der ersten Szene ihre Monologe hält, rekapituliert sie ständig die Reden des Professors,[644] scheint sich völlig in ihnen zu verlieren – offenbar lastet die Erinnerung äußerst drückend auf ihr. In der zweiten Szene ist es dagegen Robert, der vom Dämon des Selbstmörders befallen wird. Nachdem ihm Anna anfangs noch vorwirft, er sei viel bequemlicher als der scharfsichtige Josef (HP 69, 82), nachdem er das sogar selbst bestätigt (HP 86f.), bricht er plötzlich in Schimpftiraden aus, die z.T. klar auf seinen Bruder zurückzuführen sind (z.B. HP 110f.). Gleichwohl ist der Anteil an eigenen Gedanken, Erfahrungen und Formulierungen hier wesentlich höher als bei Frau Zittel. So besehen bildet Roberts Vorschlag in der dritten Szene den Höhepunkt eines Prozesses, in dem sich die Sprache bzw. die Sprecher gegenüber dem erinnerten Inhalt verselbständigen.

Was heißt das nun für die Schlußwendung? Dirk Jürgens zufolge reflektiert das Stück eine Spirale der Gewalt: Die wieder um sich greifenden faschistischen Parolen hätten in Josef – einem Juden – insofern ihre Spuren hinterlassen, als sich in seinem Denken angesichts der Bedrängnis der Zug der Ausschließung, das Streben nach Kontrolle verstärkt habe;[645] die Willkür seiner

---

[644] Dazu Jang 1993, nach der der Text von Frau Zittel eigentlich aus drei Rollen besteht: aus dem der Erzählerin und zwei Gesprächspartnern, Frau Zittel und dem verstorbenen Professor (199).

[645] Jürgens 1999, 157f.: „Das Stück [*Heldenplatz*] veranschaulicht dies [die Fortdauer faschistischer Denkschemata, J.W.] dadurch, daß ausgerechnet aus dem Mund dessen, der über die bestehende Gesellschaft und den immer noch existierenden Nationalsozialismus schimpft, Begriffe desjenigen Jargons zu hören sind, der eben jener so verabscheuungswürdigen Tradition angehört". Jürgens begreift die entdifferenzierende Sprache Josef Schusters sowie der übrigen Redner aus *Heldenplatz* darüber hinaus als „imitatio Hitlers"(154ff.): „Hitlers Neigung zum ‚Monolog' etwa, seine von vielen immer wieder bestätigte Art, keinen Widerspruch zu dulden, und sein als ‚typisch österreichisch' bezeichneter Starrsinn werden von den Hauptfiguren des Stücks, vor allem von dem durch die Hinterbliebenen redenden verstorbenen Josef und von Robert Schuster, aber auch von Josefs Tochter Anna imitiert" (159). Für eine derart eindeutige Zuordnung liefert Bernhard jedoch keine hinreichenden Belege. Die besagte Qualität der Rede läßt sich schließlich auch in anderen Dramen erkennen, die thematisch weniger direkt auf den Nationalsozialismus bezogen sind. Jürgens schiebt auch an anderer Stelle literaturwissenschaftliche Skrupel zugunsten der politischen Aufklärung beiseite. Gleichwohl ist es ein wichtiges Verdienst, auf die politische Dimension

Rede spiegele sich wiederum in der Sprache der übrigen Figuren, die sich in zahlreichen Rundumschlägen ergehen – neben Robert betrifft das auch die Tochter Anna sowie die in der dritten Szene versammelte Trauergesellschaft. Insofern stelle das Anschwellen des Lärms die „Wiederkehr des Unterdrückten" dar.[646]

Diese Deutung ergänzt sich mit der geübten Lektüre. Wenn der Sprache der Rednerfiguren in diesem Stück eine repressive Qualität eignen soll, so entspricht das der These, wonach die Wirklichkeit des Redeinhalts im Verlauf von *Heldenplatz* immer mehr aus dem Blick gerät. Die Sprache schottet sich sukzessive gegen das Reale ab – das läßt sich auch anhand einer anderen Beobachtung belegen: Am Anfang der dritten Szene unterbrechen die Trauergäste noch ihre vernichtenden Angriffe gegen die heutige Zeit, wenn Dienstboten hereinkommen; sie sehen sich jeweils zu Reaktionen oder Themenwechseln veranlaßt (HP 127, 130f., bes. 142f.). Doch am Schluß, als Herta und Frau Zittel nochmals eintreten, bleibt Roberts Rede davon unberührt; offenbar hat sie sich von einer weiteren Irritationsquelle abgelöst (HP 162).[647] *Heldenplatz* erweist sich als ein Sprach-Drama,[648] in dem es nicht zuletzt um die Balance von Wort und erinnertem Inhalt geht: Anfangs noch völlig unter dem Bann des Geschehenen, entledigt sich die Rede mehr und mehr dieser Bürde – in Hedwigs Halluzinationen kommt die Vergeblichkeit des Beherrschungsversuchs zum Vorschein.

---

von Bernhards Rhetorik (auch hier sei an das „*Kälte*-Schema" erinnert) hingewiesen zu haben.

[646] Dronske 1999, 121 und Jürgens 1999, 165 behaupten unisono, daß die beiden verbalen Gewaltausbrüche am Schluß – das Geschrei vom Heldenplatz und die Schimpf-Stretta der Trauergesellschaft – nur scheinbar voneinander unabhängig seien. – Die „Wiederkehr des Verdrängten" spiegelt sich zudem in der Parallele zwischen dem Selbstmord des Professors 1988 und dem seines jüngsten Bruders 1938 (HP 41).

[647] Das unterstreicht auch das Schließen der Jalousien, zumal Bernhard ausdrücklich anmerkt, daß der Lärm vom Heldenplatz dadurch nicht gedämpft werde (HP 162f.).

[648] So auch das Urteil von Dronske 1999, der sich dabei auf den Aspekt der Gewalt konzentriert: „Wenn es im dramatischen Werk Thomas Bernhards ein rigoroses Wahrheitsstreben gibt, dann zeigt sich dies nicht an den manifesten Aussagen über den allgemeinen oder besonderen Zustand der Welt und des Menschen, sondern in der den Werken immanenten Kritik an der von ihnen selbst praktizierten gewalttätigen Sprache, der sich die eher positiv wie auch die eindeutig negativ gezeichneten Protagonisten gleichermaßen bedienen und deren Opfer sich durch ihre Stummheit, ihre Sprachlosigkeit angesichts des über sie hereinbrechenden Sprachstroms auszeichnen" – dies werde in *Heldenplatz* auf die Spitze getrieben (121).

In *Der Ignorant und der Wahnsinnige* ist Ähnliches festzustellen. Wie oben erklärt, provoziert der Doktor den Husten der Königin, indem er ihre Rollengewißheit erschüttert; die eigentlichen Anfälle setzen aber erst in dem Moment ein, wo er mit dem im ersten Akt begonnenen Vortrag über die Sektion einer männlichen Leiche fortfährt (IW 154). Dies läßt sich als verbale Kastration[649] auslegen und auf das „unnatürliche" (IW 89), latent inzestuöse[650] Verhältnis zwischen der Sängerin und ihrem Vater beziehen.[651] In der Lektion des Doktors werden die Existenzgrundlagen der Tochter sprachlich zerlegt – umso mehr, als neben den Genitalien auch die für sie so wichtigen Halsorgane an die Reihe kommen (IW 159-162).[652] Demnach ist es auch hier ein Akt der verbalen Vereinnahmung, was den Einbruch des Amorphen – in diesem Fall Husten und Verfinsterung – auslöst.

Bernhards Dramen exponieren noch eine weitere Variante der Wort/Welt-Opposition. Während sich die Sprache in den zuletzt erläuterten Konstellationen verselbständigt und die Wirklichkeit vor ihrem Zugriff flüchtet, indem sie ins Gestaltlose ausweicht, begegnet andernorts genau die umgekehrte Bewegung – die Realität nähert sich einem sprachlich bzw. durch Zeichen fixierten Ideal an. Ein solcher Prozeß liegt u.a. dem Stück *Die Berühmten*[653]

---

[649] Vgl. Hartz 2001, 113-120.

[650] Die inzestuösen Untertöne werden durch die im Binnentheater stattfindende Aufführung der *Zauberflöte* zusätzlich verstärkt – das Verhältnis zwischen Sarastro und Pamina läßt sich im Libretto von Schikaneder in eben dieser Weise deuten (vgl. Hartz 2001, 93ff., Liebrand 2002, 87). Liebrand arbeitet auch an weiteren Momenten hervor, daß Bernhards Stück Mozarts Oper in gewisser Hinsicht parodiere und dekonstruiere (87ff., zuvor bereits Winkler 1995).

[651] Die Anspielung auf den Ödipus-Mythos äußert sich natürlich zudem in der Blindheit des Vaters. Gleichwohl soll die Mehrdeutigkeit des Kastrationsmotivs nicht unterschlagen werden. Liebrand 2002 zieht eine Verbindung zur einstigen Gesangskultur der Kastraten, die wie die Königin bei Bernhard vornehmlich Sopranpartien sangen und für ihre Koloraturen berühmt waren (82); sie interpretiert die Leiche dementsprechend als Allegorie des (Salzburger) Festspielbetriebs: Bernhard lasse „seinen Protagonisten [den Doktor] vor dem Publikum eben jener Festspiele, für die er sein Stück als Auftragswerk geschrieben hat, gewissermaßen eine Vivisektion vornehmen: die Obduktion des Festspielspektakels, in d[as] das Stück selbst eingebunden ist" (81).

[652] Wie auch Gamper 1977 anmerkt, wird die Analogie zwischen der Sektion und der Krankheit der Tochter dadurch unterstrichen, daß diese dreimal hustet, als die Stimmorgane behandelt werden (122). Wenn der Vater dabei zweimal die Worte des Arztes („nicht auseinanderschneiden") nachspreche, so wirke das wie eine „Beschwörung des Doktors, ihm die Tochter (die ‚Stimme') nicht zu ‚zerstückeln'" (123).

[653] Zu *Die Berühmten*: Huntemann 1990, 140-142, Oberreiter 1999, 306-318, Honegger 2003, 186-190.

zugrunde. Dieses Drama besteht aus zwei Vorspielen und drei Szenen, wobei in der mit „Die Stimmen der Künstler" betitelten dritten nur noch Tiergeräusche zu hören sind. Zu Beginn sitzen die Figuren, allesamt erfolgreiche Akteure des Kulturbetriebs, unter ihrem jeweiligen Idol: der Kapellmeister unter Arturo Toscanini, die Schauspielerin unter Helene Thimig, der Regisseur unter Max Reinhardt usw. Obwohl als Puppen gestaltet, werden die Vorbilder wie lebendige Menschen angeredet – die Antwort ist freilich Schweigen. Am Ende des zweiten Vorspiels rebelliert die Versammlung gegen die Meister und zerstört die Puppen, um in der nachfolgenden ersten Szene unter den Porträts derselben Platz zu nehmen (Ber 161f.).

Das geht mit einer psychologischen Verschiebung einher: Die Figuren richten nicht mehr das Wort an ihre Abgötter, sondern genügen einander selbst. Zudem verändert sich der Charakter der Unterhaltung: In den Vorspielen kommen die „Berühmten" mehrfach auf einen kurz zuvor verstorbenen Dirigenten zu sprechen, der trotz der Unterweisung durch Toscanini „mittelmäßig" geblieben sei (Ber 156) – offenbar schwebt ihnen sein Schicksal deutlich vor Augen, denn sie nennen ihn nur vielsagend „unseren Freund" bzw. „Kollegen". Außerdem fehlt anfangs noch die wiederholt als „Star" bezeichnete Sopranistin, deren Ankunft den Umsturz auslöst. Während der Szenen ist dagegen weder etwas von Erwartung noch von Zweifeln zu spüren. Die Präsenz des Ideals verblaßt im Verlauf des Dramas; die Künstler setzen sich selbst an die Stelle der Bewunderten und degradieren sie zu einem verfügbaren Bild. Der Gegenimpuls der Umwelt läßt nicht lange auf sich warten – bald wird es dunkel, es beginnt zu regnen (Ber 183ff.), und die geplante Freilichtaufführung (Ber 163f., 168) fällt aus.[654]

Ein weiteres Beispiel für die Annäherung an ein Ideal liefert *Vor dem Ruhestand*. Wie oben angedeutet, feiert der ehemalige SS-Offizier und spätere Gerichtspräsident Rudolf Höller Jahr für Jahr am 7. Oktober den Geburtstag

---

[654] Merkwürdigerweise wird die Aufführung überhaupt nicht mehr erwähnt, als der Regen einsetzt; man vernimmt nicht einmal ein Wort der Erleichterung, was durchaus verständlich gewesen wäre – zuvor ist nämlich zu erfahren, daß die Künstler so kurz vor den Ferien nur wenig Lust auf den Auftritt verspüren (Ber 164). Offenbar haben sie sie alle schlichtweg vergessen. Auch hier läßt sich ein Indiz für den nachlassenden Weltbezug ihrer Rede bzw. ihrer Kunst diagnostizieren: Indem sich die „Berühmten" von ihren Idolen abnabeln, büßen sie ihren eigentlichen Impetus ein und sind zu keiner „Vorstellung" im Sinne Caribaldis (s.o.) mehr in der Lage.

von Heinrich Himmler.⁶⁵⁵ Der „Reichsführer SS" hat 40 Jahre zuvor dem von Höller kommandierten Lager einen Besuch abgestattet und ihm Hilfe bei einem persönlichen Anliegen zugesichert – eine Giftgasanlage sollte nicht vor den Fenstern von Höllers Elternhaus, sondern 180 Kilometer weit entfernt gebaut werden (VR 62f., 92f.). Seitdem ist Himmler das Idol des Juristen. Das Stück spielt an dem Tag, wo im Stadtrat – Jahrzehnte später – erneut über eine solche Fabrik entschieden werden soll; diesmal übernimmt Rudolf aber den Part des NS-Verbrechers: „Ist es nicht merkwürdig Vera", wendet er sich an seine Schwester, „daß ich heute / selbst verhindern habe können/ daß eine Giftgasfabrik hier gebaut wird / vor unsern Fenstern / Vor vierzig Jahren hat es Himmler verhindert / heute habe *ich* es verhindert" (VR 62f., Hervorhebung i.O. gesperrt, J.W.). In gewisser Weise erreicht er hier sein bewundertes Vorbild – ausgerechnet in diesem Jahr scheitert das Ritual, und Rudolf erleidet einen Zusammenbruch.

An den begutachteten Handlungslinien treten also zwei Phasen zutage: Zunächst streben einzelne Charaktere einem wie auch immer zweifelhaften Ideal entgegen, doch sobald das Ziel erreicht ist, verliert es seine bindende Kraft. Hinter der nach seinen Vorgaben geordneten Realität bricht etwas Amorphes auf, ob es sich um witterungsbedingte Finsternis, den physischen Kollaps eines Protagonisten oder um den Lärm auf dem Heldenplatz handelt. Das kann man auch an *Der Ignorant und der Wahnsinnige* verifizieren: Ehe Husten und Verdüsterung einsetzen, behaupten sowohl der Vater als auch der Doktor, die Kunst der Königin sei auf einem „Höhepunkt" angelangt (IW 124). Die Sängerin ahnt offenbar selbst, daß Vollendung und Absturz miteinander zusammenhängen⁶⁵⁶ – das manifestiert sich in ihrem Wunsch, „mitten auf dem Höhepunkt / einen Skandal [zu] entfesseln" (IW 152).⁶⁵⁷

---

⁶⁵⁵ *Vor dem Ruhestand* spielt in vielerlei Hinsicht auf den Skandal um den damaligen baden-württembergischen Ministerpräsidenten Hans Karl Filbinger an, dessen Vergangenheit als NS-Marinerichter aufgeflogen war. Bernhard konnte die Affäre hautnah miterleben, da sein bevorzugter Regisseur Peymann zu dieser Zeit Intendant des Stuttgarter Staatsschauspiels war. Dazu ausführlich: Honegger 2003, 195-208.

⁶⁵⁶ Die Rede vom Höhepunkt ist zweifellos sexuell konnotiert (vgl. Liebrand 2002, 85).

⁶⁵⁷ Diese Äußerung ist vom Doktor beeinflußt, der zuvor eine ganz ähnliche Formulierung gebraucht und damit wohl die Überlegungen der Königin in Gang setzt: „Wenn es sich darum handelt / auf dem Höhepunkt / zurückzutreten / Schluß zu machen / auf dem Höhepunkt / der Vitalität / der Kunst" (IW 139f.). Interessanterweise fügt er hinzu, der Zeitpunkt sei noch nicht gekommen (ebd.) – das steht im Kontrast zu seiner Bemerkung aus dem ersten Akt.

Wie soll man dieses Ergebnis nun beurteilen? Hier sei an das im ersten Kapitel explizierte „*Kälte*-Schema" erinnert – die Angst vor fremden Zeichen, ihre allmähliche Beherrschung, schließlich das Nachlassen ihres Weltbezugs und ihre Implosion. Genau darauf beruht auch das ermittelte Entwicklungsmuster. Um es an *Heldenplatz* zu erläutern: bei Frau Zittel bewegt sich das Denk- und Sprechvermögen noch dem „Ideal" – dem bewunderten und gefürchteten Josef Schuster – entgegen, im zweiten Akt stellt sich ein gewisses Gleichgewicht ein, doch im Finale vermag die Sprache ihren Gegenstand nicht mehr gegenwärtig zu halten und erlebt daher den Einbruch des Gestaltlosen.

In dieser Sache ist noch eine weitere Feinheit von Bedeutung. Der „Höhepunkt" in *Der Ignorant und der Wahnsinnige* sowie die Auflehnung gegenüber den Vorbildern in *Die Berühmten* koinzidieren jeweils mit der Ankunft einer Figur, die von den übrigen schon länger voll Ungeduld erwartet wird – hier die Königin, dort die Sopranistin Gundi. Das Ausbleiben wird von den Harrenden ausgiebig kommentiert und als Aspekt des Künstlertums entschuldigt: „Ein Star / spannt alle Welt auf die Folter", meint der Verleger in *Die Berühmten* (Ber 158). In *Der Ignorant und der Wahnsinnige* kommt hinzu, daß die Tochter an diesem Abend eine Vorstellung hat und die beiden Männer in Sorge sind, ob sie sie nicht etwa versäumt; allerdings treibt sie dieses Spiel bei jedem Engagement (IW 100f., 107). Ihr Erscheinen vor dem Doktor und dem Vater fällt zeitlich gesehen beinahe mit ihrem Auftritt auf der Bühne zusammen.

Ähnlich liegt der Fall in *Der Schein trügt*, wo Karl wie gewohnt auf seinen Bruder Robert – ebenfalls ein Schauspieler – wartet: „Jeden Dienstag dieselbe Ungeheuerlichkeit / der Mime der nicht erscheint" (St 410). Diese Formulierung ist äußerst interessant, weil darin die Bedeutungen von „Ankunft" und „Auftritt auf einer Bühne" miteinander verschmelzen; hier wird auf den theatralen Charakter der Vorgangs angespielt.[658] Ebenso wie bei den Beispielen aus Abschnitt 3.1.2 geht es dabei nicht nur um die ritualartige Routine, sondern um die Asymmetrie zwischen Darsteller und Sprecher, um das Erscheinen *für die Redner*. An *Der Ignorant und der Wahnsinnige* läßt sich das

---

[658] Derselbe Doppelsinn begegnet in der Rede des Doktors: Als die für Kostüm und Maske zuständige Frau Vargo in der Garderobe aufgetaucht ist, wertet er das als Zeichen für das baldige Kommen der Königin und sagt zum Vater: „Sehen Sie geehrter Herr / Sie können beruhigt sein / ist die Vargo aufgetreten / dauert es auch nicht mehr lange bis Ihre Tochter kommt / das bedeutet daß Ihre Tochter schon im Haus ist" (IW 97).

besonders gut plausibel machen: Wie erwähnt ist die Rollenbezeichnung „Die Königin" ein Indiz dafür, daß die Identität der Sängerin auf ihrer Paradepartie in der Oper gründet; damit erweist sie sich ebenso wie Johanna in *Ein Fest für Boris* als eine Schauspielerin im Schauspiel, als eine Schauspielerin für ihren Vater und den Doktor, deren Erwartungen sie mit der Perfektionierung ihres Gesangs genügt. Auch die Quasi-Simultaneität der Ankunft bei ihren Förderern und auf der Bühne läßt an ein Spiel *für* die Wartenden denken.

Wenn nun aber der Moment des Erscheinens mit dem „Höhepunkt", mit dem Erreichen bzw. der Entthronung des Vorbilds zusammentrifft, so kann man behaupten: Der Auftritt der Binnen-Schauspieler füllt gleichsam die Rede der Sprecherfiguren, er gewährt den Worten das kurzzeitige Glück, die Wirklichkeit eingefangen, heraufbeschworen zu haben. Dies entspricht dem Stadium innerhalb der erläuterten Entwicklungskurve, wo der Erzähler aus *Die Kälte* die Zeichen der Mitinsassen erlernt hat und als Mitglied der Gesellschaft akzeptiert wird. Damit läßt sich zugleich erklären, weshalb die Ankunft der Sopranistin Gundi in *Die Berühmten* das Aufbegehren gegen die Puppen auslöst: War der Sprache der Künstler anfangs noch ein doppelter Mangel einbeschrieben – die vermeintliche Unerreichbarkeit der Idole und die Abwesenheit der Sängerin, so erhält sie durch die Aufhebung des einen gleichsam das nötige Selbstbewußtsein, um auch den anderen zu tilgen.

Beim Erscheinen der betreffenden Personen steht demnach weniger der Inhalt ihrer Rede als vielmehr ihre visuelle Qualität im Vordergrund. Aus der Perspektive der Monologführer „sättigen" (oder konterkarieren) die Spieler ihre vormals geäußerten Worte, für den Zuschauer etablieren sie ein Gegengewicht zur Sprache. Die Spannung zwischen Redner und Mimen bestimmt nicht nur den vertikalen, sondern auch den linearen Aufbau des jeweiligen Stücks – neben dem Gefüge der Figurenbeziehungen sind auch die einzelnen Stationen des Handlungsablaufs davon beeinflußt. Bernhards Bühnenwerke erscheinen auch von dieser Warte aus als Sprach-Dramen;[659] sie wirken wie

---

[659] Daß Bernhards Stücke nicht in einem realistischen Sinne Handlungen und Individuen, sondern sprachlich-gedankliche Prozesse darstellen, ist in etlichen Sekundärtexten vermerkt worden. Schon Gamper 1974 bezeichnet sie als „Kopftheater, mimetische Reproduktion von Denkprozessen" (11), ähnlich Meyer-Arlt 1997, 134; auch für Honegger 2003 liegt die Handlung eines Bernhard-Stücks in der Funktion der Sprache (212). Wo die sprachlichen Vorgänge ausführlicher analysiert werden, geschieht das zumeist im Rahmen von Interpretationen, die sie v.a. vom Selbstbehauptungswillen der Sprecher her betrachten (Klug 1991, Damerau 1996, zuletzt Aspetsberger 2001) und somit an den Letzthorizont der Existenz- und Machtproblematik zurückbinden. Das gilt auch für den explizit sprachtheoretisch aus-

große Sätze, die sich an Bildern abarbeiten und sie aufleuchten lassen, ehe die evokative Kraft wieder erlischt.

Auf diese Weise zeichnen sich die Koordinaten einer möglichen sprachphilosophischen Lektüre ab. Es ist insgesamt zu untersuchen, in welche besondere Gestalt sich das „*Kälte*-Schema" kleidet, d.h. wo die vorgängigen Ideal-Fixierungen, die jeweilige Klimax sowie ggfs. die Auflösung der Strukturen liegen. Das Theater- und das Blindheitsmotiv dienen als Hauptindikatoren der Machtverhältnisse und der Auseinandersetzung zwischen Wort und Welt. Im folgenden soll dies an einer ausführlicheren Einzelanalyse erprobt werden. Als Beispiel wähle ich – nicht zuletzt aufgrund der zitierten „Notiz" – *Ritter, Dene, Voss,* zumal die Frage nach dem Zusammenhang zwischen dem Wort vom „intelligenten" Schauspieler, Bernhards Dramaturgie und Wittgensteins Philosophie noch aussteht. Zunächst aber ein paar Bemerkungen zu dem fünf Jahre früher (1979) erschienenen *Vor dem Ruhestand,* das etliche erhellende Gemeinsamkeiten aufweist.

3.1.3.2 Modellinterpretation: Ritter, Dene, Voss

Der Kollaps am Ende von *Vor dem Ruhestand* wurde oben darauf zurückgeführt, daß Höller sein „Vorbild" Himmler erreicht und das Ideal seine sinnstiftende Kraft verliert. Diese Erklärung läßt sich noch weiter ausdifferenzieren. Rudolf scheint generell allergisch darauf zu reagieren, wenn er mit seiner gelähmten Schwester Clara, auch politisch seine Gegnerin, allein ist. Schon im zweiten Akt kommt es zwischen ihnen zu einem hitzigen Wortgefecht, als Vera einmal den Raum verläßt (VR 81-83). Da Clara danach fortwährend schweigt, entwickelt sich ihre nächste Situation zu zweit ganz anders. Rudolf wird in seinen Tiraden nicht mehr unterbrochen, scheint aber desto mehr außer Fassung zu geraten: Kaum ist Vera wieder im Zimmer, holt er einen Karabiner aus dem Kasten und zielt damit auf die Deckenlampe – das erste krasse Anzeichen seines bevorstehenden Anfalls (VR 96). So ist es keinesfalls abwegig, wenn Vera am Ende der Schwester die Schuld an der Katastrophe

---

gerichteten – und darin sehr überzeugenden – Aufsatz von Dronske 1999. Ich versuche dagegen, die wechselnden Balancen zwischen der Sprache einerseits und Spiel, Bild und Wirklichkeit andererseits für sich genommen ins Auge zu fassen.

gibt:[660] „Du bist schuld / mit deinem Schweigen / du mit deinem ewigen Schweigen" (VR 114).[661]

Freilich scheint auch Vera nicht ganz unbeteiligt zu sein. Als Befürworterin „eingespielter" Verhältnisse (vgl. 3.1.2) hilft sie Rudolf dabei, das alljährliche Geburtstagszeremoniell zu wiederholen – eine KZ-Szene, in der die behinderte Schwester den Part des Häftlings zu übernehmen hat. Dabei ist Sensibilität gefragt: Anstatt ausdrückliche Anweisungen zu erteilen, pflegt der Bruder den Beginn allein durch sein Schweigen zu signalisieren; man muß ihm alles von den Lippen ablesen (VR 40). Nichtsdestotrotz sagt sie – die „Feier" ist schon im Gange – in seiner Gegenwart zu Clara, sie könne froh sein, nicht wie im Vorjahr eine KZ-Jacke anziehen zu müssen (VR 111); sie stellt also einen Vergleich an und macht die Wiederholung dadurch als solche kenntlich. Als Rudolf unmittelbar darauf seine Pistole aus dem Halfter nimmt, hält er sie nicht Clara, sondern seiner auch im sexuellen Sinne[662] geliebten Schwester Vera vors Gesicht (ebd.). Es wirkt, als bestrafe er sie dafür, etwas ausgesprochen zu haben, was geräuschlos hätte funktionieren sollen.

Waren die Frauen im Binnen-Theater bislang nur Statisten, so aktualisieren sie nun das Machtpotential ihrer Rolle. Vera kehrt den Ritualcharakter der Prozedur hervor, Clara radikalisiert den Part des Opfers, indem sie konsequent schweigt und aus dem ursprünglichen Szenengefüge verschwindet –

---

[660] Schmidt-Dengler 1989 meint, Clara werde durch ihr Schweigen zum „Motor der Komödie": „Ihr Schweigen macht die Redenden lächerlich; in paradoxer Umkehr werden die Redenden zu Stichwortgebern, die Schweigenden so zu den tatsächlich Redenden" (122). Vgl. auch Krammer 1999, 101.

[661] Hier kommt noch ein weiteres Detail hinzu: Anfangs sprechen die Schwestern noch von der Gehilfin Olga, die viel vom NS-Kult im Hause Höller mitbekommen habe, aufgrund ihrer Taubstummheit aber nichts verraten könne (u.a. VR 18f.). Später wird die Dienerin überhaupt nicht mehr erwähnt; stattdessen sagt Vera zu Rudolf in bezug auf Clara: „Wenn sie reden könnte / wenn sie hinausgehen könnte und reden / wenn sie nicht auf uns angewiesen wäre / sie würde uns verraten / wenn das nicht ihren Tod bedeutete" (VR 80). In gewisser Weise rückt Clara – auch durch ihr Schweigen – an Olgas Position, d.h. an eine Stelle außerhalb des geschwisterlichen Gleichgewichts. Damit ist ein weiteres Moment benannt, das die Rede und somit auch die Psyche des Gerichtspräsidenten irritiert haben mag.

[662] Gitta Honegger rekurriert beim Inzest zwischen Vera und Rudolf (wie auch bei vielen anderen Punkten) auf den erwähnten politischen Hintergrund des Stücks. Im Zuge der Filbinger-Affäre publizierte der *Spiegel* am 22.5.1978 einen Aufsatz, den der Ex-Marinerichter als Student verfaßt und in dem er die „Reinhaltung der Blutgemeinschaft" propagiert hatte. Das verleihe dem Verhältnis zwischen Bruder und Schwester zusätzliche Brisanz: „Inzest ist die groteske Endlösung des alten Nazi für das Problem, die Blutgemeinschaft rein zu halten" (Honegger 2003, 200).

ihre Schwester schilt sie daher eine „Spielverderberin" (VR 111). Diese Verschiebungen tragen parallel zu Rudolfs Angleichung an das „Ideal" zum Scheitern der Wiederholung bei. Daran zeigt sich zugleich, was für einen Einfluß die zuletzt aufgeführten Aspekte auf die Entwicklung der jeweiligen Handlung haben: Das Erscheinen oder Abtreten von Figuren verändert die Rede stärker, als es der pragmatische Kontext erklärt, das Schweigen bzw. die Einnahme einer Außenposition zeitigt größere Folgen als die explizite Gegenrede, und – das lehrt u.a. Veras Fall – das Verhältnis zu vorgängigen Zeichen entpuppt sich als ein Grundthema, das in den Auseinandersetzungen zwischen den Figuren verhandelt wird.

Ritter, Dene, Voss liegt eine ähnliche Konstellation zugrunde. Das Personal beschränkt sich auf drei Figuren, wiederum zwei Schwestern und ein Bruder, auch hier sind inzestuöse Motive beteiligt; außerdem spielt das Stück ebenso wie das vorige in großbürgerlichen Verhältnissen.[663] Die Rollenverteilung läßt sich mit Hilfe der Typologien aus den letzten Unterkapiteln relativ leicht erläutern: Voss alias Ludwig (Wittgenstein) ist Philosoph[664] und leidet an fortschreitender Augenschwäche, Dene und Ritter – in der Figurenrede erscheinen sie jeweils ohne Eigennamen,[665] d.h. nur als „die Schwester(n)" – sind jeweils Schauspielerinnen. Während sich die eine wünscht, alles möge bald „eingespielt" sein, gehört die andere zur Fraktion der Überdrüssigen, die schon „alles gesehen" zu haben glaubt (s.o.).

Auch die äußere Handlung ist rasch erzählt. Im ersten Teil „Vor dem Mittagessen" reden die beiden Schwestern über Ludwig, den Dene gerade aus der Nervenheilanstalt Steinhof nach Hause gebracht hat. Während dieser noch ein Bad nimmt, erörtern die beiden ihre Beziehung zu ihm – wie sich dabei

---

[663] Zu den Parallelen zwischen *Vor dem Ruhestand* und *Ritter, Dene, Voss* auch: Mittermayer 1995b, 172f., Damerau 1996, 356-360, Meyer-Arlt 1997, 134, Sorg 1998.

[664] Die inhaltlichen Bezüge zu Ludwig Wittgenstein wurden bereits aufgelistet (s.o.). Pfabigan 1999 registriert in der Zeichnung des leidenden Genies Ludwig zudem Anklänge an Nietzsche (253). Was den philosophischen Hintergrund betrifft, ist auch eine feine Beobachtung von Burghart Damerau zu erwähnen: Die Vorschrift in der Nervenheilanstalt, gerade zu gehen (RDV 163), erscheine wie eine Persiflage auf Kants kategorischen Imperativ – umso mehr, als Dene Voss/Ludwig den Titel „Gegenkant" (RDV 141) verleiht (Damerau 1996, 330, somit im Einklang mit der späteren *Immanuel Kant*-Interpretation von Schößler/Villinger 2002, s.o.).

[665] Immerhin ist ihr Nachname zu erfahren – die drei sind die Kinder des Großindustriellen Worringer (RDV 123, 139). Dabei handelt es sich möglicherweise um eine Anspielung auf den Philosophen und Kunsthistoriker Wilhelm Worringer (1881-1965), vgl. Schmidt-Dengler 1992, 83.

zeigt, ist Denes Zuneigung zu ihrem Bruder erotisch gefärbt (RDV 135). Im mit „Mittagessen" betitelten zweiten Akt sitzt Ludwig mit seiner jüngeren Schwester am Tisch; Dene trägt unterdessen die Speisen auf. Als sie sich zu den beiden setzt, bedrängt sie ihren Bruder mit übertriebener Fürsorge. Ihrer Meinung nach hat sie alles so vorbereitet, wie er es am liebsten hat – „Ganz frische Brandteigkrapfen / die du so liebst" (RDV 189), doch gerade die Bemutterungsversuche bringen Ludwig zur Raserei: Er sinkt mit dem Kopf auf die Tischplatte, zieht die Decke mitsamt des Geschirrs herunter und schleudert eine Lampe gegen die Tür (RDV 192f.). Anders als sonst bei Bernhard ist mit dem Zusammenbruch aber noch nicht das ganze Stück, sondern nur der zweite Teil zu Ende. Im dritten beschäftigt sich der Mann damit, einige Möbel umzustellen und die Verwandten-Porträts seitenverkehrt aufzuhängen; dabei errät er, daß sich die beiden Schwestern haben malen lassen (RDV 200). Schließlich kommt es sogar noch zu einer heimlichen Kußszene mit Ritter (RDV 222).

Betrachtet man das Drama unter der Optik des obigen Entwicklungsmusters, so erweist sich der Konflikt zwischen Dene und Voss im zweiten Akt als besonders wichtig. An einer späteren Stelle verrät Ludwig seiner jüngeren Schwester, weshalb er sich zuvor so aufgeregt hat:

> „Deine Schwester / leidet unter Verfolgungswahn / Geschirrfetischismus / Porzellankrankheit / Eine Freude machen / indem sie mir Brandteigkrapfen / auf den Tisch stellt / und nicht hören will / was ich sage gleichzeitig / verachtet mein Innerstes / aber fordert / daß ich ihre Brandteigkrapfen esse […] / Ich sage zu deiner Schwester / ich will in ein Konzert / und sie kauft ein ganzes Abonnement / ich sage ich will einen Brandteigkrapfen / und sie setzt mir Dutzende vor […] / Was wir auch tun und was wir auch sagen / Es wird auf das teuflischste vervielfältigt" (RDV 215)

Seine Wut richtet sich darauf, daß sich seine Schwester ein Bild von ihm macht, eine fixe Vorstellung, der er zu entsprechen hat. Hinter den Turbulenzen im Mittelakt verbirgt sich somit wiederum der Versuch, die Wirklichkeit einem statischen Ideal anzugleichen. So besehen fügt sich der Verlauf der Handlung geschmeidig in das Schema. Im ersten Akt wird die Präsenz des Protagonisten verbal heraufbeschworen, im zweiten folgen sein Erscheinen sowie die scheiternde Vereinigung von Darstellung und tatsächlicher Persönlichkeit, im Schlußteil scheinen Zeichen und Bedeutung, Realität und Repräsentation völlig auseinandergetreten zu sein – Ludwig findet die Schwestern auf den Porträts „bis zur Unkenntlichkeit verstümmelt" (RDV 205); außerdem führt das Umräumen weder bei den Bildern noch bei den Möbeln zu einer sinnvolleren Anordnung, sondern indiziert nur die Beliebigkeit der bisherigen.[666]

Der Unterschied zwischen der Phase vor und nach dem „Höhepunkt" ist zugleich im Kontrast zwischen den beiden Frauenfiguren angelegt. Fast das ganze Stück über verrichtet Dene irgendwelche Arbeiten im Haushalt, während Ritter auf einem Sessel sitzt, raucht und sich mit Voss unterhält. Die Ältere wird als ernste, fürsorgliche, sozusagen etwas verkrampfte Person dargestellt; symptomatisch ist das Ende des dritten Teils, wo sie hinfällt und blutet (RDV 223). Die Jüngere gibt sich hingegen den Anschein, über den Dingen zu stehen; auch Ludwigs Treiben mit dem Mobiliar betrachtet sie eher amüsiert – als dabei Geschirr zu Bruch geht, lacht sie laut auf, während ihre Schwester entsetzt ist (RDV 208f.). Dene scheint die Kleidung des Bruders erotisch zu stimulieren: Angeblich hat Ritter sie einmal dabei ertappt, wie sie sich seine Frackhose angezogen habe (RDV 171); als Ludwig eine neu gekaufte Unterhose in die Hand nimmt und Dene kurz darauf damit verschwindet, ist sich ihre Schwester sicher, daß sie sogleich ihr Gesicht hineinstecken werde (RDV 221). Bezeichnenderweise ermuntert Ritter Ludwig dazu, die Unterhose vor ihren Augen anzuprobieren; Dene sträubt sich heftig dagegen, als fürchte sie eine tiefe Verletzung (RDV 219f.).

Insofern lassen sich die Schwestern jeweils einem der beiden Intervalle zuordnen: Denes Neigung, den Körper des Bruders in Gestalt seiner Kleider, also in einer metonymischen Ersetzung zu liebkosen, reflektiert ein geradezu magisches Verhältnis zu Zeichen. Bedenkt man weiter, wie unflexibel ihr Bild von Ludwig ist und was sie alles daran setzt, ihn zur Erfüllung ihrer Vorstellungen zu bewegen, so darf man behaupten, daß sie die erste Phase repräsentiert – sie will seine Person mit dem präfabrizierten Ideal in Übereinstimmung bringen. Ritter steht dagegen für denjenigen Abschnitt des Verlaufsmodells, wo die Signifikanten ihre direkte Bindung an die Realität eingebüßt haben. Da sie nicht im voraus festlegt, wie ihr Bruder zu sein hat, ist sie für seine Kapriolen wesentlich empfänglicher, freilich mit dem Nachteil, dadurch weder klar Stellung beziehen noch Verantwortung übernehmen zu können. Auch sie vermag ihn nicht davon zu überzeugen, bei ihnen zu bleiben, anstatt nach Steinhof zurückzukehren – sie versucht es nicht einmal (RDV 180, 226).

---

[666] Vgl. Sorg 1998, 23.

Bei dieser Konstellation handelt es sich um eine Besonderheit von *Ritter, Dene, Voss:* In keinem anderen von Bernhards Dramen werden die Komponenten des vielzitierten Grundschemas in solcher Deutlichkeit auf einzelne Figuren projiziert. Aus dieser Beobachtung ergibt sich eine Antwort auf die Frage, warum nur die Rolle des Bruders mit einem Eigennamen versehen wird, nicht aber die der Schwestern. Wenn der Name Ludwig hervorgehoben, innerhalb der Repliken als Bezeichnendes markiert wird, wenn Dene und Ritter zudem die beiden Hauptstadien im Verhältnis zu Zeichen repräsentieren, so drängt sich die Vermutung auf: Voss spielt eine Wort-Rolle; bei dem, was er darstellt, kommt es darauf an, daß es etwas sprachlich Artikuliertes ist – nicht etwa eine Person, obwohl der Vorname Ludwig natürlich auf Wittgenstein verweist. Schon die pragmatischen Vorgaben des Textes (etwa die berufliche Tätigkeit der Figuren) legen es nahe, die Beziehung zwischen Bruder und Schwestern nach dem Schema Sprache vs. Spiel zu interpretieren; nach den letzten Betrachtungen scheint man in einem präziseren Sinne auf die Unterscheidung Wort vs. Wortgebrauch rekurrieren zu müssen. Was im Zusammenspiel zwischen den Geschwistern verhandelt wird, wäre gleichsam das Schicksal eines Signifikanten, der wechselnde Sinnzuschreibungen über sich ergehen lassen muß.

Ich stelle dies zurück und widme mich einstweilen dem noch ungelösten Problem des „intelligenten Schauspielers". Die Annahme, es gehe hier analog zu *Ein Fest für Boris* um ein Spiel, das von der Schrift nicht vollständig beherrscht wird, gewinnt an Plausibilität, wenn man eine weitere Besonderheit hinsichtlich der Benennungen aufs Tapet bringt – den eigentümlichen Titel des Dramas. Wie bereits erwähnt, setzt er sich aus den Namen der Uraufführungs-Schauspieler Ilse Ritter, Kirsten Dene und Gert Voss zusammen – ein Signal dafür, daß die wirkliche Gegenwart der Darsteller in diesem Stück von besonderer Wichtigkeit ist.[667] Die Akteure hätten also in ihrem Auftreten über die reine Repräsentation des Geschriebenen, der Worte hinauszugelangen – genau wie Johanna aus der Sicht ihrer Herrin.

Handelt es sich aber deshalb schon um ein „schweigendes Theater", wie es die Dienerin der Guten praktiziert? Eine Kandidatin für ein solches Spiel wäre in *Ritter, Dene, Voss* v.a. die ältere Schwester – zum einen wegen ihrer Dienstfertigkeit und ihres gerade im zweiten und dritten Akt sehr geringen Redeanteils, zum anderen darum, weil sie sich in ihrem Schauspielerberuf auf

---

[667] Honegger 2003 meint, die „Namen der Schauspieler destabilisier[t]en die Identitäten der Charaktere" (361).

derartige Charaktere spezialisiert hat: „Die vielen stummen Rollen / die ich gespielt habe", sagt Dene zu Ritter, „während ich doch die allergrößten / hätte spielen können / Es kommt nicht darauf an / wie lange ein Schauspieler auf der Bühne agiert / es kommt nur darauf an *wie* / zwei drei Minuten exzellentes Theater" (RDV 160). Die Angesprochene räumt übrigens freimütig ein, weniger talentiert zu sein; sie habe stets die großen Rollen begehrt, sei aber nie in der gewünschten Weise besetzt worden (RDV 160f.).

Die Differenzen „Rede vs. Schweigen" und „Macht vs. Ohnmacht" decken sich hier allerdings nur vordergründig. Dene vereinigt zwar alle Kennzeichen einer fügsamen Reproduzentin in sich – sie schreibt die Manuskripte ihres Bruders ab (RDV 137, 155f. etc.) und befindet sich laut Ritter völlig „in seiner Gewalt" (RDV 148). Doch zugleich ist sie es, die Ludwigs Heimholung betreibt, mit dem Anstaltsleiter heimlich Abmachungen trifft und alles entsprechend einrichtet (RDV 130, s.o.). Es klingt nicht unglaubwürdig, wenn ihre Schwester meint: „Du hast immer alles / in deinem Kopf geplant / und mit allen Mitteln durchzusetzen versucht / ohne Rücksicht auf andere [...] Und Ludwig weiß gar nicht / daß alles das er ist / von dir ist" (RDV 154). In Denes Spiel tritt also etwas Überraschendes hervor – eine Tendenz zum Rollentausch, zur Umkehrung der Hierarchie.

Bei Johanna ist das allenfalls insofern zu erkennen, als das unkontrollierbare Mehr gegenüber der reinen Repräsentation in der Guten „Mißtrauen", also die Sorge um die eigene Dominanz auslöst (s.o.). Trotzdem stellt sich die Frage, ob nicht genau dieser Befund für den „intelligenten Schauspieler" konstitutiv ist. Da Bernhard alle drei Akteure mit diesem Prädikat auszeichnet, kann die Lösung schließlich nicht in einem Einzelmoment wie Denes und Johannas defensiver Attitüde, sondern nur in einer übergreifenden Gemeinsamkeit liegen. Diese Annahme stützt sich auch darauf, daß sich bei Ritter gleichfalls Verschiebungen beobachten lassen. Sie steht längst nicht so weit außerhalb der wechselseitigen Abhängigkeiten, wie sie vorgibt. Zwar erklärt sie anfangs, gegen Ludwigs Rückkehr zu sein (RDV 127), doch offenbar war das der gemeinsame Plan beider Frauen (RDV 133). Ihr bereits zitierter Satz „wir haben Angst / daß er etwas sieht / was er nicht sehen soll" (RDV 147, vgl. 3.1.2) deutet ebenfalls auf eine aktive Beteiligung an den Vorkehrungen, zumal auch ihr Porträt versteckt wurde und sie Ludwig darüber nur zögerlich Rechenschaft ablegt (RDV 200f.). Ähnliches zeigt sich in bezug auf die erotische Faszination. Obwohl sie ständig über Denes unglückliche Liebe zum Bruder spottet, schlägt der Bruder auch sie in seinen Bann; als sie sich küssen und die Schwester naht, stößt sie ihn aber sofort weg und wahrt den Schein (RDV 222).

Ritter findet sich also mehrfach in Denes Rolle wieder, sowohl was die aktive inszenatorische als auch was die passive schauspielerische Seite betrifft. Allerdings gerät sie gleichsam auf umgekehrtem Wege herein. Während die Ältere ihre Fixierung kaum verschleiert, erwächst die Neigung der Jüngeren aus einer – sei es echten, sei es zur Schau gestellten – Indifferenz. Wie sich u.a. an der Unterhosen-Szene zeigt, springt ihr Desinteresse abrupt in Interesse um; das eine geht direkt aus dem anderen hervor: Als Ritter ihre Unbefangenheit demonstriert und Voss zur Anprobe auffordert, dieser aber darauf verzichtet, wird sie ärgerlich und sagt merkwürdig heftig: „Warum hast du die Unterhose / nicht angezogen/ du hättest die Hose ausziehen / und die Unterhose anziehen sollen / Ach ihr widert mich an" (RDV 221). Nachdem sie wieder Platz genommen und sich eine Zigarette angezündet hat, insistiert sie: „Du hättest die Unterhose anziehen sollen / diese falsche verlogene Scham" (ebd.). Ein paar Sätze später kommt es zum bereits erwähnten Kuß.

Der Bruder nimmt im Dreieck einen besonderen Platz ein. Da er nur kurz im Elternhaus verweilen möchte, könnte er sich eigentlich souverän und unbeteiligt gebärden, zumal die beiden Schwestern – in welcher Form auch immer – um ihn werben und er sich selbst in keiner Konkurrenzsituation befindet. Trotzdem reagiert er sensibel auf ihr Verhalten – krassestes Beispiel ist die allergische Aufwallung gegen die Bemutterungsversuche im zweiten Akt. Fällt ihm dabei noch die Opferrolle zu, so tritt er in anderen Situationen als strategisch denkender Spiel-Leiter in Aktion: Er kalkuliert sorgfältig, wie er sein Lob für Denes Kopierdienste dosieren muß, um sie bei der Stange zu halten (RDV 216). Der unaufdringlichen Ritter begegnet er mit großem Vertrauen, er erzählt viel und zieht sie immer wieder in Tuscheleien über die Ältere herein. Für die erotischen Intermezzi ist er bei beiden aufgeschlossen, auch bei Dene (RDV 134f., s.o.). Voss' Part unterscheidet sich insofern von den übrigen, als er „zu Gast ist" und mit den Mitspielerinnen keine weitergehenden Absichten hegt; der Status seines Spiels changiert in Abhängigkeit von dem der anderen.

Zurück zu den „intelligenten Schauspielern". Wenn man die Spiegelbildlichkeit im Verhältnis der beiden Schwestern zu Ludwig im Sinne der Sprache/Spiel-Allegorie dekodiert, gelangt man zu folgendem Ergebnis: Denes sprach-höriges Spiel changiert mit einem sprach-gebietendem, Ritters anfänglich sprach-freieres mit einem sprach-faszinierten. Beide Frauen durchlaufen das Stadium der Fesselung durch eine Redner- oder Denkerfigur, das auch Johannas Rolle charakterisiert. Indem sie jedoch zugleich in die komplementäre Position ausweichen, beweisen sie ihre partielle Autonomie; in diesen Phasen bezeugt sich das bewußte „Mehr" gegenüber der Repräsentation. Was in *Ein Fest für Boris* nur der Behauptung der Guten zu entnehmen ist, die subversive Tendenz im Spiel der Dienerin, das entfaltet in *Ritter, Dene, Voss* konkret in der Gestalt der Machtverschiebungen seinen Keim.[668]

„Intelligent" ist ein Mime also dann, wenn er sich in seinem Auftreten zwar einerseits in den Dienst des Textes stellt, andererseits aber durch seine Präsenz einen Kontrapunkt zur bloßen Reproduktion setzt. Auch Voss gebührt dieses Prädikat, da er in den Statusspielen stets als jeweiliger Gegenpol fungiert und dabei wie die anderen auch das „Dene-Stadium" – die Devotion – streift. Auf der Ebene des Verhältnisses zwischen Autor und Akteur gilt das Postulat ohnehin gleichermaßen für alle. An den Wechseln und Übergängen zwischen den Partien zeigt sich ein weiteres Moment, das in *Ein Fest für Boris* nur in nuce zu erkennen ist: Beim Theater der Diener- und Schauspielerfiguren handelt es sich nicht einfach um simplen „Widerstand" gegen die Rede, sondern um etwas, das neuerliche Gegenbewegungen hervorruft und so die Motorik der Sprache in Gang hält.

Diese produktive Qualität des Spiels kommt in *Ritter, Dene, Voss* klarer als in anderen Dramen zu Gesicht. Eben das verdeutlicht der Vergleich mit *Vor dem Ruhestand*. In diesem Stück betrifft die Krise des Zeichens eine Figur allein – Rudolf erlebt zunächst die Aneignung, dann den Verlust des Ideals, Vera und Clara verleihen dieser Entwicklung lediglich zusätzliche Kraft, indem sie die Ökonomie des Rituals mit den eigenen Mitteln stören (s.o.).[669] In *Ritter, Dene, Voss* sind hingegen alle drei Personen in spezifischer Form in den Grundprozeß involviert. Die Schwestern gehören zum Lager des Spiels, wäh-

---

[668] Eine psychologische Deutung der Statuswechsel zwischen den drei Figuren liefert Höying 2003.
[669] Hier sei freilich einschränkend bemerkt: Bei genauem Hinsehen ist die beschriebene Besonderheit von *Ritter, Dene, Voss* in *Vor dem Ruhestand* bereits in Ansätzen zu erkennen. Wie im folgenden ausgeführt wird, lassen sich die von Dene und Ritter verkörperten Phasen des Sprachschemas mit dem Gegensatz von Tragödie und Komödie zusammendenken. Diese Pole sind indes schon in *Vor dem Ruhestand* klar auf die beiden Frauen verteilt. Vera sagt zum Dasein der Geschwister: „Es ist ja nur ein Spiel / es ist nicht ernst / es *kann* nicht ernst sein / Es ist eine richtige Komödie" (VR 75, Herv. i.O. gesperrt), während Clara durch ihr Schweigen den tragischen Ernst der Situation hervorkehrt. Insofern findet der Grundprozeß der Sprache auch hier in der Figurenkonstellation seinen Niederschlag.

rend Ludwig die Sprache und das Denken vertritt; die Opposition zum Wort ist aber nochmals in sich unterteilt, da Dene und Ritter die beiden komplementären Möglichkeiten im Verhältnis zu Zeichen vorstellen und dabei immer wieder ein „Crossing" zur anderen Seite vornehmen. Ständig sind beide Varianten präsent, provozieren sich gegenseitig zum Übertritt und bieten der Sprache somit immer neue, wechselnde Angriffsflächen. In anderen Texten kommunizieren die Gegensätze weniger intensiv miteinander – dort manifestiert sich das Andere der Sprache eher in Phänomenen wie denen, die oben als „Einbruch des Amorphen" beschrieben wurden. Es nimmt nicht wunder, wenn Bernhard gerade hier die „Intelligenz" der Schauspieler rühmt.

Diese Beobachtung ist zugleich das noch fehlende Argument für die These, wonach sich das Figurengeflecht von *Ritter, Dene, Voss* mit Hilfe der Differenz von Sprache und Sprachgebrauch beschreiben läßt. Denes und Ritters Haltung zu Ludwig ist deutlich mit den beiden bewußten Phasen der *Kälte*-Dynamik assoziiert, darüber hinaus hat sich nun erwiesen, daß sie immer wieder die Positionen tauschen, daß diese Sprünge aus ihrer jeweiligen Grundeinstellung erwachsen. Die Verbundenheit zwischen den Polen, die Tendenz zum Wechsel bestätigt die geübte Lektüre – im Kontext von Bernhards Sprachauffassung war schließlich hervorgetreten, daß das Verhältnis der Sprecher zu den Zeichen nie stabil bleibt, sondern ständig im Begriff ist, ins Gegenteil umzuschlagen (vgl. 1.1). *Ritter, Dene, Voss* ist im engsten Sinne des Wortes ein Sprach-Drama; an der Konstellation zwischen den drei Charakteren wird dargestellt, wie ein Bedeutungsträger – der Name „Ludwig" – in die Kommunikation eintritt und welchen Verlauf die einzelnen Zuschreibungen nehmen.

Hier noch ein Seitenblick auf einen anderen Schauplatz. In der Sekundärliteratur hat man sich eingehend mit dem Begriffspaar Komödie/Tragödie befaßt, das im Werk des Österreichers allerorten auftaucht.[670] Christian Klug leitet Bernhards Wortgebrauch von Kierkegaard her – für diesen seien „Ko-

---

[670] In der Sekundärliteratur ist die häufige Rede von „Komödie" und „Tragödie" primär auf die Weltsicht der jeweiligen Sprecher bezogen worden; tatsächlich bedienen sich viele Figuren aus Prosa wie Drama dieser Begriffe, um die Auswegslosigkeit bzw. Lächerlichkeit der besonderen Situation oder gar des Daseins i.a. zu verbalisieren. Da die Ausdrücke oft zusammen auftreten bzw. die Gegensätze ineinander übergehen (in der Erzählung *Ist es eine Komödie? Ist es eine Tragödie?* von 1967 findet sich dies sogar im Titel wieder), behaupten viele Interpreten, daß die Positionen gleichsam austauschbar seien bzw. einander verwischen (u.a. Gamper 1977, 160, Schmidt-Dengler 1989, 108f., Link 2000, 130, Baumgärtel 2003, 230).

mödie und Tragödie komplementäre Ansichten desselben Phänomens, nämlich des Mißverhältnisses zwischen Endlichem und Unendlichem".[671] Während der Handelnde „sein Zurückbleiben hinter idealen Orientierungen pathetisch als tragischen Schmerz" empfinde, wirke das Scheitern lächerlich, wenn man es „ohne Identifikation von außen", vielmehr „[a]us Sicht der Idee" betrachte.[672] Das Tragische entspreche dem handelnden Ernst, das Komische der distanzierten Reflexion, der Sicht der Welt als Theater.[673]

Diese Deutung erscheint sehr treffend. M.E. lohnte es sich, ergänzend zu prüfen, ob die Dichotomie nicht mit den Aspekten des *Kälte*-Schemas zusammengedacht werden könnte. Demnach herrschte solange tragischer Ernst vor, wie man die Wirklichkeit einem Zeichensystem anzupassen versucht; sobald dieser Schritt vollendet ist, offenbare das Ideal seine Kontingenz, seine Lächerlichkeit, bis dieser Zustand wiederum als tragisch erkannt und auf einen neuen Signifikanten hin ausgerichtet wird.[674] Ein Beispiel bildeten Dene und Ritter, die nicht nur die beiden Phasen, sondern auch in geradezu archetypischer Weise Ernst und Komik verkörpern:[675] Die skizzierten Verschiebun-

---

[671] Klug 1991, 101.
[672] Ebd., 103f. Klug beruft sich dabei u.a. auf eine Passage aus *Der Ignorant und der Wahnsinnige*, wo der Doktor im Hinblick auf den alkoholsüchtigen Vater meint: „für die Außenwelt / ist eine Komödie / was in Wirklichkeit / eine Tragödie ist / geehrter Herr" (IW 113, vgl. Klug 1991, 104).
[673] Ebd., 105. Dieser Gedanke bestimmt auch Klugs Lektüre von *Die Jagdgesellschaft*, wobei er den „tragischen" Selbstmord des Generals darauf zurückführt, daß dieser vom Schriftsteller dazu gezwungen werde, „sein Verhalten unter theatermäßigen Kriterien zu betrachten" (ebd., 289, s.o.).
[674] Im Prinzip ist dieser Gedanke natürlich keineswegs neu. Schon Barthofer 1982 verknüpft Bernhards Verständnis von Komödie mit der Einsicht in die „Unzulänglichkeit des Sprachmaterials", die alles Geschriebene der Lächerlichkeit preisgebe (78f.), also eben mit der fehlenden Potenz und Konstanz des Zeichen-Ideals. Huntemanns Ansatz, mit Schopenhauer das Komische als Inkongruenz, das Tragische dagegen als – von der betreffenden Figur angenommene – vollkommene Übereinstimmung von Begriff und Realität zu definieren (Huntemann 1990, 199f.) und auf Bernhard anzuwenden, weist ebenfalls auf die vorgeschlagene Deutung voraus. Meine „Anregung" besteht primär darin, Komik und Tragik über ein sprachliches Phasenmodell zu denken, in das sich auch Handlungsverläufe integrieren lassen.
[675] Ein weiteres Argument bedarf einer etwas genaueren Erläuterung. Für viele irritierend, hat Bernhard sein letztes, da großenteils nach *Auslöschung* entstandenes Prosawerk *Alte Meister* als „Komödie" tituliert. Bei der Lösung dieses Rätsels liefert eine Beobachtung von Franz Eyckeler einen wichtigen Fingerzeig: Es sei auffällig, daß sich dieser Text nur um das Betrachten fertiger Kunstwerke dreht – die Hauptfigur Reger hält sich tagein, tagaus im Kunsthistorischen Museum auf –, während in den meisten übrigen Bernhard-Werken die

gen ändern nichts daran, daß die am Ende auch physisch verletzte Dene alles „tragisch nimmt", während die wiederholt lachende Ritter zumindest dem Anschein nach über den Dingen steht. Das nur als Anregung – eine solche Erklärung böte die Möglichkeit, gerade die Bernhard-typischen schnellen Übergänge zwischen Komik und Tragik, zwischen Innen- und Außenperspektive zu begründen.[676]

Fazit: in sämtlichen analysierten Stücken oktroyieren einzelne Personen sich oder ihrer Umwelt ein Ideal, betreiben dessen Umsetzung und erleben den Zerfall der Ordnung, sobald der Einklang erreicht ist oder jedenfalls mit aller Macht eingefordert und von den Opfern verweigert wurde – ein relativ konstantes Muster, das sich in sehr verschiedene Gewänder kleidet. Dabei handelt es sich um das dramatische Äquivalent zur rhetorischen Grundstruktur von Bernhards Prosa: Hier wie dort wird die Realität von den Mitteln der Repräsentation schubweise vereinnahmt, bis keine Ausdehnungen mehr möglich sind. Den Part der beherrschenden Worte übernehmen die Inszenierungen der Binnen-Regisseure, selbst dann, wenn diese wie Dene parallel dazu Objekt gegenläufiger Determinationen sind. Das Gegenstück dazu liegt in den „intelligenten Schauspielern", die Körper und Stimme so einsetzen, daß die Vorgaben des Worts zwar erfüllt, doch zugleich mit der Autonomie des Hier und Jetzt konfrontiert werden. Die der verbalen Kontrolle entzogene Präsenz reizt die Rede, sei es innerhalb einer Äußerung, sei es in der Relation zwischen den Sprechern und den Spielern, zu immer größeren Aufwallungen.

Protagonisten ein großes Werk hervorzubringen suchen und daran scheitern (Eyckeler 1995, 229). *Alte Meister* spielt also im Zustand *nach* der Setzung des Zeichens – folgt man der vorgeschlagenen Rekonstruktion von Bernhards Komödienbegriff, bereitet der Untertitel der Erzählung keine Schwierigkeiten mehr.

[676] Dabei handelt es sich um einen der wenigen Punkte, worin Klugs Interpretation nicht vollauf überzeugt. Klug 1991 äußert sich zwar dazu, wie Innen- und Außenperspektive konkret ineinander umkippen können: „etwa durch Stimmungswechsel, aber auch durch Reflexion, zum Beispiel wenn das Lachen als zwanghafte Abwehrreaktion gedeutet oder dargestellt wird oder wenn die Verzweiflung des Tragikers als verdrehte, trotzige Form der Selbst-Konstitution erscheint" (102). Das reicht zur Beschreibung der Übergänge aber nicht ganz aus. Wenn die Alternative zwischen dem aktiv angestrebten, aber unerreichbaren Ideal einerseits und seiner Relativierung in der kontemplativen „theatralen" Weltsicht andererseits besteht, so erklärt das noch nicht, warum einige Bernhardsche Figuren ihr Ziel bzw. ihr Idol sehr wohl erreichen – so z.B. Rudolf Höller, die Königin oder die „Berühmten" – und wieso gerade das die Peripetie des jeweiligen Dramas bildet. Angesichts der Erkenntnisse zur Struktur der Sprachkaskaden wollen Stichwörter wie „Stimmungswechsel" oder „Reflexion" ohnehin nicht einleuchten, wenn es darum geht, den Umschlag von Innen- in Außenperspektive oder umgekehrt verständlich zu machen.

Wie vermutet manifestiert sich darin Bernhards Rezeption von Wittgensteins Sprachphilosophie. Wenn die Binnen-Spielleiter ihre Rituale forcieren und proportional dazu der Widerstand der Umwelt wächst, so läßt sich das als Allegorie des Konflikts von Wort und Wirklichkeit (der Sprachgemeinschaft) interpretieren. Es ist, als sende ein Sprecher einen elaborierten Satz ins Reich der Kommunikation und bemühe immer tiefere „Deutungen", immer profundere „zielende" Einstellungen, um ihn vor der Modifikation durch andere Subjekte zu schützen. Doch je starrer die Bedeutung fixiert wird, desto größer ihre Erschütterung – sie gerät in Fluß, es gelingt dem Leser oder Zuschauer, sie vom jeweiligen Kontext her aufzufassen und eine Haltung anzunehmen, die mit Wittgensteins „Meinen" korrespondiert. In *Ritter, Dene, Voss* ist dieser Hintergrund besonders subtil gestaltet; hier sind allen Figuren spezifische Aspekte des *Kälte*-Schemas zugeordnet. Der Effekt ist eine variable Balance zwischen Wort und Welt, zwischen literarischer Figur und aktuellem Schauspieler – durchaus im Sinne von Jahraus, der im Stück einen impliziten Gegenentwurf zu der „Fregeschen" Beziehung von Rolle und Darsteller aus dem Personenverzeichnis erkennt (s.o.). Der Selbstkommentar am Ende des Werks erweist sich mithin als wichtiger Schlüssel zum Textverständnis.[677]

Bernhards Stücken eignet eine Bedeutungsdimension, die in seiner Prosa wesentlich weniger greifbar erscheint: die Wechselwirkung zwischen Sprache und Umwelt.[678] In den Erzählwerken ist an den Monologen zumeist nur zu

---

[677] Am Ende von Abschnitt 2.1.4.2 wurde festgehalten, daß Bernhard seinen Figuren bei ihrem Drang zum Deuten freien Lauf läßt, anstatt sie wie Wittgenstein sogleich abzufangen – das gilt wie gezeigt auch für seine Dramen. M.E. könnte darin zugleich der Grund liegen, weshalb der Autor in der *Notiz* zu *Ritter, Dene, Voss* neben Ludwig auch Paul Wittgenstein erwähnt (s.o.). In *Wittgensteins Neffe* schreibt er über die beiden Verwandten: „Beide waren ganz und gar außerordentliche Menschen und ganz und gar außerordentliche Gehirne, der eine hat sein Gehirn publiziert, der andere nicht. Ich könnte sogar sagen, der eine hat sein Gehirn *publiziert,* der andere hat sein Gehirn *praktiziert.* Und wo liegt der Unterschied zwischen dem publizierten und dem sich fortwährend publizierenden Gehirn und dem praktizierten und sich fortwährend praktizierenden?" (WN 45). Diese Sätze passen genau ins Puzzle: Mit dem Wort vom „Praktizieren des Gehirns" meint Bernhard vermutlich eben die Eigenart, Sätze bzw. allgemein Sinnangebote bis ins letzte auszureizen, nicht nur im Sprechen, sondern auch im Handeln – das deckt sich jedenfalls mit den Legenden, die von Paul Wittgenstein überliefert sind (vgl. Schaefer 1986, Honegger 2003, 238-244). So besehen hätte er tatsächlich die Sprachneurosen ausgelebt, die sein Onkel Paragraph für Paragraph benennt und therapiert.

[678] Jang 1993 macht darauf aufmerksam, daß man in bezug auf Bernhards Dramen „kaum vom *inneren Monolog* oder vom Selbstgespräch reden [kann], da der Redner fast immer einen Gesprächspartner auf der Bühne hat. Zur Not kommen sogar Tiere als Gesprächspart-

erahnen, wo der Bezug zur Wirklichkeit bzw. wo die funktionsfähige Weltdeutung hinter dem Drang zur Selbstermächtigung des Sprechers verschwindet – selbst in *Auslöschung*, obwohl dort mit Gambetti eine Hörergestalt eingeführt wird. Im Drama steht dem Autor hingegen eine Vielzahl von Mitteln und Techniken zur Verfügung, um die andere Seite des Wortes sinnfällig zu machen.[679] Neben der Verdüsterung der Szene und dem Gegen-Theater der stillen Spieler gibt es noch andere Parameter, die über die Spannungsverläufe Aufschluß bieten – so etwa die Nuancen in der Einstellung zum Ritual (siehe Vera in *Vor dem Ruhestand*), die Konkurrenz verschiedener Binnen-Inszenierungen oder allgemein die Kraft von Auftritten, die z.T. allein aufgrund ihrer Sichtbarkeit die Entwicklung der Sprache und der Handlung beeinflussen (die Königin, Gundi). Nirgendwo vermag sich eine Festlegung der Bedeutung – z.B. hinsichtlich der Figurenkonstellationen – durchzusetzen, ohne daß es sofort zu gegenläufigen Impulsen kommt. Die Lockerung des Weltbezugs ereignet sich auch und gerade im Feld des Sehens. In Abschnitt 3.3 gilt es diese Ergebnisse mit den Bestimmungen zur Techno-Ästhetik zusammenzubringen.

---

ner zum Einsatz, wenn eine Figur einsam und verlassen ohne mitmenschliches Verständnis dargestellt werden sollte" (165). Offenbar war dem Autor die besagte Wechselwirkung im Drama besonders wichtig.

[679] Vgl. Winkler 2002: „[A]uf den Brettern wird die Stille zwischen den Worten als Stille hörbar. Dadurch ist auf der Bühne eine Dimension des Bernhardschen Werkes betont (oder überbetont), die zwar in der Prosa zu finden ist, darin jedoch nicht als solche auftritt" (167). Der lange Zeit vorherrschenden Meinung, Bernhards Prosa habe mehr „Substanz" als seine Stücke (Jooß 1976, Gamper 1977; als erster gewichtiger Vertreter der Gegenposition wird meist Klug 1991 angeführt) oder sei sogar theatraler als diese (Honegger 2003, 341) kann ich daher nicht beipflichten.

3.2 Rainald Goetz

Ebenso wie die Fragenkomplexe der vorigen Kapitel erfordert auch die Analyse der Dramaturgie bei Goetz ein etwas anderes Verfahren als bei Bernhard. Da vom Jüngeren ausführliche allgemeine Äußerungen zum Theater vorliegen, sollen diese zunächst wiedergegeben werden, bevor die einzelnen Stücke in den Blick kommen. Auch hier ist *Abfall für alle* die zentrale Quelle. Der folgende Zusammenschnitt stammt aus der mit „Das Thema" betitelten zweiten Poetik-Vorlesung, von der bereits im Kontext der Realismus-Problematik die Rede war:

> „Die Bühne ist der einzige Kunstort, für den wirklich das LEBEN die Form der Kunst ist. Das ganz reale, menschliche, fleischliche Leben, der Atem und die Spucke, der Geruch der Körper und der Husten der Langeweile.
>
> All das ist nicht nur Horizont und Ziel einer dem Realismus verpflichteten Kunst der Fotografie zum Beispiel, oder einer Musik, die ja denkbar ist, die davon würde handeln wollen –
>
> Nein, dieses Leben ist das Material und der Gegenstand, das Arbeitsinstrument und die künstlerische Endgestalt, Ausgangspunkt und Ziel und Mitte, ALLES wirklich dieser ganz speziellen Kunst, die auf der Bühne sich ereignet. Banalität, klar, trotzdem wichtig. [...]
>
> Daß also die Bühne, und damit der Text fürs Theater, der schriftinternen Totheit der Schrift, nicht auf der Ebene des Lebens, sondern genau auf der der KUNST, wie vorhin gesagt, eine Lebendigkeits-Aufgabe stellt, die, wie es mir immer vorkommt, doch eigentlich JEDEN Schreiber unendlich faszinieren muß" (Afa 270f.).

Der letzte Teil der Passage verweist auf Goetz' Auffassung, wonach für die Schrift das Prinzip der Negativität konstitutiv sei (vgl. 1.2.4); wie er kurz nach der zitierten Stelle behauptet, habe sie eine gewaltige „Obsession dem Tod entgegen", protestiere dagegen, doch füge sich ihr schließlich (Afa 271, s.o.). Das Theater erscheint in dieser Beleuchtung als Horizont ihrer Sehnsucht, als dasjenige Medium, in dem sie mit ihrem Anderen in Kontakt treten kann – darin bestehe die Herausforderung dramatischer Literatur. Von daher wird verständlich, weshalb der Verfasser das „Leben" zum eigentlichen Element des Schauspiels erklärt. Interessant ist zudem, daß er dieses u.a. mit Aspekten wie „Geruch der Körper" oder „Husten der Langeweile" bestimmt; offenbar schreibt er auch dem Publikum eine besondere Rolle zu.

Der Gegensatz zwischen Denken und Schrift einerseits sowie dem körperlichen Leben andererseits zeigt sich auch in einer weiteren Bemerkung zum Drama; dabei geht es um die spezifischen Schwierigkeiten, die sich beim Schreiben *über* das Theater, d.h. für die Theaterkritik ergeben. Anlaß ist eine Diskussion mit Diedrich Diederichsen, die sich an den Besuch einer Inszenierung von Frank Castorf – *Terrordrom* nach Tim Staffel – anschloß:

> „Auch deswegen ist Theaterkritik so ein unerschöpfliches Schreibfach, weil die zu beobachtenden Variablen in einer so komplizierten, eiligen, reichen und in jedem Augenblick ja NEUEN Weise zum Ganzen dieses Kunstwerks zusammenkommen. Wenn im Hintergrund das Tombraider Video läuft, ist da einen Sekundenbruchteil lang ein Gedanke der Inszenierung zur Gewalt gemeldet, aber schon zwei Sätze später ist es viel wichtiger, ob sich der Blick der Protagonistin hebt oder senkt. Es liegt eben alles hier am menschlichen Körper, der ist der Träger dieser Kunst. Daher das Viele in jedem Augenblick, der Signalreichtum jeder Minimalbewegung, jeder Geste, jedes halben Tonfalls, jeder Andeutung von Zaudern. Wenn kritisierend gesagt wird, sie steigen da aus dem Kühlschrank, das wäre ja wohl bißchen platt. Heißt die Antwort: ja, stimmt, ist mir nur vergleichsweise komplett egal, weil einen Augenblick später dieses erste Bild der Menschen auf der Treppe so eine anrührende Choreographie hatte, daß auch das vielleicht übertrieben Spastische der Bewegungen der Leute für mich gar nicht mehr so störend war, es kam das GANZE des Anfangs dieses Theaterabends auf mich zu, IRGENDWIE, vielleicht als Frage: was ist hier eigentlich los? Ich finde, das ist ein guter Anfang. Auf die Art, auf der Ebene, könnte ich jede präzise Negativbeobachtung mit einem Diffuseindruck kontern, und nach paar Beispielen landet man eben bei dieser strukturellen Frage: welche Art von Beobachtung legt dieses Kunstwerk nahe? Wie genau will es beobachtet werden? Aus welcher Distanz? Mit wie scharfem Blick?" (Afa 794f.).

Welche Überlegungen sich auch immer einstellen mögen, ob es von der Inszenierung evozierte Assoziationen wie der „Gedanke zur Gewalt" oder aber i.e.S. kritische Einwände sind: die unerschöpfliche Fülle des Visuellen, des gegenwärtigen menschlichen Körpers liefert ein Feld zusätzlicher Bedeutungen, das die einzelnen (und gerade die negativen) Beobachtungen überwuchert. Man hat es hier mit einer ähnlichen Struktur zu tun wie in Kapitel 1.2.3 – dort trat zutage, daß Bild und Denken für Goetz aufgrund ihres gemeinsamen „Indifferenzpunktes" in einer sehr direkten Weise miteinander kommunizieren können.

In Anbetracht dessen muß sich die Produktion eines Dramentextes markant von der eines Prosawerks oder eines Gedichts unterscheiden. „Von seiten des Autors her gesehen", erläutert Goetz, „ist ein Theaterstück ein Text, der so geschrieben ist, daß er seine Erfüllung erst erfährt, wenn er auf der Bühne realisiert wird, als Theaterstück" (Afa 229). Der Verfasser hat die Aufgabe, der Auseinandersetzung zwischen Wort und Leben konkrete Angriffspunkte zu liefern. Vorgreifend sei bemerkt, daß das mit einem der auffälligsten Merkmale von Goetz' Bühnenwerken zusammenhängt – den allgegenwärtigen Motti und Zwischenüberschriften. Dieses Problem wird in einem weiteren umfangreichen Passus aus *Abfall für alle* erörtert:

> „Letztes Jahr sollte ich [...] eine kommentierte Strich-Fassung von Krieg machen und stellte dabei fest, daß sich aus jeder Überschrift, aus den Akteinteilungen, aus jedem Motto und jeder Ortsangabe, aus dem dauernden Ineinander abstrakter und konkreter Orte, aus den ganzen STRUKTURALEN Rahmenbedingungen also am allerklarsten das Argument des Ganzen entwickelt. Vorallem weil die Orte angeben, WOGEGEN der explizit gesagte Text sich entscheidet, was er sagt im Gegensatz zur Erwartung, was da zu sagen wäre oder gesagt werden könnte, was sozusagen automatisch an Text EH DA ist, an diesem Ort, was gar nicht mehr extra ausgesprochen werden muß. Der ganze Möglichkeitenfonds, gegen den der Text anspricht, diese stumme Welt der Gegenwelt des vom Text Ausgeschlossenen eines Stückes muß die Inszenierung als Beberaum zum Leben bringen, irgendwie aktivieren. Deswegen war es mir immer egal, was die Regisseure mit dem TEXT machen, ich war immer für Kürzen, Streichen, Neumontieren, scheißegal. Wenn nur der GEIST der Sache erfaßt ist, und der Regisseur dann GEGEN den aninszeniert, gegen den sein eigenes Ding setzt. Ich dachte immer, Zerstörungsregie, Textzerstörungsarbeit, das muß der Regisseur leisten, so, daß die Sache als neues Ganzes funktioniert, im richtigen Timing, und vorallem vom Live-Wort des Schauspielers her. Da entscheidet sich alles. Dessen Diener ist alles, was auf der Bühne passiert, auch der Schauspieler selber" (Afa 744).

Ein paar Seiten später fügt Goetz hinzu, die Inszenierung handle „automatisch vom GEGENTEIL des Textes", d.h. einerseits von etwas ganz Bestimmtem, andererseits von einem Diffusen, Offenen, „genau NICHT Festgelegten" (Afa 748). Insofern hat sie eben die Funktion, die auf textimmanenter Ebene vom Gefüge der Ortsangaben, Zwischentitel usw. ausgefüllt wird. Sie lotet mit Hilfe von auditiv und visuell wahrnehmbaren Signalen aus, was vom eigentlichen Text „gar nicht mehr extra ausgesprochen werden muß". Indem sie diese Basis aktiviert, etabliert sie – teilweise in direkter, teilweise in eher diffuser Entgegensetzung – einen Gegenpol zum Geschriebenen.[680] Die Regie

---
[680] Vgl. Opel 2002, 123f.

kann diesen Konflikt durch Eingriffe in den Text bzw. in seinen Ablauf potenzieren; sein wichtigster Schauplatz ist indes das „Live-Wort des Schauspielers", in dem sich die aktuelle Sprache und das sie umgebende Assoziationsfeld begegnen. Auch hier schimmert der Dualismus von Bild und Denken hindurch (vgl. 1.2). Goetz' Theatertexte bieten sich somit von vornherein der Brechung durch die Inszenierung und durch die sprachliche Präsenz des Akteurs dar. Im folgenden soll untersucht werden, wie das im einzelnen geschieht und inwiefern sich die jeweiligen Formprinzipien mit der Techno-Ästhetik berühren.

Zunächst zu *Festung,* der 1993 erschienenen Trilogie mit den Stücken *Kritik in Festung* und *Festung*[681] sowie dem Monolog *Katarakt.* Goetz stellt ihr eine kurze programmatische Erläuterung voran:

> „*Festung* spielt im Theater und ist Kommunikation. Das abstrakte Familienstück *Kritik in Festung* untersucht in der Maske an der Rolle der Sprache die Funktion von Latenz. Das Wannseekonferenzstück *Festung* handelt vom heutigen Reden über den deutschen Beschluß zur Vernichtung der Juden. In *Katarakt* redet ein Alter über sein Leben" (FE 2).

Man kann den Zeilen entnehmen, daß *Festung* nach einem ähnlichen Plan konstruiert ist wie die Theatertexte *Krieg* (1986) – deren drei Teile verweisen vom Personal her ebenfalls auf die Sphären der Familie (*Schlachten*), der Gesellschaft (*Heiliger Krieg*) sowie auf die des Einzelnen (*Kolik*).[682] Bei der Lektüre beginne ich mit *Katarakt,* da sich von dort aus am besten erkennen läßt, welche Intention der Schriftsteller mit der Gesamtanlage verfolgt.

---

[681] Wie in Kap. 1.2 erwähnt, bezieht sich der Titel *Festung* a) auf die Theater-Trilogie, b) auf ihren Mittelteil und c) auf die gesamte Werkgruppe inklusive *1989* und *Kronos.* Um Mißverständnisse zu vermeiden, bezeichne ich c) nur als „blaue Werkgruppe" und verwende für a) und b), sofern nicht aus dem Kontext ersichtlich, die Titel „Gesamt"- und „Einzel-*Festung*".

[682] Vgl. Goetz' Selbstkommentar in *Abfall für alle* (Afa 114).

3.2.1 Katarakt

Katarakt[683] zerfällt in elf durch römische Ziffern markierte Abschnitte.[684] Beim Sprecher handelt es sich um eine Figur namens „Alter", die im Hinblick auf Geschlecht und Lebensalter nicht eindeutig bestimmt ist. Der Text enthält nicht eine einzige Regieanweisung – das gilt auch für die beiden anderen Glieder der Trilogie. In frappantem Unterschied zu diesen besteht der Monolog großenteils aus zusammenhängenden, von einem bedächtigen Duktus getragenen Sätzen.[685] Zwischen Staunen, Befremden und dem Ausdruck von Abschied schwankend, sinniert Alter über verschiedene Phänomene des menschlichen Lebens bis hin zu Altern und Tod.[686] Zu *Katarakt* gibt es bislang erst eine ausführlichere Interpretation, ein Unterkapitel in Gerda Poschmanns Studie *Der nicht mehr dramatische Theatertext* (1997).[687]

Poschmann versucht u.a. zu klären, was es mit der Rollenangabe „Alter" bzw. „ein Alter" auf sich hat. Goetz spiele hier mit drei Bedeutungen – erstens

---

[683] Das Stück wurde am 21.12.1992 im Bockenheimer Depot (Schauspiel Frankfurt) uraufgeführt; einen Tag nach der Uraufführung von Einzel-*Festung* (jeweils in der Regie von Hans Hollmann; die Rolle des Alter übernahm Jürgen Holtz). Der Erfolg der beiden Werke fiel sehr unterschiedlich aus: „Die ‚Festung' wurde im Frankfurter Schauspiel-Depot halbwegs geschleift", berichtet ein Rezensent, „der ‚Katarakt' famos schiffbar gemacht" (Helmut Schmitz, „Der Text und sein Spieler", in: *Frankfurter Rundschau* vom 23.12.1992). – *Katarakt* wurde 1993 mit dem Mülheimer Dramatikerpreis ausgezeichnet.

[684] Stefan Krankenhagen erblickt darin eine Anspielung auf die elf Gesänge von Peter Weiss' *Ermittlung* (Krankenhagen 2001, 159). Zur Relevanz der Holocaust-Thematik vgl. der folgende Abschnitt zu *Festung* (3.2.3).

[685] Das ist wohl auch der Grund dafür, weshalb das Stück sowohl beim Publikum als auch in den Medien ungleich besser ankam als *Festung* und *Kritik in Festung*: Wolfgang Höbel bezeichnete *Katarakt* als „sentimentales Meisterwerk" bzw. als den „stärkste[n], sprachmächtigste[n] Monolog, der seit langem auf deutschen Theaterbühnen zu sehen und zu hören ist" („Faust auf dem Monte Video", in: *Süddeutsche Zeitung* vom 23.12.1992). Sibylle Wirsing verband ihr Lob für den Autor mit einer Hymne an den Uraufführungs-Darsteller Jürgen Holtz: „Der Text ist Mahlstrom, Sprachfluß, Non-Stop-Materie; und ihr Verkörperer ist der Sprachflußgott, der Darsteller als die einsame Größe, das Theaterwunder, die Offenbarung: Jürgen Holtz als der Alte" („Triumph der Trauer über Haß und Hohn", in: *Der Tagesspiegel* vom 23.12.1992).

[686] Jürgen Holtz sagte anläßlich der späteren Premiere von *Katarakt* am Deutschen Theater: „Das Stück ist in elf Gesänge, in elf Kapitel unterteilt. Darin läuft das Leben eines Menschen ab. Wir haben uns dazu entschlossen anzuerkennen, daß hier nichts anderes geschildert ist, als die letzten elf Sekunden im Leben eines Menschen" (zitiert nach: Peter Laudenbach, „Allein gegen die ganze ‚Arschlochwelt'", in: *Berliner Zeitung* vom 17./18.02.1996).

[687] Poschmann 1997, 238-245.

könne „der Alte" gemeint sein, zumal auch in *Kritik in Festung* und *Festung* eine Figur dieses Namens vorkommt, zweitens „das Alter", (als Allegorie) sowie drittens „alter', lateinisch der ‚andere', schlechthin als Gegenbegriff zum ‚ego', auch psychoanalytisch als das latente Unbewußte gegenüber dem manifesten Bewußten".[688] Die Autorin greift in ihrer Auslegung primär auf die dritte Möglichkeit zurück; sie beruft sich dabei auf Luhmann und führt einen Aufsatz an, worin der Soziologe „Alter" als Bezeichnung für das „Inkommunikable" gebrauche.[689]

Luhmanns Theorie nimmt in Poschmanns Interpretation eine zentrale Stellung ein. Nach ihrer Auffassung äußert sich in Goetz' Schreiben generell eine „Position des Kommunikationspessimismus",[690] das Leiden an der Unmöglichkeit, das Denken eines Hirns einem anderen Hirn „rein zu vermitteln". Die Systemtheorie interessiere den Autor insofern, als Luhmanns Begriff der Gesellschaft für ihn einen Versuch darstelle, „das Problem der Unmöglichkeit absoluter Verständigung zu lösen".[691] Die Verfasserin erläutert auch, wie sich die ästhetische Reflexion dieser Gedanken in der Trilogie gestalte: Während die ersten beiden Dramen die Unzulänglichkeiten der sprachlichen Vermittlung vorführten, gehe es in *Katarakt* darum, „quasi vorsprachliches, (‚latentes', ‚unbewußtes') Denken hörbar zu machen und den direkten Weg zwischen zwei Hirnen über den Monolog jetzt als (lebendige) Rede, nicht als tote Schrift zu finden".[692] Durch das Scheitern der Verständigung öffne sich die „Aufmerksamkeit des Rezipienten […] für eine andere Art der Kommunikation, die auf den Prinzipien von Suggestion, Evokation und Musikalität aufbaut".[693] Hier werde „das Denken des Bewußtseins selbst als Pro-

---

[688] Ebd., 213. Poschmann weist zudem darauf hin, daß Goetz diese Vieldeutigkeit unterstreicht, indem er in einer kommentierenden Passage aus *Ästhetisches System* (in *Kronos*, 367-401) jede das Genus betreffende Zuordnung vermeidet: „Alter war eine erfundene Figur, die ganz am Schluß die ausgebleichten Augen aufschlug. Sie hatte alles gesehen und gehört, was geschehen war..." (Kro 371). Vgl. Poschmann 1997, 213f.

[689] Ebd., 238. Poschmann beruft sich auf den von Luhmann und Peter Fuchs gemeinsam verfaßten Aufsatz „Blindheit und Sicht. Vorüberlegungen zu einer Schemarevision", in: *Reden und Schweigen*, Ffm. 1989, 178-208.

[690] Ebd., 216. Poschmann belegt diese These mit einem Zitat aus dem in *Kronos* eingefügten Essay *Kadaver* von 1987; dabei läßt sie allerdings außer Acht, daß dieser Text *vor* der ersten folgenreichen Auseinandersetzung mit Luhmanns Schriften entstand (s.o.).

[691] Ebd., 221.

[692] Ebd., 219.

[693] Ebd., 220.

zeß und Melodie zugleich dargestellt und produziert";[694] der Monolog spreche „vom Ort des blinden Flecks aus"[695] – diese These stützt sich sowohl auf das vorangestellte Motto („I Am Blind / Please Buy A Pencil / Thank You!", KA 249) als auch auf den Titel *Katarakt*, in dem auch die Bedeutung „grauer Star", d.h. „Augenkrankheit" mitschwinge.

Was die terminologische Seite betrifft, steht die Indienstnahme der Systemtheorie auf eher wackligen Füßen.[696] Gleichwohl ist die Interpretation einem wichtigen Zusammenhang auf der Spur. Wenn Poschmann von einer anderen bzw. neuen Art der Kommunikation spricht, so hat sie dabei einen Begriff im Visier, der „nicht mehr auf Informationen übertragendes Mitteilungshandeln beschränkt ist".[697] Auch dafür benennt sie Luhmann als Quelle.[698] Sie sieht dessen vermeintlichen Grundgedanken, die Überwindung der Sender/Empfänger-Differenz,[699] in *Katarakt* insofern umgesetzt, als in Alters

---

[694] Ebd., 241.

[695] Ebd., 244.

[696] Wenn Poschmann behauptet, die im Monolog hervortretende „neue", d.h. nicht „auf Informationen übertragendes Mitteilungshandeln beschränkt[e]" (242) Form der Kommunikation nähere sich dem „ohnehin als System eng verwandten Bewußtsein an" (241), so entfernt sie sich weit von der Vorlage: Bei Luhmann sind Bewußtsein (bzw. Wahrnehmung) und Kommunikation zwei separate Operationsweisen, deren Differenz auch in der Kunst nicht aufgehoben, sondern vielmehr als solche zum Austrag gebracht wird (vgl. 2.2). Die Trennung der Bewußtseinssysteme ist unüberwindlich. Des weiteren erscheint auch die Formulierung, *Katarakt* spreche vom „blinden Fleck" aus, nicht sehr glücklich. Die Autorin will damit sagen, im Monolog komme das im Gerede von *Kritik in Festung* und *Festung* Verdrängte zu Wort (244) – davon abgesehen, daß der Begriff bei Luhmann nicht einfach das Äußere der Form, sondern die Grenze zum Inneren, den Beobachter bezeichnet, will es kaum einleuchten, weshalb die, wie Poschmann selbst einräumt, „momentweise […] faszinierend konsistente[n] Überlegungen zu physikalischen, logischen, moralischen, wahrnehmungs- und erkenntnistheoretischen Phänomenen" (239) einen Spiegel des Unbewußten darstellen sollen.

[697] Poschmann 1997, 242.

[698] Ebd., 221f.

[699] Poschmann erläutert Luhmanns Konzept, indem sie – unter Rekurs auf Dietrich Schwanitz, *Systemtheorie und Literatur* (Schwanitz 1990) – eine „sich selbst beschreibende", also mit der Zuschreibung von Handelnden operierende und andererseits eine *vor* dieser Attribution liegende Form der Kommunikation voneinander abgrenzt (Poschmann 1997, 221); diese letztere sei für das Verständnis von Luhmanns Begriff sehr wichtig, da der Gedanke der Selbstreferentialität die Abstraktion vom „Informationen übertragenden Mitteilungshandeln" bedinge (222). Diese Unterscheidung erscheint mir allerdings etwas irreführend. Wie in 2.2 dargelegt, setzt Luhmanns Kommunikationstheorie *ständig* das Moment der Mitteilung sowie die momentane Verteilung von Rollen voraus – die Vorstellung einer jenseits der Attribution liegenden Ebene ist wenig hilfreich. Was bei Poschmann im Blick steht, ist of-

Reden eine „Verwischung der Grenzen zwischen Sprecher- und Hörerposition" stattfinde.[700] Dieser Hinweis ist sehr erhellend, zumal er eine Verbindung zu den Ergebnissen des Referats von Luhmanns Kunst- und Kommunikationstheorie (2.2.2/3), insbesondere zum Aspekt der changierenden Beobachtungskonstellation verspricht. Somit ist zu prüfen: Ließe sich Poschmanns Deutung u.U. radikalisieren, indem man nicht nach einer „vor der Mitteilung liegenden", „die Bewußtseinssysteme zusammenschließenden" unbewußten Sprach-Ebene, sondern nach einer oszillierenden Struktur von Beobachtung erster und zweiter Ordnung forscht? Indem man Alter nicht freudianisch als „Alter ego", wohl aber als Alter der Kommunikation begreift?

Poschmann belegt ihre Behauptung zur verschränkten Sprecher- und Hörerposition mit folgendem Zitat, dem Anfang des Monologs: „hören Sie das? / Moment / jetzt / haben Sie das gehört? faszinierend / wenn man sich sonst nicht bewegt / hört man sogar das Öffnen und Schließen der Augenlider" (KA 251). Hier werde das Publikum dazu veranlaßt, eine im Text thematisierte Erfahrung mit den eigenen Sinnesorganen auszuprobieren. Ebenso wie zu Beginn von Abschnitt X, wo sich Alter mit der Frage nach der (realen) Uhrzeit an die Zuschauer wendet (KA 289), habe man es mit einer „sprechend vorweggenommenen Spiegelung einer möglichen Denkbewegung des Publikums" zu tun.[701] Der Eindruck des Rollentauschs resultiere zudem daraus, daß Einzel-*Festung* mit den von Alter geäußerten Worten „ich höre" schließt; dies bilde eine Überleitung zum nachfolgenden „hören Sie das" und trage auf diese Weise zur Unentschiedenheit zwischen Senden und Empfangen bei.[702]

Für Poschmanns These kann man weitere Textstellen mobilisieren, noch dazu solche, in denen Alters Eingangsfrage („hören Sie das?") aufgegriffen und variiert wird. Im siebten Teil hängt der Sprecher einigen Betrachtungen über das Altern und die dadurch bedingten körperlichen Veränderungen nach; dabei imaginiert er eine Szene in einem Krankenhaus: „den Verfall annehmen / können Sie mich hören, dann / drücken Sie meine Hand /Intensivstation und so / allein der Geruch" (KA 280). Die Frage taucht auch am Anfang des letzten Abschnitts auf, wo es heißt: „erstaunlich / harren und

---

fenbar die für die Systemtheorie essentielle Absage an den Transport von Bedeutungen; dieses Theorem korrespondiert jedoch nicht mit einer Aufhebung, sondern mit einer flexiblen Handhabe der Beobachtungskonstellation.
[700] Poschmann 1997, 240.
[701] Poschmann 1997, 240.
[702] Ebd., 240.

horchen / hören Sie das / schon ein riesiger Raum / geht auch um die Ecken rum / nach hinten sogar / können Sie mich hören? / ja / dann drücken Sie meine Hand / in dem Fall wäre also jemand da / wenn die Welten versinken / und die Seele sich aufmacht wohin" (KA 292).

Die beiden Passagen sind v.a. durch die Aufforderung „dann drücken Sie meine Hand" miteinander verklammert. Im ersten Fall handelt es sich um den Satz eines Arztes zu einem Patienten, im zweiten bezieht er sich hingegen auf den Glauben an ein Leben nach dem Tode; er ist gleichsam Gott in den Mund gelegt. Umso bemerkenswerter, als die vorgeschaltete Frage „hören Sie das", die Wiederholung der Eingangssequenz, noch denselben Hintergrund hat wie zu Beginn („schon ein riesiger Raum"); sie lenkt die Aufmerksamkeit auf die konkreten sinnlichen Gegebenheiten im Theater. Just diese auf das Hier und Jetzt gerichtete Anweisung mündet unversehens in ein „Wort des Herrn" – Alter fällt hier der Part des Charon, dem Publikum hingegen der des Verstorbenen zu. Es lohnt sich, den Unterschied zwischen den beiden Zitaten genau unter die Lupe zu nehmen: Im ersten *beobachtet* Alter – und mit ihm die Zuschauer – die Differenz zwischen dem Sterbendem und der fragenden Instanz, hier dem Arzt, im zweiten *prozessiert* es diese Form, bindet das Publikum unmittelbar ein.

Was bedeutet das nun für die Auslegung des Stücks? Die Quintessenz zeigt sich, wenn man im Schlußteil des Monologs noch ein Stück weiterliest. Alter bleibt seinem Thema treu:

„daß das Leben den Tod ersehnt natürlich nur / solange es noch lebt / und wenn es ihn wirklich nahen sieht im Sterben / Banalität / der Knochenmann / unbeschreibliche Schmerzen oder Atemnot / eben auch wieder ganz alltäglich / gar nicht heroisch / eher im Gegenteil / immer noch mehr Zuschauertum / und Abschied vom Handeln wie gesagt / geschehen lassen und schauen / wie die Nichtzeit heranrückt, Herzschlag / für Herzschlag / und alles vergessen / was man sich vorher so gedacht hat / wie das so wird / so wie hier / Käse / trotzdem / geschieht eben in einem: Vorstellung / kann man dann wieder verwerfen / aber kaum verhindern / daß man sich eben ein Bild macht / das dann zerstört wird von der Wirklichkeit / und daß das nicht falsch ist, nein / genau / die Trauer natürlich / der letzte Frühling, das letzte Mal Luft […] die Vögel, phantastisch / ganz einfach / gesagt fast falsch / und doch total wahr, komisch / und immer mehr Nichtich" (KA 293f.).

An diesem Passus sind zwei Aspekte von besonderem Interesse. Erstens wird das Erlebnis des nahenden Sterbens mit dem Ausdruck „Zuschauertum" beschrieben; hier wiederholt sich eben die Verknüpfung von Theater und Tod, die auch am oben erläuterten Textmanöver zu erkennen ist – als tertium comparationis erweist sich die Passivität, mit der man den sich ereignenden Körperprozessen gegenübersteht. Zweitens betont der Text, daß jede Vorstellung angesichts der Wirklichkeit des Todes ihrer Nichtigkeit überführt werde, wenngleich das der Produktion von Bildern nichts von ihrer Berechtigung nehme; die Formulierung läßt dabei auch die Lesart zu, dieser Befund gelte für *alle* Darstellungen, nicht nur für solche des Todes. Auch Alters Repräsentation bildet keine Ausnahme – mit den Worten „und alles vergessen / was man sich vorher so gedacht hat / wie das so wird / *so wie hier* / Käse" (Hervorhebung von mir, J.W.) wird das Gesagte selbstreflexiv auf *Katarakt* angewandt. Um die beiden Punkte zusammenzufassen: das Theater verfügt einerseits über die Möglichkeit, dem Menschen eine „tod-ähnliche" Erfahrung zu vermitteln, doch andererseits sind derartige Versuche als Abbildungen dem Gesetz der Verfälschung unterworfen.

Beide Momente sind für die kommunikative Struktur des Theaterstücks relevant. Indem das Publikum als Bildspender für den besagten Bedeutungsinhalt – die Todeserfahrung – herangezogen wird, entsteht ein enges Wechselverhältnis zwischen Dargestelltem und Darstellungsakt (bzw. dem Rahmen der Präsentation). Das generelle, also auch das eigene Projekt einschließende Verdikt über die Beschreibungen des Sterbens impliziert zudem die Notwendigkeit, das Kontinuum der Form aufzubrechen, über die Diskrepanz zur Realität des Erlebnisses in irgendeiner Weise Rechenschaft abzulegen.

Wie läßt sich die kommunikative Beziehung zwischen Alter und den Zuschauern nun genau erläutern? Wenn der Sprecher in die Rolle Gottes schlüpft und die Frage „können Sie mich hören?" stellt, evoziert er in den Anwesenden eben die Empfindung des passiven Gewahrwerdens, die in seinen Betrachtungen zum Tod thematisch ist; er für seinen Teil unterscheidet sich dabei insofern von seinen Adressaten, als er mit dieser Anrede – aktiv – ein eigenes Bild etabliert. Dabei handelt es sich aber nur um die erste Phase des Vorgangs; spätestens beim eingerückten Zitat kehren sich die Vorzeichen um: Alter erkennt im Angesicht des Endes, wie hilflos sich die geäußerte Vorstellung gegen die Wirklichkeit ausnimmt; ihm widerfährt also etwas ähnliches wie zuvor den Zuschauern, das Gefühl der Ohnmacht gegenüber den biologischen Gegebenheiten. Das Publikum gelangt indes in eine vergleichsweise aktivere Position, da der Text das verstörende Erlebnis der Gottes-Szene reflektiert, relativiert und in eine leichter verfügbare Repräsentation des Todes und seiner Darstellbarkeit umwandelt. Seine „Aktivität" besteht zugleich darin, den Sprung in Alters Überlegungen ausgelöst zu haben. Wenn es selbst als Bildquelle für die Schilderung dient, so erscheint es plausibel, die partielle Zurücknahme der Zuschauer-Metapher seiner realen Gegenwart zuzurechnen – der Redner unterbräche die Durchführung des Gedankens also deshalb, weil er mit seinem Sprechen selbst dem Gemeinten nicht so nahe kommt wie das lauschende Publikum. Mit einem Wort: die Pole von Aktion und Passion, von Beobachtung erster und zweiter Ordnung changieren zwischen Alter und Ego (den Zuschauern).

An der Schlußsequenz von *Katarakt* zeigt sich also genau die oszillierende Dynamik zwischen beobachteter und prozessierter Form, die in Kap. 2 als Charakteristikum von Luhmanns Kommunikationsbegriff ermittelt und auf die Techno-Ästhetik angewandt wurde. Der Monolog präsentiert das darin Ausgesagte nicht als transportierbaren Sinngehalt, sondern setzt eine komplizierte Wechselwirkung zwischen Schauspieler und Publikum in Gang, aus der die „Bedeutung" des Textes erst erwächst. So bestätigt sich die Vermutung, die Rollenbezeichnung „Alter" verweise in erster Linie auf die Differenz von Alter und Ego, anhand derer Luhmann seine Kommunikationstheorie erläutert.[703] Diese Beobachtung erlaubt auch eine Deutung des Titels. Die beiden lexikalischen Bedeutungen des Wortes „Katarakt" („Blindheit" und „Wassersturz"[704]) finden sich im Gefüge des Textes insofern wieder, als sich die fixierten Vorgaben und das Hier und Jetzt der Darstellung einander kaskadenartig steigern – in den Verwerfungen zwischen Alter und Publikum, wobei jeweils der blinde Fleck des Gegenübers aufgegriffen wird.

---

[703] Poschmanns Wort von der „Verwischung der Grenzen zwischen Sprecher- und Hörerposition" ist mit der vorgeschlagenen Deutung durchaus kompatibel. Aus den erwähnten Stellen, mit denen die Autorin den Übertritt auf die Ebene des Publikums illustriert, läßt sich zudem ersehen, daß die Verschiebung nicht nur am Schluß, sondern auch in den übrigen Teilen des Monologs erfolgt. Die Ambivalenzen bezüglich des Text-Standorts treten zugleich noch in einer anderen Hinsicht hervor: *Katarakt* enthält einige autobiographische Anspielungen (vgl. Poschmann 1997, 239); erwähnt wird z.B. die Freundschaft des Sprechers zu einem einstigen *Kursbuch*-Redakteur, von dem er sich langsam entfremdet habe (KA 287f.). Wenn es zudem heißt, sein „väterlicherseitiger Großvater" habe nach Adenauers Tod „monatelang lauthals auch adenauerln" wollen (KA 293), so entsteht das Bild eines – im Erscheinungsjahr 1993 – höchstens vierzigjährigen Mannes, das mit den Klagen um die Altersschwäche (u.a. KA 280) kaum in Einklang zu bringen ist. Hier changiert die Rollenfiktion mit der wirklichen Gestalt des Autors, ebenso wie der Bühnentext die Seite wechselt und die tatsächliche Gegenwart der Zuschauer reflektiert.

[704] Dazu auch Krankenhagen 2001, 159.

3.2.2 Kritik in Festung

Das erste Stück[705] der *Festung*-Trilogie gehört zu den besonders sperrigen, hermetischen Werken von Rainald Goetz.[706] Auch die übrigen Theatertexte des Autors verfügen über keinerlei äußere Handlung, die sich unabhängig von ihrer sprachlichen Darstellung nacherzählen ließe. Bei *Kritik in Festung* ist es darüber hinaus schwer, auch nur Anhaltspunkte für positive Sinnzuschreibungen zu erkennen.[707] Einzelne Themen- und Motivbereiche tauchen zwar mit einer gewissen Häufigkeit auf, z.B. Unterhaltungen zwischen Theaterleuten, die Schilderung eines Mordes oder Attentats sowie Anklänge an die griechische Tragödie;[708] präsentiert werden sie aber zumeist in Form von völlig zerrissenen, heterogenen Repliken oder Monologen, in denen kaum ein Satz an den anderen anzuschließen scheint. Auch das Figurenverzeichnis verhilft nur zu einer vagen Orientierung. Als dramatis personae werden – immerhin passend zur Selbstbeschreibung als „abstraktes Familienstück" – eine „Schwester", „drei Brüder" und „der Alte" aufgeführt. Etwas abgesetzt davon finden sich die Bestimmungen „Stimmen und Gesichter" sowie, auf den Ort der Dramas bezogen, „hinter der Bühne". Die Attribution der einzelnen Äußerungen ist nur eingeschränkt festgelegt, da die Rollen der Brüder nicht durch

---

[705] Uraufgeführt am 22.10.1993 am Deutschen Schauspielhaus Hamburg.

[706] Mechthild Lange schrieb in ihrer Kritik zur Uraufführung („Krudes Material. Krieg. Vaterland", *Frankfurter Rundschau* vom 27.10.1993), *Kritik in Festung* sei der schwierigste Teil der Trilogie, „derjenige, der sich konkreter Aktion am weitesten entzieht". Werner Schulze-Reimpell („Rollen rückwärts in die Zukunft", *Rheinischer Merkur*, 29.10.93) mutmaßte gar, Peter Eschberg (zur Zeit der Uraufführung von *Festung* und *Katarakt* Intendant am Schauspiel Frankfurt/M.), habe das Stück für unspielbar gehalten und daher an Hamburg weitergegeben.

[707] Die Kritiker standen dem Text entsprechend ratlos bzw. ablehnend gegenüber. Kläre Warnecke („Familienwitze unterm Tannenbaum", *Die Welt* vom 25.10.1993) sprach von einer „surrealistischen Pyramide aus Geschnatter, Sprüchen, Kalauern, Redensarten, Schlagworten und Songs", Robin Detje („Theoretischer Theaterregen", *DIE ZEIT* vom 29.10.1993) meinte, *Kritik in Festung* franse an den Rändern aus, „aus Eitelkeit vielleicht, in dem koketten Verlangen des Dichters Goetz, einen Abend lang mit Hegel, Adorno und Axl Rose an einem Stammtisch zu verbringen", Peter Münder („Textallergiker in der Theaterfestung", *taz* vom 1.11.1993) diagnostizierte „wabernde Textmetastasen" bzw. das „simple Verfahren" einer unverbindlichen Mimesis, und Gerhard Stadelmaier („Dialogallergie im Monologbunker", *FAZ* vom 26.10.1993) urteilte klipp und klar: „‚Kritik in Festung' […] ist kein Stück".

[708] Vgl. Krankenhagen 2001, 156.

Ordnungszahlen voneinander differenziert werden.[709] Im zweiten Akt kommt vorwiegend der Alte zu Wort, im ersten und dritten hingegen ausschließlich die Geschwister. Flankiert wird dieses Hauptkorpus von zwei Szenen, deren Sprecherangaben „Chöre" (KiF 15) bzw. „Höre" (KiF 91) lauten; zum Schluß folgt ein mit „Eos" betiteltes Bild (KiF 92f.).

In den letzten Jahren hat die Forschung begonnen, etwas Licht in das Dunkel dieses Texts zu bringen. Schon Poschmann flicht in ihre Arbeit ein paar aufschlußreiche Bemerkungen zu *Kritik in Festung* ein; die erste weiterführende Interpretation stammt von Stefan Krankenhagen, dessen Dissertation *Auschwitz darstellen* (erschienen 2001) ein längeres Kapitel zu Gesamt-*Festung* enthält.[710] Wie der Titel der Studie verrät, verfolgt ihr Autor ein besonderes Erkenntnisziel – zu zeigen, daß es Goetz in der Trilogie um die Darstellung bzw. die Darstellbarkeit des Holocausts geht. Die deutlichsten Spuren dieses Diskurses seien zwar im Mittelteil *Festung* auszumachen, doch auch das erste Stück reflektiere diese Thematik, genauer gesagt die Frage, inwiefern angesichts der schuldhaften Vergangenheit sprachliche Verständigung und vernünftiges Urteilen möglich seien: „in *Kritik in Festung* kollabiert die Sprache, aufgeladen durch die familiär vermittelte Gegenwart der Vergangenheit, in der Isolation einzelner Sätze und Worte (…) Kritik zu üben, die Kunst der Beurteilung, scheint sowohl auf der Darstellungsebene als auch vor allem für den Rezipienten unmöglich zu sein".[711]

Krankenhagen begreift den *Festung*-Zyklus als Versuch, zum einen an die in den ersten Nachkriegsdekaden erprobten Darstellungsweisen zu erinnern, zum anderen aber „neue Koordinaten zu setzen".[712] Indem er die Problemstellung in dieser Art beschreibt, bescheinigt er Goetz eine gewisse Distanz zu den früheren Denkformen. Diese These belegt er v.a. anhand verschiedener Passagen aus Einzel-*Festung*, etwa einer Äußerung von Alter („ich weiß nur daß die alte Kritik / von vor zwanzig Jahren / heute nicht mehr stimmt / und die neue? / schwierig / da muß man dann wahrscheinlich / anderen zuhören und nicht mehr mir" (FE 128)) oder der Behauptung der Schriftführer-Figur,

---

[709] Wie Poschmann anmerkt, muß sich „Stimmen und Gesichter" nicht zwangsläufig nur auf die Chöre beziehen, sondern könnte auch als Hinweis darauf gemeint sein, daß „die nur scheinbar individuellen Familienmitglieder auch als anonyme Stimmen und Gesichter der Chöre in Erscheinung treten" (Poschmann 1997, 213).
[710] Krankenhagen 2001, 121-162.
[711] Ebd., 151.
[712] Ebd., 121.

am 6. August 1969 – dem Todestag Adornos – sei „die Kritik selbst wirklich tot gestorben" (FE 143).[713]

In *Kritik in Festung*, so Krankenhagen weiter, wird ebenfalls auf die Frankfurter Schule angespielt: Der Untertitel des Stücks („Institut für Sozialforschung") verweist auf den Ort, an dem Adorno und Horkheimer lehrten, der Satz „ich lasse das besetzte Institut jetzt polizeilich räumen" (KiF 79) überdies auf den 31.1.69, als Adorno die befürchtete studentische Besetzung des Gebäudes mit Polizeieinsatz unterband.[714] Das Jahr 1969 bildet für den Verfasser zugleich den Endpunkt der im Stück fokussierten Zeitspanne. Ihren Beginn siedelt er um 1950 an – diese Jahreszahl entnimmt er einer Passage aus dem zweiten Akt, in der der Alte von den Anfängen des Fernsehens redet und dies emphatisch als historischen Einschnitt, als Scheitelpunkt in der „Parabel der gesamten Geschichte" bezeichnet (KiF 53).[715] Das bewußte Datum erscheint zugleich als „Seinsnullpunkt / der Kurve wo der Mensch / steht nichtsversucht / voll Sehnsucht / nichts / und nicht / und nicht ich / zu sein sich wieg-

---

[713] Ebd., 121, 126f.
[714] Ebd., 152.
[715] Die Rede des Alten lautet wie folgt: „Vision der Parabel der gesamten Geschichte / augenblicklich im Scheitelpunkt / offensichtlich unten / Ypsilon gleich X Quadrat / minus eins mal minus eins war eins / minus ein drittel plus ein drittel plus ein neuntel / im Achsenkreuz des zwanzigsten Jahrhunderts / eine extrem steile und doch stetig / verlaufende Umkehrkurve / durch Vergehen / der Zeit / der negativen Zeit / und die objektiv idealen Gesetze / der Mathematik würde das Sein der Zählung / der Ypsilon Achse folgend dem Fortgang der Zeit / auf der X Achse wieder positiven Werten nahe eins / entgegenwachsen wie zuletzt vor fünfhundert Jahren / vielleicht oder in Wirklichkeit wie noch nie / da die Tangente am Seinsnullpunkt / der Kurve wo der Mensch / steht nichtsversucht/ voll Sehnsucht / nichts / und nicht / und nicht ich / zu sein sich wiegte / und in dieser Wiege der / Geschichte allen Menschen / die relativ normale Sache der Sprache / auf sensationell alltägliche Weise elektrisch / neu geboren wurde als der absolut ideal reale / Grundgott / Kommunikation" (KiF 53f.). Krankenhagen liest diese Sequenz als Anspielung auf den Beginn des täglichen Fernsehens in Deutschland am 25.12.1952; auch die kryptische Rechnung mit der Funktionsbestimmung „Ypsilon gleich X Quadrat" ergibt für ihn die Jahreszahl 1950 (134f.). Was den zweiten Punkt betrifft, könnte man zwar einwenden, daß auch eine andere Lösung denkbar wäre – die Angaben „minus ein drittel" und „im Achsenkreuz des zwanzigsten Jahrhunderts" ließen sich auch als Hinweis auf das Jahr 1933 interpretieren. Der Autor hat aber noch ein weiteres Argument parat: Die zitierte Stelle befindet sich am mathematischen Mittelpunkt von *Kritik in Festung*, dem zweiten Bild der zweiten Szene im zweiten Akt; im ersten Band der dreiteiligen Fernsehmitschrift *1989* (also dem Pendant zum ersten Teil der *Festung*-Trilogie) wird im 77. der 153 Bilder ebenfalls – und zwar explizit – vom Beginn der TV-Ausstrahlungen in Deutschland gehandelt (*1989.1.*, 314, vgl. Krankenhagen 2001, 134f.).

te" (KiF 54) – Krankenhagen zufolge ein weiterer Beleg dafür, daß in diesem Text das Denken und Schreiben nach Auschwitz untersucht wird.[716] Um die Ausrichtung seiner Lektüre zusammenzufassen: der Umgang mit dem NS-Erbe ist in der gesamten Trilogie thematisch; in *Kritik in Festung* liegt das besondere Augenmerk auf den ersten beiden Nachkriegsdekaden, als deren wichtigste Fluchtlinien die Kritische Theorie und die Ausbreitung des TV-Mediums genannt werden.

Krankenhagen erörtert weiter, welche Rolle in diesem Kontext die Wahl des Genres Familienstück spielt: „In *Kritik in Festung* wird die gesellschaftliche Verdrängung deutscher Verbrechen mit familiären Strukturen der zweiten Generation kurzgeschlossen".[717] Die Seite der Täter repräsentiere der Alte, die der Nachkommen die Geschwister:

> „[…] rekonstruiert wird die Frage, wie sich die Belastung deutscher Geschichte auf die Sprache innerhalb der Familie auswirkte. ‚Deutsche Geschichte', als Synonym für die Zeit des Nationalsozialismus, und Kindheitstrauma überschneiden sich in dem Stück und fließen latent in die nicht gelingen wollenden Gespräche ein. ‚Die klärende Aussp' [KiF 59, J.W.] kommt nicht zustande. Die Figur des Vaters und die der Kinder sprechen nicht nur über verschiedene Themen, sie benutzen eine vollkommen andere Form der Sprache. ‚Der Alte' konstituiert sich in einem endlosen Monolog, einer Suada im Stil und Sinne des Bernhardschen *Theatermachers*, der sein Genie stilisiert und seine Familie terrorisiert. Die Figuren der Kinder dagegen sprechen mit dem Bewußtsein einer schuldhaften (Familien-) Vergangenheit, die nicht zur Sprache kommt".[718]

In den verbalen Differenzen manifestiere sich also der Zwiespalt zwischen den Generationen. Während die Rede des Alten an ihrem Anspruch auf universale Gültigkeit festhalte, äußerten sich die Kinder nur noch in der „disparate[n] Form beziehungsloser Inhalte";[719] ihre Sprache werde zum Buchstaben-Material dekonstruiert.[720] Krankenhagen hebt dabei hervor, daß „der Konflikt mit dem Vater [weder] zum Ausbruch noch zu einer Lösung in Form dialogischer Verständigung" komme.[721] Die Jüngeren akzeptierten die elterlichen Sinnangebote zwar nicht mehr, schafften es jedoch nicht, ihnen potentielle

---

[716] Vgl. Krankenhagen 2001, 135, der diese Lesart zudem mit einigen weiteren Überlegungen zu den mathematischen Proportionen von *Festung* und *1989* begründet (136f.).
[717] Ebd., 153.
[718] Ebd., 153.
[719] Ebd., 157.
[720] Ebd., 155.
[721] Ebd., 155.

eigene entgegenzusetzen und das Ungesagte in einer offenen Konfrontation zum Ausdruck zu bringen. Die schuldhafte Vergangenheit verbleibe im Stadium der Latenz[722] – in dieser Weise versteht der Autor Goetz' Wort, *Kritik in Festung* untersuche „in der Maske an der Rolle der Sprache die Funktion von Latenz" (s.o.).

Krankenhagens Lektüre leuchtet in vollem Umfang ein; die Frage nach dem Umgang mit der NS-Erblast sowie nach der generationsspezifischen Signatur der gängigen Strategien gehört zweifellos zu den Hauptthemen von *Kritik in Festung*. Auf einen weiteren damit zusammenhängenden Aspekt, das Verhältnis zu Adorno und der Kritischen Theorie, werde ich im Kontext von *Festung* zurückkommen. Gleichwohl erscheint es sinnvoll, das Objektiv etwas weiter einzustellen. Das gilt in erster Linie für die Deutung der zitierten Vorbemerkung: Angesichts der Ergebnisse aus den ersten Kapiteln griffe es zu kurz, wenn man beim Problem der Latenz ausschließlich an die Verdrängung der historischen Schuld dächte. Vielmehr ist zu klären, ob sich über Luhmanns Konzept des „blinden Flecks" und Goetz' Unterscheidung von Bild und Schrift nicht weitere Sinnhorizonte eröffnen lassen.

Zu Beginn sei der bewußte Selbstkommentar in allen Einzelheiten unter die Lupe genommen. Goetz schreibt, die Funktion von Latenz solle „an der Rolle der Sprache" untersucht werden. Daß die Sprache über eine eigene Rolle verfügt, ja sogar der eigentliche Akteur des Stücks ist, bestätigt auch eine Stelle am Ende des zweiten Akts, wo der Alte sagt: „schließlich bin ich hier nicht Regisseur / wo nichts passiert / nur Sprache / Richtung Abstraktion" (KiF 67). *Kritik in Festung* reflektiert sich, Bernhards Bühnenwerken nicht unähnlich, als ein Sprach-Drama.[723] Im Gegensatz zu dieser Bedeutungsebene und dem Begriff „Latenz" blieb ein anderes Detail in den bisherigen Arbeiten gänzlich unbeachtet: daß die Untersuchung „in der Maske" stattfindet.[724] Gleichwohl zeigen noch zwei weitere Aspekte, wie wichtig dieser Wink ist. Erstens ergänzt sich dies mit der Ortsangabe aus dem Personenverzeichnis („hinter der Bühne"), zweitens heißt es in der Vorbemerkung, die

---

[722] Ebd., 155. Krankenhagen zieht von diesem Aspekt aus eine Verbindung zu den Fällen „schizophren strukturierte[r] Sprachverwendung", wie sie u.a. in der Rede der Schwester auftreten (154, vgl. KiF 74). Dazu auch Poschmann 1997, 224, die die schizophrenen Tendenzen allerdings allgemeiner auf das „zentrale Problem der Nichtdarstellbarkeit von Welt" zurückführt.

[723] Zur zentralen Bedeutung der Sprache in Goetz' Dramenwerk auch Opel 2002, 120f.

[724] Poschmann deutet zwar einen Zusammenhang zwischen dem Latenz-Problem und der Selbstreflexion des Theaters an, führt dies aber nicht näher aus (Poschmann 1997, 224).

gesamte Trilogie spiele im Theater (s.o.); wenn das erste Stück in der Maske lokalisiert wird, so scheint sich darin eine Information über seine spezifische Funktion im Verhältnis zu den beiden anderen zu verbergen.

Kritik in Festung enthält eine Vielzahl von Passagen, in denen die Bühnensituation thematisiert wird. Im Zusammenhang damit treten etliche Merkwürdigkeiten zutage. Deshalb nun ein Überblick über die betreffenden Stellen, zunächst aus dem ersten Akt:

> BRUDER [...] Kein Beobachter vergaß zu erwähnen, daß ab der ersten Szene alles im Walzertakt tänzelte. Als Dramatiker, der etwas von Timing versteht, sagte er, na denn, toi toi toi. Danke. Ich erhob mich. Ich fühlte mich wohl. Lauter nette Leute hier. Da ging die Türe auf, ein Herr erschien. Groß, schlank, soigniert. Vierzig. Ein Herr von Adel. Ich erkannte ihn sofort. Ach, Sie spielen den Liebhaber? Ja, freute ich mich. Ich freute mich, weil er davon gehört hatte, und sah ihn gespannt an (KiF 19).

> BRUDER saß also an einem langen hölzernen Biertisch im Garten des Burginnenhofs. Goethe? Am Apparat. Ich fürchte das Schlimmste für den Ruf Ihrer Mutter, faßte der Hauptabteilungsleiter den melodramatischen Reißer zur Kurzhandlung zusammen. Mir schien dabei, als hielte ich den Sinn der Welt in Händen [...] Ich stand auf, ging durchs Zimmer, die Kamera schwenkte mit. Vielleicht sollte der Liebhaber lieber ein arbeitsloser Flieger sein? Eine Familiengeschichte ist doch eigentlich nichts Kompliziertes. Ich denke etwa an leichtes Stolpern, Robben im Gras, unbeschreiblichen Durst oder so (KiF 20).

> BRUDER Wann kommt eigentlich der Brötchenlieferant?
> BRUDER Moment
> BRUDER Ja
> BRUDER Da muß ich eben mal nachkucken
> BRUDER Kein Problem
> BRUDER Hier
> BRUDER Aha
> BRUDER Ich selbst bin der Brötchenlieferant
> BRUDER Das ist ja eine Überraschung (KiF 22f.).

> SCHWESTER Und aus den Trümmern dringen Schreie, glaube ich, das habe ich schon einmal gesagt, oder ich bestehe wenigstens darauf, daß ich es noch einmal sage. Es ist aber überhaupt nicht so, daß das jetzt ausgerechnet der Moment der Wahrheit wäre. Unsinn. Aber wer sind die Brüder wirklich? Und wann taucht der Alte endlich auf? (KiF 25).

BRUDER Ich bin mein toter Bruder Ernst
BRUDER Er ist Richard der dritte
BRUDER Als Dritter natürlich auch Clemens, der Milde, genannt (KiF 26).

BRUDER Natürlich ist es reizvoller, einen Psychopathen zu spielen
[…]
BRUDER Eine Frau hustet
[…]
BRUDER Dann käme zwischen dem sich spaltenden Vorhang
BRUDER Ovationen brausen auf
BRUDER Und Sie haben auch keine Angst vor den Zuschauern hier? (KiF 28).

SCHWESTER Aber einen Bruder konnte sie nicht wiederbekommen. Interessiert das jemanden, daß wir da weitermachen?
[…]
SCHWESTER Und wie ist die Stimmung hier? Soll man aufhören? (KiF 30f.).

BRUDER Elftens, das Leben in der Anstalt. Ich hoffe, die Personenbeschreibungen sind eine große Hilfe. Was ist im Schlafzimmer geschehen, jahrelang, nachts? Wir spielten Verstecken und haben die Birnen gegessen, die Äpfel im Garten (KiF 32).

Für sich genommen ergeben gewiß nicht alle angeführten Zitate Sinn. Hält man sie aber aneinander, so zeichnet sich durchaus so etwas wie ein Gesamtbild ab: die Probe eines in durchnumerierter Form („Elftens") vorliegenden Stücks, mit dessen Inhalt und Aufbau sich die Darsteller erst noch vertraut machen müssen. Wie die Bemerkungen zum „arbeitslosen Flieger" oder dem „Psychopathen" erhellen, bedürfen auch Fragen der Besetzung bzw. der Gestaltung einzelner Rollen noch der Klärung. Einige Äußerungen der Schwester lassen sich als Zwischenrufe einer um Disziplin bemühten Regieassistentin verstehen. Zugleich tritt hervor, daß der fiktive Skript – abgesehen von Personen wie dem Liebhaber oder dem „Brötchenlieferanten" – viel mit dem Figurenverzeichnis von *Kritik in Festung*, mit dem bereits angelaufenen Schauspiel zu tun hat; es geht immer wieder um eine Familiengeschichte mit mehreren Brüdern und einem „Alten". Goetz potenziert die Schaltkreise zum Hier und Jetzt der dargestellten Vorgänge, indem er mehrfach Reaktionen des Publikums („Husten" und „Ovationen") einblendet.

Die Figuren rekurrieren also wiederholt auf einen Text, der einerseits einen vorgängigen, vorgefertigten Charakter hat und von ihnen erst noch studiert werden muß, andererseits aber mit ihrer realen Gegenwart korrespondiert, ja sich aus ihr heraus zu entwickeln scheint. Diese Ambivalenz ist äußerst interessant, zumal sich von hier aus eine erste Verbindung zu Goetz' Selbstkommentar und dem Ort des Geschehens ankündigt: Angaben wie „hinter der Bühne" oder „in der Maske" verweisen schließlich auf Plätze, an denen Aufführungen vorbereitet werden. Insofern stellt sich die Frage, ob hier nicht ein und dieselbe Grenze gekreuzt werden soll – in dem Sinne, daß der Raum in ähnlicher Weise zwischen Maske und Bühne changiert wie das Verhältnis zum Geschriebenen zwischen nachträglichem Lesen und aktuellem Entstehenlassen, zwischen Probe und Live-Aufführung.

Im zweiten Akt ändert sich der Gestus, sobald der Alte auftritt. Hatte es bei den Kindern noch den Anschein, als sei ihnen die Vorlage fremd und stamme nicht von ihnen selbst, so kehren sich nun die Vorzeichen um:

DER ALTE Na! / Was! / Wie! / Nu! / Ich bin hier der Alte. / Ich schaffe hier an. / Ho ho ho. / Immer noch die alten Klamotten hier / Was! Aus dem ersten Akt! […] / Dann wollen wir mal / bißchen vorankommen hier / mit Schwung / also / der Vorhang fällt / ein ungeheuerlicher Beifall / ach was: OVATIONEN / dann am Mikrophon / trete ich etwas zurück / beschwichtigende Geste der erhobenen Hand, so / ich nicke, danke, danke danke (KiF 37).

WAS / Ruhe hier / lange Pause, Komma / oder Doppelpunkt von mir aus / seien wir mal meinetwegen nicht so geizig / mit den Atemzeichen, Zeilen / bruch! / nicht wahr / wie gesagt, ein / RUHE / natürlich nicht gebrüllt, ihr Ignoranten / natürlich alles nur ge / FLÜSTERT! (KiF 40f.).

das ist der Hammer / wie gesagt / Doppelpunkt, Komma, Zitat / der Alte / Ausrufezeichen / und zwar mit einer ungeheuerlichen Explosion / am Schluß / natürlich absolute Stille / um die Explosion von k und t herum: Doppelpunkt / Ruhe, hört man doch / SPRECHKULTUR (KiF 42).

Der Alte übernimmt sogleich das Kommando und sorgt dafür, daß der Theaterabend „mit Schwung" vorankommt. Der Applaus des fiktiven Publikums war schon im ersten Akt in der Figurenrede thematisiert worden; im Gegensatz zu den Brüdern bezieht ihn der Vater aber ohne viel Federlesens auf sein eigenes Auftreten. Im weiteren Verlauf nähert sich der Monolog immer mehr einem Diktat an, da Anweisungen hinsichtlich der Schreibung erfolgen[725] und teilweise sogar der Name des Sprechers angegeben wird („Komma, Zitat / der Alte"). Der Alte schlüpft nicht nur in die Rolle des Autors, sondern auch in die des Regisseurs, der Aussprache und Lautstärke der Akteure korrigiert;

---

[725] Dieses Phänomen ist bei Goetz mitunter auch in der Prosa zu beobachten; bereits in *Irre* flicht der Erzähler mehrfach Angaben zur Schreibweise ein (u.a. Ir 21ff.). Dazu Winkels 1988, 242.

später ordnet er etwa an, zum Anfang zurückzukehren – dabei wird der Beginn der einleitenden Chor-Passage zitiert („wie gesagt ich komme / wir Schweine", KiF 52, vgl. KiF 15).

So vieldeutig diese Passagen auch sein mögen, darf man doch konstatieren: Der Alte unterstellt in seinem Monolog, es handle sich dabei um ein fertiges Werk, das in irgendeiner Form fixiert werden muß, sei es als Text, sei es als Inszenierung. Alles was er vorgibt, *ist* bereits das Stück; so jedenfalls möchte er es. Das betrifft auch die Stellen, wo er den Vorspann zum ersten Akt wiederholt, auf Geräusche aus dem Publikum eingeht (KiF 37f., s.o.) oder wo er sich mit unflätigen Worten an den Theaterdirektor wendet (KiF 44f.). Auch diese Brechungen erscheinen als Aspekte der Fiktion, die seinem eigenen Kopf entspringt. Während im ersten Akt die Autorschaft des Skripts im Dunkeln liegt und sich alle an der Regiearbeit beteiligen, wird hier beides vom Alten okkupiert.

Gleichwohl scheint seine Autorität nicht unbegrenzt. Daß in der zweiten Szene die Rollenbezeichnung „der Alte", diesmal außerhalb seiner Rede, mehrfach wiederholt wird (KiF 53, 55), läßt sich als Indiz einer gewissen Instabilität werten.[726] Außerdem sind einige seiner Ausrufe in Versalien gesetzt (v.a. KiF 41ff.): Da dies – in *Kritik in Festung* ansonsten eher eine Rarität – vom Schriftbild her an die Sprechernamen oder an die Zwischenüberschriften erinnert, hat man beim Lesen den Eindruck, als spreche nicht mehr der Alte selbst, sondern Teile seiner Rede, d.h. als seien seine Worte den ausgerufenen Namen und Begriffen wie „ODENSACK" (KiF 41) oder „NATUR" (KiF 49) zuzurechnen.[727]

Im dritten Teil des Mittelakts kollabiert der Anspruch auf Autorschaft vollends: „der Chor tritt auf / die Zeit", sagt der Alte, „bitte sehr, mein Herr / stürmen Sie, fliegen Sie nur herein / wie gedruckt, niemand soll schließlich / direkt rechts daneben im Statistencontainer / eingehüllt in nichts als warme Wintermäntel / Stunde um Stunde auf den nächsten Auftritt / warten müssen" (KiF 61), und er fügt hinzu: „Odensack / nehmen Sie die Bibel raus /

---

[726] Dieses Verfahren weist bereits auf *Katarakt* voraus, wo sich die Angabe „Alter" vor jedem der elf Abschnitte findet.
[727] Der Einschränkung halber sei gesagt, daß zwischen den Ausrufen und den tatsächlichen Rollenangaben gleichwohl ein graphischer Unterschied besteht: Nur die letzteren erscheinen im Text nach links versetzt. Der beschriebene Effekt – die Destabilisierung der Zurechenbarkeit – ist trotzdem nicht zu leugnen, zumal auch in anderen Teilen der Trilogie nonpersonale Rollen vorkommen, z.B. „SOMMER" oder „FAKTOR ZEIT" im 3. Akt von *Festung*, (s.u., 3.2.3).

und schlagen Sie die Stelle auf / wo ich vorhin bei gelöschten Lichtern / mondlose Nacht in der kleinen Stadt, sternlos / und bibelschwarz, lauter nicht gelesene Stücke / das mache ich mir zum, ach was, in der Vernichtung / der europäischen Juden, Band eins, gelesen habe" (KiF 62).[728]

Die beiden Sequenzen heben sich insofern von den bisherigen ab, als sich Spiel (bzw. Bild) und Schrift quasi wie von selbst einander annähern. Der angesprochene Herr fliegt „wie gedruckt" herein, ohne wie die Darsteller in der Szene zuvor vom Regisseur korrigiert zu werden; wenn der Sprecher zudem behauptet, er habe die Bibel in „bibelschwarzer" Nacht gelesen, so deutet dies ebenfalls auf ein Zusammentreffen der beiden Pole. Die beiden Belege wären an und für sich noch nicht sehr aussagekräftig, stellte der Alte nicht gleich darauf folgende Betrachtung an:

> „ohne ein Wort / die Waffe Schweigen / wirklich mal schweigen lassen / Brutalität / von der das Theater / Weltraumkälte / Und kein Weg führt da hin / Vom Wort über den Wortrand hinaus / Bühnensuizid / totales Schweigen / THEATERTAT / das perfekte Stück / verschweigen Wort für Wort / Kommunikationsverherrlichung / durch Stillefolter / Schwachsinn / nichts / das wäre der Hammer / der blinde Fleck der Wortewelten / Rätsel der Logik / Systemblockade / der bebende Schwarm / der auf der Stelle stehenden Wor / Stille" (KiF 63f.).

Die Äußerung zielt exakt auf das Thema dieses Analyseschritts, das Verhältnis von Sprache und sichtbarer Darstellung. Der Alte will das perfekte Stück „Wort für Wort verschweigen" – die Wendung verleiht dem Verbum eine stark produktive Bedeutung, man ist geneigt, nicht nur an das Verbergen eines bereits bestehenden, sondern zugleich an das „Erschweigen" eines neuen Textes zu denken. Er forscht nach einem Punkt, wo das Spiel auf der Bühne gerade insofern, als es wortlos bleibt, als es sich nicht an der Reproduktion vorgegebener Satzinhalte orientiert, besonders sprechend wird und den „Schwarm der Wörter" zum Beben bringt. Gesagt, getan: indem der Alte das Wort „Worte" in der Mitte abbricht und Stille eintreten läßt, vollzieht er genau das, wovon seine Rede handelt.

Hier stößt man wieder auf einen Kerngedanken von Goetz' Ästhetik, die mehrfach erwähnte Vorstellung, Bild und Schrift verfügten über eine „Verschiebe-Ebene", wo die beiden Pole gleichrangig – und nicht etwa unter der Führung der Sprache – miteinander kommunizieren können (vgl. Afa 468

---

[728] Die Anspielung bezieht sich auf den Text *Die Vernichtung der europäischen Juden* von Raul Hilberg (Hilberg 1983).

bzw. Abschnitt 1.2.3 dieser Arbeit). Das gilt nicht nur für Werke der Bildenden Kunst, sondern auch für die schweigende, nicht wortgebundene Präsenz des Schauspielers, die ihrerseits einen eigenen „Text" hervorbringt. Damit erhält man einen Anhaltspunkt im Hinblick darauf, weshalb es bei den Bemerkungen zur Probe des Stücks im Stück nie völlig klar ist, ob der Text bereits vorliegt oder gerade erst spontan entsteht: In den Fällen der ersten Kategorie – so wäre einstweilen zu vermuten – dominiert das Wort, in denen der zweiten Bild und Spiel.

Auch wenn diese Ambivalenz von Anfang an erkennbar ist, zeigt sich zugleich, daß die Relation zwischen Schrift und Theaterdarstellung eine Entwicklung durchläuft. Im ersten Akt testen die Geschwister verschiedene Möglichkeiten, den Text auf der Bühne zu präsentieren – Fragen wie die Besetzung oder die besondere Ausgestaltung einzelner Rollen werden ebenso unbefangen wie ratlos diskutiert. Während hier vorgegebene Sprache und gegenwärtiges Spiel in rein äußerlicher Weise zusammengeführt werden, eigentlich nicht zusammen finden, erfahren sie im zweiten Akt zunächst so etwas wie eine „erpreßte Versöhnung": Der Alte erklärt sich selbst, d.h. sein Spiel zum Ursprung des Textes; er schließt die beiden Gegensätze kurz, anstatt sie in einen produktiven Widerstreit treten zu lassen. Letzteres gelingt ihm erst in Szene II.3, wenn er mitten in seiner Rede der Kraft des Schweigens gewahr wird und sie im Abbruch seiner Worte performativ entbindet.

Erst an diesem Punkt kommt die sprach-jenseitige Bühnenpräsenz zur vollen Entfaltung. Es ist aufschlußreich zu sehen, wie sich die besagte „Theatertat" vorbereitet. Ihr Eintreten setzt voraus, daß der Alte seine anfängliche Einstellung ablegt: den Wahn, das Gesamt-Spiel – also Wort und Aktion – auf sein Bewußtsein als Ursprung zurückführen und somit beherrschen zu können. Solange er sich die Urheberschaft über den Text anmaßt, bleibt die sinnliche Seite des Spiels an seine Vorstellungen gefesselt. Und mit ihr die verbale – von einem „bebenden Schwarm" von Worten kann unter diesen Umständen keine Rede sein. Das bedeutet zugleich, daß man nicht nur den „wie gedruckt" hereinfliegenden Herrn (s.o.), sondern auch die versal gesetzten Ausrufe als Vorboten dieser Wende betrachten kann: Die Worte beginnen dem Sprecher hier die Kontrolle über die Bedeutung des Gesagten streitig zu machen und damit sowohl ihrer eigenen Autonomie als auch der des Spiels den Weg zu ebnen.

Daraus ergibt sich eine erste Antwort auf die Ausgangsfrage. Die Vermutung, Goetz spiele in seinem Selbstkommentar auf Luhmann an, wenn er von der „Funktion von Latenz" schreibe, scheint sich zu bestätigen. Dieser Begriff bezeichnet schließlich den Spalt zwischen dem Beobachteten und dem Unbeobachteten bzw. das, was den Beobachter von seiner Einheit trennt (vgl. 1.2.1). Wie in Abschnitt 2.2.4 erläutert, importiert Goetz die Differenz von Bild und Schrift in dieses Konzept – in dem Sinne, daß der bildliche „Act" des Sprechers mit dem von ihm selbst nicht beobachteten, durch keinerlei Operationen auszuschaltenden Äußeren seiner Selektionen zusammenfalle. Genau um dieses Problem geht es in den untersuchten Textpassagen: um die Inkommensurabilität aller Bestrebungen, dem eigenen Sprechen diesen sinnlich erfahrbaren Rahmen einzuverleiben. Der Alte sucht anfangs eine Form, mit der er zugleich ihre eigene Präsentation, ihren bildlich-gegenwärtigen Aspekt beobachten kann, doch man vermag Schritt für Schritt zu verfolgen, wie Sprache und Bild die Grenzen des von ihm Beobachteten überschreiten. Diesen uneinholbaren Überhang, die nur für andere Beobachter (bzw. Beobachtungen) sichtbare andere Seite des explizit Beobachteten versteht Goetz unter Latenz; daß das in der zitierten Passage der entscheidende Punkt ist, signalisiert er auch mit dem Ausdruck „der *blinde Fleck* der Wortewelten".[729] Wohlgemerkt: all diese Auseinandersetzungen zwischen Bild und Sprache ereignen sich im autopoietischen System des Texts. Goetz verzichtet in der gesamten Trilogie vollständig auf Regieanweisungen (s.o.) – es bleibt dem Regisseur überlassen, wie er die internen Konflikte in Szene setzt.

Ehe die „Funktion von Latenz" in *Kritik in Festung* bestimmt werden kann, bedarf es noch eines Blicks auf den dritten Akt. Dort gibt es zunächst lediglich ein paar vereinzelte Stellen, an denen sich das Theater bzw. das Stück reflektiert: „drei Brüder / die nur Brüder heißen", sagt ein Bruder in der vierten Szene, und ein anderer entgegnet: „mir wäre am liebsten / alle würden einfach so heißen / wie sie in Wirklichkeit heißen" (KiF 85).[730] In „Höre" läßt eine der Chorstimmen verlauten: „im Finale trete ich als Onkel Richard auf" (KiF 91). Während diese Selbstthematisierungen im Stil des ersten Akts gehalten sind, kommt es im Epilog „Eos" – passend zum Titel – nochmals zu etwas Neuem: Der Alte und die Geschwister sprechen nacheinander einzelne

---

[729] Sibylle Wirsing schrieb in ihrer Kritik („Ein Traumschiff ohne Wind in den Segeln", *Tagesspiegel* vom 24.10.1993) treffend: „Rainald Goetz […] hat es [das Stück, J.W.] dazu bestimmt, den verborgenen Sprachmechanismen auf die Spur zu kommen, wie sie uns mitspielen, während wir meinen, die Sprache voll zu beherrschen".
[730] Vgl. Poschmann 1997, 213, die zudem behauptet, Goetz zitiere hier eine Bemerkung eines an der Bonner Uraufführung beteiligten Schauspielers; nach dessen Wunsch hätten die drei Brüder die Namen ihrer Darsteller tragen sollen (ohne weiteren Beleg).

Worte und Satzfragmente; dabei handelt es sich überwiegend um Zitate (v.a. Regieanweisungen) aus *Schlachten,* dem Mittelteil der *Krieg*-Trilogie (KiF 92f., vgl. u.a. Kri 139, 181).[731] Anders als in den übrigen Abschnitten mit Wechselrede schließen die Repliken hier semantisch aneinander an und fügen sich zu einem anschaulichen Bild zusammen:

> BRUDER Durst
> BRUDER was war da
> BRUDER er trinkt
> DER ALTE streicht die Kante des Vorhangs auf und ab
> SCHWESTER richtet sich auf
> BRUDER es riecht nach Urin
> BRUDER Schweigen
> BRUDER er horcht
> DER ALTE nichts
> SCHWESTER singt zurück
> BRUDER und lauscht
> BRUDER nichts
> BRUDER das war alles
> DER ALTE aus
> SCHWESTER gut
> (KiF 92f.).

Unter pragmatischen Gesichtspunkten sind hier mindestens zwei Lesarten möglich: Entweder betrachten die fünf Figuren ein und dieselbe Szene, oder sie entwerfen sie gemeinsam in ihrer Vorstellung. Unabhängig davon ist zu fragen, wie sich die Sequenz zum Hauptkorpus von *Kritik in Festung* verhält. In ihr wird keine Probe geschildert (vgl. dagegen Akt I), sondern ein aktuelles Geschehen, das nicht im Hinblick auf eine spätere Aufführung relativiert wird; zudem maßt sich keiner der Sprecher die Autorschaft oder einen privilegierten Zugang zur Fiktion an (Akt II). Was ergibt aber der Vergleich zur „Theatertat" des Alten, muß man nicht sagen, daß „Eos" dahinter zurückfällt – insofern, als sich die Figurenrede zu einer kohärenten Szene ergänzt? Ist das

---

[731] Wie Krankenhagen detailliert herausarbeitet, konstruiert Goetz hierbei einen Dialog zwischen Regieanweisungen aus dem ersten und dem dritten Akt von *Schlachten*. Die besondere Pointe dieses Manövers, so seine Deutung, liege darin, daß im Original zwischen den Zitaten ein Gewaltausbruch des Vaters gegen seine Tochter erfolge (Kri 180); auf diese Weise gelinge es dem Autor, Gewalt verborgen zu zitieren, anstatt sie offen zur Darstellung kommen zu lassen – für Krankenhagen ist dieser „Fortschritt" gegenüber *Krieg* zugleich der Grund, weshalb die Szene mit „Eos" überschrieben ist (Krankenhagen 2001, 157). Zu den *Krieg*-Zitaten auch Poschmann 1997, 212.

textinterne Bild hier nicht einseitig vom Wort determiniert, anstatt in einem produktiven Widerspruch dazu zu stehen?

Keineswegs – und dazu folgende Überlegung: die Beschreibung enthält großenteils Elemente, die mit dem sinnlich erfahrbaren gegenwärtigen Kontext zu tun haben (etwa „und lauscht / nichts" oder „es riecht nach Urin"); dabei bleibt offen, ob die Sprecher den Geruch und die Stille selbst wahrnehmen oder ob sie schildern, was die beobachtete/fingierte Person riecht und hört. Entscheidend ist, daß sich insbesondere das Gehör auf keinerlei bestimmte Eindrücke richtet; schließlich herrscht Schweigen. Es geht weniger um einzelne Geräusche als vielmehr um das Lauschen an sich. Und das heißt wiederum: Die Sprache benennt hier nichts, sondern lenkt die Aufmerksamkeit auf die reine Aktivität der Sinne – eine Bewegung, die sich einerseits zwischen den fünf Protagonisten und ihrer Binnenfigur, andererseits auch zwischen Bühne und Publikum vollzieht (ähnlich wie es Poschmann an *Katarakt* erläutert, s.o.). Ob sich der Regisseur nun dazu entschließt, den mysteriösen „Er" leibhaftig auftreten zu lassen oder nicht – das Spiel gewinnt eine sinnliche Komponente, die sich der Reproduktion der Worte entzieht. Interessanterweise schlägt die Autonomie des einen Pols beim anderen nicht negativ zu Buche, im Gegenteil: der Text reflektiert seine Literarizität, zum einen durch die Zitation von *Krieg*, zum anderen durch die Worte „singt zurück" – die darin verborgene Feinheit kann lediglich im Medium der Schrift zur Geltung kommen.

Insofern hat man es hier mit einem spannungsvollen Konflikt zweier eigenständiger Felder (Bild und Sprache) zu tun. „Eos" bildet gegenüber der „Theatertat" keinen Rückschritt, sondern viel eher ihre eigentliche Erfüllung. Was der Alte in seinen Erwägungen zu „Kommunikationsverherrlichung" und „Stillefolter" postuliert und instantan einlöst, durch das abrupte Abbrechen seines Satzes, das ereignet sich hier in der Kommunikation unter Mehreren, in einer gemeinsamen Vision. Damit ist man wieder beim Problem der Latenz: Die Figuren haben sowohl den indifferenten als auch den repressiven Umgang mit dem Außerhalb ihrer Selektionen überwunden; sie gebrauchen die Worte nun so, daß diese andere Seite aufleuchtet und zugleich von ihnen nicht vereinnahmt wird. Anstatt zu „foltern", führt die Stille erstmals im Stück zu anschlußfähiger Kommunikation, zu einer kollektiven Basis des Sehens. Ebenso wie die Familie am Ort des Stücks – „hinter der Bühne" – angelangt ist, vermag nun auch die Sprache ihrem Anspruch gerecht zu werden und sich der Welt zu öffnen. Die Hamburger Uraufführungs-

Inszenierung unterstrich dies durch einen besonderen Kunstgriff: Das auf der Hinterbühne plazierte Publikum sah während des gesamten Stücks auf den Eisernen Vorhang, der die Spielfläche nach hinten begrenzte, doch in „Eos" hob er sich und gab den Blick auf den in bläulichen Schimmer getauchten Zuschauerraum frei.

Der Standort des Schlußbildes wurde gerade erwähnt; an diesem Problem lassen sich die Strukturprozesse von *Kritik in Festung* nochmals zusammenfassend darstellen. Im ersten und dritten Akt wähnen sich die Geschwister in einem abgeschotteten Probenraum und verdrängen mehr oder minder, daß ihre Improvisationen trotzdem immer wieder vom fiktiven (und realen) Publikum gesehen werden und mit dem vermeintlich vorgängigen Stück im Stück zusammenfallen. Der Alte wählt im Mittelakt genau den umgekehrten Weg und erklärt die Maske zur Bühne. Erst in „Eos" finden die Figuren den ihnen zugedachten Ort, ihren „Schau-Platz": Sie betrachten etwas, richten ihre Augen auf die Rampe, doch obwohl sie sich damit im Off situieren, changiert auch ihre Position – wie die Bemerkungen zu den Sinneseindrücken erhellen – mit der Bühne selbst. Das gilt für alle drei Varianten; die dritte ist aber die einzige, in der dort primär etwas anderes als das eigene Spiel wahrgenommen wird.

Was soll man damit nun anfangen? Man kann zum Beispiel darüber nachdenken, weshalb der Text „*Kritik in Festung*" heißt. An der letzten Überlegung hat sich gezeigt, daß das Beobachten eines seiner Kernthemen ist – und genau das spiegelt sich auch im Titel. Das Werk wird dadurch in ein ähnliches Verhältnis zu (Einzel- wie Gesamt-)*Festung* gesetzt wie durch die Bestimmung, es spiele „hinter der Bühne", die übrigen Teile hingegen allgemein im Theater; es erhält eine spezifische Funktion, die mit Beobachtung, mit dem Blick von außen zu tun hat. Gibt der letzte Arbeitsschritt also Auskunft über die Rolle der Kritik? Wäre eine allegorische Lesart möglich – in dem Sinne, daß die Maske der Kritik bzw. der Beobachtung und die Bühne dem zu beobachtenden Handeln entspräche?

Neben der evidenten Parallele zwischen den Titeln *Festung/Kritik in Festung* einerseits und den Schauplätzen Theater/Maske andererseits gibt es dafür noch einen weiteren Anhaltspunkt – daß die Sprecher in allen drei Typen des Binnentheaters wieder auf der Bühne landen. Wie soll man das verstehen? Wenn man die vorgeschlagene Sinnzuweisung vornimmt, kann man sagen: Die Figuren beobachten nicht nur, sondern sie werden auch beobachtet; sie setzen sich, indem sie beobachten, zwangsläufig der Beobachtung durch andere aus. Und inwiefern ist das nun ein Argument für die allegorische Lektüre? Insofern, als dieser Zusammenhang auf Luhmanns Konzept der Latenz verweist, genauer: auf seine besondere Aneignung durch Goetz. Wie mehrfach erwähnt, erkennt der Literat den „blinden Fleck" auch in der sinnlichen Präsentation von Beobachtungen, während der Soziologe darunter allgemein die prozessierte im Gegensatz zur beobachteten Form begreift. Goetz akzentuiert die Sichtbarkeit, die wahrnehmbare Spur von Beobachtungen auch in *Kritik in Festung*, indem er seine Beobachter phasenweise auf die Bretter des Binnentheaters schickt.

Der Deutungsansatz befindet sich somit im Einklang mit den Ergebnissen zu Goetz' Luhmann-Rezeption. Angesichts der Relation zwischen den beiden Stücktiteln muß man die Bühne in einem sehr weiten Sinne auslegen: Sie repräsentiert nicht nur den „Act" der jeweiligen Figurenrede, sondern den umfassenden Realitäts-Rahmen von Gesamt-*Festung* inklusive der Medienmitschriften *1989*, ist also nichts weniger als eine Chiffre der Wirklichkeit, während die Maske für die Beobachtung steht. Wendet man das Schema nun auf die drei bewußten Spiel-Arten an, so kommt man zu folgendem Ergebnis: Die Geschwister begnügen sich mit einer laxen Probe – das hieße: sie lehnen jeden verbindlichen Weltbezug ab, schieben ihn auf, nicht ohne zuweilen davon eingeholt zu werden. Wenn der Alte die Autorität über den Text usurpiert und die Maske zur Bühne erklärt, so ließe sich das als radikale Engführung seines Denkens mit der Realität (bzw. ihrem Sollzustand) auffassen, die großen Spannungs-Ereignisse von Szene II.3 und „Eos" indes als Einsicht in die Notwendigkeit der Trennung beider Pole, als Reflexion der These, daß die Kraft der Verweisung genau dann am intensivsten wird, wenn die Worte Bild und Präsenz weder abzustreifen noch in sich aufzuheben trachten, sondern in ihrer Andersheit belassen und sich dabei dem eigenen Beobachtetwerden öffnen.[732]

Die Versuchung ist groß, diese drei Typen der Beobachtung konkret gewissen zeitgenössischen Strömungen zuzuordnen – umso mehr, als man damit in den Fragehorizont der eingangs referierten Studie zurückkehren und dazu dezidiert Stellung nehmen könnte: Krankenhagen behauptet schließlich

---

[732] Hans Hollmann meinte zu Einzel-*Festung*, Goetz' Umgang mit der Vergangenheit sei von der Einsicht geprägt: „Dadurch, daß man etwas nicht sagt, ist es am stärksten da" (in: *Frankfurter Rundschau* vom 19.12.1992, ausführlich zitiert in Kap. 3.2.3). M.E. läßt sich das auch auf *Kritik in Festung* bzw. auf Goetz' Überlegungen zum Verhältnis von Sprache und Bild übertragen.

ebenfalls, in diesem Stück würden verschiedene Formen der Kritik (bzw. des Umgangs mit der NS-Vergangenheit) gegeneinander abgewogen, wobei er im wesentlichen zwischen zwei Varianten differenziert, zwischen der Denkweise der Kritischen Theorie einerseits und der der Nachfolgegeneration andererseits.[733] Ich stelle das jedoch noch zurück. Wenn es darum geht, Goetz' Verhältnis zu anderen Theorieangeboten und insbesondere zu Adorno zu eruieren, bildet Einzel-*Festung* eine erheblich klarere Grundlage als die komplizierte Theatermetaphorik von *Kritik in Festung*.

Es bleibt festzuhalten: Der Bedeutungskomplex der Latenz ist im ersten Stück der Trilogie weit über die geschichtliche Problematik hinaus relevant. Das gedankliche Fundament liefert Luhmanns Theorie der Kommunikation mit ihren Überlegungen zur Anschlußfähigkeit von Beobachtungen, zum Beobachten und Prozessieren von Unterscheidungen und Formen. Goetz reflektiert diese Zusammenhänge in der Selbstthematisierung des Theaters; er gestaltet die Beziehung zwischen fiktiver Maske und Bühne immer wieder neu und stellt auf diese Weise drei verschiedene Arten des Beobachtens dar. Entscheidendes Kriterium ist dabei, in welches Verhältnis sich die Rede zum Äußeren bzw. zur Grenze ihrer jeweiligen Form setzt. Oder anders formuliert: inwieweit es dem Sprecher gelingt, die Differenz zwischen seinen Worten einerseits und ihrem uneinholbaren „Rahmen" andererseits – und damit ist sowohl der performative Aspekt der Rede als auch die Wirklichkeit ihres Inhalts gemeint – hervortreten zu lassen, anstatt ihr auszuweichen oder sie den eigenen Selektionen zu subsumieren.

Welche besondere Rolle spielt *Kritik in Festung* nun innerhalb der Trilogie? Wie sich zeigen wird, existiert auf keinen Fall eine direkte Abhängigkeit zu Einzel-*Festung*; immerhin könnte man angesichts des Titels vermuten, die

---

[733] Natürlich böte es sich an, den ersten und dritten Akt mit der Postmoderne, den zweiten mit der Frankfurter Schule und Epilog sowie „Theatertat" mit der Systemtheorie zu assoziieren. Zumindest was die ersten beiden Punkte betrifft, ist dieser Schritt bei Krankenhagen bereits indirekt geprägt. Wie oben vermerkt, macht er im Text einen Generationenkonflikt aus, und zwar zwischen dem „universellen Geltungsanspruch" der Rede des Alten und den „dekonstruktiven" Wort-Manövern der Kinder (Krankenhagen 2001, 155, 157). Er verknüpft die Beobachtungen zur sprachlichen Diskrepanz zwischen den Generationen aber nicht mit dem Argumentationsstrang zur Differenz der verschiedenen Kritikformen; er verzichtet v.a. darauf, den Vater als Adorno-Double zu bezeichnen – vermutlich deshalb, weil er im Stück den Part der Eltern, mithin der Generation der Täter innehat. Zieht man in Betracht, daß Goetz auch andernorts durchblicken läßt, die Kritische Theorie sei dem Bannkreis des faschistoiden Denkens nicht vollständig entronnen (Afa 147f., vgl. Abschnitt 1.2.1 dieser Arbeit), so erscheint das aber nicht unbedingt als Hinderungsgrund.

Proben und Blicke „hinter der Bühne" bezögen sich auf das Mittelstück des Zyklus', das u.U. auch hinter der fiktiven Textvorlage im ersten Akt von *Kritik in Festung* stünde.[734] Eine solche Position wäre aber unplausibel, da die im Skript erwähnten Personen oder der in der Schlußszene geschilderte Vorgang in *Festung* keine Entsprechungen finden. Vielmehr ist zu prüfen, ob im „abstrakten Familienstück"[735] nicht die Formel ermittelt wird, die die kritische Dimension auch der übrigen Teile von Gesamt-*Festung* bestimmt, die Art und Weise, wie geschichtlich-soziale Kontexte reflektiert werden sollen. Dieser Schritt ist zugleich die Voraussetzung, um die Verbindung zwischen *Kritik in Festung* und dem leitenden Thema dieser Arbeit erläutern zu können.

---

[734] Die Uraufführungs-Inszenierung von Anselm Weber stellte diesen Zusammenhang her, indem sie die Zuschauer im hinteren Teil der Bühne plazierte, den vorderen Teil bespielte und in dem (als fiktive Bühne gedachten) Zuschauerraum Texte aus Einzel-*Festung* ertönen ließ.

[735] Angesichts der Selbstbeschreibung als „Familienstück" mag man sich fragen, weshalb im Text zwar ein Alter, eine Schwester und drei Brüder vorkommen, aber keine Mutter. Als Hinweis darauf ließe sich u.U. eine Äußerung der Schwester verstehen, ein Satz aus einem Monolog, in dem es um Themen wie Sprache und Lüge geht: „Man müßte sich die geredete Sprache lieber als eine Art sanften Hauch vorstellen, der dem Kind von der Mutter ins panisch brüllende Gesicht geatmet wird, so zur Besänftigung. Und das Gebrüll wäre die Hirngrundenergie, die dauernd versuchen würde, sich in alle möglichen Inhalte hinauszuzerstäuben" (KiF 25). Verbirgt sich die Mutter also in der sinnlich-phonetischen Qualität der Sprache, die die Fixierung auf die verschiedenen von den Figuren besprochenen Themen abmilderte? Interessant erscheint ferner folgende Beobachtung: In jedem der drei Akte taucht an einer Stelle der Name Edda auf, jeweils in Verbindung mit der Tätigkeit des Schreibens. Anfangs sind es die Brüder (BRUDER Ich bin Edda / BRUDER Sie schreibt / BRUDER Edda, schreib / BRUDER Das lassen wir aus; KiF 26), im zweiten Akt der Alte („EDDA SCHREIB"; KiF 44) und am Schluß nochmals einer der Brüder („Edda schreibt, ich schreibe, was mir vorgeschrieben wird"; KiF 89), die den Namen nennen. Offenbar handelt es sich dabei um eine Art Sekretärin, d.h. um die Schnittstelle zwischen Live-Wort und Schrift. Interpretierte man „Edda" als Personifikation dieses Indifferenzpunktes, so paßte das insofern zur Äußerung der Schwester, als die phonetische Qualität der Sprache ebenfalls zwischen den Polen Sinnlichkeit und Schrift angesiedelt werden kann.

3.2.3 Festung

3.2.3.1 Grundlinien: Konzentration vs. Kommunikation

Das Personenverzeichnis von Einzel-*Festung* läßt nur wenig von den komplizierten Verhältnissen innerhalb des Stücks erahnen. Goetz begnügt sich sowohl bei den Figuren („Stimmen und Gesichter", „Menschen" und „Tote") als auch bei Ort („Wannseevilla") und Zeit („9. November 1989") mit scheinbar lapidaren Bestimmungen. Damit ist aber nur der allgemeine Rahmen definiert, innerhalb dessen sich die einzelnen Parameter in *Festung* entwickeln und ausdifferenzieren. Was den Schauplatz betrifft, begegnet schon im ersten Bild eine gegenläufige Angabe, nämlich „Hanns Martin Schleyer Halle Stuttgart" (FE 101); spätere Orte wie „Wannseevillaturm" (FE 128) oder „Unten am See" (FE 141, vgl. FE 205) führen zwar zeitweilig auf den im Verzeichnis genannten zurück, stehen aber immer im Wechsel mit Bezeichnungen wie „Villa Hammerschmidt" (FE 108), „Auf Taormina" (FE 120) oder „Berghof auf dem Obersalzberg" (FE 180). Neben dem 9.11.1989 (FE 148) dienen im Text noch zwei weitere Daten der deutschen Geschichte als Szenenüberschriften: der Tag der Reichspogromnacht (9.11.1938, FE 192) und der der Wannseekonferenz (20.01.1942, FE 142). Am weitesten geht die Differenzierung beim Personal des Stücks. Die besagten „Menschen" und „Toten" konkretisieren sich im Text als ein Arsenal von sehr verschiedenen Figuren.[736] Ein großer Teil von ihnen trägt den Namen von mehr oder minder prominenten Persönlichkeiten[737] – die Skala reicht von Philosophen über Politiker, Künstler und Journalisten bis hin zu Stars aus der Unterhaltungsbranche; daneben gibt es auch emblematische Rollen wie „Vergessen" oder „Vegetation".

---

[736] Ihre genaue Menge ist nicht eindeutig zu bestimmen, da sich manche Figuren in eine andere auflösen (so z.B. „Tempoautor" und „Textchef"" in „Horx" und „Arno Widmann" oder „Zeuge" und „Filip Müller" in „Zeuge Filip Müller", s.u.). Rechnet man jede neue Bezeichnung als eine Rolle und auch die beiden Chöre als jeweils eine Person, so kommt man auf die Zahl von 73 Figuren (vgl. ähnlich Krankenhagen 2001, 133). – Hans Hollmann verteilte die Rollen in der Uraufführungs-Inszenierung (Bockenheimer Depot am Schauspiel Frankfurt/M., 20.12.1992) auf 29 Darsteller.

[737] Das führte dazu, daß der Suhrkamp-Verlag Goetz vor der Publikation zur Streichung bzw. Veränderung einiger Passagen bewog. In den Druck kam schließlich die überarbeitete „Frankfurter Fassung". Bei der Uraufführung wurde noch die ursprüngliche Version („Urfestung") gespielt, auf die Goetz im Stück an einer Stelle Bezug nimmt (FE 156).

Festung besteht aus fünf Akten. In dem mit „Café Normal" betitelten ersten findet eine große Fernsehshow statt, die von den Figuren Hape Kerkeling, Katja Ebstein und Wolfgang Pohrt moderiert wird.[738] Diesem „Präsentatorentrio" steht ein „Beobachtertrio" (FE 233) zur Seite, die „Bühnenmonitorzuschauer" Rudolf Augstein, Tanja Schildknecht und Hans-Jürgen Krahl, die die ausgestrahlten Aufnahmen verfolgen.[739] Über weite Strecken gestaltet sich die Veranstaltung als eine Art Happening, es kommt z.B. zu einem Wettkampf zwischen Mannschaften wie dem „Team Politik", der Kirche, der Wirtschaft oder der Kritik (FE 115), doch zugleich werden in den Redebeiträgen immer wieder komplexe geschichtliche Probleme traktiert, insbesondere der Umgang mit der NS-Vergangenheit.[740] Der Anspruch der Show ist alles andere als bescheiden: „jawohl meine / Damen und Herren", sagt Wolfgang Pohrt gleich zu Beginn, „Sie sehen es selbst / dieses Spiel hier ist / Geschichte" (FE 103).

---

[738] Hans Hollmann, der Regisseur der Uraufführung, wurde in einem Interview mit Jörg Rheinländer gefragt, ob die Konstellation in *Festung* die „Travestie einer Talkshow" sei. Seine Antwort lautete: „Nein, ist es nicht. Als ich Goetz gefragt habe, ob er das ironisch meine, hat er gesagt: Ironie ist eine Kategorie, die ich nicht mag. Wir versuchen in der Inszenierung, möglichst perfekt zu sein und überhaupt nicht zu parodieren. Die Choreographie, die Tonfälle einer Talkshow bekommen nur andere Inhalte" („Das Theater jetzt", in: *Frankfurter Rundschau* vom 19.12.1992).

[739] Diese decken sich nicht immer mit den vorgestellten Szenen: Augstein schildert einmal einen „schöne[n] Passierball mit der Vorhand" (FE 197), obwohl das Drama nirgendwo von Tennis handelt; an einer anderen Stelle berichtet Ebstein, daß Marion Gräfin Dönhoff eine Rede über Ostpreußen halte, Helmut Schmidt zum Klavier schreite und das Ganze auch noch in „Superzeitlupe" wiederholt werde (FE 151f.) – diese Personen kommen im Stück überhaupt nicht vor.

[740] Die Mehrzahl der Rezensenten verstand das Stück als eine Darstellung des medialen Stimmenwirrwarrs, in dem das Gedenken an das Dritte Reich zum beliebigen Thema unter anderen verkomme. Wolfgang Höbel sprach – mit pejorativen Untertönen – von einem „Delirium öffentlichen Geredes" („Faust auf dem Monte Video", in: *Süddeutsche Zeitung* vom 23.12.1992), Jürgen Berger von einer „demokratisch ausgewogenen [weil auf die verschiedensten Prominenten niedergehenden, J.W.] Gesellschafts-, Staats- und Medienschelte" („Kein Haß mehr", in: *taz* vom 29.12.1992) und Sibylle Wirsing von einem „fanatischen Haß-Stück" („Triumph der Trauer über Haß und Hohn", *Der Tagesspiegel* vom 23.12.1992). Eckhard Franke sah darin eine Mahnung vor Verantwortungslosigkeit: „Alles wird zerredet. Alles wird zerschwatzt. Auf dem Markt der hunderttausend Themen wird das Vorbeischlängeln am Unangenehmen leicht" („Die schwatzende Republik", in: *Stuttgarter Zeitung* vom 24.12.1992). Thomas Groß meinte in einer späteren Besprechung, Goetz unternehme den Versuch, „die kulturkritischen Topoi [der allgemein üblichen Medienschelte, J.W.] durch einen Aufruhr der Stimmen zu überbieten" („Tape against the Machine", in: *taz* vom 21.08.1993).

Gegen Ende von „Café Normal" erklärt Hape Kerkeling, nun „am Schluß / unserer großen Konferenzliveschaltung" (FE 152) angelangt zu sein – die Show wird unterbrochen. Im zweiten Akt, in Anlehnung an Hegel mit „Wissenschaft der Logik" überschrieben, hält die Figur „Rainald" einen längeren Monolog und erörtert u.a. die Frage, ob man den dritten Aufzug so „brutal und superdicht verdicht[en]" könne, daß „da / nach dem zweiten nicht nur fast nichts stünde / oder wirklich überhaupt tatsächlich nichts / sondern daß der ganze dritte Akt ganz weg wäre" (FE 157). Im Dramentext klafft zwar keine veritable Lücke, doch der dritte Akt fällt in der Tat äußerst kurz aus; in ihm kommen fast ausschließlich nonpersonale Rollen wie „Faktor Zeit", „Sommer" oder „Daheim" zu Wort.

Im vierten Akt melden sich die Moderatoren wieder zurück: „willkommen also / zu einer neuen Runde von / Sag die Wahrheit / bitteschön", ruft Hape Kerkeling (FE 170). Mit dem neuen Titel des Spiels ist bereits die Richtung bestimmt, die der Diskurs nun einschlägt. Wie Anspielungen auf Nürnberg (FE 170), auf „Verbrechen gegen die Menschlichkeit" oder auf „Justice Jackson" (FE 177) unterstreichen, wird nun eine Art Kriegsverbrecherprozeß abgehalten; angeklagt sind aber nicht die Granden des NS-Regimes, sondern Schreiber aus dem Umfeld von *taz* und *Tempo*, die Figuren „Textchef" und „Tempoautor", die schwerer publizistischer Vergehen beschuldigt werden. Perfiderweise legt ihnen Goetz eben die klassischen Redensarten in den Mund, mit denen sich die Täter in den Nachkriegsjahren von der Schuld an den NS-Greueln lossagen wollten. Der Tempoautor erteilt sich selbst die „Ge ne ral selbst absolution / des irgendeiner mußte es ja tun", und der Textchef beteuert, daß er in seinen Publikationen „von nichts gewußt" habe: „wie alle habe ich / nur die Befehle ausgeführt / und war im übrigen / um es mit den Worten unseres Präsidenten / unserer Gesellschaft zu sagen der erst neulich / wieder sagte ich war keine [sic] Verbrecher / kein Verbrecher" (FE 178).

Der fünfte Akt trägt als Überschrift das Motto, das dem Stück vorangestellt und zudem auf der Rückseite des Buchumschlags abgedruckt ist: „Kommunikation über Vernichtung". Die Spielshow bewegt sich auf ihr Finale zu, fast alle Figuren treten nochmals auf, in der fünften und letzten Szene („Das Fest") beginnen die Präsentatoren mit der Danksagung an alle Beteiligten (FE 233), doch bevor Katja Ebstein dazu kommt, sämtliche Rollen und Figuren aufzuzählen und ihnen ihre Anerkennung auszusprechen (FE 239ff.), folgt zunächst „Kaos", eine Liste mit den Titeln aller vorangegangenen Akte, Szenen und Bilder (FE 234ff.). Rudolf Augsteins Fazit schließt den Bogen zum

Anfang: „das Spiel ist aus / der Abend ist Geschichte" (FE 242), Hape Kerkeling verkündet fröhlich „und / jetzt ist / Fest". Das letzte Wort gebührt Alter, dessen Satz „ich höre" schon zu *Katarakt* überleitet (FE 243).

Worin liegen die zentralen Themen? Der zitierte Selbstkommentar sagt es klar und deutlich: „Das Wannseekonferenzstück *Festung* handelt vom heutigen Reden über den deutschen Beschluß zur Vernichtung der Juden" (FE 2, s.o.). Diskutiert wird der Umgang mit der NS-Vergangenheit, die Frage, wie sich die Gesellschaft damit in den verschiedenen Medien auseinandersetzt. Anders als im ersten Stück der Trilogie richtet sich der Fokus hier direkt auf diese Problematik. Oben wurde bereits Krankenhagens These referiert, wonach Goetz im gesamten *Festung*-Zyklus frühere Darstellungsweisen des Holocausts revidiere. Als Belege dienten u.a. einige Stellen aus Einzel-*Festung* – neben Alters Wort, die Kritik von vor zwanzig Jahren stimme nicht mehr (FE 128), auch die Behauptung, daß Adorno die Kritik mit ins Grab genommen habe (s.o.). Diese stammt aus dem Bild „20. Januar 1942" (Szene I.5), einem Monolog des „Schriftführers", der von einem Gerichtsverfahren berichtet und die Aussagen eines Angeklagten wiedergibt:

> „[…] In der Folge habe sich gegen seinen […] Widerstand fast alles, was er selbst so von sich gebe, zunehmend verrätselt, verdüstert und im schließlich kaum mehr Verständlichen verloren. Wovon redet dieser Mensch, habe es als Antwort geheißen, wenn er selbst seine scheinbar nur ihm selbst, ihm selbst aber in geradezu wahnhaft hyperrealer Weise hyperklaren Gedanken auf egal welchen politischen, historischen oder ästhetischen Weltfakt gerichtet, und die dort angebrachten, meist sogar riesengroßen Abstraktinschriften schlicht und einfach abgelesen, und sie schließlich ganz genau so einfach auch noch ausgesprochen habe, beispielsweise folgendermaßen.
>
> Wenn also tatsächlich seit dem 6. August 1969, an dem von der Revolution der Studenten herbeigeführten Ende der faschistischen Herrschaft in der deutschen Bundesrepublik an eben diesem Todestag die Kritik selbst wirklich tot gestorben ist, und somit die seit dem 20. Januar 1942 tatsächlich absolut unwahrscheinliche Ungeheuerlichkeit schließlich doch wirklich eingetreten ist, daß die oft auch Dichtung genannte, normale nichtkritische Weise, Worte, und mit den Worten automatisch Zustimmung, Respekt, Distanz und Ehrerbietung für die von den Worten angelangten Sachen, hintereinander folgen zu lassen, schließlich doch wieder möglich geworden ist, ist ja plötzlich das allermeiste fürchterlicherweise nicht mehr möglich. Wie kann seither vom Negativen überhaupt noch gesprochen werden, wenn nicht über den natürlich vollkommen normalen, nichts anderes als das Denken selbst abbildenden, aber in

schriftlicher Praxis, siehe Kadaver, eben doch unerträglich spastischen Umweg des Nichtnegativen? So würde also ununterbrochen vom absoluten äußersten Negativen gesprochen heute, indem einfach nicht davon gesprochen werde?

Als Beispiel führte der Angeklagte dann den Begriff Reichstag, Reichstagswahl und die von der deutschen Zeitschrift Konkret geforderte sogenannte Wiederherstellung Deutschlands in den Grenzen von 1989 an, wo entgegen allen anderslautenden, selbstverständlich entgegengesetzten Intentionen in Wirklichkeit doch nur ganz normale faschistische Hetzpropaganda für die Wiederbelebung des wie gesagt vor zwanzig Jahren gestorbenen bundesrepublikanischen Faschismus getrieben werde, damit man selbst als monatlich erscheinender Antifaschist und Kommunist einfach ordentlich orientiert wie eh und je weitermachen kann, als wäre nichts Neues passiert [...]" (FE 143f.).

Dieser Passus gehört zu den wichtigsten Quellen für Goetz' Position zur Möglichkeit kritischen Denkens und Schreibens i.a. Auf der einen Seite steht die alte Kritik, die nach der Studentenbewegung und Adornos Tod ihrerseits „tot gestorben" sei, auf der anderen die neue, die nur dann den (nicht näher erläuterten) veränderten Bedingungen entspreche, wenn sie das Negative über den „Umweg des Nichtnegativen" thematisiere. Der Text gibt auch ein Beispiel für das „nichtnegative" Denken. Der Beklagte erklärt, die „riesengroßen Abstraktinschriften" verschiedener Bereiche der Wirklichkeit „schlicht und einfach abgelesen" zu haben; er beobachtet die Sprache in all ihren Ausprägungen, anstatt sich an vorgefertigten Ideen zu orientieren, wählt also genau die Methode, die Goetz u.a. in der Kompilation *1989* anwendet[741] – ein Indiz dafür, daß sich der Autor diesseits der Grenze verortet.[742] Die frühere Kritik stimme nicht nur nicht mehr, sondern drohe darüber hinaus in ihr Gegenteil umzuschlagen. So hätten Zeitschriften wie *Konkret* mit ihrer Anti-Vereinigungs-Kampagne der „Wiederbelebung des [...] bundesrepublikanischen Faschismus" Vorschub geleistet, d.h. in gewisser Weise selbst „faschistische Hetzpropaganda" getrieben.[743] Im Bestreben, die klassischen Feindbilder

---

[741] Vgl. Schulze 2000, 323-327.
[742] Der Angeklagte trägt unübersehbar die Züge des Autors: Außer „Kadaver" erscheinen im Monolog des Schriftführers noch die Titel von weiteren Essays, die in *Kronos* eingefügt sind, nämlich „Moskau", „Angst" und „Soziale Praxis".
[743] Das verweist auf eine Szene im vierten Akt, wo die Figur „Bezichtigter" – nicht zu verwechseln mit dem Angeklagten – bekennt, ein „superweichgeklopptes Adornisto" zu kultivieren und mit Vorliebe „ganz altbacken reaktionär auf Nitsch drauf[zuhauen]", um diesen als den Faschisten zu entlarven, „als der ich mich selber selbstverständlich [...] versteckt unkenntlich gemacht habe" (FE 175). – Zum Graphiker und Aktionskünstler Hermann Nitsch näher: Spera 1999.

zu reaktivieren, manifestiere sich eine latente Verwandtschaft mit dem Befehdeten.[744]

Beim Thema Erinnerung kommt Goetz zu einer ähnlichen Diagnose. Der „Mnemopath" schildert in einer allegorischen Erzählung, wie die Toten des Dritten Reichs vergeblich durch die Türen „Schweigen" und „Vergessen" hindurchzugehen versuchen, bis aus „verborgene[n] Zwinger[n] und Schleusen, amtlich beschriftet mit dem Wort Erinnerung", die deutschen Worte hervordrängen, „rasend gegen die Toten", und die „toten Schädel" noch einmal zu Tode trampeln (FE 109). Unfähig, das Geschehene zu *bewältigen*, vernichte die Sprache die Opfer auf neue.[745] Im fünften Akt berichtet der „Schreiber", wiederum eine Repräsentation des Autors, von einem Kongreß im „Literarischen Colloquium Berlin" am Wannsee; dabei seien so viele „deutsche Reden deutscher Trottel" gehalten worden, daß er eines Tages, als im Fernsehen zu alledem noch der Film „Shoa" gesendet wurde, ein Déjà-Vu erlebt habe: „plötzlich war das wirklich / fürchterlich / Die Wannseekonferenz / Rede / und Vernichtung / und dieser Spurenkreuzung / bin ich dann gefolgt" (FE 214). Hier wie dort ereilt dem Sprechen und Gedenken der Vorwurf, die Gewalttaten zu wiederholen, statt sie zu bannen.[746]

Es lohnt sich, dieser „Spurenkreuzung" von Rede und Vernichtung tatsächlich zu folgen. Der Begriff der Vernichtung taucht v.a. im zweiten Akt ständig auf, und zwar immer wieder in Verbindung mit „Konzentration": Wie „Rainald" erläutert, hat dieser Teil des Stücks die Funktion, „Nichtsrealgeschichte [...] / als Praxis der Vernichtungstechnik / der von den Tätern sogenannten Konzentration" zu untersuchen (FE 158). In Entsprechung dazu lautet die Überschrift der Szene II.1 „Konzentration" und die der II.2 „Vernichtung". Wie im folgenden näher erläutert wird, wagt die letztere einen Blick in das Grauen der NS-Vernichtungslager – die Figur „Zeuge" berichtet:

---

[744] Sibylle Wirsing verallgemeinert dieses Problem in ihrer *Festung*-Besprechung zur eigentlichen „Botschaft von Autor und Stück: die Faschismuspropaganda auch im antifaschistischen Bekennertum" („Triumph der Trauer über Haß und Hohn", in: *Der Tagesspiegel* vom 23.12.1992); sie bezeichnet dies als einen „Teufelskreis, den Rainald Goetz zwar nicht durchbrechen, aber immerhin aufzeigen kann".

[745] An der Gestaltung der Allegorie zeigt sich wie auch an einigen anderen Stellen, daß für Goetz das, was am heutigen Verhältnis zur NS-Vergangenheit Anlaß zur Kritik gibt, keineswegs einfach in einer mangelnden Zahl der Thematisierungsversuche besteht: „Die Aporie Adornos, daß eine Darstellung von Auschwitz so nötig wie unmöglich sei, wird aufgelöst durch die Tatsache, daß sie massenhaft vorhanden ist" (Krankenhagen 2001, 149).

[746] Vgl. Schumacher 1994, 279.

„und plötzlich hörte ich / wie ein Chor / fängt / fängt an / wie ein Chor / fängen an sich singen / ein Gesang / verbreitet sich / in dem / ab stellen / da sagte eine / du willst ja sterben / aber" (FE 161).[747]

Die Worte Konzentration und Vernichtung beziehen sich nicht immer direkt auf die Morde in den Lagern. Die Figur Wittgenstein hält einen langen, äußerst kryptisch formulierten Monolog und klagt über „rasante[…] Gedankenortsvernichtung"; schuld daran sei eine gigantische „Universumsenergie", die sich auf genau den Punkt im Kopf „so konzentriert genau dorthin hin konzentriere[…] / wo sich gerade der jeweils augenblicklich jetzige / Gedanke äußerst kurz befinde[…]", daß „an eben dieser Stelle / das dort befindliche Hirn / augenblicklich zu faulen beginn[e]" (FE 130). Wiederum treten die beiden Begriffe gemeinsam auf. Mit der besagten „Universumsenergie" hat es eine komplizierte Bewandtnis: Der Philosoph ist damit beauftragt, so seine Zwangsvorstellung, „rein rechnerisch exakt das / festzustellen was genau in welchem Ausmaß / Umfang und in welcher Anzahl / vor und an gefallen ist" (FE 128). Gegenstand seiner Berechnungen sei die „Verfolgung durch Finanzmassen" – eine mehrdeutige Chiffre, die zum einen auf die Vernichtung der Juden (nicht nur auf ihre finanzielle Enteignung), zum anderen auf das Nachwirken des Vergangenen, die Unentrinnbarkeit der Schuld verweist.[748]

---

[747] Hierbei handelt es sich um ein Zitat aus Claude Lanzmanns Film *Shoah* (1985), in dem der Auschwitz-Überlebende Filip Müller in gebrochenem Deutsch von den Greueln des KZs spricht (s. den Abdruck des Textes in Lanzmann 1986, 219f.). Vgl. auch Krankenhagen 2001, 136f.

[748] Der relevante Teil des langen Satzes, in dem diese Formulierungen enthalten sind, lautet wie folgt: „Die Verfolgung / durch durchaus nicht unerhebliche / im Bereich vielstelliger Millionenbeträge / angesiedelte Finanzmassen / die trotz diverser Maßnahmen der / Abschenkung ererbter Güter an angeblich dritte / insbesondere an die von der von ihnen vorbereiteten / und finanzierten Vernichtung vorwiegend betroffenen / nichtdeutschen Gruppen / Institutionen und Gemeinschaften / in ihrem vermutlich abstrakten Lastkernschatten / annährend unvermindert anzuhalten / und fortzubestehen scheint / führt hier / im Umfeld des oberen […] Körperendes […] zu einem etwas unangenehmen / gleichsam golden drückenden Gefühl / als würde von dort einerseits / ein elektromagnetisch hoch aufgeladenes / und gigantische Energien […] ins hiesige Universum hinaus / schleuderndes und strahlendes Feld ausgehen / andererseits und zugleich jedoch / eine Art Schraubstock / in umgekehrter Richtung / diese gleiche Universumsenergie / auf genau jenen Punkt / im eben beschriebenen Körperendetcil / so konzentriert genau dorthin hin konzentrieren / wo sich gerade der jeweils augenblicklich jetzige / Gedanke äußerst kurz befinden würde / bis er von einer / wie ich vermute Art Laserkanone / die wahrscheinlich von den Finanzfolgemassen / der eben genannten Finanzmassen / gesteuert und betrieben wird / so komplett und total / vernichtet / und ausgerottet ist / daß an eben dieser Stelle / das dort befindliche Hirn / au-

Eben dieser zweite Aspekt führe zur Hirnfäulnis; die „Universumsenergie" speise sich aus den „Finanzfolgemassen / der eben genannten Finanzmassen" (FE 130).

Der Reihe nach. Was das Übermaß an Konzentration auslöst, ist also der Versuch, das Unrecht mathematisch zu bestimmen, es auf eine feste Größe zu bringen, unter der es im Denken abgespeichert werden könnte. Da sein Umfang das menschliche Vorstellungsvermögen übersteige, da sich seine Folgen immer weiter potenzierten, komme es im Zuge dessen zu den besagten Ausfällen im Gehirn. Der „Konzentration" folgt wiederum die „Vernichtung", auch wenn sich der Vorgang unter der Decke eines Schädels abspielt und nicht im Verhältnis zwischen Täter und Opfer. Goetz macht sich den Doppelsinn von „Konzentration" (Lager und gedankliche Anspannung) zunutze. Handelt es sich dabei um mehr als um ein Wortspiel, verbirgt sich hinter der Engführung ein analytisches Motiv? An einer anderen Stelle – dem Auftritt des „Deutschen Boten" im fünften Akt – läßt sich erkennen, daß dem in der Tat so ist, und zwar insofern, als dort das Gegenkonzept zur „Konzentration" dargelegt wird:

„das ist ja der / Riesenunterschied zu damals / daß man heute sagen muß die Masse / gut / ein kaputtes Wort / sagen wir lieber alle / daß alle also die Vernunft / darstellen das heißt / hervorbringen und sichtbar werden lassen / und daß genau das herrscht / was alle finden / stimmt / alles was alle / denken ist die Wahrheit [...] dieses Abstraktum / daß alle mehr wissen / als jedes eine Einzelich / sich überführt ich [sic] echt real / normale Wirklichkeit / fast ein Wunder / wie Geist / zu Kommunikation / und Weltprozeß geworden ist / in Institutionen material realisiert / alles / das Ganze / gut / muß man natürlich dagegen / sagen was für ein fürchterlicher / Preis ist da dafür gezahlt worden / nur zählbar bisher und noch / nicht erzählbar / das ist die Lage / die man selbst verkörpert / als Repräsentant der Spitzeninstitution / die Unaussprechlichkeit der Schuld / nach innen rein gebannt / durch immer wieder aus sich raus aussprechen / von Erinnerung und von Erinnern / so tut man / was die Zeit befiehlt / vollstreckt durch sich wie sie selbst augenblicklich / sich selbst sieht noch nicht / als die Geschichte / wird Ort / dieser Notwendigkeit / und das erkennen alle ohne / explizit das noch nicht Denkbare / in Einzelichs schon denken zu müssen" (FE 199-201).

---

genblicklich zu faulen beginnt" (FE 129f.). – Der Hinweis auf die „Abschenkung" ererbter Güter an Opfer des Dritten Reichs läßt sich als Anspielung auf Bernhard deuten, der häufig das Motiv und den Begriff der „Abschenkung" gebrauchte. Daß das Zitat der Figur Wittgenstein in den Mund gelegt ist, spricht zusätzlich dafür.

Luhmann läßt grüßen, möchte man sagen. Hier wird nochmals der Wechsel vom Ideen- zum Kommunikations-Paradigma beschrieben (vgl. 1.2, 2.2). Vernunft ist nicht länger primär die Abbildungs- und Ordnungsfähigkeit des Subjekts – nichts, was das „Einzelich" in sich trägt, sondern das Geflecht aller gesellschaftlichen Kommunikationen und Institutionen. Diese Verschiebung bedeutet für Goetz gerade nicht, daß der Umgang mit der Vergangenheit dadurch korrumpiert wird. Seine These lautet vielmehr: Betrachtet man die Auseinandersetzung mit der deutschen Schuld allein auf der Ebene des *Systems*, so zeigt sich, daß die „Unaussprechlichkeit der Schuld" hier „nach innen rein gebannt" wird. Anders als in der Allegorie des Mnemopathen wird das Schweigen gewahrt, wo es nötig ist – die Toten werden nicht „von neuem getötet". Entscheidend ist das „immer wieder aus sich raus aussprechen / von Erinnerung und von Erinnern". Es kommt einfach darauf an, meint der Autor, die Institutionen in ihrem kollektiven Bewältigungsprozeß ernstzunehmen, die Vielzahl der Sprecher in ihren Erinnerungs-Akten zu beobachten.[749] Das heißt gewiß nicht, daß der Einzelne dadurch der Pflicht enthoben wäre, selbst über den Nationalsozialismus und seine Ursachen zu reflektieren. Doch da die Schuld zu groß ist, um vom Subjekt erfaßt werden zu können, ist es *Festung* zufolge eher angemessen, im Erinnern für die Korrektur durch die anderen offen zu bleiben, den „blinden Fleck" bzw. die Geschichtlichkeit des eigenen Sprechens und Verstehens zu bedenken, als sich eine *Präsenz* des Geschehenen anzumaßen.[750]

Von dieser Warte aus lichtet sich der Nebel um die übrigen Textteile, in denen es um Kritik und Erinnerung geht. Das gilt insbesondere für den Monolog von Wittgenstein. Wenn diese Figur glaubt, sämtliches Unrecht des

---

[749] In der Frage nach dem Umgang mit der Vergangenheit bezieht Goetz somit ganz anders Stellung als Jahre später Martin Walser: Dessen Rede zur Verleihung des Friedenspreis des Deutschen Buchhandels (am 12.10.1998) privilegiert die innerliche Einsamkeit als Ort des „wahren Gewissens" gegenüber der öffentlichen Erinnerung (s. auch Eshel 2000, 346).

[750] Hans Hollmann sagte im Interview anläßlich der Uraufführung: „Goetz' Konzept ist es, in diesem Stück, in dem es um Millionen Tote geht, nicht ein einziges Mal das Wort Jude zu benutzen. Hitler, Nationalsozialismus: Diese Worte fallen nie. Trotzdem ist der ganze Schrecken, der von damals und der von heute, permanent da. Das ist das Einmalige an „Festung". Dadurch, daß man etwas nicht sagt, ist es am stärksten [Druckfehler korrigiert, J.W.] da, sagt Goetz. Das stimmt" („Das Theater jetzt. Ein Gespräch mit Hans Hollmann über seine Inszenierung von Rainald Goetz' ‚Festung', in: *Frankfurter Rundschau* vom 19.12.1992).

Dritten Reichs „berechnen",[751] also intern repräsentieren zu müssen, dann bleibt sie in ihrem Denken dem Schema der „Konzentration" verhaftet, dessen monistisch-herrschaftlicher Zug auch die Vernichtungspraxis der Täter angeleitet hat[752]– eben darin liegt die Pointe des Spiels mit den beiden Bedeutungen von „Konzentration". An Wittgensteins evidenter Überforderung tritt die Unmöglichkeit einer subjektiven „Bewältigung" hervor. Es gibt sogar eine direkte Verbindung zwischen dieser Szene und der Rede des Deutschen Boten, denn dieser sagt, für die heutige Gesellschaft sei ein „fürchterlicher Preis" gezahlt worden, „nur zählbar bisher und noch / nicht erzählbar" (s.o.) – Wittgensteins Neurose besteht gerade darin, die Opfer zu zählen (FE 128, vgl. FE 150, 160). Es existiert bislang keine Sprache, so *Festung*, mit der sich das Ausmaß des Leids ausdrücken ließe; der Philosoph nimmt diese Aufgabe mit den alten Mitteln in Angriff, zieht sich aber die besagte „Gedankenortsvernichtung" zu.[753]

Das Ergebnis ist auch für das Problem der „neuen Kritik" relevant. Nach den Ausführungen des Deutschen Boten läßt sich besser verstehen, was Goetz mit dem „Umweg des Nichtnegativen" meint und weshalb er diese Methode etwa in *1989* praktiziert – letzteres entpuppt sich als der Versuch, den Diskurs zu beobachten, für seine Bewegungen durchlässig zu werden, um dem Nadelöhr von Konzentration und Ideologie zu entkommen. Das Konzept eines kommunikativen, am blinden Fleck orientierten Umgangs mit der Vergangenheit ist zugleich eine historisch-gesellschaftliche Konkretisierung des Begriffs von Kritik, der in *Kritik in Festung* an „Eos" expliziert wird. Zwischenfazit: in *Festung* geht es sowohl beim Thema Kritik als auch bei dem der Erinnerung um den Gegensatz zwischen subjektiv-konzentriertem Repräsentieren einerseits und offen beobachtendem Kommunizieren andererseits. Als nächstes ist zu bedenken, wie sich diese Opposition innerhalb der theatralen

---

[751] Das Motiv des „Berechnens" bzw. der Mathematik spielt auch in *Krieg* eine große Rolle. Z.B. sagt der „Mann", der Sprecher des *Kolik*-Monologs: „Ziffer / Für Ziffer / Galt mir einzig / Und allein als Zifferwesen / Bezifferbar folglich berechenbare / Absicht im System jeder einzeln eigenartigen Ziffer" (Kri 248). Dazu sehr erhellend: Weber 1992.

[752] Es wäre allerdings unangemessen, dies als ernsthaften Kommentar zur Philosophie des historischen Ludwig Wittgenstein zu interpretieren; wie im folgenden noch erläutert werden soll, spielt Goetz in *Festung* häufig mit der Inkongruenz zwischen der jeweiligen Figur, ihrem realen Vorbild und ihrem Text.

[753] Der Wittgenstein-Monolog bildet das genaue Gegenstück zur Basic Channel-Hymne aus *Rave*: Während hier „Konzentration" zu „Hirnfäulnis" führt, setzt dort die Dezentrierung einen Dialog mit dem „kollektiven Leben der Hirnzellen" frei (vgl. Exkurs).

Parameter realisiert. Gesucht werden Unterschiede zwischen einzelnen Figuren, Szenen oder auch Akten des Stücks, die sich von der Differenz zwischen Konzentration und Kommunikation her deuten lassen.[754]

3.2.3.2 Formale Anlage

Besonders zu beachten ist dabei das Verhältnis zwischen den Außenakten. Während sich der Monolog des „Deutschen Boten" – die zentrale Quelle zum Konzept der Kommunikation – im fünften Akt befindet, stammen fast alle der zitierten Stellen, in denen die Untauglichkeit der alten Kritik mit deren eigenen Mitteln (der Konzentration) und/oder ohne Nennung von Alternativen kritisiert wird, aus dem ersten Akt: der Bericht über den Angeklagten, Wittgensteins Paranoia, die Allegorie des Mnemopathen sowie Alters Statement zum Ende der alten Denkweise. Was die einzelnen Rollen betrifft, erscheint v.a. das Paar Alter/Der Alte interessant. Die beiden treten in *Festung* als zwei unterscheidbare Charaktere in Erscheinung. Da der Sprecher von *Katarakt* ebenfalls Alter heißt, während in *Kritik in Festung* eine Figur namens „der Alte" vorkommt, stellt sich die Frage, ob darüber möglicherweise die Spannung zwischen dem ersten und dem dritten Teil in das Mittelstück hereingetragen werden soll.

Wo und wie melden sich die beiden in *Festung* zu Wort? Alter leitet sowohl die erste als auch die dritte Szene des ersten Akts ein, jeweils mit einem kurzen Ausruf (FE 101, 120). Beim zweiten Mal unterbricht ihn der Alte und legt sofort im Stil von *Kritik in Festung* los. Er übernimmt das Kommando, diktiert wieder und führt zugleich Regie (FE 120-124),[755] bricht aber bald ab und sagt: „genügt / sehr schön / genügt genügt / gleich weiter bitteschön / bei Alter ego" (FE 124). Daraufhin hält Alter einen längeren Monolog; dieser mündet in die zitierte Behauptung, die alte Kritik stimme nicht mehr, und man müsse nun anderen zuhören als ihm (s.o.). Tatsächlich verschwinden danach beide abgesehen von zwei kleinen Äußerungen in Szene I.5 (FE 148, 150) von der Bühne. Nur Alter kehrt nochmals zurück, um im Finale das

---

[754] Hans Hollmann reflektierte diese Grund-Dichotomie in seiner Inszenierung u.a. im Bühnenbild, das er auf zwei Punkte hin konzentrierte – zum einen auf die Fernsehbühne für die Show, zum anderen auf einen ausrangierten Viehwaggon an der Rampe (vgl. Siegfried Diehl, „Wortdurchgangslager", in: *FAZ* vom 23.12.1992).

[755] Dabei weist er die Figuren Lothar de Maizière und Holger Klein an, in andere Rollen zu schlüpfen; sie sollen „Herrn von Tscherni" und „Major Edgar Hasse" spielen.

Schlußwort zu sprechen: „so gesehen / gut natürlich / aber in Wirklichkeit / würde die Geschichte doch in Stille / Finsternis / und Licht jetzt / Augenblick / ich höre (FE 243).

Zusammengefaßt: während sich der Alte nur im ersten Akt vernehmen läßt, erscheint Alter sowohl am Anfang als auch am Ende des Stücks. Die Reminiszenz an die Regie-Attitüde aus *Kritik in Festung* ist nicht von Dauer, Alter löst den Alten quasi ab, zieht sich dann aber selbst zurück. Indem er darauf hinweist, daß die Debatte nur einen Teilaspekt der Geschichte berührt und die Dimension der Stille vernachlässigt habe, bestimmt er am Ende das Verhältnis zu *Katarakt*, wo er sich in aller Ruhe *seinem* Leben widmet und in der beschriebenen Weise darüber kommuniziert. Somit integrieren beide Figuren Elemente aus ihrem Ursprungsstück in *Festung*. Da *Kritik in Festung* schon aufgrund des Titels der Seite der Kritik, *Katarakt* hingegen der der Kommunikation zuzurechnen ist – man denke an die Schlußwendung und die im Namen „Alter" enthaltene Anspielung, bestätigt das die Relevanz des bewußten Begriffspaars. Mehr noch: wenn die Relation zwischen den beiden Theatertexten in Einzel-*Festung* eine Rolle spielt, so deutet auch die räumliche Position der Akte darauf hin, daß der erste im Schwerefeld der Kritik und der fünfte in dem der Kommunikation steht. Die Ergebnisse zum Ablauf der Auftritte nähren diesen Verdacht insofern, als der Alte aus *Kritik in Festung* nur im ersten Akt erscheint. Bei Alter ist der Fall etwas komplizierter: Er zieht in Einzel-*Festung* zwar das Resümee des fünften Akts, erscheint aber noch an anderer Stelle und behauptet dort, für die „neue Kritik" nicht der richtige Ansprechpartner zu sein – u.U. ein Zeichen dafür, daß die Kommunikation in *Katarakt* mit ihrem mutmaßlichen Pendant aus dem fünften Akt von *Festung* nicht einfach identisch ist.

Ein weiterer aufschlußreicher Aspekt steckt in der Beziehung des „Schriftführers" zum „Schreiber". Diese beiden Figuren sind, sowohl was die Proportionen als auch was den Inhalt ihrer Redebeiträge angeht, spiegelbildlich zueinander angelegt. Beide haben jeweils einen umfangreichen Monolog, der Schriftführer im ersten, der Schreiber im fünften Akt; dabei handelt es sich um bereits zitierte Texte, nämlich um das Gerichtsprotokoll mit den Aussagen des Angeklagten (FE 142ff.) und um die Erzählung von der Konferenz im Literarischen Colloquium Berlin (FE 212ff.). Zudem ist beiden neben ihrem großen Auftritt noch genau eine weitere kleinere Äußerung zugeordnet. Daß sie beim einen kurz nach seiner Rede (FE 150), beim anderen hingegen kurz davor plaziert ist (FE 206), unterstreicht die Symmetrie der beiden Rollen – der dritte Akt fungiert quasi als Spiegelachse. Thematisch sind die Monologe insofern verwandt, als hier wie dort über die „konzentrierte" Kritik reflektiert wird und die Titel einiger Werke von Goetz erscheinen: Der Schriftführer erwähnt neben einigen anderen Essays aus *Kronos* auch „Kadaver" (s.o., vgl. Anm.); das Schreiber-Bild trägt eben diese Überschrift; darüber hinaus ist darin von *Krieg* die Rede (FE 212).

Entscheidend ist nun der Unterschied zwischen den beiden Szenen. Die erste ist – der Gattung Protokoll entsprechend – ein nachträglich berichtender, in der 3. Person gehaltener, also extrem distanzierter Text; in der zweiten spricht hingegen ein Ich, das von konkreten Erlebnissen erzählt, anstatt über seine theoretischen Leitlinien Rechenschaft abzulegen. Aus dem Angeklagten werden Schlagwörter wie der „Umweg des Nichtnegativen" gleichsam herausgepreßt, er muß auf ein Produkt früherer Überlegungen zurückgreifen. Beim Schreiber geht es dagegen nicht um vorgefertigte Positionen, sondern um spontane Denk-Reaktionen in Anbetracht von kommunikativen bzw. medialen Ereignissen wie der neuen „Wannsee-Konferenz" oder der Ausstrahlung von „Shoa" (s.o.). Fast hat es den Anschein, als sei er selbst der Delinquent aus dem ersten Akt, der nun den Schranken des Gerichts entronnen ist und in der ihm gemäßen Form über die bewußten Probleme sprechen kann. Die Konzentration ist der Kommunikation gewichen.

Angesichts der beiden Beobachtungen verdichtet sich die Vermutung, wonach die Grundspannung von Einzel-*Festung* zwischen dem ersten und dem fünften Akt liege.[756] Der Gegensatz der beiden Pole verweist in der Tat auf die zentrale Differenz der theoretischen Diskussion. Während der erste Akt die „konzentrierte" Kritik mit den Mitteln der Konzentration zu kritisieren ver-

---

[756] Für diese Annahme spricht noch ein weiterer Punkt. In *Festung* gibt es drei Szenen, in denen jeweils drei Personen in bierseliger Stimmung beisammen sitzen; Goetz legt ihnen dabei ständig Sprüche aus den Trink-Bildern in *Heiliger Krieg* in den Mund (FE 141f., 205, 237f., vgl. Kri 30f., 49, 107 etc.). Beim ersten und dritten Mal besteht die Runde aus „Ich", „Albert" und „Diedrich", beim zweiten aus „Adorno", „Benjamin" und „Löwenthal". Offenbar handelt es sich dabei um eine selbstkritische Warnung vor zuviel „linksdialektischer Gemütlichkeit" (vgl. FE 175). Wenn im ersten Akt nur der Autor und seine Freunde (Oehlen und Diederichsen), im fünften aber zugleich die Begründer der Frankfurter Schule dem Laster frönen, dann verbirgt sich darin insofern ein Hinweis auf den Unterschied zwischen den Außenakten, als die Selbstkritik im fünften Akt relativiert wird: Goetz ordnet der kritischen Komponente seines Textes – und mit ihr der Gefahr, durch seine Aneignung dieser Lehre selbst Teil des Verwässerungsprozesses zu werden – einen bestimmten geistesgeschichtlichen Ort zu und entzieht sich dadurch bis zu einem gewissen Grade dem Schwerefeld dieses Paradigmas. – Zu diesen Passagen ähnlich: Krankenhagen 2001, 150.

sucht, etabliert sich im fünften dagegen eine Redeweise, die am Konzept der Kommunikation orientiert zu sein scheint. Das Regie-Intermezzo des Alten sowie das Fazit von Alter deuten zudem darauf hin, daß diese Opposition auch auf der Ebene der Makrostruktur, im Verhältnis der Stücke *Kritik in Festung* und *Katarakt* angelegt ist, d.h. daß deren Frequenzen über diese beiden Figuren in *Festung* interferieren.

Was den dritten Akt betrifft, wurde bislang auf drei Punkte aufmerksam gemacht. Erstens auf seine Kürze, die „brutale und superdichte Verdichtung", von der „Rainald" im zweiten Akt redet (seinen Angaben zufolge ist dies als literarische Umsetzung des Zusammenhangs von Konzentration und Vernichtung zu verstehen), zweitens darauf, daß fast nur emblematische Figuren vorkommen, und drittens auf seinen geschichtlichen Hintergrund – bei Filip Müller, der einzigen personalen Rolle des dritten Akts, handelt es sich um einen Überlebenden des Vernichtungslagers Auschwitz. Die bereits angeführten Zeilen des „Zeugen" aus Szene II.2 sind ein genaues Zitat des Texts, den der Ex-Häftling in *Shoah* in die Kamera spricht.[757] Der Bericht wird im dritten Akt nahtlos fortgesetzt, dort aber explizit Filip Müller zugeordnet: „das hat doch keinen Sinn / dein Sterben wird nicht / unseres Leben bringen / Das ist keine Tat. / Du mußt von hier raus / du mußt ja noch berichten über dem / was wir leiden / was für ein Ungerecht / uns getan geschehen ist" (FE 163).[758] Nebenbei: die Rollen „Zeuge" und „Filip Müller" setzen sich im fünften Akt zu „Zeuge Filip Müller" zusammen – davon später mehr.

Stefan Krankenhagen konzentriert sich bei seiner Interpretation auf eben diese Bedeutungsdimension. Er begreift den dritten Akt als einen Versuch, das Grauen der KZs auf die Bühne zu bringen. Die Besonderheit von Goetz' Text liege darin, daß das darin erprobte Darstellungsverfahren den Bedingungen heutiger medialer Kommunikation Rechnung trage: „Die Aufforderung, Zeugnis abzulegen, wird erinnert in ihrer Vermittlung durch das Fernsehen"[759] – nicht nur durch die Zitation des Filmskripts, sondern auch insofern, als Filip Müllers Aussage zwischen Äußerungen unterschiedlichster Provenienz und Thematik eingebettet sei.[760] Indem der Autor die „primäre", also

---

[757] Vgl. auch Krankenhagen 2001, 136f.
[758] Filip Müller berichtet hier in gebrochenem Deutsch, wie Freunde und Bekannte von früher in die Gaskammern getrieben wurden und er sich ihnen freiwillig anschließen wollte, um zu sterben, wie ihn diese aber gebeten hätten, nicht mitzugehen, um später die Massenmorde bezeugen zu können. Goetz erwähnt den Bericht bereits in *Kontrolliert* (Kn 53).
[759] Krankenhagen 2001, 138.
[760] Ebd., 138ff.

der alten Kritik zugehörige Repräsentation des Holocausts zwischen allerhand Medienmüll verberge, reflektiere er die „Ununterscheidbarkeit unvereinbarer Inhalte, [...] die Gleichzeitigkeit von Bedeutungsleere und Bedeutungsfülle", die für die Sprache des Fernsehens konstitutiv sei.[761] Der Sonderstatus von Filip Müllers Auftritt lasse sich erst ermessen, wenn man die mathematischen Proportionen von Einzel-*Festung* sowie der gesamten Trilogie berechne; dabei erwiesen sich der zweite bzw. der dritte Akt als das arithmetische Zentrum.[762] Zudem falle der einstige Auschwitz-Häftling allein dadurch aus dem Rahmen des übrigen Personals, daß hier „Text und Figurenangabe kongruent sind"[763] – wie noch zu zeigen sein wird, arbeitet der Autor ansonsten intensiv mit Widersprüchen zwischen der jeweiligen Rolle, ihrem realen Vorbild und ihren Äußerungen. Einzel-*Festung* treibe also einerseits Mimikry an das unterschiedslose Erinnern der Massenmedien, lege andererseits aber Spuren, die das Gewicht der besagten Inhalte erahnen ließen.

Krankenhagen deckt hier ähnlich wie bei *Kritik* in *Festung* wichtige Zusammenhänge und Hintergründe von Goetz' Werk auf. Im Horizont meines Ansatzes kommt es freilich darauf an, auf der Basis dieser Erkenntnisse weiterzuforschen und v.a. zu untersuchen, welche genaue Funktion der dritte Akt innerhalb der Konstruktion von *Festung* erfüllt. Auch der Sinn der nonpersonalen Figuren ist noch ungeklärt. Dem Autor von *Auschwitz darstellen* gelingt es zwar, die Szene des „Plattenspielers" plausibel zu begründen – mit dem Liedzitat „Ro sa munde / schenk mir dein Herz / und sei mein" (FE 166) werde auf die zynische Beschallung der Lager angespielt.[764] Noch interessanter

---

[761] Ebd., 141.
[762] Ebd., 135, 137. Den Mittelpunkt der gesamten Trilogie errechnet Krankenhagen, indem er die Akte aller drei Stücke zu der Zahl neun addiert; daher ist in diesem Fall der zweite Akt das Zentrum, während es in Einzel-*Festung* der dritte Akt ist – d.h. die beiden Akte, auf die die Aussage verteilt ist. Ein ähnliches Manöver führt er in bezug auf *1989* durch: Das vierte Heft von *1989.2* bilde die Mitte sowohl der Fernsehprotokolle als auch der gesamten blauen Werkgruppe; da es in 35 Bilder unterteilt sei, liege sein eigenes Zentrum wiederum im 18. Bild – just in dem Kapitel, dessen Überschrift „singend in den Tod" (*1989.2*, 288, i.O. fett) lautet und somit ebenfalls auf den Text von Filip Müller verweist (Krankenhagen 2001, 136). Dessen Zeugenaussage nehme also in Einzel-*Festung*, in der Trilogie, in *1989* sowie in der gesamten Werkgruppe eine zentrale Position ein.
[763] Ebd., 136.
[764] Ebd., 148. Krankenhagen sieht im Motiv des Plattenspielers noch eine weitere Bedeutung; Goetz spiele darauf an, daß die Terroristen Raspe, Baader und Ensslin in Stammheim die Waffe, mit der sie Selbstmord begingen, in einem Plattenspieler versteckt hatten (ebd.).

als die einzelnen Bezüge erscheint aber die Frage, weshalb im dritten Akt überhaupt fast nur Rollennamen dieser Art auftauchen.

Die oben wiedergegebene Rede des „Deutschen Boten" bietet eine mögliche Antwort. Dieser behauptet schließlich, das Ausmaß der Schuld entziehe sich der Repräsentation durch das Subjekt, es könne in „Einzelichs" noch nicht gedacht werden (FE 201). Darüber ließe sich erklären, weshalb bei der Darstellung des Holocausts außer einem historischen Zeugen keine als menschliche Individuen identifizierbaren Charaktere auftreten. Die Schwere der Verbrechen übersteigt das subjektiv Vorstellbare, mithin auch den Spielraum dessen, was einer oder mehreren einzelnen Theaterfiguren zugeordnet werden kann. Insofern ist es nur folgerichtig, wenn die Namen der übrigen Rollen auf allgemeine Begriffe („Sommer", „Daheim") oder auf die Musik verweisen („Lied", „Flügel", Plattenspieler") – diese wird bekanntlich traditionell als eine überindividuelle Sprache aufgefaßt.[765]

In der Gestaltung dieser Sequenzen verbirgt sich noch ein weiterer wesentlicher Aspekt. Wenn „Rainald" in seinem Monolog erwägt, den dritten Akt auf ein Minimum bzw. ein „Nichts" zu komprimieren (s.o.), überlegt er zugleich: „daß der ganze dritte Akt ganz weg wäre / was das hieße für das Ganze / in der Mitte Leere / also wirklich / nichts / konstruktiv / gesehen inhaltlich egal" (FE 157). Der Mittelakt soll ganz abgesehen von allen historischen Bedeutungskomplexen – der Thematik der „Vernichtung" – auch im Hinblick auf die Konstruktion ein leeres Zentrum sein, obwohl er natürlich eine zählbare Menge von Sätzen umfaßt. In der Formulierung „Rainalds" erscheint er gleichsam als schwarzes Loch, um das die übrigen Teile des Dramas kreisen. Welche Intention verfolgt Goetz dabei? Nach den Betrachtungen zum „Deutschen Boten" darf man annehmen: Hier sollen nicht nur die Grenzen der Zurechenbarkeit, sondern auch die des Sag- und Denkbaren ausgelotet werden. Wenn dem Unmarkierten in der strukturellen Anlage ein derart prominenter Platz eingeräumt wird, schließt sich gleich die nächste Frage an: Ist die Komposition von Einzel-*Festung* von Luhmann inspiriert, stellt sie eine theatrale Reflexion seines Formkonzepts dar?

Dazu ist es wichtig zu wissen, ob sich der dritte Akt zu allen übrigen Teilen des Stücks gleich verhält oder ob es dabei gewisse Abstufungen gibt. Im ersten Akt taucht keine einzige der bewußten nonpersonalen Figuren auf, in Szene V.2 hingegen „Daheim", „Faktor Zeit", „Sommer" und „Lied" (FE 208f.),

---

[765] Hier sei an Texte wie Schopenhauer, *Die Welt als Wille und Vorstellung*, Wagner, *Beethoven* oder Nietzsche, *Die Geburt der Tragödie* erinnert.

dazu noch „Zeuge Filip Müller" (FE 207). Das läßt vermuten, der fünfte Aufzug sei für die Reflexion und Integration des Nichts bzw. der Vernichtung ungleich offener – damit verfügt man nebenbei über ein weiteres Argument für die These zum Unterschied zwischen Akt I und V. Wenn sich der Part des „Zeugen Filip Müller" nicht mehr wie am Übergang zwischen II und III in „Zeuge" und „Filip Müller" aufspaltet, so spricht das zudem dafür, daß das ferne Ziel, die deutsche Schuld in „Einzelichs" darstellen zu können, bereits ein Stück weit näher gerückt ist.

Da sowohl der erste als auch der fünfte Akt aus fünf Szenen besteht, ist weiter zu prüfen, ob hier nicht Binnenspiegelungen der Gesamtstruktur vorliegen und z.B. der jeweilige dritte Teil mit dem Mittelakt korrespondiert. Der mit „Konsumkommunistisches Kapital" betitelte Abschnitt I.3 enthält die Reminiszenz an *Kritik in Festung*, d.h. die Passage, in der der Alte die Hoheit über Text und Inszenierung zu usurpieren versucht (s.o.); V.3 trägt dagegen die Überschrift „Victims of the Theird Reich" und läßt bis zu den letzten beiden Äußerungen nur emblematische Figuren zu Wort kommen: „Vergessen", „Hass" und „Katharktikon". Hier wiederholt sich der Unterschied im Umgang mit dem „Nichts". Bei den übrigen Nummern ist der Vergleich der Überschriften weniger ergiebig, ausgenommen die jeweilige fünfte Szene, wo sich „Die Wannseekonferenz Konferenz" (I.5) und „Das Fest" (V.5) gegenüberstehen. Sofern das Gesamtgefüge von *Festung* in den Außenakten multipliziert wird, müßte es hier um beider Verhältnis zur Kommunikation gehen – und in der Tat: der Titel von I.5 verweist auf die Verwandtschaft zwischen dem Früher und dem Heute, auf das Scheitern des „konzentrierten Kommunizierens" (s.o.), sein Pendant indes auf eine Form der Kommunikation, die nach dem allgemeinen Verständnis tendenziell wenig mit Konzentration zu tun hat.

Insofern meine These: in der Konstruktion des „Wannseekonferenzstücks" *Festung* schwingen unüberhörbar Anklänge an Luhmanns Formbegriff mit. Die beiden Außenakte bilden quasi zwei Re-Entrys, die die Struktur des Texts in der ihnen jeweils entsprechenden Weise in sich selbst hineinkopieren – der erste im Modus der Kritik und der Konzentration, der fünfte in dem der Kommunikation. Getrennt werden sie durch den Schlund des dritten Akts, die Grenze zum Unmarkierten, die vom Re-Entry der Kritik mehr oder minder verdrängt wird, während ihr die Kommunikation wesentlich mehr Recht angedeihen läßt, auch wenn das nicht zu inhaltsreicheren und reflektierteren Aussagen seitens der einzelnen Sprecher führt.

Was im fünften Akt gegenüber der ominösen Konzentration gewonnen wird, läßt sich nicht mit isolierten Äußerungen, sondern nur anhand des Wechselbezugs mehrerer erläutern. Das Paradebeispiel bildet eine Szene zwischen den Figuren „Mnemopath" und „Obdachlose". Während die beiden im ersten Akt mit ihren Monologen noch für sich alleine stehen,[766] vereinigen sie sich im fünften zu dem Auftritt „Tausend Rosen", der mit folgenden Zeilen beginnt:

> MNEMOPATH haben Sie / das gehört
> OBDACHLOSE ich höre / nichts
> MNEMOPATH ich auch / das sind die Toten
> OBDACHLOSE schlimmer als Schweigen / grauenhaft
> (FE 229).

Im weiteren Verlauf fragen sie beide, warum der bestialische Lärm dieses „nichts" von niemandem außer ihnen gehört werde; zum Schluß stoßen sie immer wieder nur das Wort „nichts" hervor (FE 230). Ihr Dialog verdeutlicht das Kommunikations-Konzept insofern, als sich die Bedeutung des „nichts" erst im Widerspiel beider herauskristallisiert: Sie transportieren keinen Inhalt, sondern dessen Fehlen, sie kommunizieren nicht über, sondern mit dem „nichts", vermitteln es sich performativ, bis es die massive Gegenständlichkeit der abschließenden „nichts"-Rufe erreicht. Das Scheitern des Hörens summiert sich – parallel zu dem in beiden Figurennamen enthaltenen negativen Aspekt – durch die Kommunikation zu einem „Nichtnegativen", zum „Geschrei der Toten". Der Passus belegt nochmals schlagend, weshalb der fünfte Akt für das „nichts" ungleich empfänglicher ist als der erste; darüber hinaus stellt er ein eindrucksvolles Zeugnis des Gedenkens dar.

Bleiben noch die Akte II und IV. Was den vierten betrifft, waren die „Kriegsverbrecherprozesse" gegen die Autoren von *taz* und *Tempo* erwähnt worden (FE 177f.), ebenso die Rede des „Bezichtigten", der auf Hermann Nitsch „einschlägt", um seine eigenen faschistoiden Tendenzen zu kaschieren (FE 175, vgl. Anm.). Beides illustriert die Behauptung, die alten Grenzziehungen stimmten nicht mehr, dienten nur der Wiederbelebung des Faschismus oder implizierten gar einen Rückfall der Kritik ins Kritisierte (s.o., FE 109, 144, auch 125), mithin einen Gedanken, der sich dem ersten Akt zu-

---

[766] Beim Mnemopathen handelt es sich um die bereits erwähnte allegorische Erzählung von der heutigen Erinnerung an die Toten des Dritten Reichs (FE 108-110), bei der Obdachlosen um eine Rede, in der die Medien Schrift und Fernsehen miteinander verglichen werden (FE 133f.).

rechnen läßt, da er nur dort in theoretischer Form – nach Maßgabe der „konzentrierten Kritik" – vorgetragen wird. Hat der vierte Akt generell die Funktion, die Thesen des ersten szenisch zu untermalen?

Eine andere textuelle Klammer bestätigt diesen Verdacht. In Abschnitt IV.4 tritt Beate Klarsfeld auf – mit diesem Namen ist die legendäre Ohrfeige gegen Altbundeskanzler Kiesinger verbunden – und hält eine Kampfrede gegen die sogenannten Rechtsintellektuellen: „ein Faschist ist heute jeder Deutsche / der die Geschichte des Faschismus / eingehend studiert und die Resultate / ausführlich und öffentlich darstellt / anstatt darauf einzuschlagen / was er da sieht" (FE 192). Sie zählt eine Reihe von (vermeintlichen und tatsächlichen) Vertretern dieses Denkens auf, zitiert v.a. mehrere Begriffe aus Botho Strauß' vielgescholtenem Nachwort zu George Steiners Buch *Von realer Gegenwart*,[767] geißelt alle diese Wendungen und schließt im Gestus der Bücherverbrennung: „ich klage an des Verbrechens der Feier / dieser faschistischen Kampfbegriffe / die Herren Syberberg und Strauß / und ich beantrage daß / diese Begriffe / schweigen" (FE 193).[768]

---

[767] Vgl. u.a.: „gegen den Begriff im Sinne des Stiftungsbefehls / ich klage gegen den Begriff geläutertes Erwarten / gegen den Begriff wo kein Arkanum / gegen Opus ist Opfer / und gegen alle Dichtkunst ist Magd / ich klage gegen dort kein Zeugnis / gegen wird zur Feier / klage gegen Reiche stürzen […] klage gegen wild wird nach Gestalt […] klage gegen nicht für alle Zeiten / gegen mit schwerentflammbarem Stoff zufrieden" (FE 192f.). Diese Worte verweisen auf folgende Sätze aus *Der Aufstand gegen die sekundäre Welt*, dem Nachwort zu *Von realer Gegenwart* (=Strauß 1990): „Wir haben Reiche stürzen sehen binnen weniger Wochen" (305), „Schließlich erscheint es nicht mehr unmöglich, daß der Zusammenbruch von *Weltanschauung* auch die Entmischung der weltlichen von den verweltlichten heiligen Dingen vorantreibt und daß aus dieser Scheidung die endliche Säkularisierung des Säkularen einerseits und ein ‚geläutertes' Erwarten andererseits hervorgehen" (306, Hervorhebung i.O.), „Wo kein Arkanum, dort kein Zeugnis, keine Realpräsenz" (307), „Das Gedenken im Sinne des Stiftungsbefehls […] wird dann zur Feier der Gleichzeitigkeit, es ist nicht gemeint ein Sich-Erinnern-an-Etwas" (308), „Jedes Opus ist Opfer, alle Dichtkunst die Magd der *anámnesis*" (309, Hervorhebung i.O.) sowie „Wenn der Schein wild wird nach Gestalt, wird er den Spiegel zum Bersten bringen […] der menschliche Geist wird sich nicht für alle Zeiten mit schwerentflammbarem Stoff zufrieden geben" (319).
[768] Daß hier auch der Name Hans-Jürgen Syberberg genannt wird, erklärt sich aus dem Skandal, den zu Beginn der Neunziger Jahre das Erscheinen seines Buches *Vom Unglück und Glück der Kunst in Deutschland nach dem letzten Kriege* auslöste. Interessanterweise verzichtet Goetz darauf, die meistzitierten – ohne Zweifel unerträglichen – Sätze aus diesem Text („Wer mit den Juden ging wie mit den Linken, machte Karriere, und es hatte nicht unbedingt mit Liebe oder Verständnis oder gar Zuneigung zu tun"; Syberberg 1990, 14) in den Monolog der „Beate Klarsfeld" einzufügen; offenbar suchte er Beispiele, bei denen der Fa-

Das Gegenstück zu diesem Monolog findet sich im Bild „Tanzlokal" aus Szene I.1. Jochen Schücke, ein Münchner Clubbetreiber, berichtet von einer Band namens „Die Deutschen", die ein Lied mit dem verwegenen Titel „Eva Brauns Möse" geschrieben habe, mit der Intention, darin Worte wie „Weizenbrot und Rebenwein", „theophane Herrlichkeit" oder „Magd der Anamnesis" als deutsches „Gaskammervokabular" zu entlarven (FE 112) – dabei handelt es sich durchweg um Zitate aus der erwähnten Schrift von Botho Strauß.[769] Schücke bewertet das Projekt allerdings als mißglückt. Die Gruppe habe es geschafft, all diese Begriffe „so deutlich nicht / auszusprechen / daß sie sich hier jetzt [...] derartig gewalttätig Bahn gebrochen haben / daß die Nummer sich selbst damit / praktisch widerlegt hat / weil zwischen Eva Brauns Möse / und dem von ihr zum Gaskammervokabular / der theophanen Herrlichkeit erklärten Vokabular [...] praktisch überhaupt kein Unterschied mehr besteht" (FE 112f.).

Gerade weil „Die Deutschen" ihre ganze Energie darauf verwendet hätten, die inkriminierten Vokabeln „nicht auszusprechen", also quasi auszuschalten, meint der Sprecher, gerade deshalb seien diese mit aller Macht hervorgetreten und hätten so das Gegenteil des intendierten Effekts bewirkt.[770] Insofern gehört auch diese Sequenz zu den Belegstellen für das Leitthema des ersten Akts. Zugleich läßt sich daran die Verbindung zum vierten Akt demonstrieren. Erstens weisen sich die beiden Passagen durch die Strauß-Zitate, die ansonsten nirgendwo in *Festung* auftauchen, als zusammengehörig aus; zweitens praktiziert Beate Klarsfeld mit ihrer Hetzrede genau dasselbe wie die Band – sie möchte die besagten Reizworte „zum Schweigen bringen". Der skeptische Kommentar von Jochen Schücke läßt sich ohne Einschränkung auf

---

schismus-Vorwurf auf weniger sicheren Füßen stand. – Zur Debatte um Strauß und Syberberg auch Diederichsen 1993, 117-157.

[769] Strauß 1990, 307: „Es geht [...] um die Befreiung des Kunstwerks von der Dikatatur der sekundären Diskurse, es geht um die Wiederentdeckung nicht seiner Selbst-, sondern seiner theophanen Herrlichkeit, seiner transzendentalen Nachbarschaft [...] Das Unbeweisbare in der Krone jenes Erkenntnisbaums, der durch den Roman, die Skulptur, die Fuge emporwächst, ist Zeugnis Seiner Anwesenheit [...] der geweihte Priester wandelt Weizenbrot und Rebenwein in die Substanz des Leibs und des Bluts Christi". Vgl. auch der zitierte Satz des Nachworts, S. 309.

[770] Als weitere Pointe kommt hinzu: In Botho Strauß' Text geht es um eben diesen Zusammenhang, d.i. um die Beobachtung, daß man durch das Umkreisen gewisser wichtiger Inhalte und Begriffe ungleich größere sinnstiftende Wirkungen erzielen kann als durch das Aussprechen derselben. Damit korrespondiert seine vielfach kritisierte These, wonach es ohne Arkanum keine Kunst i.e.S. gebe (vgl. die obige Anmerkung bzw. Strauß 1990, 307).

ihre Wortmeldung übertragen. Somit zeigt sich auch an diesem Beispiel: Der vierte Akt liefert das Material für die Reflexionen des ersten. Gleichsam „dümmer" als dieser, stellt er Verhaltens- und Redeweisen aus, die dort kritisch analysiert werden. Mit Luhmann könnte man ihre Relation nach dem Muster von Beobachtung erster und zweiter Ordnung beschreiben.

Und der zweite Akt? Wie oben vermerkt, besteht dieser großenteils aus einem ausgedehnten Monolog von „Rainald". Dieser gibt dem Leser oder Zuschauer einige Rätsel auf, schon in den ersten Zeilen: „alles aussteigen", heißt es dort, „um es kurz zu machen / scheint ja allen zu lange / gewesen zu sein dieser zweite Akt / mir nicht" (FE 155). Kaum hat es angefangen, behauptet der Sprecher, der Aufzug sei bereits wieder zu Ende. Doch er straft sich selber Lügen; es geht noch eine ganze Weile lang weiter – wenig später folgen u.a. die Überlegungen zur Gestaltung des anschließenden dritten Akts. Was hat es damit auf sich? Wenn Goetz hier mehr im Sinn hat als bloße Komik, dann zielt er auf den Übergang zwischen den Akten II und III. Der Fluchtpunkt des zweiten Akts soll von vornherein an der Grenze zum dritten liegen. Nach den Überlegungen zum Mittelakt handelt es sich dabei um nichts weniger als um die Schwelle zum Unmarkierten, zum Nichts (s.o.). Deren Bedeutung wird auch dadurch unterstrichen, daß die Rede des „Zeugen" unterbrochen und im dritten Akt von Filip Müller fortgesetzt wird – die Rolle spaltet sich auf (s.o.).

Wie bereits erwähnt, werden die beiden Komponenten später miteinander vereinigt. Für die Erkenntnis des Aufbaus von *Festung* ist es sehr wichtig, daß das im fünften Akt stattfindet. Der zweite Akt siedelt seinen Schwerpunkt am Ende an, der fünfte greift diese Quintessenz – den Abgrund zwischen II und III – auf, um sie seinem eigenen System einzuverleiben; so kommt es zum Auftritt von „Zeuge Filip Müller" (dessen Text für sich genommen übrigens nicht sonderlich aufschlußreich ist). Daraus darf man folgern, daß II und V in ähnlicher Weise miteinander verbunden sind wie I und IV. Für ihre Zusammengehörigkeit lassen sich auch inhaltliche Gründe anführen. Da der fünfte Akt das Re-Entry der Kommunikation bildet, für diese aber die „doppelte Kontingenz", die Ungewißheit hinsichtlich der Annahme von Angeboten durch das Gegenüber konstitutiv ist, muß der Kern des zweiten Aktes – der Schritt ins Andere – hier von besonderer Bedeutung sein. In Szenen wie dem Dialog zwischen der Obdachlosen und dem Mnemopathen schwingt der Spalt zwischen II und III ständig mit, wenngleich auf einer anderen Ebene. Wird der „konzentrierte" zweite Akt *als Ganzes* vom Nichts betroffen, ja regelrecht überfallen – immerhin bricht er mitten im Satz ab, so gelingt es dem fünften, dessen Potential in seine eigene Darstellungsweise, in all seine Kommunikationen zu integrieren. Insofern liegt auch hier eine Relation von Beobachtung erster und zweiter Ordnung zugrunde.

Damit hat sich das Strukturmodell von Einzel-*Festung* nunmehr komplettiert. Wenn sich der erste und der fünfte Akt als Wiedereintritt der Form in die Form deuten lassen, thematisch durch die Begriffe Kritik und Kommunikation bestimmt, so kann man hinzufügen, daß sie in den Akten II und IV jeweils ihr Korrelat finden, Stoff für ihre Reflexionen. Interessanterweise stehen die Paare über Kreuz; der Partner der Kritik ist der Nachbar des Kommunikations-Aktes, und der der Kommunikation folgt dem Kritik-Akt. Davon wird noch zu reden sein; zunächst aber ein paar Bemerkungen zum immanenten Rollenkonzept von *Festung*.

3.2.3.3 Rollenkonzept

Im vierten Akt findet nicht nur der besagte Kriegsverbrecherprozeß statt, sondern auch eine Art Aufräumaktion. Katja Ebstein spricht von der „Beseitigung / der Leichen / aller hier zentral thematischen / kriegsverbrecherischer Verbrechen gegen die / Menschlichkeit verurteilter Begriffe / und Familiennamen", und Wolfgang Pohrt berichtet: „die Hauptkriegsverbrecherprozeßkinder [...] streuen Blumen / auf die Worte Viehwaggon und Abgasschlauch" (FE 170f.).[771] Diese Schilderung ergänzt sich mit zwei weiteren Vorgängen aus diesem Akt. Zum einen mit dem Spiel „Sag die Wahrheit", das im selben Bild ausgetragen wird: Michael Graeter, Franz-Josef Wagner und Hans-Hermann Tiedje behaupten nacheinander, sie hießen Michael Graeter und berichteten exklusiv aus Nürnberg (FE 170) – Hape Kerkeling löst das Rätsel später auf und bittet den „richtigen" Michael Graeter, wie die beiden anderen ein Boulevardjournalist, auf die Bühne (FE 173). Zum anderen mit der Szene, in der der „Tempoautor" und der „Textchef" die Masken abnehmen und Matthias Horx und Arno Widmann darunter auftauchen; eben dort behaupten sie, nur die Befehle ausgeführt zu haben (FE 179, s.o.): „was kommt denn da zum Vorschein", kommentiert Hape Kerkeling, „so viel Verletzlichkeit / und Selbstzweifel der Täter / im Innersten dieser Vernichtungszentren" (ebd.).

---

[771] Dazu auch Krankenhagen 2001, 146.

In allen drei Fällen spiegelt sich ein und dieselbe Denkweise. Der erste handelt wie Klarsfelds Kampfrede von einem Verbot gewisser Namen und Begriffe, als könne man mit den Signifikanten auch die Signifikate ausschalten. Im zweiten ist von drei Figuren, die den Namen „Michael Graeter" für sich reklamieren, nur eine dazu *berechtigt* – im Medium des Theaters eigentlich ein performativer Selbstwiderspruch. Auch hier wird die arbiträre Beziehung, die Differenz zwischen Darstellendem und Dargestelltem geleugnet. Das Spiel vermittelt darüber hinaus die Auffassung, daß eine Rolle immer auf eine konkrete Identität verweist, daß der Schauspieler für einen bestimmten Menschen steht, ihn auf der Bühne quasi leibhaftig anwesend macht – und das kann nach dieser Logik eben nur einer, nicht aber drei. Analog das dritte Beispiel. Wenn die Publizisten glauben, ihre Schuld sei allein an ihre Funktion gekoppelt und lasse sich durch deren Niederlegung rückstandsfrei liquidieren, so heißt das: Das Amt prägt die Persönlichkeit seines Inhabers nicht nur, sondern es *ist* diese Persönlichkeit, tritt an ihre Stelle – deshalb fühlen sich die beiden nicht haftbar. Wiederum ist das Besondere vollständig vom Allgemeinen determiniert. Ob es um Worte geht oder um die Träger dramatischer bzw. gesellschaftlicher Rollen, das Darzustellende nimmt dem Darstellenden alle Freiheit, ihre Beziehung ist vorab fixiert – das charakterisiert das Sprach- und Spielmodell des vierten Akts.[772]

Noch in einer anderen Szene von *Festung* werden Masken abgenommen, im fünften Akt. Wieder ist es Hape Kerkeling, der die Aktion mit Worten begleitet: „Pee Wee Herman / meine Damen und Herren / nimmt die Peter Reubens Maske ab / jawohl / das ist jetzt / kein Zaubertrick / das ist Abspann und Finale / Subsubstitution und Ichidentität / und zum Vorschein kommen wir" (FE 238f.). Wolfgang Pohrt führt den Satz weiter: „im Namen derer / die wir hier natürlich / nur vertreten vielen Dank an alle Thomas / Gottschalk Thomas Anders Thomas Bernhard [...]" (ebd.) – es folgen weitere Namen von Prominenten, die im Stück nicht eigens auftreten, von Boris Becker bis zu Niklas Luhmann.

Zum Vorschein kommen nicht „Verletzlichkeit" und „Selbstzweifel", sondern „wir" – damit meint der Moderator offenbar Pee Wee Herman, sich

---

[772] Auf diese Weise wird nochmals deutlich, weshalb das Binnen-Inszenieren des Alten (Szene I.3) ein Symptom für den Einfluß des Konzentrations-Pols bzw. von *Kritik in Festung* darstellt: Der Alte bringt zwei Figuren dazu, den Part zweier anderer zu übernehmen (s.o.); er bestimmt also kraft seiner Subjektivität die Bedeutung, die das Spiel der beiden haben soll, anstatt es der Definitionsmacht des Diskurses zu überlassen.

selbst und die übrigen Präsentatoren bzw. Beobachter. Der finale Coup wird mit großer Geste angekündigt, doch wer gehofft hat, einen Blick hinter die Kulissen werfen zu können, wird glatt enttäuscht: Unter der Maske treten die bereits bekannten Gestalten hervor, nicht aber so etwas wie ein Grund-Ich, das hinter allen Repräsentationen steht.[773] Besonders frappant verhält es sich mit Pee Wee Herman, dessen angeblicher Zusatzpart „Peter Reubens" im Stück niemals zuvor erwähnt wird. Im Kontext der Rollenproblematik ist auch noch eine Passage aus dem zweiten Akt von Interesse, aus dem Monolog von „Rainald". Die Äußerung bezieht sich u.a. auf die Figur Andrea Fraser, die unmittelbar davor einen kurzen Auftritt hat:

> „wenn man nicht weiß wer / Andrea Fraser oder Julian Clary ist / wie soll es einen nicht langweilen / was der Mensch im Andrea Fraser Kostüm oder / in hysterischer Julian Clary Manier hier / zu sagen kriegt beziehungsweise nicht / das ist ja der Witz / was wer nicht / sagt und statt dessen sagt er Sachen / die nicht zu ihm passen / aber trotzdem sagt / genau der / die genau und so / und so weiter und so fort" (FE 156).

Wenn in *Festung* die Protagonisten Namen von mehr oder minder prominenten Zeitgenossen tragen, so ist es dem Autor dabei wichtig, in ihrer Rede nicht der gewöhnlichen Vorstellung von den Betreffenden zu entsprechen, sondern in bestimmter Weise davon abzuweichen. Beispiele finden sich zuhauf – man denke nur an das debile Salbadern von Vittorio Hösle (z.B. FE 187) oder an die subtilen ästhetischen Erwägungen des Heavy-Rockers Lemmy Motörhead (FE 218).[774] Entscheidend ist die Differenz zum Image der jeweiligen Persönlichkeit, zu den Worten und Positionen, die mit ihr gemeinhin verbunden werden – also wiederum die Spannung zwischen vorausgesetztem und aktuellem Text, die auch Goetz' Überlegungen zum Verhältnis von Skript und Regie bestimmt (vgl. Afa 744, s.o.). Für das immanente Rollenkonzept des Stücks geht daraus zweierlei hervor. Erstens zielt der Autor

---

[773] Der Text läßt weitgehend offen, welche Masken die genannten Akteure abnehmen; man könnte die Szene u.U. auch so verstehen, daß es sich dabei um die Gesichter der Prominenten handelt, die im Stück zuvor erschienen sind – in diesem Fall hätten die „Präsentatoren" und „Bühnenmonitorzuschauer" alle weiteren Rollen verkörpert. Dagegen spricht freilich Katja Ebsteins Danksagung an alle Figuren, die kurz darauf folgt (FE 239), sowie die späteren Auftritte des „Chors der Mädchen" und von Alter. Doch auch eine gegenläufige Auslegung wäre kein Argument gegen die These zur „umgekehrten Auflösung", da die Moderatoren selbst nicht demaskiert werden.

[774] Aus eben diesem Grunde hat Filip Müller innerhalb des Personals eine Sonderstellung inne, wenn er im dritten Akt tatsächlich *seinen* Text aus dem Film *Shoah* spricht (s.o.).

mit seinen Prominenten-Figuren keineswegs darauf, ihre Vorbilder als Individuen auf die Bühne zu bringen. Es ist ihm nicht um konkrete Personen zu tun,[775] sondern um Effekte des Widerspiels von (Klischee-)Bild und Sprache, um diskursive Prozesse – in diesem Sinne ist auch *Festung* ein Sprach-Drama.[776] Zweitens kalkuliert er das mediale Vorwissen der Zuschauer ausdrücklich ein; das Stück reflektiert sich relational zu einem übergreifenden Geschehen, dessen Ursprung außerhalb seiner selbst liegt.

Beide Gesichtspunkte finden sich im Finale von Einzel-*Festung* wieder. Wenn Hape Kerkeling und Konsorten unter den Masken zum Vorschein kommen, so unterstreicht der Text, daß er nicht hinter die vorgestellten Figuren zurücktreten kann, da er eben auf die besagten sprachlichen Bilder und Assoziationen abhebt, nicht aber auf wirkliche Menschen, die diese Namen tragen. Indem Pee Wee Herman die Maske einer bislang unerwähnten Person abnimmt, wird zudem akzentuiert, daß die fokussierten diskursiven Prozesse bereits außerhalb des Theaters angefangen haben und dort ständigen Metamorphosen unterworfen sind, von denen das Stück nur einen winzigen Ausschnitt widerspiegeln kann. Wolfgang Pohrts Namenliste und seine Bemerkung, all diese Prominenten seien „vertreten", wenn auch nicht präsentiert worden, läßt sich ebenfalls als Hinweis auf die Unabgeschlossenheit des Sinnzusammenhangs werten.

Dieses Rollenkonzept korrespondiert mit dem Kommunikations-Gedanken. Gerade weil die Erwartungen hinsichtlich der bekannten Namen und Gesichter permanent durchkreuzt werden, wird erkennbar, daß sich deren „Bedeutung" immer erst im Widerspiel der Redeströme konstituiert; die betreffenden sprachlichen Identitäten liegen nicht in der Hand eines Einzelnen, sondern in der der Vielen. Darin manifestiert sich zugleich der Unterschied zum vierten Akt, in dem Signifikant und Signifikat sowie Rolle und Träger starr verklammert sind – hier bedarf der jeweilige Sinn anscheinend nicht der Definition durch die Kommunikation und kann daher vom „Einzelich" vollständig erfaßt werden. Der Text macht keinen Hehl daraus, wel-

---

[775] Weber 1992 zeigt an *Krieg*, daß auch die darin auftretenden Figuren „Stockhausen", „Heidegger" oder „Stammheimer" nicht als Abbilder des Komponisten, des Philosophen bzw. eines realen RAF-Terroristen gestaltet sind (123).

[776] Auch Anna Opel ist der Auffassung, daß „nicht Personendarstellung, sondern die Diskursivität aller Phänomene" im Zentrum von Goetz' Schreiben stehe (Opel 2002, 120).

che Variante er privilegiert. Die dezentrale Bedeutungsstiftung ist ein Aspekt des Gegenentwurfs zur doppelsinnig verstandenen „Konzentration".[777]

Fazit: im Stück *Festung* treffen zwei verschiedene Formen des Umgangs mit geschichtlich-sozialen Kontexten aufeinander, die der Kritik und die der Kommunikation. Als Zentren sind ihnen die Akte I und V zugeordnet. Allein schon insofern, als *zwei* Paradigmen miteinander konkurrieren, zeichnet sich ab, daß der Kommunikation der Primat zufällt.[778] Der Theatertext praktiziert

---

[777] Was hier als Gegenkonzept zur „Konzentration" erläutert wurde, bezieht sich auf dasselbe Problem wie Krankenhagens Frage nach einer zeitgemäßen „sekundären" Darstellung der Vergangenheit bzw. des Holocaust, die den veränderten medialen Bedingungen Rechnung trüge (s.o.). Im Gegensatz zur hier vorgelegten Lektüre sieht Krankenhagen den Unterschied zu den Formen aus der Zeit vor 1969 vornehmlich in einer „konstruierten Verbergung der primären Darstellungen": „Die explizite Darstellung der Vernichtung bleibt in *Festung* aus, kritisiert wird ein Literaturverständnis, das sich außerhalb der massenmedialen Darstellungsformen begreift und im Rückgriff auf ein ‚unverfälschtes Dasein' nationalsozialistische Ideologie begrifflich perpetuiert. Die primären Berichte der Überlebenden werden nicht zum Anlaß – und zur Entlastung – einer eigenen Problematisierung der Darstellbarkeit genutzt; sie werden zitiert und erst durch die mathematische Zentrierung von *Gesamt-Festung* in ihrer Bedeutung für das Stück erkennbar. [...] Durch die Gleichzeitigkeit einer verborgenen und einer expliziten ‚Kommunikation über Vernichtung' wird in *Festung* die fortdauernde Ambivalenz einer Darstellung des schwer Darzustellenden deutlich. Das Medium Fernsehen leistet einerseits eine, von Goetz positiv besetzte, Verdrängungsarbeit, andererseits wird es sowohl inhaltlich als auch formal als ‚Kulturmüll' bloßgestellt. Die permanente Reproduktion eines ‚Wannseekonferenzbeschlußvokabulars' [...] läßt Kommunikation in einem emphatischen Sinne eben nicht entstehen, sondern, wie in vielen *Festungs*-Szenen, unvermittelt abbrechen" (Krankenhagen 2001, 150f.). Wie oben erläutert, meint der Verfasser, Goetz assimiliere sich der Sprache der Medien, indem er im Text Heterogenes zusammenführe, und markiere die Elemente des Hauptthemas lediglich durch mathematisch zentrale Positionierung. – Hier soll weder die Korrektheit von Krankenhagens arithmetischen Berechnungen noch die Plausibilität der These hinsichtlich Goetz' „medienimmanenter" oder „medienreflektierender" Darstellung in Zweifel gezogen werden. Trotzdem hat es den Anschein, als unterschätze der Verfasser die Pointiertheit dessen, was Goetz als Alternative zur primären Denkweise etabliert; z.B. spielt die Differenz zwischen Konzentration und Kommunikation bzw. zwischen dem ersten und dem fünften Akt in seiner Interpretation keine Rolle. Krankenhagen ist zuzustimmen, wenn er behauptet: *„Festung* bietet kein Ergebnis, das sich wie jenes der *Ermittlung* [von Peter Weiss, J.W.] ideologisieren ließe" (146). Das Konzept der Kommunikation bildet gleichwohl ein Strukturmodell, das die Möglichkeit einer neuen Darstellung eröffnet und darin deutlich über den Horizont mathematischer Proportionen hinausgeht.

[778] Darin liegt m.E. einer der wesentlichen Unterschiede zwischen *Festung* und *Krieg*, wo keine Präferenz für einen der widerstreitenden Diskurse erkennbar wird (siehe Weber 1992, 131). Als Gemeinsamkeit kann indes festgehalten werden, daß sich schon *Krieg* – wie Weber klar

keinerlei „Bedeutungstransport", sondern eröffnet eine Fülle von Beobachtungsmöglichkeiten. Anstatt einen vorgefertigten Zusammenhang zu vermitteln, *kommuniziert* er über Kritik und Kommunikation, erzeugt Differenzen und Lücken, in die das Verständnis des Rezipienten eindringen kann. Und, auch wenn diese These dem Ernst des Hauptthemas von *Festung* scheinbar zuwiderläuft:[779] die Überkreuzstellung von Beobachtung erster und zweiter Ordnung im Schema der fünf Akte ist eine punktgenaue Reflexion dessen, was in den Ausführungen zur Techno-Musik als wechselstromartige Dynamik zwischen DJ und Tänzer oder zwischen linearen und räumlichen Impulsen analysiert wurde. Je nachdem, welche gedankliche Perspektive der Leser oder Zuschauer einnimmt, sieht er sich sogleich den konkreten Illustrationen des Widerparts gegenüber und gerät in die charakteristische oszillierende Bewegung herein. Doch davon später mehr.

Die Relation der Außenakte findet auf der Ebene der gesamten Trilogie insofern eine Entsprechung, als sich *Kritik in Festung* und *Katarakt* nach einem ähnlichen Muster zueinander verhalten, mithin quasi die äußeren Elektroden bilden, in deren Spannung der Mittelteil steht. Dabei hat sich freilich erwiesen, daß die Kommunikation in den medialen Sprach-Differenzen von Einzel-*Festung* ganz anders strukturiert ist als in der Beziehung von Alter und Rezipient in *Katarakt* – dies dürfte auch erklären, weshalb Alter im zweiten Stück im wahrsten Sinne des Wortes nur am Rande auftaucht. In *Katarakt* ereignet sich die Kommunikation unmittelbar zwischen der Figur und den Zuschauern, in *Festung* dagegen zugleich zwischen den beiden bewußten Paradigmen und den einzelnen Akten. Man kann wohl sagen: Das Schlußstück der Trilogie untersucht gleichsam die „reine" Kunst jenseits der aktuellen medialen Diskurse, während der Mittelteil seine theatrale Sprache aus der Auseinandersetzung mit eben diesen gewinnen muß; darin bezeugt sich

---

herausarbeitet – einem Transport von Bedeutungen widersetzt und jeweils eine Rekontextualisierung durch Ausführenden und Rezipierenden erfordert (146).

[779] Natürlich liegt der Einwand nahe, es sei höchst unangemessen, wenn nicht blasphemisch, ein Stück über die NS-Verbrechen auch nur in die Nähe des Begriffs „Techno" zu bringen. Ich möchte dem zweierlei entgegnen. Erstens: selbst wenn man die vorgeschlagene Deutung nicht teilt, ist nicht zu leugnen, daß die Engführung von Ernstem und (scheinbar) Trivialen im Stück selbst angelegt ist und von Goetz in vielerlei Facetten reflektiert wird; insbesondere am Begriffspaar von Konzentration und Kommunikation kann man erkennen, worin der aufklärerische Effekt dieses Gestaltungsprinzips bestehen soll. Zweitens: wie v.a. in Kap. 2.3 erläutert, bezeichnet „Techno" in dieser Arbeit keine wie auch immer geartete Spaßkultur, sondern eine innovative Form der Darstellung, eine neue Schreib- und Denkweise, nicht weniger „ernst" als frühere.

zugleich die Schwerkraft von *Kritik in Festung,* das als einzelner Text die Möglichkeiten zeitgemäßer Kritik diskutiert, in der Binnenspiegelung in *Festung* aber den Pol der „Konzentration" verkörpert. Das Ineinander von Formen und Unterformen wird schließlich komplettiert durch die Sammlung *1989,* in der der Sprachraum der inneren Teile abgesteckt wird.[780]

3.2.4 Jeff Koons

Das Stück *Jeff Koons,* kurz nach *Rave* erschienen (1998),[781] ist der einzige Theatertext innerhalb der roten Werkgruppe. Benannt ist es nach dem amerikanischen Künstler Jeff Koons (*1955), auf den Goetz schon in früheren Arbeiten Bezug nimmt.[782] Gleichwohl enthält es kaum direkte Anspielungen auf sein Œuvre oder seine Biographie. Der Autor wurde in mehreren Interviews gefragt, was ihn zur Wahl dieses Titels bewogen habe – hier eine seiner Antworten: „Die Idee ist: Man gibt einen Namen vor, den Namen eines echten le-

---

[780] Vgl. Krankenhagen 2001, 128-141.
[781] *Jeff Koons* wurde am 18.12.1999 am Deutschen Schauspielhaus Hamburg in der Regie von Stefan Bachmann uraufgeführt. Was den Text betrifft, fielen die Kritiken mehrheitlich ablehnend bis vernichtend aus. Joachim Bässmann meinte, insgesamt sei *Jeff Koons* „von schier überwältigender Belanglosigkeit" („Penner im Rokoko-Kostüm", in: *Die Welt* vom 20.12.1999), Roland Koberg sah nur „höhere Klosprüche, abgerissene Sätze, aus direkter Rede gebastelte Reime oder Kalauer oder Bonmots" („Die Träume der Kinder und der Künstler", in: *Berliner Zeitung* vom 20.12.1999). Peter Iden geißelte die Produktion (die Inszenierung eingeschlossen) als „Debakel der stupidesten Art" („Bärenschiss", in: *Frankfurter Rundschau* vom 21.12.1999) und stemmte sich mit aller Macht, wenn auch erfolglos, gegen ihre Einladung zum Berliner Theatertreffen 2000. Er nutzte allerdings seine Position als Sprecher des Festivals, um im Festspieljournal nochmals seinen Standpunkt klarzumachen: „Jeff Koons' ist bemerkenswert als der äußerste Unfug, den sich ein Theater unter mutwilliger Preisgabe aller Ansprüche an sich selbst zumuten kann" (zitiert nach Matthias Ehlert, „Ohne Schockschmock", in: *FAZ* vom 18.05.2000).
[782] Z.B. in *Ästhetisches System* aus dem Band *Kronos:* „Ich glaube, meine Ethik hat die Gestalt der Kunst von Jeff Koons (intersubjektiv objektiver Idealrealismus); die Logik würde die der Malerei von Albert Oehlen haben" (Kro 374). – Einige Kritiker sahen den Grund für Goetz' Hinwendung zu Koons in einer gewissen Wahlverwandtschaft: „Koons und Goetz, da passt etwas zusammen", schrieb Rüdiger Schaper, „Beide nehmen die Welt, wie sie ist, als Ware frontal an. Mit Kinderaugen, staunend, ohne jeden Widerstand" („Bla, bla, bla. – Ja! Ja! Ja!!!", in: *Der Tagesspiegel* vom 20.12.1999). Jeff Koons war übrigens bei der Uraufführung anwesend und fand sie „great" bzw. „absolutely fantastic" (vgl. Ralf Poerschke, „Dialektik der Abklärung. ‚Great'", in: *taz* vom 20.12.1999, Werner Schulze-Reimpell, „Triumph des Kitsches", in: *Rheinischer Merkur* vom 24.12.1999).

benden Menschen, einer öffentlichen Figur. Und schafft so einen Hallraum.
Ruft gezielt Assoziationen und imaginären Text auf. Insofern ist der Titel
schon das halbe Stück. Und im Verhältnis dazu steht dann der reale Text des
Stücks. Das gibt tolle Aufladungen" (JZ 116).[783] Bei einer anderen Gelegenheit erläuterte er auch, was den „imaginären Text" in diesem Fall konkret
ausmacht; der Kritiker wollte wissen, ob *Jeff Koons* genausogut „Andy Warhol" heißen könnte. Goetz entgegnet klipp und klar:

> „Nein. Warhols Kunst handelt von Depression, Arbeitslosigkeit, Armut, der
> großen Weltkrise der 30er und 40er Jahre. Von der von da her bestimmten
> Sehnsucht nach Glamour und Frieden. Warhola: die Krieg-Holerin, das Loch.
> Jeff Koons schlägt die Augen auf, da ist alles schon in Ordnung. Er spricht von
> der Abgründigkeit, aber aus der Perspektive des Glücks. Das ist der Blickwinkel
> von 1962 bis 1991" (JZ 138).[784]

Auf der Inhaltsebene läßt sich das Wort von der „Perspektive des Glücks"
ohne weiteres nachvollziehen. Das Werk dreht sich um die Welt der Künstler
und der Partygänger; seine einzelnen Akte spielen im Club, im Theater, auf
Vernissagen oder gar im Bett. Anna Opel meint, Goetz sei hier „das leichtfüßige, vom Pop inspirierte Porträt einer selbstverliebten Kunstszene gelungen,
die kaum abzugrenzen ist von einer berufsjugendlichen Partyszene und ihrem
Jargon".[785] Ihrer Ansicht nach verweist der Name Jeff Koons im Stück auf
einen „Künstlertypus" – im Text sei ein gewisser „Gestus der Selbstinszenierung" bzw. eine entsprechende „Lebenshaltung" thematisch.[786]

Die augenscheinliche Simplizität des Sujets steht in einem eigentümlichen
Kontrast zu einigen konzeptionellen Finessen. Zum einen gibt es keine im
voraus festgelegten Rollen oder Figuren, sondern nur fortlaufende Rede ohne
Angaben zu potentiellen Sprechern[787] – vergleichbar mit Stücken wie *Bildbe-*

---

[783] Das Zitat stammt aus einem *Spiegel*-Gespräch mit Volker Hage und Wolfgang Höbel, zuerst erschienen in: *Der Spiegel* 50/1999 vom 19.12.1999, hier: S. 250.

[784] Aus dem Fax-Interview mit Wolfgang Huber-Lang, Erstabdruck in: *Format,* 17.04.2000. – Im bereits erwähnten *Spiegel*-Gespräch meint Goetz zudem, ihn interessiere Koons' Entwicklung von seinem großen Erfolg in den Achtziger Jahren hin zu seinem „riesigen, grotesken Scheitern" in den Neunzigern (JZ 116f.). – Zum Verhältnis von Goetz und Warhol (bezogen auf *1989* und Warhols *Tagebuch*) auch Winkels 1997, 97f., Schulze 2000, 322f.

[785] Opel 2002, 92.

[786] Ebd., 92.

[787] Ralf Poerschke („Dialektik der Abklärung: ,Great!'", in: *taz* vom 20.12.1999) bezeichnete die von Goetz gewählte Gattungsangabe „Stück" als „durchaus provozierende Falschetikettierung"; Florian Illies schrieb: „,Jeff Koons' nennt sich ,Stück', was aber im Grunde nichts

schreibung von Heiner Müller oder *Wolken. Heim* von Elfriede Jelinek. Zum anderen wirkt die Gliederung und Zählung äußerst irritierend. Das Werk beginnt mit dem „Dritten Akt",[788] später folgen der Erste, der Zweite, der Sechste und der Siebente Akt – nach einem Vierten und Fünften sucht man vergebens, es sei denn, man glaubte sie hinter den mit „Draußen" und „Nach der Pause" betitelten unnumerierten Teilen zu erkennen.[789] Zu alledem wird jeder dieser Abschnitte noch mit einer weiteren Ordnungszahl in römischen Ziffern sowie einer Überschrift versehen. Auf diese Weise ergibt sich als Gliederung:

Dritter Akt	III	Palette
Erster Akt	I	im Bett
Draußen	III	Die Gebückten vom Görlitzer Bahnhof marschieren auf
Zweiter Akt	II	Die Firma
Nach der Pause	IV	Die Eröffnung
Sechster Akt	III	Die Palette
Siebenter Akt	V	Das Bild

Angesichts der Überfülle von Bestimmungen schien es Goetz offenbar geraten, einige zusätzliche Erläuterungen hinterherzuschicken. Für das Programmheft zur Hamburger Uraufführungsinszenierung von Stefan Bachmann[790] entwarf er folgendes Schaubild:[791]

---

bedeutet. Auch daß es ‚Jeff Koons' heißt, meint nicht allzu viel" („So schauste aus", in: *FAZ* vom 03.11.1998).

[788] Die Ordnungszahlen über allen Akten werden im Text ausgeschrieben; um sie von der konkurrierenden Gliederung in römischen Ziffern abzugrenzen, schreibe ich sie hier im folgenden mit großen Anfangsbuchstaben.

[789] Florian Illies sieht in der verschobenen Zählung nichts weiter als billige Effekthascherei: „Auch daß er [Goetz] glaubt, es sei frech, ein ‚Stück' mit dem ‚Dritten Akt' zu beginnen, und dann erst den ersten folgen zu lassen, zeigt, wie sehr Goetz noch immer an die Provokation glaubt, die aus der Unterhöhlung von Traditionen erwächst" („So schauste aus", in: *FAZ* vom 03.11.1998). Gerhard Jörder hat immerhin eine Erklärung für das Phänomen parat: Das „Stück eröffnet mit dem dritten Akt, springt dann zum ersten, überschlägt andere ganz... Man ahnt (so platt, so richtig): In diesem Künstlerleben geht vieles kreuz und quer, drunter und drüber" („Zipfelchen vom Paradies", in: *ZEIT* vom 22.12.1999).

[790] Zur Uraufführungs-Inszenierung vgl. Opel 2002, 130f.

[791] In: Deutsches Schauspielhaus Hamburg, Spielzeit 1999/2000, *Jeff Koons*. Das Programmheft wurde komplett vom Autor gestaltet; das Schaubild befindet sich auf der Titelseite.

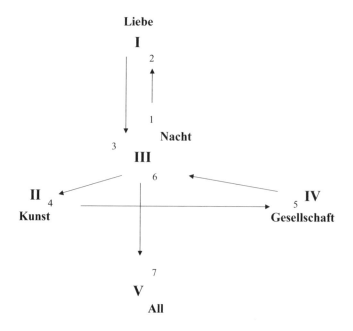

III   I   III   II   IV   III   V

In der Skizze geht es ausschließlich um die rechte Hälfte der ersten Tabelle, d.h. um die römischen Ziffern, denen hier je ein Begriff zugeordnet wird. Die arabischen Zahlen geben die Stellung an, die die mit der jeweiligen Ziffer assoziierten Akte im Ablauf des Stücks einnehmen; in der unteren Leiste wird dies nochmals wiederholt. In der nachstehenden Interpretation gilt das Augenmerk allerdings nur sekundär diesen Verständnishilfen, primär dem Haupttext sowie dem daraus gewonnenen Schema. Dabei ist u.a. zu untersuchen, weshalb die Zählung in der linken Spalte bis zur Sieben, in der rechten hingegen nur bis zur Fünf reicht, und auf welche Aspekte der Konstruktion die beiden Listen jeweils zielen.

Der Drei – egal in welcher Schreibweise – scheint im Gefüge von *Jeff Koons* besondere Bedeutung zuzukommen.[792] Zum einen bildet der Dritte Akt die Einleitung, zum anderen ist sie sowohl auf der rechten als auch auf der linken Seite die einzige Zahl, die sich der gewöhnlichen numerischen Reihenfolge

---

[792] Wie Weber 1992 erläutert, bildet die Ziffer drei auch in *Krieg* eine „fast magische Größe" (121).

widersetzt. Wenn die III im Schaubild als Chiffre der Nacht erscheint, so stimmt das mit den textimmanenten Hinweisen auf den dargestellten Zeitraum genau überein. Im abschließenden Siebenten Akt blickt der Sprecher auf „ein[en] Tag Leben und drei Nächte" zurück (JK 156)[793] – passend dazu werden genau drei Akte, nämlich der Dritte, der „Draußen-" und der Sechste Akt mit der III gekennzeichnet. Es ist zu vermuten, daß eben sie die drei Nächte repräsentieren.

Diese Akte gehören noch aus einem anderen Grunde zusammen. Alle drei setzen in einer vergleichbaren Situation ein, mit kurzen Dialogen zwischen Personen, die in einen öffentlichen, von vielen Menschen besuchten Raum hereingehen wollen: „Da kommen wir nicht rein. / Ich komme da rein. / Echt? / Klar, komm" – so der Text im Dritten Akt; beim Ziel ihres Strebens handelt es sich ebenso wie im Sechsten allem Anschein nach um einen Club (JK 15, vgl. JK 135).[794] Während hier die Sprecher selbst die Eintretenden sind, werden in „Draußen" andere Leute bei einem solchen Versuch beobachtet: „was wollen die denn hier? / wo? / da / keine Ahnung / die wollen hier rein / Quatsch / doch, schau" (JK 57) – hier bleibt der Ort unbestimmt. Neben den drei bewußten Akten wird auch „Nach der Pause" von einem Wortwechsel dieser Art eingeleitet: „Wie schauts aus? / super / wollen wir mal rein gehen? / unbedingt" (JK 109). Das Setting changiert dabei zwischen einer Vernissage und einer Theateraufführung.

Obwohl in allen vier Fällen das Wort „rein" bzw. „rein gehen" auftaucht, hat keines der Ziele etwas mit Beschaulichkeit und Privatsphäre zu tun; sie erweisen sich vielmehr als Spielarten des Unbekannten, kaum Überschaubaren. Der Dritte Akt läßt den Leser sozusagen hautnah miterleben, wie auf den oder die im Club gelandeten Sprecher eine Welle von Eindrücken hereinbricht: „Schon toll, so voll. So viel, so leicht. Beschmiert mit mir, zerkratzt ganz heiß. Die weiten Schriften, eingeniedet, die hohen Lieder abgestimmt"

---

[793] In einer selbstreflexiven Passage aus dem Zweiten Akt heißt es zudem, Gegenstand des Stücks sei „ein Wochenende Kunst" (JK 101). Dazu auch eine Bemerkung aus einem Interview mit Armgard Seegers (Hamburger Abendblatt): „Hier [in *Jeff Koons*, J.W.] also ein Wochenende, wo sich die Dinge, die im Kunstkontext real passieren, hintereinander abspielen. Insofern gibt es sogar eine Art Handlung, einen Plot" (JZ 127f.). Vgl. zudem Afa 732, s.u.

[794] Das Pendant im Sechsten Akt trägt denselben Titel wie das betreffende Bild im Dritten Akt: „Davor". Im Unterschied zu diesem ist ihm noch ein kurzer Abschnitt vorgeschaltet, die nur aus wenigen Worten bestehende Szene „im Bett" (JK 135).

(JK 16).⁷⁹⁵ Im darauffolgenden Bild „let the bass kick" reduziert sich alles auf das Hören der Bassdrum: „bum / tscha bum / tscha bumm tscha / bumm // verstehe // tscha bumtscha / bum bum / bum / tscha bumm // genau" (JK 17). In „Draußen" gewinnt das Motiv der Schwelle zum Anderen zudem eine soziale Dimension. Das Akt-Motto „Die Gebückten vom Görlitzer Bahnhof marschieren auf" verrät bereits, was für Figuren in den einzelnen Szenen erscheinen: überwiegend Penner und Fixer, also diejenigen, die von der Welt der Künstler ausgeschlossen sind. Passend dazu mündet die Eintritts-Situation hier in eine Schlägerei (JK 57f.).⁷⁹⁶

Das Gegenstück zu diesen vier Anfängen liefert die Eröffnung des Siebenten Akts: „dann ging ich raus // plötzlich war es still / und diese Stille // Ruhe / auch in mir / und ich atmete ein" (JK 155). Hier verläuft die Bewegung nach draußen, ins Freie, und statt der verwirrenden Wahrnehmungen spiegelt der Text nun innere Sammlung. Aber auch der Erste und der Zweite Akt lassen sich als Widerpart der genannten Gruppe betrachten. Beide beginnen in dyadischer Geborgenheit, d.h. mit einer Liebesszene.⁷⁹⁷ Während sich diese Thematik im Zweiten Akt im wesentlichen auf den Anfang beschränkt, schwelgt der Erste Akt über weite Strecken in einschlägigen Schilderungen, sein Titel lautet genau wie die Überschrift des ersten Bildes aus dem Zweiten Akt „im Bett" – in manchen Passagen wird mehr gestöhnt und geschrien als gesprochen (JK 37, auch JK 43f.). Die beiden Aufzüge bilden zudem insofern eine Einheit, als der Imperativ „komm" am Ende des Ersten (JK 52) zu Beginn des Zweiten Akts aufgegriffen wird (JK 73).

Liebe und Sexualität spielen auch in den übrigen Teilen von *Jeff Koons* eine Rolle. Sowohl im Dritten als auch im Sechsten Akt gibt es gegen Ende ein kurzes Gespräch mit den Worten „weg hier / von hier / mit dir / zu mir / mit mir / zu dir zu dir" (JK 32, vgl. JK 24) bzw. „zu mir? / oder zu mir / zu dir" (JK 149). Beide stellen quasi das Vorspiel zu den besagten Liebesakten dar, besonders deutlich im Sechsten Akt, wo sich an die Unterhaltung eben ein solcher anschließt – in den Bildern „im Bettchen" und „ganz toll", die überwiegend aus Zitaten aus dem Ersten und Zweiten Akt bestehen (JK 149f.,

---

⁷⁹⁵ Diese Passagen des Stücks sind stilistisch vom Sprechgesang des Rap inspiriert (dazu auch Opel 2002, 92).
⁷⁹⁶ Für Gottfried Krieger ist dieser Akt „gleichsam der letzte Rest an Gesellschaftskritik, die ja in Stücken wie ‚Festung' oder ‚Kritik in Festung' noch so zentral war" („Panter, Pop und Bär", in: *Stuttgarter Zeitung* vom 27.12.1999).
⁷⁹⁷ Stefan Bachmann reflektierte das in der Uraufführungs-Inszenierung, indem er ein Adam/Eva-Paar einführte, das die verschiedenen Eintrittssituationen meistern mußte.

vgl. u.a. JK 38, 73). Der Sechste Akt berührt sich ohnedies am stärksten mit dem Ersten und dem Zweiten, zumal er wie diese „im Bett" beginnt, ehe direkt danach der erwähnte Eintritt in den Club dargestellt wird. Diese Anfangsszene berichtet freilich vom Ende einer Verbindung: „Schatz / nein / ist aber wichtig / bin beschäftigt / mich ekelt vor dir / was? / es ist aus" (JK 135).

Faßt man die Beobachtungen zur Privat-/Öffentlich-Opposition zusammen, so kann man konstatieren: Die mit der Zahl III versehenen Akte sowie „Nach der Pause" sind insofern miteinander verwandt, als an ihrem Beginn ein Schritt ins Unbekannte, teils auch Überwältigende steht; der Erste und der Zweiten Akt sind dagegen in einer Sphäre der Geborgenheit angesiedelt. Der Sechste Akt vermittelt offenbar zwischen den beiden Lagern. Einerseits setzt er sich der verwirrenden Erfahrung des Nachtlebens aus, andererseits exponiert er auch intime Momente, und zwar in der Weise, daß beides ineinander übergeht: Am Anfang steht das Zerwürfnis des Paars, dann folgt der Club-Besuch, und daraus ergibt sich wiederum eine – sei es neue, sei es erneuerte – sexuelle Beziehung; insofern läßt sich hier eine Synthese der beiden Pole registrieren. Jenseits dieser Differenzen liegt der Siebente Akt, der mit der Bewegung nach draußen den Schlußstrich unter die vorausliegenden Auseinandersetzungen zieht.

Was soll man damit nun anfangen? Im Siebenten Akt begegnet man einem Künstler-Ich, das nach einer Ausstellungseröffnung das Erlebte in sich nachklingen läßt: „also allein jetzt wieder in der Galerie / das Fest war vorbei und die Gläser und Aschenbecher / waren zusammengeschoben in einer Ecke / und das Glimmen der Bilder / von allen Seiten her, die Erregung / die sie schaffen / und ihre Sanftmut zugleich / im Zeitspeicher gespeichert" (JK 158). Im Finale von *Jeff Koons* scheinen also Bilder vollendet, eine Projektreihe abgeschlossen zu sein.[798] Somit wäre zu prüfen, ob die übrigen Akte über die Genese dieser Werke bzw. von Kunst i.a. Auskunft geben, ob die Gegensätze von Intimität und Transgression mit gewissen Aspekten dieses Prozesses korrespondieren.[799]

---

[798] Der Schöpfer schlägt in seinem Glück sogar biblische Töne an: „und ich sah, daß es da, vor den Bildern / ja: wie es da war, war es denn gut? / daß es gut war, da / da war es gut / da war ich gern" (JK 158). All dies im *Siebenten* Akt, dem die Ziffer V („All") zugeordnet ist (s. Skizze).

[799] In einem Gespräch mit den *Falter*-Redakteuren Sebastian Fasthuber und Wolfgang Kralicek betonte Goetz, daß es in *Jeff Koons* um den Zusammenhang von Kunstproduktion und Lebensentwurf gehe. Auf die Frage, ob das Stück eher eine Komödie oder eine Tragödie sei, antwortete der Autor: „Also diese berühmte Bernhard-Frage: ‚Ist es eine Komödie? Ist es ei-

Ich beginne mit der Seite des Privaten. Der Zweite Akt schildert einen gelungenen Arbeits-Vormittag im Leben eines Künstlers. Es beginnt am Morgen, wie erläutert in Anknüpfung an den Ersten Akt; schon beim Frühstück kommt dem Meister eine verheißungsvolle Idee (JK 75). Als er später im Atelier mit seinen Mitarbeitern und seiner Sekretärin einige Dinge bespricht, wird er zwar von einem Interview unterbrochen (JK 82ff.), doch bald gelangt er zu „Konzentration" (JK 87) und zu inspiriertem Schaffen zurück. Daß er seine Vorstellungen in die Tat umzusetzen vermag, wird zum einen durch die ständige Wiederholung der Worte „es geht" suggeriert (in Nr. 16, JK 98ff.), zum anderen durch die Titel „Holzschnitt", „Skulptur" und „Skizze" über den drei letzten Szenen – die übrigen Überschriften verweisen noch nicht auf fertige Werke. Bedenkt man zudem den Unterton der Geborgenheit, der von der Verbindung zum Ersten Akt herrührt, so kann man sagen: Gegenstand des Zweiten Aktes ist die künstlerische Produktivität im Schutzraum des eigenen Umfelds, der eigenen Bild- und Gedankenwelt.

Komplementär dazu das Öffentliche. Wie erwähnt reflektiert der Dritte Akt die Überforderung der Sinne beim Eintritt in den Club. Innerhalb der Darstellung von Vorgängen und Wahrnehmungen rund um die Tanzfläche finden sich auch etliche Sätze, in denen ein Bildender Künstler im Moment der Inspiration, der ursprünglichen Idee zu einem neuen Werk erkennbar wird: „Wir gehen kurz, wir liegen, wir träumten, trinken, trieben. Die Steine an der festen Wand, die Augen, Stahl, und hart auch die Gesichter, irgendwie zu hart. Kommt rüber, er, auch sie, in ihr Gewölle, zum Teppich, an der Schnur. Weicht aus ins Weichere der Flüssigkeit, nimmt neben sich die leise Haut, baut Bild und Form aus Plastelin" (JK 16). Oder: „Man müßte praktisch toten Geist, am Ende dieses Jetzt-Zeit-Augenblicks, wie sich die zweite des da wiegt, gegen die erste von davor, auch so besamen können. Glaube schon, das geht. Daß da auch Antwort wäre, sozusagen. Wobei ja, eh klar,

---

ne Tragödie?' Eine der Ideen war auf jeden Fall, dass man für die tragische Weltlage des hochmodernen Menschen eine Theaterform findet. Tragisch insofern, als man sich heute für sein gesamtes eigenes Leben verantwortlich fühlt. Auf jedem Einzelnen lastet total die Produktionsverantwortung für Kultur als Gestaltung des eigenen Lebens. Deswegen hatte ich immer das Gefühl, dass die gegenwärtigen Zeiten für Theaterstücke sehr geeignet sind – viel stärker oder zumindest auf interessante Weise anders als zum Beispiel zum Ende des 19. Jahrhunderts, wo die Auflösung des bürgerlich Gesellschaftlichen das Thema war. Ende des 20. Jahrhunderts war diese Auflösung radikal fortgeschritten: Jeder steht dem Ganzen gegenüber alleine da" („Das Ding sollte knallen'", in: *Der Falter* 17/2000, 28.04.-04.05.2000).

Wirklichkeit hier steht für rot und Rotinstanz, als großes Buch, das sein Geist IST, in echt" (JK 28). Oder drittens:

> „Und er sieht vor sich, noch nie gemalt, so oft gesehen schon, ein Bild dieser Verbindung in Bewegung, schattig, dunkel, trotzdem völlig klar. Gestalten der Struktur. Ein Bund und etwas bißchen Nacktes. Ein Auge und ein Blick. Gedanke einer Gier. Die Zähne, die Lippen, die Farben dazu, gedacht nur die Farben, wortlos zuerst, in Worten gedacht schon die Worte dazu. Gefühl für Verhältnis, Distanz und Gewolltes, gespiegelt im Lidschlag, im weg ihrer Hand. Der Hals als ein Sieh mich, der Rauch auch nicht ohne. Das Zucken, der Stolz, die Regeln des Spiels. Versteh nicht, verstehe. Ich würde, wenn nur. Er könnte. Ich will nicht, ich weiß nicht. Ich soll so, in ihr. Moment mal, von vorne, noch einmal konkret. Die Wand mit den Schatten, Abstraktes gemischt. Die Mischung ganz echt, das Echte normal. Die Tat und der Plan, der Körper, die Absicht. Was sieht man vom Plan? Wie zeigte sich die Absicht? Der Takt ist gebrochen, bricht sich im Kopf, der Sound stört die Brechung, will Logik und Lied. Das Wippen, der Rhythmus, abstrakt ein: ja was? Die Korrespondenzen, und diese Geschichten, das muß doch zu machen sein, in einem Bild. Und immer: und dann? Ja eben, genau. Was dann? Das da natürlich, dann dies. Er sieht das da vor sich, genau" (JK 22f.).

Am eingerückten Zitat kann man beobachten, wie sich aus visuellen und auditiven Sinneseindrücken, aus den Bewegungen und dem Spiel der Geschlechter im Club sukzessive Farben und Worte herauskristallieren, wie aus alledem die Idee zu einem Bild heranreift. Beschreibungen von Klängen, Blicken und Begegnungen werden auf verwirrende Art und Weise mit bildlichen Assoziationen verquickt. Die einzelnen Sinne befinden sich quasi im Stadium der Ungeschiedenheit – und mit ihnen der Plan zum Kunstwerk, der noch eng an das gegenwärtige synästhetische Erlebnis gebunden ist, noch nicht anhand der verschiedenen handwerklichen Parameter konkretisiert und ausdifferenziert wird.

Das Motiv des Übertritts ins Öffentliche scheint also ebenfalls auf den Entstehungsprozeß von Kunst bezogen – auf die Konfrontation mit dem Unbekannten, auf die dadurch mitmotorisierte Inspiration. Der „Nach der Pause"-Akt bestätigt diesen Befund, beleuchtet aber eine spezielle Facette dieses Bedeutungskomplexes. In ihm zeigt sich eine Reihe von Eigentümlichkeiten, die in keinem anderen Teil von *Jeff Koons* vorkommen. Erstens tendiert der Text hier dazu, sich selbst bzw. die Bedingungen seiner Präsentation als Theaterstück zu reflektieren: Er thematisiert u.a. die Pause und die Reaktionen des Publikums bei seiner eigenen ersten Szene;[800] zudem wird aus anderen Akten zitiert.[801] Zweitens geht es auf der Inhaltsebene um Künstlichkeit, um das Verfließen von Sein und Schein – die Veranstalter der Vernissage inszenieren eine Prügelei an der Tür, spielen also mit dem „Einbruch des Lebens", der sich im „Draußen"-Akt in seiner realen Form ereignet.[802] Und drittens wird nur hier i.e.S. *über* Kunst geredet; Kritiker spekulieren über die soziologische oder philosophische Bedeutung von Bildern (u.a. JK 113, 119f.).

Alle drei Punkte weisen in dieselbe Richtung. Ähnlich wie in *Kritik in Festung* wird das „Beobachten zweiter Ordnung" untersucht, der Blick von außen, der ein vermitteltes Verhältnis sowohl zur Wirklichkeit als auch zum Kunstwerk impliziert. Indem Goetz „Nach der Pause" als Vernissage gestaltet, benennt er den sozialen Ort dieser Rede (die Kunstszene). Im Blick steht gleichwohl nicht nur die Öffentlichkeit für sich genommen, sondern Kritik als Dimension der künstlerischen Hervorbringung. Das verdeutlicht die motivische Korrespondenz zwischen den Initiations-Szenen zu Beginn des Dritten und des „Nach der Pause"-Akts (sowie den beiden übrigen Schwellen-Akten). Freilich ist die Auseinandersetzung mit dem vielstimmigen Gewirr

---

[800] Die betreffende Passage findet sich in der zweiten Szene, dem Abschnitt unmittelbar nach dem obligaten „Hereingehen": „der Vorhang fällt / der Vorhang ist gefallen / der Vorhang hebt sich / und die Pause kommt / dann Pause aus / das Licht erlischt / das Murmeln stirbt / Musik wird leiser / Stille kurz // der Vorhang geht jetzt wieder hoch / und licht im Licht / ein Ah / Ooh / I / die neue erste Szene / die Eröffnung, ja // und es beginnt" (JK 109). „Die Eröffnung" ist tatsächlich der Titel der vorgeschalteten ersten Szene – kaum hat der Akt begonnen, thematisiert er sich selbst.

[801] Im Anschluß an die zweite Szene wird ein Märchen erzählt, das von einem Künstler und einem König handelt, doch auf einmal bricht es ab, und eine neue, wiederum als „Die Eröffnung" bezeichnete Szene hebt an: „Moment mal, Augenblick. Anders. Da drüben ist noch was, was war denn da? Ach so, ja, stimmt, die Eröffnung. Ist ja klar. Also gut. Erst mal an der Türe, dann drin, dann wieder an der Türe" (JK 111). Der Blick der Selbstreflexion reicht nun noch weiter zurück – „An der Türe", „drin" und „Türe" sind die Überschriften des 2., 3. und 15. Bildes aus dem Dritten Akt. Weitere Zitate stammen aus dem „Draußen"-Akt (s.u.).

[802] Nachdem sich im Text die Szenerie einer Vernissage etabliert hat, bricht im 8. Bild ein Tumult aus, weil ein paar ungebetene Gäste gewaltsam einzudringen versuchen. Es scheint genau das gleiche zu passieren wie in „Draußen", eine Prügelei, doch als die Polizei eintrifft, entpuppen sich die vermeintlichen Raufbolde – auch wenn es nicht eindeutig geklärt wird – als Schauspieler: „Die Schläger schauen sich die Bilder an. / Jetzt beginnt die Debatte, was das jetzt war. / Ein Ausbruchsversuch des Lebens, / oder der Einbruch der Kunst / aus den künstlichen Bildern in diesen Raum hier? / Nur inszeniert? Was ganz was Perverses?" (JK 124).

von Deutungen und Meinungen ganz anderer Art als die Bilderfülle eines Clubs – wohl der Grund, weshalb Goetz hier die IV („Gesellschaft") statt der III verwendet.

Die motivische Opposition von Intimität einerseits und Transgression andererseits läßt sich somit als Reflex zweier Momente des kreativen Prozesses auffassen. Zum einen geht es um das ungestörte, gleichsam träumerische Erspüren innerer Bild- und Klanghorizonte und um deren Realisation im Werk, zum anderen um die Kraft äußerer Irritationen, ob im Feld des Sinnlichen oder in dem der intellektuellen Kommunikation. Die Frage nach der Entwicklung hin zu den Bildern aus dem Siebenten Akt ist freilich noch ungeklärt; bislang wurde dies nur in Abhängigkeit von der Privat/Öffentlich-Dichotomie diskutiert. Insofern sind nun die übrigen Passagen zu untersuchen, die vom Konzipieren, Betrachten und Besprechen sei es möglicher, sei es bereits vorliegender Artefakte handeln und die allgemein über das Verhältnis von Wort und Bild Aufschluß bieten.

Was den Dritten Akt betrifft, wurden die relevanten Stellen bereits zitiert. Dabei zeigte sich eine enge Verschmelzung von visuellen Elementen und sonstigen Wahrnehmungen bzw. Reflexionen. Wort und Bild bewegen sich hier offenbar auf der mehrfach erwähnten „gemeinsamen Verschiebe-Ebene", von der in *Abfall für alle* die Rede ist (vgl. u.a. 1.2.3) – eine Besonderheit des Dritten Akts; in den übrigen Teilen von *Jeff Koons* treten derartige Phänomene nur in sporadischen Ansätzen auf. Der Erste Akt und „Draußen" liefern hinsichtlich der Kunst-Problematik kaum direkte Anhaltspunkte. Eher schon der Zweite Akt, in dem die Genese eines oder mehrerer Werke dargestellt wird (s.o.). Interessant ist v.a. das Ende von Szene 16, die Beschreibung einer Skulptur des Künstlers:

> „das wäre also die Skulptur hier / so in etwa dargestellt / und sie zeigt ihn / momentan im Augenblick / wie er sich eben sieht, in dem Moment / da hängt ja was, an einer Hand / ein Stück Papier, beschrieben offenbar / mit den bekannten Zeichen, die aus Worten Sinn / aus Sinn Erscheinung machen / leuchtend, diese Dinger / kann man gar nicht anders sagen / äußerst einleuchtend den Sinnen, Text / mit anderen Worten, ein Stück Text hängt da / tatsächlich, ja, und zwar die Skizze ist das, ja / da hängt doch echt die Skizze / an der einen Hand und winkt im Wind" (JK 100f.).

Während Bild und Sprache im Dritten Akt ineinander fließen, erscheinen sie hier voneinander abgehoben. Es wird geradezu überdeutlich signalisiert, daß sich die Schriftebene innerhalb des Kunstobjekts ausdifferenziert, da zu der

Skulptur ein Text gehört, der als Form in der Form eine Skizze des Ganzen enthält. „Skizze" ist zugleich die Überschrift des darauffolgenden Abschnitts, in dem über das Stück und seinen Inhalt reflektiert wird[803] – die Tendenz zur Verselbständigung von Schrift und Denken setzt sich fort.

Nochmals anders liegt der Fall in „Nach der Pause", dem Galerie-Akt. Hier wird geschildert, wie die Gäste der Vernissage die Titel über den Exponaten studieren und darüber plaudern:

> „Mann mit roter Pferdedecke / vor den großen Bildern / großer Auftritt / Lichter, Glanz, klingt schön // Mann mit dicker Fellmütze / der Mann mit Frau, die Frau mit Hund / der Hund mit Hündchen und mit Maus / die Maus mit Mäuschen und mit aus die Maus // die Frau mit Ding, der Mann mit Loch / Skulptur aus Glas mit ganz viel Sexualität // dann diese Sache da aus Marmor, riesen groß / aha, so so, das ist ja wirklich kraß / brutal, das ist ja richtig geil // die Blumen und die Vögelchen / die Bienchen und die Tierchen / och Gott, du liebe Güte / süß, Mensch, und aus Holz geschnitzt / dann farbig angemalt in bunt // ein rosarotes Tortenstück / in groß und echt, ein kleines Baby / und noch mehr Geschmack und Niedlichkeit / ein Polizist mit Bär in Kinderwelt" (JK 118f.).[804]

Ähnliches geschieht im Sechsten Akt, mit gesteigerter Intensität. Am Anfang erscheinen die Impressionen und Gespräche nicht sonderlich anders als im obigen Zitat: „nackte Frau / allein / mit sich beschäftigt / lustlos, genervt, geschäftsmäßig […] ganz schönes Bild / schön nennst du das? / wie denn sonst? / finster, bitter, weiß nicht / aha" (JK 138f.). Dann tauchen im Reden über die Werke aber erste Aspekte auf, die über das simple Anschauen hinausgehen und eine tiefere Einfühlung in den Geist der gemalten Szene verraten: „Frau die schreit / keift, brüllt, schimpft / sich hysterisch überschlagende Stimme / extrem penetrant" – es dreht sich nach wie vor um Bilder – „Mann / der abgewendet steht / eingefroren / starr / er wartet // dafür wird er bluten / das werden wir ja sehen / ich habe keine Angst mehr / von welchem Geld denn bitte? kaputter Typ, kaputte Frau" (JK 140f.). Wird hier ein Streit zwischen den dargestellten Menschen imaginiert, so erweckt die nächste Beschreibung den Eindruck, als werde nun auch der Betrachter selbst in den Dialog, d.i. in die internen Auseinandersetzungen des Bildes hereingezogen:

---

[803] An der betreffenden Stelle heißt es: „Kunst / ein Wochenende Kunst / die Kneipe / und das Atelier / die Galerie und die Gebückten / die Gebückten vom Görlitzer Bahnhof / marschieren auf / ein Stück / in sieben Akten / schön knapp abgepackt" (JK 101).

[804] Diese Beschreibungen sind den Arbeiten des realen Jeff Koons stilistisch nachempfunden, lassen sich aber offenbar nicht auf konkrete einzelne Werke beziehen.

„Offenheit, Schutzlosigkeit, Präzision / banal, grandios und alltagsmäßig tragisch trashig / Bild im Bild, Momente, Melodie // darf ich auch mal?, was? / mit dir ficken?, Moment / wieso?, weil er noch bißchen braucht / warum schnauft der so? / der ist so aufgeregt, warum? / wegen mir, echt?, ja / ist ja toll, so, jetzt, was? / jetzt darfst du, ist er jetzt fertig?, ja / aha, komm her jetzt, wie? / so, so?, genau / und das da / ja? / das stecken wir da rein / warum?, weil das da hin gehört, ach so […] er macht den Handel / zahlt das Geld / er nimmt die Ware / fort hier / fort" (JK 142f.).

Hier wird offen gelassen, ob der Freier der Prostituierten auf der Leinwand zu sehen ist oder ob er der Phantasie des Rezipienten entspringt, ob damit dessen besondere Beziehung zum Bild ausgedrückt werden soll. Unabhängig davon ist zu erkennen, daß den Werken in zunehmendem Maße Leben eingehaucht wird, erheblich mehr als in „Nach der Pause", wo die Unterhaltungen über Kunst an der Oberfläche bleiben und eher die gesellschaftliche Komponente im Vordergrund steht. Was die Frage nach dem Verhältnis von Sehen und Sagen betrifft, so ergibt sich aus alledem folgendes: Die Pole von Bild und Schrift, im Dritten Akt noch untrennbar zur Einheit verschmolzen, sind im Zweiten, Sechsten und im „Nach der Pause"-Akt bereits auseinandergetreten – wohlgemerkt auf beiden Seiten der Privat/Öffentlich-Differenz; schließlich gehört der Zweite Akt dem einen, die beiden übrigen dem anderen Lager an. Die Assoziationsflut des Club-Erlebnisses hat sich zu Bildern bzw. Bildentwürfen materialisiert, und daher fällt den Worten nun der Part eines *Gegenübers* zu, etwa in Form von Konzepten („Skizze") oder mehr oder minder äußeren Sinnzuschreibungen.

Um die Entwicklung exakt darzustellen, sei ihr Zielpunkt – der Siebente Akt – nochmals unter die Lupe genommen. Bislang wurden zwei seiner Charakteristika genannt, durch die er sich von allen übrigen unterscheidet: erstens das Motiv des Hinausgehens, das Pendant zu den Eintrittsszenen am Anfang der vier Schwellen-Akte, zweitens der beglückte Gedanke an die fertigen Bilder in der Galerie – im Sechsten Akt und in „Nach der Pause" erscheint ihre Energie eben noch nicht „im Zeitspeicher gespeichert" (s.o.), sondern entfaltet aktuell ihre Wirkung. Als drittes Moment wäre nun hinzuzufügen: Im Siebenten Akt stehen alle Sätze, in denen ein Sprecher-Subjekt markiert wird, in der 1. Person Singular. Während ansonsten im Stück die Perspektive ständig wechselt, redet hier auf einmal durchgängig ein Ich.[805] Verweist dieser

---

[805] Dieses Ich erfährt im letzten Absatz noch eine Potenzierung: Nachdem der Monologführer erzählt hat, wie er in der Galerie seine Werke betrachtet, fügt er am Ende hinzu: „und sah

Sprung auf das Stadium der Werke, zeigt der „beruhigte Blick" ihre Fertigstellung an?

Diese Annahme erhärtet sich durch einen Vergleich mit dem Ersten Akt, nach beiden Zählungen – sowohl auf der rechten als auch auf der linken Seite der Tabelle – der Beginn des textinternen Prozesses. Wie erläutert ist er der Akt der Liebe, der innersten Intimität, der dyadischen Geborgenheit. Zwar werden die Freuden der Liebenden mitunter auch von außen geschildert, doch insgesamt dominiert die Innensicht des Paares, das sich selbst im Gebrauch der Sprache miteinander zu vereinigen scheint: „Gespräch über alles / die Worte des Zarten / ganz leichte Sätze // weil du da bist / weil ich dich spüre / weil wir wir sind" (JK 46), „weil du mich / und ich dich / weil wir uns" (JK 47) oder: „du überall hin / abgeschleckte Haut / mein hart und weich / mein weiß und naß / gespritzter Bauch // mein Schoß / so geil / mein Schlecken / und all // mein du / und mein ich / mein alles für dich" (JK 50). Mann und Frau, hart und weich, Ich und Du – alle Gegensätze streben nach dem Vorbild der Romantik[806] ihrer Versöhnung zu. Im Unterschied zum individuierten Ich am Ende von *Jeff Koons* artikuliert sich hier eine (Doppel-)-Stimme *vor* der Entäußerung in die Prosa der Wirklichkeit; die Auseinandersetzungen, auf die der Maler nach der Feier zurückblickt, stehen ihr erst noch bevor. Der Erste Akt liefert sowohl inhaltlich als auch strukturell das Gegenstück zum Siebenten Akt. Sein Schauplatz ist „drinnen", es gibt noch keine Hinweise auf Bilder, und sein Subjekt ist ein dyadisches Paar-Ich (bzw. -Wir).

Insofern erscheint ein Zusammenhang zwischen dem Entwicklungsstand der Werke und der Sprecher- bzw. Beobachtungskonstellation des jeweiligen Aktes plausibel. Wie schlägt sich das nun in den Akten zwischen den beiden Enden nieder? Nach den obigen Betrachtungen muß einer der Zwischenstationen in dieser Hinsicht besondere Aufmerksamkeit gelten: dem Sechsten Akt, in dem sich ein Dialog zwischen Werk und Betrachter entspinnt. Wenn die Blickführung des Stücks mit dem Werden des Bildes korrespondiert, ist zu

---

ihn das sehen / und aufatmen, nicken und gehen / und ging also heim / nach Hause / schon müde beinahe / und hörte es bumpern im Herzen / ba dum, ba dum / hielt still / kurz, und lauschte" (JK 158f.). Mit „ihn" kann nur der Künstler gemeint sein. Offenbar war das Erzähler-Ich mit ihm zuvor verschmolzen und spaltet sich nun von ihm ab, obwohl sich im doppeldeutigen Bezug des Gehens eine fortwährende Nähe bezeugt.

[806] In diesem Kontext sind auch die Anspielungen auf Novalis zu verstehen, die in eben diesen Passagen auftauchen: „dunkelblau: schönste Farbe der Welt […] alles Nichtbeachtete und Nichtbedachte / soll in ihrem Kosmos der Gekrümmten / König sein und Königin" (JK 48f.).

vermuten, daß diese Zwiesprache nicht nur eine Intensivierung der Rezeption, sondern zugleich einen Schritt innerhalb des Schöpfungsprozesses von Kunst bedeutet.

Im Sechsten Akt gehen die Bildbeschreibungen nach der zitierten Stelle, dem Geplänkel zwischen dem Freier und der Prostituierten, noch weiter. Zunächst richtet sich der Blick auf ein Gemälde mit einem betrunkenen Mann, der seine Frau schlägt (JK 143), dann folgt ein „Motiv / am anderen Ende des Bodens" bzw. ein „Bild der Gegenwart" (JK 144) und schließlich als „letztes Bild" das Porträt eines Schreibenden – und dieser Text ist wiederum sehr wichtig:

> „Typ am Schreibtisch, Stift in der Hand / steht auf, schreibt, steht wieder auf, geht auf und ab / schreibt, Bücher am Boden, Papiere, alles da voll / Kopf gesenkt, schreibt da also, nickt / und steht wieder auf / geht auf und ab, redet, redet da dauernd / schreibt, was er redet, nickt, wie er schreibt / schreibt, wie er spricht, nickt mit dem Kopf / wippt mit dem Knie, schreibt, was er hört / hört, was er denkt, denkt, was er sieht / Bilder, aus Worten, Sache der Stille / und Lärm, sehr großer Lärm" (JK 145).

Diese Zeilen dienen als Überleitung zu den anschließenden Szenen, die allesamt im Club spielen und mit ihren Titeln („beim Tanzen", „an der Bar", „direkt daneben", „am Boden" und „an der Türe") durchweg auf Zwischenüberschriften aus dem Dritten Akt Bezug nehmen. Die Verbindung zur ersten „Nacht" von *Jeff Koons* wird noch durch weitere Aspekte unterstützt: durch die Wiederholung des „zu dir / zu mir"-Gesprächs (s.o.), überhaupt durch motivische und lexikalische Übereinstimmungen wie „Gewölle", „einen bauen" oder „schon toll so" (JK 144, 146f., vgl. JK 16, 22).

Die Beschreibung des „Typen am Schreibtisch" bereitet die Club-Nummern zum einen vermittels des Hinweises auf den „sehr großen Lärm" vor, zum anderen insofern, als der Gemalte „Bilder aus Worten" sieht. Wie insbesondere eine Bemerkung zu Richard Meier und dem Getty belegt (JK 147), wird die Grundsituation – d.h. das Betrachten von Bildern – in den Club-Szenen keinesfalls einfach verlassen. Vielmehr hat es den Anschein, als verkörperten diese gleichsam eine Erweiterung der Dialoge, die als Reflex der Einfühlung in die Exponate gedeutet wurden. Wenn in den Miniaturen geschildert wird, wie Leute auf einer Party miteinander verkehren, so meine These, dann handelt es sich dabei auf einer bestimmten Ebene um szenische Phantasien, die von den Schöpfungen des Künstlers freigesetzt werden – eben um „Bilder aus Worten", versprachlichte Malerei.

Weshalb wird nun gerade aus dem Dritten Akt zitiert? Dieser Teil von *Jeff Koons* steht nach der hier geübten Lektüre für die künstlerische Inspiration, für das diffuse Anfangsstadium einer Werk-Idee, in der Bild und Wort noch unentwirrbar ineinander verschlungen sind. In den Ausführungen dieses Kapitels wurde zudem darauf hingewiesen, wie sich diese Einheit sukzessive auflöst; auch das Motiv der Bildbetrachtung ließ sich im Sinne einer Emanzipation der Sprache, einer dualistischen – und damit vom Medium der Sprache beeinflußten – Gegenüberstellung interpretieren. Wenn nun aber zahlreiche Elemente aus dem Dritten Akt im Sechsten wiederkehren, und zwar in einer Szenenfolge, die als Reihe von „Bildern aus Worten" angekündigt wird, darüber hinaus innerhalb einer Situation, in der Gemälde angeschaut werden, dann darf man folgern: Hier wird die Mitte von Bild und Sprache/Denken *aus der Distanz heraus* erreicht. Was im Dritten Akt in ursprünglicher Ungeschiedenheit versammelt war, fügt sich nach dem Durchgang durch die Trennung wieder zusammen – analog zur Beobachtungskonstellation, in der sich die Isolation des Betrachtens mit dem Club-Wir vereinigt.[807]

Somit bestätigt sich die Vermutung, wonach die Blickführung des Texts mit der jeweiligen Stufe der Werkgenese verklammert sei. Indem Goetz die bildgebundenen Dialoge ausweitet und in die Szenerie des Dritten Aktes hinübergleiten läßt, reflektiert er eine Etappe auf dem Weg zum fertigen Opus: die Phase, in der die Eingebung die Konfrontation mit den Denkkriterien der Kunst-Öffentlichkeit (vgl. „Nach der Pause") bewältigt hat und wieder zu ihrer anfänglichen Sinnlichkeit zurückgelangt. Der Erste Akt spielt vor, der Siebente dagegen nach der Entstehung des Kunstwerks. Die durchgehaltene Ich-Perspektive im letzteren wäre dementsprechend ein Zeichen dafür, daß die Formprozesse zum Stillstand gekommen sind, daß die aktuellen Beobachtungen keine Verwerfungen zwischen Innen und Außen mehr nach sich ziehen – man denke an *Die Kunst der Gesellschaft* (s.o., 2.2.3), sondern zu einer gewissen Objektivierung gefunden haben. Am höchsten schlägt das Herz des Stücks indes im Sechsten Akt. Zum einen laufen hier die beiden großen Schienen von *Jeff Koons* zusammen (Intimität und Transgression, s.o.), zum anderen ereignet sich eine Synthese von Beobachtung erster und

---

[807] Ein weiteres Argument für diese Deutung besteht darin, daß die erste Serie von Bilderbetrachtungen mit dem Konterfei eines Schreibenden abgeschlossen wird (s.o., JK 145). Ähnlich wie bei der „Skulptur" mit der Skizze in der Hand des Künstlers, der 16. Szene des Zweiten Akts, bricht die Schrift ins Sichtbare ein, das Erreichen eines höheren Abstraktionsgrades wird signalisiert, und genau das erfüllt sich in den „Bildern aus Worten".

zweiter Ordnung. Im Zuge der Analyse ist hervorgetreten, daß die Beziehungen zwischen den einzelnen Akten zumindest partiell nach diesem Muster strukturiert sind – der Zweite bildet eine vermittelte Weiterführung des Ersten Akts, „Nach der Pause" spielt mit Handlungselementen aus „Draußen". Der Sechste Akt begnügt sich hingegen nicht damit, den Inhalt des Dritten in die Perspektive der Beobachtung zweiter Ordnung zu setzen, sondern nimmt eine Rückverwandlung in die Beobachtung erster Ordnung vor.

Und die Verbindung zu Techno? Nach dem eben Gesagten fällt die Antwort nicht schwer – schließlich ist der Wechsel von Konkretion und Abstraktion ein Hauptmerkmal dieser Ästhetik. Da es gerade das Anschauen von Kunstwerken ist, was den künstlerischen Entstehungsprozeß vorantreibt, da die bewußten Szenen des Sechsten Aktes der scheinbaren Passivität des Betrachtens entspringen, liegt hier eine ähnliche Struktur zugrunde wie bei der Dynamik zwischen DJ und Tänzermasse.[808] Der Maler läßt sich von den sei es realen, sei es imaginären Reaktionen der Rezipienten zu neuen Wahrnehmungen und Manövern bringen und eröffnet damit die vielbeschworene Oszillation von Beobachtung erster und zweiter Ordnung. Je reicher die Ausgestaltung der Betrachtungs-Szenen, desto größer die Bereitschaft zum Geführtwerden durch den Blick der Vielen. Parallelisiert man die visuelle Sinnlichkeit mit der musikalischen, so entspricht der Dritte Akt der unmittelbaren Eruption, den Party-Hits aus *Rave*, der Sechste dagegen der zweiten Ekstase nach der zwischenzeitlichen Irritation (vgl. Exkurs) – das führt wiederum auf die technoide Spannung von linearen und räumlichen Komponenten zurück.

Zum Schluß noch zwei Ergänzungen. Erstens ist zum Verhältnis von Sprache und Bild hinzuzufügen, daß der Text des Stücks *Jeff Koons* unabhängig vom Motivkomplex der Bildbetrachtung danach strebt, *im eigenen Medium* in die Zonen des Sinnlichen vorzudringen. Indem die Schrift den Umschlag in neue Sichtbarkeit, in die „Bilder aus Worten" mitträgt, forscht sie zugleich

---

[808] Daß eine Verbindung zu Techno besteht, meint auch Florian Illies: „[E]s ist nicht nur so, daß das Wummern der Techno-Bässe, die durchtanzten Nächte den Hintergrund dieses Buches [*Jeff Koons*] bilden. Es ist vor allem auch das große Verdienst von Goetz, den pochenden Rhythmus dieser neuartigen Musik in eine rhythmische Sprache übertragen zu haben" („So schauste aus", in: *FAZ* vom 03.11.1998). – Ich habe in meiner Deutung eine andere Begründung für diese These angestrebt, da sich der sprachliche Rhythmus des Stücks m.E. nicht mit hinreichender Eindeutigkeit als technoid bezeichnen läßt. Z.B. zeigt Anna Opel, daß gewisse Passagen vom Rhythmus her an Rap erinnern (Opel 2002, 92, s.o.). – Die Affinität zu Techno stellte u.a. die Wiener *Jeff Koons*-Inszenierung von Joachim Lux in den Vordergrund (Premiere am 20.04.2000).

innerhalb ihrer selbst nach Ventilen für ihre Sehnsucht. Mit dem größten Nachdruck geschieht das im „Draußen"-Akt. Das folgende Zitat stammt aus der mit „rote grau" betitelten sechsten Szene:

> „Dann kommt die andere dazu, sie sagt, / sie sei so rauh. / Ach, echt? Tut das denn weh? / Sie sagt, sie sage nichts, sie rede nur, / sie habe nichts zu sagen hier. / Versteh ich nicht, meint er, wieso, und sie, / das sei vom Innenstandpunkt her / gesehen typisch dann. / Dann wird zu man, die braune grau, / verstehe er, sie führt ihn ein, ins Au, / hinaus ins Aus, des äußeren der Laute Haut, / geäußert so. Ein Ah, aha, verstehe, er, und sie, / sie weiche nicht. Im schon ein schön, / so ineinander, sie. // Die Sprache, sie brach sie, sie nahm sie, wie jede. / Sie sagte zur Rede, sie lebe. / Sie gehe und laufe, sie sei nicht so fest, / sie lasse das Nasse, sie trinke, er auch. / So sinke, sie weiche, er schweige schon offen / der Sprache gefolgt, gebrochen, im Trieb" (JK 61).

Die Begegnung zwischen „ihr" und „ihm" läßt sich im Sinne einer Öffnung für einen „sinnlicheren", d.h. mehr an der lautlichen Qualität orientierten Gebrauch von Worten auslegen. Zwar weiß „er" mit ihrem Bekenntnis zu einer nichtreferentiellen Sprachpraxis – „sie" behauptet, nur zu reden und nichts zu sagen – zunächst nur wenig anzufangen, doch es gelingt „ihr" bald, „ihn" von seinem „Innenstandpunkt" wegzuführen; das von „ihr" fixierte „Aus" steht insofern für ein stärker körperbezogenes Sprechen, als es vom „Au", der unmittelbaren Schmerzensäußerung hergeleitet wird. Die Tendenz zu einem freien, auf klangliche Nuancen zielenden Spiel mit Signifikanten läßt sich bei der Lektüre von *Jeff Koons* vielerorts registrieren; sie ist dem textinternen Trieb hin zur Fülle des Visuellen zuzuschreiben.[809]

Zweitens gilt es noch das Rätsel um die obige Tabelle aufzulösen und zu klären, was es mit den beiden verschiedenen Zählungen auf sich hat. Im Zuge der obigen Analysen hat sich zwar die Bedeutung der einzelnen römischen

---

[809] Im bereits zitierten Faxinterview mit Wolfgang Huber-Lang meinte Goetz dementsprechend: „Es geht in dem Stück [in *Jeff Koons*, J.W.] ja auch um die Spannung zwischen Bild-Kunst und Text; um Sehnsucht nach Übersetzung. Um die Dinge des Schreibens, das an der dem Bild entgegengesetzten Wort-Kunst arbeitet; um Gesang" (JZ 139). Daß die Sucht nach dem Sichtbaren im Text selbst verhandelt wird, ja sogar eines seiner zentralen Themen darstellt, ist zugleich der Grund dafür, weshalb Goetz ausgerechnet bei *Jeff Koons* im Gegensatz zu seinen sonstigen Gepflogenheiten gänzlich auf Illustrationen innerhalb des Buches verzichtet (dazu auch Afa 499). – Ein schönes Beispiel für den besagten freien Umgang mit Signifikanten bildet die Parallelstelle zum zitierten Passus aus „Draußen", ein Monolog aus dem Zweiten Akt: „muß schauen im Rauhen / hab Hautau, bin krank / muß gehen und suchen / und kauern und lauern / die Weihe bedrücken / vor rein den so hasten / und wieder da kucken / und hürgen [sic] so rot" (JK 94f.).

Ziffern – auch unter Zuhilfenahme des Hamburger Schaubildes – mehr oder minder herauskristallisiert; der Sinn der linken Spalte sowie der Gegenüberstellung als solcher liegt jedoch noch im Dunkeln. Im Zweiten Akt gibt es eine Stelle, die hier weiterzuführen vermag; die Zahlen 5 und 7 tauchen dort im gesprochenen Text auf: „konkret geht es an diesem Morgen […] um jene sieben riesen Bilder / die fünf gewaltigen Skulpturen, / die neu und fertig sind / seit vorgestern" (JK 81).[810] Diese Bemerkung ist deswegen erhellend, weil Goetz im Internet-Tagebuch just die Unterscheidung zwischen Skulptur und Malerei (sowie Zeichnung) verwendet, um die spezifischen Besonderheiten verschiedener Formen des Schreibens zu kennzeichnen: „Theatertext ist von der Grundaufgabenstellung her SKULPTUR, das ist dieses Energiemomentum, das ist so anstrengend daran. Theoretisch Argumentatives, wie jetzt hier, ist Zeichnung, Erzählerisches Malerei" (Afa 441).

Steht die linke Tabellenhälfte also für das „Erzählerische", die rechte hingegen für das „Energiemomentum", für die atemporale Struktur von *Jeff Koons*? Daß es die fünf römischen Ziffern sind, denen im Programmheft die bewußten allgemeinen Begriffe zugeordnet werden, spricht für diese Deutung. Trotzdem bleibt die Frage nach der Funktion der doppelköpfigen Anlage. Goetz hat sich in *Abfall für alle* mehr oder minder direkt dazu geäußert:

„Die Außenordnung gehört […] tief ins inhaltlich Innerste der formalen Vorphantasie vom Ganzen einer Sache: eine kleine Erzählung in fünf Teilen, fünf Tage, Dekonspirationen. Oder eben ein Stück, das sich an einem Wochenende, jedoch in sieben Akten abspielt, beispielsweise, wie Jeff Koons. Der liebe Gott hat sich bei Erschaffung der Welt auch von der Ordnung der Woche inspirieren lassen, völlig normal. Zahlen, Geometrie, Musik und Schöpfung hängen eben zusammen. Wenn räumliche und zeitliche Ordnung sich widersprechen, oder zumindest miteinander interferieren, kann es sachlich richtig und ganz logisch sein, mit dem Ort des zentralen dritten Akts zu beginnen, dorthin zweimal zurückzukehren, und doch zugleich die örtlich darum herumgruppierten anderen Akte in der ihnen entsprechenden zeitlichen Reihenfolge zu benennen: erst die Liebe, dann die Kunst, dann der nächtliche Exzeß im Club. Und losgehen tuts im Club, in der Palette, ist doch klar. Sage ich den Leuten, die es doof finden,

---

[810] Die Zahl Sieben taucht in *Jeff Koons* noch an zwei weiteren Stellen auf, zum einen im Siebenten Akt: „eine schöne Sache / ein Tag Leben und drei Nächte / die sieben Bilder in der Galerie / nicht übergroß, gerade richtig" (JK 156), zum anderen erneut im Zweiten, und zwar in der mehrfach erwähnten Szene „Skizze", in der vermerkt wird, daß das Stück aus sieben Akten besteht (JK 101, s.o.).

daß Jeff Koons mit den Worten DRITTER AKT losgeht. Das ist doch nicht doof, das ist doch lustig, ich finde, das stimmt" (Afa 732).

Der Autor erläutert die Verhältnisse hier mit dem Begriffspaar von räumlicher und zeitlicher Ordnung. Die erstere muß mit den römischen Ziffern zusammenhängen, da im Passus zu lesen ist, daß der *Ort* des zentralen dritten Akts insgesamt dreimal aufgesucht wird – dreimal kommt im Text nur die III vor. Die übrigen Themen wie Liebe und Kunst sollen nach ihrer „zeitlichen Reihenfolge" numeriert werden; das heißt zwar nicht, daß die linke Seite schlicht als Indikator der temporalen Dimension interpretiert werden kann, wohl aber, daß sie stärker davon beeinflußt ist als ihr Pendant. Wie sich dem Schema entnehmen läßt, wird der reguläre Ablauf in ihr ab dem an zweiter Stelle plazierten Ersten Akt nicht mehr unterbrochen, während das rechts noch zweimal geschieht. Daß es links trotzdem mit dem Dritten Akt beginnt, wäre gleichsam als anfänglicher Tribut an die räumliche Ordnung zu verstehen. In der linken Spalte kreuzen sich also beide Frequenzen, sie ist für beide offen. Mit der Annahme, wonach die Sieben das „Erzählerische" repräsentieren, ist das durchaus kompatibel.

Die römischen Zahlen zeigen das jeweilige Thema innerhalb des gedanklichen Gefüges an, die ausgeschriebenen hingegen, inwieweit diese strukturelle Vorprägung durch das Gewicht des Narrativ-Konkreten aufgehoben wird. Und genau darin scheint die Pointe der zweigeteilten Gliederung zu liegen: Der Leser wird mit zwei konkurrierenden Mustern konfrontiert und kann erkennen, welches wo die Oberhand behält. Zunächst hat das räumliche Moment das größere Gewicht, dann wird das zeitliche insofern dominanter, als die Akttitel links dem Gebot der Zahlenfolge gehorchen. Wenn die linke Hälfte mit dem Sechsten und dem Siebenten Akt endet, also mit den einzigen Angaben innerhalb der Tabelle, die der tatsächlichen Position im Stück entsprechen, dann deutet das darauf hin, daß am Schluß noch ein weiterer Aspekt ins Spiel kommt: Es geht nicht mehr nur um die korrekte Sukzession, sondern zugleich darum, daß die Zählung mit der wirklichen Erscheinung des Werks – ob als „Buchkörper" oder ggfs. als Theaterabend – zusammentrifft. Die „Lebendgestalt" des Textes (vgl. 1.2), seine konkrete Präsenz entwächst der in den römischen Ziffern ausgedrückten Konzeption des Stücks, ebenso wie eine Aufführung aufgrund des Auftretens der Darsteller die Planungen des Autors transzendieren kann. Goetz' Aufforderung an die Regisseure, den Geist seiner Texte zu erfassen, um dann gegen ihn anzuinszenieren (s.o.), ist in der Aktkonstruktion bereits implizit enthalten.

Jeff Koons beschäftigt sich somit nur an der Oberfläche mit Phänomenen aus der Kunstszene. Hauptthema ist das Verhältnis von Sehen und Sagen; es führt in zwei Sphären – in einem dyadischen Innen und in der unüberschaubaren Welt des Sozialen – vor, wie die Einheit der beiden Pole zerbricht, indem sich die Sprache davon emanzipiert, doch es läßt sie im Sechsten Akt zu einem neuen, vermittlungsreicheren Miteinander zurückfinden. Mannigfache Hinweise sprechen dafür, daß diese Entwicklung zugleich als Weg des Kunstwerks von der diffusen Eingebung über die Ausdifferenzierung der technischen Belange bis hin zur vielschichtigen Endgestalt gelesen werden kann. Die Beschreibung dieses Prozesses korrespondiert mit der Techno-Ästhetik, mit den Thesen des Exkurses, da Produktion und Rezeption, Beobachtung erster und zweiter Ordnung, sinnliche Nähe und sprachlich-gedankliche Distanz in der charakteristischen Weise fluktuieren. Nun sollen die Ergebnisse der Werkanalysen zusammengeführt werden – in der Intention, die unterschiedlichen Spielarten der Affinität zu Techno auf einen allgemeinen Nenner zu bringen und daraus den Ansatz zu einer entsprechenden Dramaturgie zu gewinnen.

3.3 Fazit – TechnoTheater

Die Agenda des Schlußkapitels sieht im wesentlichen drei Punkte vor. Erstens gilt es die Beobachtungen zu den einzelnen Stücken, die für die Verbindung zu Techno relevant sind, zusammenzutragen und auf ihren gemeinsamen Kern hin zu untersuchen. Zweitens sollen die Ergebnisse von dramentheoretischen Kategorien her unter die Lupe genommen werden. Da sich die Werke beider Autoren, v.a. die des Jüngeren, konventionellen Beschreibungsmustern wie Handlungsverlauf, Motivation, Figurenkonflikt, Dialogführung oder offene/geschlossene Form[811] weitgehend entziehen, orientiere ich mich am begrifflichen Instrumentarium, das die Theaterwissenschaft für den „postdramatischen Theatertext" entwickelt hat.[812] Dabei stütze ich mich hauptsächlich auf die zitierte Arbeit von Gerda Poschmann. Im dritten Schritt ist schließlich zu erläutern, wie sich die Techno-Dramaturgie zur generellen Entwicklung des Theaters in den letzten Jahrzehnten verhält. Die Betrachtung verläßt den Rahmen rein textbezogener Probleme und wendet sich dem Gesamtspektrum des Gegenwartstheaters zu, den allgemeinen Tendenzen, die die Forschung in seinen typischen Erscheinungsformen erkennt. Es geht darum, die Techno-Konzeption zumindest grob innerhalb der aktuellen theatertheoretischen Diskurse zu lokalisieren. Als Folie wähle ich Hans-Thies Lehmanns Studie *Postdramatisches Theater*[813] sowie den u.a. von Erika Fischer-Lichte herausgegebenen Band *Theater seit den Sechziger Jahren*.[814] Wie in der Einleitung vermerkt, stehen dabei ebensowenig wie in den vorigen Kapiteln Fragen der bühnenpraktischen Realisierung zur Debatte.[815]

---

[811] Zu diesen Termini u.a. Klotz 1969, Pfister 1988, Platz-Waury 1999.

[812] Der Versuch, die ermittelten Strukturen und Prozeßgestalten in der Einteilung zu verorten, die Gerard Schneilin in seiner Studie „Drama und Theater im 20. Jahrhundert" vornimmt, brächte ebenfalls nicht viel ein. Die Klasse derjenigen Dramen, in denen die Sprache im Vordergrund steht, wird durch Begriffe wie „Sprachkritik" oder „Sprachzerstörung" bestimmt (Schneilin 1987, 86f.), und auch das, was er als „Theater des Unbehagens" oder als das „tragikomische Theater" bezeichnet, wäre keine geeignete Grundlage für einen Vergleich zwischen Goetz und Bernhard.

[813] Lehmann 1999.

[814] Fischer-Lichte 1998.

[815] Mit Ausführungen dieser Art entfernte man sich zu weit vom eigentlichen Ziel der Arbeit, der Analyse von *Texten*, deren Struktur auf die Techno-Musik verweist. Wollte man sich damit beschäftigen, so läge es vermutlich nahe, an nietzscheanisch geprägten Konzeptionen von Georg Fuchs bis hin zu Antonin Artaud anzusetzen.

Zu Thomas Bernhard hat die Analyse folgendes zutage gefördert: Seine Stücke präsentieren Annäherungs- und Ablösungsprozesse zwischen Sprache und Wirklichkeit. Sowohl bestimmte Eigenschaften von Figuren – z.B. ihre Behinderungen – als auch szenische Vorgänge wie etwa die Verdunklung der Bühne lassen sich direkt auf die Dynamik dieses Gegensatzes beziehen. Im Abschnitt 2.3.1 wurde bereits festgehalten, daß Bernhards Werk generell eine technoide Form der Darstellung zugrunde liegt, und zwar insofern, als die charakteristischen Redekaskaden in ihrem Zugriff auf die Realität changieren und dadurch die mehrfach erläuterte kommunikative Qualität erlangen. Die Dramen haben diese Diagnose nicht nur bestätigt, sondern auf eine breitere Basis gestellt. Da das Andere der Sprache darin ungleich plastischer und differenzierter entgegentritt als in der Prosa, läßt sich aus ihnen noch besser ersehen, wie die linearen Impulse von einem Gegenzentrum unterwandert und weitergetrieben werden – eben diese Struktur ist für die Techno-Ästhetik konstitutiv.

Bei Rainald Goetz kleidet sich die Verwandtschaft zu Techno in jedem Theatertext in ein anderes Gewand. Das durchsichtigste – um im Bild zu bleiben – trägt der Monolog *Katarakt*, da Sprecher und Publikum dort klar erkennbar in ein oszillierendes Perspektivspiel aus Aktion und Passion bzw. aus Beobachten und Prozessieren von Formen verwickelt werden. *Kritik in Festung* ist vom bewußten Modell insofern geprägt, als es sich mit der Möglichkeit einer „latenten" Kritik befaßt, mit einer Weise des Beobachtens, die sich anknüpfenden Beobachtungen öffnet, selbst zur Beobachtung erster Ordnung mutiert und dadurch einen intensiven Austausch mit der Welt des Sichtbaren erreicht; eben das kennzeichnet die „Theatertat" sowie die „Eos"-Szene. Das Mittelstück *Festung* exponiert zwei Grundvarianten des Umgangs mit der Vergangenheit, konträre Denk- und Schreibparadigmen, denen jeweils Zentren der Beobachtung erster und zweiter Ordnung zugeteilt werden; ihre Konkurrenz – durch Überkreuzstellung zusätzlich markiert – zielt auf ein kommunikatives Verhältnis zum Rezipienten anstatt auf bloßen Bedeutungstransport, somit auf eben den Punkt, der Techno von linearer Musik unterscheidet. Und in *Jeff Koons* reflektiert Goetz diese Thematik, indem er die Entstehung eines Kunstwerks von der ursprünglichen Idee bis hin zum fertigen Opus darstellt: Visuelles und Gedachtes erscheinen zunächst miteinander verschmolzen, ehe die Einheit zerbricht und sich mit dem Übergang zu den „Bildern aus Sprache" aus der Entfremdung heraus wieder restituiert – nach dem Vorbild des Raves, wo sinnliche Ekstase und Distanz auseinander hervorgehen. Die Verbindung zu Techno wird auch dadurch akzentuiert, daß die Phasen der synästhetischen Aufladung v.a. im Club stattfinden und der Passivität des Betrachtens ein wichtiger Anteil an der Hervorbringung des Werks zugeschrieben wird.

In sämtlichen Fällen kann man also registrieren, wie die jeweiligen Gegensätze ineinander umschlagen, ob es sich dabei um Bild und Sprache, Denken und Sozialität oder um Produktion und Rezeption handelt. Beobachtung erster und zweiter Ordnung bilden keine starre Hierarchie, sondern stehen in einem ständigen Wechsel. Analog dazu die Gewichtung der Aktivität zwischen Akteur und Publikum: anstatt eine vorgefertigte Bedeutung zu vermitteln, entbinden die Texte eine kommunikative Energie zwischen Bühne und Zuschauer. Ähnliches gilt auch für die Stücke von Thomas Bernhard. Wenn dessen Figuren bei jedem Versuch, ihre Mitmenschen sprachlich zu beherrschen, durch deren Schweigen oder allgemein durch das Hervortreten des Amorphen den Boden unter den Füßen verlieren, dann zeigt sich daran, daß der Inhalt ihrer Rede nicht einfach als positive Sinnsetzung übernommen werden darf, sondern vielmehr relativ zum jeweiligen Zeichen- bzw. Kommunikationssystem zu sehen ist. Verbale Behauptung und sinnliche Zusatzinformation lassen einander ständig in neuem Licht erscheinen – daher hat die Haltung des Zuschauers viel mehr mit selbsttätiger Kontextualisierung als mit dem bloßen Empfang von Vorgegebenem zu tun.

Dieser Befund entspricht z.T. den Bestimmungen, durch die Gerda Poschmann den „postdramatischen Theatertext" vom konventionellen „Drama" abgrenzt. Während dieses mit Dialog, Figuren und Handlung operiere und insofern „repräsentational"[816] sei, als es Wirklichkeit spiegele und dabei „dominant semantischen Vertextungspraktiken" folge,[817] so die Verfasserin, zeichne sich jener – und mit ihm die korrelative Inszenierungspraxis – dadurch aus, daß Körper und Sprache primär als Medium der *Präsentation* in Anschlag kommen, anstatt auf vorgängigen Sinn zu verweisen.[818] Sie erläutert eingehend, was das für die Kommunikation mit dem Betrachter heißt:

„Die Bühne, als Bild- und Handlungsraum der dramatischen Fiktion Mittelpunkt der theatralen Veranstaltung, wird abgelöst vom theatralen Raum des

---

[816] Poschmann 1997, 23.
[817] Ebd., 26, im Anschluß an Schäfer 1988.
[818] Poschmann 1997 beruft sich dabei u.a. auf Hans-Thies Lehmann, der die „Emanzipation des Signifikanten" und die „Suspension des Sinns" als Kriterien einer avantgardistischen Ästhetik anführt (25, vgl. Lehmann 1986, 250).

selbstreferentiellen Zusammenspiels von Produktion und Rezeption, der Bühne und Zuschauerraum umfaßt [...]. In ihm werden nicht (in ‚Fremdreferenz') Geschichten dargestellt, sondern durch Umfunktionierung der dramatischen Form Wahrnehmungs- und Bewußtseinsprozesse erzeugt, die selbstreflexiv gerade die Unmöglichkeit oder aber die Kontingenz des üblicherweise als ‚Verstehen' bezeichneten Rekonstruktionsvorgangs erlebbar machen, der nun als Konstruktion (und damit als ‚auch anders möglich') bewußt wird".[819]

Daß die theatrale Präsentation den Effekt haben kann, den Akt des Verstehens „als Konstruktion bewußt" zu machen, läßt sich sowohl auf Bernhards als auch auf Goetz' Bühnenwerke übertragen. Wie beschrieben verweigern sich die Stücke einer „repräsentationalen" Dekodierung. Indem sie verschiedene Beobachtungsebenen und -perspektiven nebeneinander stellen oder die Rede als Widerpart des Sichtbaren statt als Mittel zu dessen Verdopplung einsetzen, erzeugen sie eben die Kontingenzen, die die Autorin ins Auge faßt. Gleichwohl hat diese Strategie eine spezifische Qualität, die in Poschmanns Definition nicht aufgeht – doch davon mehr im theatertheoretischen Teil.

Ein wichtiger Aspekt des postdramatischen Theatertexts, so Poschmann weiter, liegt in der Aufwertung von Elementen jenseits der Figurenreplik (z.B. Regieanweisungen). Ihr Zweck beschränke sich nicht länger darauf, Informationen hinsichtlich der „Übersetzung in reale Gegenständlichkeit" verfügbar zu machen;[820] vielmehr beanspruchten sie eine eigenständige Rolle im Spiel der *textuellen* Differenzen. Daher ersetzt die Autorin die alte Unterscheidung von „Haupt-" und „Nebentext" durch „Sprech-" und „Zusatztext": Diese müßten „als gleichberechtigte Komponenten impliziter Inszenierungen verstanden werden, als deren ‚Ton-' und ‚Bildspur', die gleichermaßen vom Theatertext entworfen werden".[821]

Dieses Kriterium erfüllt Goetz weitaus eher als Bernhard. Während dieser durchaus Anleitungen zur Realisierung gibt, verzichtet jener wie erwähnt vollständig auf Regieanweisungen; in den behandelten Stücken findet sich nicht die geringste Bemerkung zur Aufführung, zu irgendwelchen Vorgängen, die die Rede der Figuren begleiten sollen. Sein „Zusatztext" besteht in zahlreichen Motti, Titeln und Zwischenüberschriften, in der komplexen Anordnung der Akte von *Jeff Koons,* ja sogar in Phänomenen wie der Vorbemerkung zu

---

[819] Poschmann 1997, 313f.
[820] Ebd., 300f.
[821] Ebd., 303; das in Anführungszeichen gesetzte Begriffspaar wird zitiert nach Finter 1994.

Festung, die Poschmann ausdrücklich als Beispiel anführt.[822] Zur Funktion dieser Momente ist in der Interpretation manches gesagt worden – hier kommt es darauf an, daß sie eine Dimension der Textbedeutung ausmachen, die dem Sprechtext nicht untergeordnet ist.

Poschmanns Studie beschäftigt sich ferner mit dem Problem der dramatischen Figur; dort sei ebenfalls eine Verschiebung zu konstatieren. Während der Schauspieler im traditionellen Drama „als Mensch [eingesetzt werde], der einen Menschen darstellt, eine Bühnenfigur, einen Charakter",[823] zeichne sich der postdramatische Theatertext dadurch aus, „daß eine Rollenidentität nicht mehr konstruierbar ist, daß vielmehr ständige Wandlungen und Unbestimmtheitsstellen mit zum Bild der ‚Figuren' gehören, ebenso wie die Materialität der DarstellerInnen *als* DarstellerInnen".[824] Die Rede werde nicht mehr einzelnen umgrenzbaren Personen angepaßt, sondern dissoziiert bzw. auf den Akt der Präsentation hin konzipiert: „Aus Figuren können Funktionsträger werden, die jenseits der Darstellung menschlicher Subjekte ganz auf ihre Funktionen als Träger theatralischer Zeichen (bewegter Körper, Stimme, Mimik) reduziert werden".[825] Die Verfasserin schlägt vor, bei Stücken dieser Couleur anstelle von „Figur" den Begriff des „Textträgers" zu verwenden.[826]

Läßt sich anhand dessen ein weiterer Unterschied zwischen den beiden Literaten formulieren? Bei Bernhard hat man es noch immer eher mit Figuren als mit „Textträgern" zu tun. Obwohl durchweg in Korrespondenz mit der sprachlichen Grunddynamik, existiert bei ihm zumindest das Rudiment einer Handlung und auch eine vergleichsweise klare Figurenkonstellation, der die Zuordnung der Rede entspricht. Indes hat sich bei den Werkanalysen gezeigt, daß die Rollen keineswegs einfach auf die Repräsentation vorgegebener Identitäten hin angelegt sind. Wie in Abschnitt 3.1.2 erläutert, werden Bernhards Stücke von einem Heer von Schauspielern, Regisseuren und Theaterliebhabern bevölkert; die Relation zwischen Autor/Regisseur und Schauspieler macht sich quasi in allen Figurenbeziehungen geltend, da sie mit der fundamentalen, allerorten verhandelten Dichotomie von Wort und Welt zusam-

---

[822] Ebd., 305.
[823] Poschmann 1997, 305. Dazu auch Pfister 1988, 171ff. Natürlich wurde das Kontinuum der Rollenidentität schon in früheren Stilepochen aufgebrochen, etwa im Expressionismus (Pfister 1988, 249f.). Die Darstellung menschlicher Individuen blieb jedoch zumindest die Folie der dramatischen Fiktion.
[824] Ebd., 306.
[825] Ebd., 307.
[826] Ebd., 306f.

menhängt. Bernhard-Darsteller müssen parallel zu ihrem eigentlichen Part immer einen Spieler im Spiel verkörpern. Dadurch verweisen die Texte zugleich auf die jeweiligen Akteure, in *Minetti* und *Ritter, Dene, Voss* sogar explizit,[827] so daß eine endlose Spirale aus Spiel und Wirklichkeit entsteht. Das Theater des Österreichers bricht die Rollenfiktion insofern auf, als seine Texte eine Spannung zwischen Präsenz und Repräsentation induzieren.

In Goetz' Stücken bietet sich ein anderes Bild. Das reichhaltigste Anschauungsmaterial liefert Einzel-*Festung,* wo es z.T. emblematische Rollen gibt, gewisse Figuren hinter der Maske von anderen zum Vorschein kommen und andere sich aufspalten bzw. vereinigen (Zeuge Filip Müller). Dabei wird nicht festgelegt, von wievielen Akteuren die mehr als siebzig Figuren gespielt werden sollen, zumal die Zusatzangabe „Stimmen und Gesichter" aus dem Personenverzeichnis ebenso wie in *Kritik in Festung* unterstreicht, daß eine flexible Umsetzung möglich ist und ggfs. auch mehrere Darsteller ein und denselben Part übernehmen können. *Jeff Koons* verweigert jede Auskunft über potentielle Figuren. *Katarakt* scheint prima vista zwar eindeutig als Monolog bestimmt; gleichwohl fragt es sich, warum die Rollenbezeichnung vor jedem der elf Abschnitte wiederholt wird – verfiele ein Regisseur darauf, andere „Textträger" zu etablieren und ihnen gewisse Sequenzen zuzuordnen, ehe zu Beginn der nächsten Nummer Alter wieder das Wort ergreift, könnte er sich darauf berufen, daß die permanente Nennung des Sprechers an zwischenzeitliche Störungen denken läßt.[828] *Kritik in Festung* lädt zu ähnlichen Manövern ein. Hier erwecken innerhalb der Tiraden des Alten einzelne in Versalien gesetzte Ausrufe den Eindruck, als fingen nun andere Figuren zu reden an (s.o.).

Welche Schlüsse läßt das für Goetz' Rollenkonzept zu? Der Sprechtext der einzelnen Figuren verweist nicht auf feste Identitäten innerhalb einer zugrundeliegenden Personenkonstellation, zumal es in keinem der Stücke eine veri-

---

[827] Die beiden Stücke unterscheiden sich zwar insofern, als Minetti tatsächlich auftritt, während die Namen „Ritter", „Dene" und „Voss" im Stück nur als zusätzliche Rollenbezeichnung dienen – schließlich heißt es in der Vorbemerkung: „Voss ist Ludwig, Dene seine ältere Schwester, Ritter seine jüngere Schwester" (s.o.). Trotzdem gilt das Gesagte für beide Fälle. Noch um einen Grad komplizierter wird die Sachlage, wenn die betreffenden Rollen von anderen Schauspielern übernommen werden.

[828] Helmut Schmitz schrieb in seiner *Katarakt*-Rezension: „[I]n „Katarakt" [spricht] nur einer mit einer Stimme, doch nicht immer scheint sie ihm zu gehören. Es ist manchmal, als höre er Stimmen und als sprächen sie aus ihm" (Helmut Schmitz, „Der Text und sein Spieler", in: *Frankfurter Rundschau* vom 23.12.1992).

table Handlung gibt. So wenig hinter den Figuren individuelle Charaktere stehen, läßt sich das Geschriebene in zwischenmenschliche Interaktion „übersetzen".[829] Der Autor antizipiert bei der Gestaltung der Rollen nicht ihre szenische Realisierung, durch die sie erst in ihr „eigentliches" Medium einträten, sondern er zielt auf genuin textimmanente Effekte. Diese lassen sich in zwei Tendenzen gliedern. Zum einen geht es um die Differenz zwischen den Namen und den Äußerungen der Figuren, besonders deutlich bei den Prominenten in *Festung*, in vergleichbarer Weise aber auch in *Jeff Koons*, wobei freilich statt der (hier nicht vorhandenen) Rollenangaben der Titel die Funktion hat, einen Raum von Bedeutungen und Assoziationen zu eröffnen. Goetz erklärt in beiden Fällen ausdrücklich, daß es auf die Reibung zwischen dem automatisch aktualisierten und dem konkreten Text des Stücks ankommt (FE 156, JZ 116, s.o.).

Zum anderen impliziert die Figureneinteilung eine Aussage über die Bedingungen hinsichtlich der Vermittlung der einzelnen Themen. Wenn in *Festung* mancherorts nur abstrakte, an anderer Stelle auch gespaltene bzw. später wieder integrierte Rollen erscheinen, so reflektiert der Autor damit die Darstellbarkeit des Redegegenstands, darüber hinaus das jeweils dominierende Denkparadigma, das sich auch im konträren Umgang mit Masken manifestiert (s.o.). Daß Goetz in *Katarakt* nur eine einzige, zudem generisch undefinierte Person einführt und in *Jeff Koons* die Entscheidung über die Figuration sogar gänzlich dem Regisseur in die Hände legt, läßt sich ebenfalls mit der inhaltlichen Ausrichtung dieser Werke verknüpfen. Schließlich eignet ihnen eine stark persönliche Note; sie weisen keine direkten Bezüge zu politisch-geschichtlichen Kontexten auf. Alters Rede „über sein Leben" entzieht sich der interpersonalen oder gar öffentlichen Diskussion ebenso wie die Nahaufnahme der Produktion von Kunst in *Jeff Koons*. Das zweite Moment von Goetz' Umgang mit dem Problem der Rolle betrifft also die Frage, wieviel und welche Art von Diskurs das jeweilige Thema verträgt, ob ihm die Delegation an personale Figuren oder die Markierung einer bzw. mehrerer Stimmen nicht inadäquat ist.

Die beiden Aspekte hängen miteinander zusammen. Daß durch die Figuration eine diffuse textuelle Ausgangsbasis geschaffen wird, aus der sich die spezifische Wirkung der einzelnen Sprechakte speist, gilt nicht nur für den ersten, sondern auch für den zweiten Punkt. Wenn die Komposition von *Festung* die Unangemessenheit gewisser Redeweisen angesichts der histori-

---

[829] Dazu nochmals Poschmann 1997, 305ff.

schen Schuld reflektiert, wenn bei Sujets wie der Schöpfung von Kunst oder dem Rückblick auf das Leben die Textverteilung weichere Konturen bekommt, dann zeigt sich daran, wo der Nerv der Rollenkonzeption liegt: in kommunikativen Organisationsprinzipien, in sprachlichen Strukturen wie Tabus oder der vor-diskursiven Sphäre, die die Worte dem Einzelnen gewähren, um privatere Belange auszuloten. Ebenso wie bei den Prominenten-Doubles läßt sich beobachten, daß durch die „Textträger" bestimmte sedimentäre Sprachschichten ins Spiel kommen, die der Rede Rahmen und Richtung verleihen.

Statt auf eine in der Theateraufführung einzulösende wirkliche Gegenwart verweisen die Rollen auf bereits bestehenden Text, auf dessen Anordnung in der gesellschaftlichen Kommunikation, zum einen durch medial vermittelte Klischees, zum anderen durch die Koppelung der figuralen Differenzierung an die jeweils fokussierte Sprach-Zone und ihr inhärentes Konfliktniveau. Die hier realisierte Konzeption ist insofern „kommunikativ", als sich die „Bedeutung" der Rollen nicht dem Vorgriff auf die Präsenz des Schauspielers und die dadurch verbürgte Identität verdankt, sondern den speziellen Gesetzen der verbalen Annäherung an ein Thema und deren Verhältnis zu den einzelnen Äußerungen der betreffenden Figur. Die Leitlinie der Figuration verläuft nicht zwischen Text und Bühnenwirklichkeit, sondern zwischen Text und Vor-Text. Darin wiederholt sich der Unterschied zu Bernhard, der bereits im Kontext der Regieanweisungen hervorgetreten ist: Während der Ältere das In-Szene-setzen des Stücks als dienstbaren Akt einkalkuliert, durch den sich dessen Hauptdifferenzen erst entfalten können (die Spannung zwischen Präsenz und Repräsentation), legt der Jüngere Partituren vor, in denen der theatrale Widerstreit bereits textimmanent – in der Reibung von Sprachflächen – ausgetragen wird. Er vollzieht quasi die operative Schließung seiner Stücke, läßt dem Regisseur freie Hand für eine selbständige Aneignung. Man kann hier in der Tat von „Texttheatralität"[830] sprechen – eine zentrale Kategorie in Poschmanns Funktionsmodell.

Goetz steht dem Paradigma des „postdramatischen" Theatertexts somit wesentlich näher als Bernhard. Das heißt aber nicht, daß letzterer nicht oder nur

---

[830] Poschmann 1997, 321-341: „Mit ihren performativen Dimensionen mobilisieren Theatertexte […] schon in der Sprache selbst, sei es als Schrift oder als Rede, theatralische Modalitäten der *signifiance*. Diese können der Inszenierung entweder mittelbar als Tauschwert für szenische Theatralität oder aber unmittelbar als linguistische Zeichen der Bühne angeboten werden" (340).

unter Vorbehalt der Techno-Ästhetik zuzurechnen wäre. In formalkonzeptionellen Aspekten bestehen zwischen den beiden Literaten erhebliche Unterschiede, die hier nicht unerwähnt bleiben durften. Doch das, was sie verbindet, betrifft ganz andere Fragen. Das Konzept der technoiden Darstellung wurde schließlich in einem grundlegenden Sinne über den Wirklichkeitsbezug entsprechender Kunstwerke, nicht über theaterspezifische Formprobleme erläutert (vgl. 2.3). Normative Bestimmungen zu einer „notwendigen" technischen Machart solcher Stücke wären ebenso verstiegen wie unsinnig. M.E. läßt sich das Profil des Techno-Ansatzes trotzdem mit hinreichender Schärfe herausmeißeln. Das soll nun am dritten Schritt, dem Vergleich mit einigen Beschreibungen des Gegenwarts*theaters* (die sich also nicht nur den entsprechenden *Texten* widmen), deutlich werden.

Ich beginne mit der Studie von Hans-Thies Lehmann. Dieser faßt die neuesten Entwicklungen auf den internationalen Bühnen ebenso wie Poschmann unter dem Titel „postdramatisches Theater" zusammen.[831] Darunter versteht er ein Theater *nach* Brecht, das sich nicht länger hinreichend mit dem Begriff der Episierung charakterisieren lasse.[832] In ihm kehre sich die traditionelle Hierarchie von Text und Aufführung um; ihre autoritäre Verbindung lockere sich bzw. löse sich auf: „Nicht mehr wird die Ganzheit einer ästhetischen Theaterkomposition aus Wort, Sinn, Klang, Geste usw. angestrebt, die sich als Gesamtkonstrukt der Wahrnehmung anbietet, sondern das Theater nimmt seinen Charakter des Fragments und des Partialen an".[833] Entscheidend sei „gerade der *Ausfall* der Ursprungsinstanz eines Diskurses im Verein mit der Pluralisierung der Sende-Instanzen auf der Bühne".[834] Das äußere sich in Phänomenen wie der Durchbrechung der Zentralperspektive,[835] der Ersetzung von Handlungen durch Zeremonien[836] sowie darin, daß Sprecher nicht als Vertreter von Individuen, sondern als Opfer durchströmender Impulse

---

[831] Lehmann knüpft ausdrücklich an Poschmann an, richtet den Fokus aber nicht primär auf Theatertexte, sondern auf das Gesamtpanorama szenischer Diskurse (Lehmann 1999, 14).
[832] Ebd., 47f., vgl. auch Wirth 1980.
[833] Ebd., 92. Das unterscheide die neuen Performances auch von der „Neo-Avantgarde" der Fünfziger und Sechziger Jahre (u.a. dem absurden Theater), in der der Konnex von Text und Darbietung noch bestehen bleibe (ebd.).
[834] Ebd., 47.
[835] Ebd., 134, als Beispiel dient die Ästhetik Robert Wilsons, der „das Theater am Ende des Jahrhunderts" Lehmann zufolge „vielleicht mehr verdankt als jedem anderen einzelnen Theatermacher" (131).
[836] Ebd., 116.

gezeigt werden.[837] Die Sprache werde als solche ausgestellt, anstatt begriffliche Setzungen zu vermitteln: „Der Status des Textes im neuen Theater ist [...] mit den Begriffen Dekonstruktion und Polylogie zu beschreiben".[838]

Die Theorie Fischer-Lichtes basiert auf ähnlichen Beobachtungen. Diese Autorin bringt den Formenwandel im Theater mit übergreifenden kulturellen Veränderungen in Zusammenhang: In den letzten Jahrzehnten mehrten sich die Anzeichen dafür, daß der Text in seiner Funktion als Paradigma der Kultur von der Performance beerbt werde.[839] Der Schwerpunkt von Kunst-Darbietungen liege kaum noch in festgeschriebenen Vorgaben und Inhalten, sondern in ihrer Präsentation durch Körper und Stimme; Symptom dieses Prozesses sei das gewachsene Interesse an Lesungen, Kunst-Installationen oder Action Painting. War es der historischen Avantgarde noch darum zu tun, den Zuschauer nach Maßgabe verschiedener Utopien zu verändern, meint Fischer-Lichte, so gehe es den Theater- und Performancekünstlern seit den Sechziger Jahren immer weniger um fixierbare Ziele, immer stärker um die momentane Verwandlung, die Befreiung des Körpers aus der Herrschaft textgebundener Orientierungen.[840]

In *Theater seit den Sechziger Jahren* reflektiert Fischer-Lichte auch die Kommunikationsstruktur der neuen Performances. Sie wählt stellvertretend für andere Gattungen zwei markante Gegenbeispiele, um das heutige Kunst-Denken davon abzugrenzen: zum einen den antiken epischen Chorgesang, zum anderen die literarische Autobiographie. In beiden Fällen rekurriere die Darstellung auf eine stabile Identität, hier die des Volkes, dort die des schreibenden bzw. lesenden Subjekts, und trage zu deren Bestätigung bei.[841] In den kontemporären Präsentationen, als Beispiel dienen die Erzählperformances von Rachel Rosenthal, werde die Frage nach festen Bezugsgrößen dieser Art hingegen verneint. An die Stelle der früheren Selbstvergewisserung trete ein Ent- und Verwerfen von Möglichkeiten, ein flexibles Spiel mit einzelnen Aspekten der alten textuellen Determination: „Die jeweilige Konstitution

---

[837] Ebd., 279.
[838] Ebd., 263.
[839] Fischer-Lichte 1998, 14f. Beim Gebrauch der Unterscheidung von „Welt als Text" vs. „Welt als Performance" beruft sich die Autorin auf den Ethnologen Dwight Conquergood.
[840] Ebd., 48f. Ähnlich argumentiert auch Petra Maria Meyer in ihrem Beitrag „Als das Theater aus dem Rahmen fiel" in demselben Band; sie bringt hier zudem Artauds „Theater der Grausamkeit" ins Spiel (Meyer 1998, z.B. 181).
[841] Ebd., 52f.

eines Selbst erscheint insofern als Produkt und Resultat eines Inszenierungsprozesses".[842]

Petra Maria Meyer stellt in ihrem Beitrag „Als das Theater aus dem Rahmen fiel" aus demselben Band vergleichbare Überlegungen an. Ihr Aufsatz dreht sich ebenfalls um das Eindringen von Elementen des theatralen Hier und Jetzt in andere Kunstformen, z.T. auch in solche, für die nach landläufiger Meinung eher reproduktive Darbietungsweisen typisch sind. Meyer bezieht sich dabei insbesondere auf John Cages berühmtes Klavierstück 4'33";[843] sie beschreibt, inwiefern bei seiner Aufführung die Absenz dargestellter Inhalte dafür sorge, daß die Aufmerksamkeit für andere Aspekte frei werde, daß sich die Sphäre des Kunstwerks ausdehne, bis hin zu den Geräuschen im Publikum, die in dieser Konfiguration unwiederholbar seien.[844] Wie bei den Performances außerhalb des Konzertsaals sei eine Verschiebung des Akzents auf die Gegenwart der körperlichen Energien zu erkennen. Gerade aufgrund der Einmaligkeit dieser Wahrnehmungen werde dem Hörer zu einer Erfahrung verholfen, die nicht vom Logos bzw. von präfabrizierten Texten kontrolliert werde: „Im Fall der Komposition 4'33" markiert der Pianist mit einer Geste die Befreiung der Musik und der Geste gleichermaßen von ihrer Abhängigkeit von einer Sprache der Kommunikation".[845]

Diese knappen Referate mögen genügen, um die gedankliche Linie anzudeuten. Alle drei Autoren erkennen das Neue am postdramatischen Theater in der Emanzipation der nicht-textuellen Komponenten, in der Ablösung von Text durch Performance als Paradigma der Kultur. Während Lehmann eine allgemeine Übersicht über die verschiedenen Erscheinungsformen liefert, beleuchten Fischer-Lichte und Meyer spezielle Aspekte dieses Zusammenhangs: jene die Frage nach der Identität, diese die gelockerte Verbindung zwischen Werk und Aufführung, den gestiegenen Anteil des Zuschauers an der Darbietung. Wenn die Selbstkonstitution als Inszenierungsprozeß entlarvt bzw. auf ein momentanes Geschehen reduziert wird, so manifestiert sich darin ebenso die Abkehr vom Repräsentationsmodell wie in den Überlegungen

---

[842] Ebd., 59.
[843] Meyer 1998, 138ff.
[844] Ebd., 142f.
[845] Ebd., 166, vgl. 170f. Meyer zitiert hier auch aus Texten des späten Wittgenstein, dessen Sprachspieldenken sie als frühes Zeugnis einer solchen performativen Orientierung begreift (166ff.). Ihr Wort von der „Befreiung der Musik [...] von einer Sprache der Kommunikation" erscheint gerade angesichts der Wahl dieses Gewährsmanns nicht unproblematisch (vgl. Kap. 2.1).

zu John Cage, dessen Werk dem Hörer ein Höchstmaß an Freiheit bietet und quasi bei jeder Aufführung vom Publikum neu erschaffen wird.

Vieles an dieser Konzeption entspricht der erläuterten Techno-Ästhetik: der Bruch mit der Vermittlung fixierter Signifikate, die zentrale Rolle des Hier und Jetzt und die Aufwertung des Körpers sowie der Rezeption. Zugleich zeichnet sich ab, wo sich die Wege scheiden. Meyer feiert die „Befreiung von der Abhängigkeit von der Sprache der Kommunikation" – die Depotenzierung des Textes erfaßt also nicht nur ideologische Inhalte bzw. „dominant semantische Vertextungspraktiken", sondern in einem weiteren Sinne auch die Kommunikation. Die Kunst geleitet den Zuhörer in eine Oase, in der er mit seinen Empfindungen allein sein darf. Natürlich würde man die Bemerkung allzusehr strapazieren, wollte man darin gleich eine Gegenposition zum Ansatz der „kommunikativen" Darstellung erkennen (vgl. Kap. 2); die Autorin läßt durchaus durchblicken, daß es ihr auf die gemeinsame Spannung von Ausführendem und Publikum ankommt. Trotzdem ist „Kommunikation" hier eindeutig negativ konnotiert, es gilt sie zu überwinden statt zu vertiefen, geschweige denn ihre Strukturen und Potenzen zum Movens einer dramaturgischen Konzeption zu machen.

Der andere Beitrag aus *Theater seit den Sechziger Jahren* verrät eine ähnliche Sicht auf Kunst. Für Fischer-Lichte ist die kollektive Identität des Epos (ebenso wie die subjektgebundene der Autobiographie) nur eine indifferente Spielmarke im Wirbel der Negationen. Auch wenn neben dem Ver- auch ein *Ent*werfen von Möglichkeiten stattfindet, so der Gedanke, ist doch evident, daß das Negieren insgesamt das letzte Wort behält, daß es nicht etwa einen Gleichklang zwischen Abgrenzung und Zugehörigkeit gibt. Wie sonst könnte die Identität kurzerhand als „Resultat eines Inszenierungsprozesses" entlarvt werden? Darin liegt die Verbindung zur „Befreiung von der Abhängigkeit von der Sprache der Kommunikation". Das Einzelne – ob auf der Bühne oder im Zuschauerraum – negiert solange, bis es außer Reichweite ist. Es ist immer noch viel differenter, noch viel schwerer faßbar als die Anderen – und das im Theater, dem Ort des (gemeinsamen) Sehens.

Damit ist man beim Zauberwort der Dekonstruktion, das sich wie wohl kein zweites durch die Beschreibungen avancierter Gegenwartskunst zieht. Wie gezeigt findet es sich auch in Lehmanns Bemerkungen zur Rolle des Texts im postdramatischen Theater. Poschmann vertritt ebenfalls – an Fischer-Lichte anknüpfend – die Auffassung, daß Sprache und Körper in der postmodernen Präsentation „in gleicher Weise weitgehend desemantisiert und in ihrer Funktion als Zeichen dekonstruiert" erscheinen;[846] sie versäumt es auch nicht, auf die zugrundeliegenden Theorien zu verweisen: „Ein abstraktes Theater der Stimmen und Sprachspektren trägt [...] theoretischen Positionen des Poststrukturalismus Rechnung".[847] Dekonstruktion (als Begriff und Verfahren) erscheint als Werkzeug, das immer und überall greift.

Nur: greift es auch bei Goetz und Bernhard? Bis zu einem gewissen Grade ohne Zweifel. Ihre Theatertexte signalisieren mit einer Vielzahl von Mitteln, daß es sich bei den darin auftretenden Figuren nicht um Individuen mit personaler Identität handelt (auch die des Älteren); die szenisch-gedanklichen Setzungen bleiben nicht als „Aussage" der Stücke oder gar des Autors stehen, sondern werden durch das Zusammenspiel mit anderen Komponenten der Darstellung in einen Schwebezustand versetzt.[848] Doch spätestens hier geht der Griff ins Leere. In den Einzelanalysen hat sich herausgestellt, daß die jeweiligen Identitäten gleichsam in eine bestimmte Richtung durchbrochen werden. Bei Goetz springen die Reflexionen, die Beobachtungen zweiter Ordnung kraft der formalen Konstruktion in Beobachtungen erster Ordnung um; er zielt weniger darauf, die sie ermöglichenden Begriffshierarchien offenzulegen, als vielmehr darauf, die Thesen mit ihrer eigenen Beobachtbarkeit zu konfrontieren und somit divergierende Anschlüsse zu ermöglichen. Für Bernhards Stücke gilt Ähnliches. Wenn sich die verbalen Akte der Monologführer gegenseitig widerlegen, dann in feiner Resonanz mit den übrigen Figuren, dem körperlich-wahrnehmbaren Umfeld, in dem ihre Reden Wirkungen erzielen und das auf diese wiederum zurückstrahlt. Nicht die Verweisungsmacht der Zeichen steht zur Disposition, sondern der „deutende" Weltzugang (vgl. 2.1).

Wie unschwer zu erkennen, korrespondiert die Argumentation mit der in Kapitel 2.3 erörterten Unterscheidung von Systemtheorie und Poststrukturalismus. Luhmanns Einwand gegen Derrida, sein Denken bleibe der alteuropäischen Tradition insofern verhaftet, als es der Sein/Nichtsein-Differenz eine exklusive Stellung gewähre, anstatt sie als Form unter anderen zu behandeln, läßt sich m.E. auch auf das Gebiet der Interpretation von Kunst übertragen. Hier betrifft das insbesondere den Umgang mit Aporien. Setzt man sie dezidiert dazu ein, die Kontingenz der jeweiligen begrifflichen Positionen oder

---

[846] Poschmann 1997, 32 bzw. Fischer-Lichte 1992, 136.
[847] Poschmann 1997, 309.
[848] In genau diesem Aspekt – daß „das Setzen selbst, das ‚Thetische', [...] in Schwebe gebracht" wird, erkennt Lehmann ein Indiz für die „theatrale Dekonstruktion" (Lehmann 1999, 263).

szenischen Konstellationen zu indizieren, so bindet man sie an die besagte Opposition von Sein und Nichtsein. Nimmt man sie hingegen als Ausgangspunkt für neue Formen, so kommt es zu einem wechselseitigen Sich-Stützen konkurrierender Beobachtungsmöglichkeiten. Genau das scheint bei Goetz und Bernhard der Fall. Indem sie die textinternen Setzungen mit einem manifesten Gegenhorizont konfrontieren – beim einen die Zentren der Beobachtung erster Ordnung, beim anderen das Spiel der schweigenden Figuren, geben sie ihrem „dekonstruktiven" Verfahren eine besondere Richtung: Sprache und Sprecher werden nicht einfach an ihre Inkonsistenz, sondern bestimmter an ihr Gehört- und Gesehenwerden erinnert. Wort und Welt öffnen sich dadurch immer wieder neu füreinander; sie geraten in eine wechselnde Balance, verlieren einander aber nicht aus den Augen. Differenz fungiert hier als Moment der Kommunikation.

Es wäre unangemessen, einen Schnitt durch die Theaterlandschaft zu ziehen und säuberlich zwischen dem Lager der „Dekonstruktion" und dem der „Kommunikation" zu trennen. Man machte sich blind für die mannigfaltigen Übergänge und Verwerfungen zwischen den verschiedenen Schriftstellern, für die Vielzahl der Themen und Stilmittel, für die Unabgeschlossenheit der szenischen Diskurse. Das ist auch der Grund, weshalb ich hier auf veritable Vergleiche zu anderen Literaten verzichtet habe – es hätten zu viele zusätzliche Fragen abseits der eigentlichen Problemstellung diskutiert werden müssen. In jedem Fall ist der Hinweis aus der Einleitung zu wiederholen: Wenn hier nur Goetz und Bernhard als Beispiele für die Techno-Konzeption angeführt wurden, so heißt das keineswegs, daß dieser Befund exklusiv für diese beiden gilt. Umso weniger, als schon bei ihnen hinsichtlich der formalen Gestaltung eine beträchtliche Kluft sichtbar wurde – groß genug, um vielen weiteren, u.U. ganz anderen Ansätzen Platz zu lassen. Unter den jüngeren deutschsprachigen Dramatikern gibt es nicht wenige, bei denen eine solche Untersuchung lohnend erschiene – ich nenne nur die Namen Albert Ostermaier, Fritz Kater (alias Armin Petras) und v.a. René Pollesch.

Was gegenläufige Konzepte anbelangt, beschränke ich mich auf ein paar Sätze zu einer Autorin, deren herausragende Rolle im Gegenwartstheater jüngst mit dem Nobelpreis unterstrichen wurde – Elfriede Jelinek. Ihre Stücke bilden Paradebeispiele für den postdramatischen Theatertext im Sinne

Poschmanns.⁸⁴⁹ Auch bei ihr treffen verschiedene Sprachebenen aufeinander, anders als bei Goetz ist dieser Konflikt aber primär ideologiekritisch motiviert. Das zeigt sich zum einen an der Montage und Verfremdung zitierter Texte (etwa Heidegger in *Wolken.Heim* und *Totenauberg*), zum anderen an der umfassenden Auseinandersetzung mit Alltagsmythen wie dem Sport (*Sportstück*) oder der medial vermittelten Sexualität (*Raststätte*). Es dominiert der Gestus der Ironie und der „Desillusionierung".⁸⁵⁰ Zwar oszillieren die Brechungen auch hier mit Aspekten wie der Musikalität der Sprache oder der Bildgewalt der Szenerie (man denke nur an Einar Schleefs *Sportstück*-Inszenierung), doch diese haben tendenziell die Funktion, dem Zuschauer den Sog des Verblendungszusammenhangs zu verdeutlichen.

Darin liegt der Unterschied zu Goetz und Bernhard: Was die Sprache als ihren Gegenstand, als ihr Widerlager präsentiert – also quasi der Pol des Sinnlichen und der Vielen, das ist von vornherein so gestaltet, daß sie gar nicht anders kann, als dagegen anzurennen. Der pornographische Bildhorizont von *Raststätte* lädt die Beobachtungen zweiter Ordnung kaum dazu ein, sich ihm zuzuneigen und in Anbetracht des Gegenübers zu Beobachtungen erster Ordnung zu mutieren. Es geht nicht um eine wechselseitige Steigerung, sondern um eine Entkopplung von Wort und Welt, um die Befreiung von falschen Verknüpfungen. Die Analysen zu Goetz und Bernhard sollten zeigen, daß Kategorien wie Sprach- oder Ideologiekritik weder beim einen noch beim anderen viel zur Beschreibung taugen – bei Jelinek sind sie unverzichtbar. Ihr Theater privilegiert die Differenz gegenüber der Kommunikation.

Zurück zu Goetz und Bernhard. Der Titel *TechnoTheater*, mit dem ich ihre dramaturgische Konzeption bezeichne, hat zweifellos den Nachteil, daß zwischen den ersten Assoziationen und dem eigentlich Gemeinten ein recht langer Weg zurückgelegt werden muß. Natürlich ist keines der betrachteten Stücke insofern „technoid", als es sich für eine Realisierung im Club bzw. mit entsprechender Musik anböte. Das Moment von Auflösung und Ekstase, gewöhnlich das erste, was man mit Techno-Partys verbindet, findet sich in den Theatertexten ebenfalls nicht unmittelbar wieder, weder inhaltlich (ausgenommen *Jeff Koons*) noch in Form einer direkten sprachlichen Anverwand-

---

⁸⁴⁹ Poschmann führt *Totenauberg* und *Wolken.Heim* als Exempel für die „Unterwanderung" bzw. die „Überwindung" der dramatischen Form an (Poschmann 1997, 194-211, 274-287).

⁸⁵⁰ Vgl. Heyer 2001, 177, die diesen Begriff zur Charakterisierung von Jelineks Theater verwendet.

lung (wie z.B. der Desintegration des Wortmaterials). *Nachgebildet* wird nicht einmal die Interaktion von DJ und Tänzern, die in der Argumentation von zentraler Bedeutung war. Es fällt ohnehin schwer, sich einen solchen Versuch vorzustellen, der sich nicht völlig hilflos ausnähme, jedenfalls im System der Literatur.

Trotzdem schlage ich diesen Namen für das erläuterte Konzept vor. Es geht schließlich nicht um eine Nachbildung von Inhalten, sondern um eine strukturelle Affinität zwischen Entwicklungen in verschiedenen Feldern. Die Verschiebung von Bedeutungs- oder Differenztransport hin zu Kommunikation ist beim Aufkommen von Techno besonders sinnfällig und mit radikaler Innovationskraft erkennbar geworden. In diesem Sprung Anfang der Neunziger verdichtet sich vieles, was in Literatur und Philosophie Gegenstand komplexer Diskurse ist (und weiterhin sein wird) – das plausibel zu machen, war das Ziel dieser Arbeit. Die angeführten Stücke spiegeln diesen Paradigmenwechsel besonders deutlich wider, deutlicher selbst als die Prosa dieser Autoren, da das Theater als Medium die Möglichkeit bietet, Sprache und Wahrnehmung aufeinandertreffen zu lassen – eine Grundspannung, zwischen deren Polen sich die konstitutiven Prozesse abspielen können.

In Analogie zu den einschlägigen Tracks läßt sich zeigen, wie Spiel/Bild und Schrift, Rezeption und Produktion sowie Beobachtung erster und zweiter Ordnung miteinander changieren. Ebenso wie bei Basic Channel oder Jeff Mills die linearen Impulse an einen räumlichen Hintergrund zurückgebunden werden, der wiederum neue Linearität erzeugt, müssen sich bei den beiden Literaten sämtliche verbal-gedankliche Setzungen der Konfrontation mit einem Parallelhorizont stellen: bei Bernhard dem amorphen Außen, bei Goetz dem Bildpol der Sprache. „Sinn" wird weder repräsentiert noch dekonstruiert, sondern aus dem Dialog zwischen den jeweils zugrundeliegenden Opponenten generiert. Anstatt Bedeutung zu transportieren oder aber primär Differenzen weiterzugeben, um die individuelle Grenzziehung direkt zu befördern, zielt die dargelegte Ästhetik auf einen anders gearteten, auch das Moment der Passion einschließenden Austausch mit der Welt – auf Kommunikation.

Worum gehts denn? Es geht um den Abschied, das fällt mir jetzt schwer, das nimmt mich so mit. Dankbarkeit und Aufwühlung, und – doch noch ist es nicht so weit, noch ist nicht aller Tage Abend.

eine Welt
in der der Mensch

Luhmann
Alltagsplausibilität
Gesellschaft

ja
das wars

allen alles

Licht

LITERATURVERZEICHNIS

Quellenliteratur

ADORNO, Theodor W. (1973), *Ästhetische Theorie,* hg. von Gretel Adorno und Rolf Tiedemann, Frankfurt/M.

ADORNO, Theodor W. (1975), *Einleitung in die Musiksoziologie.* Zwölf theoretische Vorlesungen. (textidentisch mit der Fassung in T.W.A., *Gesammelte Schriften,* Bd. 14). Frankfurt/M.

ADORNO, Theodor W. (1998), *Metaphysik.* Begriff und Probleme (1965), in: T.W.A., *Nachgelassene Schriften,* hg. vom Theodor W. Adorno Archiv. Abt. IV, Vorlesungen. Bd. 14, hg. von Rolf Tiedemann. Frankfurt/M.

ADORNO, Theodor W. (2003), *Zur Philosophie der Neuen Musik,* in: T.W.A., *Gesammelte Schriften,* Bd. 12. Hg. von Rolf Tiedemann unter Mitwirkung von Gretel Adorno, Susan Buck-Morss und Klaus Schultz. Frankfurt/M.

ARISTOTELES (2002), *Werke in deutscher Übersetzung.* Begründet von Ernst Grumach, hg. von Hellmut Flashar. Bd. 4, *Rhetorik.* Übersetzt und erläutert von Christof Rapp. Erster Halbband, Berlin.

ASSMANN, Aleida und Jan/HARDMEIER, Christof (1983, Hg.), *Schrift und Gedächtnis.* Beiträge zur Archäologie der literarischen Kommunikation. Darin v.a.: Aleida und Jan Assmann, „Nachwort. Schrift und Gedächtnis". München, 265-284.

BACHELARD, Gaston (1987), *Poetik des Raumes.* Aus dem Französischen von Kurt Leonhard. Frankfurt/M. [Originalausgabe: *La poétique de l'espace,* Paris 1957].

BAECKER, Dirk/KLUGE, Alexander (2003), *Vom Nutzen ungelöster Probleme.* Berlin.

BATESON, Gregory (1972), *Steps to an Ecology of Mind.* San Francisco.

BAUDRILLARD, Jean (1978), *Kool Killer* oder der Aufstand der Zeichen. Übersetzt von Hans-Joachim Metzger. Berlin.

BAUDRILLARD, Jean (1991), *Der symbolische Tausch und der Tod.* Übersetzt von Gerd Bergfleth, Gabriele Ricke und Ronald Voullié. München.

BECK, Ulrich (1986), *Risikogesellschaft.* Auf dem Weg in eine andere Moderne. Frankfurt/M.

BENJAMIN, Walter (1972), „Einbahnstraße", in: W.B., *Gesammelte Schriften.* Hg. von Rolf Tiedemann und Hermann Schweppenhäuser; Bd. IV.1, hg. von Tillman Rexroth. Frankfurt/M., 83-148.

BENJAMIN, Walter (1992), „Das Kunstwerk im Zeitalter seiner technischen Reproduzierbarkeit", in: W.B., *Gesammelte Schriften.* Hg. von Rolf Tiedemann und Hermann Schweppenhäuser; Bd. VII.2. Zweite Auflage. Frankfurt/M., 350-384.

BERNHARD, Thomas (AM), *Alte Meister.* Komödie. Taschenbuchausgabe, Frankfurt/M. 1988.

BERNHARD, Thomas (Aus), *Auslöschung.* Ein Zerfall. Taschenbuchausgabe, Frankfurt/M. 1988.

BERNHARD, Thomas (AZ), *Am Ziel.* In: T.B., *Stücke* 3. Frankfurt/M. 1988, 285-387.

BERNHARD, Thomas (Ber), *Die Berühmten.* In: T.B., *Stücke* 2, Frankfurt/M. 1988, 117-202.

BERNHARD, Thomas (Ek), *Einfach kompliziert.* In: T.B., *Stücke* 4, Frankfurt/M. 1988, 229-274.

BERNHARD, Thomas (El), *Elisabeth II.* In: T.B., *Stücke* 4, Frankfurt/M. 1988, 275-356.

BERNHARD, Thomas (FB), *Ein Fest für Boris.* In: T.B., *Stücke* 1, Frankfurt/M. 1988, 7-77.

BERNHARD, Thomas (GE), *Gehen.* Frankfurt/M. 1971.

BERNHARD, Thomas (Hf), *Holzfällen.* Eine Erregung. Frankfurt/M. 1984.

BERNHARD, Thomas (HP), *Heldenplatz.* Taschenbuchausgabe, Frankfurt/M. 1995.

BERNHARD, Thomas (IK), *Immanuel Kant.* In: T.B., *Stücke* 2, Frankfurt/M. 1988, 251-340.

BERNHARD, Thomas (It), *Der Italiener.* Salzburg 1971. Darin u.a.: *Drei Tage* (144-161).

BERNHARD, Thomas (IW), *Der Ignorant und der Wahnsinnige.* In: T.B., *Stücke* 1, Frankfurt/M. 1988, 79-169.

BERNHARD, Thomas (JG), *Die Jagdgesellschaft*. In: T.B., *Stücke* 1, Frankfurt/M. 1988, 171-249.

BERNHARD, Thomas (Kä), *Die Kälte*. Eine Isolation. Taschenbuchausgabe, München 1984.

BERNHARD, Thomas (Ko), *Korrektur*. Roman. Frankfurt/M. 1975.

BERNHARD, Thomas (MG), *Die Macht der Gewohnheit*. In: T.B., *Stücke* 1, Frankfurt/M. 1988, 251-349.

BERNHARD, Thomas (Mi), *Minetti*. In: T.B., *Stücke* 2, Frankfurt/M. 1988, 203-250.

BERNHARD, Thomas (Pr), *Der Präsident*. In: T.B., *Stücke* 2, Frankfurt/M. 1988, 7-116.

BERNHARD, Thomas (RDV), *Ritter, Dene, Voss*. In: T.B., *Stücke* 4, Frankfurt/M. 1988, 117-227.

BERNHARD, Thomas (St), *Der Schein trügt*. In: T.B., *Stücke* 3. Frankfurt/M. 1988, 389-463.

BERNHARD, Thomas (Tm), *Der Theatermacher*. In: T.B., *Stücke* 4, Frankfurt/M. 1988, 7-116.

BERNHARD, Thomas (ÜG), *Über allen Gipfeln ist Ruh*. In: T.B., *Stücke* 3. Frankfurt/M. 1988, 191-283.

BERNHARD, Thomas (VR), *Vor dem Ruhestand*. In: T.B., *Stücke* 3. Frankfurt/M. 1988, 7-114.

BERNHARD, Thomas (WN), *Wittgensteins Neffe*. Eine Freundschaft. Taschenbuchausgabe, Frankfurt/M. 1987.

BERNHARD, Thomas (Wv), *Der Weltverbesserer*. In: T.B., *Stücke* 3. Frankfurt/M. 1988, 115-190.

BERNHARD, Thomas (1970a), „Der Wahrheit und dem Tod auf der Spur". Rede anläßlich der Verleihung des Österreichischen Staatspreises für Literatur am 04.03.1968, in: Anneliese Botond (Hg.), *Über Thomas Bernhard*. Frankfurt/M., 7f.

BERNHARD, Thomas (1970b), „Nie und mit nichts fertig werden". Rede anläßlich der Georg Büchner-Preisverleihung im Oktober 1970, in: Jahrbuch der Deutschen Akademie für Sprache und Dichtung Darmstadt (1970), 83f. [auch in: Raimund Fellinger (Hg.), *Thomas Bernhard*. Ein Lesebuch. Frankfurt/M. 1993, 31f.].

BERNHARD, Thomas (1971), „Grand Hotel Imperial - Dubrovnik" [Brief an Hilde Spiel], in: *Ver Sacrum* 1971, 47 [auch in: Raimund Fellinger (Hg.), *Thomas Bernhard*. Ein Lesebuch. Frankfurt/M., 34f.].

BERNHARD, Thomas (1972), *Frost.* Taschenbuchausgabe, Frankfurt/M.
BERNHARD, Thomas (1973), *Das Kalkwerk.* Roman. Taschenbuchausgabe, Frankfurt/M.
BERNHARD, Thomas (1982), „Goethe schtirbt", in: *Die ZEIT* vom 19.03.1982 [auch in: Raimund Fellinger (Hg.), *Thomas Bernhard.* Ein Lesebuch. Frankfurt/M. 1993, 36-48].
BERNHARD, Thomas (1985), *Ein Kind.* Taschenbuchausgabe, München.
BERNHARD, Thomas (1993), *Claus Peymann kauft sich eine Hose und geht mit mir essen.* Drei Dramolette. Taschenbuchausgabe, Frankfurt/M.
BERNHARD, Thomas (1997), *In der Höhe. Rettungsversuch. Unsinn.* Taschenbuchausgabe, Frankfurt/M.
BERNHARD, Thomas (1999), „Mit der Klarheit nimmt die Kälte zu", in: Wolfgang Emmerich (Hg.), *Der Bremer Literaturpreis.* 1954-1998. Eine Dokumentation. Reden der Preisträger und andere Texte. Bremerhaven, 123f.
DELEUZE, Gilles (1993), *Unterhandlungen.* 1972-1990. Aus dem Französischen von Gustav Roßler. Frankfurt/M. [Titel der Originalausgabe: *Pourparlers,* Paris 1990].
DELEUZE, Gilles/GUATTARI, Felix (1997), *Tausend Plateaus.* Kapitalismus und Schizophrenie. Aus dem Französischen übersetzt von Gabriele Ricke und Ronald Voullié, hg. von Günther Rösch. Berlin [Titel der Originalausgabe: *Mille plateaux,* Paris 1980].
DE MAN, Paul (1988), *Allegorien des Lesens.* Übersetzt von Werner Hamacher und Peter Krumme, eingeleitet von Werner Hamacher, Frankfurt/M.
DERRIDA, Jacques (1976a), *Die Schrift und die Differenz.* Übersetzt von Rodolphe Gasché, Frankfurt/M. [Titel der Originalausgabe: *L'écriture et la différence,* Paris 1967].
DERRIDA, Jacques (1976b), *Randgänge der Philosophie.* Dt. Teilübersetzung. Frankfurt/M (etc.) [Titel der Originalausgabe: *Marges de la philosophie,* Paris 1972].
DERRIDA, Jacques (1983), *Grammatologie.* Übersetzt von Hans-Jörg Rheinberger und Hanns Zischler, Frankfurt/M. [Titel der Originalausgabe: *De la grammatologie,* Paris 1967].
DERRIDA, Jacques (1985), „Letter to a Japanese Friend", in: David Wood/Robert Bernasconi (Hg.), *Derrida and Difference.* Coventry, 1-8.

DERRIDA, Jacques (1986a), *Positionen*. Gespräche mit Henri Ronse, Julia Kristeva, Jean-Louis Hondebine, Guy Scarpetta. Aus dem Französischen von Dorothea Schmidt. Graz; Wien [Titel im Original: *Positions*, Paris 1972].

DERRIDA, Jacques (1986b), „Das Subjektil ent-sinnen", in: Paule Thévenin/J. D., *Antonin Artaud. Zeichnungen und Porträts*. München, 49-109 [Titel im Original: *Forcener le subjectile*, Paris 1986].

DREISSINGER, Sepp (1992, Hg.), *Von einer Katastrophe in die andere*. Dreizehn Gespräche mit Thomas Bernhard. Weitra.

EMMERICH, Wolfgang (1999, Hg.), *Der Bremer Literaturpreis*. 1954-1998. Eine Dokumentation. Reden der Preisträger und andere Texte. Bremerhaven.

FELLINGER, Raimund (1993, Hg.), *Thomas Bernhard*. Ein Lesebuch. Frankfurt/M..

FLUSSER, Vilém (1989), *Ins Universum der technischen Bilder*. 2. Auflage, Göttingen.

FOERSTER, Heinz von (1993), *Wissen und Gewissen*. Versuch einer Brücke. Autorisierte deutsche Übersetzung von Wolfram K. Köck, hg. von Siegfried J. Schmidt, Frankfurt/M.

FOERSTER, Heinz von (1999), *Sicht und Einsicht*. Versuche zu einer operativen Erkenntnistheorie. Autorisierte deutsche Fassung von Wolfram K. Köck. Heidelberg.

FOUCAULT, Michel (1973), *Wahnsinn und Gesellschaft*. Eine Geschichte des Wahns im Zeitalter der Vernunft. Frankfurt/M. [Originalausgabe: *Histoire de la folie à l'âge classique*, Paris 1972].

FOUCAULT, Michel (1976a), *Die Geburt der Klinik*. Eine Archäologie des ärztlichen Blicks. Frankfurt/M. (etc.) [Originalausgabe: *Naissance de la clinique*. Une archéologie du regard médical, Paris 1963].

FOUCAULT, Michel (1976b), *Überwachen und Strafen*. Die Geburt des Gefängnisses. Frankfurt/M. [Originalausgabe: *Surveiller et punir*. La naissance de la prison, Paris 1975].

FOUCAULT, Michel (1991), *Die Ordnung des Diskurses*. Frankfurt/M. [Originalausgabe: *L'ordre du discours*, Paris 1972].

FUCHS, Peter (1993), *Moderne Kommunikation*. Zur Theorie des operativen Displacements. Frankfurt/M.

FUCHS, Peter/LUHMANN, Niklas (1989), *Reden und Schweigen*. Frankfurt/M.

GOETZ, Rainald (Afa), *Abfall für alle.* Roman eines Jahres, Frankfurt/M. 1999.
GOETZ, Rainald (Ce), *Celebration.* 90s Nacht Pop. Frankfurt/M. 1999.
GOETZ, Rainald (De), *Dekonspiratione.* Erzählung. Frankfurt/M. 2000.
GOETZ, Rainald (FE), *Festung.* Frankfurter Fassung. In: R.G., *Festung.* Stücke. Frankfurt/M. 1993, 95-243.
GOETZ, Rainald (Hi), *Hirn.* Frankfurt/M. 1986.
GOETZ, Rainald (Ir), *Irre.* Roman. Frankfurt/M. 1983.
GOETZ, Rainald (JK), *Jeff Koons.* Stück. Frankfurt/M. 1998.
GOETZ, Rainald (JZ), *Jahrzehnt der schönen Frauen.* Berlin 2001.
GOETZ, Rainald (KA), *Katarakt.* In: R.G., *Festung.* Stücke. Frankfurt/M. 1993, 245-295.
GOETZ, Rainald (KiF), *Kritik in Festung.* Institut für Sozialforschung. In: R.G., *Festung.* Stücke. Frankfurt/M. 1993, 9-93.
GOETZ, Rainald (Kn), *Kontrolliert.* Roman. Taschenbuchausgabe, Frankfurt/M. 1991.
GOETZ, Rainald (Kri), *Krieg.* Stücke. Frankfurt/M. 1986.
GOETZ, Rainald (Kro), *Kronos.* Berichte. Frankfurt/M. 1993.
GOETZ, Rainald (Rv), *Rave.* Erzählung. Taschenbuchausgabe, Frankfurt/M. 2001.
GOETZ, Rainald (1981), „Wahr ist nur, was nicht paßt", in: *Der Spiegel* vom 27.04.1981 [Rezension zu Thomas Bernhard, *Die Kälte*].
GOETZ, Rainald (1993), *1989.* Material. Frankfurt/M.
GOETZ, Rainald/TERKESSIDIS, Mark/WERBER, Niels (1992), „Schlagabtausch. Über Dissidenz, Systemtheorie, Postmoderne, Beobachter mehrerer Ordnungen und Kunst", in: *Texte zur Kunst* 7, 57-75.
HABERMAS, Jürgen (1985), *Theorie des kommunikativen Handelns.* 2 Bände. Dritte, durchgesehene Aufl., Frankfurt/M.
HABERMAS, Jürgen/LUHMANN, Niklas (1971), *Theorie der Gesellschaft oder Sozialtechnologie.* Was leistet die Systemforschung?, Frankfurt/M.
HEIDEGGER, Martin (1989), *Phänomenologische Interpretationen zu Aristoteles.* Hg. von Hans-Ulrich Lessing, in: *Dilthey-Jahrbuch für Philosophie und Geisteswissenschaften,* hg. von Frithjof Rodi, Bd. 6, Göttingen, 237-269.
HEIDEGGER, Martin (1993), *Sein und Zeit,* 17. Auflage, unveränderte Nachdruck der an Hand der Gesamtausgabe durchgesehenen 15. Auf-

lage mit den Randbemerkungen aus dem Handexemplar des Autors im Anhang. Tübingen.

HEIDER, Fritz (1926), „Ding und Medium", in: *Symposion. Philosophische Zeitschrift für Forschung und Aussprache* 1, 109-157.

HILBERG, Raul (1983), *Die Vernichtung der europäischen Juden*. Die Gesamtgeschichte des Holocaust. Aus dem Amerikanischen von Christian Seeger. Frankfurt/M.

HORKHEIMER, Max/ADORNO, Theodor W. (1987), *Dialektik der Aufklärung*. Philosophische Fragmente, in: M. Horkheimer, *Gesammelte Schriften*, hg. von Alfred Schmidt und Gunzelin Schmid Noerr. Bd. 5, Frankfurt/M.

HUSSERL, Edmund (1993), *Ideen zu einer reinen Phänomenologie und phänomenologischen Philosophie*. Allgemeine Einführung in die reine Phänomenologie, 5. Auflage, unveränderter Nachdruck der 2. Auflage 1922, Tübingen: Niemeyer Verlag.

JELINEK, Elfriede (1991), *Totenauberg*. Ein Stück. Reinbek bei Hamburg.

JELINEK, Elfriede (1997a), *Raststätte oder sie machens alle,* in: E.J., *Stecken, Stab und Stangl*. Neue Theaterstücke, mit einem „Text zum Theater". Reinbek bei Hamburg.

JELINEK, Elfriede (1997b), *Wolken. Heim,* in: E.J., *Stecken, Stab und Stangl*. Neue Theaterstücke, mit einem „Text zum Theater". Reinbek bei Hamburg.

JELINEK, Elfriede (1998), *Sportstück*. Reinbek bei Hamburg.

KANT, Immanuel (1990), *Kritik der Urteilskraft*. Hg. von Karl Vorländer. Mit einer Bibliographie von Heiner Klemme. 7. Aufl., Hamburg.

KRACHT, Christian (2001), *Faserland*. 6. Auflage, Köln.

LANZMANN, Claude (1986), *Shoah*. Mit einem Vorwort von Simone de Beauvoir. Düsseldorf [Originalausgabe: *Shoah*. Paris 1985].

LUHMANN, Niklas (DB), „Dekonstruktion als Beobachtung zweiter Ordnung". Autorisierte Übers. von Matthias Prangel, in: Henk de Berg/M.P. (Hg.), *Differenzen*. Systemtheorie zwischen Dekonstruktion und Konstruktivismus, Tübingen; Basel 1995, 9-35 [zuerst erschienen unter dem Titel: „Deconstruction as Second-Order-Observing", in: *New Literary History* 24 (1993), 763-782].

LUHMANN, Niklas (GG), *Die Gesellschaft der Gesellschaft*, 2 Bde., Frankfurt/M. 1998.

LUHMANN, Niklas (KG), *Die Kunst der Gesellschaft*. Frankfurt/M. 1997.

LUHMANN, Niklas (LP), *Liebe als Passion.* Zur Codierung von Intimität. Frankfurt/M. 1994.

LUHMANN, Niklas (SY), *Soziale Systeme.* Grundriß einer allgemeinen Theorie. Frankfurt/M. 1987.

LUHMANN, Niklas (WG), *Die Wissenschaft der Gesellschaft.* Frankfurt/M 1992.

LUHMANN, Niklas (ZS), *Zweckbegriff und Systemrationalität.* Über die Funktion von Zwecken in sozialen Systemen. Frankfurt/M. 1973.

LUHMANN, Niklas (1990), *Soziologische Aufklärung.* Bd. 5: Konstruktivistische Perspektiven. Opladen.

LYOTARD, Jean-François (1999), *Das postmoderne Wissen.* Ein Bericht. Aus dem Französischen von Otto Pfersmann, hg. von Peter Engelmann. 4., unveränderte Neuauflage. Wien.

MATURANA, Humberto R. (1969), „The neurophysiology of cognition", in: Paul L. Garvin, *Cognition.* A multiple view. New York.

MATURANA, Humberto R./VARELA, Francisco J. (1973), *De Máquinas y Seres Vivos.* Una Teoría de la Organización Biológica. Santiago.

MATURANA, Humberto R./VARELA, Francisco J. (1987), *Der Baum der Erkenntnis.* Die biologischen Wurzeln menschlichen Erkennens. Übersetzt von Kurt Ludewig, Bern; München.

MCLUHAN, Marshall (1992), *Die magischen Kanäle.* „Understanding Media". Neudruck der Ausgabe von 1968, Düsseldorf; Wien [Titel der Originalausgabe: *Understanding Media.* The Extensions of Man. New York 1964].

MCLUHAN, Marshall/FIORE, Quentin/AGEL, Jerome (1984), *Das Medium ist Massage.* Neudruck der Ausgabe von 1969, Frankfurt/M. [Titel der Originalausgabe: *The Medium Is the Massage.* An Inventiory of Effects. New York 1967].

NIETZSCHE, Friedrich (1972), *Die Geburt der Tragödie aus dem Geiste der Musik,* in: F.N., *Kritische Gesamtausgabe,* hg. von Giorgio Colli und Mazzino Montinari. Bd. III.1, Berlin; New York.

NIETZSCHE, Friedrich (1973), „Über Wahrheit und Lüge im außermoralischen Sinne", in: F.N., *Kritische Gesamtausgabe,* hg. von Giorgio Colli und Mazzino Montinari. Bd. III.2. Berlin; New York, 367-384.

PARSONS, Talcott/SHILS, Edward Albert (Eds., 1967), *Toward a General Theory of Action.* Sixth Printing, Cambridge/Mass.

PARSONS, Talcott (1976), *Zur Theorie sozialer Systeme*. Hg. und eingel. von Stefan Jensen. Opladen.

PARSONS, Talcott (1980), *Zur Theorie der sozialen Interaktionsmedien*. Hg. und eingel. von Stefan Jensen. Opladen.

RAPP, Christof (2002, Übers.), *Aristoteles, Werke in deutscher Übersetzung*. Begründet von Ernst Grumach, hg. von Hellmut Flashar. Bd. 4, *Rhetorik*, übersetzt und erläutert von C.R. Erster Halbband. Berlin.

SAUSSURE, Ferdinand de (2001), *Grundfragen der allgemeinen Sprachwissenschaft*. Hg. von Charles Bally/Albert Sechehaye, übersetzt von Herman Lommel. 3. Auflage, mit einem Nachwort von Peter Ernst. Berlin; New York.

SCHMIDT, Siegfried J. (1994), *Kognitive Autonomie und soziale Orientierung*. Konstruktivistische Bemerkungen zum Zusammenhang von Kognition, Kommunikation, Medien und Kultur. Frankfurt/M.

SCHOPENHAUER, Arthur (1987), *Die Welt als Wille und Vorstellung*. Gesamtausgabe in zwei Bänden nach der Edition von Arthur Hübscher. Stuttgart.

SEARLE, John Rogers (1971), *Sprechakte*. Frankfurt/M.

SPENCER BROWN, George (1994), *Laws of Form*. Portland.

STRAUß, Botho (1990), „Der Aufstand gegen die sekundäre Welt. Bemerkungen zu einer Ästhetik der Anwesenheit", in: George Steiner, *Von realer Gegenwart. Hat unser Sprechen Inhalt?* München; Wien, 305-320.

STRAUß, Botho (1994), „Anschwellender Bocksgesang", in: Ulrich Schacht/Heimo Schwilk (Hg.), *Die selbstbewußte Nation*. Berlin; Hamburg, 19-40.

STREERUWITZ, Marlene (1996), *Verführungen. 3. Folge Frauenjahre*. 6. Auflage, Frankfurt/M.

SYBERBERG, Hans Jürgen (1990), *Vom Unglück und Glück der Kunst in Deutschland nach dem letzten Kriege*. München.

WAGNER, Richard (1983), *Beethoven*. In: R.W., *Dichtungen und Schriften*. Jubiläumsausgabe in 10 Bänden, hg. von Dieter Borchmeyer. Bd. IX, Frankfurt/M.

WALSER, Martin (1998), *Erfahrungen beim Verfassen einer Sonntagsrede* (Friedenspreis des Deutschen Buchhandels 1998). Frankfurt/M.

WESTBAM mit GOETZ, Rainald (MCS), *Mix, Cuts & Scratches*. Berlin 1997.

WITTGENSTEIN, Ludwig (BlB), *Das Blaue Buch*. Werkausgabe in 8 Bänden, Bd. 5. Frankfurt/M. 1984, 15-116.
WITTGENSTEIN, Ludwig (PU), *Philosophische Untersuchungen*. Werkausgabe in 8 Bänden, Bd. 1. Frankfurt/M. 1984, 225-580.
WITTGENSTEIN, Ludwig (Tr), *Tractatus logico-philosophicus*. Werkausgabe in 8 Bänden, Bd. 1. Frankfurt/M. 1984, 7-85.
WITTGENSTEIN, Ludwig (ÜGe), *Über Gewißheit*. Werkausgabe in 8 Bänden, Bd. 8. Frankfurt/M. 1984, 113-257.

FORSCHUNGSLITERATUR

zu Thomas Bernhard

ASPETSBERGER, Friedbert (2001), „Superbia als dichterische Strategie. Thomas Bernhard als ‚scriptor de jure praecedentiae'", in: Pierre Béhar/Jeanne Benay (Hg.), *Österreich und andere Katastrophen. Thomas Bernhard in memoriam*. St. Ingbert, 213-248.
ATZERT, Stephan (1999), *Schopenhauer und Thomas Bernhard. Zur literarischen Verwendung von Philosophie*. Freiburg i.B.
BARTHOFER, Alfred (1979), „Wittgenstein mit Maske. Dichtung und Wahrheit in Thomas Bernhards Roman ‚Korrektur'", in: *Österreich in Geschichte und Literatur* 8, 186-207.
BARTHOFER, Alfred (1982), „Vorliebe für die Komödie: Todesangst. Anmerkungen zum Komödienbegriff bei Thomas Bernhard", in: Vierteljahresschrift des Adalbert-Stifter-Instituts des Landes Oberösterreich, Jg. 31, Folge 1/2, 77-100.
BAUMGÄRTEL, Patrick (2003), „Vorliebe für ‚Seiltänzerei'. Zu einigen Funktionen und Verwendungsweisen des Komischen in Thomas Bernhards ‚Komödientragödien'", in: Martin Huber/Manfred Mittermayer/Wendelin Schmidt-Dengler (Hg.), *Thomas Bernhard Jahrbuch 2003*. Wien (etc.), 217-233.
BEICKEN, Peter (2001), „Enge Stimmführung. Ingeborg Bachmann und Thomas Bernhard", in: Pierre Béhar/Jeanne Benay (Hg.), *Österreich und andere Katastrophen. Thomas Bernhard in memoriam*. St. Ingbert, 91-112.

BENNHOLDT-THOMSEN, Anke (1999), „Zufälle. Zu Thomas Bernhards Gedächtnis-Kunst", in: Joachim Hoell/Kai Luehrs-Kaiser (Hg.), *Traditionen und Trabanten*. Würzburg, 13-18.

BETTEN, Anne (2002), „Thomas Bernhard unter dem linguistischen Seziermesser. Was kann die Diagnose zum Verständnis beitragen?", in: Martin Huber/Wendelin Schmidt-Dengler (Hg.), *Wissenschaft als Finsternis? Jahrbuch der Thomas Bernhard-Privatstiftung*. Wien (etc.)., 181-194.

BÖHM, Erich/KARASEK, Hellmuth (1980), „Ich könnte auf dem Papier jemand umbringen. Der Schriftsteller Thomas Bernhard über Wirkung und Öffentlichkeit seiner Texte". Gespräch mit Thomas Bernhard, in: *Der Spiegel* vom 23.06.1980.

BOTOND, Anneliese (Hg., 1970), *Über Thomas Bernhard*. Frankfurt/M.

BRÄNDLE, Rudolf (1999), *Zeugenfreundschaft*. Erinnerungen an Thomas Bernhard. Salzburg.

CHO, Hyun-Chon (1995), *Wege zu einer Widerstandskunst im autobiographischen Werk von Thomas Bernhard*. Frankfurt/M. (etc.).

DAMERAU, Burghard (1996), *Selbstbehauptungen und Grenzen*. Zu Thomas Bernhard, Würzburg.

DITTMAR, Jens (Hg., 1990), *Thomas Bernhard*. Werkgeschichte. Aktualisierte Neuausgabe. Frankfurt/M.

DRONSKE, Ulrich (1999), „Sprach-Dramen. Zu den Theaterstücken Thomas Bernhards", in: Alexander Honold/Markus Joch (Hg.), *Thomas Bernhard oder die Zurichtung des Menschen*, Würzburg, 115-122.

ENDRES, Ria (1980), *Am Ende angekommen*. Dargestellt am wahnhaften Dunkel der Männerporträts des Thomas Bernhard, Frankfurt/M.

ERTUĞRUL, Bilge (2001), „Prosatexte von Thomas Bernhard und Ingeborg Bachmann: Berührungspunkte trotz der Differenzen", in: Pierre Béhar/Jeanne Benay (Hg.), *Österreich und andere Katastrophen*. Thomas Bernhard in memoriam. St. Ingbert, 113-127.

EYCKELER, Franz (1995), *Reflexionspoesie*. Sprachskepsis, Rhetorik und Poetik in der Prosa Thomas Bernhards. Berlin.

FUEST, Leonhard (2000), *Kunstwahnsinn irreparabler*. Eine Studie zum Werk Thomas Bernhards. Frankfurt/M. (etc.).

GAMPER, Herbert (1974), „Einerseits Wissenschaft, Kunststücke andererseits. Zum Theater Thomas Bernhards", in: Heinz Ludwig Arnold (Hg.), *Text und Kritik* 43, 9-21.

GAMPER, Herbert (1977), *Thomas Bernhard.* München.
GARGANI, Aldo (1997), *Der unendliche Satz.* Thomas Bernhard und Ingeborg Bachmann. Aus dem Ital. von Anselm Jappe. Wien.
GEHLE, Holger (1995), „Maria: Ein Versuch. Überlegungen zur Chiffrierung Ingeborg Bachmanns im Werk Thomas Bernhards, in: Hans Höller/Irene Heidelberger-Leonard (Hg.), *Antiautobiographie.* Thomas Bernhards „Auslöschung". Frankfurt/M., 159-180.
GLEBER, Anke (1991), „*Auslöschung, Gehen.* Thomas Bernhards Poetik der Destruktion und Reiteration", in: *Modern Austrian Literature* 24, Nr. 3/4, 85-97.
GÖRNER, Rüdiger (1997), „Gespiegelte Wiederholungen: Zu einem Kunstgriff von Thomas Bernhard", in: Wendelin Schmidt-Dengler/Adrian Stevens/Fred Wagner, *Thomas Bernhard.* Beiträge zur Fiktion der Postmoderne. Frankfurt/M. (etc.), 111-125.
GÖßLING, Andreas (1988), *Die „Eisenbergrichtung".* Versuch über Thomas Bernhards Auslöschung, Münster.
GÖTZ VON OLENHUSEN, Irmtraud (2002), „'Nazisuppe' oder: Pathologie der Erinnerung. Thomas Bernhards Dramen und die Geschichtskultur", in: Franziska Schößler/Ingeborg Villinger (Hg.), *Politik und Medien bei Thomas Bernhard.* Würzburg, 230-245.
GROPP, Eckhard (1994), *Thomas Bernhards „Heldenplatz" als politisches Theater.* Postmoderne Literatur im Deutschunterricht. Bad Honnef; Zürich.
GROTOHOLSKY, Ernst (1983), „*Die Macht der Gewohnheit* oder: die Komödie der Dialektik der Aufklärung", in: Kurt Bartsch/Dietmar Goltschnigg/Gerhard Melzer (Hg.), *In Sachen Thomas Bernhard.* Königstein/Ts., 91-106.
HARTZ, Bettina (2001), „*Das Märchen ist ganz musikalisch".* Thomas Bernhards Theaterstück *Der Ignorant und der Wahnsinnige.* Köln.
HELMS-DERFERT, Hermann (1997), *Die Last der Geschichte.* Interpretationen zur Prosa von Thomas Bernhard. Köln (etc.).
HENSCHEID, Eckhard (1973), „Der Krypto-Komiker. Wie der österreichische Schriftsteller Thomas Bernhard seine Bewunderer, seine Kritiker und wahrscheinlich sich selber an der Nase herumführt", in: *pardon* 1973, Nr. 7, 21-23.

HERZOG, Andreas (1995), „Thomas Bernhards Poetik der prosaischen Musik", in: Hans Höller/Irene Heidelberger-Leonard (Hg.), *Antiautobiographie*. Thomas Bernhards „Auslöschung". Frankfurt/M., 132-147.

HERZOG, Andreas (1999), „*Auslöschung* als Selbstauslöschung oder Der Erzähler als theatralische Figur", in: Alexander Honold/Markus Joch (Hg.), *Thomas Bernhard* oder die Zurichtung des Menschen, Würzburg, 123-131.

HOELL, Joachim (1995), *Der „literarische Realitätenvermittler"*. Die ‚Liegenschaften' in Thomas Bernhards Roman AUSLÖSCHUNG. Berlin.

HOELL, Joachim (2000a), *Mythenreiche Vorstellungswelt und ererbter Alptraum*. Ingeborg Bachmann und Thomas Bernhard. Berlin.

HOELL, Joachim (2000b), *Thomas Bernhard*. München.

HÖLLER, Hans (1979), *Kritik einer literarischen Form*. Versuch über Thomas Bernhard. Stuttgart.

HÖLLER, Hans (1981), „‚Es darf nichts Ganzes geben' und ‚In meinen Büchern ist alles künstlich'. Eine Rekonstruktion des Gesellschaftsbilds von Thomas Bernhard aus der Form seiner Sprache", in: Manfred Jurgensen (Hg.), *Bernhard*. Annäherungen. Bern; München, 45-63.

HÖLLER, Hans (1993), *Thomas Bernhard*. Reinbek bei Hamburg.

HÖYNG, Peter (2003), „Plays of Domination and Submission in Thomas Bernhard's *Ritter, Dene, Voss* (1986) and Werner Schwab's *Die Präsidentinnen* (1990), in: *The German Quarterly* 76 (2003)3, 300-313.

HONEGGER, Gitta (2003), *Thomas Bernhard*. „Was ist das für ein Narr?". Von der Autorin aus der amerikanischen Originalfassung übertragen. München.

HONOLD, Alexander (1999), „Die Macht der Gewohnheit", in: Alexander Honold/Markus Joch (Hg.), *Thomas Bernhard* oder die Zurichtung des Menschen. Würzburg, 51-58.

HUBER, Martin (1990), „Wittgenstein auf Besuch bei Goethe. Zur Rezeption Ludwig Wittgensteins im Werk Thomas Bernhards", in: Wendeln Schmidt-Dengler/Martin Huber/Michael Huter (Hg.), *Wittgenstein und. Philosophie><Literatur*. Wien, 193-207.

HUBER, Martin (1992), *Thomas Bernhards philosophisches Lachprogramm*. Zur Schopenhauer-Aufnahme im Werk Thomas Bernhards, Wien.

HUBER, Martin (1996), „Rettich und Klavier. Zur Komik im Werk Thomas Bernhards", in: Wendelin Schmidt-Dengler (Hg.), *Komik in der österreichischen Literatur*. Berlin, 275-284.

HUNTEMANN, Willi (1990), *Artistik und Rollenspiel.* Das System Thomas Bernhard, Würzburg.

JAHRAUS, Oliver (1992), *Das „monomanische" Werk.* Eine strukturale Werkanalyse des Œuvres von Thomas Bernhard. Frankfurt/M. (etc.).

JAHRAUS, Oliver (1999), „Die Geburt der Kommunikation aus der Unerreichbarkeit des Bewußtseins", in: Alexander Honold/Markus Joch (Hg.), *Thomas Bernhard* oder die Zurichtung des Menschen. Würzburg, 31-41.

JAHRAUS, Oliver (2002), „Von Saurau zu Murau. Die Konstitution des Subjekts als Geistesmenschen im Werk Thomas Bernhards", in: Martin Huber/Wendelin Schmidt-Dengler (Hg.), *Wissenschaft als Finsternis?* Jahrbuch der Thomas Bernhard-Privatstiftung. Wien (etc.)., 65-82.

JANG, Eun-Soo (1993), *Die Ohnmachtspiele des Altersnarren.* Untersuchungen zum dramatischen Schaffen Thomas Bernhards. Frankfurt/M. (etc.).

JOOß, Erich (1976), *Aspekte der Beziehungslosigkeit.* Zum Werke von Thomas Bernhard. Selb.

JÜRGENS, Dirk (1999), *Das Theater Thomas Bernhards.* Frankfurt/M.

JURGENSEN, Manfred (1981), „Die Sprachpartituren des Thomas Bernhard", in: M. J. (Hg.), *Bernhard.* Annäherungen. Bern; München, 99-122.

KAHRS, Peter (2000), *Thomas Bernhards frühe Erzählungen.* Rhetorische Lektüren. Würzburg.

KAMPITS, Peter (1994), „Tod und Reflexion. Philosophische Bemerkungen zum Werk Thomas Bernhards", in: Johann Lachinger/Alfred Pittertschatscher (Hg.), *Literarisches Kolloquium.* Thomas Bernhard, Materialien. Zweite Auflage. Weitra, 30-40.

KAUFER, Stefan David (1999), *Die Abwehr von Körperlichkeit bei Thomas Bernhard.* Berlin.

KLINGMANN, Ulrich (1984), „Begriff und Struktur des Komischen in Thomas Bernhards Dramen", in: *Wirkendes Wort* 2(1984), 78-87.

KLUG, Christian (1991), *Thomas Bernhards Theaterstücke.* Stuttgart.

KÖNIG, Josef (1983), *„Nichts als ein Totenmaskenball".* Studien zum Verständnis der ästhetischen Intentionen im Werk Thomas Bernhards. Frankfurt/M. (etc.).

KOHLHAGE, Monika (1987), *Das Phänomen der Krankheit im Werk von Thomas Bernhard.* Herzogenrath.

KORTE, Hermann (1991), „Dramaturgie der ‚Übertreibungskunst'", in: Heinz Ludwig Arnold (Hg.), *Thomas Bernhard,* Text und Kritik 43, 3. Auflage, München, 88-103.

KRAMMER, Stefan (1999), „Ritualisierte Kommunikations-Macht-Spiele. Zu einer Semiotik des Schweigens im dramatischen Werk Thomas Bernhards", in: Alexander Honold/Markus Joch (Hg.), *Thomas Bernhard oder die Zurichtung des Menschen.* Würzburg, 95-102.

KREMER, Detlef (2002), „Ekphrasis. Fensterblick und Fotografie in Thomas Bernhards später Prosa", in: Franziska Schößler/Ingeborg Villinger (Hg.), *Politik und Medien bei Thomas Bernhard.* Würzburg, 191-207.

KUHN, Gudrun (2002), „Musik und Memoria. Zu Hör-Arten von Bernhards Prosa", in: Martin Huber/Wendelin Schmidt-Dengler (Hg.), *Wissenschaft als Finsternis?* Jahrbuch der Thomas Bernhard-Privatstiftung. Wien (etc.)., 145-161.

LANGENDORF, Nikolaus (2001), *Schimpfkunst.* Die Bestimmung des Schreibens in Thomas Bernhards Prosawerk. Frankfurt/M. (etc.).

LIEBRAND, Claudia (2002), „Obduktionen. Thomas Bernhards *Der Ignorant und der Wahnsinnige*", in: Franziska Schößler/Ingeborg Villinger (Hg.), *Politik und Medien bei Thomas Bernhard.* Würzburg, 78-92.

LINK, Kay (2000), *Die Welt als Theater.* Künstlichkeit und Künstlertum bei Thomas Bernhard. Stuttgart.

MARQUARDT, Eva (1990), *Gegenrichtung.* Entwicklungstendenzen in der Erzählprosa Thomas Bernhards. Tübingen.

MARQUARDT, Eva (2002), „Die halbe Wahrheit. Bernhards antithetische Schreibweise am Beispiel des Romans *Auslöschung*", in: Martin Huber/Wendelin Schmidt-Dengler (Hg.), *Wissenschaft als Finsternis?* Jahrbuch der Thomas Bernhard-Stiftung in Kooperation mit dem Österreichischen Literaturarchiv, Wien, 83-94.

MEYER-ARLT, Regine (1997), *Nach dem Ende.* Posthistoire und die Dramen Thomas Bernhards. Hildesheim (etc).

MITTERMAYER, Manfred (1995a), „‚Die Meinigen abschaffen'. Das Existenzgefüge des Franz-Josef Murau", in: Hans Höller/Irene Heidelberger-Leonard (Hg.), *Antiautobiographie.* Thomas Bernhards „Auslöschung". Frankfurt/M., 116-131.

MITTERMAYER, Manfred (1995b), *Thomas Bernhard.* Stuttgart; Weimar.

NICKEL, Eckhart (1997), *Flaneur.* Die Ermöglichung der Lebenskunst im Spätwerk Thomas Bernhards. Heidelberg.

OBERREITER, Suitbert (1999), *Lebensinszenierung und kalkulierte Kompromißlosigkeit.* Zur Relevanz der Lebenswelt im Werk Thomas Bernhards. Wien (etc.).

PARTH, Thomas (1995), *„Verwickelte Hierarchien".* Die Wege des Erzählers in den Jugenderinnerungen Thomas Bernhards. Tübingen.

PETRASCH, Ingrid (1987), *Die Konstitution von Wirklichkeit in der Prosa Thomas Bernhards.* Sinnbildlichkeit und groteske Überzeichnung. Frankfurt/M. (etc.).

PFABIGAN, Alfred (1999), *Thomas Bernhard.* Ein österreichisches Weltexperiment. Wien.

PIECHOTTA, Hans Joachim (1982), „‚Naturgemäß'. Thomas Bernhards autobiographische Bücher", in: Heinz Ludwig Arnold (Hg.), *Text und Kritik* 43, zweite erweiterte Auflage, Göttingen 1982, 8-24.

REITER, Andrea (1989), „Thomas Bernhards ‚musikalisches Kompositionsprinzip'", in: Martin Lüdke et alii (Hg.), *Auch Spanien ist Europa.* Literaturmagazin 23. Reinbek bei Hamburg, 149-168.

RICHTER, Michael (1999), „Sprachspiele der Ursachenforschung. Beobachtungen zu *Korrektur*", in: Alexander Honold/Markus Joch (Hg.), *Thomas Bernhard* oder die Zurichtung des Menschen, Würzburg, 103-113.

ROSSBACHER, Karlheinz (1983), „Quänger-Quartett und Forellen-Quintett. Prinzipien der Kunstausübung bei Adalbert Stifter und Thomas Bernhard", in: Kurt Bartsch/Dietmar Goltschnigg/Gerhard Melzer (Hg.), *In Sachen Thomas Bernhard.* Königstein/Ts., 69-90.

RUMLER, Fritz (1972), „Alpen-Beckett und Menschenfeind", in: *Der Spiegel* vom 31.07.1972, 98.

SCHAEFER, Camillo (1986), *Wittgensteins Größenwahn.* Begegnungen mit Paul Wittgenstein. Wien.

SCHINGS, Hans-Jürgen (1983), „Die Methode des Equilibrismus. Zu Thomas Bernhards *Immanuel Kant*", in: Hans Dietrich Irmscher/Werner Keller (Hg.), *Drama und Theater im 20. Jahrhundert.* Festschrift für Walter Hinck. Göttingen, 432-445.

SCHLICHTMANN, Silke (1996), *Das Erzählprinzip „Auslöschung".* Zum Umgang mit Geschichte in Thomas Bernhards Roman „Auslöschung. Ein Zerfall". Frankfurt/M. (etc.).

SCHMIDT-DENGLER, Wendelin (1986), *Der Übertreibungskünstler.* Studien zu Thomas Bernhard. Wien.

SCHMIDT-DENGLER, Wendelin (1989), *Der Übertreibungskünstler.* Studien zu Thomas Bernhard. 2. erweiterte Auflage, Wien.

SCHMIDT-DENGLER, Wendelin (1993), „25 Jahre Verstörung. Zu Thomas Bernhard", in: Friedbert Aspetsberger (Hg.), *Neue Bärte für die Dichter?* Studien zur österreichischen Gegenwartsliteratur. Wien, 73-84.

SCHMIDT-DENGLER, Wendelin (1995), „Die Tragödien sind die Komödien oder Die Unbelangbarkeit Thomas Bernhards durch die Literaturwissenschaft", in: Wolfram Bayer (Hg.), *Kontinent Bernhard,* Wien (etc.), 15-30.

SCHMIDT-DENGLER, Wendelin (2002), „‚Absolute Hilflosigkeit (des Denkens)'. Zur Typologie der wissenschaftlichen Auseinandersetzung mit Thomas Bernhard, in: Martin Huber/Wendelin Schmidt-Dengler (Hg.), *Wissenschaft als Finsternis?* Jahrbuch der Thomas Bernhard-Privatstiftung. Wien (etc.)., 9-18.

SCHÖSSLER, Franziska/VILLINGER, Ingeborg (2002), „Über den ‚wahren Abgrund der menschlichen Vernunft'. Thomas Bernhards Einspruch gegen Immanuel Kant", in: F.S./I.V. (Hg.), *Politik und Medien bei Thomas Bernhard.* Würzburg, 110-147.

SCHUH, Franz (1975), „Unterganghofer Thomas Bernhard in Anekdote und Selbstzeugnis", in: *salz 1* (1975), Nr. 2, S. 8.

SEILER, Manfred (1987), „Frege kommt in Frage", in: *Spectaculum* 44, Frankfurt/M, 299-305.

SEYDEL, Bernd (1986), *Die Vernunft der Winterkälte.* Gleichgültigkeit als Equilibrismus im Werk Thomas Bernhards. Würzburg.

SONNLEITNER, Johann (2001), „Seiltanzerei und Zwischentöne. Zur Rolle und Funktion des Komischen bei Thomas Bernhard", in: Pierre Béhar/Jeanne Benay (Hg.), *Österreich und andere Katastrophen.* Thomas Bernhard in memoriam. St. Ingbert, 381-393.

SORG, Bernhard (1983), „Das Leben als Falle und Traktat. Zu Thomas Bernhards *Der Weltverbesserer,* in: Kurt Bartsch/Dietmar Goltschnigg/Gerhard Melzer (Hg.), *In Sachen Thomas Bernhard.* Königstein/Ts., 148-157.

SORG, Bernhard (1992), *Thomas Bernhard.* Zweite, neubearbeitete Auflage, München.

SORG, Bernhard (1998), „Familiengefängnisse. Politik und Privatheit in Thomas Bernhards ‚Vor dem Ruhestand' und ‚Ritter, Dene, Voss'", in:

Karin Hempel-Soos/Michael Serrer (Hg.), *"Was wir aufschreiben ist der Tod"*. Thomas-Bernhard-Symposium in Bonn 1995. Bonn, 14-26.

STEUTZGER, Inge (2001), *"Zu einem Sprachspiel gehört eine ganze Kultur"*. Wittgenstein in der Prosa von Ingeborg Bachmann und Thomas Bernhard. Freiburg i.B.

STEVENS, Adrian (1997), „Schimpfen als künstlerischer Selbstentwurf. Karneval und Hermeneutik in Thomas Bernhards *Auslöschung*", in: Wendelin Schmidt-Dengler/Adrian Stevens/Fred Wagner, *Thomas Bernhard*. Beiträge zur Fiktion der Postmoderne. Frankfurt/M. (etc.), 61-91.

STREBEL-ZELLER, Christa (1975), *Die Verpflichtung der Tiefe des eigenen Abgrunds in Thomas Bernhards Prosa*. Zürich.

STRUTZ, Johann (1983), „'Wir, das bin ich'. Folgerungen zum Autobiographienwerk von Thomas Bernhard", in: Kurt Bartsch/Dietmar Goltschnigg/Gerhard Melzer (Hg.), *In Sachen Thomas Bernhard*. Königstein/Ts., 179-198.

TABAH, Mireille (1999), „Die Methode Misogynie in *Auslöschung*", in: Alexander Honold/Markus Joch (Hg.), *Thomas Bernhard oder die Zurichtung des Menschen*. Würzburg, 77-82.

THABTI, Sahbi (1994), „Die Paraphrase der Totalität. Zum Verhältnis von Denken und Sprechen in Thomas Bernhards *In der Höhe*", in: *Wirkendes Wort* 44.2, 296-315.

THORPE, Kathleen (1988), „Reading the Photographs in Thomas Bernhard's Novel *Auslöschung*", in: *Modern Austrian Literature* 21, Nr. 3/4, 39-50.

TSCHAPKE, Reinhard (1984), *Hölle und zurück*. Das Initiationsthema in den Jugenderinnerungen Thomas Bernhards. Hildesheim (etc.).

VOGEL, Juliane (1988), „Die Gebetbücher des Philosophen. Lektüren in den Romanen Thomas Bernhards", in: *Modern Austrian Literature* 21, Nr. 3/4, 173-186.

WALITSCH, Herwig (1992), *Thomas Bernhard und das Komische*. Versuch über den Komikbegriff Thomas Bernhards anhand der Texte „Alte Meister" und „Die Macht der Gewohnheit". Erlangen.

WALLNER, Friedrich (1978), „Wittgenstein und die Auswirkungen. Über Ingeborg Bachmann, Peter Handke und Thomas Bernhard", in: *Morgen* 5, 246-251.

WEINZIERL, Ulrich (1991), „Bernhard als Erzieher. Thomas Bernhards ‚Auslöschung'", in: Paul Michael Lützeler (Hg.), *Spätmoderne und Postmoderne*. Beiträge zur deutschsprachigen Gegenwartsliteratur. Frankfurt/M., 186-196 [auch in: *German Quarterly* 63 (1990), 455-461].

WEIß, Gernot (1993), *Auslöschung der Philosophie*. Philosophiekritik bei Thomas Bernhard. Würzburg.

WINKLER, Jean-Marie (1989), *L'attente et la fête*. Recherches sur le théâtre de Thomas Bernhard. Bern (etc.).

WINKLER, Jean-Marie (1995), „Zwischen Parodie und Zurücknahme. Thomas Bernhards *Der Ignorant und der Wahnsinnige* und Wolfgang Amadeus Mozarts *Die Zauberflöte*", in: Tamás Lichtmann (Hg.), *Nicht (aus, in, über, von) Österreich*. Zur österreichischen Literatur, zu Celan, Bachmann, Bernhard und anderen. Frankfurt/M., 229-240.

WINKLER, Jean-Marie (2002), „Rezeption und / oder Interpretation. Zum problematischen Verständnis von Thomas Bernhards Bühnenwerk", in: Martin Huber/Wendelin Schmidt-Dengler (Hg.), *Wissenschaft als Finsternis?* Jahrbuch der Thomas Bernhard-Privatstiftung. Wien (etc.)., 163-180.

zu Rainald Goetz, Pop, Techno

ALKER, Thomas (1995), *Das Dance Pattern Buch*. 99 Sequencer-Tracks von House bis Techno. Mainz (etc.).

ANZ, Philipp/WALDER, Patrick (1995, Hg.), *techno*. Zürich.

ANZ, Philipp/MEYER, Arnold (1995), „Die Geschichte von Techno", in: Philipp Anz/Patrick Walder (Hg.), *techno*. Zürich, 8-21.

ASSHEUER, Thomas (1997), „Ekstase, Befreiung, Glück. Gespräch mit Maximilian Lenz alias Westbam", in: *ZEIT-Magazin* 46(1997), 32-37.

BÄSSMANN, Joachim (1999), „Penner im Rokoko-Kostüm", in: *Die Welt* vom 20.12.1999.

BARTELS, Gerrit (1999), „Es lebt der Text und es textet das Leben", in: *taz* vom 13.11.1999.

BAßLER, Moritz (2002), *Der deutsche Pop-Roman*. Die neuen Archivisten. München.

BERGER, Jürgen (1992), „Kein Haß mehr", in: *taz* vom 29.12.1992.

BOCHSLER, Regula/STORRER, Markus (1995), „Talking Technoheads IV: Geschlecht", in: Philipp Anz/Patrick Walder (Hg.), *techno*. Zürich, 240-249.

BÖPPLE, Friedhelm/KNÜFER, Ralf (1998), *Generation XTC. Techno & Ekstase*. Ungekürzte und überarbeitete Taschenbuchausgabe, München.

BONZ, Jochen (1998), *Meinecke, Mayer, Musik erzählt*. Mainz.

BONZ, Jochen (2002), *Der Welt-Automat von Malcolm McLaren*. Essays zu Pop, Skateboardfahren und Rainald Goetz. Wien.

BÜSSER, Martin (1998), *Antipop*. Mainz.

COX, Christoph (2003), „Wie wird Musik zu einem organlosen Körper? Gilles Deleuze und die experimentelle Elektronika". Aus dem Englischen von Esra Sandikcioglu, in: Marcus S. Kleiner/Achim Szepanski (Hg.), *Soundcultures. Über elektronische und digitale Musik*. Frankfurt/M., 162-193.

DETJE, Robin (1993), „Theoretischer Theaterreigen", in: *DIE ZEIT* vom 29.10.1993.

DIEDERICHSEN, Diedrich (1993), *Freiheit macht arm*. Das Leben nach Rock'n' Roll 1990-93. Köln.

DIEDERICHSEN, Diedrich (1996), „Pop – deskriptiv, normativ, emphatisch", in: Marcel Hartges et alii (Hg.), *Pop Technik Poesie*. Die nächste Generation. Reinbek, 36-44.

DIEDERICHSEN, Diedrich (1999), *Der lange Weg nach Mitte*. Der Sound und die Stadt. Köln.

DIEDERICHSEN, Diedrich (2000), *2000 Schallplatten*. 1979-1999. Höfen.

DIEDERICHSEN, Diedrich (2002), *Sexbeat*. Neuauflage der Originalausgabe von 1985. Köln.

DIEHL, Siegfried (1992), „Wortdurchgangslager", in: *FAZ* vom 23.12.1992.

DOKTOR, Thomas/SPIES, Carla (1997), *Gottfried Benn – Rainald Goetz*. Medium Literatur zwischen Pathologie und Poetologie. Opladen.

EHLERT, Matthias (2000), „Ohne Schockschmock", in: *FAZ* vom 18.05.2000.

ERNST, Thomas (2001), *Popliteratur*. Hamburg.

FASTHUBER, Sebastian/KRALICEK, Wolfgang (2000), „'Das Ding sollte knallen'". Interview mit Rainald Goetz, in: *Der Falter* 17/2000, 28.04.-04.05.2000.

FEIGE, Marcel (2000), *Deep in Techno*. Die ganze Geschichte des Movements. Berlin.

FIEBIG, Gerald (1999), „Jäger und Sampler. Literatur und DJ-Culture", in: *testcard.* Beiträge zur Popgeschichte. Bd. 7, *Pop und Literatur.* Mainz, 232-239.

FIEDLER, Leslie A. (1968), „Cross the Border, Close the Gap", in: *Playboy* 12/1968. Zuerst erschienen in deutscher Übersetzung unter dem Titel „Das Zeitalter der neuen Literatur", in: *Christ und Welt* vom 13.09. u. vom 20.09.1968. Neuabdruck unter dem Titel „Überquert die Grenze, schließt den Graben", in: Wittstock 1994, 14-39.

FRANKE, Eckhard (1992), „Die schwatzende Republik", in: *Stuttgarter Zeitung* vom 24.12.1992.

FRITH, Simon (1996), „The Cultural Study of Pop", in: Kunstforum International, Bd. 134, 140-148.

GENDOLLA, Peter (1990), „'Der übrige Körper ist für Verzierungen bestimmt'. Über die Kunst der Einschreibung und den Sinn der Nachricht (Raymond Roussel, Franz Kafka, Rainald Goetz)", in: P.G./Carsten Zelle (Hg.), *Schönheit und Schrecken.* Entsetzen, Gewalt und Tod in alten und neuen Medien. Heidelberg, 145-166.

GOODWIN, Andrew (1992), *Dancing in the Distraction Factory.* Music, Television and Popular Culture. Minneapolis.

GROß, Thomas (1993), „Tape against the machine", in: *taz* vom 21.08.1993.

GROß, Thomas (2000), *Berliner Barock.* Popsingles. Frankfurt/M.

HAEMMERLI, Thomas (1995), „Das Lebensgefühl", in: Philipp Anz/Patrick Walder (Hg.), techno. Zürich, 184-191.

HAGESTEDT, Lutz (1998), „Mann ohne Bauplan", in: Literaturbeilage der *Frankfurter Rundschau* vom 13.10.1998.

HARTMANN, Andreas (2003), „Kein Image ist ein Image", in: *taz* vom 17.10.2003.

HIRSCH, Alexander (2001), *Die Rezeption der Systemtheorie von Niklas Luhmann im Werk von Rainald Goetz.* Frankfurt/M. Publiziert im Internet, abrufbar unter: *www.diplomarbeiten24.de.*

HITZLER, Ronald/PFADENHAUER, Michaela (2003), „Next Step. Technoide Vergemeinschaftung und ihre Musik(en)", in: Klaus Neumann-Braun/Axel Schmidt/Manfred Mai, *Popvisionen.* Links in die Zukunft. Frankfurt/M., 212-225.

HÖBEL, Wolfgang (1992), „Faust auf dem Monte Video", in: *Süddeutsche Zeitung* vom 23.12.1992.

HÖLLER, Christian (1996), „Widerstandsrituale und Pop-Plateaus. Birmingham School, Deleuze/Guattari und Popkultur heute", in: Tom Holert/Mark Terkessidis (Hg.), *Mainstream der Minderheiten. Pop in der Kontrollgesellschaft*. Berlin; Amsterdam, 55-71.

HOLERT, Tom (2001), „Jeff Mills: Haptiker und Plastiker", in: Jochen Bonz (Hg.), *Sound Signatures. Pop-Splitter*. Frankfurt/M., 117-130.

HOLERT, Tom/TERKESSIDIS, Mark (1996, Hg.), *Mainstream der Minderheiten. Pop in der Kontrollgesellschaft*. Berlin; Amsterdam. Darin u.a.: T.H./M.T., „Einführung in den Mainstream der Minderheiten", 5-19.

IDEN, Peter (1999), „Bärenschiss", in: *Frankfurter Rundschau* vom 21.12.1999.

ILLIES, Florian (1998), „So schauste aus", in: *FAZ* vom 03.11.1998.

ILSCHNER, Frank (2003), „Irgendwann nach dem Urknall hat es Click gemacht. Das Universum von Mille Plateaux im Kontext der elektronischen Musik", in: Marcus S. Kleiner/Achim Szepanski (Hg.), *Soundcultures. Über elektronische und digitale Musik*. Frankfurt/M., 18-33.

IN'T VELD, Holger (2003), „Rhythm & Sound und Sessel aus Vinyl. Trutzburg der Entschleunigung – ein Porträt des Berliner Pop-Labels Basic Channel", in: *Berliner Zeitung* vom 01.12.2003.

JACOB, Günther (2001), „Die Modernisierung der Identität. Pop als Teil des Gründungsmythos der ‚Berliner Republik'", in: Heinz Geuen/Michael Rappe (Hg.), *Pop & Mythos. Pop-Kultur, Pop-Ästhetik, Pop-Musik*. Schliengen, 21-40.

JANKOWSKI, Martin (1999), „Tanz nach zwölf. Techno als Erscheinungsform Democratischer Decadance Reality", in: DVjs 73(1999)1, 28-42.

JERRENTRUP, Ansgar (1992), „Techno – vom Reiz einer reizlosen Musik", in: Helmut Rösing (Hg.), *Beiträge zur Popularmusikforschung* 12, 46-84.

JERRENTRUP, Ansgar (2001), „Das Mach-Werk. Zur Produktion, Ästhetik und Wirkung von Techno-Musik", in: Ronald Hitzler/Michaela Pfadenhauer (Hg.), *Techno-Soziologie. Erkundungen einer Jugendkultur*. Opladen, 185-210.

JÖRDER, Gerhard (1999), „Zipfelchen vom Paradies", in: *DIE ZEIT* vom 22.12.1999.

JUNG, Thomas (2002), „Von Pop international zu Tristesse Royal. Die Popliteratur zwischen Kommerz und postmoderner Beliebigkeit", in: T.J. (Hg.), *Alles nur Pop?* Anmerkungen zur populären und Pop-Literatur seit 1990. Frankfurt/M. (etc.), 29-53.

KARNIK, Olaf (2003), „Polit-Pop und Sound-Politik in der Popgesellschaft", in: Klaus NeumannBraun/Axel Schmidt/Manfred Mai (Hg.), *Popvisionen.* Links in die Zukunft. Frankfurt/M., 103-120.

KELLER, Manuela (1995), „Endlos schlaufende Vierviertel-Maschinen. Eine Musikanalyse", in: Philipp Anz/Patrick Walder (Hg.), *techno.* Zürich, 123-131.

KEMPER, Peter/LANGHOFF, Thomas/SONNENSCHEIN, Ulrich (1999), *„alles so schön bunt hier".* Die Geschichte der Popkultur von den Fünfzigern bis heute. Stuttgart; Leipzig.

KLEIN, Gabriele (2004), *Electronic Vibration.* Pop Kultur Theorie. Überarbeitete Neuauflage der Originalfassung von 1999. Wiesbaden.

KLEIN, Gabriele/FRIEDRICH, Malte (2003), „Globalisierung und die Performanz des Pop", in: Klaus Neumann-Braun/Axel Schmidt/Manfred Mai (Hg.), *Popvisionen.* Links in die Zukunft. Frankfurt/M., 77-102.

KLEINER, Marcus S. (2003), „Das große Erleben. Pop im Kopfkino von Dr. Dr. Rainald Goetz", in: Marvin Chlada/Gerd Dembowski/Deniz Ünlü (Hg.), *Alles Pop?* Kapitalismus & Subversion. Aschaffenburg, 156-170.

KLEINER, Marcus S./CHLADA, Marvin (2003), „Tanzen Androiden zu elektronischer Musik? Eine Reise durch das Universum der Sonic Fiction", in: M.S.K./Achim Szepanski (Hg.), *Soundcultures.* Über elektronische und digitale Musik. Frankfurt/M., 218-235.

KLEINER, Marcus S./Szepanski, Achim (2003, Hg.), *Soundcultures.* Über elektronische und digitale Musik. Frankfurt/M.

KOBERG, Roland (1999), „Die Träume der Kinder und der Künstler", in: *Berliner Zeitung* vom 20.12.1999.

KÖHLER, Andrea (1998), „Bis es knallt", in: *Neue Zürcher Zeitung* vom 23./24.05.1998.

KÖSCH, Sascha (1995), „Jeff Mills", in: Philipp Anz/Patrick Walder (Hg.), *techno.* Zürich, 52-57.

KÖSCH, Sascha (2001), „Ein Review kommt selten allein. Die Regeln der elektronischen Musik. Zur Schnittstelle von Musik- und Textproduktion im Techno", in: Jochen Bonz (Hg.), *Sound Signatures*. Pop-Splitter. Frankfurt/M., 173-189.

KRANKENHAGEN, Stefan (2001), *Auschwitz darstellen*. Ästhetische Positionen zwischen Adorno, Spielberg und Walser. Köln (etc.).

KREITLING, Holger (1998), „Es gibt kein falsches Leben im richtigen Club", in: *Die Welt* vom 11.04.1998.

KRIEGER, Gottfried (1999), „Panter, Pop und Bär", in: *Stuttgarter Zeitung* vom 27.12.1999.

KÜHN, Rainer (1993), „Bürgerliche Kunst und antipolitische Politik. Der ‚Subjektkultkarrierist' Rainald Goetz", in: Walter Delabar/Werner Jung/Ingrid Pergande (Hg.), *Neue Generation – Neues Erzählen*. Deutsche Prosa-Literatur der achtziger Jahre. Opladen, 25-34.

KÜNZLER, Hanspeter (1995), „Die Politik der Sound Systems", in: Philipp Anz/Patrick Walder (Hg.), *techno*. Zürich, 226-233.

KUHN, Albert (1995a), „Juan Atkins", in: Philipp Anz/Patrick Walder (Hg.), *techno*. Zürich, 28-33.

KUHN, Albert (1995b), „Das Manifest", in: Philipp Anz/Patrick Walder (Hg.), *techno*. Zürich, 214f.

LAARMANN, Jürgen (1995), „The Raving Society", in: Philipp Anz/Patrick Walder (Hg.), *techno*. Zürich, 216-219.

LANGE, Mechthild (1993), „Krudes Material. Krieg. Vaterland", in: *Frankfurter Rundschau* vom 27.10.1993.

LAUDENBACH, Peter (1996), „‚Allein gegen die ganze Arschlochwelt'", in: *Berliner Zeitung* vom 17./18.02.1996.

LOTHWESEN, Kai Stefan (1999), „Methodische Aspekte der musikalischen Analyse von Techno", in: Helmut Rösing/Thomas Phleps (Hg.), *Erkenntniszuwachs durch Analyse*. Populäre Musik auf dem Prüfstand. Karben, 70-89.

MAIDA, Marcus (1999), „Diese Pille", in: *testcard*. Beiträge zur Popgeschichte. Bd. 7, *Pop und Literatur*. Mainz, 200-213.

MICHALZIK, Peter (1999), „Wie es ist", in: *Süddeutsche Zeitung* vom 15.09.1999.

MÜNDER, Peter (1993), „Textallergiker in der Theaterfestung", in: *taz* vom 01.11.1993.

NIEMCZYK, Ralf (1995), „Längst über den Regenbogen. Kommerz im Rave-Land", in: Philipp Anz/Patrick Walder (Hg.), *techno*. Zürich, 220-225.

NIESWANDT, Hans (2002), *Plus minus acht.* DJ Tage DJ Nächte.
NIESSNER, Michael (2001), „Roland Barthes goes Club Culture. DJ-Musik und Postmoderne", in: Heinz Geuen/Michael Rappe (Hg.), *Pop & Mythos. Pop-Kultur, Pop-Ästhetik, Pop-Musik.* Schliengen, 143-150.
OPEL, Anna (2002), *Sprachkörper.* Zur Relation von Sprache und Körper in der zeitgenössischen Dramatik – Werner Fritsch, Rainald Goetz, Sarah Kane. Bielefeld.
ORTHEIL, Hanns-Josef (1999), „Auf Sendung", in: *Neue Zürcher Zeitung* vom 15.12.1999.
POERSCHKE, Ralf (1999), „Dialektik der Abklärung. ‚Great'", in: *taz* vom 20.12.1999.
POSCHARDT, Ulf (1997), *DJ Culture.* Diskjockeys und Popkultur. Reinbek.
POSCHMANN, Gerda (1997), *Der nicht mehr dramatische Theatertext.* Aktuelle Bühnenstücke und ihre dramaturgische Analyse. Tübingen.
RHEINLÄNDER, Jörg (1992), „Das Theater jetzt". Interview mit Hans Hollmann, in: *Frankfurter Rundschau* vom 19.12.1992.
RÖSING, Helmut (2001), „Massen-Flow. Die ‚Rebellion der Unterhaltung' im Techno", in: Ronald Hitzler/Michaela Pfadenhauer (Hg.), *Techno-Soziologie.* Erkundungen einer Jugendkultur. Opladen, 177-184.
SCHÄFER, Andreas (1998), „Das Totale Diskurs-Verschling-Ding", in: *Berliner Zeitung* vom 18./19.04.1998.
SCHAPER, Rüdiger (1999), „Bla, bla, bla. – Ja! Ja! Ja!!!", in: *Der Tagesspiegel* vom 20.12.1999.
SCHMITZ, Helmut (1992), „Der Text und sein Spieler", in: *Frankfurter Rundschau* vom 23.12.1992.
SCHULZE, Holger (2000), *Das aleatorische Spiel.* Erkundung und Anwendung der nichtintentionalen Werkgenese im 20. Jahrhundert. München.
SCHULZE-REIMPELL, Werner (1993), „Rollen rückwärts in die Zukunft", in: *Rheinischer Merkur* vom 29.10.1993.
SCHULZE-REIMPELL, Werner (1999), „Triumph des Kitsches", in: *Rheinischer Merkur* vom 24.12.1999.
SCHUMACHER, Eckhard (1994), „Zeittotschläger. Rainald Goetz' *Festung*", in: Jörg Drews (Hg.), *Vergangene Gegenwart – Gegenwärtige Vergangenheit.* Studien, Polemiken und Laudationes zur deutschsprachigen Literatur 1960-1994. Bielefeld, 277-308.

SCHUMACHER, Eckhard (1998), „Mix, Cuts & Scratches. Die Autorität der Unterhaltung", in: Fakultät für Linguistik und Literaturwissenschaft (Hg.), *25 Jahre für eine neue Geisteswissenschaft*, Bielefeld, 181-193.

SCHUMACHER, Eckhard (2000), „Can You Feel It? Pop, Literatur und Religiosität", in: Wolfgang Braungart/Manfred Koch (Hg.), *Ästhetische und religiöse Erfahrungen der Jahrhundertwenden* III: um 2000. Paderborn (etc.), 219-252.

SCHUMACHER, Eckhard (2001), *„From the garbage, into The Book:* Medien, Abfall, Literatur", in: Jochen Bonz (Hg.), *Sound Signatures.* Pop-Splitter. Frankfurt/M., 190-213.

SCHUMACHER, Eckhard (2003), *Gerade Eben Jetzt.* Schreibweisen der Gegenwart. Frankfurt/M.

STADELMAIER, Gerhard (1993), „Dialogallergie im Monologbunker", in: *FAZ* vom 26.10.1993.

STEFFEN, Christine (1995), „Das Rave-Phänomen", in: Philipp Anz/Patrick Walder (Hg.), *techno.* Zürich, 176-183.

STEINFELD, Thomas (2003), *Riff.* Tonspuren des Lebens. München [Originalausgabe: Köln 2000].

THORNTON, Sarah (1997), „The Social Logic of Subcultural Capital", in: Ken Gelder/S.T. (Eds.), *The Subcultures Reader.* London/New York.

ULLMAIER, Johannes (2001), *Von Acid nach Adlon und zurück.* Eine Reise durch die deutschsprachige Popliteratur. Mainz.

VOLKWEIN, Barbara (1999), „Es macht Bleep", in: Helmut Rösing/Thomas Phleps (Hg.), *Erkenntniszuwachs durch Analyse.* Populäre Musik auf dem Prüfstand. Karben, 51-68.

WALDER, Patrick (1995), „Body & Sex", in: Philipp Anz/P.W. (Hg.), *techno.* Zürich, 198-207.

WALDER, Patrick (1998), „'Ganz realbrutale Echtrealität'", in: *Der Spiegel* vom 30.03.1998.

WALTZ, Matthias (1993), *Ordnung der Namen.* Die Entstehung der Moderne: Rousseau, Proust, Sartre. Frankfurt/M.

WALTZ, Matthias (2001), „Zwei Topographien des Begehrens: Pop/Techno mit Lacan", in: Jochen Bonz (Hg.), *Sound Signatures.* Pop-Splitter. Frankfurt/M., 214-231.

WARNECKE, Kläre (1993), „Familienwitze unterm Tannenbaum", in: *Die Welt* vom 25.10.1993.

WEBER, Richard (1992), „'...noch KV (kv)': Rainald Goetz. Mutmaßungen über *Krieg*", in: R.W. (Hg.), *Deutsches Drama der 80er Jahre*. Frankfurt/M., 120-148.
WERBER, Niels (2000a), „Intensitäten des Politischen. Gestalten souveräner und normalistischer Macht bei Rainald Goetz", in: *Weimarer Beiträge* 46(2000)1, 105-120.
WERBER, Niels (2003), „Der Teppich des Sterbens. Gewalt und Terror in der neusten Popliteratur", in: *Weimarer Beiträge* 49(2003)1, 55-69.
WERNER, Julia (2001), „Die Club-Party. Eine Ethnographie der Berliner Techno-Szene", in: Ronald Hitzler/Michaela Pfadenhauer (Hg.), *Techno-Soziologie. Erkundungen einer Jugendkultur*. Opladen, 31-50.
WICKE, Peter/ZIEGENRÜCKER, Wieland (1997), *Handbuch der populären Musik. Rock, Pop, Jazz, World Music*. Erweiterte Neuausgabe, Mainz.
WINKELS, Hubert (1988), *Einschnitte. Zur Literatur der 80er Jahre*. Köln.
WINKELS, Hubert (1997), *Leselust und Bildermacht. Literatur, Fernsehen und Neue Medien*. Köln.
WIRSING, Sibylle (1992), „Triumph der Trauer über Haß und Hohn", in: *Der Tagesspiegel* vom 23.12.1992.
WIRSING, Sibylle (1993), „Ein Traumschiff ohne Wind in den Segeln", in: *Der Tagesspiegel* vom 24.10.1993.
WITTSTOCK, Uwe (1994, Hg.), *Roman oder Leben. Postmoderne in der deutschen Literatur*. Leipzig.

zu Niklas Luhmann

BAECKER, Dirk (1993), „Das Spiel mit der Form", in: D.B. (Hg.), *Probleme der Form*. Frankfurt/M., 148-158.
BAECKER, Dirk (1996), „Die Adresse der Kunst", in: Jürgen Fohrmann/Harro Müller (Hg.), *Systemtheorie der Literatur*. München, 82-105.
BAECKER, Dirk (1999), „Kommunikation im Medium der Information", in: Rudolf Maresch/Niels Werber (Hg.), *Kommunikation, Medien, Macht*. Frankfurt/M., 174-191.
BARALDI, Claudio (1997), Art. „Doppelte Kontingenz", in: C.B./Giancarlo Corsi/Elena Esposito (Hg.), *GLU. Glossar zu Niklas Luhmanns Theorie sozialer Systeme*, Frankfurt/M., 37-39.

BARSCH, Achim (1996), „Komponenten des Literatursystems. Zur Frage des Gegenstandsbereichs der Literaturwissenschaft", in: Jürgen Fohrmann/Harro Müller (Hg.), *Systemtheorie der Literatur*. München, 134-158.

BINCZEK, Natalie (2000), *Im Medium der Schrift*. Zum dekonstruktiven Anteil in der Systemtheorie Niklas Luhmanns. München.

DE BERG, Henk (1993), „Die Ereignishaftigkeit des Textes", in: H.d.B./Matthias Prangel (Hg.), *Kommunikation und Differenz*. Systemtheoretische Ansätze in der Literatur- und Kunstwissenschaft. Opladen, 32-52.

DE BERG, Henk (2000), „Kunst kommt von Kunst. Die Luhmann-Rezeption in der Literatur- und Kunstwissenschaft", in: Henk de Berg/Johannes Schmidt (Hg.), *Rezeption und Reflexion*. Zur Resonanz der Systemtheorie Niklas Luhmanns außerhalb der Soziologie. Frankfurt/M., 175-221.

DE BERG, Henk/PRANGEL, Matthias (1995, Hg.), *Differenzen*. Systemtheorie zwischen Dekonstruktion und Konstruktivismus. Tübingen; Basel.

DE BERG, Henk/PRANGEL, Matthias (1997), „Noch einmal: Systemtheoretisches Textverstehen. Eine Antwort auf Lutz Kramaschkis Kritik am ‚Leidener Modell'", in: H.d.B./M.P. (Hg.), *Systemtheorie und Hermeneutik*. Tübingen; Basel, 117-141.

DIECKMANN, Johann (2004), *Luhmann-Lehrbuch*. Paderborn.

DISSELBECK, Klaus (1987), *Geschmack und Kunst*. Eine systemtheoretische Untersuchung zu Schillers Briefen „Über die ästhetische Erziehung des Menschen". Opladen.

DREPPER, Thomas (2003), *Organisationen der Gesellschaft*. Gesellschaft und Organisation in der Systemtheorie Niklas Luhmanns. Wiesbaden.

ELLRICH, Lutz (1995), *Beobachtung des Computers*. Die Informationstechnik im Fadenkreuz der Systemtheorie. Freiburg i.B.

ELLRICH, Lutz (2000), „Entgeistertes Beobachten. Desinformierende Mitteilungen über Luhmanns allzu verständliche Kommunikation mit Hegel", in: Peter-Ulrich Merz-Benz/Gerhard Wagner (Hg.), *Die Logik der Systeme*. Zur Kritik der systemtheoretischen Soziologie Niklas Luhmanns. Konstanz, 73-126.

ESPOSITO, Elena (1996), „Code und Form", in: Jürgen Fohrmann/Harro Müller (Hg.), *Systemtheorie der Literatur*. München, 56-81.

ESPOSITO, Elena (1997a), Art. „Konstruktivismus", in: Claudio Baraldi/Giancarlo Corsi/E. E., *GLU*. Glossar zu Niklas Luhmanns Theorie sozialer Systeme. Frankfurt/M., 100-104.

ESPOSITO, Elena (1997b), Art. „System/Umwelt", in: Claudio Baraldi/Giancarlo Corsi/E. E., *GLU*. Glossar zu Niklas Luhmanns Theorie sozialer Systeme. Frankfurt/M., 195-199.

ESPOSITO, Elena (1999), „Das Problem der Reflexivität in den Medien und in der Theorie", in: Albrecht Koschorke/Cornelia Vismann (Hg.), *Widerstände der Systemtheorie*. Kulturtheoretische Analysen zum Werk von Niklas Luhmann, Berlin.

GUMBRECHT, Hans Ulrich (1995), „Interpretation versus Verstehen von Systemen", in: Henk de Berg/Matthias Prangel (Hg.), *Differenzen*. Systemtheorie zwischen Dekonstruktion und Konstruktivismus. Tübingen; Basel, 171-186.

HENNIG, Boris (2000), „Luhmann und die Formale Mathematik", in: Peter-Ulrich Merz-Benz/Gerhard Wagner (Hg.), *Die Logik der Systeme*. Zur Kritik der systemtheoretischen Soziologie Niklas Luhmanns. Konstanz, 157-198.

HÖRISCH, Jochen (1991), „Die verdutzte Kommunikation. Literaturgeschichte als Problemgeschichte", in: *Merkur* 45 (12), 1096-1104.

HORSTER, Detlef (1997), *Niklas Luhmann*. München.

JÄGER, Georg (1991), „Die Avantgarde als Ausdifferenzierung des bürgerlichen Literatursystems. Eine systemtheoretische Gegenüberstellung des bürgerlichen und avantgardistischen Literatursystems mit einer Wandlungshypothese", in: Michael Titzmann (Hg.), *Modelle des literarischen Strukturwandels*. Tübingen, 221-244.

JAHRAUS, Oliver (2001), *Theorieschleife*. Systemtheorie, Dekonstruktion und Medientheorie. Wien.

KONOPKA, Melitta (1999), *Akteure und Systeme*. Ein Vergleich der Beiträge handlungs- und systemtheoretischer Ansätze zur Analyse zentraler sozialtheoretischer Fragestellungen unter besonderer Berücksichtigung der Luhmannschen und der post-Luhmannschen Systemtheorie. Frankfurt/M. (etc.).

KRAMASCHKI, Lutz (1995), „Das einmalige Aufleuchten der Literatur. Zu einigen Problemen im ‚Leidener Modell' systemtheoretischen Textverstehens", in: Henk de Berg/Matthias Prangel (Hg.), *Differenzen*. Sy-

stemtheorie zwischen Dekonstruktion und Konstruktivismus. Tübingen; Basel, 275-301.
KRÜGER, Hans Peter (1992), „Selbstreferenz bei Maturana und Luhmann. Ein kommunikationstheoretischer Vergleich, in: *Deutsche Zeitschrift für Philosophie* 40.5, 475-489.
MARESCH, Rudolf/WERBER, Niels (1999, Hg.), *Kommunikation, Medien, Macht.* Frankfurt/M.
MERZ-BENZ, Peter-Ulrich/WAGNER, Gerhard (2000, Hg.), *Die Logik der Systeme.* Zur Kritik der systemtheoretischen Soziologie Niklas Luhmanns. Konstanz.
MUSSIL, Stephan (1993), „Literaturwissenschaft, Systemtheorie und der Begriff der Beobachtung", in: Henk de Berg/Matthias Prangel (Hg.), *Kommunikation und Differenz.* Systemtheoretische Ansätze in der Literatur- und Kunstwissenschaft. Opladen, 183-202.
MUSSIL, Stephan (1995), „Wahrheit oder Methode. Zur Anwendung der systemtheoretischen und dekonstruktiven Differenzlehre in der Literaturwissenschaft", in: Henk de Berg/Matthias Prangel (Hg.), *Differenzen.* Systemtheorie zwischen Dekonstruktion und Konstruktivismus. Tübingen; Basel, 61-90.
NARR, Wolf-Dieter (1994), „Recht-Demokratie-Weltgesellschaft. Habermas, Luhmann und das systematische Versäumnis ihrer großen Theorien" (Teil 2), in: *Probleme des Klassenkampfes,* 24.2, 324-344.
NASSEHI, Armin (1995), „Différend, Différance und Distinction. Zur Differenz der Differenzen bei Lyotard, Derrida und in der Formenlogik", in: Henk de Berg/Matthias Prangel (Hg.), Differenzen. Systemtheorie zwischen Dekonstruktion und Konstruktivismus. Tübingen; Basel, 37-59.
NASSEHI, Armin (1997), „Die Zeit des Textes. Zum Verhältnis von Kommunikation und Text", in: Henk de Berg/Matthias Prangel (Hg.), *Systemtheorie und Hermeneutik.* Tübingen; Basel, 47-68.
ORT, Claus-Michael (1997), „Systemtheorie und Hermeneutik? Kritische Anmerkungen zu einer Theorieoption aus literaturwissenschaftlicher Sicht", in: Henk de Berg/Matthias Prangel (Hg.), *Systemtheorie und Hermeneutik.* Tübingen; Basel, 143-171.
PLUMPE, Gerhard (1997), „Kein Mitleid mit Werther", in: Henk de Berg/Matthias Prangel (Hg.), *Systemtheorie und Hermeneutik.* Tübingen; Basel, 215-231.

PLUMPE, Gerhard/WERBER, Niels (1993), „Literatur ist codierbar. Aspekte einer systemtheoretischen Literaturwissenschaft", in: Siegfried J. Schmidt (Hg.), *Literaturwissenschaft und Systemtheorie.* Positionen, Kontroversen, Perspektiven. Opladen, 9-43.

PRANGEL, Matthias (1993), „Zwischen Dekonstruktionismus und Konstruktivismus. Zu einem systemtheoretisch fundierten Ansatz von Textverstehen", in: Henk de Berg/M.P. (Hg.), *Kommunikation und Differenz.* Systemtheoretische Ansätze in der Literatur- und Kunstwissenschaft. Opladen, 9-31.

RUSCH, Gebhard (1993), „Phänomene, Systeme, Episteme. Zur aktuellen Diskussion systemtheoretischer Ansätze in der Literaturwissenschaft", in: Henk de Berg/Matthias Prangel (Hg.), *Kommunikation und Differenz.* Systemtheoretische Ansätze in der Literatur- und Kunstwissenschaft. Opladen, 228-244.

SCHEMANN, Andreas (1992), „Strukturelle Kopplung. Zur Festlegung und normativen Bindung offener Möglichkeiten sozialen Handelns", in: Werner Krawietz/Michael Welker (Hg.), *Kritik der Theorie sozialer Systeme.* Auseinandersetzungen mit Luhmanns Hauptwerk. Frankfurt/M., 215-229.

SCHNEIDER, Wolfgang Ludwig (2002), *Grundlagen der soziologischen Theorie.* Bd. 2: Garfinkel-RC-Habermas-Luhmann. Wiesbaden.

SCHULTE, Günter (1993), *Der blinde Fleck in Luhmanns Systemtheorie.* Frankfurt/M.

SCHWANITZ, Dietrich (1990), *Systemtheorie und Literatur.* Ein neues Paradigma. Opladen.

SCHWANITZ, Dietrich (1996), „Dichte Beschreibung", in: Jürgen Fohrmann/Harro Müller (Hg.), *Systemtheorie der Literatur.* München, 276-291.

SCHWANITZ, Dietrich (1997), „Attributionsüberforderung in Liebe und Literatur", in: Henk de Berg/Matthias Prangel (Hg.), *Systemtheorie und Hermeneutik.* Tübingen; Basel, 199-213.

SILL, Oliver (1997), „Literatur als Beobachtung zweiter Ordnung. Ein Beitrag zur systemtheoretischen Debatte in der Literaturwissenschaft", in: Henk de Berg/Matthias Prangel (Hg.), *Systemtheorie und Hermeneutik.* Tübingen; Basel, 69-88.

SPANGENBERG, Peter M. (1993), „Stabilität und Entgrenzung von Wirklichkeiten. Systemtheoretische Überlegungen zu Funktion und Leistung der Massenmedien", in: Siegfried J. Schmidt (Hg.), *Literaturwissenschaft und Systemtheorie. Positionen, Kontroversen, Perspektiven.* Opladen, 66-100.

STÄHELI, Urs (2000), *Sinnzusammenbrüche. Eine dekonstruktive Lektüre von Niklas Luhmanns Systemtheorie.* Weilerswist.

STANITZEK, Georg (1996), „Was ist Kommunikation?", in: Jürgen Fohrmann/Harro Müller (Hg.), *Systemtheorie der Literatur.* München, 21-55.

TEUBNER, Gunther (1999), „Ökonomie der Gabe – Positivität der Gerechtigkeit. Gegenseitige Heimsuchungen von System und *différance*", in: Albrecht Koschorke/Cornelia Vismann (Hg.), *Widerstände der Systemtheorie. Kulturtheoretische Analysen zum Werk von Niklas Luhmann.* Berlin, 199-212.

WAGNER, Gerhard/ZIPPRIAN, Heinz (1992), „Identität oder Differenz? Bemerkungen zu einer Aporie in Niklas Luhmanns Theorie selbstreferentieller Systeme", in: *Zeitschrift für Soziologie* 21, 394-405.

WERBER, Niels (2000b), „Medien der Evolution. Zu Luhmanns Medientheorie und ihrer Rezeption in der Medienwissenschaft", in: Henk de Berg, Johannes Schmidt (Hg.), *Rezeption und Reflexion. Zur Resonanz der Systemtheorie Niklas Luhmanns außerhalb der Soziologie.* Frankfurt/M., 322-360.

zu Ludwig Wittgenstein

BAKER, Gordon P. (1988), *Wittgenstein, Frege and the Vienna Circle.* Oxford.

BELL, David (1992), „Solipsismus, Subjektivität und öffentliche Welt", in: Wilhelm Vossenkuhl (Hg.), *Von Wittgenstein lernen.* Berlin, 29-52.

BEZZEL, Chris (1996), *Wittgenstein zur Einführung,* 3. überarbeitete Auflage, Hamburg.

BUCHHEISTER, Kai/STEUER, Daniel (1992), *Ludwig Wittgenstein.* Stuttgart.

CANDLISH, Stewart (1998), „Wittgensteins Privatsprachenargumentation", in: Eike von Savigny (Hg.), *Ludwig Wittgenstein. Philosophische Untersuchungen.* Berlin, 143-166.

COOK, John Webber (2000), *Wittgenstein, empiricism, and language.* New York; Oxford.

CRARY, Alice/READ, Rupert (Eds., 2000), *The New Wittgenstein*. London; New York.
FAHRENWALD, Claudia (2000), *Aporien der Sprache*. Ludwig Wittgenstein und die Literatur der Moderne. Wien.
FOGELIN, Robert (1976), *Wittgenstein*. London (etc.).
GABRIEL, Gottfried (1993), *Grundprobleme der Erkenntnistheorie*. Von Descartes zu Wittgenstein. Paderborn (etc.).
GLOCK, Hans-Johann (1998), „Wittgensteins letzter Wille. ‚Philosophische Untersuchungen' 611-628", in: Eike von Savigny (Hg.), *Ludwig Wittgenstein. Philosophische Untersuchungen*. Berlin, 215-237.
GMÜR, Felix (2000), *Ästhetik bei Wittgenstein*. Über Sagen und Zeigen. Freiburg i.B.; München.
HACKER, Peter M. S. (1997), *Wittgenstein im Kontext der analytischen Philosophie*. Übersetzt von Joachim Schulte. Frankfurt/M.
HACKER, Peter M. S. (2004), „Übersichtlichkeit und übersichtliche Darstellungen", in: *Deutsche Zeitschrift für Philosophie* 52 (2004)3, 405-420.
HARK, Michel ter (1995), „Wittgenstein und Russell über Psychologie und Fremdpsychisches", in: Eike von Savigny/Oliver R. Scholz (Hg.), *Wittgenstein über die Seele*. Frankfurt/M, 84-106.
HEINEN, Dirk (1998), *Sprachdynamik und Vernunft*. Untersuchungen zum Spätwerk Nietzsches und Wittgensteins. Würzburg.
HINTIKKA, Merrill B./HINTIKKA, Jaakko (1996), *Untersuchungen zu Wittgenstein*. Übersetzt von Joachim Schulte, Frankfurt/M. (Originalausgabe: *Investigating Wittgenstein*, Oxford 1986).
HOBUß, Steffi (1995), „Unbeschreibliche Gefühle", in: Eike von Savigny/Oliver R. Scholz (Hg.), *Wittgenstein über die Seele*. Frankfurt/M., 131-145.
KENNY, Anthony J. (1974), *Wittgenstein*. Aus dem Englischen von Hermann Vetter. Frankfurt/M.
KRIPKE, Saul A. (1987), *Wittgenstein über Regeln und Privatsprache*. Eine elementare Darstellung. Übersetzt von Helmut Pape. Frankfurt/M. [Originalausgabe: *Wittgenstein on Rules and Private Language*. An Elementary Exposition. Oxford 1982].
KROME, Hans-Jürgen (1979), *Referenzsemantik und Pragmatik bei Wittgenstein und Searle*. Untersuchungen zu einer pragmatischen Theorie der singulären bestimmten Referenz. Marburg.

KROß, Matthias (2004), „Philosophie ohne Eigenschaften. Überlegungen zu Wittgensteins Philosophiebegriff", in: Wilhelm Lütterfelds (Hg.), *Erinnerung an Wittgenstein. ‚kein Sehen in die Vergangenheit'?* Frankfurt/M. (etc.), 83-108.

KRÜGER, H. Wilhelm (1995), „Fragwürdige Bilder. Wittgenstein über den Inhalt der Vorstellung", in: Eike von Savigny/Oliver R. Scholz (Hg.), *Wittgenstein über die Seele.* Frankfurt/M., 72-83.

LALLA, Sebastian (2002), *Solipsismus bei Ludwig Wittgenstein. Eine Studie zum Früh- und Spätwerk.* Frankfurt/M. (etc.).

LANGE, Ernst Michael (1996), *Ludwig Wittgenstein: ‚Logisch-philosophische Abhandlung'. Ein einführender Kommentar in den ‚Tractatus'.* Paderborn (etc.).

LANGE, Ernst Michael (1998), *Ludwig Wittgenstein: ‚Philosophische Untersuchungen'. Eine kommentierende Einführung.* Paderborn (etc.).

LAZEROWITZ, Morris/AMBROSE, Alice (1984), *Essays in the unknown Wittgenstein.* Buffalo, N.Y.

LÜTTERFELDS, Wilhelm/ROSER, Andreas (Hg., 1999), *Der Konflikt der Lebensformen in Wittgensteins Philosophie der Sprache.* Frankfurt/M.

MAJETSCHAK, Stefan (2004), „Privatsprache bei Russell und Wittgenstein. Über einige Hintergründe des sogenannten ‚Privatsprachenarguments'", in: Wilhelm Lütterfelds (Hg.), *Erinnerung an Wittgenstein. ‚kein Sehen in die Vergangenheit'?* Frankfurt/M. (etc.), 109-125.

NAGL, Ludwig (1990), „Wittgenstein und die Postmoderne", in: Fritz Wallner/Arne Haselbach (Hg.), *Wittgensteins Einfluß auf die Kultur der Gegenwart.* Wien, 53-69.

NAGL, Ludwig/MOUFFE, Chantal (Eds., 2001), *The legacy of Wittgenstein: pragmatism or deconstruction.* Frankfurt/M. (etc.).

NEUMER, Katalin (1999), „Lebensform, Sprache und Relativismus im Spätwerk Wittgensteins", in: Wilhelm Lütterfelds/Andreas Roser (Hg.), *Der Konflikt der Lebensformen in Wittgensteins Philosophie der Sprache.* Frankfurt/M., 72-93.

PEARS, David (1987), *The False Prison.* Vol. 1, Oxford.

PUHL, Klaus (1998), „Regelfolgen", in: Eike von Savigny (Hg.), *Ludwig Wittgenstein. Philosophische Untersuchungen.* Berlin, 119-142.

RAATZSCH, Richard (1998), „Wittgensteins Philosophieren über das Philosophieren. Die Paragraphen 89 bis 133...", in: Eike von Savigny (Hg.), *Ludwig Wittgenstein. Philosophische Untersuchungen.* Berlin, 71-96.

RAATZSCH, Richard (2004), „Das Wesen der Welt sichtbar machen", in: *Deutsche Zeitschrift für Philosophie* 52 (2004)3, 445-466.
RECK, Erich H. (Hg., 2002), *From Frege to Wittgenstein:* perspectives on early analytic philosophy. Oxford.
RENTSCH, Thomas (2003), *Heidegger und Wittgenstein.* Existential- und Sprachanalysen zu den Grundlagen philosophischer Anthropologie. Stuttgart.
RHEES, Rush (1998), *Wittgenstein and the possibility of discourse.* Cambridge.
SAVIGNY, Eike von (1988), *Wittgensteins „Philosophische Untersuchungen".* Ein Kommentar für Leser. Bd. 1, Abschnitte 1-315. Frankfurt/M.
SAVIGNY, Eike von (1989), *Wittgensteins „Philosophische Untersuchungen".* Ein Kommentar für Leser. Bd. 2, Abschnitte 316-693. Frankfurt/M.
SAVIGNY, Eike von (1996), *Der Mensch als Mitmensch.* Wittgensteins ‚Philosophische Untersuchungen'. München.
SCHNEIDER, Hans Julius (1999), „Offene Grenzen, zerfaserte Ränder: Über Arten von Beziehungen zwischen Sprachspielen", in: Wilhelm Lütterfelds/Andreas Roser (Hg.), *Der Konflikt der Lebensformen in Wittgensteins Philosophie der Sprache.* Frankfurt/M., 138-155.
SCHOLZ, Oliver R. (1998), „Vorstellungen von Vorstellungen", in: Eike von Savigny (Hg.), *Ludwig Wittgenstein.* Philosophische Untersuchungen. Berlin, 191-213.
SCHULTE, Joachim (1999), „Die Hinnahme von Sprachspielen und Lebensformen", in: Wilhelm Lütterfelds/Andreas Roser (Hg.), *Der Konflikt der Lebensformen in Wittgensteins Philosophie der Sprache.* Frankfurt/M., 156-170.
SCHULTE, Joachim (2001), *Ludwig Wittgenstein, Philosophische Untersuchungen.* Kritisch-genetische Edition, hg. von J.S. in Zusammenarbeit mit Heikki Nyman, Eike von Savigny und Georg Henrik von Wright. Frankfurt/M.
SCHULTE, Joachim (2004), „Zum Harmonie-Kapitel der ‚Philosophischen Untersuchungen'", in: *Deutsche Zeitschrift für Philosophie* 52 (2004)3, 389-404.
SCHWARTE, Ludger (2000), *Die Regeln der Intuition.* Kunstphilosophie nach Adorno, Heidegger und Wittgenstein. München.

SOLDATI, Gianfranco (1989), *Erlebnis und Bedeutung* (gemeinsam publiziert mit Manfred Frank, *Wittgensteins Gang in die Dichtung*). Pfullingen.
STEGMÜLLER, Wolfgang (1976), *Hauptströmungen der Gegenwartsphilosophie*. Eine kritische Einführung. 6. Auflage, Stuttgart.
STEGMÜLLER, Wolfgang (1986), *Kripkes Deutung der Spätphilosophie Wittgensteins*. Kommentarversuch über einen versuchten Kommentar. Stuttgart.
TIETZ, Udo (2004), „Heidegger und Wittgenstein über Sinn, Wahrheit und Sprache", in: *Allgemeine Zeitschrift für Philosophie* 29 (2004)1, 19-38.
VOSSENKUHL, Wilhelm (1999), „Wittgensteins Solipsismus", in: Wilhelm Lütterfelds/Andreas Roser (Hg.), *Der Konflikt der Lebensformen in Wittgensteins Philosophie der Sprache*. Frankfurt/M., 213-243.
VOSSENKUHL, Wilhelm (2003), *Ludwig Wittgenstein* (1995). Zweite, durchgesehene Auflage. München.
WALLNER, Friedrich (1983), *Wittgensteins philosophisches Lebenswerk als Einheit*. Überlegungen zu und Übungen an einem neuen Konzept von Philosophie. Wien.
WEISS, Thomas (1995), „Meinen, ein Erlebnis der besonderen Art", in: Eike von Savigny/Oliver R. Scholz (Hg.), *Wittgenstein über die Seele*. Frankfurt/M., 57-71.
WENNERBERG, Hjalmar (1998), „Der Begriff der Familienähnlichkeit in Wittgensteins Spätphilosophie", in: Eike von Savigny (Hg.), *Ludwig Wittgenstein*. Philosophische Untersuchungen. Berlin, 41-69.
WIGGERSHAUS, Ralf (1974), *Zum Begriff der Regel in der Philosophie der Umgangssprache über Wittgenstein, Austin und Searle*. Frankfurt/M.
WUCHTERL, Karl (2002), *Handbuch der analytischen Philosophie und Grundlagenforschung*. Von Frege zu Wittgenstein, Bern (etc.).

Sonstige, Theater

CULLER, Jonathan (1988), *Dekonstruktion*. Derrida und die poststrukturalistische Literaturtheorie, übers. von Manfred Momberger. Reinbek bei Hamburg.

ESHEL, Amir (2000), „Vom eigenen Gewissen. Die Walser-Bubis-Debatte und der Ort des Nationalsozialismus im Selbstbild der Bundesrepublik", in: *DVjs* 74 (2000)2, 333-360.

FINTER, Helga (1990), *Der subjektive Raum*. Bd. 2 ...der Ort, wo das Denken seinen Körper finden soll: Antonin Artaud und die Utopie des Theaters. Tübingen.

FINTER, Helga (1994), „Audiovision. Zur Dioptrik von Text, Bühne und Zuschauer", in: Erika Fischer-Lichte/Wolfgang Greisenegger/Hans-Thies Lehmann (Hg.), *Arbeitsfelder der Theaterwissenschaft*. Tübingen, 183-192.

FISCHER-LICHTE, Erika (1992), „Die semiotische Differenz. Körper und Sprache auf dem Theater – Von der Avantgarde zur Postmoderne", in: Herta Schmid/Jurij Striedter (Hg.), *Dramatische und theatralische Kommunikation*. Tübingen, 123-140.

FISCHER-LICHTE, Erika et alii (1998, Hg.), *Theater seit den Sechziger Jahren*. Grenzgänge der Neo-Avantgarde. Darin u.a.: E. F.-L., „Verwandlung als ästhetische Kategorie. Zur Entwicklung einer neuen Ästhetik des Performativen". Tübingen; Basel, 21-91.

FISCHER-LICHTE, Erika (2000), *Theater im Prozeß der Zivilisation*. Tübingen; Basel.

FRANK, Manfred (1989), *Einführung in die frühromantische Ästhetik*. Vorlesungen. Frankfurt/M.

HEINEKE, Thekla/UMATHUM, Sandra (2002, Hg.), *Christoph Schlingensiefs Nazis rein*. bzw. T.H./S.U. (Hg.), *Torsten Lemmer in Nazis raus*. Frankfurt/M.

HEYER, Petra (2001), *Von Verklärern und Spielverderbern*. Eine vergleichende Untersuchung neuerer Theaterstücke Peter Handkes und Elfriede Jelineks. Frankfurt/M. (etc.).

JENSEN, Stefan (1980), Einleitung zu Talcott Parsons, *Zur Theorie der sozialen Interaktionsmedien*. Opladen, 7-55.

KIMMERLE, Heinz (2000), *Jacques Derrida zur Einführung*, 5. verb. Auflage, Hamburg.

KLOTZ, Volker (1969), *Offene und geschlossene Form im Drama*. 4. Aufl., München.

LEHMANN, Hans-Thies (1986), „Mythos und Postmoderne. Botho Strauß, Heiner Müller", in: *Kontroversen, alte und neue*. Akten des VII. Internationalen Germanisten-Kongresses (1985). Bd. 10, hg. von Karl Pestalozzi, Alexander v. Bormann u. Thomas Koebner. Tübingen, 249-255.

LEHMANN, Hans-Thies (1999), *Postdramatisches Theater*. Frankfurt/M.

LOUIS, Eleonora/STOOSS, Toni (1997, Hg.), *Oskar Schlemmer. Tanz-Theater-Bühne*. Vortragsreihe in der Kunsthalle Wien. Klagenfurt.

MEYER, Petra Maria (1998), „Als das Theater aus dem Rahmen fiel", in: Erika Fischer Lichte et alii (Hg.), *Theater seit den Sechziger Jahren*. Grenzgänge der Neo-Avantgarde. Tübingen; Basel, 135-195.

PAVIS, Patrice (1988), *Semiotik der Theaterrezeption*. Tübingen.

POSCHMANN, Gerda (1997), *Der nicht mehr dramatische Theatertext*. Aktuelle Bühnenstücke und ihre dramaturgische Analyse. Tübingen.

PFISTER, Manfred (1988), *Das Drama*. Theorie und Analyse. Durchgesehene und ergänzte Auflage. München.

PLATZ-WAURY, Elke (1999), *Drama und Theater*. Eine Einführung. Fünfte, vollständig überarbeitete und erweiterte Auflage. Tübingen.

REESE-SCHÄFER, Walter (1995), *Lyotard zur Einführung*. Überarbeitete Neuausgabe, 3. Auflage. Hamburg.

SCHÄFER, Rolf (1988), *Ästhetisches Handeln als Kategorie einer interdisziplinären Theaterwissenschaft*. Aachen.

SCHLENSTEDT, Dieter (2000), Art. „Darstellung", in: Karlheinz Barck/Martin Fontius/D.S. et alii (Hg.), *Ästhetische Grundbegriffe*. Historisches Wörterbuch in 7 Bänden. Stuttgart; Weimar, 831-875.

SCHNEILIN, Gérard (1987), „Drama und Theater im 20. Jahrhundert", in: Manfred Brauneck/G.S. (Hg.), *Drama und Theater*. Bamberg, 61-94.

SPERA, Danielle (1999), *Hermann Nitsch*. Leben und Arbeit, aufgezeichnet von D.S., Wien.

WIRTH, Andrzej (1980), „Vom Dialog zum Diskurs. Versuch einer Synthese der nachbrechtschen Theaterkonzepte", in: *Theater heute* 1/1980, 16-19.

WULFF, Matthias/FINKE, Johannes (1999, Hg.), *Chance 2000. Die Dokumentation*. Phänomene, Materialien, Chronologie. Neuweiler-Agenbach.

ZIMA, Peter V. (1994), *Die Dekonstruktion*. Einführung und Kritik. Tübingen; Basel.

ZIMA, Peter V. (2001), *Moderne/Postmoderne*. 2. überarbeitete Auflage. Tübingen; Basel.

Diskographie

PHYLYPS, *Trak II*, BC-09 (12"), 1994

MAURIZIO, *M-5*, erschienen bei Basic Channel, M-5 (12"), 1995

MILLS, JEFF, *Growth EP*, erschienen bei Axis, AX-010, 1994

THE MEMORY FOUNDATION, *Anti Freeze Device*, erschienen bei Central, 16, 2001

ABKÜRZUNGEN

Thomas Bernhard

AM	Alte Meister
Aus	Auslöschung
AZ	Am Ziel
Ber	Die Berühmten
Ek	Einfach kompliziert
El	Elisabeth II
FB	Ein Fest für Boris
GE	Gehen
Hf	Holzfällen
HP	Heldenplatz
IK	Immanuel Kant
It	Der Italiener
IW	Der Ignorant und der Wahnsinnige
JG	Die Jagdgesellschaft
Kä	Die Kälte
Ko	Korrektur
MG	Die Macht der Gewohnheit
Mi	Minetti
Pr	Der Präsident
RDV	Ritter, Dene, Voss
St	Der Schein trügt
Tm	Der Theatermacher
ÜG	Über allen Gipfeln ist Ruh
VR	Vor dem Ruhestand
WN	Wittgensteins Neffe
Wv	Der Weltverbesserer

Rainald Goetz

Afa	Abfall für alle
Ce	Celebration
De	Dekonspiratione

FE	Festung
Hi	Hirn
Ir	Irre
JK	Jeff Koons
JZ	Jahrzehnt der schönen Frauen
KA	Katarakt
KiF	Kritik in Festung
Kn	Kontrolliert
Kri	Krieg
Kro	Kronos
MCS	Mix, Cuts & Scratches (Goetz/Westbam)
Rv	Rave

NIKLAS LUHMANN

DB	Dekonstruktion als Beobachtung zweiter Ordnung
GG	Die Gesellschaft der Gesellschaft
KG	Die Kunst der Gesellschaft
LP	Liebe als Passion
SY	Soziale Systeme
WG	Die Wissenschaft der Gesellschaft
ZS	Zweckbegriff und Systemrationalität

LUDWIG WITTGENSTEIN

BlB	Das Blaue Buch
PU	Philosophische Untersuchungen
Tr	Tractatus logico-philosophicus
ÜGe	Über Gewißheit